暗夜追凶

纪玉峰 著

河南文艺出版社
·郑州·

图书在版编目（CIP）数据

暗夜追凶 / 纪玉峰著 . — 郑州：河南文艺出版社，2023.6

（读客知识小说文库）

ISBN 978-7-5559-1538-6

Ⅰ．①暗⋯ Ⅱ．①纪⋯ Ⅲ．①长篇小说 – 中国 – 当代 Ⅳ．① I247.5

中国国家版本馆 CIP 数据核字 (2023) 第 085926 号

暗夜追凶

著　　者	纪玉峰
责任编辑	崔晓旭
责任校对	梁　晓
特约编辑	蔡雅婷
策　　划	读客文化
版　　权	读客文化
封面设计	张　鹏　　章婉蓓
出版发行	河南文艺出版社
印　　刷	大厂回族自治县德诚印务有限公司
开　　本	710mm×1000mm 1/16
印　　张	24.5
字　　数	389 千
版　　次	2023 年 6 月第 1 版　2023 年 6 月第 1 次印刷
定　　价	65.00 元

如有印刷、装订质量问题，请致电 010-87681002（免费更换，邮寄到付）

版权所有，侵权必究

目 录

第一章　碎尸案发生　　　　　1
第二章　从天而降的信件　　　96
第三章　案件有重大进展　　　149
第四章　警察协助嫌犯潜逃?　239
第五章　大西北千里追踪　　　277
第六章　惊心动魄的追捕　　　331

第一章
碎尸案发生

楔子

  2000年6月已是初夏，但对于东北地区的人而言，温度还不算太高，体现在穿着上就是有人还穿着外套。不过这两天大学里的人穿的最多的是不同风格的毕业纪念衫。每个班、每个系的样式不同，文字图案各异，中心思想都是为大学生涯画上一个句号，将这薄薄的一件T恤，作为走出校门后同窗之情的一个小小的纪念和纽带。

  学位证书昨天已经发了，学士服照和毕业集体照昨天已经拍了。伴随着一夜的嘶吼、歌唱和哭泣声，宿舍楼下扔满了书籍、床单、鞋、暖水瓶、酒瓶和饭盒，这可能是走入社会前，学生最后的放纵和发泄了。走入社会以后，他们中的大多数人将失去肆意发泄的自由，学着在夹缝中生存。

  一大早，院办门口的走廊就挤作一团，毕业生们来领完毕业证书、派遣证和粮食关系证明后就要离校，所以有的人手里还拖着行李箱。院办老师发放毕业证书的速度不快，他没有把证书给班长们分发，而是一个一个核对着人名亲自发放，避免出错。挤在一起的毕业生们彼此交流着去向，也有情侣红着眼睛互道珍重——这是要分手了……

  已经发到法学二班了，下一拨就应该是国际法一班，国际法的人都聚在院办外面，挨挨挤挤的，身上穿着的雪白T恤后面印着"国有际而法无涯"。这句话是国际法著名的才子——一班班长常舒斌设计的，当时为他赢得了一片掌声以及女生们青睐的眼神。家世优渥，外表帅气，小有才气，在这四年里，这样的眼神对他来说习以为常，但每一次还是会让他感到很享受。他的目光落到了人群中的方文丽身上，那个姑娘脸一红，却没有别开脸。所有人都知道他们已经在一起了，据说常舒斌的父母帮忙，给方文丽联系到南方某市教育局上班，那也是常舒斌的老家，常舒斌则要去区司法局工作。在这一届毕业生中，他俩算是走得比较好的，算是进入了体制内，而且看架势他们很快会组成家庭了。

就在这时电梯门开了，一个穿着黑色衬衣的青年走了进来。

整个走廊里本来都是吵吵嚷嚷的人声，随着他的出现，走廊里似乎掠过了一阵寒风，声音一下子低了下来。

一双双眼睛望向他，目光中带着厌恶、轻蔑、鄙夷，这个青年有点畏缩地望了望大家，犹豫了一下，向院办这边走来。人们左右分开，像躲避瘟疫一样躲避着他，当他来到院办门口，走到国际法一班同学面前时，那些人都向后退去，露出了院办的大门。黑衬衣青年的目光在同学们中间搜索着，最终落到了方文丽的脸上，那位女生立刻把脸扭开，常舒斌皱了皱眉头，用身体挡住他的视线，很不友善地盯着他。在常舒斌的逼视下，黑衬衣青年低下了头。

就在这时，院办的大门打开，法学二班的人拿着毕业证，喧哗着从里面涌出，当他们看到这个黑衬衣青年时，不约而同地收住声音，绕着他走过去。不一会儿，院办大门前就只剩下了国际法的人。

国际法的学生们盯着黑衬衣青年，完全没有意愿和他一起进去。黑衬衣青年窘迫地站立了两秒钟，低着头独自走进院办。大约五分钟后，他拿着属于自己的大信封出来，又望了望国际法的同学们，鼓足勇气问班长常舒斌："这T恤有我的吗？"

常舒斌皱了皱眉头，回了一句："你说呢？"

黑衬衣青年脸色涨红了，说道："昨天拍集体照就没有叫我，我也是这个班的，我只想要件纪念衫，留个念想。"

"没人想和你留个念想。"常舒斌厌恶地说，"纪念衫没做你的，凌季雨，你走吧，这个班里没有你。"

这个叫凌季雨的黑衬衣男生气得浑身哆嗦，他的目光寻找着，再度找到了方文丽，他恳求地说："文丽，能谈一下吗？"

"滚开啊！"那个女生捂着脸大喊了一声，扭头跑了出去，凌季雨想追过去，可是常舒斌一把揪住了他的衣领，用力把他抵在墙上，怒喝道："你还想干什么？滚！"

"跟你没关系，"凌季雨愤怒地说，"我找她，不找你。"

"她现在是我女朋友。"常舒斌威胁地说，"和你没关系了，你给我离她远点，别逼我揍你。"

几个男生围在一边，似乎马上就要动手了，女生的叱骂声在四周传来："还有脸来这里找文丽？""下流坏子，没脸没皮的！滚蛋啊，看见你都污眼睛！""还想要纪念衫，你配吗?！"

在这汹汹的民意前，凌季雨退缩了，他像一条丧家之犬，夹着尾巴。常舒斌揪着他的领子，将他拖到了电梯前，电梯门打开，常舒斌用力将他甩进了电梯。在电梯门关上之前，他把脸凑到凌季雨耳边，低声说道："我还得谢谢你呢，你和她谈了三年半恋爱，她居然还是个处女呢……"

凌季雨的眼睛可怕地睁大了，瞬间变得血红，这句话背后的含意令他握紧拳头，几乎要一拳打过去，可是他最终只是紧紧握住了电梯里的扶栏。电梯门在骂声中关上，隔绝了血红的目光。

"不是说他猥亵女人，被警察处理了吗？还有盗窃。"一个经济法系的毕业生走过来问常舒斌，"这样的人没开除？还给他发毕业证？"

"院里说不想断了他的活路。"常舒斌说。

"我还以为他被开除了呢。"这个经济法系的人说，"当初真没看出他是这样的人。今天还有脸来，够不要脸的。"他往文丽跑走的方向看了看，说了句："文丽够倒霉的。"

常舒斌没回答，他很讨厌谈论这个话题，黑衬衣青年是全班的污点，最好永远不要被提起。反正再过一两个小时，大家就要各奔东西，这个人和这段记忆将永远地被大家排除在外，直至被遗忘。他离开电梯口，挤过人群，找到在楼梯间抹眼泪的方文丽，两个女生正在劝解着她。他走过去将她拥抱在怀里，方文丽紧紧抱住他，眼泪打湿了他的肩膀。

"没事了，他已经走了。"常舒斌安慰着她，"别多想了。他不会再出现了。"

"……嗯！"方文丽抽泣着说。

在他们说话的时候，凌季雨拿着大信封走出了办公大楼，他回头望着这幢十四层的大楼，知道自己从此将不属于这里，也将永远地和里面的人分处于两个世界。同学唾弃他，女友抛弃他，他的青春、他的爱情已经埋葬在这里。

三年半，他们的爱情只是牵手和接吻，然而她现在刚和常舒斌在一起，已经滚到了床上。

他孤独地走在校园里，望着熟悉的一切，这风景与四年前并无二致，却又完全不同，屈辱的感觉令他痛不欲生。凌季雨哭了，一边走一边流着泪。

他慢慢地走向校门，站在校门这条分界线上，回头看着母校，缓缓弯腰鞠了一个躬，随后离开了象牙塔，走入了喧嚣的尘世。

在那一天，不同的人开始了不同的新的人生。

01 凌季雨

春申江始于沪海市西南的定山湖，一路向北穿越沪海市区，将沪海市分为沪西和沪东两大区域，随后转向东北，汇入长江后奔流入海。江水浩荡，游轮和驳船往来，声声汽笛不断，两岸的高楼造型各异，连绵远去，彰显着经济中心的野心和底蕴。

在这个近3000万人口的超级大都市里，财富、地位是永恒的主题，如同城市的外表一样，魅力四射。报纸杂志和电视广告上永远不缺乏带着迷人微笑的男女，呈现奢华，体现小资。在这样的广告下面，无数人行色匆匆地奔走在这个城市的街道上、地铁中。他们有的衣衫光鲜地挎着名牌包，有的却连丝袜都脱丝了；有的手里拿着星巴克咖啡，有的边走边吃着简单的早点；有的心中还有梦想或者幻想，但更多的人则已经沦为城市里的工作机器。

王一川站在春申江岸边，望着滔滔的江水，皱着眉头。他今天破例穿上了警服，早上刷牙时他觉得警服有点皱，想熨一熨，可是家里连个熨斗都没有，只好用搪瓷杯子接热水在衣服上压了压。今天他到分局参加表彰大会，由于仅用七天就成功破获了"9·17特大灭门杀人案"，在闽省抓获了犯罪嫌疑人，他得到了总队的表彰，上午的表彰会上，分局分管刑侦的陈副局长亲自宣布任命他为重案队的副队长。

一个分局重案队的副队长，能让陈副局长亲自跑来宣布，并不容易。了解王一川的人会更加感叹这"不容易"三个字，因为他六年前就曾经是副队长，然后惹事被撸了，此后起起伏伏，总是不断地立功，接着就惹事被处分，一次次被免去职务，队里的老人都不记得这是他第几次被任命为副队长了。从警十年，破过大案无数，32岁的年纪也只是个副科，当初一起进队的有的都调到派出所去当指导员了，他还在警员、副队长之间来回晃悠。今天表彰时，陈副局长握住他的手，低声说了一句："这次稳一点，别再给我惹事了，行吗？傅朗队长家里两口人住院，队里还得靠你盯着，你就成熟点吧，嗯？表彰呢，给我露个笑脸出来。"

陈副局长是老领导了，当初他进队的时候，陈副局长还是支队长，是重案队的直接上级。王一川知道陈副局长为什么要他笑，因为他年纪轻轻，眉头却总是皱着，眯着眼睛好像周围的人都欠了他钱，随时要抄起板砖拍人家后脑勺一样。陈副局长跟他握手合了张影，中午照片就上了内网，照片上的他笑得很僵硬，嘴角咧着，眼睛直愣愣地瞪着，看起来极为尴尬。

他曾经是重案队颜值最高的帅哥，如今肤色黝黑。长年的外勤生活让他的皮肤粗糙了，说话口吻变得粗暴和直接了，加上有点较真儿，这些年他的风格越来越不讨人喜欢，他经手的案件完全没有通融的可能，得罪了不少人。要不是这次破了大案，他铁定没法重新当上这个副队长。当然职务对他来讲没有任何意义，即便他是个组长，大队的弟兄们也是听他指挥的，大家都服他。他曾经想过，之所以没把自己一撸到底，是因为自己在破案上还算是猛将——总得有人顶在前头带队干活吧。

这次表彰给他唯一的实惠是金钱上的：市局对重案队的奖励，摊下来每人能发个1000多块钱的奖金。表彰会结束的时候，他提出大家这两年还有一些办案支出没给报销，陈副局长直接要求分局给解决，分局财务处黄春林处长脸上的笑容比哭还难看，答应立刻通知财务室给报销，王一川算了算，自己又能报销6000多块……

有了陈副局长发话，下午快下班的时候，重案大队积压的报销款连同奖金一起发了下来，队里的人高兴得嗷嗷直叫。王一川在手机里转了2000给女朋友谭小雅，大约五分钟后，谭小雅收了钱，回信息问了下情况。她和同事正在咖啡馆里喝咖啡，似乎兴致不错。王一川试探着问她晚上要不要来吃饭，谭小雅在微信里"嗯"了一声。

"王队又在讨好女朋友了？"五大三粗的赵继刚说，"咱们队里这风气！"

"你一光棍儿懂个屁。你想讨好还没有人收呢。"

"你这样的事情我还就是不懂，"赵继刚咧着嘴说，"工资卡都交给女朋友管，这样的操作我是做不来的。"

"人家小姑娘是想一起攒钱买房子好不啦，"张云军说道，他也是重案队的老人，"会过日子。"

"拉倒吧，"赵继刚说，"王队有房子。"

"王队那房子是婚前财产，把它卖掉，凑钱再买一套才是夫妻共同财产。"张云军笑道。

话题立刻转到了奇怪的方向上。

"刚子，"欧阳宁娟在一旁说，"你就是个不会过日子的，怨不得你老借钱，我看你就是缺个管着你的。要不姐给你介绍个？我有个中学同学在老西门派出所，户籍科的，小姑娘蛮有想法的。"

"哎呀妈呀，姐，你可饶了我吧。"赵继刚说，"你同学，那得多老了，还小姑娘哪？你还是赶紧自己找个人向你交工资吧，都老大不小的了。"

办公室里哄笑起来，这样的话也就赵继刚这种缺心眼儿的家伙敢说。欧阳宁娟是重案队唯一的外勤女警，虽然是女性，性格却像极了男人，毫无江南女子的温婉。她其实长得不差，可能是工作的原因，脸晒得有点黑，每天素面朝天，留着短发像个假小子。据说领导给她介绍的对象全被她吓跑了，最长的一个谈了不到三天。她如今30多岁了，仍然孤零零地单着。

欧阳宁娟火了，起身揪住赵继刚往他头上扇了两巴掌。女警在重案队一向稀缺，本来就被大家护着，何况欧阳宁娟是特警出身，无论是擒拿格斗还是匕首攻防都相当强悍。赵继刚虽然人高马大，但完全不是她的对手，见她发怒，只得抱着脑袋讨饶。周围的人起着哄，赵继刚叫起来："王队，王队，你可不能见死不救啊！"

王一川把笔一扔，起身往外走，嘴里还说着："好好习惯习惯，你欧阳姐帮你预演一下婚后生活。"他还没走到门口，就听外面传来了隐隐的喧哗声。办公室里的人先后停下手，竖起耳朵听着。

"好像是隔壁松园派出所那边，有人闹事？"

"好像是，过去看看。"

松园派出所与重案队一墙之隔，王一川、张云军走进松园派出所的大院，不由得目瞪口呆。

松园派出所的院子里有个石台，一米多高，上面放了几盆花，此刻石台上站着一个人，手里挥舞着一沓纸，正在高声喧哗。石台下面站着松园派出所的所长李治，急得满头大汗，伸着手想把他拉下来，又怕伤到他。旁边有一对老夫妇也在对着李治怒吼，撕扯着李治的衣服。院子里挤了十几个看热闹的群众，还有人从办事大厅里伸着脑袋往外看。一些警察站在附近，脸色铁青。

"这不是凌季雨吗？"

"这孙子怎么跑这儿闹事来了？"

他们嘴里的这位"孙子"40多岁，个子不高，体形偏瘦，头发虽不算乱，但一看就知道没怎么梳过，而且有点油，估计昨晚没洗头。他的脸瘦瘦的，肤色黝黑，可以看出时常在户外奔波。上身穿了件带条纹的衬衫，下面是有点皱的牛仔裤，脚上的皮鞋灰扑扑的。这副打扮与那些大所的刑辩律师相比，寒酸得可怜，他却并不在意，挥着手臂，活像电影里的人物，口沫横飞。

"什么是人民警察？啊？保护人民的才叫人民警察！人民睡个觉都被抓过来，这还有王法吗？啊？人家小青年无缘无故被你们抓过来，你们不要给个交代？"

"放了我儿子！"那对老夫妇愤怒地高呼。

"凌律师，你先下来，"李治气喘吁吁地说，"咱们可以沟通。"

"沟通什么？我们的要求是，立刻放人！给出交代！"

王一川走到站在附近的一个民警身边，低声问："老潘，什么情况？"

"昨天民生小区两家失窃，"老潘丧气地说，"我们接到举报，抓了一个有前科的小青年，这还没开始审呢，姓凌的就来了，拿出个登记簿证明小青年昨晚在洗浴中心睡觉，没有作案时间，现在闹着要求放人。"

"你们查了没？"王一川问。

"查了，属实。"老潘说，"排除嫌疑了。"

"那赶紧放人啊！"

"这办手续也需要时间啊！"老潘说，"这孙子现在是借题发挥，在家属面前做戏，显摆自己多卖力呢。你看，那对父母的情绪完全被他煽动起来了！"

这时候所长李治忍不住去拉凌季雨："下来说好不好？你这样太影响……"话音未落，凌季雨顺势从石台上跳下来，接着就滚倒在地，惨叫道："哎哟，你们不但不放人，还打律师啊！——就算你们把我打死了，也要放人哪！放人！放人！放了那个无辜的孩子！……"

那对老夫妻看着地上这位"誓死维护正义"的律师，感动得都快掉眼泪了。

王一川"呸"了一声，走开了。回到办公室，其他人向他们打听发生了什么事，听说是凌季雨后，办公室里就响起了一片骂声。

"这孙子怎么就不能消停一天？"

"松园派出所今天够倒霉的。"

不知过了多久，隐隐的喧哗声消失了，也不知松园派出所那边是怎么处理的。王一川拿了份文件要出门，突然桌上电话响了，张云军接起来"嗯啊"两声，说："王队，那孙子奔咱们这边来了。"

"来我们这儿干吗？他在我们这里没有案子吧？"王一川诧异道，他很厌恶这家伙，于是方向一变，改为回头往里面的办公室走。然而没等他躲到里间，门口已经传来那位"孙子"的声音："王队长？哎呀，你在啊，实在是太好了！"

王一川无可奈何地停下脚步，心里涌出厌恶的情绪，整张脸都阴沉了。他转过身，只见凌季雨律师带着惯常的讨人嫌的笑，探头探脑地进了办公室。

"凌律师，你在松园派出所那边的事办完了？"王一川讽刺道。

"办完了，办完了，"凌季雨笑眯眯地说，"小事，咱们不都是追求司法正义嘛！"

"你来这里有啥事？先说好，我这里可没有石台子让你站上去。"王一川连基本的客套话都懒得讲。

"呵呵呵，没啥大事，过来问点事。"

"你很忙啊。"

"这不是为当事人服务嘛！老张你在办什么案子啊？"

张云军"哼"了一声，遮住桌上的文件，因为凌季雨有一双骨碌碌乱转的大眼睛，总是四处瞥着，感觉像在刺探别人的隐私。

律师和警察之间的关系一般说不上融洽，凌季雨这个人在重案队尤其不受欢迎，理由特简单，一个字——贱。

人在江湖，必定会留下传说。就好比刑辩律师们凑一块儿聊天，会聊谁谁办了个什么大案子，谁谁弄了个无罪辩护成功；警察们聊律师，会说哪个律师很"搞"，哪个律师比较有礼貌。聊起凌季雨，不光是重案队，连附近松园派出所的民警、区看守所的管教都会"呸"一声。

从外表上看，凌季雨这位仁兄属于混得不算好的那种，事实上他也确实混得不咋的。这本身倒没什么，努力揽案子，总有出人头地的一天。问题是他"出人头地"的方式比较辣眼睛，比方说他给看守所门口的杂货店主每月塞二百块钱，在人家店门口挂了个牌子："凌律师，代写状子，取保候审，专业刑辩，不成功不收钱！电话139××××××××！"

有时候他还会出现在看守所门口，穿件白色的T恤，胸前印着四个大字——"值班律师"，背后印了五个大字——"为人民服务"，成心让大伙以为他是看守所派出来的值班律师，时不时地还打个电话，开口某局长闭口某政委，叫大家有一个"他和里面有关系"的印象。

这还不算，松园派出所、三林派出所、滨江派出所、重案队门口的杂货店他都塞了小红包，但凡所里、队里抓了人回来，他立刻就能知道，等嫌疑人家属接到通知赶来，门口必然已经有这位满面沉痛（就好像被抓进去的人是他的家属似的）的凌律师等在那里，递过一张名片，说："你好，我是凌律师。"而且他说起话来毫无底线，怎么顺着当事人怎么来，只要能把案子哄到手就行。有一次松园派出所抓了一个开设赌场的嫌疑人回来，办了刑事拘留手续，凌大律师居然在派出所接待大厅里揽起了生意，紧握着犯罪嫌疑人那个刚刚辱骂过警官的满脸横肉的老妈的胡萝卜般的手，开口就骂警察"小题大做、欺负良民，真不是玩意儿"，听得窗口里的值班警员差点暴走。

也不是没有人投诉过他，问题是此人的执业证不是挂在沪海市的律所，而是挂在东北一个三线城市铁山市的小律所里，沪海市的律协和司法局拿他毫无办法。所以这凌律师就优哉游哉地一直这么干着，贱名声越传越广，警察见到他就像见了屎壳郎，一脸嫌弃。偏偏他自己好像不知道别人多烦他，跟别人说话老是一副自来熟的样子，而且对自己的魅力有一种莫名的自信，不知道的还以为他跟人家有拜把子的交情。

"哎呀，大伙儿都在呢，哈？"他自来熟地打着招呼，"小赵，老张，哈哈……小顾，呵呵呵……还有欧阳妹妹……"他特别把手竖到脸颊边，向欧阳宁娟挥了挥手，动作有点像偶像剧里男主角撩姑娘，只不过这动作从他手里做出来，让欧阳宁娟一阵恶心。

迎接他的是一张张冷脸。张云军埋头翻着文件，理都不理他。赵继刚拎起本子起身出去了。欧阳宁娟盯着电脑屏幕，假装看不见他。重案队的内勤警花刘苡岚拿了个夹子来找王一川签字，进门看到凌季雨，立刻一个向后转，又出去了，动作比训练动作还标准。

这位大神对冷遇丝毫不觉，接着就向王一川祝贺道："王队，祝贺祝贺啊！这么大的案子，一下子就破了！我就说嘛，要讲破案子，王队长绝对是沪海公安的金牌子，不管什么案子，王队长接手，那就是四个字：没有破不了的！"

"你有啥事？"王一川不冷不热地说，完全没有理会凌季雨话里故意留的破绽。凌季雨的这个小招数已经玩烂了，他经常搞这种字数游戏来活跃气氛，比如"这事得用两个字形容：无底线！""一个字：无耻！"重案队与他打交道不是一天两天，久了就觉得这招数很无聊和拙劣。

"是这么回事。"凌季雨笑嘻嘻地说，"这不，那个特大灭门案不是破案了吗？人也抓回来了，对吧？我来看看能不能提供什么法律服务，比如说这人有没有取保候审的机会……"

王一川像看怪物一样看着这位仁兄："这个没必要吧？人家家属已经请律师了好不好？再说了，杀了一家七口，里面还有两岁的小孩子，你觉得我们能同意取保吗？"

"呃……"凌季雨庄重地点点头，"这也正是我想向您反映的，本案有重要的疑点啊！您看，我占用您五分钟时间，咱们到院子里沟通一下行吗？"

"有什么话在这里说。"

"我这不是怕讨论起来哇啦哇啦的，打扰大家工作嘛。再说我万一抽烟，熏到欧阳妹妹可怎么办啊？"凌季雨贼兮兮地说，"到外面简单说几句，绝对是重要观点，可能会帮到你们哟！"

随着这声"哟",他又把手竖到脸颊边,向欧阳宁娟撩了撩,那位素面朝天的女警没看他,反而捏了捏指节,发出嘎巴嘎巴的声音。

王一川想想也是,便跟着凌季雨出了办公室,穿过走廊,一直走到院子里。院子的右侧是车库,停了七八辆车,其中的一辆荣威警车是去年才配的,还有一辆面包车有点破,没有任何警务标识,队里经常用来布控和盯守用。这些车里最显眼的是一辆雪白的奔驰G500,四四方方的越野车,宽大威猛,这车是重案队的内勤警花刘苡岚的,年初她过26岁生日,她那位开房地产公司的老爹送给她当生日礼物的。这车动力足,速度快,内部空间宽阔舒适,队里好多人都眼馋,可是除了好闺蜜欧阳宁娟,刘苡岚根本不让任何人开;别说开了,在上面靠一下都不行。

凌季雨偏偏就看上了这辆车,到了院子里,他相当自来熟地靠在刘苡岚这辆车上,好像这车是他的一样,点起一支烟。王一川皱了皱眉头,琢磨着如果刘苡岚看到了,肯定会叫骂着奔出来。

"说吧,什么重要观点?"

凌大律师深沉地吸了一口烟,第一句话就开口惊人:"这个案子嘛,杀人也是情有可原的,不能全说是犯罪嫌疑人的错!他老婆出轨,难道就没问题?他岳父岳母欺负他,难道就没过错?"

"情有可原?"王一川觉得凌季雨又刷新了他的价值观下限,"老婆出轨,他杀岳父满门做啥?就算他们欺负他,那两岁小孩子又有什么罪?"

"激情杀人嘛。"凌季雨轻描淡写地说。

"老凌,你要是跟我讲的就是这个,咱们就没必要讲了。"王一川板着脸说,"再说你又不是他的律师,我跟你讲不着。"

"这个,其实就是观点探讨嘛……"凌季雨呵呵地笑起来,亲热地拍了拍王一川的肩膀。

"好好讲话,不要拍拍打打的。"王一川强忍着不适说。无奈伸手不打笑脸人,人家凌季雨毕竟是带着笑脸说话的,王一川只得也带着客气,劝告道:"老凌,别搅和了,这案子又不是你的,你瞎掺和个啥。"说着不再理他,转身走回去了。

"王队,再见啊,约时间咱们再聚聚!"凌季雨在身后兴冲冲地招手告别,声音还特别大。王一川心里一千头羊驼奔腾而过,心说:"谁他妈的和你'聚'过,老子和你又不熟。这人真的是贱到家了,突然间进来,把自己拉出门，就说了三四句空话和屁话。今天实在是有些莫名其妙。"

想到这里他回头望了一眼，发现凌季雨已经兴冲冲地奔着大门去了，门外有几个人等着他。王一川也没在意，转身回了办公室。

"王队，那家伙来干什么？"赵继刚好奇地问。

"说了几句疯话，说灭门案杀人情有可原。"王一川说，"我说他又不是这个案子的律师，用他操什么心。"

这个案子的案情确实让人唏嘘。凶手谢中民，入赘到妻子范晓敏家二十多年，长期以来一直被妻子和范家人欺压，忍气吞声。曾经因为想向岳父借五万块钱投资朋友开的火锅店，被岳父用鞋底子抽成了脑震荡，其家庭地位可见一斑。事情的导火索是岳父生日那天，家人嫌他做的饭不好吃，对他进行辱骂，几人爆发争吵，岳父要他滚出范家，妻子范晓敏还声称十九岁的女儿并非他的亲生女儿。谢中民终于崩溃，冲到厨房拿出菜刀，将岳父和妻子砍死在客厅，岳母砍死在门口。小舅子和他老婆回房间去抱孩子，一家三口都被他砍死在房间里。小姨子在卫生间里下跪求饶，也遭了毒手。除了在外地上学的女儿，其余人全部遇难。

受过委屈，他就"情有可原"了？

法律不是儿戏，别的不说，单讲杀害两岁幼童这件事，谢中民就该被枪毙。所以王一川对于凌季雨的胡言乱语完全不放在心上，倒是惊讶于此人的脑回路。在他们聊天的时候，队里去提审犯人的苏晓巍回来了，他一边把手里的案卷扔到桌子上，一边说："哎，在门口看见姓凌的那个律师了。他来过？"

"他在那里做啥呢？"王一川问。

"正跟谢中民的家属说话呢，眉飞色舞的。"

王一川一愣，突然醒悟过来，这次心里是几十万头羊驼奔腾而过了——凌季雨来找自己是假的，要在犯罪嫌疑人家属面前表现得和警察很熟才是真的，然后好从原来的律师手里把案子撬过来。难怪他刚才要求到院子里聊，只怕那时候嫌疑人的家属就在大门外边远远看着呢，他们听不到律师和警察说了什么，只看到律师和警察熟稔地有说有笑，这分明是"有关系"的律师啊……

想通这一点，王一川快步走到院子里往大门外望去，那里现在空空如也。堂堂重案队的副队长，被这样的贱人摆一道，王一川气得脸色铁青，升职和报销带来的那点好心情被败得干干净净。他回到办公室里，阴着脸坐下，一直到下班都没说话。

天色渐渐暗了，队里的人陆续下班，王一川也背起挎包，走到院子里时听到刘苡岚正在跳着脚大骂，因为她的爱车车头有一个已经熄灭的烟蒂，车漆被烫了一个小黑点。王一川心里骂着凌季雨，赶紧出了大门，沿着街道一直向江边走去。走了十几分钟，穿过马路，他走进滨江步道，一直来到栏杆边。

十年前杂草丛生、垃圾石块混杂的江滩已经消失不见，代之以平整的石头水泥堤岸，以及金属质地的栏杆。江边被改为江景步道，增加了塑胶跑道、雕塑、草坪和巧妙镶嵌在坡堤下面的商店、酒吧，供市民休闲和健身。

天空没有什么云彩，温度不高不低，正是秋高气爽之时。江风吹在脸上，带来一丝丝凉意。一艘游艇在江上慢慢移动着，两边有驳船运输砂石，突突突地快速航行着。对面航交所的楼与周边的高楼相比有些残旧了，新旧建筑夹杂在一起，散发出岁月的沧桑。

这一处江滩王一川很熟悉。他扶着栏杆，看着左边几十米处的堤岸，那里的石堤下面堆积着巨大的石块，石块的缝隙中长着水生植物，江水是深青色的、混浊的。王一川盯着那里，他的目光似乎穿透了粗大的石条，穿透了时间，落到了十年前站在杂乱的江边，伸着脖子看江水的那些身影上。

那是十年前的王一川和重案队的同事们。

在碰到那个案子之前，周胖子还活着，柯队长也还活着。

王一川伸手扶了扶帽檐，似乎是为了避免帽子被江风吹歪，手却隐隐有了一个敬礼的动作。

02 烛光晚餐

对王一川来说，女朋友晚上来吃饭是天大的事。回到家里，把警服挂好，王一川就匆匆出门到家附近的菜市场去买肉和青菜，还买了蜡烛。今天晚上会是一个浪漫的夜晚，一定要让谭小雅感到满意才行。

几年前，王一川因公到著名的外企保险公司BIB取证，部门经理秦观月看了协查通知，指定高级客户经理谭小雅接待王一川。那一天，穿着剪裁得体的职业装、妆容淡雅、落落大方的谭小雅晃瞎了王一川的眼。

后来就是城市里司空见惯的桥段，追求，送花，约逛街，看电影，牵手。不知不觉，两个人在一起已经六年了。

一转眼两人都三十多了，在规划着结婚，房子却成为绕不过去的坎儿。王一川现在住的这套房子是老式公房，用沪海人的话讲就是老破小，由于靠近春申江，泛着一股潮气。当年外婆过世时，心疼这个外孙，在遗嘱里将房子留给了他。

高档小区靠近春申江，那叫江景豪宅；老式公房靠近春申江，那叫江景好惨，连墙壁都长了霉点。谭小雅不止一次要求他把房子卖掉，贷款置换一套大一点的房子，可是王一川算算自己的收入，迟迟下不了决心变成房奴。

想到这里王一川有点羞愧，他很想给谭小雅好的生活，她是在外企工作的白领，工作环境好，眼界宽，有追求，有品位，可是他却能力有限。影视剧中常见的浪漫情景是：在整洁典雅的餐厅里，银质的烛台上烛光微微闪动，男主角穿着整洁的西装，女主角穿着晚礼服，在音乐中轻轻碰着红酒杯。可是现实中，他住的是五十平方米的老式公房，连个餐厅都没有，吃饭要挤在厨房角落半平方米不到的小桌上，屋子小东西多，显得拥挤不堪。钢琴有一架，是他小时候学钢琴时买的，自打母亲过世，他就再也没碰过，如今钢琴上堆满了箱子，琴盖上都积灰了。

王一川觉得，自己真的亏欠了谭小雅太多。

也许真的要考虑把这套房子卖掉，一起去买套大点的房子了。

他拎着青椒、猪耳朵、生菜、干紫菜从菜市场出来，往家的方向溜达。他身上披了件旧外套，穿着及膝的运动短裤，因为穿着皮凉鞋，走路时踢踢踏踏的，完全就是升斗小民的形象。路过便利店，他拐进去买了瓶红酒，又买了爽肤水和润肤露，心里盘算着从明天开始要打扮起来，形象好一点，站在谭小雅身边才不给她丢人。

到家附近时，隔壁开干洗店的老隋拉住他聊了会儿天。先是东拉西扯了几句，看王一川想走，老隋拉住他小声问："一川，你和松园派出所的人熟不熟？"

"认识他们指导员吧，"王一川想了想，回答道，"怎么？"

"好不好帮忙打打招呼，"老隋拿了根烟递给王一川，看王一川摇头不抽，他自己点上了，说，"你嫂子户口要从外地迁进来，请他们帮帮忙。"

"满十年了的话直接去窗口办呀，"王一川说，"快得不得了。"

"这不是还没到年头嘛。"老隋脸上堆着笑容。他是老知青子女，按照政策返回沪海市定居，快奔四了还一直打着光棍儿，后来经人介绍娶了个苏北的老婆，他老婆离过一次婚，没有子女，人还厚道，夫妻俩就在一楼开了个干洗店，除了干洗衣物，还帮着缝补，又承接了周围好几个酒店的床单毛巾被褥的清洗熨烫业务，每天起早贪黑地挣辛苦钱。

"没到年头急啥啦？"王一川说，"这个不合规矩的。"

"你不晓得，"老隋把脸凑近，低声说道，"本来嘛我也想慢慢等的，可是今天上午听到消息……"他往旁边看了看："我跟你讲哦，你不要跟别人讲——602的老胡今天偷偷跟我讲，我们这个地块划入拆迁范围了，可能过段时间就要冻结户口了。"

"真的假的？"王一川眼睛一亮，"消息确切哦？"

"老胡说消息真真切切！"老隋说，"你看一看咱们周边，都是商业区的高楼大厦，只有咱们这两个小区是老破小，这么好的地段，老早就好拆迁了！以前是拆不起，这次说有公司要开发成商业地块，出大钱来拆迁。老胡现在正忙着把家里人的户口都迁过来。"

"迁过来干吗？"王一川说，"现在拆迁大部分还是要数砖头的。"

"数砖头"是沪海市的俚语，意思是拆迁时按照动迁房屋的建筑面积计算补偿，不考虑家里有几口人。这种说法对应的是"数人头"，也就是按照户口内人员的数量计算补偿。现在的拆迁基本都按房屋面积计算补偿，在王一川看来，往房屋里迁户口没什么意义，但是老百姓是不管的，一听说要拆迁，先把七大姑八大姨的户口迁过来，运气好了没准儿还能多要点补偿。

"这个拆迁嘛，终归好谈的了。"老隋说，"所以问一问，你和松园派出所的指导员既然认识，帮忙打打招呼，户口的事情帮你嫂子搞一搞，需要多少钞票，我拿给你。"

"格勿来塞的。"王一川赶忙说，接着换了普通话，说，"这个不行的。老隋，这个忙不是我不帮你，户口迁不迁，派出所说了不算，是市局那边管着的。十年入户是硬规定，就是我们分局领导都做不到提前。"

"这么严格啊？"老隋勉强笑着说。

"我们老邻居，你知道我能帮终归会帮帮你的，"王一川说，"可是这件事真的做不到，我劝你也不用找人了，万一找别人没准儿会被骗钱。"

"哦……"老隋干笑着，"我也就是问问。"

他看起来很失望，有些不甘心地走了。王一川知道，尽管自己提醒他当心受骗，他肯定还是会去找"有关系"的人问。他拎着菜回家，脑子里充斥着莫名的兴奋——真的要拆迁了？

如果消息属实的话，拆迁款完全可以买一套大的房子，自己和谭小雅很快就会有一套新居可以当婚房，会有宽敞明亮的客厅，会有温暖舒适的卧室。如果可能的话，他要给谭小雅弄一个衣帽间，给她买好看的衣服、鞋子和包包……

他迫不及待地想把这个好消息告诉谭小雅，但是当他洗菜时，那股激动逐渐冷却下来，老隋是从别人那里听说的，拆迁会不会发生，什么时候发生还是未知数。如果急急忙忙告诉谭小雅，最后发现消息不确切，女友该多么失望啊！他可是知道谭小雅对房子的执念的。

想到这里，王一川决定先不说，等消息确切了再告诉谭小雅。

肉和菜洗干净了，王一川擦了擦手上的水珠。这曾是一双弹钢琴的手，他上小学的时候还在区里得过奖。母亲过世后，他整理遗物，发现自己从小到大所有的奖状都被母亲收藏在一个铁盒子里，里面就有他的钢琴奖状。那一天，他抱着奖状，望着母亲的遗像泪流满面，然后他端坐在钢琴前，给母亲认真地弹了一首曲子，那是母亲最喜欢听的《神秘园之歌》。

从此他担起了家务，开始买洗烧，很少时间再打开琴盖。再后来他上了警校，开始练匕首攻防，开始拆卸枪支。那双曾经修长好看的手浸染着油烟、硝烟，完全不像是弹钢琴的手了。偶尔有几次独处，他打开琴盖，轻轻擦拭着琴键上的灰尘，试着弹了几下，这架老旧的钢琴因为发潮和长久没有调音，有些琴键都失灵了。

谭小雅大约是晚上七点到的，这时候王一川已经把屋子收拾得尽可能干净，那张半平方米不到的小桌上摆着辣炒猪耳、紫菜蛋花汤、蚝油生菜、三文鱼沙拉。桌子的中间摆了一只蜡烛杯，里面水果形状的蜡烛发出柔柔的光。桌子的两边有两只高脚玻璃杯，那瓶红酒已经打开在醒酒了。王一川特意换了身衣服：黑色的西裤、蓝色的衬衫。沪海人过日子一向是既讲究面子又讲究里子，既注重实质又注重形式，虽然是小场景，也要尽可能制造出一点情调来。

谭小雅看到这一幕，眼角就带上了笑意。

"已经全都做好了？"她换了拖鞋，把挎包挂到墙上，"还开了红酒啊。"

"红酒配美人。"王一川殷勤地上前接过她的外套。

谭小雅是从公司直接来的，还穿着那身职业装，雪白的衬衣，黑色的筒裙，让她有一种职场丽人特有的韵味。情人眼里出西施，何况谭小雅确实漂亮，王一川眼里的女友近乎完美，还没喝酒，他就有点醺醺醉意了。

"嘴这么甜？这么殷勤是又有什么阴谋？"谭小雅眯了眯眼睛，"想让我喝多啊。"

"喝多了正好就别回去了吧。"

"你想得美。"谭小雅假意白了他一眼，洗手后坐在餐桌前，看看桌上的饭菜，笑着问，"升了职这么高兴？"

"不光这个。"王一川拿起醒酒器，往高脚杯里倒着红酒，"还有你妈上次让我办的事。我有个同学在鸿迪集团管人事，我跟他说了一下你表弟的情况，他说可以安排你表弟实习，好的话就安排转正。"

"地址在哪里？什么部门？"谭小雅眼睛一亮，问。

"物管部，主要负责物资登记和发放。"王一川说，"之前几家公司他不是嫌远吗？这家在复兴中路，坐地铁很方便的，而且是大企业，待遇还可以。你跟小北说清楚，珍惜机会，千万不要再搞什么幺蛾子了。"

"知道了，"谭小雅嗔怪道，"其实小北这个孩子有时候也挺懂事的，你呀，成见太深了。"

"我是怕他又像以前那样。"王一川解释道，"这次我是求了老同学，拍过胸脯的。回头你跟你妈讲一声啊，你们家这个毛脚女婿虽然穷点，还是有些用处的。"

"好啦，好啦。"谭小雅拿起酒杯，"你立大功了，好不好？来，我谢谢你，顺便祝贺一下王队长官复原职。"

酒杯轻碰，发出悦耳的叮当声，王一川喝了一小口红酒，就殷勤地给女友夹菜。谭小雅理所当然地享受着男友的服务，一边吃着沙拉，一边把自己不爱吃的玉米粒一粒粒夹到王一川的盘子里。生菜她只吃菜叶，吃剩的菜茎也扔给了王一川，这位绝世好男友很自然地吃了。

"味道怎么样？"

"嗯，不错。"

"今天在办公室忙不啦？"王一川问。

"还好，本来不忙。"谭小雅说，"下午秦姐说给团队拉来了一个大客户，要我负责，说人家明天下午来拜访，所以今晚我得回去加班做个企划案。"

"又要熬夜啊？"王一川有点心疼地说，眼神里流露出一丝失望，"注意身体，不要这么拼命。"

"切，我不拼命，靠你养我啊？"谭小雅说。

"我养你啊。"王一川认真地说。

"你挣的那仨瓜俩枣的，先过了我妈那关再说吧。"谭小雅撇撇嘴说，"叫你卖房子置换一下都不肯，你还怎么养我啊？"

又扯到房子上了。房子是两人之间难以逾越的一道坎儿，王一川很想把从老隋那里听来的拆迁消息跟谭小雅说一说，可是想想消息不确切，还是没说，只得岔开话题道："我这给你家忙前忙后的，你妈不会当作没看见吧。"

"怎么，还要讲条件啊？"谭小雅似笑非笑地说。

"没有没有，我心甘情愿。"王一川苦笑着说。

"心甘情愿？"谭小雅说，"你还有一张卡什么时候交给我啊？"

王一川一脑袋黑线，不知什么时候起，工资卡上交似乎成了很多沪海男人的标签，他的工资卡早就交给谭小雅了，可是手里这张银行卡可不能交。"这张卡不行，不是说过了吗？"他赔着笑说，"这张卡是专门用来打报销款的，我们办案需要经费时，也要从这里取……"

"借口。"

"不是借口，"王一川分辩说，"你看，我今天领到报销的钱，不是立刻打给你了嘛。"

"好啦，好啦，知道你乖。"谭小雅用叉子拨弄着菜叶，也没坚持。其实她也知道王一川身上必须有点经费，只是时不时要敲打一下他："这样好啦,今晚我晚回去一会儿,好不好?"

　　沪海小姑娘说话,那股嗲嗲的味道是从骨子里散发出来的,很少有人抵挡得了。王一川心领神会,自然有些小激动,吃饭的速度都快了许多。他和谭小雅并没有住在一起,谭小雅住在沪西父母家里,王一川住在春申江东岸,而且谭小雅的母亲对王一川的家境不太满意,两个人就像两地分居一样,每隔一段时间才能亲热一次。听到谭小雅暗示的福利,他几口就把自己盘子里的食物吃了,许诺道:"放心,我开车送你回去。"

　　"德行,看你那猴急的样。"谭小雅白了他一眼,"我这还没吃完呢。"话虽如此,她却拿了张餐巾,轻轻擦了擦嘴角,站起来似乎漫不经心地走进卧室,慵懒地坐在床边,轻轻一甩,一只拖鞋就飞过整个房间,落到了柜子上。

　　"来,伺候一下你的主子娘娘。"她向王一川抛了个媚眼,伸出脚去。

　　这样的情调是恋人间不可或缺的,王一川说了声"嘘",弯腰捉住了谭小雅的脚,不但没有帮她脱袜子,反而去挠她的脚心,弄得谭小雅咯咯直笑。她一手扯开发髻,盘在头上的褐色长发像瀑布一样滑落。随后她揽住王一川的脖子,闭上眼睛。

　　嘴唇尚未贴到一起,王一川的手机突然警笛铃声大作,两个人都僵了一下。一秒钟后,王一川飞快地拿起了手机,说了声:"队里电话!"

　　这是王一川专门针对队里的值班电话设的铃声,在休息时间听到这样的声音,通常就意味着发生了案件。王一川迅速接通电话,几秒钟后,他的脸色严肃起来。

　　"知道了,你们通知一下老张、继刚、欧阳和苏晓巍,我马上到。"

　　他放下电话,抓起外套,对谭小雅抱歉而又急促地说:"发生案子了,我得马上赶过去,——要不你打车回去吧?"

　　谭小雅坐在床边,脸色发青,可是她知道王一川没什么选择,勉强地笑道:"没事,我能回去。"

　　王一川披上外套,迅速在谭小雅的嘴唇上吻了一下,谭小雅有些无奈,叮嘱道:"有没有危险?——注意安全啊!"

　　"好!"王一川说完这句话,人就向门口走去。门口传来咣当的关门声,谭小雅坐在床边,回头看看这张床,又环视了一下房间,长长地叹了口气。

在无数人开始休息、开始娱乐、开始夜生活的时候，一个个值班或休息的警员在接到通知后，向指定地点迅速会集。他们奔向黑暗，身后是璀璨的万家灯火。

春申江之于沪海市，犹如维多利亚港之于香港，是灵魂般的存在。沪海市的各类照片中，最著名的便是江畔的明珠电视塔、沪海中心等高楼，这些高楼在红色的晚霞下临江而立，是这个城市，乃至这个国家高速发展、雄视东方的写照。

毕竟是超级大都市，春申江在市区的河段超过30公里长，虽然两岸汇集了沪海城市景观的精华，但是在景观和滨江步道之外，也有荒芜的地方。但凡工商业历史厚重的城市，破旧的建筑自然不会缺乏。春申江转向东北方向的沿岸是老工厂区，这里原本聚集了各类码头、工厂、摆渡，里面的格局摆设让人恍若回到了二十世纪八九十年代的工厂时期。随着城市规划的调整，大部分工厂搬迁至周边的郊县，江边一线的改造逐步开始推进，但也仅仅限于靠近市中心的区域。洋浦大桥往西的江畔仍然在等待改造，再往远处，船厂和码头的吊机排列在江边，偶尔还能看到军舰停泊。江对岸是沪海市的洋浦区，沿江一线也在进行改造，旧的房子还没拆完，所以看起来有些破旧，只有靠近洋浦大桥的区域将旧的工厂厂房改造成了奥特莱斯商场，在江边建造了亲水平台，其他地方大抵还是有些荒凉的。

重案队会集的地方便是这样一处荒凉的江边，这里原本是一个废弃码头，因为长期不用，码头周边——甚至码头的石头缝里——都长满了一人多高的绿色植物，有些地方坍塌了，石块歪歪斜斜地半浸在水里，上面长满了绿色的青苔，滑滑腻腻的。此处属于一个水湾，因地形以及江水的推动，从上游及周边漂来的垃圾便不断聚集在江边，与水中的植物交杂，形成一条稀稀拉拉的垃圾带，随着江水浮浮沉沉。

王一川赶到时，现场至少停了七八辆警车，警灯闪烁，周围已经拉起了警戒线，里面打着大灯照明。王一川跟守在外围的警员打了个招呼，钻过警戒线赶到江边，发现技侦部门的人在四周搜索着，几名白大褂围着一块蓝色的布，队里的张云军、苏晓巍站在一边。王一川走过去，打了个招呼。

"老张，老苏。"

"王队。"

灯光是直照着蓝布的,张云军和苏晓巍的脸看不分明。几秒钟后,苏晓巍捂着嘴急匆匆地向远处的墙根儿奔去。

"到警戒线外面吐去!"张云军高声喊。于是那家伙拐了个弯儿,从匆匆赶来的欧阳宁娟身边跑过去,那位女警莫名其妙地回头看看他的背影,等她来到灯光下,看到蓝布上的东西,她静默了两秒钟,转身奔着警戒线也跑过去了。

蓝色垫子上是一堆黑色的、脏兮兮的、湿淋淋的塑胶袋,这是城市里常见的超大塑胶垃圾袋,里外有三层,胶袋里取出来的是两只人脚、几节肢体和一些似乎是内脏的东西。尸块不知道在水中泡了多久,皮肤呈青白色还透着灰色,内脏组织已经是黑灰色的,散发着恶臭。

03 尸块

"今晚8点前后发现的,"张云军小声介绍着,"几个小网红跑到这里拍抖音鬼故事,发现码头边有个袋子,打开一看是尸块,就报了警。"

"网红?"王一川往周围看了看,"跑这儿来?"

"已经被带到附近派出所做笔录去了。"张云军说,"都是些不像话的小青年,派出所的人到的时候,他们还在那里摄像说打算回去剪辑,派出所把他们的器材、手机都给扣了。据说现在还在那里闹着要拿回去呢。"

王一川蹲下来,看着技术人员用镊子在尸块中翻拣,一个人拍着照片。王一川盯着尸块看了一会儿,眯起眼睛。

"这是上肢,两节前臂。切口比较整齐,分尸工具很锋利。"技术部门的章启辉老爷子平平淡淡地说,"看这腐败程度,估计死亡时间在一周以上。"

"其他的尸块找到了吗?"

"那不正在找吗?"章启辉指了指江面。江面上,几艘小船正被划动着,船上的警员打着手电筒,弯腰吃力地在水里垃圾中搜索着。黑夜里在江面上寻找尸块,难度不亚于大海捞针,可是这事还不能不做,万一这里本来有其他尸块,到了天明被冲走了呢?谁也不敢冒这个险,所以只能让警员们打着手电筒在污水中勘查。

"初步判断是女尸。"

"章老师，这你都能看得出来？"

"看到脚指甲上这块淡褐色没？这是涂过指甲油的痕迹，应该是红色的指甲油。"

"章老师，你把这只脚翻过来。"王一川指着一只脚说。章启辉将那只脚翻过来，露出一个黑色的图案。那是一朵玫瑰花，文在脚踝的位置，呈红褐色，王一川估计这个人活着的时候，文身应该是挺鲜艳的。

"你说这个文身？刚才已经拍照了。"章启辉说，"要是找不到其他尸块，尸源可能要从这上头着手。"他看看江面，接着说："也不知道其他的尸块是不是在江里，在不在这附近。"

王一川走到江边，看着不远处在水面捞垃圾的同事们，远处高楼的灯光衬着这一片漆黑的河道。城市的灯光不足以覆盖全长30多公里的市区河道，在没有灯光或者灯光微弱的地方，春申江是漆黑的、可怖的，连江水的哗哗声都带给人一丝寒意。

章启辉从旁边走过来，和他并排看着江水。他已经脱了手套，拿了根烟递给王一川。王一川想起他的手刚刚在尸块内脏中摸来摸去，虽然戴着手套，心中终究有点腻应，便摇摇头。在他身后，张云军和欧阳宁娟走过来了，欧阳宁娟皱着眉头，似乎还在那种不适的感觉里。

"要确定这尸块是从哪里来的，有些难啊。"王一川似乎是在自言自语，"其他尸块能不能找到也不好说，这里离长江口只有十几公里，水的流速还大，被冲出去了也有可能啊……"

"调一下沿岸的监控，看看能不能找到抛尸人。"欧阳宁娟在身后建议道。

"不现实。我们要查哪个区域的？万一是上游定山湖那边或者哪个支流冲下来的呢？而且看哪个时间段的？"王一川摇摇头，说，"要检索全流域的监控，把全市的网警拉来都未必够……春申江全长113公里，市区部分30多公里，现在是汛期，河道最宽的地方有700多米，最窄的地方也有300多米，江上每天有那么多驳船、游艇和货轮，从哪艘船上扔下来也不是不可能。万一是的话，监控就更拍不到了。"

"王队，你怎么这么了解？"苏晓巍在身后说。他把胃里的东西吐得干干净净,惨白着脸回来了。

王一川没说话,章启辉在一旁说道:"你们王队长研究这条河,大概已经研究十年了吧。"他吸了口烟,继续说道:"我知道你在想什么,在江边看到尸块,我也想起老柯和小周了。"

王一川笑了笑,道:"也是,当年那个案子,也是你这老家伙出的现场。"

"是啊……那时候老柯和小周还在。到现在差不多也十年啦……"章启辉望着江水,"听说你还在追着不放,在当初那些地方反复查,有几次误了队里的案子,副队长都被撤了两三次了。你啊,就应该接受现实,老柯和小周已经不在了,他们肯定不希望你这样的。"

"嗯。"王一川未置可否。他的目光似乎穿透了黑暗,穿过时间,一直落到十年前的江边,看到十年前在江边呕吐的自己。十年前,年轻十岁的章启辉蹲在一个编织袋边,袋子是打开的,里面露出了高度腐败的一只手,站在旁边的是柯队长,柯队长旁边就是吐得脸色发白的他。

王一川收回目光,当章启辉再次递给他烟时,他忘了膈应,接过来点上了。在他身边,不同的信息在向指挥中心汇集,无数人又将度过一个无眠之夜。

"怎么说?"

"柯队长,结合温度、湿度、腐烂程度,初步判断死亡时间至少一个月了。"章启辉蹲在尸块边,抬头对柯振岳说。

"能分辨出性别吗?"柯振岳问。

"现在还不能。就这么几块尸块,一只脚、一截小腿、一些腐烂的肉,"章启辉说,"得回去做检验才行。"

"呕……"几米外的王一川和周少君看他用镊子拨弄黑灰色的尸块,一下子捂住了嘴。

"给我滚到警戒线外面吐去!"柯振岳吼道,"破坏了现场,我请侬吃生活!"

"吃生活"是老沪海人的口头禅,长辈收拾小辈时常常会讲"我请侬吃生活",意思是"老子要揍你"。柯队长自然不会打下属,可是严厉态度总归是要表示出来的。他看着那两个刚分过来的嫩芽连滚带爬地跑向远处，一直出了警戒线，才收回目光。

"呕……"王一川扶着砖墙，只觉得胃里翻江倒海，里面的东西从口鼻里喷涌而出，眼泪直流。足足呕了一分多钟，他喘着气，说："少君……有……有纸巾没……"

没有回答。王一川喘息了一会儿，突然感觉周围一下子变得异常安静。他扭过头，看到了周少君的身影。那家伙本来应该在一边呕吐的，现在却直直地站着，水不断从身上滴下来。王一川惊疑地睁大眼，怎么也看不清周少君的脸……

"一川……我好冷啊……"

王一川一下子惊醒了，坐起来。

手机屏幕上显示时间是凌晨5点多，他蒙了几秒，终于想起自己是3点多回到重案队的，再过几个小时就要进行案件汇报了，他本来在撰写汇报提纲，又困又饿，居然睡过去了。

手机上有未接来电，是谭小雅打来的，也有凌晨两点的微信留言，问他为什么不接电话，似乎有点怨气。她那边也在熬夜啊，不过现在应该在睡觉了吧……

欧阳宁娟趴在隔壁桌子上一动不动，苏晓巍横躺在双人沙发上，腿斜着耷拉下来，也亏他能以这样别扭的姿势睡着，嘴巴张得能放进一个乒乓球。王一川的电脑还开着，他发了一会儿蒙，想起自己还要写明天——不，今天的汇报提纲，看了看电脑上才只写了几行字，心里好不沮丧。老天似乎觉得他的沮丧程度不够深，眼前光线一变，那台用了七年以上的破台式机蓝屏了。

王一川的心里瞬间有几千头羊驼奔腾而过：还没保存呢……

早上7点多，张云军从食堂打来小米粥、豆浆和几袋包子，放在办公桌上。欧阳宁娟刷牙洗脸回来，把塑料盆和洗漱用品塞进铁皮柜，首先拿了一袋包子和一杯豆浆放到王一川的桌子上。王队长趴在桌子上睡得正香，被推醒后揉了揉眼睛，满眼血丝。苏晓巍迷迷糊糊地坐起来，鼻翼抽动着："几点了？……早饭都打来了啊！"

沪海市的男人总体上是精致的，但是不包括重案队这帮睡眠不足的糙汉子，几个人蓬头垢面，连牙都不刷，就开始抓着包子狼吞虎咽，直到把桌子上的东西一扫而光。张云军收拾桌子的时候，赵继刚拎着外套进来了，一进来就闻到了味道："你们吃完早饭了？没我的份儿？"

"你去哪儿了？还以为你回宿舍了。"

"我去审讯室的那张桌子上睡觉了啊。"

"那怪不得别人了。"苏晓巍嬉笑道，"撒宁晓得侬去审讯室睡觉了？赶紧去食堂吧，估计包子都被别人买光了。"

赵继刚慌忙扔下外套，骂骂咧咧地往食堂奔去了。

王一川草草刷了几下牙，漱了漱口，旁边的老张却刷得异常认真，他面前除了牙缸，还摆着洗面奶、啫喱水、梳子。比起队里其他人，老张活得仔细得多，无奈他天生长得老成，肤色黑，所以洗得再干净也跟没洗似的。

"一会儿去章老爷子那里问问，看他们昨天有没有鉴定出什么来。"王一川拿着自己的洗漱包，靠在洗手台上等着老张，开始交代事情。他洗脸快，除非要去见谭小雅，否则一向是往脸上抹一把水，用毛巾一擦就完事，整个洗脸过程"长"达五秒。"今天上午9点半，局长和支队长都要过来开案情分析会，打电话让刘苡岚早点到，把会议室收拾一下。"

张云军漱了漱口，把水吐出来，道："不知这次会不会限期破案。"

"命案必破啊。"王一川说着就出去了。

回到办公室，他把提纲又看了一遍，研究了昨晚勘查现场拍下来的那些照片。尸块的照片没有现场实物那种恶心感，但也让人不忍直视。

8点多，技术部门那边把初步报告送来了，王一川一边翻着一边补充提纲，同时让欧阳宁娟按顺序排列照片。大院里，刘苡岚匆匆忙忙从车上跳下来直奔会议室，开始擦桌子，摆茶杯，调试投影仪。她今天没开那辆大奔，因为车被送去4S店重新喷漆了，今天是开一辆玛莎拉蒂来的。

虽然说案件汇报9点30分开始，可是8点40分前后，第一辆车就赶到了，从车上下来的是分局长姜伟，肤色比较黑，脸色更黑。他嗓门儿高，态度硬，虽然话不多，只要开口就让人压力很大，人称"雷神"。通常领导应该晚到，姜伟却早早抵达，脸色黑得跟墨汁似的，谁都能看出他情绪很差。

分局政委姬军第二个到，他是骑一辆破烂的自行车来的。这倒不是他作秀，其实局里给他配了车，去年他查出了中度脂肪肝向重度转化，医生要求他多运动，于是他改为每天骑自行车上下班，效果立竿见影：自行车一连被偷了两辆。据说姬太太在家里一口东北腔河东狮吼："败家玩意儿！咱家有多少钱给你买自行车啊！"后来他就花50块钱把邻居家一辆闲置不用的破自行车买过来，每天骑着当啷当啷直响。

车子一辆接着一辆开进来，陈副局长、支队长魏巍、重案队队长傅朗等人到了，分局技术部门、网监部门的人也先后到来。恶性杀人案件一向是警队最重视的案件，特别是还涉及分尸、抛尸，这个案子的影响力恐怕已经到达市局层面了。

王一川在赶往会议室前突然想起谭小雅，于是给她留了个言："昨晚出现场，忙通宵。一会儿要向领导汇报。你昨晚几点睡的？注意身体。"随后把手机调了静音，拿着文件夹快步走进会议室。

一般人对"警察开会"的概念应该是像影视剧里展现的那样：办公桌上烟雾缭绕，烟灰缸里堆满了烟头，一位位警官各抒己见，抽丝剥茧，逐步接近真相；最后局长或队长站在窗前，望着夜色，大手一挥："决定了！把那谁谁谁抓起来！"然后，警灯闪烁……

重案队自个儿窝在办公室里进行小规模案件讨论时，倒是符合"各抒己见，抽丝剥茧，逐步接近真相"的描述，不过烟是没法抽的，倒不是说他们里面没有烟民，主要是因为有欧阳宁娟在。赵继刚刚进重案队时，对于"办公室里不许抽烟"这条规定没有深刻的认识，几次违反而不自知。有一天讨论案子时他又点起一根烟，喷了个烟圈后，发现其他人都在瞪着他，表情类似于"兄弟我佩服你"。他正在诧异，欧阳宁娟揪住他的领子，这位前女特警手臂一抡，赵继刚就飞出门去了。这件事产生了两个效果：第一是从那以后办公室里更加没人敢抽烟了，有一次张云军想点根烟，一看欧阳宁娟进来，愣是把那根烟塞进了嘴里；第二是赵继刚从此见了欧阳宁娟跟耗子见了猫似的。

不过这样的土规定限制不了领导们，王一川进去时，姜伟分局长正在一边吸烟一边和支队长魏巍说话。姬军在和重案队队长傅朗说着什么，再加上其他部门的几个头头，会议室里至少有三根烟点着。这时候重案队的其他人进来了，刘苡岚坐在后排准备记录，张云军、苏晓巍、赵继刚、小顾每人拿了个本子，最后进来的是欧阳宁娟，这个假小子啪地往桌子中间放了个牌子，上面是黑色的印刷字体，正面是"吸烟有害健康"，背面是

"禁止吸烟"。

傅朗队长和王一川副队长的脸当时就绿了。姜局长正在深吸一口，一下子岔了气，呛得咳嗽起来，其他部门的两个人脸色尴尬，不声不响地把烟熄掉。姬军政委苦笑一声，伸手点了点欧阳宁娟，解围道："老傅啊，你们重案队……这个……执行力挺好的，啊，执行力挺好。就该这样，就该这样嘛，对吧……"他看着"雷神"局长把烟掐了，便转换话题道："人都来了，老雷——不是，老姜，你先说两句？"

会议室里响起了一阵压抑的笑声。"不用，咳咳咳……"姜局长咳得满脸通红，他其实习惯于开场先讲两句定定调子，偏偏现在咳嗽得厉害，便挥挥手说，"直接开始吧，咳咳……"

为了表示重案队同志们其实对局长是很尊重的，刘苡岚赶紧跑去给姜局长的杯子里添水，于是案情简报就在"雷神"局长的咳嗽中开始了。王一川首先介绍了昨晚的接警时间、地点和过程，一边说一边用幻灯片展示着一张张照片。

"……截至目前，初步可以确定，尸块发现处并非第一现场，应该是死后抛尸，漂到了这里。现场附近没有发现别的尸块，目前已经发动周边派出所的同志在上下游沿江排查，港航公安也在沿江搜索，暂无新的发现，不排除其他尸块沉在江底，或者已经漂浮到长江，甚至出了出海口。

"关于尸块本身，经过初步分析，死者是一位女性，身高、体重和年龄暂时不能确定，左脚脚踝有红色的玫瑰花文身，脚指甲上曾涂过红色的指甲油。关于死亡时间，初步判断为10天到15天。尸块腐烂严重，不过还是可以分析出一点信息来。"

此时投影幕布上显示的是那只有玫瑰花文身的断脚，两边放着对应的黄色尺码。会议室里的人都微微前倾，紧盯着屏幕。

"第一是关于死者身份。我们初步分析，死者应该是一个身材较胖的成年女性，从指甲油来看，生活条件应该不会很差。"王一川分析道，"文身表明她对潮流有一定追求，不排除她身体其他部位也有文身。现在文身人士的范围比较广泛，根据这个将范围指向特定群体有难度，不过，还是可以根据这个文身图形进行排查的。"

"第二……"王一川顿了一下，因为他突然发现自己放在一边的手机屏幕亮起来了，来电显示为谭小雅。他伸手按掉，用激光笔指着屏幕，继续说道:"……是关于凶手。虽然尸块在水中腐烂严重,但还是可以看出,脚部的断面是比较整齐的,这说明分尸的人有非常锋利的工具。如果是用刀斧砍剁的话,创面不会这么平整,而且肯定会把骨头劈裂了,砸出一些碎碴儿来。大家看这个腓骨和胫骨的切面,非常整齐,这应该是用电锯类的东西切割的。不过这个人对于人体骨骼构造未必了解,不会是医生、厨师之类的职业。为什么这么说呢?"他用激光笔指着照片上的脚部断口:"大家看,如果是熟悉骨骼构造的人,要分尸会通过伸肌下支持带这里切进去,从距骨、腓骨、胫骨之间的缝隙穿过去,这样容易得多。而这个分尸的人直接切断了腓骨和胫骨,简单粗暴。"

他说到这里,发现自己的手机又亮起来了,不由得叹了口气,继续说道:"所以我考虑,死者应该不会死在普通的居民区里,因为现在房屋的隔音效果可没那么好,用电锯锯东西的声音会很大。"

"也不一定。"支队长魏巍说,"现在各个小区里装修的房屋都多,小区里出现电钻、电锯的声音太普遍了。大部分居民对这样的声音是有免疫力的。当然,在偏僻地方分尸的可能性也是很大的。"

"是。"王一川点点头,在本子上画掉了一条。

"侦查方向有了没有?"姜局长问。

"目前我们的方向是这样的,先要确定尸源,否则没法往下推。"王一川说,"除了发尸源协查,悬赏征集线索外,还要采取下面几个步骤:第一,查一下一个月内有无失踪人口的报警,如果有的话,进行比对;第二,请兄弟单位协助,走访各个文身店,根据这个文身图形,排查他们的顾客信息;第三,通过DNA(脱氧核糖核酸)信息进行比对,看库里有没有匹配的;第四,通过市局调取沿江一线的监控,重点排查有无深夜携带大包物品的……"

姬军政委摇起头来:"这个工作量大了,光我们沪东沿江一线就有多少监控啊,我把全分局的人调给你看监控都未必看得过来,更别说还有沪西那些区县。你这个是第二步,我看还是先确定尸源。"

"我同意。"傅朗说,"确定了尸源,查明了死者身份,才可以围绕死者的社会关系展开调查。"他转向魏巍、姬军、陈副局长和姜局长,请示道:"领导们看看,有什么意见,给我们做个指示。"

陈副局长没说话,姬军政委用探询的目光望了望姜局长。姜伟的脸照例是黑的,加上皱着的眉头,重案队这伙人都有了不祥的预感:他不会又要限期了吧?

04 限期破案

果然,局长同志一开口,高屋建瓴的味道就出来了:"同志们,来之前,我和市局方局长、曲副局长通过电话,市局领导对这个案子非常关心,指示我们要不惜一切代价,尽快侦破此案,将凶手缉拿归案。"

他用手指敲了敲桌子:"可以说,近年来,在大家的努力下,我区总体的治安形势是好的,刑事案件的发案率是逐年下降的,对于我们这样一个外来人口多、城区郊区情况复杂的区来说,这是非常不容易的。但是,今年以来,我区已经发生了四起重大刑事案件,特别是之前的灭门案,一下子杀了七个人,这说明我们的工作还有提高的空间啊!所以我们必须保持对犯罪的高压严打态势。有了案子,就要尽快破案,这也是部里对我们的要求——命案必破!"

"这个案子,"他指了指屏幕,"恶劣程度不亚于那个灭门案,这让我想起了一件往事。"

姬军政委的脸色变了变,看了一眼王一川,又看了一眼姜伟。姜伟像没察觉一样,继续说道:"十年前,我们也遇到过一个碎尸案,也是从江里捞出了一包尸块。当时的重案队队长柯振岳向局里立了军令状,要限期破案。后来,案子没破,重案队还有一个同志牺牲了!那个案子一直没破,直到今天!后来的事你们有些人可能知道,老柯担了责任,后来调去了郊区,几年后为了救群众牺牲了。"

王一川低下头,紧紧捏紧了拳头,捏得手臂都在颤抖。

"你们可能不知道,老柯是我一手带起来的,"姜局长继续说,"后来是我亲自下令让老柯担责任的,我心里难受,可是我既然给他限了期,我就要守住这个规矩!你做不到,你就是要担责任!我不否认当初很多技术手段还跟不上,可是,我们是警察!我们是人民警察!破案子,抓凶手,这是我们的职责!"

他注意到人群中有两道很不友善的目光看着他,目光来自重案队副队

29

长王一川，十年前重案队里那个和周少君总是形影不离的嫩芽。姜伟瞪了一下眼睛，王一川移开目光，脸色是阴沉的。

"市局领导很重视这个案子，要求限期破案。我给你们个时间，15天内，必须破案！这是命案，碎尸案！命案必破！今天就成立'11·7特大杀人案'专案组，组长由陈副局长担任，副组长魏巍、傅朗，技侦、网监各部门配合，所有人取消休假，全力以赴侦办此案！"

会议室里鸦雀无声，每一张脸都黑了下来。虽然对限期破案早有预料，可是一听到15天的期限，每个人的心都是一沉。尸源未定，15天的时间破案几乎是不可能完成的任务。

"破不了案子，大家自己看着办！"姜局长的话几乎不留情面。底下的人一声不吭，一个个用沉默回应着。

姜局长是老刑侦出身，当年在刑侦支队就是个火暴脾气，说一不二，沪东地区的很多地痞流氓犯罪分子一听说姜队长来了，能吓得浑身发抖。

他这个人年纪其实比王一川大不了多少，最早他是刑十三队的小警员，后来破了一起连环杀人案，逐渐开始崭露头角，以擅长分析犯罪嫌疑人心理而闻名，不少人将之归功于他有一位职业是心理学专家的太太。这件事是沪东分局的传说：新入职的嫩芽警察小姜破获了连环杀人大案，抓获了真凶，顺便还救下了一位漂亮的女心理学专家，后来这位比他大十几岁的心理学专家李如云就变成了姜太太。再后来他又破获了孪生姐妹遇害案等重大案件，逐步升职，刑十三队更名为重案队，他就是首任队长。别人对他的称呼也就慢慢变化，从小姜变成小姜组长、姜队长、姜副局长、姜局长。

他的威信不是靠传说树立的，而是靠玩儿命。还在重案队时，他们有一次配合缉毒队参与围堵贩毒分子，毒贩一路奔逃，正撞到了姜伟参与布控的点，几名警员将两名毒贩扑倒在地，没想到其中一名外号"张口鸟"的毒贩胸前绑了个老式军用长柄手榴弹，"张口鸟"在搏斗中用牙齿扯出了藏在衣领里的导火索，面对毒贩身上冒出的烟，姜伟大吼一声扑过去紧抱住他，硬是将手榴弹紧紧压在了两人身体中间。短短五秒，所有人都在鬼门关前走了一遭，所幸手榴弹是个臭弹，没有爆炸。"张口鸟"自爆不成被抓，狂叫"天要亡我"，另一名毒贩则吓得屎尿齐流。

危急关头舍身保护队友，把毒贩都吓尿了，这样的警察永远会被大家敬重。

人就是这样，要是换个人在这里说同样的话，底下的人可能会在肚子里骂娘，说"就知道逼我们"；姜伟说这些话，下面的人只能听着。——这是老队长，人家连炸弹都扑过，在他面前喊苦喊累，你算个毛啊？

"我说这话，有些同志心里会不舒服，觉得我不近人情。你心里不舒服，有火，对案子发去！破不了案子，你没脸，我没脸，咱们对着老百姓都没脸！咱们这是又一起碎尸案了！是破案，还是重蹈覆辙，市局看着，老百姓看着，死去的柯振岳队长也在看着呢！——王一川！"

"到！"王一川唰地站了起来。

"你是重案队的副队长，也是老柯的徒弟，十年前那个案子，你也是参与了的。这些年你一直在折腾、调查，你折腾出个毛了吗？"

"报告老队长！毛都没有！"王一川吼道。

"你想洗刷老柯的屈辱，这很好！可是，你查那些没个毛用！"姜伟吼道，"你给我把这个案子破了，让大家知道，柯振岳队长还有个好徒弟，行不行？！"

"报告老队长！行！"

"重案队有没有决心？"

一阵椅子响，重案队的人都站起来了，答道："有！"

"这不是我印象里的重案队！当年我在的时候，声音没有这么不齐，声音没有这么低，像一群娘们儿！"姜伟吼道，"有没有决心？！"

"有！！！"这一次的回答又整齐又响亮。眼看着气氛达到了，却又冒出了一个声音来："姜局长，请不要歧视我们这些娘们儿！"

轰的一声，会议室里众人一下子破了功，刚才还热血沸腾的男警们哄堂大笑，傅朗队长和王一川的脸又绿了。说话的又是女汉子欧阳宁娟，她一向强悍，说完这句话自顾自地坐下，满脸"你们还不如我"的倨傲。"雷神"局长鼓舞了半天士气，哪想到被这二愣子搅了，脸色登时又黑起来了；可是他刚才那句话又确实有些不正确，于是这位"雷神"一口气哽在喉咙里，眼珠子都快凸出来了。

姬军政委指着欧阳宁娟笑骂道："到哪儿都少不了你这个疯丫头！老雷——不是，老姜也就是这么个比喻。"他转向姜伟笑道："老姜，吃瘪了吧？以后不要老是娘们儿娘们儿的，整个重案队里能和欧阳交手的都没几

31

个呢，去年连环盗抢案，那个练过跆拳道的家伙就是被她一脚放倒的！"

姜伟苦笑着指了指欧阳宁娟，转了话题，说道："下面就由陈副局长主持，专案组要立刻投入工作。要人，我给你们；要支持，各部门都优先顾着你们。要求只有一个，限期破案。"

他说着站起来："案情紧急，我就不在这里了。我在这里，恐怕你们都不自在。"他的目光扫过房间里的人："你们不用送，直接做事。"

他说着戴上警帽，大步走出去，司机跟在他身后。他不是个讲客套的人，魏巍等人真的就没敢送他。姬军政委向大家抱歉地笑了笑，也站起身，说："那我也回分局了。有任何困难，及时告诉我。"

"政委慢走。"

"不用站起来，不用站起来，你们讨论你们的，我就回去了。"

三分钟后，会议室的门被推开，姬军政委又回来了，他慈祥地笑了笑，走到刚才自己的座位前看了看，然后费力地蹲下，从椅子下面捡起一把破旧的钥匙。

"自行车钥匙丢在这里了，呵呵呵呵……"

他回到院子里，打开他那辆破自行车的车锁，当啷当啷地骑自行车走了。在他身后的建筑里，专案组的工作才刚刚开始。

从会议室出来时已经快中午了，王一川急急忙忙给谭小雅打了电话，第一遍被谭小雅按掉，王一川又打过去，第二遍还是被按掉了。王一川暗暗叫苦：完了，谭小雅发火了。

被挂断四五次后，他编辑了一段长长的文字，解释说昨天勘查现场后一直在写材料，今早又开了案情会，没法接电话。微信发过去后，谭小雅久久没回音，再打电话，还是被按掉。

王一川叹着气，连面前的饭菜都食不甘味了。谭小雅爱生气，而且不太好哄，偏偏自己现在没法赶去哄她，所以这一次发火还不知道会持续多久。这可能也是很多同事面临的问题：为了公共安全，警察经常要牺牲自己的私生活。要是遇上像谭小雅这样不好说话的，只能大喊一声：悲了个催。

他闷闷不乐地吃完饭，回到办公室立刻开始布置任务：刘苡岚负责调查近一个月内失踪人口的报警记录，顺便向市局申请调取沿江监控（避免时间久了被后续视频覆盖）；欧阳宁娟去技侦那里盯一下DNA信息比对的事；赵继刚、张云军、苏晓巍、小顾和他出外勤，两三人一组去走访各大文身店。

任务分派完，欧阳宁娟先提出了异议："为什么把我留下？分局不是已经要求技侦去做DNA信息比对了吗？我过去有什么用，还不是干坐着？"

王一川把欧阳宁娟和刘苡岚留在队里，本来想的是照顾女同志，不想她们在外头风吹日晒，欧阳宁娟偏偏不领情。要是换个人这样说话，王一川开口就骂了，直接就给镇压了。问题是王一川的副队长权威在欧阳宁娟面前从来就没好使过。

"我也要去！"欧阳宁娟说，"你们五个人出去，只能分两组，加上我就可以分三组了！"

"咱们没那么多车！"王一川说。

"我开苡岚的，"欧阳宁娟说，"她这辆车我也开过。"

"哎呀，玛莎拉蒂！"没眼色的赵继刚兴冲冲地说，"我还没开过呢，一会儿换我开开。"

"你滚！"刘苡岚和欧阳宁娟齐声说。欧阳宁娟还加了一句："谁和你一组！"

张云军等人都讪笑起来，赵继刚面红耳赤，嘟嘟囔囔地说："队里那车的空调都是坏的。"

大家都怕欧阳宁娟，于是最后的分组是这样的：张云军和赵继刚一组，苏晓巍和小顾一组，欧阳宁娟和王一川一组，等于暗戳戳地打了王一川的脸。

临出发前王一川又给谭小雅打了一次电话，不出所料又被按掉了。王一川叹着气，觉得今天实在是倒霉透顶。

手机亮了，显示有电话打进来，谭小雅看都没看，直接按掉，随后笑盈盈地说："……冯总还有什么问题，我可以继续解答的。"

坐在对面的冯天海指指她的手机，问："今天来了好几个电话了，不需要接一下吗？"

谭小雅笑着说："不用。还有什么事比冯总您的事情更重要啊？"

坐在一边的秦观月赞许地看着谭小雅，含笑说道："谭经理这个人啊，在我们营业部是出了名的敬业,不是精英,我也不敢让她跟这个case(单子)。这两次见面,冯总应该也看出来了,做事情非常稳妥,她给您这个方案,我觉得是非常优秀的,基本上把成本降到了最低,利益做到了最大化。其他公司可不一定能做出这么好的方案啊。"说着,她对冯天海嫣然一笑。

"不错,不错,我挺满意。"冯天海笑着说,"行吧,那我就签了,先把我们几个高管的签下来,后续还要扩展到整个公司。"

秦观月和谭小雅都面露喜色。冯天海给公司部门经理以上的干部每人买了一份万能寿险型的保险理财,仅这一单签下来,要进账100多万元保费,秦观月和谭小雅能提成30余万元。这还只是冯天海的公司给高管们买的。按照冯天海的说法,公司还要把这个福利逐步向中层干部和基层员工推广,涉及的人数有数千名。

数千名啊!就算不都是像高管们这样每人十几万元的保费,哪怕每人一两万元,那也是几千万元乃至上亿元的保费啊!按照30%的提成比例来算,提成金额是……

这样的大客户极其罕见。在沪海市这个地方,越是有钱人越吝啬,买这种理财型的保险会精打细算,冯天海一出手就是十几单,后续还要给几千人投保,就算是上市公司老板都没有这样的豪气啊!

"就算是上市公司老板都没有冯总您这样的豪气啊!"秦观月赞叹道。

"我与董事长的经营理念和别人不同。"冯天海笑着说。他是一个40多岁的男人,但是保养得当,看起来像是30多岁,脸略有点长,不算好看,但是白白净净,头发梳得一丝不乱,戴着眼镜却并不显得文弱。签字的时候,他用左手按着纸张,白色袖口的边缘露出了半只腕表。

秦观月和谭小雅都笑盈盈地看着他签字。由于坐得比较近,她们都闻到了他身上的男士香水味道。

"一般的老板做事业,想的是怎么赚别人的钱,稍微大气一点的,想的是怎么带着自己的小圈子赚钱。说到底,都是少数人赚,多数人得不到什么好处,所谓资本,就是这么回事。"冯天海一页页地看着文件,签着字,嘴里说着,"殷总当初成立富利东联金融控股公司的初衷,就是带着大家一起赚钱。跟其他人在理念上是有鸿沟的。"

秦观月点着头:"你听听冯总这想法,其实我们的客户群体数量蛮大的,认识的老板也很多,像冯总您这样的还真少见。小谭,我当初一认识冯总，就觉得他和其他老板不一样。"

"是啊，"谭小雅说，"我听了都肃然起敬。"

"也不至于。"冯天海说，"——这句话是什么意思？"他指着合同里的一句话问。

谭小雅看了一下，忙详细讲解，可是她刚讲解了两句，冯天海就点头道："我明白了。"

"我们就喜欢冯总这样的人，"秦观月说，"一解释就明白。冯总就是聪明啊，这些条款我们有时候还看不明白呢……"

"你客气了。"冯天海客气地说，继续看着、签着，"……刚才你们说肃然起敬，其实真不至于。我们的观点是，你得让别人赚钱，这样你的朋友才会更多，你的盘子才能越做越大，不要老想着把所有的钱揣在自己的兜里，这样格局就小了。我之前就跟董事长说过，赚10块钱，要花7块钱出去，这就叫作互利共赢。"

秦观月和谭小雅都笑着，比起冯天海讲的那些，她们其实更关注的是冯天海的签字。冯天海签完最后一张纸，递给谭小雅，说了句："麻烦您。"

"冯总客气了。"谭小雅麻利地把文件整理了一下，"我现在就去申请盖章，麻烦您坐一下。关于您公司的盖章……"

"盖章得去我们公司。"冯天海说，"公司资金流通量比较大，用章比较严格，流程比较复杂，所以公章带不出来。不过你们这个合同，我们董事长已经批准了，盖起来应该很快。"

"那您看我们什么时候方便去一下咱们公司？"秦观月问。

"我看看，"冯天海拿出电子记事簿，在上面点着，"……哦，可能得下周一。"

秦观月和谭小雅脸上的笑容一起僵硬了一下。拖个几天，这合同会不会发生变数？这样的事例可太多了。

"哦，好的，那就下周一。"秦观月笑容还是很甜美，"我本来想让小谭经理下午去您公司那里跑一下，要是时间不方便的话，我们就下周一去拜访。"

"今天？今天倒是可以。"冯天海眉毛一抬，"我原本怕你们太辛苦，如果你们今天能去，我很欢迎。"

这句话一说出口，秦观月和谭小雅都是眼睛一亮。

35

"这是我们的工作，哪里会有什么辛苦不辛苦的。"秦观月温婉地说，"那这样，谭经理现在去收拾一下……"

"不用这么急，"冯天海摆摆手，"要不下午六点半吧。"

他看着秦观月和谭小雅脸上惊讶的表情，解释道："今天晚上我们公司正好举办酒会，您两位一起去参加吧，到时候我带您两位到办公室把章盖了，顺便介绍你们和我们董事长、财务总监认识一下。"

"酒会？那多不好意思。"秦观月不好意思地说，紧接着她又加了一句，"方便吗？"

"方便，不用担心。"冯天海摆摆手，"我现在就把你们的名字和电话发给主管，到时候报名字就可以了。这是我们专门为高端客户开的酒会，进去的时候每人要佩戴一枝鲜花，我们叫'香花派对'，参加的人都是要有一定身家的，到时候我给你们介绍介绍，也许有帮助。"

"哎呀，那可太谢谢冯总了！"秦观月轻轻鼓掌，显得高兴却又恰到好处。

"行，那我就不多待了，"冯天海看看表，"回去还要开个会，准备晚上酒会的事，唉，一堆事。你们到时候别穿得太严肃啊，香花派对讲的就是个轻松，对了，稍微化点妆。"说着他站了起来。

"好，晚上见。"秦观月和谭小雅都站起来，准备送这位金主出门。不料冯天海刚站起来，似乎想起了什么，又弯下腰，从座位旁边拿起两只手拎袋放在桌上。

"对了，这是我们公司给客户的礼品装，两位赏收一下，别笑话。"

"哎呀，这怎么行，我们不能收。"秦观月赶紧推辞，看到包装袋上的"H"字样，更是吓了一跳，"这太贵重了，我们不能收！"

"拿着吧，这是我们专门给女客户的，不是我花钱，这是公司的规矩。"冯天海笑道，"秦经理和谭经理都这么漂亮，我还怕这个配不上你们呢。"

他说完这些，也不给她们推辞的机会，转身就走。秦观月和谭小雅顾不上礼品，赶紧送出门外。冯天海挥了挥手，正好来了一趟电梯，他大步走了进去。

05 香花派对

秦观月和谭小雅回到签约室时，闻讯而来的同事已经对着礼品啧啧称赞了。这年头签保单，保险公司给客户送小礼品的比较常见，客户给保险公司送礼品的却没见过，送的还是爱马仕。看她们俩回来，这些人便起哄道："快打开看看！"

"好，打开看看！"秦观月爽快地说。她从手拎袋里又拎出两个小的手拎袋，一个里面装着扁平的盒子，另一个是一个小盒子。同事们手快，帮着拆包装，打开以后，扁平盒子里是橘色的花纹丝巾，小盒子里是一瓶香水。

"哎呀，爱马仕橘色方巾！这个店里要卖5000多呢！"

"这是爱马仕香水啊！快查查，什么系列的？"

"Rose Ikebana，玫瑰花道！这一瓶要4000多呢！"

"秦姐和谭姐运气真好，这两样加起来小一万呢！你看她俩一人一套，你们要请客啊！"

"我跟你们说，秦姐和谭姐这次真的遇到大客户了！我刚才走过去，看到那个客户手上的表哦，你们晓得吧，那是江诗丹顿！我刚刚查了一下，那块表哦，纵横四海系列，小80万！"

"啊哟，有钱咪……"

"你们哪，眼光不要盯着这些小礼品！"秦观月作为团队领头人，借机又对团队成员进行了宣讲，"为什么客户会选择我们？因为小谭制作的方案征服了他！否则客户根本不会和我们合作！这说明只要认真和努力，大家都会抓住自己的机会！我们团队的理念是什么？卓越！求精！奋进！前行！我们一定行！"

谭小雅看着手里的礼品，又开心，又有些紧张，还带着一丝期待。今天晚上就要去参加派对了，参加者还都是有身家的人，想着自己要穿什么衣服，如何与他们交谈，她突然觉得压力很大。

不管怎么说，签了这个单，到手的收入是极其可观的，谭小雅紧张之余，心情也愉悦起来，昨晚和今天上午王一川不接电话带来的那丝恼怒也烟消云散。其实她知道王一川不回短信、不接电话肯定是因为办案，毕竟那家伙连工资卡都交给自己了，对自己可谓死心塌地。但是谭小雅对王一川的理念是"一定要立规矩",具体的方法是"作",有事没事都要采取生气的方式,比如王一川来晚了是一定要发火的,王一川忘了自己交代的事情是一定要发脾气的。有时甚至要没事找事,以此逼迫王一川不断让步,不断后退。只要形成习惯,王一川以后自然会被自己拿捏住。

在别人看来这有些不讲理,问题是不讲理是女人的特权,任何试图和女人讲理的男人,都是渣男!

王一川目前来讲不是渣男,不过还需要继续调教。签单让她心情愉悦,她愿意开恩原谅王一川的"过错"。但是她不会主动给王一川打电话,她会等到他下一次打电话过来,接通电话,先是一声不吭,让他心慌,让他难受,等他百般哀求后再骂他一顿,最后才勉为其难地跟他和好。

她下午3点就拎着礼品回住处,路上不时看手机,琢磨王一川为什么没有打电话来。难道中午自己没理他,他就不继续打电话来哀求自己了吗?就算是工作,也可以给自己发几条短信吧?想到这里,她觉得王一川有点向渣男的方向靠拢了。她又想起王一川的收入问题,当警察能有多少钱啊,还老是这么忙碌,换个工作不行吗?叫他把房子卖了他也一直不肯,这还是没教育好啊……

不管了,反正自己是绝对不可能主动联系他的,他越晚给自己打电话,自己生气的时间就会越长。

谭小雅气呼呼地把王一川抛到脑后。晚上还有一个大单要签,还会遇到很多潜在的客户,她要尽快回去选衣服,也许还可以做个面膜,确保晚上以最好的状态出现在香花派对上。

在谭小雅赶回家的同时,王一川和欧阳宁娟正从一家文身店旁边的便利店出来,每人拎了一瓶水。连续跑了七八家,两个人都口干舌燥,一边喝水一边坐进车里,在清单上打着钩,在手机上搜索着距离。

"栖霞路那里有一家,离这里1.5公里,就去那家。"

"好。"

王一川在副驾驶位置找了找,问:"刘苡岚这车上有数据线吗?"

"有苹果的。"

"我手机是华为的,电不多了。"王一川说,"先走吧,万一队里有事,能打你的电话也行。一会儿找个小店买根充电线。"

欧阳宁娟把瓶子放进杯座，发动汽车，玛莎拉蒂缓缓离开路边，驶入车流。

据说有钱人都很讲究时间观念，对方迟到他们会生气；保险公司的业务人员作为商务人士，守时更是刻在骨子里，不敢有所怠慢。虽然冯天海说的是下午6点半，可是6点不到，谭小雅就到了富利东联金控公司附近。

按照"商务礼仪"，提前到也是不礼貌的，所以谭小雅在附近找了个咖啡馆，坐在窗边。当女招待过来请她点单时，她没有看菜单，而是优雅地吐出两个单词："Caramel Macchiato。"

女招待笑了笑，问了一下对甜度的要求就离开了。

夕阳的余晖透过窗子打在谭小雅的身上，涂抹出一幅美好的油画：年轻的女子穿着一件浅绿色的西装小外套，搭配着一条白底绿花碎点连衣裙，一直遮住膝盖；黑色的丝袜，白色的高跟鞋，头发盘着，衬出光洁姣好的脸颊和脖颈，眉毛精心描过，画了眼线，红色的嘴唇衬着淡紫色的耳环，显得干练而不失优雅。她端起咖啡杯，欣赏了一下上面的奶泡，轻轻地抿了一口，在杯沿上留下了红色的唇印。

这是谭小雅喜欢的生活方式：以最美的形象过悠闲的生活。她对生活品质有自己的要求，就像她不说"焦糖玛奇朵"，一定要说"Caramel Macchiato"，不说"美式"，一定要说"Americano"。在这一点上，她坚持而执着。

哪个女人不喜欢拥有公主一般的生活呢？虽然现实中可能会回到凌乱拥挤的家里，冰箱里放着没吃完的剩菜，衣柜里有些衣服积着灰尘却舍不得扔，有些破了或者脱丝了的丝袜只要不显露在外面还是继续穿，需要擦拭水槽、清洗马桶，拎着散发难闻味道的垃圾袋去分类投放，但是在外面还是要维持基本的精致和美丽，哪怕这样的精致和美丽只是一瞬，可以欺骗别人，可以麻醉自己。

谭小雅保持着这样的精致和美丽，看着街对面的写字楼。天色渐渐暗下来了，写字楼亮起了星星点点的灯火。谭小雅突然看到秦观月的车子驶进了地库入口，看了一下时间，赶紧起身背包走出去。

秦观月从地库来到一楼大厅时，谭小雅已经带着谦虚的笑在那里等她。秦观月今天穿了一件紫红色的旗袍，披着皮草短外套，旗袍上身有些紧，小腹微微隆起，两侧开衩到大腿根，走路的时候能看到肉灰色裤袜的分界线，尽显一个中年女性的丰腴。她手臂上挎了一个爱马仕的小包，衬着碧绿的满翠手镯和脖子上的珠串，显得风情万种。看到谭小雅的打扮，她赞许地点点头，微微侧脸："时间差不多了，我们上去。"

大厅电梯前有一个签到台，旁边是花篮和罗马柱，竖了个牌子：香花派对。两位年轻美女坐在签到台后面，还有两位站在一边端着花盒，她们都穿着礼服，打扮精致。看到秦观月和谭小雅过来，签到台后的一位美女询问她们的姓名，另一位在名册上寻找着。

"找到了，BIB的秦经理、谭经理。两位请签到。"

在她们签字的时候，一位美女拿出了两根缀着她们名字的胸针，两位端着花盒的小姐等她们签完，就把花盒捧到她们面前请她们挑选。花盒里整齐地摆着不同种类的花，每一朵看起来都很漂亮。谭小雅选了一朵粉色的花，一位小姐把花卡在胸针上，贴心地别到她西装小外套领子的扣眼上，一点也没损坏面料；秦观月则选了一朵蓝色妖姬。

"秦经理、谭经理，我们冯总交代过，两位来了请先到我们14楼的办公室签约盖章。"

听到这句话，秦观月和谭小雅都露出笑容。这时候有别的人来签到，一位中年人过来说："汇业集团，潘志成。"

"是！潘董！"签到台后面的小姐很快找到名字和胸针。谭小雅回头看了一眼，发现这个中年人穿得比较随便，礼宾小姐帮他别胸针和鲜花时，他眯着眼睛说："小姑娘很漂亮啊！多大了？哪里的人啊？"

谭小雅收回目光，觉得自己和秦观月是不是穿得"过于正式"。在她们等电梯的时候，那位潘董也到了，随后又来了一位南宁集团的赵巧玲董事长，她穿的是长及脚面的长裙，谭小雅立刻又开始纠结自己和秦观月穿得是不是"过于随意"。最终的结论是：有钱人怎么穿都可以，没钱的人怎么穿都是不自信的。

电梯到了三楼，那位潘董和赵董下去了，一下电梯就开始交换名片。谭小雅感叹着这些老总随便聊聊就可能有商业机会，电梯继续往上，里面只剩下了她和秦观月。

"我有一个朋友也被邀请了，"秦观月说，"一会儿签完合同下来，咱们分开，尽量都多换些名片来。"

谭小雅点点头，心里有些不安。秦观月倒是有朋友帮衬，自己没人介绍，怎么主动凑上去和别人换名片啊？

电梯门在14楼叮的一声打开，秦观月和谭小雅走出电梯，就看到了左侧的玻璃门，富利东联金控公司占据了整个楼层。虽然已经是下午6点30分了，里面还亮着灯，一位穿着套装的年轻女士来开了门，问了一下名字，就客气地把她们带到一间比较大的会议室。

通往会议室的通道两边有密密麻麻的工位，进门处摆着财神、假山，窗台上有巨大的玉石摆件。谭小雅在会议室看到了架子上的奇石、墙上的字画、角落里玻璃罩子罩着的金色佛像、三尊方形镂雕瓷瓶，看来这家富利东联金控公司财力惊人，难怪肯花这样大的血本给员工谋福利。

冯天海走进会议室，他穿着白衬衫，领口敞着，手里还拿着领结，似乎还在打扮中。他一进门就问："来了，合同带来没有？"

秦观月和谭小雅都站起来，秦观月笑道："刚到，哎，看冯总忙得……"

"把合同给我。"冯天海一伸手。

谭小雅立刻把合同拿出来，冯天海拿过合同，交给正端着两杯水进来的小姑娘，吩咐道："拿给李主任叫他盖章，跟他说殷董已经批准了。然后拿去财务部给王总监备案一份，另外几份拿过来送到我办公室。快去！"

小姑娘接过文件，奔出去了。

这样的高效是两个女人求之不得的，谭小雅心里变得很安稳，秦观月客气着："哎呀，你看，冯总这么忙，还这么上心，这效率也太高了……"

"时间就是金钱。"冯天海说着转身出门，"到我办公室来吧。"

她们跟着冯天海走进一间很大的办公室，办公室分里外两个区域，外面是一圈转角沙发，围着一张树雕大桌，桌子上摆着茶具、烧水壶、各种茶叶等，旁边放着雕花架子，上面放着古董、证书、牌子、照片等。里面是一张硕大无比的办公桌，上面摆着电脑、水晶洞、电话和文件，办公桌对面也是一张长沙发，角落有一个衣橱。

"坐不了几分钟，我就不泡茶了。你们随便坐！"冯天海挥挥手，"我赶紧换一下衣服，咱们搞好合同就下楼。钱本周就打过去！"

"您忙，不用管我们！"秦观月笑着。看到冯天海在衣橱前打领结，她款款走过去，很熟稔地伸手帮着整理，嘴里说着："冯总，我帮您，这里有点歪，领子也没翻好。"

"那多谢了！"冯天海坦荡地抬起脖子，让秦观月在他脖子上忙活着。谭小雅见状，意识到自己不能干坐着，赶紧从衣架上取过冯天海的西装上衣，走了过去。

"不用不用，我自己穿。"冯天海发现谭小雅拿着西装过来，赶紧客气道。

"客气什么？"秦观月嗔怪道，"举手之劳。再说冯总今天送了我们那么好的礼物，我们也就帮着整理整理领子而已嘛。"

谭小雅笑着抖开西装，冯天海看起来有些不好意思，脸红了。帮着整理肩膀的时候，她闻到了冯天海身上的香水味，香味从他雪白的衬衣领口、耳后等部位溢出，淡淡的，很清新，很好闻。这个男人虽然长得很一般，给人的感觉却是精致、利索的。

秦观月细心抚平冯天海胸前的褶皱，扯扯他的西装袖口，后退一步，赞叹道："好了！完美！"

"多谢秦经理！谢谢谭小姐！"冯天海感谢说，"果然还得让女士帮忙才行啊！"

"就没让老婆或者女秘书帮着打理打理？"谭小雅开了句玩笑。

"说什么呢？"秦观月呸了一句，"人家冯总还是单身呢！说起来，冯总，你女秘书呢？"

"别打趣我了，"冯天海有点尴尬，"办公室里要注意，我和秘书都保持两米以上的距离。"

"哎呀，冯总真是君子。"秦观月笑着说。

在他们说说笑笑的时候，刚才那位姑娘把盖好章的合同拿来了，汇报说财务室已经存档，本周末就会打款。

签约速度快得惊人，承诺的付款时间如此快速，这让谭小雅非常兴奋。她把合同放到包里，本想说一些感谢和恭维的话，冯天海却已经打算出门了。

"我失礼一下，下面的活动已经开始了，得马上下去，"冯天海有些歉意地说，"所以……"

秦观月一点就通，立刻娇笑着说："对对！耽误冯总这么长时间了，那我们都下去？"

谭小雅自然点头称是，签到了这样的大单，冯天海把她们赶出去她们都没意见，何况冯天海自始至终都很有礼貌。他们一起坐电梯下楼，冯天海在轿厢里快速地发着信息，他无意中一抬头，发现谭小雅在看他，于是挤出一丝笑容，点点头。

他明显有意识地与她们保持距离，这让谭小雅很有安全感，但也隐隐有了一丝被忽视的不快。

电梯停在三楼，一出电梯，舒缓的大提琴声和香风扑面而来。穿过摆着立体标志、竖桌和花卉的走廊，两位美丽的礼仪小姐一左一右拉开大门，他们走进了派对大厅。

大厅里聚满了人，虽然密度不是很大，但是一百人还是有的，正聚成一堆一堆的，谈笑交流。一进入大厅，冯天海就被两位端着高脚杯的老板模样的人围住，其中一个穿着休闲西装，头发梳得很整齐，一见到冯天海就伸出手来："嘿，天海。"

"老叶，老陈。"冯天海伸手过去，回头对秦观月和谭小雅说，"两位随意，我就失陪了。"

"冯总不介绍一下吗？"秦观月却笑盈盈地说，似乎没听到冯天海的话。

秦观月这样有点功利，一看就是想借机认识客户，并且给人以"自己与冯天海很熟"的印象，更深层次的含义是自己"可以进入这个圈子"。身为一位漂亮的女性，她自认有稍微出格一点的资本，商场上讲的是彼此抬轿子，冯天海于是微笑着介绍起来，穿休闲西装的老总姓叶，叫叶文龙，英文名史蒂文，和冯天海是在剑桥大学认识的——当然在这里不能说剑桥，要用"堪布睿智"（Cambridge）这样的发音——他开了四家健身俱乐部，还在一家电竞俱乐部有股份。

另一位先生叫陈成，在瑞士经营一家贸易公司，专门往国内销售瑞士的各种好东西，比如瑞士的巧克力、奶酪、饼干、袜子、手套……进口以后把价格定得高高的，他秉持的观点是"东西不贵没人买"。他穿着蓝色的西装，里面还有马甲，衣领似乎马上要被他肥硕的脖子撑开，一副欧洲绅士的样子。这位绅士握着秦观月的手不放，热情欢迎美丽的女士在任何方便的时间到瑞士去考察环境。叶文龙插话问："刚才您说的'米吕昂比昂'是什么意思？"陈成大兄弟就一脸歉意地说："哎呀，那个发音是法语，环境的意思，我这个人会的外语太多了，老是英语、法语、德语乱跑词。"说着不动声色地瞟了一眼秦观月的胸部。

秦观月和叶文龙、陈成交换了名片，相谈甚欢。谭小雅干笑着离开了，她从托盘里取了杯香槟，尽可能优雅地走到沙发边坐下，开始观察大厅里的人。这里的人有的端着高脚杯，有的端着小点心，或站或坐，碰杯谈笑。谭小雅甚至看到了一位仙风道骨的秃头大胡子，这位大师穿着唐装，鼻孔朝天，身边围着几位满脸崇拜表情的女士。女士们倒是打扮精致，几位穿着低胸长裙晚礼服的女士在人群中特别显眼，她们拿高脚杯的手势很讲究，用拇指、食指和中指夹住高脚杯的杯柱，轻轻摇晃，尽显西方皇家风范。跟她们相比，那位抓着杯壁喝葡萄酒的外国老太太简直像个不知礼仪的粗野老娘们儿。

孤零零地坐在这里会显得很尴尬，可是主动和别人攀谈又找不到理由。侍者在她面前的桌子上放了本宣传册，缓解了她的尴尬，谭小雅像抓救命稻草似的拿起那本册子翻开，就像是个谈话累了，坐在那里端着杯子寻求一丝安静的慵懒女士。

看看册子，找个问题佯装不懂，向别人询问——这是一个非常自然的接触方式，随后就可以顺理成章地开始交谈。谭小雅打定主意，立刻低头翻阅这本册子。

门口一阵喧哗，有人开路引着一位年轻人进来了。这位年轻人头发很长，穿着亮闪闪的上衣、黑色裤子，身边围绕着十几个助理和保镖，派头十足。谭小雅站起来往前走了两步，想看清楚是谁，那位年轻人从她前面几米走过时，她看到一张非常年轻、几乎女性化的脸。

"天哪，居然是莲华！他也来参加香花派对？"一位女士在一旁低声惊呼。

06 尊享会员

"莲华是富利东联金控公司的代言人。"谭小雅利用自己刚从小册子上看来的信息自然地说，显得自己熟悉一切，"莲华前段时间演的那个《君子倾城》，他们公司也投资了。"

那个什么《君子倾城》是个网剧，谭小雅其实根本没看过，对于莲华也只是知道他的名字"如雷贯耳"——在电视和手机上看到，却不知道他到底演过啥。刚才看资料时谭小雅在网上查了一下，这部《君子倾城》属于收视率、口碑双扑街的神剧，恶评如潮，但是资料上说富利东联金控公司仅从这一部剧就获利2000余万元。

也不知道一部烂剧是怎么赚钱的，大概这就是人家运营手段的高明，什么保底，什么转卖份额，手段很多，总之拍出好剧挣大钱，拍出烂剧照样挣大钱。

迎接莲华的是冯天海，这位不知几线的明星矜持地和冯天海握手，脸上全无笑意，接着就被几个助理簇拥着去了一个角落。刚在角落的沙发坐下，就有六个戴着墨镜的黑衣人背对着他环形站立，把大明星和其他人隔绝开。有两个年轻的女士想要上前攀谈，却被黑衣人阻拦，仿佛在保护一位深闺中的公主——虽然莲华是男的。

其实老总们感兴趣的不是莲华这个人，更多的是对他能带来的流量、他背后的资本感兴趣。明星是需要出场费的，能把一个明星请来，至少说明富利东联金控公司有影视资源，有资金实力，有商业气魄敢于投入，还有一定人脉。

对谭小雅来说，莲华的出现也是一个好的开始。她拍照发了朋友圈——抒发"见到明星的惊喜之情"，暗示自己的交际圈比较高端；借着这"无意"的搭话，她认识了第一个派对来宾，也就是刚才那位惊呼的女士吴佳静，其父亲开了一家纸业公司。谭小雅和她年纪相仿，很快变得熟稔，还互相加了微信。通过吴佳静，她又认识了一位来自无锡的经营红酒生意的女老总凌洁怡，这位女老总全身爱马仕，香风袭人。

两位金发碧眼的白人穿着黑色长裙，坐在那里拉着大提琴和小提琴。音乐舒缓，夹杂着玻璃杯轻轻碰杯的叮咚声，气氛舒适。谭小雅和两位女士交流着投资方向时，音乐声停了。这是新环节要开始的标志，大厅里的声音静下来，人们都向大厅正中央的台子上望去，只见冯天海站在台子中央。

"各位女士，各位先生，大家晚上好。"

大厅里的人报以礼貌的掌声，冯天海手里拿着提词卡，对着话筒说："感谢各位今晚莅临香花派对，尤其是女士们，你们使香花派对名副其实，不管是'香'还是'花'。"

掌声热烈了很多，女士们面露笑容，对这样的恭维相当受用。冯天海继续说："香花派对已经举办了很多期，很多女士和先生都参加了不止一次，这代表了大家对富利东联金控公司的认同和信任。香花派对从第一期开始就确立了'轻松、交流、促进'的宗旨，只有让大家感觉在这里开心，在这里有收获，大家才会来这里。我们也不定期地邀请专家、学者、演艺明星来这里参加活动，今天我们很荣幸地请到了影视歌三栖的国际巨星、天星网'万千星辉'最受欢迎艺人奖得主、亚洲STARS超级金唱片最佳歌曲奖得主、天下风尚时尚盛典最受期待新人奖得主——莲华！"

掌声又响了起来，虽然这些奖项大家都没怎么听过。那位被一群保镖保护着的花样美男站了起来，脸上瞬间浮现笑容，显得清纯可爱。这位国际巨星走上台，一副谦逊和蔼的样子，和冯天海握手后扶住话筒，说道："非常感谢富利东联金控公司的邀请，很荣幸参加香花派对。富利东联金控公司是国内知名的投资公司，深耕——"

巨星莲华低下头看提词卡，上面写着"国际贸易、国际投资、航运物流、房地产、影视投资等领域"，结果他嫌麻烦，省略成了"很多领域"。

后面还有一些赞扬的词，比如"文略谋划，博弈天下，砥砺前行"，大明星不认得里面的"弈、砥、砺"三个字，于是他说"取得了很多成就，大家要多多支持！"就结束了。

由于省略了不少语句，他的发言显得过于简短，没有达到合同约定的时长，莲华对此毫无心理负担，求着他出场的商家多的是，这个富利东联金控算什么东西？人傻钱多，上上下下一窝凯子（傻子）。

发言完毕就是献歌。冯天海神色不变，夸奖了一下莲华在歌坛上的深厚造诣，说他某一首歌的点击量超越了当年的迈克尔·杰克逊。莲华同志对此照单全收，谦虚地表示自己还需要不断进步，还要多向前辈们学习。

音乐声起，莲华舞了起来，嘴里喷出了大量发音不清的语句，谁也没听清楚他在唱什么，只知道这首曲子节奏比较激烈，而且莲华的声音似乎有点走调。震耳欲聋的声音持续了三分钟左右，莲华以一个耍酷的姿势结束了表演。

冯天海上台又是一阵夸，将莲华刚才的唱功与陈奕迅、张学友相提并论。莲华下台时满脸笑容，难得地向宾客们挥手致意。冯天海对着话筒说："刚才欣赏了国际巨星的精彩表演，现在我们欢迎富利东联金控公司的董事长——殷柔女士致辞!"

一位高盘着发髻的女士走上台。她穿着黑色修身包臀礼服,袖子是黑色网纱压褶灯笼袖,肉灰色的丝袜,黑色的高跟鞋,显得成熟而妩媚。这位殷柔董事长的美是毋庸置疑的,略有点厚的嘴唇和略有点宽的下巴让她的美显得富有侵略性。

美女总会得到更多欣赏,这样一位兼具美貌和财富的董事长得到的掌声相当热烈,不少男士都面带笑容,用力鼓着掌。她向来宾们鞠着躬,又微微鼓掌表示答谢。待掌声渐渐低下来,她笑着说:"欢迎大家!"

伴随着这句话,她做了个俏皮动作,在脸颊旁边招了招手。这种故意装嫩带来一片笑声,借着活跃的气氛,她拿出了卡片。

"我记得几年前富利东联金控成立时,没有人相信我们'共赢'的理念,我们举办第一期派对时——那时候还不叫香花派对,现场只来了一位朋友,而我们的现场工作人员有30多人。直到我们的第五期派对,才有第一位客户向我们委托了第一笔投资,10万元。那位客户就是林龙地产唐总的太太,今天唐总也来到了现场。"

人群中一位胖乎乎的中年人举起手来挥了挥。

"殷总帮我们赚了不少钱啊!"这位唐总笑容满面地说,"侬是阿拉的财神啊!"

"我们是投资公司,不能帮客户赚钱,存在的意义就没有了。"殷柔笑着说,"多亏了大家的信赖,富利东联金控公司才会稳步前进。这些年,我们投资了股票、基金,涉足了影视、互联网、物流等行业,现在也在接触区块链、数字货币领域,累计投资规模已经超过150亿元,客户获得了稳定的高回报,年回报率通常在40%以上,最差的时候也不低于15%。"

这句话引来了如潮的掌声,谭小雅感觉身体燥热,不知是因为喝了酒,还是因为听到了这诱人的回报率。现在银行的年利率不到4%,LPR(贷款基础利率)已经降到了3.65%,除非搞违法高利贷,如"九出十三归",否则正常的理财产品能达到10%的年利率就能让人趋之若鹜,很多甚至都不能保本。在这样的大环境下,15%的最低回报率相当惊艳,更不要说"40%以上"。

人家挣钱怎么这么容易啊?

"从去年开始,富利东联金控分别在瑞士和美国投资了精密设备制造和绿色能源汽车项目，我们的产业开始向欧洲和美国扩展。"

在她说这些话的时候，屏幕上出现了殷柔在国外的照片，照片的背景包括瑞士雪山、生产线、坐在一起笑容满面的老外。

"大家都知道，在区块链、数字货币领域，国外还拥有不可替代的优势，因此富利东联金控的业务将逐渐向国外转移，最终形成'从国内融资，在国外定投'的模式。我们也将不再仅仅局限于帮助客户投资，还要开始发展自己的实业，比如我们最近将投资一部好莱坞的大制作影片，权益占比80%，投资3亿美元。这部影片的票房预估将超越《指环王》。"

在一片惊叹声中，谭小雅迅速用手机搜索《指环王》系列的票房，当她发现《指环王》系列电影全球总票房达到了29.2亿美元，单部平均9.73亿美元，《指环王：护戒使者》达到了11.2亿美元时，谭小雅感觉身体在冒汗，不知是因为热还是激动。

"这样的业务扩张也给我们带来了一系列不方便的地方。跨国投资意味着外汇监管，大数量客户的资金频繁流动可能会带来不便，以及成本的增加。我们尊重不同国家的监管法律，我们致力于合规，所以我们不得不在保持乃至逐步扩大投资规模的同时，逐步缩减客户数量。"

在台下人的交头接耳声中，殷柔带着歉意说："这意味着，我们将逐步停止香花派对的开放性，以后的香花派对将成为VIP客户的私密聚会，原则上我们不再招收新的会员，而以维持现有客户为主，除非新客户是稳定的、大资金量的。今天来到香花派对的会员还有机会成为我们的尊享会员，这次派对结束以后，我们将不再接受500万元以下的投资。"

台下传出了嗡嗡的议论声，大部分是庆幸自己抓住了机会的尾巴。这中间也有谭小雅沉重的喘息声，一个很大的赚钱机会摆在眼前，她计算着自己和王一川现在有多少钱能往里投。计算结果让她心虚，不知道自己和王一川攒下的那几十万元人家能不能看上眼，万一人家不要，不让自己当这个"尊享会员"怎么办？

在她胡思乱想的时候，她看到秦观月走到冯天海旁边巧笑嫣然，不由得暗自懊悔自己没有第一时间去找冯总，秦观月找冯天海的目的还用说吗？肯定是拉近与冯天海的关系，请他带自己投资一点。谭小雅也想去，可是自己和冯天海不熟，怎么开这个口？

殷柔还在台上讲着，作为专业投资人士，她对影响投资收益的不同因素进行了分析：美联储加息，疫情影响，贸易保护主义的盛行，地缘政治关系的紧张，石油价格上涨导致的连锁反应，原材料价格上涨……这些因素叠加起来"深刻影响了当前的国际经济形势"，使人类社会"面临着千年未有的大变局"。因此，在自由货币环境下的新媒体产业、新能源产业、虚拟应用技术产业就将"获得更大机会"。

当然，作为精英，她使用的不是前面那些称呼，能用英文的一律使用英文甚至英文简称，比如"美联储"她说的就是"FRB"，"贸易保护主义"她用的是"protectionism"。这些名词听得谭小雅晕头转向，肃然起敬。她暗自感叹：高端人士和贫民的区别就是，人家谈笑风生就把钱给挣了，自己拼死拼活地为了一个订单费心费力还得赔笑。

无论如何这是快速增加财富的机会，那个死心眼儿的男朋友完全靠那点死工资活着，谭小雅算过，就算把他那套房子卖了，再加上两个人这几十万元积蓄，也不一定够房子的首付——将来总是要孩子的吧？有时老人要来住一住吧？三室两厅100平方米是最低要求，还要考虑附近有没有好的小学和中学，周边医院、商场配套设施是不是完善……车也要考虑，30万元以下的车谭小雅根本就看不上眼。

谭小雅经常因为计算这些而苦恼，她不知道自己和王一川什么时候才能结婚，什么时候才能买得起房。每次问王一川，他都一脸苦相，可怜兮兮的，让他卖房子他又不肯。还有很多次谈这个严肃话题时，王一川的手机突然响了，那个浑蛋就向队里狂奔而去。

所以这样的机会无论如何不能放过，谭小雅脑子里激烈地盘算着。这时候殷柔在掌声中下台了，冯天海离开秦观月前去陪同，和殷柔一起端着酒杯与一些老板碰杯交流。那位大明星莲华也挤在人群里，和殷柔谈笑风生，全无刚才的矜持，谭小雅猜测他可能也对投资动心了。

当冯天海和殷柔分开时，谭小雅下定决心，迅速向冯天海走过去。

出乎意料，冯天海对谭小雅的投资想法表达了反对意见，当然他不是冷冰冰地回绝，这个人即便是回绝别人，口气也很柔和。

"我不是打击您，也没有任何挑三拣四的意思，我确实是为了您好。"冯天海低声说，"台上讲的都是成绩，那是为了宣传，实际上投资风险很大的。世界上就没有百分之一百赚的投资，巴菲特都做不到，你不要光看着别人赚钱，万一亏了，会血本无归的。"

"不是说现在基本回报率40%吗？最低也不低于15%。"谭小雅问。

"那是长期投资结算下来的收益，短线要保证这个是不可能的。"冯天海解释道，"一个投资的前期投入、孵化、产生收益是需要时间的，只有大资金量长时间放在里面，才能总体上保持收益，比如一开始跌了，后面慢慢终归会收益回来。可是如果你投的是短线，今天投进去，过几天就要看到收益，全世界哪个投资公司也做不到啊！对资金量也有要求，比如这个老板拿个1000万放在我们这里，他本身不缺钱，所以就有耐心看着投资在这里增值；如果是普通老百姓投个三五十万，他们是没耐心把钱放在一个项目里很久的，你看，钱本来就不多，倒来倒去又很麻烦，短线又不能保证盈利，这样绝对会产生纠纷。所以我们才打算以后只做长线和大客户。"

他的态度很诚恳，谭小雅觉得脸上火辣辣的，自己不就是那些想着短线捞一笔的"普通老百姓"吗？虽然打扮精致，但额头上就差印着"穷鬼"两个字了。

她心虚地看了看四周，对自己的衣着都变得不自信了，因为她发现有几位女士的打扮相当随意，这被她脑补成"富人根本不需要靠衣着来显示自己"。相比较之下，自己精心选择服饰、精心打扮的行为到处都透着自卑。

然而挣钱的诱惑太大了，与之相比，脸皮算什么呢？所以谭小雅还是继续搭话道："虽然资金量小一点，但是长期应该也可以啊，比如说半年。"

"哦，我们这里最少都是一年的……"冯天海哭笑不得地说，"短线产品我真的不推荐，万一亏了，有人会跳楼的。"

谭小雅想想自己的那点本钱，内心莫名其妙地恨起王一川来。不是有一句话吗，"没有房子的男人不配结婚"，现在哪个女孩子结婚不要求男方买婚房？自己的条件一点也不比别人差，却要在这里陪着那个死鬼苦苦琢磨着以后的生活，他却舍不得卖掉他那间破房子攒个首付！把那个房子卖掉，进行投资，一两年后首付不就没问题了吗？

谭小雅心里有些急，因为刚才殷柔讲过，香花派对将逐渐转为私密聚会，以后不再招收新会员，如果现在不成为投资会员的话，可能以后就失去这个机会了。沪海市就是个名利场，财富是永恒的主题，看多了纸醉金迷和挥金如土，想保持一颗平和的心何其艰难。想到这里，她问："那，我今天参加了香花派对，就算是会员了吧？这个会员资格能给我保留住吗？"

"这个倒没问题，在我的权限之内。"冯天海安慰说，"您也别急，会员资格给您保留着，万一有什么好的短期产品，我帮您留心就是了。"

这句话让谭小雅心里略感安慰，然而内心深处的焦虑并未减少，因为只要自己没钱投资，这个会员资格就还是不稳。而且这是人家冯天海的人情，自己占着资格不投资不太好意思。

剩余时间里她心事重重，完全没有结识客户的欲望。她反复盘算着王一川的房子的价格，盘算着自己和王一川的积蓄，盘算着自己能从母亲那里借来多少钱，头疼不已。她看到秦观月在和不同的人谈笑着，有一个老总模样的人在和她加微信，不知说了什么，秦观月竟然放肆地用手指头在那位男士的胸前点了一下，一脸娇嗔模样。

不知道秦观月和冯天海谈了投资的事情没有，不知道她能投多少钱。同事传言秦观月离过两次婚，每次都分到了不少的财产，和第二个老公离婚后买了套江景房，怎么看都是有钱人。再加上她长袖善舞，会抓客户，收入不菲，谭小雅认为秦观月肯定能挤到"大客户"行列里。

说来说去，最没钱的就是自己。

说来说去，要怪就怪王一川。

谭小雅叹了口气，看来要正式和王一川聊一聊了。钱还是要想方设法筹集，他那套破房子到底留在那里干什么呢？

07 泼咖啡

"这个花纹我们这里没文过哎。"

这样的话王一川今天已经听了十六七遍了，每个文身店的老板看了都摇头。

"真的没文过？"王一川问，"你仔细想想。"

"我这家店开了两年，做过什么文身我心里有数哎。"店主是位看上去30多岁的女性，长相甜美，说话声音软软糯糯，大概是为了进行产品展示，她在室内穿得比较清凉，露出了肩膀、手臂和肚脐。她的右臂上文了一个很复杂的图案：一条绿色的蛇缠绕着一把宝剑；左边的肩膀上文了一个"怒"字。王一川想到了日本黑社会里的女性，同时判断她店里的文身师傅不止一人。

"你店里的其他师傅也没文过？"

"现在生意不好做，只剩下我一个了哎。"这位甜妹子说，"不过我能确定我们店没做过。这个图案看上去年头好久了哦，手法也不怎么样，你看，颜色没有层次，线条也比较简单，我们文的可比它好多了。"

"能看出年头很久？"王一川问。

"我觉得年头蛮长，而且这图案也太老气了哎，现在的人都选好看的，哪有人会选这么难看的哦。"

欧阳宁娟在一旁翻图片册子，专门看不同的玫瑰花图案。那位软糯甜妹子看到了，好心地提醒道："那个图册是我们打印了供客户选择的，看那个没有用的哎。来文身的客户不一定从那里面选的。"

"你们这个有统一的大图库什么的吗？"王一川外行地问。

"这个不存在大图库。"店主说，"有的客户拿的就是网上找的图案，我们激光打印出来，贴在身上打样，然后用机器下针。还有的时候我们在客户身上现画图案，然后下针……"

王一川敲了敲额头，颇为无奈，这意味着他们目前还是像没头苍蝇一般。出于职业习惯，他虚心请教道："您是专业的，从这个图案上还能看出什么吗？"

那位软糯甜妹子店主拿着照片仔细看了半天，说道："我做这行也算有30多年了……"

此言一出，王一川和欧阳宁娟都大吃一惊，欧阳宁娟瞪大眼睛问道："您今年——多大啊？"

"我？我今年51了哦……"这位店主说，"是不是觉得我看着年轻？呵呵呵呵，好多人都不相信哎。"

"您是怎么保养的？"欧阳宁娟兴冲冲地问。王一川仔细打量一下店主，怎么也看不出这位软糯甜妹子般的新潮店主居然已经50多岁了。惊奇的心情持续了十几秒，脑子迅速转回了案情，他打断欧阳宁娟的话问道："您继续说说这文身……"

"我做这行也算有30多年了……"这位冻龄店主说，"一点儿眼光还是有的。这个文身原来是彩色的，现在色彩发暗，褪色痕迹明显，说明年头很久了。文身用的色料早就更新换代，现在的色料品质比以前的好，如果是近几年文的，褪色应该不会这么明显。所以我看这东西怎么着也有十年以上了，嗯，十几年吧。"

"是吗？"王一川拿过照片来仔细看，被专业人士这么一说，他也觉得玫瑰花的颜色有些暗，有的地方好像已经没有颜色了。他对着照片看了许久，问："泡在水里会加速褪色吗？"

"一般光照日晒会导致褪色，"冻龄店主说，"文身不怕水的哎，要是泡几天水就能把文身弄淡了，这世界就没有那么多洗不掉的文身了。"

死者身上的文身可能已经文了十年以上，意味着循这条线调查的难度更大。任何一个行业都免不了洗牌和更替，有的店开了，有的店倒了；有的人入行了，有的人转行了；有的人到这个城市来了，有的人到那个城市去了……没准儿十几年前某个文身师画了个什么图案，十几年后人家已经移民到国外去了。

这样找下去可能是在做无用功。

王一川打算联系一下张云军等人，看看他们调查的情况如何。拿过手机，发现已经关机了。虽然买了充电线，可是不断地下车调查，在车上充电只能断断续续，手机的电终于耗尽了。他用欧阳宁娟的手机分别和张云军、苏晓巍通电话，得知他们也是一无所获，就叫他们继续查找，晚上9点回到队里，开会商量下一步怎么办。随后客气地告别店主，和欧阳宁娟来到街道上。

一位交警站在车边，正在抄写车牌号。欧阳宁娟赶紧跑过去，交警看了她的证件，确认是在办案，好奇地看了看这辆豪车，就收起本子，骑上摩托离开了。估计他很纳闷儿：重案队怎么会有钱到开着玛莎拉蒂办案。

夜晚的街道灯火通明，人来人往，热闹程度不亚于白天，风已经隐隐有一点儿寒意了。王一川今天一天都在奔走，身体和精神上都极为困倦。欧阳宁娟买了两杯冰咖啡，拿了一杯给王一川提神。王一川揭开盖子，一口气就喝了一大半。他完全把冰咖啡当成冰水喝。

"下次买点冰红茶，或者冰可乐，"他抹了抹嘴，"你这咖啡不放奶不放糖，太难喝了。"

这种吃干抹净就翻脸不认人的嘴脸他不是第一次表现出来，欧阳宁娟没有尊敬领导的习惯，一句话就撑了回去："给你买就不错了，你怎么不自己去买？"

"手机没电了，我怎么付钱？"王一川说。

两个人靠在车边望着街边的店铺、商务楼，很有默契地都没有提出去下一家文身店看看。在王一川看来，这条路走下去找到线索的机会渺茫，必须想新的办法。他看着街边走过的男男女女，特别关注他们身上有没有文身，这一看才发现现在文身的人真的不少。刚刚走过去的几个女孩子中，一个马尾辫女生的小腿上就文了几个英文字母；还有一位中年女士穿着短上衣和紧身裤，裤腰边上隐隐露出一丝彩色，像是文身花纹。

他拿着那张文身的照片，眼睛眯起来思索着。

"哎，王队长，你不会是——变态吧？"凌季雨一脸高深莫测地问。

王一川和欧阳宁娟愣了一下，接着王一川就跳了起来："你怎么在这里？什么时候凑过来的？"

"我来半天了啊，是你太全神贯注了，没注意到我。"凌季雨带着他惯常的猥琐，挤出了一丝谄笑。他还把手放到脸边，自以为帅气地向欧阳宁娟打招呼："王队，你还有这嗜好？老盯着女人的腿啊、肚脐啊什么的猛看，你女朋友知道你平时这个德行吗？"

"什么乱七八糟的！"王一川羞愤交加。他能想象自己刚才应该是目不转睛地盯着那些女士身上不同的部位，其实他也看了好几位男士裸露在外的皮肤，只不过没有找到文身而已。

"不用解释！"凌季雨一摆手，"男人嘛，谁还没点私人爱好？放心，我不会说出去的。"

"放屁！"王一川骂道，"什么爱好？我们在这儿办事呢，你别过来瞎捣乱！"

"办事儿？有案子？"凌季雨眼睛一亮，伸过脑袋来往王一川手里的照片上看，"什么案子？杀人、纵火，还是贩毒、强奸？能介绍一下吗？"

"去去去！"王一川把照片收起来，"老凌，你在我们警局外面揽案子，我管不到。可是我们办案的时候你不要来掺和，会有后果的，明白吗？我们还在办案，赶紧离开！"

"啧啧啧，这人情味都到哪儿去了？"凌季雨感叹一声，又把手放到脸边，自以为帅气地向欧阳宁娟招了招手，背着手走了。

54

"怎么哪儿都少不了他？"欧阳宁娟厌恶地说。

"垃圾。"

王一川骂了一句，又把注意力放到了街上。几个粗胖的家伙从一边走过来，欧阳宁娟和王一川把目光移到他们身上。虽然天气有些凉，这几个人还穿着背心和短裤，下面蹬着拖鞋，寸头，肥头大耳，脖子上挂着金色的粗链子，走路姿势比较跋扈——通常这种人有很大的概率是社会不安定因素，不管什么警种的警察遇到他们都会多看两眼。让王一川感兴趣的是，其中一个胖子的手臂上文了一条蛇，蛇缠绕在整条手臂上，张开大口，显得十分狰狞。

军警部门的人大多比较传统，对有文身的人会有负面观感，比如军队征兵时就不招收有文身的人。之前曾有某地同行总结黑恶势力人员的外在表现形式，其中一条就是"佩戴夸张金银饰品炫耀的人员和以凶兽文身的彪悍、跋扈人员……"。后来就有了一句顺口溜，叫作"大金链子有文身，黑恶势力社会人"。

戴不戴大金链子、有没有文身与人品好坏当然不是挂钩的，那个基于办案实际做出的总结，意思也只是遇到这类人要加以注意。不过很多不法分子喜欢文身却是不争的事实，对他们来说，文身代表个性，代表自己与普通人有区别，甚至能起到吓唬人的作用。日本暴力团伙的文身还能体现出等级来。

"你这样盯着人家，很不礼貌。"

"没事，他知道我在看他。"

这一点王一川倒没说错，实际上那个胖子早就发现王一川盯着他了。在大多数情况下，别人盯着他看的后果都不太好，一句"你瞅啥"之后必然发生治安案件；不过如果盯着他的人是警察，他就要收敛了。胖子历尽红尘里的各种劫数，分辨对方是不是警察比分辨自己父母的性别都专业，一看眼神就知道对方百分之八十的概率是警察，不好惹，于是他选择了无视。

王一川盯着蛇纹手臂，问欧阳宁娟："你说，十几年前就文身，有没有可能是个社会人？"

欧阳宁娟顺着他的目光看过去，答道："当年文身的人比现在少，如果有文身嘛，是社会人的概率确实很大。"

55

"那就还有一个问题,怎么确定她是在沪海市做的文身?"王一川自言自语地说,"如果是外地人,或者是在外地做的文身,范围就更大了……"

王一川把杯子放到嘴边,无意识地喝了一口,才发现自己的杯子空了。他晃了晃杯子,对欧阳宁娟说:"给他们打电话,让大家回队里。对了,再去给我买瓶冰红茶。"

"矫情什么?回队里喝水去!"欧阳宁娟不客气地说。

"有点渴,看你这小气样子,回去把钱给你!"王一川骂道。

"我倒给你点吧,我还没喝。"

王一川没反对。队里同志按传统的话讲就是"一个锅里搅马勺的战友",布控、抓捕时一瓶水分着喝,一碗面分着吃的事情司空见惯。他把空纸杯递过去,欧阳宁娟把自己杯子的纸盖掀开,往他的空杯子里倒了一半。

"小气吧啦的……"王一川嘟囔着把咖啡放到嘴边,突然旁边伸过一只手抢过那杯咖啡,哗的一声泼到王一川的脸上。

欧阳宁娟像只羚羊一样跳开了,飞溅的咖啡一滴都没溅到她身上,王一川则满脸咖啡,褐色的液体顺着脸和脖子流进衣服里。没等他反应过来,一个女人在他面前叉着腰怒吼道:"行啊!王一川!不接我的电话,在这里吃别的女人的口水啊!"

听到这个声音,王一川几乎魂飞天外。他抹了一把脸,看到谭小雅竖着眉毛站在面前,两脚分开站立,一副要爆发的架势,他知道,接下来就会是山崩地裂,电闪雷鸣。

谭小雅一只手拎着文件袋,另一只手捏着纸杯,虽然打扮精致,却给人一种头发都要竖起来的感觉。今天上午按掉她的电话是王一川心里的阴影,本来就心虚,此刻看到她暴怒的样子,脑袋里嗡的一下炸掉了。

有些男人怕老婆或者女朋友,怕得相当卑微,怕得已经成了本能反应,只要对方发火,第一个反应就是自己哪里做错了,王队长就是这样的可怜虫。他办案子时思路清晰,杀伐决断,号称沪东分局前三位的悍将;见了女朋友却如同耗子见了猫,身高都立刻矮三寸。而且他这人相当会自我批评,只要谭小雅生气,他第一件事就是琢磨"我是不是哪儿又做错了",情商直接变成负数。此刻慌乱之下,他问出了所有发言中最容易引爆女人情绪的一句:"你怎么在这儿?"

和那些干了坏事儿的心虚男人被自己对象抓住时说的话一模一样。

果然，谭小雅暴怒地喊了起来："打你电话不接！还以为你在办案子，结果你在这里和别人轧马路！这什么车？玛莎拉蒂？行啊，王一川，你可以啊！我在外边拼命做业务，你带着女人开着豪车在这里喝咖啡！"

旁边有人开始围观。欧阳宁娟听到后面那句话非常尴尬，赶紧解释："嫂子，我们在调查办案！"

谭小雅没有理会欧阳宁娟，而是继续对着王一川吼："人家喝剩的咖啡你都喝？啊？你怎么这么贱啊？什么关系啊？"

这话连欧阳宁娟都骂进去了，欧阳宁娟额头上青筋乱跳，可是当着王一川的面没法和谭小雅吵架，以她的性格，她更喜欢简单粗暴地解决。最终她一脸怒意地上了车，狠狠关上车门。这也是队里的人长期以来的做法：谭小雅发飙时大家都躲远点。

这一来王一川就被架在了火上。他毕竟是副队长，不能看着女朋友连自己的部下一并骂。所以他色厉内荏地怒道："你胡说什么！"

"骂她你舍不得？"

王队长的声音登时又低了两分："不是，什么舍不得？……你看你说的……那咖啡她又没喝……"

"撒宁晓得喝没喝？是从伊拉杯子里倒给侬的吧？啊？侬凶啥凶？"

在吵架这件事上，沪海市女生具有基因里的优势，优良传统源远流长。老沪海人在菜市场里为了几分钱就能互骂一两个小时，现在的女生虽然不再在菜市场里"吵项目"，但是用口水淹没自己的男朋友或者老公的底蕴还是非常深厚的，嘴皮子利索得惊天地泣鬼神，能骂得男人怀疑人生。与之对应，沪海男人怕女人全国闻名，"给老婆洗内裤"的名声享誉神州。

谭小雅几句话就打得王一川溃不成军。王一川又是委屈又是焦急，不知怎么解释，因为这场架一开始就是沿着谭小雅设定的主题和路线走，他要想翻身，就必须解释自己今天不接电话的原因，今天做了什么，为什么会在这里，为什么手机会没电……问题是这些事几句话怎么能讲完呢？谭小雅哪里会给他时间慢悠悠地解释呢？何况有些案件细节是不能讲的。

这样张口结舌的后果就是完全被压制。

谭小雅叉着腰，瞪着眼，如同暴风女神，在王一川无力地分辩着"我没凶你"的时候，她发出了新的灵魂拷问："刚刚打你手机为啥是关机的？你不会跟我说，你手机又没电了吧？"

又是道送命题，因为答案已经被她说了。王一川无奈地说："我，我手机没电了。"

"哈，你看，我一猜就猜对了。真巧啊，你是手机没电了，还是不想被我打扰啊？"

王一川看到了那个文身胖子，那厮张着大嘴看着这位疑似便衣警察的家伙被女人打骂，特别是听到身边有位直播博主一边拍摄一边在解说"丈夫勾搭开玛莎拉蒂的富婆被老婆当场抓住"时，胖子简直是乐不可支，眉飞色舞。

谭小雅站在那里，流下眼泪来。

"我为了多拉票单子，一直忙到现在，好不容易签了合同，想给你打个电话让你也高兴下，还想约你一起吃个夜宵，想不到一出来就看到你喝别的女人的咖啡！……"

这时候能够平息她怒气的唯一手段就是服软，哄哄她，然后陪陪她，可是王一川做不到。他只能小声说："我……我真没有，我真的在办案子……小雅，我，我现在得回去开会，等开完会了我立刻去找你，到时候我好好向你解释……"

"你不用来找我！你这辈子都不用来了！"

谭小雅把空纸杯狠狠地砸在王一川脸上，转身就走。王一川慌忙追上去拉她的手，却被她狠狠甩开。谭小雅冲到街边，拉开一辆出租车坐了进去。

"小雅，你听我说……"

车门狠狠关上了，隔着车窗能看到谭小雅冷若冰霜的脸。几秒后，车子动了，王一川只能徒劳地对着车屁股喊了一声："我开完会给你打电话啊！"也不知道谭小雅能不能听见。那辆出租车很快汇入了车流，王一川站在街边，心底冰凉。

车一开，谭小雅脸上的眼泪就没了。刚才的发怒大部分是真的，也有借机敲打的成分在里面。其实她相信自己在王一川心里的地位，相信王一川肯定是手机没电，否则绝不会随便关机；她也知道王一川刚才肯定是在办案子，更知道王一川不可能和假小子似的欧阳宁娟有什么私情。可是自从去了香花派对,她心里就憋着一团火,这团火里有焦虑,有对王一川长久以来积压的不满,有王一川不接电话的愤怒。欧阳宁娟把自己的咖啡倒给王一川的举动不过是往这团火里浇了一瓢油,终于将这团火引着了。

火发完了,接下来就是熟悉的无力感。王一川低声下气固然是应该的,可是每次看到他那副哑巴吃黄连的样子,谭小雅心里仍然堵得慌。他是真心真意对自己好的,他谨小慎微、心事重重的样子却令人讨厌。谭小雅恨恨地关掉手机,她知道王一川一会儿肯定会跟自己联系,也许晚上还会来找自己,既然自己接下来还要和他谈论钱的事、房子的事,就利用这件事先占据上风吧。

王一川站在街边,长长叹了一口气:这一次可能真的惹怒她了……

谭小雅的脾气有多大,火气有多难消,他一清二楚。如果把她日常的发怒程度分为十级的话,一到三级哄一哄就可以;四到六级就得赔礼道歉加各种保证;七级及以上就要被折腾了,被拉黑乃至分手都有可能。今天谭小雅的发怒程度至少达到了七级。王一川非常自省地检讨着:确实怪自己手机关机,从欧阳宁娟的杯子里倒咖啡也确实不妥,难怪她会那么暴怒……他看了看夜空,想到谭小雅跑业务跑到现在,心里更加内疚。

回过头来,看到胖子还在张着大嘴看热闹,王一川不由得怒发冲冠,想要咆哮着让他滚开。可是他看到旁边拍视频的人,最终压住怒火,拉开车门上了车。

玛莎拉蒂的车灯亮起来,在围观者的目光中和议论声中离去。

"头儿,你真没必要这样。"欧阳宁娟一边开车一边余怒未消地道。

王一川没精打采地用纸巾擦拭着脸和衣服,嘴上带着比哭还难看的笑。手机已经重新插上了充电器,看着重新亮起来的屏幕,王一川一脸生无可恋的样子。都这副德行了,他还不得不说场面话:"没事,别理她!……我就是看着大庭广众,给她留面子……娟子,你嫂子就是个刀子嘴,你别往心里去。"

"不管怎么说,当着马路上那么多人泼你,一点脸都不给你留。你欠她的啊?"

"可不就是欠她的。"王一川闷闷地说。停了一会儿,他嘟囔道:"干咱们这行的,对得起天,对得起地,就是会亏欠老婆孩子,亏欠父母,吃着饭,逛着街,一个电话就得出现场。再说我没钱没房没车的,人家跟了我，本来就亏欠人家。"

路灯的光从前车窗投进来，一轮一轮在他们身上、脸上扫过。王一川几次拿起已经开机的手机给谭小雅打电话，听到对方已经关机的提示又默默把手机放下。欧阳宁娟闭着嘴巴开车，最后还是王一川先开口换了话题。

"曹大平前几天找傅队长了，还去找了姬军政委，说是给你张罗了——"

欧阳宁娟脸色一沉，说："关他屁事！"

"你也不要这么抵触。"王一川说，"他现在给你张罗对象，这确实是在关心你啊，也不知道是不是想弥补。不过你也确实老大不小了。"

"我老大不小关你们什么事？想把我赶走吗？"欧阳宁娟硬邦邦地顶了回来。

"我啊，没什么立场。"王一川说，"不过傅队长让我劝劝你，也别对曹大平摆出一副仇人的样子，毕竟血缘关系还在不是吗？他跑到分局姬政委那里磨叽了两个多小时，说当初抛弃你和你妈是有苦衷的，自己也很后悔，还说你对他有误解，只要你认他，让他立刻去死都行。"

"他？他舍得？要死就死，谁也没拦着他。"欧阳宁娟冷漠地说。

08 心诚则灵

"这个，欧阳啊，不能这么说自己的亲爹！"王一川道，"我知道，未经他人苦，莫劝他人善，所以我不劝你，可是你不能咒自己亲爹死，即便他是王八蛋，这话也不能从你嘴里说出来，知道吗？这一次毕竟是好事，精挑细选的相亲对象，你就去一趟呗，啊？哪怕去坐一坐，没那么难，对不对？"

欧阳宁娟阴着脸，过了半晌，她咬着牙说："你们都帮他？"

"没人帮他，都是没办法。为了让姬政委答应劝你去相亲，曹大平在他办公室哭得像个娘们儿似的，姬政委把窗户都给关了，怕他跳楼。姬政委找老傅，老傅找我，你就看在姬政委的分儿上，去一趟吧。"

欧阳宁娟烦躁地皱着眉头，用力摁着喇叭，王一川本想提醒"外环以内不允许鸣笛"，最终没说什么。回到队里，欧阳宁娟一关车门就走了，不知去了哪间办公室。其他人还没回来，只有刘苡岚在收拾着会议室，她贴心地在桌子上放了两袋肉包子，泡了一大壶茶水，在绝大多数情况下，队里这些人忙起来都是顾不上吃饭的。

"王队，欧阳怎么了？——你身上这是怎么了？"刘苡岚带着责问的口气问。欧阳宁娟和王一川一组，很显然是跟王一川闹了矛盾。王一川也不回答，把手在衣服上擦了擦，抓了两个包子就走。

刘苡岚困惑地眨着眼睛：王一川身上咖啡渍明显，是不是欧阳宁娟泼的呢，他俩打起来了？她突然杏眼圆睁：他们今天开的是自己的车，万一他们是在车上泼咖啡，那些咖啡渍什么的不会洒到自己车里吧？

想到这里刘苡岚急匆匆地奔出去了，随后院子里响起一声尖叫。大约五分钟后，她回到会议室，恶狠狠地盯了一眼办公室方向。

看起来王副队长今天晚上除了得罪了自己的女朋友、欧阳宁娟之外，又得罪刘苡岚了……

另外两个小组相隔了十几分钟先后回来。赵继刚一进会议室就向包子扑过去，被刘苡岚又打又骂地赶开，不得不去洗手。等他们一个个脱了外套洗脸洗手完毕，这帮糙汉子吃包子的模样好像饿死鬼托生。

会议室里弥漫着肉馅的味道，9点整一到，王一川换了件衣服，端着茶杯拎着文件，用身体把会议室的门挤开，心情非常差。刚才他给谭小雅打了几个电话，对方还是关机，他只能编辑了一大段微信文字去解释和认错。发完微信，感受到自己的无力，于是他站在会议室门口左右扫了一眼，尽显领导风范。

至少同志们还是尊敬我的，领导就应该是最后一个到嘛……

他咳嗽一声，还没说话，后背被人撞了一下，欧阳宁娟在他身后不客气地说"让一让！"，就从他的身边挤过，拿着保温杯和文件进了会议室。看到一个纸杯里漂了两个烟头，她脸上立刻笼了一层霜。小顾和赵继刚都胆怯地缩着脖子，两个烟头的真正主人张云军和苏晓巍却事不关己地喝着茶，苏晓巍还一脸无奈地摇摇头，似乎对有人当众吸烟的行为非常痛心。

王副队长砰的一声把文件扔到桌子上，喝道："开会！"

刘苡岚打开电脑，开始做记录。王一川说道："汇总下吧，今天都调查到了什么。"

三组今天都一无所获，而且都是越调查越觉得这条路走不通。文身店平时好像半天看不见一家，真调查起来才发现无论是店铺还是从业人员都数量惊人，别说专案组这几个人了，把整个重案队拉出去，再加上沪东分局、各兄弟分局辖区派出所的治安力量，梳理一遍也要好几天，更别说人员流动、店铺开张关闭等带来的困难了。

当然也有这样的可能，走进下一家文身店，文身店老板说："哎呀，这是我文的，客户资料我有！"所以不能说此路绝对走不通，可是看起来确实机会渺茫。

汇报完各自的调查情况，王一川让刘苡岚打开投影仪，播放着尸块照片。

就在这时有人敲了敲门，傅朗队长拿着份文件来了。

"队长？"大家都站了起来。王一川赶紧让出主持的位置，问候道："你怎么来了？嫂子和孩子那边还好吧？"

"这个不用你管。"傅朗问，"你们在开案情分析会？为什么不通知我？"

"这不你家里两口子住院吗？"王一川说，"这些取证调查的事我们做就行了，涉及大的思路我们再找您……"

"我是专案组副组长，不用照顾我。"傅朗队长坐到椅子上，刘苡岚很有眼力见儿地给他倒了杯茶。队长每天单位、家庭、医院三头跑，眼圈永远是黑的，他把一顶灰色的帽子摘下来，露出了中间的头皮，两缕长头发从他头顶左边搭到右边，勉强把他与"秃"这个字撇开。

"来的时候我去了趟技侦，老章那里有了新进展。"傅朗把文件扔到桌上，"他们利用骨龄判断技术对死者年龄进行推断，目前推断死者年龄在五十岁左右。除了推断年龄，还根据现有的条件进行了身高和死亡时间的断定，目前推断死者身高在165厘米左右，原来初步判定死亡时间10天到15天，现在从整个尸体的腐败程度分析，判定死亡时间在20天以上。"

"50多岁，165厘米左右的身高，死亡时间20多天，有文身。"王一川归纳着。

"算是缩小了一点点范围。"傅朗说道，"所以我的意见是按照新的条件在沪海市范围内进行排查，市辖区和郊县同时进行，看有没有失踪的50多岁女性。你们今天去查文身有什么收获？"

王一川点头表示同意，随后介绍了一下今天各组调查的情况，特别说了冻龄店主对这个文身的分析。

"十年以上的文身？"傅朗皱着眉头问，"那还怎么查？"

大家都盯着投影屏上的尸块照片，那个玫瑰文身图案被放大了投在屏幕上。

"不止一个文身师傅提出，这朵玫瑰花文得比较粗糙，属于档次比较低的文身，很有可能是在小店里做的，这就加大了调查难度，因为沪海市这种文身小店有很多。考虑到这个文身至少有十年，再考虑到死者的年龄，找到这家文身店的希望很小。"王一川用激光笔点着屏幕上的图片，"而且谁能保证她是沪海人？谁能保证她的文身是在沪海市做的？我们沪海市外来人口占了一大半，她也有可能是从外地来到沪海市，比如旅游，比如定居，对不对？"

理论上，如果死者居住在沪海市，就应该有户籍或者办过居住证。然而现实中不办居住证的人比比皆是，这就给警方调查带来了困难。而且现代社会人员流动大，沪海市也算是个旅游城市，一个外地女性跑来旅游不幸遇害也不是不可能的。

"头儿，被你这么一讲，就没法查了。"赵继刚急了。

"问题提出来了，现在给方案。"傅朗望着王一川。

"通过文身寻找死者身份，无异于大海捞针。结合死者目前的有限信息，我是这么推断的：她脚上涂了指甲油，身上有文身，不太像是农村的家庭妇女；从文身的时间上来看，我更倾向于死者之前的身份可能是社会闲散人员。"

"社会闲散人员"这个词带有一定贬义，特别是从警察嘴里说出来的时候。过去人们把那些没有单位、无事可做、游手好闲的人称为"社会闲散人员"，认为他们有可能成为治安隐患。社会闲散人员没有固定职业，没有固定的工作场所，散于社会各处，像街头混混儿、失足女性、街头骗钱的、碰瓷儿的……都可以算在内，概念比较模糊，成分比较复杂，没有统一的行业组织管理，难以约束，难以定位，历来是治安的一大隐患，是潜在的危险人群，不少人还陷入黄赌毒里去了。

不同于现在很多人为了时髦和新潮而文身，十几年前文身的人并不多，以归国人员、失足女、地痞流氓、吸毒人员、娱乐场所从业人员居多。所以，王一川一提出这个词，在座的大多数人都抓住了他的意思。

"你的意思是她以前可能被处理过？"傅朗问。

"我觉得概率很大，值得考虑。"王一川说。

警方对于社会闲散人员一直持重点关注态度，对于这一群体涉及的治安和犯罪行为则打击态度明确，扫黄、打非、抓赌、反诈的行动从未停过。某地警方就曾针对一起斗殴案件发布说："……目前，涉案人员滕某、王某（二人均为社会闲散人员）已到案，案件正在进一步办理中……"还有某地检察院在起诉书中指控称："犯罪嫌疑人××利用亲戚、邻里等关系和请客吃喝、共同娱乐等方式将被告人范某某、郑某某等一大批社会闲散人员笼络在身边，并逐渐形成以××为组织者、领导者，以范某某、郑某某等19人为成员的黑社会性质组织，为非作恶，称霸一方……"

相应地，如果有过治安处罚或者刑事处罚，必定会有相应的记录，脚上有文身这一显著特征一定会被记录在内的。

"我的意见是，向部里求助，在全国范围内协查有没有被处理过的人是带有这个文身的。至于时间范围嘛……现在也不能确定文身的时间，既然文身时间应该在十年以上，再考虑死者的年纪，我们不妨打宽点，倒查三十年！"

"多少年？三十年？"傅朗大吃一惊，"你是真敢说啊，全国协查，还要倒查三十年？你知道这是多大的工作量吗？"

"绝对比咱们排查文身店靠谱，至少这还有个方向……"

"你能保证她一定被处理过？就算有，20世纪90年代的那些档案还是纸质的呢，难道要人家去翻？"

"傅队……难也得去试试啊。咱们现在没几条路好走，对吧？万一有些地方的档案电子化做得好呢？"

说到底就是个性价比的问题，海量工作未必能换来结果，可是不去尝试就绝对不会有成果。在限期破案的高压下，专案组目前举步维艰，有路子就得走。所以傅朗队长最终还是连夜去分局汇报了此事，至于重案队的任务，归结为一句话："明天继续走访！"

王一川跑到谭小雅楼下时，已经是深夜11点多了。

谭小雅家的窗户里没有灯光，王一川在楼下徘徊了半天，不敢贸然打谭小雅的电话。虽然相信谭小雅的手机早就开了，自己给她的微信留言她也一定看到了，可是万一谭小雅已经睡了呢？把她吵醒的后果很严重。在已经惹她生气的情况下，进一步激怒她不是好的选择。

他心神不定地原地转着圈，给谭小雅发了一条微信："睡了吗？"

几秒钟后，他又发了第二条："我在你家楼下。"

又过了几秒钟，他发了第三条："我错了，你别生我气了。"

三秒不到，他又发了第四条："原谅我吧。"

一分钟里连发四条，他抬头看着谭小雅的窗户，在厚厚的窗帘后面，女神是已经睡着了，还是正在看自己发过去的微信？

王一川满怀期望地看了半天，窗子里也没有亮起灯光。也许谭小雅睡着了，也许她没睡着，但是余怒未消，不想理会自己。

对此王一川早有预案，他在这段感情里身段低，不代表他是个傻子，在女友面前谁不会玩一玩心眼儿呢？这次深夜跑来，第一是要表现出自己对谭小雅的重视，第二是要表现出认错的诚心，至于可能面临的几种局面，他都考虑过了。

——如果谭小雅还没睡，肯下来和他说话，他就可怜巴巴地认错求原谅。

——如果谭小雅没睡，但不肯下来和他说话，他这样可以体现姿态，让谭小雅抓不住把柄。

——如果谭小雅已经睡着了，这微信记录就是他来过的证明。

狡猾如狐的王副队长就差屁股后面拖一条毛茸茸的尾巴，他把那件泼了咖啡的脏衣服又穿上了，这样万一谭小雅下楼，他可以扮可怜博同情。

微信发出去好久，窗里还是静悄悄的。王一川知道现在还不能走，因为还有一种可能是谭小雅正在窗帘缝隙里观察自己。她是个喜欢给男朋友"定规矩"的女人，有时候会故意晾自己一会儿。如果像个直男一样转身就走，她的七级火气必定上升到十级，说王一川"没有道歉的诚意"，然后天崩地裂，山呼海啸，翻江倒海，宇宙毁灭。

于是他在原地转着圈子，特意让自己耷拉着脑袋，不时抬头望望窗户，显得十分可怜。足足在原地转了一刻钟，窗户里还是一点动静也没有，王一川觉得谭小雅已经睡了，就算没睡自己应该也算有个交代了。于是他发了最后一条微信："估计你已经睡了，不打扰你睡觉了，我明天再来找你。求你别生我气了。"

回家吧。明天一早还要继续排查呢。

当然走的时候还是要耷拉着脑袋做出一副失望的样子，毕竟"小心驶得万年船"。王一川在内心深处叹着气，这种带着牵挂回家的感觉很不好受。谭小雅明天看到微信留言，知道自己来过，可能会感受到自己的真心真意，也有可能会骂着说："没有在楼下等一晚上，一点都不诚心！"

走出小区，街上空空荡荡。他在街边找共享单车，看到手机50%的电量，心里暗暗骂娘。这个破手机今天白天怎么会没电啊，看来明天要带一块充电宝了。

就在这时，他的屁股上被狠狠踹了一脚。王一川职业性的防备只持续了不到半秒，就主动放松，脸上露出了笑容。一只手从后面揪住了他的头发，随后巴掌像雨点一样打在了他的脑袋上，耳边响起了谭小雅的斥骂声："浑蛋！这么一会儿就走了？不在楼下等一晚上，你心不诚！"

"哎呀，哎呀，别打了，疼死我了！"

这个时候就要把三分疼痛说成八分，王一川拼命抵抗着，疼得哇哇直叫，叫声是压抑的，恰到好处地体现出了疼痛难忍的程度，却又不至于扰民。谭小雅使劲撕扯了他的头发几下，就开始用指甲隔着他的衣服死命掐他。

"哎呀……"王一川这次是真的惨叫起来了。他不怕谭小雅的拳头和巴掌，就怕谭小雅掐他拧他。谭小雅力气不大，小拳拳打在他身上跟挠痒痒差不多，可是掐起来就可怕多了。她掐人技艺高超，每次都是隔着衣服捏住一点点肉用力掐，有时还拧两拧，堪称惨无人道。作为宗师级高手，谭小雅专门挑王一川的耳朵、两肋、腋下、上臂内侧掐，每次都掐得王一川痛不欲生。

"我叫你走！你走啊！你走啊！说！还吃不吃别的女人的口水？"

"哎呀！哎呀！我错了！我错了！"

一半是真疼，一半是表演，总之王一川在压抑的惨叫声中被谭小雅连打带掐地打倒在地。

谭小雅打累了，松开手踢了王一川一脚。她穿着一身毛茸茸的兔子睡衣，头发蓬松微乱，站在路灯下面横眉立目，一脸嗔怒。王一川从地上爬起来，捂着肋部可怜地哀叫着，说："哎哟，可打死我了……"

谭小雅气呼呼地扭过头不理他。王一川厚着脸皮凑过去，说："老婆……"

"滚！"

"别生我气了，你看，我一办完事就跑来了，连衣服都没来得及换。"

"我哪敢啊！"谭小雅哼道，"王大队长身边那么多红颜知己，那么威风，我哪敢生你的气？"

"什么红颜知己啊？"王一川叫屈说，"我是跑了一下午，渴得不行了，再说她真没喝。我再怎么贱也不会喝别人喝过的东西啊！是我考虑不周，你别生我气了。"

"是吗？说吧，你错在哪儿了？"

这句话堪称国内情侣吵架十大金句之首，豪杰闻之色变，英雄听了流泪。一旦女士问出这句话，就意味着她要洗涤男士的灵魂。王一川一脸苦相，说："我不该不及时接你的电话，可是那时候我真的在开会……还有我应该及时给手机充电，我不该向欧阳要咖啡喝……"

"你现在都没有认识到自己错在哪儿了！"谭小雅怒斥道，"我是那种不讲道理的人吗？你开会办案，我什么时候拖过你后腿？你说！"

你因为我办案时不接电话，发的脾气还少啊。王一川肚子里这么说着，脑袋却使劲摇着："没有……"

"你以为我吃你的什么干醋？我难道真的以为你会和欧阳有什么吗？我在乎的是你是不是把我放在心上！你去干什么了，总得跟我说一声吧？就因为我中午没接你电话，你就一下午不和我联系，你是不是在向我示威？你说手机没电了，可是有电的时候你给我发过一条微信没有？"

"啊？没有啊！"这个切入点出乎王一川意料，他本以为谭小雅会纠缠于他喝欧阳宁娟的咖啡，结果人家不走寻常路，把他打了个措手不及。

"我为了多赚点钱，那么晚了还去见客户签合同，累得半死，出来打你电话打不通，一扭头看见你靠着豪车从别人的杯子里倒咖啡，你说我是个什么心情？"

说到这里，谭小雅有点哽咽了。王一川本来是心虚，现在真的感到了内疚。他没能给女友一个安稳的环境，大晚上的她还要这样拼命跑业务，赔笑脸，对自己发发脾气又算得了什么呢？

"小雅，我错了，你别生气了。"他过去拉谭小雅的手。谭小雅用力甩开了一次，第二次被他抓住时，她只是象征性地挣扎两下，脸继续扭过

67

去不看他。

"是我考虑不周,我应该抽空跟你说一声的。"他道歉说,"我以后一定注意。我知道,你这么拼命也是为了咱俩,说真的我也挺内疚的。我现在努力打拼,也是为了给咱们一个将来……局里限期破案,今天下午我跑了快二十家文身店呢,手机没电了,真不是故意不接你电话……"

谭小雅气呼呼地不理他。王一川转到她前面,讨好地说:"小雅,别生我气了。"

谭小雅"哼"了一声,问道:"你午饭和晚饭按时吃了吗?"

"午饭没吃,"王一川趁机卖惨说,"晚上回去就着茶水吃了两个包子。"

"你不要命了?"谭小雅怒道,照着王一川的脑袋扇了一巴掌,"我平时让你按时吃饭,你听吗?你还听吗?"

她的第二个巴掌本来要扇下去,最终还是轻轻抚在了王一川的脸上:"赶紧回去弄点东西吃吧……"

她终究是关心王一川的,王一川心里暖暖的,说:"你不生我气了?"

"生气有用吗?你听过我的话吗?"谭小雅叹了口气,"过几天我们好好谈谈,你这工作值不值得啊……明天还要去调查吗?"

"还要继续。不过应该不会像今天这样了,有了新思路。"

"明天要按时吃饭。"谭小雅在王一川额头上狠狠地点了一下,"赶紧回去吧!吃点夜宵,早点洗澡睡觉。"

"嗯!"王一川嬉皮笑脸地说,"谢谢老婆。来,亲一下……"

"滚!你身上那么脏!"

"赏一个吧!我今天都累成狗了……"

谭小雅恨恨地望了他一眼,踮起脚尖在他的嘴唇上吻了一下,吻的同时很熟练地打掉了王一川想要抱她的两只爪子——他身上实在太脏。随后她像只兔子一样往后一跳,骂道:"快滚!身上一股汗酸味!这事儿没完啊,回头再收拾你!"

"那我走了啊……"

"滚吧!别在这里耽误我休息。"

谭小雅说完就踢踢踏踏地往回走,长期实践得出的宝贵经验告诉王一川:谭小雅在视线里时,自己最好保持目送的姿态,否则有可能会被说成

68

"迫不及待想走，分明是有了异心"。直到她的身影消失在小区大门口，王一川才转身继续寻找共享单车，此时他终于感觉轻松下来了。

果然，男人还是需要一个稳定的后方啊。古人说什么来着？修身，齐家，治国，平天下，"齐家"在"治国"的前头，意思肯定是说男人要先把家里搞定了，才能去搞事业。不管怎么说，自己明天可以安安稳稳地去继续办案了。

回家的路上，王一川肋下疼痛，却哼着歌十分快活。当然他也有些迷惘，不知道自己今天拼命工作，怎么就变成了一个犯错的人。

今天倒霉。这是他最终得出来的结论。

同一时刻，谭小雅抱着膝盖坐在床上偷笑。这种对王一川的日常打压简直是信手拈来，王一川是个典型的沪海男友，所以每次都会一败涂地。让男朋友时时刻刻保持愧疚的心情是非常必要的，自己接下来要和他谈的事情很重要，可能需要他做非常大的让步，因此特别需要在气势上先把王一川打倒在地。

09 父女关系

第二天的调查波澜不惊，仍然是一无所获。对尸块的搜索范围已经下延至春申江与长江的交汇口，也不知道其他的尸块是沉在江底，还是已经漂出长江出海口了。在方圆几百平方公里、河道建筑复杂的区域内寻找尸块，简直是大海捞针。

失踪人口信息的汇总也没有进展——在这个人员流动频繁，邻里交流却越来越少的时代，很少有邻居会关注隔壁的人多少天没出现了。尸源协查的通知自上次会议后已经下到各个派出所，并且在网上悬赏征集线索，摆在专案组面前的就是这样一团乱麻。

下午3点多，专案组又开了个会。

"装尸体的塑胶袋没有什么标识，这种东西生产投入少、门槛低，小作坊都能生产，光我们沪海市生产这玩意儿的厂家数量就不少，更别说还有义乌等地的批发货源；销售商家就更多了，五元店、杂货店都卖；至于谁会使用就更复杂了，农民工，政府防汛物资储备，一般企业的原材料包装,仓库和场站……市民搬家时去小店买几个塑胶袋装衣服也很常见。所以查明塑胶袋来源目前很难。"

王一川疲惫地用激光笔点着投影仪上的照片,陈轶凡副局长、刑侦支队长魏巍、傅朗、技侦的负责人章启辉和重案队人员围坐在会议室里,大多数人眼睛里都布满血丝。今天下午的讨论还遇到了状况:在喝完一杯茶以后,刘苡岚发现重案队的大桶纯净水没有了,只好找了个水壶去卫生间龙头接水烧开水,可怜的魏巍支队长、傅朗队长又不敢抽烟(因为欧阳宁娟在),等刘苡岚端着开水进来,两人居然在那里嚼茶叶渣子。

"总体上来说,通过塑胶袋查明尸源的难度很大,通过走访文身店查尸源的难度比想象中要大,在这上头投入过多精力可能会得不偿失,还会浪费我们宝贵的时间。"王一川说。

"也就是说此路不通了?"陈副局长点着手指问,"DNA呢?尸源悬赏呢?有没有市民提供线索?"

傅朗答道:"DNA数据库比对暂时没有消息。悬赏公告发出后倒是接到两个线索,都排除了。一个人已经找到了,另一个是个失足女,今年才20多岁,找到失足女的照片比对,玫瑰花的图案也不一样。关于我昨天报告的通过公安部请兄弟省份协查的事?"

"市局已经在办了。"陈轶凡说,"目前来看,我们的侦查工作严重受阻啊……"

说到这里,陈轶凡顿了顿,说:"姜局长这两天也在盯着各辖区派出所去走访,同志们,我知道这个案子困难很大,可是既然是限期破案,大家还是要努力想办法。不是说我这个做领导的压大家,嘴巴动一动就让你们跑断腿,实在是案情摆在这儿,咱们是干什么的?养着咱们不就是要破案的吗?"

这番话完全没产生让人共情的效果,比如队伍里的老人苏晓巍和张云军就盯着茶杯,似乎杯子上有什么值得关注的线索;小顾和赵继刚看着天花板,这两个家伙现在还窝在单身宿舍里,每月拿到的那点工资与现实中的房价对比一下,绝对是希望渺茫,听到"养着咱们"这样的话反倒有些逆反心理。除了队长们、章启辉,还有网监的领导、刘苡岚点头以外,其他人都默不作声。不高的工资和超强度的工作,早已让这些人对任何鼓动性的话语免疫了。

陈轶凡看没人回应，就转向支队长魏巍，说道："老魏，你的意见呢？"

魏巍摇了摇头，说："线索一定是有的，可能我们还没想到，或者没抓住。现在主要的担子全压在重案队身上，人手捉襟见肘，你看重案队的人已经累得东倒西歪了，人累，脑子也会犯糊涂。陈局，这事还得发动各部门参与的人员都出出主意才行。"

傅朗赞同地点点头，说道："目前调查遇到瓶颈，我们干坐在这里也是做无用功，我建议今天让大家都早点回去休息，明天早上开扩大会议，发动更多人出主意。"

"对。累了两天，回去休息一晚上，也是为了更好地工作。"魏巍赞同说。

这个提议倒是引来了积极的回应，点头的人一下子翻了一番，看得陈副局长胸闷。面对群众的期盼，他也没有别的办法。会议开了一个多小时，众人从会议室出来后各自回家。王一川跟在傅朗的身后，想向领导追问一下兄弟省市协查的事，却听到傅朗前面的陈轶凡招呼道："娟娟啊，对，叫你呢，过来过来！"

重案队队长和副队长都打了个寒战，陈副局长这句"娟娟"充满关爱和宠溺，好像在喊一位小公主，可是他喊的是欧阳宁娟——随后他们就看到那位一掌能劈开七块砖的"娟娟"从刘苡岚的车边过来了。

"叫我？"

"娟娟啊，"陈轶凡慈爱地说，"你爸今天跟我们说了……"

仿佛一阵寒风掠过，欧阳宁娟的笑容瞬间不见，脸色铁青，她收住脚步，转身就走。

"哎！娟娟，你看你这孩子……"陈轶凡慌忙快步走下台阶，"你怎么就听不进话呢？我是说……"

"陈叔，你要是替他说话，就不用讲了！"

"谁替他说话了？"陈轶凡追着说，"我这不是要和你说事情吗？不要一听见你爸就跟点了炸药似的——浑蛋！你给我站在那儿！"

欧阳宁娟扶着车门，一只脚已经抬起来要上刘苡岚的车了，陈轶凡的这声断喝令她不得不停止上车，气呼呼地站在车边。刘苡岚从车窗里伸出脑袋，她被陈副局长刚才那一嗓子吓了一跳。陈轶凡气势汹汹地走过去，抬腿就是一脚，骂道："你还反了天了？"

傅朗、王一川、张云军等人见怪不怪，饶有兴趣地看热闹，赵继刚却睁大了眼睛，扯了扯张云军的袖子，磕磕巴巴地说："局、局、局、局长打人了！"

"打就打呗。"张云军幸灾乐祸地说。

"陈副局长打——咱们队里的同志！"赵继刚惊骇地说，"怎么能……这不违反纪律吗？"

"你知道个屁！"张云军不耐烦地说，"人家当爹的打女儿，你管得着吗？"

"陈、陈副局长是欧阳的爹？"赵继刚瞪大眼睛，"那欧阳为什么姓……"他脑子里翻江倒海，意识到欧阳宁娟可能是随母姓，然后他突然想起来：陈副局长的太太就在市局政策研究室，好像是姓董。赵继刚脑子里灵光一闪，恍然大悟，抓住张云军的手臂小声问道："欧阳是陈副局长的私生女？"

张云军张大嘴巴，扭头看了赵继刚一眼，想举手扇他一巴掌，又把手缩了回来。他甩开赵继刚，嫌恶地说："滚开！——你身上一股汗馊味儿！"

欧阳宁娟挨了一脚，却不说什么。陈轶凡黑着脸骂起来："小兔崽子，翅膀硬了？给我滚进去！"说着扯了欧阳宁娟一把，指着会议室。

"拉什么拉！"欧阳宁娟梗着脖子，慢吞吞地向会议室挪去。

"走快点！当心老子用皮带抽你！"

"凶什么凶！"

嘴上还是很硬，挪得却快了一点。欧阳宁娟不情不愿地回了会议室，后面跟着张牙舞爪的陈轶凡。傅朗和王一川在会议室门口站着，一脸苦笑，两个人都知道陈副局长找欧阳宁娟什么事。王一川看到院子里的人一脸八卦地议论纷纷，就摆出副队长的派头，凶恶地道："看什么看？不想回家的留在这里加班！"

话音未落，院子里的人逃得干干净净。只有刘苡岚从车上下来，探头探脑地往会议室这边凑。傅朗和王一川走到院子里，找个台阶坐下，王一川掏了根烟递给傅朗，傅朗看了看，摇摇头，说："不抽，戒了。"

"哥，"王一川说，"我昨天看到你捡烟屁股了。"

傅朗苦笑一声接过来，王一川凑过去给他点烟。这位队长长长地吸了一口，望着远处，满脸沧桑。

"哥，钱还够吗？"王一川问。

"够。医保给报了两万多，能行，放心。"

傅朗一边说一边拍了拍裤腿上的烟灰，这条灰色的帆布裤子已经洗得发白，裤脚磨得毛了边，脚上的黑色帆布鞋也很破旧。40多岁的人，头发稀疏，看上去苍老而苦闷，宛如街边修自行车的大叔。

"放宽心，能好的。嫂子不是和爱爱配型成功了吗？哥，这是老天给了一条路走，孩子一定会好起来的。"

傅朗看了看他，用手在他头上揉了揉："你小子也开始给我发烟，安慰我了。"

"你老了呗。"

"嗯，时间飞快，欧阳也到了出嫁的年纪了。"

"你说陈局把欧阳叫进去能说啥？"

"还能说啥，调和父女矛盾，劝她接受相亲呗。反正欧阳的个人问题也是老大难。"

"说真的，让欧阳去相亲，我举双手赞成。"王一川望着会议室门口偷听的刘苡岚说，"可是曹大平安排的相亲嘛……呵，那老小子能为欧阳考虑什么呢？"

"他终归能想起欧阳是他亲生女儿的。"

"他只有在需要的时候才会想起欧阳是他女儿。"

傅朗队长看了下手机，又揣回了兜里，似乎只是看了眼时间。刘苡岚发现傅朗和王一川在看着她，毫不脸红地挥挥手，继续偷听。

"那老小子确实不是个东西。"傅朗回忆着，"当年和欧阳她妈妈离婚时，我刚来警局报到一个多月。听说曹大平在外面找了个姘头，想让欧阳的妈妈同意离婚，孩子归妈妈，财产归他。我是亲眼看着那老小子来局里闹事撒泼，不让欧阳的妈妈吃饭，把她的饭盆都打翻了，好几个人想上去揍他，他就满地打滚儿喊'警察打人'，又哭又号，比他妈娘们儿还娘们儿。欧阳当时小，被曹大平一把推进局里的办公室，不让回家，不管吃喝，小丫头吓得哇哇直哭。欧阳的妈妈一边跟那王八蛋撕扯，一边哭着央求陈局的老婆带着孩子去吃东西。"

"他打滚儿，你们就不打？"

73

"当时好几个人想打，说反正他喊'警察打人'，不如就真的打了算了，被姬军拦住了，现在想想也确实是不能打。"傅朗说，"你想想啊，咱们穿着警服呢。再说这是他们家的家事，如果大家帮着欧阳的妈妈揍他，这个二流子就能满大街喊'自己老婆叫外面的男人打老公'。这话听着难受不啦？"

"××，"王一川喷了一句芬芳，想了想又说，"我听说他对那姘头的孩子好着呢。"

"是啊……"傅朗微微抿着嘴角，"他找的那个姘头自己也有个孩子，这老小子对人家的孩子可比对欧阳好。他走了就没回来过，对欧阳这边不管不问，所以欧阳的妈妈就给欧阳改了母姓。再后来欧阳她妈妈牺牲了，按道理说亲爹就得养孩子吧？那孙子还是不肯养欧阳，欧阳的外婆硬气，把外孙女接回去养，局里的人去看望时，老太太哭着说自己就是硬撑着，欧阳长大之前，自己不敢死，死了就没人养这个孩子了。你看，曹大平带着姘头的孩子大鱼大肉地过日子，欧阳和她外婆只能吃泡饭和咸菜。要不是局里这几个叔叔伯伯拿钱接济，欧阳上完初中可能就得辍学打工去了。——这他娘的也算亲爹。"

"所以我说这老家伙找欧阳应该没那么好心，他居然还有脸找过来。"

傅朗阴冷地笑了笑："希望他真的是良心发现吧，欧阳现在孤零零的一个人，终究是需要亲情。知道吧，你看欧阳现在跟个假小子似的，以前她可是留着长头发、文文静静的一个淑女，你能想象得到吗？"

"啥？欧阳？她还淑女？"王一川的脸皱了一下，脸上的表情难以捉摸。

"你别老看着她现在黑，平时也不化妆打扮……"

"是啊，那打扮也太男性化了，我还觉得她性取向是不是……"

"滚！"傅朗开口就骂，"人家正常得很！"

"那她现在怎么变成这样子？"

"被曹大平逼的。"傅朗说着，厌恶地把烟头扔了。

欧阳宁娟坐在桌子旁边，右腿架在左腿上，抱着手臂，不但看不出半点傅朗说的"淑女"风范，反倒显得有些粗鲁。她阴着脸，眼睛盯着地面，陈铁凡坐在她对面，神情十分复杂：四分威严，三分慈爱，两分恼怒，还有一分无可奈何，也不知道这些要素是怎么集合在这张脸上的。

"给我把腿放下来！女孩子家，这是什么姿势？你的警容呢？啊？"他咆哮道。

欧阳宁娟翻了个白眼，慢吞吞地把腿放下并拢。

"你这白眼翻给谁看？啊？小兔崽子！是不是我们这些人都老了，已经管不了你啦？"

欧阳宁娟瞥了陈副局长一眼，嘟囔道："只要你不提那浑蛋，你就还是我陈爸。"

"嗯，我提了，你就不认我了呗？"

"……我又没这么说。"

"给我坐直了！"陈轶凡大喝一声。

欧阳宁娟哆嗦一下，坐得笔直。

陈副局长想继续挫一挫欧阳宁娟的气焰，看到她可怜巴巴地坐在那里，又有些心疼。他"哼"了一声，习惯性地伸手在桌面上摸了一下，欧阳宁娟立刻站起来，把他的保温杯放到他手边。陈轶凡气呼呼地拧开盖子，往里面看了看，把杯子往桌上重重一蹾，说："就不知道给里面续点水？"

欧阳宁娟撇着嘴，把烧水壶里剩下的水倒进保温杯。陈副局长余怒未消地拿起保温杯吹了吹，喝了一口，又把杯子重重往桌子上一蹾："水都凉了！"

"你这老家伙怎么这么难伺候啊！"

"怎么，不想伺候了？"

"你这么使劲，保温杯要被你蹾变形了！我是心疼董妈的钱！"

"变形了我也照样用！不用你董妈再买！"

"陈爸，我服了你了还不行吗？"欧阳宁娟哀叹道。她走到陈副局长背后，伸手在陈轶凡的肩膀上捏着："好啦，陈爸，你别生气了，你又不是不知道队里现在大桶水没了。来来来，我给你捏捏肩膀，你就消消气吧，你们家小光没给你捏过吧？"

"他可不敢像你这么对着老子甩脸子！"

"知道啦，知道啦。"欧阳宁娟难得地使用了发嗲的语气，就像一个乖巧的女儿一般，"你的肝不好，医生说要少生气！"

"我80%的气都是你们给的！"陈副局长长长地呼了口气，伸手到肩

75

膀上拍了拍欧阳宁娟的手，脸上的怒气慢慢消失了。他闭上眼睛享受着欧阳宁娟的按摩，说道："小光是个男孩子，哪里会想到给自己老爹捏捏肩膀……娟娟啊，我们这些人都要老了，你什么时候才能不让我们操心呢？"

"陈爸，你就少操心啦。"

陈副局长又拍了拍欧阳宁娟的手，示意她先不要捏了，等欧阳宁娟坐下，他慈爱地看着这个假小子，说道："娟娟啊，欧阳大姐走得早，这些年我和姬政委，还有你黄伯伯、李叔这几个老家伙打过你、骂过你，但内心其实都是把你当作自己的女儿来看的。你管我叫陈爸，管他们叫姬老爹、黄爸、李爸，就应该知道我们不会害你。"

欧阳宁娟低着头，说："我知道。要不是你们这些年掏钱养我，供我上学，我早就辍学了，也没机会进部队。我从来不觉得你们会害我。"

"知道就好。"陈副局长点点头，"那就听陈爸的劝，今晚去相亲吧。"

其实，陈轶凡开这个口，心情是很复杂的。他们把欧阳宁娟当作自己的女儿看，自从欧阳宁娟从部队退役加入特警后，他老婆和姬军政委的老婆张罗了好几次相亲，希望给欧阳宁娟找个好的归宿，这样欧阳大姐在九泉下也能闭上眼睛。相亲对象都是精挑细选的，有海归白领，有律师，有基金经理，有公务员，问题是每次相亲都以失败告终。欧阳宁娟男性化的打扮、审讯般的眼神、直截了当的说话方式吓退了多个相亲对象。其中一位相亲对象是个大学教师，和欧阳宁娟在江边漫步时，碰见一位人高马大的国际友人撒酒疯，一名警察加两名辅警都制不住他。欧阳宁娟上去一个背摔就把这位国际友人放倒在地，干净利落地上了手铐，回头一看，那位大学老师吓跑了。

在他看来，帮欧阳宁娟解决个人问题是几位叔伯的职责，也是对死去的欧阳大姐的交代，可是一次次相亲失败实在是让他们失去了信心。这一次曹大平说有好的相亲对象，几个老家伙就又动了心。虽然他们对曹大平极为厌恶，可是相个亲应该也没什么大不了的吧——万一成功了呢？

曹大平在姬军那里声泪俱下，说自己这些年亏欠了欧阳宁娟，现在找了个青年才俊，只想弥补一下女儿，而且人家看了欧阳宁娟的照片后，也表示有意愿接触一下，看能不能交往。曹大平说这个青年才俊自己开公司，身家上亿。这番说辞深深打动了几个老家伙：人家条件很好啊，而且还能看上欧阳宁娟假小子似的形象，不容易啊！黑猫白猫，抓到耗子就是好猫；不管是谁介绍，能让欧阳宁娟幸福就是好的介绍。谁能保证过了这个村还有这个店呢？

于是在让欧阳宁娟去相亲这件事上，几个老家伙和曹大平暂时达成了一致，接下来就有了几个老家伙找傅朗，傅朗找王一川的事，希望说服欧阳宁娟去相亲。今天开会之前陈轶凡问了下傅朗，发现他们没完成任务，于是老家伙现在亲自出马了。

"你就去看看，成和不成另说，真不喜欢的话我们还能逼你吗？"陈副局长苦口婆心地劝着，"这些年你的个人问题啊，哎呀，把你董姨和你洪姨给愁得呀，有时候都能给愁哭了，觉得对不起你妈……我们到市局开会时，办公室里的薛妃——当年和你妈关系挺好的，人家直接就问你个人问题解决了没，怪我们不上心，把我和姬军臊得啊……"

陈轶凡脸上露出痛心疾首的样子，还拍了两下大腿增强效果，模样活像电视里喋喋不休的居委会老太太，看得欧阳宁娟一脑袋黑线。她知道如果自己不答应，陈爸这个人真的会唠叨到天荒地老。每次他和董阿姨之间发生矛盾，他也是这样喋喋不休，直到下面的话被董阿姨一巴掌扇回去。

不知过了多久，会议室的门一开，陈副局长出来了。他一眼看到弯腰在门口偷听的刘苡岚，不由得老脸一红，开口骂道："谁让你偷听的？"

"嘻嘻嘻，领导，你还真当红娘啊？"刘苡岚嬉皮笑脸地说。

"什么红娘！那个，你在这里正好。"陈副局长说，"小刘啊，你不是会化妆吗？咱们局里就数你品位最高，你给欧阳宁娟打扮打扮，比如说你们女孩子捣鼓的那些什么化妆品，全给她抹上，还有做个发型，嗯，再去买件什么衣服换上……"

不远处的傅朗和王一川满头黑线，欧阳宁娟那头发比寸头长不了多少，还能怎么去"做发型"？还有什么"化妆品全抹上"，不知道董阿姨这几十年是怎么跟这个老直男过下来的。

"领导，打扮、美发和买衣服是要钱的。"刘苡岚奸笑着说。

陈轶凡苦着脸，问："200块够不够？"说着从钱包里摸出两张红票子。王一川剧烈咳嗽起来，陈副局长脑子里的美发可能是到街边小店去做个洗剪吹。

"哎呀，领导，这是去相亲啊！你让我们家欧阳买路边摊的衣服

77

吗？"刘苡岚夸张地说，"去保养个头发都不止200块！"

"啊？"陈副局长愣了，"这么贵？我没那么多啊……"他看着已经空了的钱包，迟疑道："要不我让你董妈给你转点？"

"陈爸，别听这小妮子瞎说，快收回去，我有钱！"欧阳宁娟阻拦道。不料刘苡岚伸手把那200元从陈副局长手里抢过来，嬉笑道："算了算了，我吃点亏，就用我的化妆品吧！衣服我借给欧阳好了！领导你放心，我一定把欧阳打扮成仙女，包在我身上。"

她说着就扯着欧阳宁娟直奔办公室，留下可怜的老警察在院子里跳脚。陈副局长指着办公室的方向骂了起来："浑丫头，你缺德啊！你加次油都不止200块！"

10 凌季雨"扶贫"

陈副局长骂完，嘴角露出一丝不易察觉的微笑，背着手往外面走去了。傅朗和王一川知道一切已经解决，也都站起来，拍拍身上的灰准备回家。临走时王一川把大半盒烟递给傅朗，傅朗一把推开，说："用不着。"

"哥，拿着吧。"王一川说，"也不是让你没事就抽，在医院陪床，夜里要是实在撑不住了，抽一根解下乏。"

傅朗听了，接过来塞进口袋。他每天下班后就赶去买菜做饭，然后到医院陪床，实在是疲惫到了极点。微薄的收入被医疗费折腾得精光，抽烟已经是很奢侈的事了。很难想象他这样的重案队队长每天会到菜市场去买人家挑剩下的菜，甚至捡没烂的菜叶，以至卖菜的把他当成捡破烂的。

他是个有原则的人。家里两个人生病，特别是他爱人和女儿配型成功后，为了满足捐骨髓条件，他爱人和女儿都需要补充营养，全家重担压在他一个人身上。局里发动大家给他捐了两次款，第一次他接受了，第二次他拒绝了，说不愿老是给大家添麻烦。他这个位置想捞钱很容易，只要他在起诉意见书上加几个字，比如犯罪嫌疑人"确有悔罪表现""能如实供述""可以考虑从轻发落"，那些家属会心甘情愿地给他送钱，可是他从来不干这样的事，给他送钱说情的都被他客气地拒绝了。

"从姜队长、柯队长那里传下来的风气，不能在我这里坏了。"他说，"将来从我这里传下去的风气，你们也不能给坏了。"

看到他把烟收了，王一川建议道："前两天刘苡岚帮你联系的那个捐款平台的事，你真不考虑？"

"怎么能考虑啊。"傅朗叹息一声，"这些捐款平台说白了也就是靠卖惨让人捐款，他们也要靠这事赚钱的。我是个警察啊，我能干这事儿吗？……你别担心，现在配型成功了，我也算是有指望了，到时候把家里那房子卖了，手术费肯定够，放心！"

"唉，傅队长，你真是不容易。"凌季雨说。

王一川点点头："是啊，不容易。——哦？"

王一川后面的话卡住了。他和傅朗一起睁大眼，看着不知从哪里冒出来的凌季雨律师，这人凑在后面听他们说话，两个人居然都没发现。

"你什么时候来的？谁让你进来的？"

"门口没人嘛。"凌季雨说。他顺势后退一步，往旁边一靠，正好又靠在了刘苡岚的玛莎拉蒂上："我刚来，我刚来，我可什么都没听见啊！"

"出去！"王一川呵斥道。

"别这么不客气嘛。"凌季雨满不在乎地说，"我这次来可是有正事儿。"

"什么正事儿？"王一川迅速往门口看了看，免得无意中又被凌季雨这个被奥斯卡奖忽视的影帝当成了群演。看到外面没有什么家属，他才回过头来，问道："你要是问谢中民杀老丈人一家那个案子，谢中民家属最后也没聘请你啊，你在我们这里没案子，有什么正事儿？"

"我是来谈合作的。"凌季雨严肃地说。

"你和我们有什么能合作的？"

"王队，少安毋躁。"凌季雨垂下头，举起手，模仿了一个电影里的耍酷动作，丝毫不顾及两位警察快要反胃的表情，"你们这里的事情我都知道，特别是傅队长，家里遇到这样大的事，缺钱啊，你说咱们总不能让人民卫士流血流汗又流泪不是。所以我琢磨着扶扶贫——来，来一根。"

傅朗推开他递烟的手："有话说话，少来这个。"

凌季雨自如地把烟塞到自己嘴里，拿出个一次性打火机点燃，长长地吸了一口。他一甩烟灰，又露出那副惫懒的样子。

"老傅，你们是重案队，破的不都是大案子吗？最近有抓什么人回来？有案子推荐一下啊！"

"啥？"两位警官惊异地说。

"你看啊，"凌季雨完全不看两位警官的黑脸，扳着指头开始算账，"咱们就拿杀人案来说吧，抓了人，他要想保命，总得请律师吧？你们可以推荐我啊！侦查、审查起诉、审判一共三个阶段，每个阶段收五万是最起码的吧？到时候我抽三分之一给你们提成，现金交易，童叟无欺！律师费要是上十万，我再给你们加一成！老傅你不是缺钱吗？这钱不就来了？给嫂子和侄女补营养啊！"

傅朗和王一川对视一眼，都惊得呆了。

"你们只管推荐，到时候我谈价格。"凌季雨规划道，"如果请我的话，你们就把他的罪行写轻点；要是不找我，你们就往死了审他……"

"出去！"傅朗脸色铁青，指着大门说。

"哎呀，老傅你别急嘛，"凌季雨发现不对，赶紧吸了口烟，弹弹烟灰，改口道，"我知道，那帮犯罪分子都他妈是人渣，死了活该。——我也可以帮助受害人和家属索要民事赔偿啊！你们把什么被强奸的娘们儿、被砍死的人的家属的联系方式给我，我去谈，分成比例不变——听说你们最近在办一起碎尸案？"

王一川本来要骂"滚出去"，听到这句话就眯着眼打量他，问："你怎么知道的？"

"你们不是让派出所进行尸源协查吗？他们去我们小区居委会走访时，我正好在。你那天在大街上，也是去找那具尸体上的文身吧？"凌大律师说，"老傅，小王，这可是个大案子啊！死者身份确定了没？嫌疑犯抓住没？"

"行啦，"王一川带着快要爆发的笑说，"你赶紧走吧。"

"——你们把嫌疑犯家属或者死者家属介绍给我，哪个都行！"

"滚出去！"王一川咆哮道。

声音很高，凌季雨哆嗦一下，扔掉烟头，强笑道："干吗这么大火气？"

办公室的门一开，刘苡岚拿着水杯出来，看院子里发生了什么事。凌季雨扭头看到她，脸上立刻浮现出热情洋溢的笑容。

"嘿，小刘妹妹！你还在啊？哇，你真是越来越漂亮了，三个字：倾国倾城！"

刘苡岚"呸"了一声，扭头回办公室，迈出一步，突然停住了，她慢慢扭过头来。

"谁让你靠我的车的？"

她气冲冲地从台阶上走下来，一把把凌季雨推开。等她往车上一看，脸一下子白了：车前盖上散着烟灰，还有一个没灭的烟头躺在前盖上。

"我的漆！"她尖叫一声，一把把烟头扫下去，可是车前盖上已经出现了一道黑色的痕迹，怎么也擦不掉。刘苡岚狂怒地从车前盖上直起身子，正看到凌季雨律师往车子后面溜，他打算偷偷溜走。

"你给我站住！"刘苡岚大吼，"你赔我的车漆！"

"哎，小刘妹妹，别生气，生气就不好看了！"凌季雨干笑着说，他想往门的方向跑，可是刘苡岚隔着车堵住了那个方向，于是这家伙就围着几辆车子转起了圈，闪来躲去。

"你擦擦！擦擦就干净了！"

"站住！你赔我的喷漆钱！"刘苡岚隔着车追着，活像一只母老虎，"等等！我想起来了！我那辆奔驰也是被你烫的，我调监控了！"

"没，没有的事！我什么时候烫你的车了，你不要胡说！——老傅，小王，你们不劝劝？"

傅队长和王副队长东张西望地看着天空，完全没有制止的意思。

"那辆车补漆花了4000块，给钱！还有这辆的。——你给我站住！"

"你别讹人！哪有这么贵的……再说我一个律师，怎么能给你们警察钱呢？……"凌季雨慌慌张张地躲着，眼看刘苡岚再算下去怕要上万了，他冒险绕过车的另一边，向门口直奔而去。刘苡岚从侧面截他，她毕竟是个女同志，一把没抓住，凌大律师没命地往门口跑去了。

"你浑蛋——"刘苡岚尖叫一声，狠狠地把手里的杯子砸过去，杯子砸到了凌季雨的小腿，他摔了个狗啃泥，没想到他在地上顺势打了个滚儿，爬起来继续冲出大门去了，虽然有些一瘸一拐。

等刘苡岚追到门口，凌大律师已经消失在街道上。漂亮的女警花暴跳如雷，在门口咒骂着凌季雨，说下次一定不会放过这个地痞、流氓、无赖、败类、人渣、一千年难得一见的死王八，还说要去司法局投诉凌季雨。她气冲冲地回到院子里查看车。在她狂怒地擦车前盖时，傅朗和王一川悄悄地溜出大门，凌季雨毕竟是在和他们聊天的时候抽烟的，万一刘苡

81

岚迁怒于他们就坏了。

就在这时，王一川的手机响了一下，他拿起手机，惊喜地发现是谭小雅发来的信息。

"我晚上有空，要不要吃个西餐？"

王副队长笑了，如同每一个恋爱中的男人。他吹着口哨回了一句"有空"，志得意满。几十秒后，他收到了谭小雅发来的餐厅地址和时间。他看了看现在的时间，脸色大变，立刻沿街狂奔而去，刚才的志得意满丢到了九霄云外。

王一川赶到那家法式餐厅时，谭小雅已经到了，正坐在一个靠窗的位置，优雅地看着菜单。王一川心里一紧：自己又晚到了，按照谭小雅的认知，自己这是"不把她放在心上的表现"，毕竟网上所谓的"男人不可靠的十大死罪"里就有"约会时晚到"这一条。他硬着头皮奔过去，显得气喘吁吁，一脸尴笑说："哎呀，一结束就往这边赶，还是迟到了。"

谭小雅却没有像平常那样阴着脸，她把菜单递过来问："你看看想吃什么？"

王一川松了口气，感觉死里逃生，忙说："你帮我点吧，你点的我都爱吃。"

谭小雅招呼侍者过来，点了一份双人套餐，还细心地在大众点评上买了折扣券，这种过日子的态度赢得了王一川的尊敬。侍者给王一川倒了杯柠檬水，就去下单了。王一川打量一下周围，把餐巾铺在盘子下面。

这家餐厅的欧式装潢风格非常明显，墙上、桌上到处装饰着鲜花和花篮，音乐轻柔，气氛温馨而浪漫。谭小雅约他来这里，显然是想度过一个浪漫的夜晚。她应该是刚下班，身上还穿着职业套装，显得精致迷人。柔柔的灯光打在她的脸上，显得她无比妩媚，王一川看得有点呆了。

与她相比，王副队长的模样就有些寒碜，胡乱抹平的头发，夹克与格子衬衫的搭配让他更像个程序员，牛仔裤和运动鞋令他与这个场景很不搭。他不好意思地解释道："我想回去洗个澡，换件正式的衣服，可是又怕时间来不及……"

"知道你忙。咱们吃个饭，没那么多讲究。"

王一川感觉心里暖洋洋的，女友平时是霸道了些，但是心里还是理解自己的。不多一会儿两杯红酒先送上来了，套餐里有牛排，有一篮面包，还有金枪鱼沙拉、奶油浓汤。法式餐点不管味道如何，摆在桌子上很能烘托气氛，谭小雅举起红酒杯，说："碰一下吧！"

王一川拿起酒杯碰了一下，笑着问："为了什么？"

"为了庆祝我拿下一个大单。"谭小雅说，"这一单拿下来，我能提成十几万。"

"十几万？"王一川睁大眼，"你这一单差不多是我一年的工资了啊……这个值得庆祝了，我干了！"

"行了，你当喝啤酒呢？"谭小雅笑骂道，"套餐里就这一杯，再来一杯要加钱的。"说着浅浅地啜了一口。

"要不我不干了吧，"王一川讨好说，"我觉得你可以包养我了，富婆我给你切牛排……"

"哼，你那点钱啊，确实也没什么干头。"谭小雅"哼"了一声，"你就会耍嘴皮子，早就让你到我们公司来做保险，挣的不比你现在多多了？"

王一川干笑两声，专心地切着牛排，嘴里敷衍着："钱少了点，不过稳定啊。"

"拉倒吧，这么稳定下去，什么时候才能买房啊？"

买房是王一川心头的一块大石头。其实他并不是不同意把现在的房子卖掉，只不过卖房是件大事，一旦开始，就要同时进行卖旧房、看新房两个流程，要到处看房，要不断比较，想起来就头大。更重要的是，王一川估算过，自己这套小房子只能卖700多万，如果要买一套地段比较好的三室两厅的房子，可能要1300多万，自己这点卖房款根本不够付首付，只能到处借钱——他找谁借呢？总不能找下属借吧？让谭小雅去借钱更不可能。他是个比较传统的男人，认为买房是男人的事，谭小雅出钱出得越少越好，到时候买了房子放在谭小雅的名下，才能证明自己是个好男人。

得知房子有可能拆迁后，他就更加犹豫。通常房屋拆迁价格能够达到市价的1.5倍，如果这套房屋真的拆迁了，首付肯定就够了。现在的问题是拆迁的消息一直没个准信，所以每次提到房子，他的心里就莫名焦虑。

所幸谭小雅并没有继续这个话题，而是问王一川这两天的情况，叮嘱他记得换衣服和洗澡，吃饭一定要准时，顺便敲打了他一下，告诉他以后要讲卫生，不要随便从别的女人的杯子里倒东西喝（王副队长一脸苦笑）。她又谈到再过两三个月就要过春节了，问王一川能不能提前跟队里打个招呼，一月份的时候抽个七八天一起去度个假。

两个人一边吃着，一边絮絮叨叨地谈着家长里短，规划着后面的生活，虽然没有结婚，但是和一般的夫妻也没什么两样。聊着聊着，谭小雅谈到了客户送的礼物，那位冯经理的大手笔让王一川暗暗咂舌。谭小雅还谈到了后续的业务机会，谈到客户公司要把福利逐步向中层干部和基层员工推广，涉及的人数有数千名，保费可能要达到几千万元乃至上亿元时，王一川吓了一跳。

"这么有钱？"他怀疑地问，"这公司是干什么的？"

"做投资的，高端投资，超有钱。人家搞个聚会，连明星都请来了。"随后谭小雅就讲起了香花派对上的见闻，渲染了富利东联金控公司内部装潢的大气，付钱的爽快，香花派对的高端，重点提到了超高的投资回报率。

王一川张大嘴，说道："这么高端大气上档次？"

"你以为呢？哪像你这个土包子，人家那钱真是赚得容易啊……我出来打电话给你就想跟你说这事，结果就看见你喝欧阳宁娟的咖啡……"

王一川头皮一炸，赶紧转移话题说："那个，这么高的回报率……听着有点不靠谱啊。"

当警察的人脑子里都有根弦，遇到什么事情会先判断是不是合法的、有风险的，一个朴素的观点是：任何高回报率的东西都值得怀疑。虽然王一川不是经侦支队的警察，但是他见得多，听得多，风险警惕性极高。两年前保山区发生过一起杀妻案，30岁的死者被理财公司月利率10%的高额回报承诺诱惑，抵押了房子去投资，结果理财公司倒闭，死者血本无归。夫妻两人争吵后发生了命案，丈夫杀死妻子后自杀，留下两岁女儿无人照料。

他是了解谭小雅的，她说这些绝不会只是说说而已，一定是动心了，想投资了。要投资首先就要筹钱，钱从哪儿来？王一川一下子想到自己那套小房子。

谭小雅怒了，竖起眉毛道："到你这里谁都不靠谱是吧？我告诉你，你不要因为自己赚钱少就觉得别人都苦逼！有些阶层是你没有接触过的，对人家来说，钱就是个数字，人家赚钱真的很容易，随随便便就比你一年两年赚的都多！你怀疑人家，你知道人家的门槛有多高吗？不是说你想跟着投资就能投资的，人家只接待内部客户！"

哦，只接待内部客户，这倒不像是在骗钱了……一般那些"非法吸收公共存款"的骗子总是到处拉投资，连老阿姨的养老钱都不放过。如果这家公司根本不接待普通老百姓，只为内部客户进行投资服务，没准儿真的是正规的……

"我告诉你，我倒想投资，人家还不愿意呢！"谭小雅说，"人家已经说了，不再接受新的客户，我算运气好，赶上了他们最后一次公开派对，以后的香花派对就不欢迎外人了，而且投资机会也仅在内部分享。人家还设定了门槛，少于500万不接待！"

"500万？真的是有钱人的游戏啊。"

"所以说啊！他们有钱人赚钱是不是很容易？投个千八百万，一年下来的回报最少也有百来万吧，比我们辛苦忙活一年赚的都多！万一回报率再高一点，20%呢？30%呢？这世界就是撑死胆大的，饿死胆小的。我的意思是咱们也投个1000万，这样的话，我们买房子的希望是不是大得多？你还用每次哭丧着脸吗？"

"多、多少？1000万？"王一川惊骇地说，"咱们哪来那么些钱？"

"我是这么想的，一川，"谭小雅压低声音，"你那破房子我早就叫你卖了，你总是舍不得，现在有了这样的机会，你还不卖？卖了的话怎么也有个六七百万吧？然后我再借钱，借个几百万，凑够1000万投进去！"

"借钱？"王一川因为震惊，脑子有点转不过来了，"要借那么多钱？……你，你找谁借啊？"

"你看，我妈的存折里应该至少有60多万的养老钱，咱们借过来，"谭小雅掰着手指，"咱们俩的存款加一加，50万能凑出来吧？这就算100万吧。然后你再找同事借借，我也去借一借，每人努力借个100万，这就有300万了吧。不够的话我还可以找我那些客户借一借……"

"哪有那么容易啊？"

"咱们给利息啊！"谭小雅说，"你看，现在银行的存款年利率才1.5%，跟没有一样，咱们给他们5%的利息，你说他们借不借给我们？到时候投资回报付给他们一点利息，剩下的还不全是我们的？说真的，要是能多借点更好,不用两年,咱们赚的钱绝对够买房了。"

谭小雅脸上散发着异样的光彩,眼睛里闪耀着兴奋的光芒,紧盯着王一川。王一川则目瞪口呆,完全被谭小雅的大手笔惊住了。他知道,这个时候的她如同女王,绝对不容违抗,如果自己提出反对意见,接下来面临的必定是山崩海啸。

然而他不能点头答应,光一个"借款计划"就让他的心提到了嗓子眼儿,因为一旦实施,他和谭小雅都会背负上巨额债务。现在的生活虽然清贫,但是安稳,他完全没有投身资本洪流,面对惊涛骇浪的欲望。

"我跟你说,秦姐已经在找客户借钱了,我今天听到她给一个大客户打电话,搞来了100多万呢。"

"小雅,我看,这事咱们再考虑考虑。"他委婉地说,"咱们这么做太冒险了,一下子借那么多钱……你看你妈攒点钱也不容易……"

话虽然委婉,但是不支持的意味很明显。谭小雅脸上的笑容消失了,她瞪着王一川,问:"不愿意?"

这样直接的问话让王一川措手不及,他有些慌乱地说:"啊?不是不是,我的意思是……那钱也不好借是不是?一下子借好几百万,找那么多人借钱,挺难的……"

"钱全部我去借行吗?"谭小雅阴着脸问,"我知道,你王大队长要面子,磨不开面子到处借钱,没关系,我一个女人在外面跑业务,本来也不怎么在乎面子,所有的钱我负责去借,赚来的收益是咱们俩的,我这样做,你觉得可以吗?"

"我不是这个意思,"王一川窘迫地说,"不是面子的事,我是觉得吧……"

谭小雅打断他:"房子卖不卖?"

"啊?"

"给我句实在话,房子卖不卖?"

王一川艰难地咽了口口水,说道:"小雅,我觉得,这事儿还得再了解一下……"

一只手竖着伸到他面前,谭小雅猛地低下头,举手止住了王一川后面的话,足足十几秒钟。她突然抬起头,一字一句地说:"你不用说了!我知道了!我明白了!对不起!就当我没说吧!"

11 拳斗

"小、小雅,我不是那个意思。"王一川慌了。但是谭小雅不再理他,伸手叫过侍者,说:"埋单!"

"啊,我来。"王一川连忙拿起手机。

"不用!"谭小雅用手止住他,"不用!"

她面无表情地付了钱,随手拿起挎包,打算离开。王一川心里暗暗叫苦,起身道:"我送你回去……"

"不用!你坐下!"谭小雅还是面无表情,声音冷冷的,"我自己走!"

"小雅!"王一川哀求道。

谭小雅背对着王一川站着,身体微微颤抖,似乎马上要爆炸一般。王一川站在桌子后面,想去拉她,却又不敢伸手。这样僵持了足足几十秒,谭小雅用沙哑的声音说:"王一川,我现在为咱们将来打算,要你配合一下,真的就那么难吗?……我们在一起六年了,你给过我什么?你想过我们的将来吗?"

"我,我想过。"

"不,你没想过,你没想过。"谭小雅低声说,"我想安静一下,你不许跟着我。"

她说着就大步离开了。王一川眼睁睁地看着她推开玻璃门冲上街道,拦了辆出租车,整个过程中没有任何犹豫,也没有回头。他缓缓坐下,心情跌入谷底。这次不是情侣间的怄气,是真正发生分歧了,裂痕很严重,而且弥补难度很大,除非自己同意卖房和借钱,可是这不是几十万的事,谭小雅的规划是千万级别的啊……

王一川浑浑噩噩地走出餐厅,沿着街边走着,夜风吹拂着他的脸和头发,经过一个小店时,他借着灯光看了看玻璃门上自己的影子。

承认吧,你就是个普通人,你就没有那种穿名牌、开豪车、挎着美女、吃西餐、赚大钱的命。你看你这副样子多么窝囊啊,你能给人家什么?

你当男人真他妈的失败。

王一川盯了很久,当他清醒过来时,他发现自己走的是去队里的方向。他看看表,索性打消了回家的念头,于是他到小店里买了两罐啤酒、两根香肠、一盒方便面，拎着回了重案队。回到办公室，他找出短裤、背心和运动鞋，拿着毛巾走向健身房。现在的他只想狠狠发泄一下，疲劳和汗水是男人的解压器，把今天晚上的时间安排满，把一切都忘掉吧。

健身房的灯开着，里面隐隐有声音传出，王一川很奇怪这个时候了居然还有同志在这里锻炼，不过有个伴儿也不错。

他推开门走进去，随后看到了怒目圆睁的欧阳宁娟。

"嘭！嘭！"

拳套裹着拳头打在沙袋上，声音沉闷。欧阳宁娟穿着宽松的大T恤，满脸汗水，狠狠地击打着沙袋，T恤后背已经湿透了。

沙袋是那种健身房专用的型号，直径40多厘米，将近一人的身高，重量有100多斤，用六条加粗铁链吊在健身房的天花板上。一般人击打这样的沙袋只能让沙袋轻微晃动，欧阳宁娟的攻击却让沙袋大幅度地摇摆起来。她紧咬着牙，身体前倾，眉头微微皱着，王一川看到了她眼神中的凶狠，似乎沙袋是她的生死仇人。

如果她对面站着的是人，那个人现在应该已经被打断肋骨，或者被击碎内脏。一拳打死人在现实中虽不多见，但绝非不可能，欧阳宁娟就有这样的实力。当欧阳宁娟大喝一声"哈啊——"，一个回旋踢将沙袋踢得猛地荡开时，王一川打了个冷战，摸了摸自己的肋下。

这要是交了男朋友，那可怜家伙估计活不过三天。

看来相亲必然不顺利，还可能受了什么刺激。这个时候接近她是不明智的，所以王一川悄无声息地后退两步，把身形隐藏在一个扩胸器后面，慢慢向门口挪动。

"来都来了，怎么又走啊？"

王副队长的身体停了一下，随后就神色自如地走出来，招呼道："咦？欧阳，你在单练啊？"一边说一边把毛巾放在扩胸器上，这有两个含义：第一，自己是刚来；第二，自己要练习扩胸器。

欧阳宁娟盯着他，觉得这位上司的演技有点拙劣。王一川坐到扩胸器上，却听欧阳宁娟道："正好没人陪练，王队，跟我打一场吧。"

王副队长的脸一白，摆手道："算了，我有点不在状态，还是随便练练好了。"

"来吧，别磨叽。"欧阳宁娟一边说一边钻过绳栏爬上拳台，拳头互相敲击着，"只是随便练练，我戴着拳套呢，不会用全力的。你要是怕的话，就穿上护具。"

人家把话都说到这份儿上，再不陪打就不够意思了。王副队长长期冲杀在办案一线，警务素质也算是杠杠的，虽然知道自己打不过欧阳宁娟，但是相信对打几个回合应该没问题。打几个回合后再找机会要求停止也不失为一种办法，男人的尊严还是要的。他看了一眼旁边箱子里的护具，怒道："你小看谁呢？"

随后他就把全套护具翻出来穿上，头套、护甲、护臂、护腿一样都没落下。欧阳宁娟一边轻蔑地看着他穿护具，一边活动着身子压着腿。王一川足足花了五六分钟才钻进拳台，裹得严严实实的，全身上下就差写三个大字：我怕死。

"准备好了？"欧阳宁娟带着不明意味的笑问。

"等我热热身。"王一川说，随后有条不紊地压腿，转腰，挥臂，在转角的柱子上击打了两拳，踢了一脚。

"力度不小啊。"欧阳宁娟说。

"见笑了。"王一川笑着说，"当年在警校，我的搏击在班里也是数一数二的。"

话音未落，他突然一记左直拳向欧阳宁娟猛击过去。

招数有点无耻，不过既然打不过，就偷袭吧。

一般人攻击前，肩膀会先动，对方能提前预判，王一川的攻击却是又快又猛，最大限度地压缩了对方的反应时间。可是欧阳宁娟反应速度奇快，立即向后仰身闪躲，左手向外拨格王一川的左拳，紧接着右手迅速跟进抓王一川的左手腕，将王一川的左臂回拉。王一川意识到不好时，欧阳宁娟的左拳已经顺势猛力向他砸过来了。

这要是被砸中了非昏迷不可。王一川连忙向后退一步，堪堪躲过，却冷不防欧阳宁娟向前一步，右拳猛击王一川的心窝。趁着王一川的心窝被击向前弯腰之际，欧阳宁娟顺势抓住王一川的双肩向下一按，右膝狠狠地顶过来。王一川拼命一扭，避开要害，欧阳宁娟的膝盖就撞击在他的肚子上。

王一川噔噔噔后退几步，一屁股坐倒。要不是护甲延伸下来护住裆部，加上自己躲得快，欧阳宁娟绝对能废了自己。

"浑蛋，你真打啊？"

"谁和你假打？"欧阳宁娟摆好姿势，"王队，你还会偷袭啊？"

王一川呼了口气，站起来拉开架势，欧阳宁娟一个左摆拳攻击过来。

王一川本来是以左格斗式站立，见状立即向前滑步近身，用右小臂格挡欧阳宁娟的左臂，顺势捋抓她的手腕。戴着拳套捋抓有些困难，可是这一瞬间的迟滞就够了，他用左直拳猛击向欧阳宁娟的咽喉。欧阳宁娟向后一躲，王一川收左拳，顺势一个左鞭腿扫踢过去；欧阳宁娟举右臂勉强挡了一下，身体失去平衡；王一川左腿也不落地，又一个左侧踹腿向欧阳宁娟的肚子踹去，欧阳宁娟被直接踹倒在地。

欧阳宁娟一个翻身跳了起来，说道："王队，可以呀！"

"嗯，咱们两个势均力敌，我看今天就这样吧。"王一川点点头，气质像是得道高僧，心里却暗叫侥幸。刚才这两下虽然自己没吃亏，可是手臂隐隐作痛，再打下去肯定要输，所以当务之急是迅速结束这场较量。

"别呀，我才刚活动开，王队，再打！"

欧阳宁娟说完，不给王一川拒绝的机会，立刻飞起一记鞭腿。王一川只得大喝一声迎了上去。起初两个人用军警格斗术对抗，彼此都采取防守反击策略，不久对抗就变成了没有招数的互殴和遮挡。说互殴也不确切，因为大部分时间是欧阳宁娟对王副队长进行殴打。谁能想到这位女子身体里竟然隐藏着那么强大的力量，再加上她还练过八极拳，动作极其凶猛。王一川不断被打翻在地，再爬起来继续挨打。当她一个箭步向王一川撞过去时，王一川大惊，顺势往后面一倒，滚下拳台，吧嗒一声摔在地上。

欧阳宁娟从绳圈上方探出脑袋，说："你怎么滚下台去了？"

"废话！你刚才那是'铁山靠'，想要我的命啊？"王一川大骂。

"我又不会使全力！再说，你身上不是有护具吗？"欧阳宁娟似乎很无语。

"不打了，我打不过你。"

将护具和拳套噼里啪啦地扔回筐里，两个人都像是汗洗了一般，浑身湿透。欧阳宁娟拿来两瓶矿泉水，王一川一口气喝了大半瓶，坐在拳台边的台阶上喘着气。欧阳宁娟坐在对面的划船机上，也许是负面情绪都发泄出来了的缘故，她的眼神恢复了平时的冷静。

"相亲不顺利？"王一川问。

"关你屁事。"

"有什么不能说的。"王一川打听道,"什么情况?多大年纪?什么职业?长得怎么样?"

"经济条件倒是不错,当老板的,有一家公司,资产有个几千万吧,还有别墅。"

"咦?这可以啊!不错不错,这样的条件,值得考虑啊!"

这句话说得并不真诚,在王一川的潜意识里,欧阳宁娟根本就没有挑挑拣拣的资本,更别说"考虑"谁了,应该是人家看不看得上这位彪悍的假小子。欧阳宁娟性格直,喜欢用汗水发泄负面情绪,更喜欢用简单的方式解决问题。想想看,夫妻之间吵个架,当老婆的一记背摔把老公摔得爬不起来,这唯美的画面足以让99%的男人落荒而逃。

"他47岁,离过两次婚,有三个孩子。"

"哦——啥?"王一川先是一怔,继而涌出了一股怒气,"你爸——曹大平给你介绍个47岁的?还离过两次婚?我××!陈副局长知道吗?"

"陈爸只知道相亲的事,不知道对象是什么人。"欧阳宁娟盯着地面说,"哥,其实也没什么,以前我也相过亲,人家见了我就找借口跑了,这一个至少还对我有兴趣了。我这样的人,男人见了我都躲着,除了这种老家伙,我还能找什么样的呢?"

"放屁!"王一川骂道。

骂完这句话,健身房里静下来了。按照常理来说,王一川这时候就应该讲一些欧阳宁娟的优点,证明她其实很优秀,在婚恋市场上还是有优势的。可是他在欧阳宁娟身上真的找不出什么能夸的。相貌?似乎不差,可是也没什么优势。性格?别提了。工作?算了吧……

还安慰她,谁他妈来安慰一下我啊……

平心而论,这女孩子是个很简单的人,穿衣随意,打扮随意,不化妆,不休闲,工作生活两点一线,除了工作就是回家睡觉,要么就是练习搏击。刘苡岚偶尔拉她去逛街,两个人从后面看居然像情侣一样,刘苡岚对此很高兴,说有欧阳在能吓走好多讨厌的家伙。

思想政治工作是每一个当领导的必备能力——哪怕是个小领导,还是个副的。于是王副队长抛弃了"欧阳宁娟有什么优点"这条不靠谱的路线,另辟蹊径,发掘出一条"欧阳宁娟能够达到什么优点"的崭新道路。

"欧阳，我是你的前辈，咱们一块抓过人，一起开过枪，这要是在以前，就是一条战壕里枪林弹雨的交情。"王一川铺垫道，"我这人有时说话直接，但是自己人说说话不会有什么坏心思，这一点你说对吧？"

欧阳宁娟没说话。

"你自身条件差吗？"

"不差吗？"

"你长得难看？还是说你缺胳膊缺腿儿？你对物质要求高吗？会要求对方买房子买车吗？你心思单纯，认准了就会全心全意对待别人，不会背叛感情。说真的你一点都不比别人差，就凭刚才那几条已经能碾轧现在很多女人。我不客气地讲，谁要是找了你，那是他的福气……"

这句话其实未必正确，不过为了达成思想工作的目的，王一川说瞎话脸不红心不跳。他举了个例子说小顾的女朋友嫌他钱少，和他分手了，多么拜金；他又举了个例子说谭小雅公司有个女同事背着老公和上司勾搭，还生了上司的孩子，多么无耻。借着这样的对比，他成功地将欧阳宁娟说成了全世界好男人求之不得的良人。

欧阳宁娟起初低头听着，到了后来听得津津有味，居然抬起头来露出了笑容。她完全想不到自己居然是这样的稀世之珍。

看到她笑了，王一川知道火候已到。

"刚才我说的是你的优点，现在我要说说你的缺点了。"王副队长教导道，"你看你有这么多优点，为什么会感觉自己条件差呢？还是要多从自己身上找找原因，我跟你说，只要做出一点点改变，你就和现在完全不一样，绝对鹤立鸡群。"

"我没觉得我现在这样子有什么问题。"欧阳宁娟嘟囔道。

"有问题，问题大了。外表、衣着打扮、说话、动作，甚至你的眼神都有问题。"王一川扳着手指头说，"咱们工作再忙，你捯饬一下自己的时间总有吧？你看你头发也不怎么梳，人家刘苡岚化妆包里一大堆东西，你可倒好，听说洗完脸后也不抹润肤的，外出时防晒霜也不涂，这皮肤能好吗？能不黑吗？看你今天相亲前还是刘苡岚帮你抹脸，你说你一个女孩子家，怎么就不知道保养一下自己呢？"

欧阳宁娟不由自主地摸了摸脸颊。

"再说衣着打扮，听说你衣服没几件，连条裙子都没有……我倒不是说女人就应该穿裙子啊高跟鞋啊什么的，可是你想想，为什么很多女士会穿？因为这么穿确实吸引人对不对？很凸显女性特征对不对？你平时打扮太男性化了，你害怕自己在队里做得不够好，所以极力隐藏自己的女性特征，这是不对的。上次化装蹲守，你找人家刘苡岚借裙子和高跟鞋，我看着就感觉很别扭了。休息之余可以放松一下，尝试着换个打扮，换一个形象，看看能不能发现一个隐藏的自己。"

欧阳宁娟看了看脚上的运动鞋，鞋边缘的一块皮子已经破了，她又想起自己家里那几双鞋，不是登山鞋就是军靴，全是有利于运动和搏斗的。当然也有一双平底黑皮鞋，在穿警服出席正式场合时才穿。

"前面那些都好改变，捯饬捯饬，买买衣服就能改变，你的说话、动作、眼神才是我要重点说的。你平时说话硬邦邦的，走路办事大马金刀的，遇到需要动武的时候冲得飞快，完全是把自己当成男人用。你看谁都是阴着脸，皱着眉，搞得小顾和赵继刚他们不敢接近你。"

"有什么可接近的。"欧阳宁娟嘟囔道。

"你就不想和大家更融洽地相处？"王一川劝道，"大部分男同志对女同志会本能地进行保护，这叫什么？这叫保护欲，所以对女同志会非常客气和亲近。就拿咱们队来说吧，你看小刘和大家的关系就都很好。你倒好，直接把赵继刚从屋里扔出去了。"

"那是因为他抽烟。"欧阳宁娟不服气地说。

"那也不能用粗暴的方式啊。说真的，你心里对他们并不亲近，这不好，要知道在战场上大家是要把后背交给彼此的，不能有这样的隔阂啊！"

欧阳宁娟恼了："你凭什么这么说我？我心里和他们亲近不亲近，你是怎么知道的？"

"我会看，会看你的眼睛。从你的眼睛里，我看到了很多事。"

欧阳宁娟狐疑地重复道："眼睛？"

不远处有一面镜子，欧阳宁娟远远地看着镜子中的自己，王一川顺着她的目光看了看，解释道："欧阳，眼睛是心灵的窗口。你小时候比较遭罪，搞得你很难信任别人，你见了别人的第一个眼神是审视，你在潜意识里把他当成一个防备对象，不想和这个人好好交流，最好这个人和你保持距离你才会心安。哪怕是同事你也做不到完全放开戒备，会本能地排斥和躲避一些与别人沟通的机会，因为这有可能暴露你的内心。所以你看到赵继刚抽烟时,不是用言语和他交流,而是简单粗暴地把他直接扔出去;领导们在会议室抽烟,你本来说句话就行了,结果你不愿意说话,直接放个牌子,差点把姜局长给戗死。"

"我哪有?"欧阳宁娟顶了一句。

"没有吗?"王一川问。

欧阳宁娟不说话了,停了十几秒,才嘟囔道:"我和大家处得也没那么差吧……你看我和刘苡岚……"

"就是因为你还有愿意沟通的朋友,平时和大家表面上还过得去,我才会觉得你还有改进空间。"王一川谆谆教导说,"欧阳啊,我说了这么多,归结到根源就是你的心态出了问题。你把自己包裹得太严实了,不愿意对外展现自己,不愿意和别人交流。你的外貌衣着、说话办事都受这个影响,所以大家才觉得你不好接近。对不对?你说相亲的时候,对面女孩子本来挺漂亮的,结果眼神是这样的、说话是这样的、动作和姿势是这样的,哪个男人不跑啊!"

他一边说一边做出夸张的演示,脸上是阴沉沉的表情,抱着手臂,架着腿。欧阳宁娟一把把他从台阶上推了下去,骂道:"滚!我哪有这个样子?"

王一川从地上爬起来,看她还是没精打采,就耸耸肩收拾自己的东西,嘴里哼起歌儿来。曲调是《音乐之声》里的木偶舞,歌词却被他改成了:

"高高的山上有个姑娘,哎呀妈呀哎呀妈呀真漂亮,漂亮的姑娘拿出电话,哎呀妈呀没有信号。漂亮的姑娘来到山下,哎呀妈呀哎呀妈呀有了信号,从此这位姑娘打个电话,只能山上山下来回跑……"

欧阳宁娟憋不住,哈哈大笑起来。

"你看,这笑起来不是很好看吗?干吗一天到晚板着脸?"王一川鼓励道,"你可以好好想想我的话,要是觉得有道理,试着改变一下自己啊。对同志们笑一笑,偶尔也开开玩笑;每天稍微打扮打扮自己,小脸抹一抹,小口红涂一涂,休息的时候去逛逛街,换换穿衣风格……性格上积极主动一点,不要老是等着别人介绍,也可以主动观察一下四周,看看有没有合适的人嘛。你信不信,我们的欧阳只要稍微改变这么一点点,绝对是个万人迷!小指头勾一勾,谁还不跑过来啊!"

"哈哈哈哈……"欧阳宁娟对着王一川的肩膀打了一拳,"承你吉言。可是万一没人过来怎么办?"

"那就一拳把他打晕,抢回家去!"王一川奸笑道,"不长眼的家伙活该被打。"

欧阳宁娟笑得更厉害了,在拳台边缘捶了几下,王一川觉得目的已经达到,便站起来,扶着被欧阳宁娟打得疼痛不已的肋部说:"行了,我回办公室了。"

"你不回家吗?"

"回去也是一个人,还不如留下来值班,再说还有报告要写。你一会儿收拾收拾回家吧,好好休息,等忙起来又得没日没夜了。"

欧阳宁娟点头答应,王一川走到门口时,欧阳宁娟突然说了声:"哥,谢啦。我现在——嗯,心情——已经好了。"

这应该是在尝试着主动沟通,王一川觉得这丫头孺子可教。他挥挥手说:"加油。有事儿跟我们说,我们给你撑腰。"说着出了门走向水房,他需要洗个澡,还得洗一下衣服,还要烧一壶水泡方便面当夜宵。写报告是件辛苦的事,他做好了零点以后睡觉的准备。

他能给欧阳宁娟做心理疏导,自己的心却还在深渊中冰冷如冬天。

第二章
从天而降的信件

12 天上掉馅儿饼

找线索是件痛苦的事，不同部门的无数警察每天都在忙碌，每一条线索或证据的背后都是海量的辛劳和汗水，但海量的辛劳和汗水却未必能换回有用的线索或证据。

几十年前邻省省会城市某大学曾发生过一起著名的案件，由于前期没有找到有效的证据和线索，一直没能抓到凶手，这起案子就此成为全国闻名的悬案——"N大碎尸案"。江边碎尸案现在就面临这样的窘境，寻找尸源毫无进展。虽然案发时间不长，可是考虑到死者死亡时间已经长达二十天，每过一天，证据湮灭的危险都会变大，破案的难度也会呈几何难度上升。

然而江边碎尸案的线索居然毫无预兆地降临了，还是有人主动送上门的。更让人意外的是，提供线索的人唯恐警察看不到，居然把线索贴到了重案队的铁门上。

昨天晚上被欧阳宁娟一通毒打，再加上写了半宿的报告，早上七点半王一川还在办公室的折叠床上打呼噜。最先到来的刘苡岚给他买了油条和豆浆放在桌子上，没打扰他睡觉。后面来的张云军、苏晓巍等人进来看到，自顾自地开始整理材料，压低说话声音。

这个和谐的场面被赵继刚打破了，这小子撞门而进，一进来就咋呼：

"今天怎么安排啊？大桶水送来了没有？"

屋子里的人对他怒目而视，他却浑然不觉，看到桌子上有豆浆油条，眼前一亮，说："谁这么好，知道我还没吃早饭？"说着拿起油条咬了一口，幸福地眯着眼睛。

王一川晕头转向地坐起来，发了几秒蒙，清醒过来了。他挠挠脑袋，首先看了下手机，说："都8点多了？"就穿上拖鞋，从柜子里拿出洗漱包和毛巾。

十几分钟后他回到办公室，把洗漱用具、被子塞进柜子里，又把折叠床塞进柜子和墙壁中间的缝隙，这才开始穿袜子穿鞋。

"食堂那边还有饭吗？"他问。

"都八点半了，应该没啥吃的了。"

"你们倒是给我带点吃的啊。"王一川责备说，"小顾和欧阳还没来是吧？我看看找谁在来的路上给我捎点。"

拿着信封进来的刘苡岚正好听到，就问王一川："刚才那些不够吃？"

"什么刚才那些？"王一川莫名其妙地问。

"咦？我不是给你买了豆浆油条吗？"刘苡岚一指桌子，"刚才就放在这里，你没吃？"

"豆浆油条？没见到啊！"

大家的目光都向赵继刚望了过去，那家伙鼓着眼睛，张着大嘴说："啊？给王队买的？我不知道哇！我看没人吃，我就给吃了……"

"你是猪吗？"刘苡岚对着赵继刚踢了一脚。

赵继刚向后一缩躲开，赔笑道："不就是豆浆油条嘛，我又不知道。"

"你也不问问就吃？"刘苡岚用小拳头去捶赵继刚，赵继刚向后一跳，向门口退去，嘴里说道："小刘啊，这我得批评你了，女孩子家不要动不动就行凶，太暴力。你就是跟欧阳宁娟待得太久了，把她那臭毛病全学过来了……"

"我的什么臭毛病？"

赵继刚倒吸一口凉气，慢慢回头，只见欧阳宁娟站在门口盯着他，目露凶光，右手已经慢慢抬起来了。赵继刚的脸极其明显地由红变黄，由黄变白，继而发青，他费力地咽了口唾沫，商量道："姐，不打脸行不？"

按照惯例，欧阳宁娟会照着他脑袋上拍一巴掌，再踹一脚。办公室里的人精神大振，一个个瞪大眼睛等着欣赏佳片。出乎意料的是，欧阳宁娟本来已经举起的手臂迟疑了一下，变成拍拍赵继刚的肩膀，脸上肌肉动了动，说："下次不许胡说八道。"

屋子里大家的下巴瞬间掉了一地。最大的震撼来自死里逃生的赵继刚，欧阳宁娟莫名其妙的善意让他相当感动。他点头哈腰地让开道路，甚至有点讨好，那副鬼样子让王一川想到了斯德哥尔摩综合征：在绑架或者劫持案件中，有时候人质会对劫持者产生一种心理上的依赖感，由于他们的安危操控在劫持者手里，劫持者让他们活下来，他们便不胜感激；如果劫持者释放一点善意，他们竟然会与劫持者共命运，把劫持者的前途当成自己的前途，把劫持者的安危视为自己的安危。

赵继刚此刻很有点斯德哥尔摩综合征的意思，欧阳宁娟没打他，只是这一点点善意，他就感激涕零，而且感激到了如下地步：把欧阳宁娟夸成了一朵花。

"姐，我去烧水给你泡茶，呵呵呵，你看，欧阳姐今天真是特别好看……"

"你要点脸吧，赶紧给我滚出去买吃的！你把我的东西吃了，你就去给我买回来！"王一川实在是被恶心到了，开口赶人。

刘苡岚打量着欧阳宁娟，欧阳宁娟被她看得不自在，微微把头侧开，刘苡岚换了个方向继续打量，然后像发现了什么了不得的事一般，问道："宁娟，你化妆了？"

话音未落，几个脑袋都挤在欧阳宁娟的对面，瞪大眼睛打量着她的脸。欧阳宁娟显得很不自在，微微低头，用手遮了下额头，否认道："什、什么化妆？我没有啊。"

"你抹脸了，好像今天看起来清爽了很多。头发好像也蓬松了。"刘苡岚说，"嗯，你涂的什么？"

"没什么，就是你之前送我的那个。"欧阳宁娟接着就有点恼羞成怒，冲着男警们喝道，"有什么好看的？"

"很好看啊。"张云军点头说。

"是呀，很不错啊，我就说欧阳长得好看，是不是？"苏晓巍说。

欧阳宁娟有点不好意思地低下头，难得地有些羞涩，她从没想到这伙人能有夸自己"好看"的时候，很不习惯。这帮家伙让她感觉自己像是被围观的动物。

"额头那里没抹匀，你有镜子吗？来，我帮你抹抹……"刘苡岚说。

欧阳宁娟摸了摸额头，跳起来闷着头出去了，看方向应该是跑去了卫生间。赵继刚咧着大嘴说："她不会连块小镜子都没有吧？女孩子家家的……"

"你是挨揍挨得少是吧？"刘苡岚瞪了他一眼。

"吵吵什么？你，赶紧赔我的早饭！"王一川敲着桌子说，"刘苡岚你手里拿的是什么？"

刘苡岚这才想起手里还拿着一个信封，她把信封递给王一川，说："这是我早上在门口发现的，有人从铁门门缝里塞进来的，你看上面写的。"

王一川接过信封，发现是常见的DL号白色信封，长220mm，宽110mm。信封是密封着的，正面贴着打印字：重案队警官亲启。他把信封翻过来，只见后面又贴着一条打印字：重要线索。

用打印字体，隐含的意思就是不希望警察知道寄信人是谁。这种诡异的做法立刻引起了所有人的重视。王一川并没有立刻打开信件，而是戴上手套，在灯光下仔细地把信封透视了一遍，确定封口处没有隐藏的字迹，才用美工刀小心地从另外一边割开信封。

两张照片和一张折叠起来的纸从信封里掉出来。王一川用镊子夹起照片，一张一张摆放在一张A3白纸上，又小心地打开那张折叠的纸。

纸上是打印的黑体字，字号比较大，上面写着："范桂花，辽省人，住本市山林新苑9号楼902室。"

王一川夹着这张纸在灯光下看了看，没发现别的字迹，又去看那两张照片。照片是那种街拍照片——更类似于偷拍。第一张照片是一位50多岁的老太太走出小区大门，第二张照片是这个老太太的脸部特写。

这是一个胖乎乎的老太太，头发是棕色的，额头上方还架着一副变色镜，显得比较时尚。她穿了件米色印花对开襟针织衫，下身是宽大的墨绿印花裙子，背着个挎包。刘苡岚扫了一眼，说这是宝格丽的挎包。

照片里老太太正在往前迈左脚，她脚上穿的是踩跟式皮鞋，把皮鞋当拖鞋穿，正好露出了脚踝。所有人的目光都聚焦在了老太太的脚上：在脚踝那里，有一道暗色的痕迹！

"文身！文身！"

"不是很确切！能不能想法放大瞧瞧？"

"不用放大,我看就是!你看形状很像啊!"

王一川的脸都快凑到照片上去了,他贪婪地盯着照片。也许是光线的原因,老太太脚上的那块痕迹呈现出黑色;也许是距离的原因,老太太脚上的图案其实并不分明。然而他越看越像,因为这位置和尸块上文身的位置完全一致!

"叫技侦来。"他抬起头,"快!叫技侦来!检查一下信封、信纸和照片,查指纹,看能不能提取到DNA!还有,放大照片,弄清楚每一个细节!快!"

大家积极响应,纷纷散开,刘苡岚用手机翻拍着照片和纸条。王一川问刘苡岚:"不知道是谁送来的?"刘苡岚摇摇头。王一川又问:"门口不是有摄像头吗?马上去调监控!"

刘苡岚急匆匆地出去了。欧阳宁娟从外面进来,发现大家都在忙乱,意识到自己错过了什么。没等她问,王一川已经开始分派任务:"小顾到系统里拉一下人口信息,一是辽省叫范桂花的人口信息;二是本市外来人口居住证办理信息里有没有叫范桂花的,年龄范围从40岁到70岁,然后逐个进行照片比对!"

"是!"小顾答应一声,马上到电脑旁开始登录自己的账号。

"欧阳和苏晓巍翻拍一下照片,然后出发去这个地址,"王一川指着纸条,"你们到居委会和物业去走访下,去邻居那边打听一下,看有没有人认识这个范桂花,还有范老太是不是住在这里,平常有什么表现,特别问一下范老太脚踝上有没有文身!如果有的话就拿尸块上文身的照片给他们辨认,听到没有?"

"是!"欧阳宁娟和苏晓巍同时答应。

"等刘苡岚把监控调出来,老张仔细看一下谁在咱们队门口塞了这玩意儿,时间范围是从昨夜到今晨。"

"要不要往上面汇报?"张云军问。

"同步进行。你们先调查起来,我去找傅队,然后一起向陈副局长汇报。"王一川露出笑容,"这么多年,这样拿到线索还是第一次。台词怎么说来着?——嘿!想啥来啥,想吃奶,就来了妈妈;想娘家的人,小孩他舅舅就来啦!"

"嗯,《智取威虎山》没少看,思想觉悟很高。"

"彼此彼此。"

在他们感叹的时候，刘苡岚带着技侦的同志急匆匆而来。

照片、纸条和信封原件被技侦的人装到袋子里拿走了。傅朗队长一接到通知就赶来了，看了他们翻拍的照片，就给陈副局长打电话汇报。

于是陈轶凡没到中午就从区局跑来了，他来的时候，重案队正在会议室里对信息进行汇总。大家围绕在白板前面，上面写满了字，还贴着照片。

"这就是寄来的照片？"他没有打扰大家，而是站在后面低声问王一川。

王一川回头看到陈副局长，立刻一个立正，接下来的问候被陈轶凡用眼神阻止了，他低声问："都查到了什么？"

"本市户籍人口里有范桂花6人，经比对全部排除；外来人口办理居住证信息里没有这个范桂花的信息，说明这个人没有在本市办理过居住证。在全国人口信息库里检索，辽省有范桂花47人，排除未成年人，加入照片比对，最终确定照片上的人是来自辽省铁山市的范桂花。"

他把检索结果打印件给陈轶凡看，人口信息显示：范桂花，女，1965年7月4日出生，户籍地址为辽省铁山市东丰县柳河村五组。公安内部系统拉出来的信息比较全面，还包含了范桂花的家庭情况信息和过往履历。陈轶凡翻了翻资料，问："离过婚，有一个儿子？"

"对，叫王双磊，离婚后跟了父亲。现在在当地监狱里服刑呢。"

"服刑？什么罪？"

"强奸，还是个不满12岁的女孩子。"

听到这样的情况，连陈轶凡这样当领导的都口吐芬芳，爆出一句国骂。他往后翻着，看到一条记录，又问："范桂花也坐过牢？"

"因为敲诈勒索和故意伤害坐过牢，具体案情需要辽省那边提供。被行政拘留的次数也有几次，原因各不相同。"

"她还故意伤害？"陈轶凡感叹道。

"人不可貌相啊。"王一川说，"年轻时绝对是个社会不安定因素。"

"有儿子就好办，联系辽省警方，提取一下她儿子的DNA做比对，如果能对得上，那尸块就是范桂花的了！"

"我们也是这么想的，所以傅队已经在写申请了。"

"去纸条上的地址调查的人有什么消息？"

"欧阳宁娟已经去了居委会和物业，居委会的人认出了范桂花，有人反映说范桂花的脚踝上确实有一个玫瑰花文身，与他们带去的照片上的图案很像。他们调出了范桂花登记在物业的手机号码，不过拨过去是关机的。居委会和物业的人不清楚范桂花在不在，因为他们做不到盯着居民每日的出入。"

"嗯，没去敲门吗？"

"敲了，没人开门。欧阳他们要趁着吃饭的时间去走访周围邻居。"

"有什么消息立刻汇报！"陈轶凡指示，"老傅的申请写好了没有？好了就交给我带走，我马上回去向姜局长和姬政委汇报，通过市局请辽省那边协助！你们在这里盯紧了，有什么需要，各部门全力配合！"

他连口水都没喝，匆匆拿了傅朗写的申请就离开了，几乎是一路小跑。王一川站在人群后面抱着手臂盯着白板，低声问张云军："技侦那边查出什么来没有？"

"没有，照片和纸张上都没有指纹，寄信人做得很干净。墨粉、打印机型号、照片相纸还在分析。"

"监控查到什么没有？"

"查到了，今天凌晨3点的时候，有一个人蒙着脸把信封塞进了咱们队里的大铁门。"

王一川跟着张云军来到一台电脑前，张云军点开一个文件夹，里面有数十个视频，涵盖从昨天21点到今天8点的监控。张云军点开其中一个视频，黑乎乎的街道出现在屏幕里，正对着大门的区域则被门口的夜灯照得比较亮，地面被灯光染成了黄白色。

张云军点着快进，2分45秒前后，他指着黑暗的地方说："你看，来了！"

王一川把脸往前凑，快要贴到屏幕上了。一个黑影脱离了黑暗，走进了灯光区域内。

这人穿了一件深色外套，头上戴着深色鸭舌帽，背了一个似乎是暗绿色的挎包——之所以说"似乎"，是因为监控里的色彩由于灯光、服装面料，很有可能是失真的。这个人戴着口罩，左右看了看，就慢慢地来到了监控下方。

这个人一直没有抬头，监控探头从上往下拍，只能拍到他的帽舌和口罩。这个人来到铁门前，左右看看，从挎包里拿出白色的信封，塞进铁门的缝隙。

随后他站起来离开，再度投入了黑暗。

"手套，口罩，全程不抬头。这小子不想让人知道他是谁。"

"尸源的悬赏金额是多少？"

"5000。"

"虽然少了点也是钱啊，这是对悬赏不感兴趣。"

大家聚过来了。屏幕里蒙面人塞信封的画面被一帧一帧地放大、播放、倒退，张云军睁着干涩的眼睛查看蒙面人身上每一个可辨识的物品和特征。

"正常情况下，他应该观察四周，那么就避免不了抬头看一下。但是这个人全程低头，这就有些刻意了，他知道这里有监控。"

"他走得那么慢干什么？不想被监控拍到的话，不是应该快来快走吗？"

傅朗点点头："这个给我们送线索的人不简单啊，很可能知道些什么。"

王一川思考着说："提供材料，表明他希望我们破案；可是他又避免自己被发现。谁有能力做这样的动作？知情者？参与者？还是说单纯地想干扰我们？……"

"提供的范桂花的信息如果是真的，就不是在干扰我们了。"傅朗说。

线索令所有人变得紧张不安，从陈副局长传过来的信息看，市局对这条线索也很重视，联系了辽省公安厅，请求紧急协助提取王双磊的DNA进行比对。辽省公安厅对此高度重视，积极提供协助，下午1点，铁山市市局派出的技侦人员已经在赶往铁山监狱的路上了，要提取范桂花的儿子王双磊的DNA。

如果比对成功，死者基本就能够确定是范桂花。

下午3点40分前后，王一川的电话响了，电话上显示"欧阳"。王一川打开免提，问："欧阳，有什么发现？"

"有发现！"欧阳宁娟在电话里大声说，"范桂花下落不明，我们在这里发现了重要线索！"

"什么线索？"王一川问。

"我们在范桂花隔壁邻居家，"欧阳宁娟说，"发现有不同的人曾深夜进入或者试图进入范桂花家，极为反常。"

王一川和傅朗对视一眼，立刻说道："好！你守在那里，我们马上汇报！"

电话挂断，傅朗说了句"通知他们辖区派出所的人到场"就急匆匆地奔了出去。

十分钟不到，除了刘苡岚留守，重案队其余的人全部涌到院子里上车出发。

山林新苑位于沪东靠南的位置，离江边不远。这个小区楼盘开发时间大约20年，交通便利，配套设施齐全，还有自己的会所，是一个中高档小区。小区居民以本地居民居多，也有一些有经济实力的白领租住在此处。

这里距离重案队的办公地点有四五十分钟的车程，赶到小区时，辖区华林路派出所的所长何四为已经带着人等在楼下了，他按照通知带来了开锁师傅，还找来了物业经理和居委会主任。

贴着警用标志的车辆一辆辆开过来，足足有四五辆，技侦的同事拎着箱子匆匆下车往楼里走，居民们站在四周围观，物业的保安维持着秩序。傅朗从车上下来，与何四为握了一下手，王一川则问欧阳宁娟："什么情况？"

"这栋楼一梯四户，三户都见过范桂花，不过至少已经有大半个月没见到她了。"欧阳宁娟说，"我们走访她隔壁邻居901室时，看到他家门上装了一个可视门铃，就查了一下型号，发现这个型号的可视门铃只要有人接近就会自动摄录，直到这个人走开。他这个门铃正对着整条走廊，所以我们就想问问他的门铃有没有摄录到什么。"

"有发现？"

"有。"

13 两人和一人

电梯到了九楼，王一川看到901室和904室的门在走廊的两边相对，902室和903室的门则并排在走廊的一侧。此刻901室的门开着，华林路派出所的民警和技侦人员在901室进出，还有几个人守在902室门口。

"也就是说，901的这个门铃能拍摄到整条走廊。"王一川明白了，"他这个门铃摄录能追溯多久？"

"据邻居说是15天。"

"才15天？"

"会自动覆盖。不知道他备份了没有，不过最近15天的视频还在。我们刚才粗看了一下，有发现！"

王一川听了，就跟在傅朗身后快步走进901室。这是套两室一厅的精装修房，技侦的人聚集在客厅里，有的人在阳台上伸着脖子往隔壁902室的窗户里看着。一间卧室的门开着，几名技术人员聚集在电脑桌边，操作着一台笔记本电脑。

屋主有些紧张地看着警察进出，他尴尬地收拾着沙发上和地上乱扔的袜子背心，茶几上还残留着泡面的汤渣，随后在厨房里摸了半天，找出三四瓶矿泉水来想请大家喝水。在场的警官们纷纷干笑着谢绝——他那手可是刚刚捡过臭袜子脏内裤的……

王一川凑到笔记本电脑前问："有什么发现？"

欧阳宁娟挤过来，推了一下坐在电脑前的技侦人员，说："把13天前和5天前的那两段调出来。有两批人出现过，其中有一批人还进去了。"

"OK，10月9日和10月17日那两天的。"

操作电脑的是一个戴着眼镜的胖女警，手指头肉乎乎的，却极其灵巧，在键盘上敲击如飞。这姑娘除了是个电脑高手，还精通四种乐器，曾经在分局的文艺晚会上用琵琶弹奏《十面埋伏》，气势雄伟激昂，摄人魂魄，于是就有一位特警小鲜肉爱上了她的内秀，成为她的男朋友。胖姑娘唯一的缺点是嘴巴闲不住，离不开零食，她的男朋友给她送的礼物就以零食为主，还对别人夸奖说自己的女朋友不忌口，好养活。

在她操作的时候，何四为走进来，问："让我们协查的那个碎尸案的死者是902室的？"

"还不能最终确定。"王一川答道，"现有的线索指向是她。"

"我只是提个建议啊，"何四为说，"咱们进入902室，一定要理由充分。千万不要我们进去搜了一圈，过段时间人家又回来了，到时候人家闹起来可就难看了。"

这句话很实在，毕竟目前谁也不能确定范桂花就是死者，人家外出旅游了也不是不可能。大张旗鼓地撬门进入居民家里勘查是有风险的。

傅朗听了就有些犹豫，王一川却在内心深处认定范桂花有90%以上的可能就是死者。在他们讨论的时候，傅朗的手机响了，他看到上面显示陈副局长的名字，就打开免提。

"傅朗吗？你现在在哪里？"

"陈局，我们全队现在都在范桂花的住处门外。"

"你们做得很好！"陈副局长在电话里说，"DNA比对结果出来了，死者和王双磊是有血缘关系的，可以认定是范桂花！姜局长指示：循着这条线索追下去！"

"是！"傅朗放下电话，对何四为说道，"开锁吧。"

这通电话打消了所有人最后的疑虑，警员们纷纷走出房间。欧阳宁娟跟胖姑娘说了声"全部拷回去再看"，也跟了出去。

五分钟后，902室的门锁被打开，章启辉在门口蹲下，锐利的目光扫过门边的扫地机器人，他蹲下用戴着手套的手摸摸地板上的灰尘，在眼前端详了几秒钟，随后挥了挥手，戴着头套、口罩、手套、鞋套的警察们便有次序地进入房间。

"范桂花，女，1965年7月4日出生，户籍地址为辽省铁山市东丰县柳河村五组。因为敲诈勒索和故意伤害坐牢两次，刑期分别为2年和3年，1998年出狱，此后又受过几次处理，比如和别人打架、砸别人家的东西，但都是治安处罚。辽省几个不同地市的兄弟部门都有她的资料，也发来了她脚部的文身照片，结合与王双磊的DNA鉴定结论，可以认定死者就是范桂花。"

会议室里，王一川用激光笔指着投影上的图片和文字介绍，陈副局长、魏巍支队长、重案队队员、技侦相关办案人员在黑暗中坐着。户籍照片里的老太太是一个典型的北方妇女，头发梳在脑后，板着脸看着大家，目光并不友善。

"这个人从没办过居住证，所以来沪海市的具体时间不能确定，但是至少在2004年曾经在第九人民医院看过牙，相信那时她已经在沪海市居住。现在住的这套房子是她五年前买下来的，没有贷款。"

"这房子多少钱？"魏巍问。

刘苡岚在后面答道："查了下房价，这套房子105平方米，现价900多万。就算是五年前，也将近700万。"

"老太太挺有钱啊。"魏巍说，"她是干什么的？"

"无业。"

陈副局长和魏巍对视一眼。一个坐过牢、多次受过处理的无业老太太，几年前能全款购买一套700万左右的中高档房屋，从表面上来看似乎不太合理。

"范桂花的社会关系现在还在排查中，我们已经去调取她的手机通话记录，查询她的银行账户、支付宝、微信上的往来。"王一川介绍道，"接下来汇报一下今天下午对范桂花家的现场勘查情况。"

投影上的图片切换到了下午的勘查照片。

"在范桂花家没有发现血迹，也没有打斗痕迹，初步排除这里是案发的第一现场。桌面、台面的灰尘显示这里已经有一段时间无人居住，而且现场没有提取到除范桂花以外其他人的指纹。但是，我们发现了一些不符合常理的情况。

"第一，通过仔细观察，卧室的两个床头柜中，有一个表面的灰尘比另一个的要薄一点，我们怀疑这个床头柜是被擦过的。这个床头柜靠近衣柜，而衣柜顶端的灰尘被划过，很明显，这是有人踩着床头柜去摸衣柜的顶部，可能是想找什么东西，下来以后又擦了这个床头柜。

"第二，死者的衣柜基本上是满的，比如装内衣丝袜的抽屉都是满的，说明死者之前没有长期外出的计划，她很可能是突然遇害。然而这些抽屉、衣柜里有明显被翻动的痕迹，说明有人来这里寻找过什么东西。

"第三，有一个抽屉里有比较明显的空间，从底部的灰尘状况看，那里原来是有东西的，看面积和体积，可能是个相册，也可能是个饼干盒；另外柜子上有两处空着，墙上也有一处照片形状的痕迹，我们判断是有几张照片被人拿走了。有人处心积虑地拿走这些东西，说明这些东西可能与她的死因有关，甚至可能与凶手有关。

"一个不好的地方是，范桂花家里有一台扫地机器人，每天会自动扫地和充电，所以我们去的时候地板非常干净，没有提取到脚印。幸运的是，勘查现场之前，我们在范桂花隔壁邻居家找到了宝贵的线索。邻居家的可视门铃可以自动摄录，我们发现10月9日和10月17日那两天，分别有两批人在深夜来到范桂花家，其中10月9日来了两个人，进入了902室；10月17日来了一个人，撬了半天门锁，没进去。"

王一川点击着遥控器，首先播放10月9日的监控视频。

"第一段视频，时间：10月9日凌晨2时43分，视频时长27秒。"

视频的镜头对着的是整条走廊，灯光非常昏暗。大约3秒，有两个人出现在走廊里，向镜头这边走过来。

"镜头的右侧就是902室的房门，这两个人是从楼梯间出来的，估计是怕被电梯里的摄像头拍下来，所以走的楼梯。"

两个人一高一矮，都穿着黑色的外套和裤子，脸上蒙着口罩。高个子头上戴着鸭舌帽，矮个子戴着软太阳帽，整个脸都隐藏在阴影里。来到902室门前，矮个子就掏出一串钥匙，尝试开门。在矮个子开门的时候，高个子在身后观察着四周。

"停！"傅朗说。他指着定格的画面："这个矮个子帽子旁边的是什么？是垂下来的头发吗？"

"像是头发。"

"长头发？是个女的？"

"从刚才走路过来的姿势看，像是女的，那个高个子是男的。"

"回放一下。"陈铁凡说。

一连回放了两遍，还是不能准确判断，于是继续播放了下去。视频中的矮个子试了两把钥匙，成功打开门，走了进去，高个子又回头看了看，也闪进门去。

第一段视频结束，王一川又打开第二段视频。

"第二段视频，时间：10月9日凌晨4时11分，视频时长20秒。"

视频的镜头对着的仍然是整条走廊，大约1秒，902室的门开了，高个子和矮个子先后闪出，矮个子把钥匙插进锁孔，小心地把门锁上，拔出钥匙。随后两个人快速向楼梯间奔去。

"看这跑的姿势，女的，这个矮的绝对是女的！"

"停一下！你们看高个子身上背了个包！他来的时候没有背包！"

大家都瞪大眼睛，果然，高个子背了一个深色的大包，看起来像是那种大的购物袋。

王一川计算了一下时间，总结道："他们前后总共待了88分钟，走的时候带走了一些东西，相信与我们勘查现场时发现少的东西有关。"

这两段视频反复看了几遍后，陈副局长问："另一批人呢？"

"确切地说是另一个人，"王一川说，"下面播放第三段视频。时间：10月17日凌晨3时21分，视频时长1分47秒。"

第三段视频的场景是相同的，镜头对着的仍然是整条走廊，走廊灯光仍旧昏暗。大约2秒处，有一个人出现在走廊里，向镜头这边走过来。

"这个人走的也是楼梯间。"王一川指着画面说。

这个人穿了一件深色的外套，头上戴着深色鸭舌帽，脸上蒙着口罩，背了一个挎包，走路速度不快，而且不时回头看。他小心地来到902室门前，又回头看看，就蹲下来，开始用铁丝和铁片尝试开锁。

"这小子没有钥匙。"

"他能开锁吗？范桂花家的锁可不好开，咱们去勘查时，开锁的可是开了很久才弄开啊。"

视频里的人蹲着捣鼓了足足一分多钟都没能把锁打开，他收起工具，似乎很沮丧，还抓着门把手使劲推拉了几下。最后他向四周望了望，起身离开，消失在楼梯间里。

王一川用遥控器重播了一遍，播放到这个人离开时，他脑子里突然灵光一闪，按下暂停键。

"大家看一下，"他指着这个人的背影，"这个人像不像给咱们送线索的那个人？"

大家都精神一振，刘苡岚迅速在电脑里找到了重案队门口的那段监控，把送线索者的影像也投到了屏幕上。两个视频里的身影并列，20多双眼睛反复扫描着体形、服装细节。

"是一个人，绝对是同一个人。"

"我也认为是同一个人。"

傅朗抱起手臂，笑道："有意思，这案子越来越有意思了。"

"一川，你怎么看？"陈副局长直接点名问。

"两批人应该不是一伙儿的。"王一川说，"第一批人有钥匙，要么与死者相熟，要么就是从死者身上取得的钥匙，所以不排除与凶手有关，甚至可能就是凶手。他们来死者家里搜寻物品，一种可能是死者手里有什么重要物品，另一种可能是要拿走与他们有关的物品，所以从这个角度来讲，这两个人应该与死者是认识的。至于第二个人，他没有钥匙，应该与前面两个人不是一伙儿的，至于他为什么去撬死者的门，我想不出原因。如果这个人是给我们提供线索的人，这个人就绝对是凶案的知情者。"

在场的人都认可他的分析。莫名出现的这三个人给大家送来了线索，也使案件变得更加扑朔迷离。如果找到前面那两个人——他们称之为"鸭舌帽甲（男）"和"软帽乙（女）"，他们就很可能找到了凶手。这是一个突破性的进展，至少给侦查工作指了新的方向。

就在这时，陈副局长的手机响了，是姜局长打来的电话，他提出暂时休会，一边接电话一边出去。会议室里的人开始嗡嗡地交头接耳，有烟瘾的人借机到院子里去了。

欧阳宁娟坐在后排角落里，把玩着一个圆圆的小盒子，那是刘苡岚今天送她的小礼物，打开就是个小镜子和粉饼。刘苡岚在一边推荐她使用什么牌子的水和乳。赵继刚和小顾在一旁竖着耳朵偷听，两个人对于欧阳宁娟要开始护肤和打扮深感不适。

王一川坐下喝了口已经凉了的茶。他现在不能停下，只要一停下就会想起和谭小雅吵架的烦心事。从昨晚吵架后谭小雅就没有联系他，她是个不愿低头的人，冷战起来像一头倔驴，除非男友反复低头认错妥协，否则绝不和解，冷战几天甚至一周是常规操作。王一川有个预感，这一次可能会冷战很久，因为这次谭小雅谈的是很重要的事，达不到目的她是不会和解的。可是王一川这次无法妥协，卖房借债，拿钱去投资，哪一条都令他心生抗拒。既然无法满足谭小雅的要求，他唯一能做的只有拖和等，寄希望于谭小雅改变心意。

仿佛是呼应他的心意，他的手机响了。王一川看到屏幕上显示的是谭小雅的名字，瞳孔一缩，刚才的冷静瞬间被抛到九霄云外，额头上冒出了冷汗。

他拿起手机走到一个角落，和其他人拉开距离，接通电话："……小雅？"

"王一川，我跟你说的事，你想好了没有？"

"哦，我……我还要考虑一下。"

"考虑什么？我说得不够清楚是吗？王一川，这次机会真的很难得，这样吧，你有什么问题提出来，我这里……"

就在这时，陈轶凡打完电话进来了，大家开始返回自己的座位。王一川短促地说了声"再说吧，我在开会"，便挂断电话回到投影仪前，拿起遥控器。

"不好意思，刚才姜局长打电话来问情况。"陈轶凡向大家道歉说，"我把目前的情况跟他汇报了，姜局长对同志们的工作给出了积极评价，希望大家紧跟线索，深入追查下去。"

在他说话的时候，王一川看到自己的手机屏幕又亮了，他看着谭小雅的名字，苦涩地按掉电话。

这下子她该更光火了吧……王一川已经不知道该怎么办了。

他强迫自己把注意力集中到案子上。接下来就是讨论，大家纷纷发言，大多数人赞同王一川的分析，即"鸭舌帽甲"和"软帽乙"有可能是凶手，否则不会持有范桂花的家门钥匙，并且深夜前来拿走东西隐藏线索。至于范桂花为什么会遇害，大多数人认为情杀的可能性很小，因为这个年纪的老头老太太为了感情杀人分尸的极其少见；财产纠纷导致命案或者仇杀的可能性较大。张云军则认为并不能完全排除情杀，比如死者也有可能会包养年轻男子，却被情夫串通女友为了钱财而杀害，不过现场勘查发现范桂花家抽屉里有两万余元现金和一些首饰并未被"鸭舌帽甲"和"软帽乙"拿走，所以他的这种猜测没有获得太多支持。

结合前面的讨论，接下来的工作就更加复杂。王一川认为需要对死者的社会关系、收入来源、与他人的矛盾做全面排查。他怀疑凶手很可能是死者认识的人，同时认为要安排人对小区大门近一个月的监控进行排查，看有没有前面排查到的人出现，因为凶手有可能在这些人里。

话题接着谈到了那位线索提供者——他们称之为"神秘人A"，这个人的出现非常突然，也让人疑惑。他提供线索，却又不肯光明正大地露面，还深夜去撬锁，不像是好人。王一川建议对重案队周边街道的监控进行核查，看能不能逆推出送线索那天凌晨此人的行走轨迹。

谭小雅放下手机，脸都气白了。
还是那个法式餐厅，这一次餐点就精致多了，有鹅肝、蜗牛、红酒山鸡、沙拉和勃艮第的红酒，坐在桌子两边的变成了她和冯天海。

今天下午她带着为富利东联金控公司制作的中基层干部保险计划去拜访了冯天海，希望能趁热打铁，促使富利东联金控公司推进员工保险计划。冯天海接待了她，并且还叫来财务部、人事部、综合办的负责人，找了个小会议室请她详细讲解这份计划书。讲解足足持续了两个多小时，这么多公司高层的出现让谭小雅很兴奋，虽然殷柔没有出现，但是冯天海看起来还是支持的。

会议完毕，窗外的天色暗下来了，高管们纷纷拿着电脑离开。谭小雅收拾着文件，看到冯天海也要离开，她鬼使神差地喊了一句："冯总？"

冯天海回头问："谭小姐还有事吗？"

谭小雅紧张地笑了笑，试探道："冯总，您对我们可是太支持了。"

"哦，双赢的事，这也是公司的经营事务，只要对公司有利，对员工们有利，我没理由不支持。"

他说着又要走。谭小雅忙说："不管怎么说，对我们的工作还是有很大帮助的。您看……要不我请您吃晚饭？"

她刚说完就有些后悔，其实她之前并没这个打算，只是看到冯天海后突然冒出一个想法：如果让冯天海和王一川聊一聊，王一川没准儿就相信了，能下决心了。所以她临时决定约冯天海吃晚餐，再把王一川拉过来，让冯天海给王一川洗洗脑子。可是说完这句话，她突然清醒了：冯天海这么大的老板，哪里是说约就能约的，而且还想着让他给自己的男朋友讲解投资？

她感觉脸上火辣辣的。

冯天海站在会议室门口好奇地看看她，想了几秒，这几秒让谭小雅度秒如年。随后她听到冯天海说："好。"

谭小雅猛地抬起头来。

大半个小时后，谭小雅又坐到了那家法式餐厅。对面坐着的是大客户，而且自己有求于他，所以谭小雅点菜也就不考虑省钱了，专门点招牌食品，不过还是小小地露了点怯：当侍者问他们喝什么酒时，谭小雅有些发蒙。

冯天海接过菜单，看了一下，对侍者说："有波图斯吗，波尔多产区的？"

"那个没有，先生要不要试一试，我们这里有一款雷瑟红酒，也是波尔多产区的。"

"不了，你这个不是AOC的。要这个，普伊-富塞酒，把酒拿来给我看一下。"

侍者离开了，谭小雅在一边如听天书。冯天海等侍者拿了红酒来看了一下标签，才点点头，说："就这瓶，打开醒酒吧。"

谭小雅笑着说："冯总好像很懂红酒啊。您刚才说的那些我都没听懂。"

冯天海笑着说："一点小爱好。法国红酒牌子多，这两年还有很多咱们的人在那边买酒庄，搞了一大堆新牌子出来。其实法国红酒分好几个等级的，刚才说的AOC是最高等级，稍微差一点的是VDQS。还有很多更差一点的红酒，比如VDP等级的地区餐酒，最差的还有VDT等级的日常餐酒。咱们国家很多人喝红酒是跟风，看到外国红酒就觉得是好的，要是不加以注意，就被这些奸商给坑了。"

"还有这样的讲究啊？"

"当然了，而且还要知道产地。我刚才选的酒是勃艮第产的，世界上最好的葡萄酒就产在那里。除了产地你还要看它是用什么葡萄酿造的，是黑比诺、佳美，还是塞萨尔……我刚才叫的普伊-富塞酒是用霞多丽酿造的，一会儿你可以细细品鉴下。"

"好啊。"谭小雅干笑着说，冯天海的博学和品位让她有一种仰望的感觉。她只是个小小的保险业务经理，与他的资产和学识显然有着巨大的鸿沟。而现在居然还要请他帮着说服王一川，就好像人家求着王一川投资似的。

想到这里她心里更恨王一川了，这个男人什么时候才能有点气概呢？叫你卖房投资怎么了，还不是为了以后吗？

14 新思路

主菜上来了，两个人在吃的间隙中攀谈着。冯天海讲起了在剑桥读书时的一些趣事，还谈到会把中欧同学会里的一些人介绍给谭小雅。他穿着西装，左边胸部口袋里露出一截儿手绢，坐在那里切牛排的样子显得优雅而和谐。谭小雅心里有事，迎合着他，不时恭维两句。晚餐进行了半个多小时，她终于吞吞吐吐地说出了此行的目的。

"您上次说的投资计划，我真的很感兴趣，现在像咱们公司这么靠谱的投资渠道可不多了，"她首先恭维一下，"我回去和男朋友说了这件事，他也挺感兴趣的，真的。不过我这人嘴笨，那天听到的很多东西都描述不出来，所以我男朋友有些犹豫。"

"这是正常的，"冯天海温和地说，"我们现在最低投入500万，这么大一笔钱，谁都会谨慎啊。你男朋友是做什么的？"

"他？他是警察，刑警。"谭小雅说，似乎有点羞愧，因为警察这个职业通常和"拿死工资"捆绑在一起，"他有套房子，我想劝他卖了投资，可是他犹豫……"

"警察是个很高尚的职业，"冯天海笑了，"当警察的人都是有责任感的人，谭小姐，我要向你表示祝贺。"他举起酒杯，谭小雅只好和他碰了一下杯。冯天海轻轻啜了一口，说道："他犹豫是应该的，这正说明他真的会考虑后果，这样考虑的人通常不会受穷……"

"还不穷啊。"也许是喝了点酒的原因，也许是冯天海身上散发出来的让人信任的气息，谭小雅忍不住说出了心里的委屈，"他那点工资……我们俩在一起这么多年，连婚房都买不了。他这个人犹犹豫豫的，总是不肯卖房子。现在有这样的机会，我想拉他一起赚钱，他还……"

她把杯子里的酒像喝啤酒一样一口喝下去，平复了下情绪，意识到自己的话有些多，不好意思地笑了笑。既然话说到这个份儿上，她索性把话挑明："我是这样想的，我男朋友吧，主要是没有去香花派对，对咱们公司的情况和投资渠道一无所知，我这人嘴巴又笨……您看您要是不反对，我给他打个电话，有什么问题您教教他……要是可以的话，晚上我们俩一起请您找个地方喝喝咖啡什么的……"

把一个身家几千万的老板拉出来通过电话给自己的男朋友答疑解惑，男朋友还不露面。谭小雅很担心冯天海会不高兴，她看到冯天海微微皱了下眉头。但是这位男士很快舒展眉头，仿佛什么事都没发生过，微笑着说："可以，乐意之至。"

于是谭小雅打了那个电话，打电话过去时正值王一川那边的会议间歇。在她想说"我这里找了人家经理给你解答一下"的时候，陈轶凡回到了会议室，王一川匆匆挂断了电话。

谭小雅要气炸了，特别是冯天海还坐在身边。她又拨了两次，都被王一川按掉，最后她把手机一扔，抓起酒杯一饮而尽，然后捂住额头，遮掩住眼里的泪水。

冯天海在对面有些不自在，他扯了张纸巾递给谭小雅。谭小雅接过来抹着眼泪，没说谢谢，因为她怕自己说话会带着哭腔。冯天海在对面静静地看着她，直到她控制住情绪，又扯了张纸巾擦拭着眼角，强笑说："失态了，失态了。"

"没关系。"冯天海说，"看来你真的很在乎他，否则你不会为了他这么伤心。"

他的动作、声音都很轻柔，莫名让人放松。谭小雅也许是憋得太久了，也许是希望向冯天海解释自己为什么会这样，她向冯天海讲述了自己和王一川目前的困境：那是一个好男人，总是把她捧在手心，可是他总是在房子问题上患得患失；两个人年纪都不小了，可是他却迟迟不下决心解决婚房问题；自己之所以急着投资，也是为了两个人的将来。

可是那个浑蛋完全不理解她的苦心，他甚至挂断了电话。

说到这里，谭小雅又哭了，她极度委屈，为投资机会近在眼前却抓不住而感到绝望。冯天海静静地看着她，又抽了纸巾递过来。沉吟良久，他劝慰道："别多想了，会解决的。"

"冯总，您是管事儿的，给我开个口子，我少投一点，200万，行吗？"谭小雅恳求道。

"哦……"冯天海尴尬地说，"这个……规矩就是规矩，即便是我也没有权限开这个口子。500万是公司规定的最低标准，少于这个钱，我们真的不能接。"

谭小雅挤出一丝笑，点点头："明白，我明白……其实我也不该开这个口，多不好意思啊。"她殷勤地拿起醒酒器给冯天海倒酒："没事儿，我就是问问。"

她强颜欢笑，低头切着牛排。冯天海看着她，半晌终于问道："你真的很想投资吗？"

"是啊！我很想！"谭小雅抬起头，"不管多少，对我们将来结婚或者生活终归是有帮助的。"

115

"你男朋友实在是有福气，找到了世间的珍宝。"冯天海叹了口气，"谭小姐，我不能给你开口子，但是我有另外一个方案，你可以考虑一下。"

"什么？"谭小雅满怀希望地问。

"你有多少钱，交给我，我放在我的投资账户里一并投资。"冯天海说，"有收益了，我把分红汇给你，但是税你要自理。如果你不想投资了，随时可以把钱抽回。"

巨大的惊喜瞬间笼罩了谭小雅，她睁大眼，期期艾艾地说道："可……可以吗？"

冯天海点点头。

"冯、冯总，"谭小雅激动起来，"太、太谢谢了！我投！我明天就投！我、我敬您一杯！"

冯天海笑了笑，和她碰杯，声音还是那么淡然："请保密。也希望你男朋友能珍惜你这样的好女孩。"

新一天的工作是由一场争吵开始的。

争吵发生在凌季雨大律师和刘苡岚之间。那家伙上次被刘苡岚追得连滚带爬，按理说应该会消停一阵子，可是他一早又在重案队门口探头探脑了，只不过有点一瘸一拐。

冤家路窄，此言绝对不虚。他正在街边晃悠，刘苡岚开车过来在他身边一个急刹，吓得这厮差点摔倒在马路牙子上。刘苡岚冲下车想抓住他，要他赔奔驰车喷漆的钱，没想到凌大律师的无赖程度登峰造极，顺势躺在路边说刘苡岚危险驾驶，把他吓倒了，声称要报警处理。

王一川走到重案队门前时，凌大律师还躺在地上叫苦连天，嘴里哼哼唧唧地嚷着："警察欺负人哪！"刘苡岚在一边气得脸色煞白。王一川看着没办法，走过去对刘苡岚说："你别管了，开车进去，这里我来处理。"

刘苡岚眼里噙着泪，气愤地开车进了重案队。凌季雨躺在地上，伸着脖子看刘苡岚离去，嘴里却哼哼着："快看，警察打人后走了！"

"别装死狗了！欺负小姑娘有意思吗？"王一川厌恶地说，"赶紧起来！"

凌季雨一骨碌爬起来。其实他耍这么半天活宝，就是为了不让刘苡岚

116

找他赔钱。他一边拍着身上的灰，一边嬉皮笑脸地解释道："哪里欺负她了？这不是和小妹妹开玩笑吗？"

王一川摇摇头要走，凌季雨却凑过来，递了根烟，问道："王队，上次说的事……最近就没抓什么人回来？那个碎尸案怎么样了？知道是谁了吗？"

"没有！"王一川推开他的烟，没好气地说。

"我上次说的，依然有效！要是嫌疑人家里有钱的话，你第一时间跟我说一说啊！"凌季雨把烟塞回烟盒，"王队，咱们也是老相识了，死者家属要是来沪海市了，我也可以代理，我收多少钱终归要告诉你的……"

就差把"我会行贿"说出来了。王一川心里骂着"傻×"，转身就走。等他来到办公室时，他听到刘苡岚正在对着电话怒吼："律师不就是归你们管吗？你们要处理！"

"她在给谁打电话？"王一川问张云军。

"给沪东司法局打电话，投诉那个凌季雨，说他以不正当手段揽案子。"张云军说，"看来那小子把刘苡岚得罪狠了。"

王一川断定刘苡岚这次投诉又会无疾而终，因为凌季雨不是本地注册的律师，人家的执业证在外地呢，沪东司法局根本就拿他没办法。

争吵风波刚刚完事，接下来又发生了一场打斗，这次打斗跟欧阳宁娟有关。上午9点40分前后，一辆宝马X5闯进重案队的院子，一个臃肿的年轻人从车上跳下，怒吼道："欧阳宁娟！你给我出来！"

大家都认出这人是欧阳宁娟异母不同父的所谓弟弟宋晓旗。当年欧阳宁娟的亲爹曹大平抛妻弃女，娶了他的初恋女友卓芳妃，这个宋晓旗就是卓芳妃和前夫生的孩子。别看曹大平对自己亲生女儿心狠，对这个没血缘关系的所谓继子却疼爱备至，视如己出，比亲爹还要亲。在继父和亲妈的疼爱下，宋晓旗拥有了良好的口才和健壮的身体。也因为继父和亲妈的溺爱，宋晓旗没走正道，在社会上惹是生非，进拘留所是家常便饭。曹大平这个绝世好继父经常跑来要求欧阳宁娟"帮帮你弟弟"。欧阳宁娟不管，曹大平就到处宣扬欧阳宁娟"没良心，不管亲人死活"，就好像欧阳宁娟欠了他们似的。

王一川闻声出来，正看到曹大平抓着欧阳宁娟的袖子撕扯，傅朗和张云军在拉曹大平，卓芳妃在阻拦宋晓旗，宋晓旗跟个疯子似的蹦着，一副

117

要打死欧阳宁娟的做派。小顾突然叫了一声："小心！"原来宋晓旗那小子仗着父母都在，又犯起了浑，找到一块砖头照着欧阳宁娟扔过去。本来几个人拉扯在一起，为了躲避砖头不约而同地弯腰，欧阳宁娟趁机挣脱曹大平的拉扯，跑进办公室去了。

砖头咣的一声砸在墙上。

曹大平还在发蒙，王一川已经勃然大怒，吼道："蓄意伤人！铐起来！扭送派出所！"

院子里登时大乱，早就看不顺眼的赵继刚和小顾扑上去就把宋晓旗摁倒了，卓芳妃尖叫着去撕扯赵继刚，试图救儿子。重案队一墙之隔就是松园派出所，赵继刚和小顾扯起宋晓旗就往外拖。曹大平和卓芳妃跟在后面又拉又扯，喊得惊天动地，包括"警察打人了""欺负老百姓了"等。当然也有比较硬气的话，比如曹大平在追出重案队大院时回头对着傅朗和王一川还喊了一句："你们等着！我认识你们局长和政委，我一定让你们吃不了兜着走！"

傅朗走到王一川身边，低声说："是来要房子的。"

"要什么房子？"王一川问。

"要欧阳把崂山五村那套房子过户给宋晓旗。"

"凭什么？"

"他前两天给欧阳介绍相亲，你猜怎么回事？"傅朗低声说，"他妈的简直是拉皮条，他是要把欧阳介绍给宋晓旗单位的老总，人家老总答应提拔宋晓旗当经理。那老总看欧阳就跟看歌厅小姐似的，说什么这辈子还没睡过女警察，欧阳怒了，泼了人家一脸酒走了。那老总回去把宋晓旗开除了，曹大平两口子就借着这事，想逼欧阳宁娟补偿宋晓旗。"

难怪那天晚上欧阳宁娟回到队里拼命打拳，她这是愤怒到极点了。欧阳宁娟妈妈死得早，外婆过世后给她留了一套40多平方米的老式公房。曹大平当初出轨不养女儿也就罢了，居然这样作践自己的女儿，还帮着继子找借口谋夺亲生女儿的房子，贱到这个份儿上也算是登峰造极。

这时候院子里的人已经散去，王一川本打算回办公室去看看欧阳宁娟，突然发现有两个人站在院子里。他疑惑地看了一下，为首的是个中年人，一个小青年拎着皮包站在他的身后。

这个中年人40岁左右，相貌儒雅，文质彬彬，头发梳得一丝不苟，脸上带着和善的笑容；身后的小青年穿着衬衫夹克，衣着打扮和气质一看就是机关里的。他们似乎早就来了，想到这两人很可能刚才在一边看热闹，王一川冷冰冰地问："找哪位？有事吗？"

中年人笑着走上来，自我介绍道："您好！我是咱们沪东司法局公律科的副科长，常舒斌，这是我们科的小赵。我们来找这里一位姓刘的女警官。"说着伸出手来。

几分钟后，常舒斌和小赵坐在会议室里，刘苡岚坐在对面，傅朗和王一川在一边陪。常舒斌首先介绍了自己的身份，然后表示今天早上接到了刘苡岚对凌季雨的投诉，局里高度重视，专程派他前来了解情况。

刘苡岚算是找到了情绪发泄口，开始猛烈控诉凌季雨律师长期以来的行径，包括给门口小店的老板塞钱打听消息；上次烫了她的车；对当事人坑蒙拐骗；上次烫了她的车；恶意损害公安机关声誉；上次烫了她的车；跑到办公室来东张西望，有时还偷看文件；上次烫了她的车……她愤怒质问："像这种律师之耻，你们主管机关就不管管？"她灵魂控诉："像这种行业败类，你们主管机关就不处理？"

常舒斌副科长态度谦卑地接受了小刘同志的批评，表示："这说明我们的工作做得还不够好，还有改进的空间，回去以后一定要向领导反映这件事，希望能够从根本上解决问题。"他随后介绍了目前面临的困境。

"实打实地讲，我们一直是想处理这个人的，近几年我们接到至少十几起针对他的投诉。有的投诉他虚构事实骗钱，跟人家说能把人取保候审出来，收了钱却做不到；还有同行投诉他恶意诋毁，为了抢案子不择手段。我对这个人还是了解的，这个人在道德上有瑕疵，当年上大学的时候，他就在返校的火车上猥亵妇女，回学校以后还偷过钱，所以他现在不择手段，一点都不让人意外，这就是本性不好。"

"这么恶心？那你们还不处理？"

"我们管辖不到他。"常舒斌无奈地说，"这个人的执业证是在辽省铁山市登记的，你也知道咱们国家的律师执业证是全国通用的，他在那边注册、年检，在这边办案子，完全没有问题。要处理他只能是辽省律协处理，如果是我们沪海市的律师，我们早就下手处理了。"

"那就让辽省那边处理啊！"刘苡岚恨恨地说。

"没那么容易。"常舒斌说,"我们也试过发函过去,可是要处理律师,人家也要证据确凿,要做笔录,要听证,程序非常烦琐。而且他犯的这些事又不足以吊销他的证,所以对他的震慑力度有限。"

他说着就转向傅朗和王一川,诚恳地说:"这一次之所以过来,也是想和咱们这里沟通一下,之前投诉他的都是一些当事人,咱们公安机关对他的投诉还是第一次。我们觉得这是一个很好的契机,所以,能不能请咱们这里出一个公函,正式向我们这里投诉凌季雨?如果将这个情况通报给辽省,辽省那边肯定会高度重视,没准儿能够促使那边处罚凌季雨。我们实在是被这个人恶心坏了。"

刘苡岚听了就看向傅朗和王一川,恨不得立刻去写公函,傅朗和王一川却面露难色。刘苡岚以私人身份投诉是没问题的,可是以公安机关的名义对某个律师进行投诉就没那么容易了,而且这个要局里盖章,重案队没这个资格。凌季雨是一块恶心的牛皮糖,看了就叫人厌恶,可是重案队却真没什么能直接投诉他的,刘苡岚的投诉也只是因为自己的车被烫了。

"这个,我们得请示。"傅朗含糊地说。

"那就请示一下,"常舒斌说,"这个人实在是咱们法律界的祸害,咱们要还法律服务市场一片晴天。"

傅朗笑道:"常科长对凌季雨这么了解啊,连他当年猥亵妇女和偷钱的事都知道,看来调查很久了啊?"

常舒斌的嘴角露出一丝苦笑,踌躇了几秒钟,道:"不瞒你们,我和他还真认识,大学时我俩是一个班的。"

"啊?"傅朗、王一川、刘苡岚大为意外。

"怎么说呢?这个人……嗯,在学校前两年也没看出什么来,"常舒斌斟酌着说,"可是大四寒假返校时,他在火车上猥亵妇女,还偷了人家妇女的内衣,被扭送到了铁路派出所,人家妇女看他可怜就没追究,派出所对他罚了款。后来回学校,他可能是因为交罚款没有生活费了,就偷同学的钱,被查出来了。"

"这……这人怎么没被拘留?还能考律师?"

"学校当时不想断了他的路,再说传出去也不好听,就给了个警告,把事儿压下来了。你也知道,只要没有犯罪记录,当时是可以参加律师考试的。"

"您知道得真详细啊。"王一川说。

"能不详细吗？"常舒斌苦笑道，"我是班长，也是学生会的干部，院领导找我们开会谈过这些事。因为这事，他在学校的名声都臭大街了，没人理他，我们拍毕业照时都没带他。"

"原来大学时就不是个好鸟！"刘苡岚气呼呼地说，"傅队，咱们投诉吧，收拾这种人，为民除害！"

傅朗呵呵笑着说："这个，回去商量，回去商量。"

"好，那这件事我过几天来问。"常舒斌说，"几位领导务必重视啊，我们实在是被这人折腾得受不了了。"

彼此又闲聊了一会儿，眼见11点多了，常舒斌和他的下属起身告辞。傅朗热情地邀请常副科长留下吃个便饭，尝一尝这里食堂的饭菜，常舒斌婉言谢绝，表示回局里还有事，下次一定要来好好尝尝。

把常副科长送出重案队时，院子里曹大平的宝马车已经不见了，不知什么时候开走的。傅朗把常副科长送到外面，王一川只送到院子就回了办公室，一进去就教训刘苡岚说："多大点破事啊，还想出公函投诉？"

"这样的败类，收拾他是替天行道！"刘苡岚气冲冲地说，"猥亵妇女的王八蛋哎！还偷钱！"

办公室里的人七嘴八舌地向刘苡岚打听端倪，刘苡岚开始气愤地说起凌季雨的缺德往事，王一川对此颇为无奈。他注意到欧阳宁娟没有去凑热闹，而是一个人坐在座位上发呆，知道她心里不好受，便走过去把她杯子里的冷水倒掉，换了热水。

欧阳宁娟抬起头，勉强笑了笑，王一川拍拍她的肩膀，也不知如何安慰她。就在这时小顾从外面奔进来了，一进门就高声说："王队！范桂花近五年的银行流水明细拉回来了！"

王一川伸手接过翻了翻，浏览每笔进出的金额，特别关注那些大金额的进出项。他的目光在第一页的中间就停住了，拿过荧光笔，在上面画了个记号。

9月3日，进账人民币35万，付款方：富利东联金融控股有限公司。

15 美丽的殷总

王一川和欧阳宁娟进入富利东联金融控股有限公司时，如同当初谭小雅一样感受到了这家公司的财力和大气。在这寸土寸金的市中心地段超A级写字楼里，富利东联金控公司占据了14楼整层，玻璃门后面的前台里坐了三位姑娘，每一位都妆容精致，穿着得体的套装。

王一川拿出证件和协助调查手续，说要了解一位叫范桂花的女士与富利东联金控的财务往来，希望对方提供协助。一位相貌甜美的前台小姐客气地请他们在前台稍等，然后打电话请示，一分钟后，前台小姐客气地请他们去会议室稍坐，说公司会有专人接待。

经过办公区域时，王一川看到旁边有几十名穿着正装的白领在忙碌，有的在打电话，有的拿着文件讨论。沿途不时见到各种摆件，走道的尽头还看到一个财神供桌。转过这条走道，他们被带进了一间不大的会议室，会议桌中间摆着拍纸簿、铅笔、纸巾、酒精凝胶和两排巴黎气泡水，前台小姐请他们坐下稍待，在他们每人面前放了一瓶巴黎水，客气地询问是否要喝点别的，比如茶或咖啡。

"不用了，这就挺好，挺好。"王一川赶紧说。

"那么请两位稍待，我们法务总监马上就来。"

前台走开后，王一川打量着会议室里的布置，欧阳宁娟拿着气泡水感叹道："有钱，这水十几块一瓶，酒店里能卖二三十，他们这里拿来待客。"

王一川指指角落里的奇石、架子上的小雕塑和墙上的字画，评价道："不便宜。"

"王队，你刚才进来时看到没有，他们拐角那里拜的是财神，里面供的却好像是关公。"

"有些商人把关公称为'武财神'。"王一川说。

尽管他们说不用倒别的饮料，前台小姐还是给他们每人又泡了杯热茶，用托盘端进来，跟在她身后的是两位女士。一位穿着米色修身西服的女士30多岁，戴着细长框眼镜，头发高高地盘在脑后，手里拿着笔记本；另一位年轻的女士头发披在脑后，像是秘书。

"两位好，我是公司的法务总监苏静。"这位米色西装女士自我介绍道，同时向王一川和欧阳宁娟递名片，"听说两位警官需要我们的协助？"

"是这样的，"王一川拿出证件和协助调查手续，"我们来这里是要调查一位范桂花女士与富利东联金控公司的财务往来。"

苏总监彬彬有礼地接过文件看了看，问道："我能了解一下出了什么事儿吗？"

"我们在办案过程中发现，你们公司从五年前开始，每隔一两个月都往她的账户里打钱，"王一川说，"所以过来了解一下原因，看看你们这里有什么材料。"

"这个人现在出什么事儿了吗？"苏静问。

"抱歉，我们无法透露案情，我们现在只是需要你们这里提供一下与这个人有关的全部信息和资料。"

"哦……"苏静看了看资料，耸了耸肩膀，"如果不知道什么事的话，我们可能无法协助。我们对客户信息是要保密的。"

这样的拒绝并不让人意外。虽然法律规定任何公民和单位都有配合公安机关和如实作证的义务，在现实中很多公司和个人还是会不配合，唯恐"得罪人"。欧阳宁娟的表情严肃起来。

"《中华人民共和国人民警察法》第三十四条规定：人民警察依法执行职务，公民和组织应当给予支持和协助。"欧阳宁娟说，"所以你们公司是有义务配合我们工作的。"

"对，"王一川说，"我们来这里的程序和手续都是合乎规定的，因此你们公司应该配合我们的工作。"

"这个，我们确实很为难。"苏静说，"尊重客户的隐私是企业的基本道德，我们当然应该配合公安机关依法办案，但是涉及我们公司的商业机密……"

"您是说范桂花是你们公司的客户？"王一川问。

"我没有这么说，"苏静答道，"我不能确定她的身份。"

"不是你们的客户，为什么给她转钱呢？"王一川问，"我查过，她不是你们的股东。"

苏静显然被问住了，她皱了皱眉头，重复道："很抱歉，我可能做不了这个主。"

"那您看谁能做主，是不是让我们和他沟通一下？"王一川问。

"我们领导现在在忙，"苏静说，"你们是突然来的，领导的日程是

123

早已安排好的，所以……"

"给你们造成不便，我们表示歉意，但还是希望你们克服一下。"王一川坚持道。

"《中华人民共和国人民警察法》第三十五条规定，拒绝或者阻碍人民警察依法执行职务，阻碍人民警察调查取证的，给予治安管理处罚。"欧阳宁娟说，"所以，我们希望你们配合。"

苏静的脸僵硬了几秒钟，说道："两位请稍坐，我需要请示一下领导。"说着起身走出去，任谁都能看出她身体里充满了怒气。她的秘书忙不迭地跟出去，剩下两位警察在会议室里脸色阴沉。

这一等又是七八分钟，终于门一开，一个三四十岁的男人走进来。这个人白白净净，戴着眼镜，穿着黑色的西装、白衬衫，打着苏绣领带，一进门就问候道："两位警官辛苦了，我是咱们公司的副总经理冯天海。"

出于礼貌，王一川和欧阳宁娟站起来和他握手，这位冯副总满脸笑容地坐下，那位苏法务总监却没再出现。等双方互相介绍姓名以后，冯天海明显愣了一下，问："王一川？……请问您认识BIB公司的谭小雅经理吗？"

"哦？你认识我女朋友？"王一川惊讶地问。

"果然，我的记忆力不差。"冯天海笑道，"谭小姐给我们公司做保险计划。前天晚上她给你打电话，想让我给您讲一下投资的事，好像你当时没时间。"

王一川回想前天开会时谭小雅的电话，恍然大悟，有这层关系在，也不好搞得太难看，于是笑道："世界好小啊。"

"是啊，世界好小。"冯天海笑道，"早知道有这层关系，直接找我就好了嘛，看刚才把我们苏总监紧张的，说你们要抓她，把她气哭了。"

王一川解释道："误会。苏总监说不能提供客户资料，我们只是讲了下法条。不过冯总，配合我们办案是公民的义务啊。"

"这是自然。"冯天海点头说，"我刚才也批评了苏总监，公安机关依职权调查，必须配合，向公安机关提供资料怎么算是泄露客户隐私呢？您两位也谅解下，公司这么多年第一次遇到这种事，没经验。你们要调一位叫范桂花的人的资料对吗？我已经让人去调了。——小刘，给两位警官换两杯热茶来，你看水都凉了！"

"不用，不用。"王一川客气道。

冯天海问："我能问问这个范桂花出什么事了吗？她被抓了？"

"没有，我们是来了解一些情况，至于案情不便说，我们有纪律，您担待下。"

"理解，理解。"冯天海点头说。

在等待的过程中，这位冯副总兴致勃勃地表达着对警察职业的尊敬，还很自然地谈到了谭小雅，夸她为公司做了非常好的保险计划。他向王一川表示祝贺，说他有一位非常漂亮而且很有才干的女朋友，与王警官实在是郎才女貌。

王警官自然谦虚着，嘴巴都笑得合不拢了。

在这融洽的气氛中，一位女士拿着一沓文件走了进来。冯天海看到她显得很惊讶，问道："殷总，您怎么来了？"随后站起来向两位警官介绍道："这是我们公司的董事长殷总。"

"殷柔。"殷董事长向王一川伸出手来。

她的声音听起来非常温柔，如同她的手一样，软软的。王一川和她握手时打量着她，这位女士瓜子脸，皮肤白皙，眉毛仔细地画过，嘴唇泛着诱人的红色光泽，头发像波浪一样披散在脑后，显得成熟妩媚。和两位警官握完手，她把材料递给王一川，微笑着说："刚才看到苏总监他们在打印资料，听说有警官来了解情况，就过来看一下。苏总监已经跟我说了，这个事情我们公司应该配合。两位警官看看材料，有什么不明白的尽管问。"

"这就太谢谢了。"王一川表达着谢意，欧阳宁娟就开始翻阅材料。王一川问道："我想问一下，这个范桂花你们认识吗？"

"应该是见过，不熟。"殷柔用悦耳的声音说，"查了一下，她是我们公司的老客户，所以我们肯定是见过的，不过我对她没什么印象，毕竟她不是我们的大客户。"

"她是你们公司的客户？"王一川问。

"看开户时间应该是五年前吧，在我们这里委托投资。她在我们这里所有的委托合同、身份资料、银行流水都复印给你们了。"

"我们调了她的银行往来明细，发现你们公司这几年经常给她打款，请问这些钱的性质是什么？"

"只能是她的投资收益，"殷柔说，"否则不会打款给她。"

"她投资收益很高吗？"王一川问，"我看每隔两三个月就会打给她

125

十几万，慢慢增加到20多万、30多万……"

殷柔拿过资料仔细地翻着："我看看……哦……她开户时在我们这里分三次总共投资了300万元，选择的产品是……利复赢？"

她脸上露出一丝苦笑，把文件推回来："每个公司都有创业阶段，我们公司经营初期，为了吸引客户，开发了一些理财产品，其中一个理财产品的名字叫'利复赢'，采取复利的形式，可以把利息计入本金，实际上就是'利滚利'。这个产品推出一年以后，因为有高息吸储的嫌疑，所以主动下架了，但是在那之前，范桂花女士的本金已经由300万变成了510万。"

"一年赚了70%？"王一川惊叹道，"世界上还真有这样的好事？"

"我们公司这些年的投资眼光还是比较精准的，"冯天海笑着说，"所以范女士定期取得高额收益很正常。"

"她投入了300万，可是这里只有230万左右的汇入凭证啊，还有70万的凭证没有吗？"欧阳宁娟翻着材料问。

"肯定有的，因为今天比较仓促，所以财务那边可能需要细查，一旦找到了我们补充给你们。"

"当初给范桂花开户的业务人员还在吗？"

殷柔摇摇头："不在了，已经离职了。需要的话，我让人事找一下这个业务人员的资料，改天提供给你们。"

"那太感谢了。"

"不用客气。"殷柔温柔地说，"我们公司一直强调合规经营，也一直致力于弘扬社会正能量，对于人民警察的工作绝对支持。其实我们一直想和公安部门搞精神文明共建，王队长有兴趣的话，我们后面可以联系一下。"

"这个，你们要和分局那边联系。"王一川笑着说，心里对此并不看好。这要搁十几年以前，好多单位巴不得和企业搞共建，因为这样可能会获得设备、资金上的捐助。今时不同往日，几乎所有部门对于和企业搞共建都会婉言谢绝，避免利益输送或者为腐败提供土壤。

"那我们以后有什么问题可不可以请教您一下呢？"殷柔问。

你该去问律师，或者问经侦，问我们重案队有什么用，专业又不对口。王一川脑子里这么想，嘴里却客气说："这有什么不可以的，说什么请教，我这破水平……"

殷柔那双美丽的眼睛里洋溢着笑意，她把手机伸过来，上面是她的微信二维码："您扫我？"

冯天海打趣道："男同志主动一点。"王一川干笑着扫二维码，与殷柔加了微信好友。她低头在手机上操作了几下，发过来她的联系方式："殷柔，189×××××××。"

人家女士都这样了，王一川只得也把自己的手机号发给对方。殷柔一边存手机号码，一边笑着问："王队长平时有理财需求吗？我们这里投资不错的。"

冯天海在一边说："王队长的女朋友给咱们公司做保险计划，也有意向在咱们这里投资，她非常优秀，参加过香花派对。"

"哦？是吗？世界好小哦。"殷柔笑盈盈地说，"您和您女朋友想投什么方向？"

这个问题王一川无法回答，事实上一听到谭小雅投资的事他就头疼，两个人目前的冷战也完全是因为谭小雅要投资导致的。他把资料递给欧阳宁娟，打了个哈哈，干笑着说："这个下次再谈，今天真是非常感谢你们的协助，我们还有事，就先回去了。后续如果有什么问题需要进一步了解的，我们可能会再过来打扰。你们这边如果发现什么新的线索，希望也及时和我们联系。"说着站起来。

"好的，你们辛苦了。"殷柔站起来伸出手，"那我们就不耽误你们了，王队长和这位警官以后有空来坐坐啊。"

王一川握了握她柔软的小手，殷柔抿着嘴笑了。她又和欧阳宁娟握了手，亲自送他们出来，冯天海跟在身后。四个人谈笑着穿过办公区，走到前台时，正看到一个高大的胖子大摇大摆地走了进来。

这家伙没有头发，脑袋油光锃亮，小眼睛，蒜头鼻子，厚嘴唇，眉毛稀疏，身上是花衬衫和背带西裤，一副老板派头。王一川也没在意，从这个胖子身边走过去，那个胖子却突然停住脚步，扭过头来看了看，随后就后退几步，伸过脑袋来直直地盯着王一川的脸。

"王警官？"

"你是？"王一川愣了一下，看着这个胖子，脑子里闪过一个影子，问道，"黄四毛？"

"是黄思茂。"胖子哈哈大笑，"王队长怎么会在这里？来投资吗？"

"你怎么在这儿？"王一川反问，同时打量着黄四毛，"你现在在哪儿发财？"

"王队长还是用老眼光看我啊，我们这样的人就不能来投资吗？"黄四毛笑道，说着从口袋里掏出一个皮质的名片夹子，递过一张名片，"这是我的名片。"

这张名片印刷精美，公司名称是"沪海市思茂环卫工程有限公司"，黄思茂是董事长。王一川把玩着名片，笑着问："黄总现在做环卫啦？赚大钱啊。"

"赚点小钱花一花，手下有好多人要养嘛。"

"黄总也是我们的VIP客户，"殷柔笑盈盈地说，"在我们这里的投资金额不少呢。"

王一川敷衍地点点头，说了句："老黄，上岸了就要珍惜，千万不要再把自己弄湿了。"

黄四毛做了个OK的手势，有点讨好地说："您放心，我现在离水边远远的，免得湿了鞋！"

王一川懒得多说，举步就走。殷柔要接待黄四毛，冯天海一直把他们送到电梯里，直到电梯关闭时还在挥着手告别，礼仪上挑不出一点毛病。等电梯关上，欧阳宁娟用胳膊肘撞一下王一川，有点恶趣味地说："这女老总好像看上你了啊，你看她说话多嗲啊。"

"滚蛋。"

"考虑考虑，"欧阳宁娟建议，"嫂子平时对你多凶啊。"

王一川不理她。欧阳宁娟发现副队长脸色难看，及时收住这个话题。

"那个黄四毛你认识啊？"

"认识，老流氓，当年就是我抓的，判了7年。"

"因为什么事？"

"开设赌场、强迫卖淫、寻衅滋事。"王一川说，"他以前在南浦那边纠集了一伙流氓横行霸道，啥坏事儿都做。那年咱们市搞夏季百日治安整治，当时是我带队去抓人。他那一伙抓了50多个，判了30多个。没想到这老小子现在搞公司，看起来发财了啊。"

"搞环卫这么赚钱？"

"不清楚，我是不相信这个人洗心革面了。"

车子开出地下车库时，王一川交了6块钱停车费，伸手等着拿发票回去报销。当他把发票递给欧阳宁娟收好时，他莫名地想起冯天海说谭小雅想投资的事，心里很不是滋味：楼上时时刻刻上演着资本的狂欢，自己的女朋友在努力挤到里面去；自己却活在另一个世界，计较着几块钱的发票报销。

他强迫自己把思绪拉回来，集中到资料上："五年前，能买个几百万的房子，又能投资300万，还要保证生活品质，这范桂花哪儿来的这么多钱？"

"有别的收入？"

"把她以往的银行账户和出入账明细都拉出来！"王一川琢磨着，"另外向辽省那边请求他们配合，把她当年犯事儿的那些卷宗扫描给我们，刑事的和治安的都要。"

"好。"

"我们来看看，这到底是个什么样的人，还有她身边都有哪些人。"

再次见到谭小雅时，两个人之间的气氛怪怪的。

僵局是王一川主动打破的。虽然他觉得谭小雅逼他卖房子的要求难以答应，但是这样冷战下去也不是办法。王一川不反对赚钱，恰恰相反，他极其需要钱，然而职业属性决定了他的风险意识极高，卖房钱交给别人，还要举债几百万，这样的疯狂行为他是做不出来的。

谭小雅看到王一川选的地方就一脸嫌弃，因为王一川选在了家附近一个本帮菜小饭店，里面端菜的是一些老阿姨，环境非常一般。她是从公司过来的，脖子上围着名牌丝巾，外套笔挺，自从她去过香花派对后，她就在有意识地提升自己的品位，给自己增加了一些奢侈品，以便接近和融入那些富人，来争取更多的机会。她把自己的奢侈品小包放在旁边椅子上前先看椅子干不干净，后来在包包下面垫了两张纸巾。

她并没有像王一川想象的那样冷若冰霜，虽然有点冷漠，毕竟还是回答了两句，拿过菜单点了两个菜。服务员老阿姨去下单时，她瞥了王一川一眼，就把目光挪向窗外。

王一川有些尴尬，说道："这几天忙吗？"

"忙，怎么不忙？"谭小雅淡淡地说，"这世界上又不是只有警察忙。"

我每天都在拼命做单子。"

"……也别太忙了，"王一川赶紧关心说，"该休息也要休息，保重一下身体……"

"没钱，能休息吗？"谭小雅笑着说，"我也想歇一歇啊，可是没人支持我，我除了拼命想辙，还有什么办法呢？别人潇潇洒洒，还能喝喝女同事的咖啡，我每天晚上都在为了以后打算，睡觉的时间都没有。唉，命苦啊。"

几句话就把天聊死了。王一川卡了半天，又找了个话题，说："我前几天去一家公司调查，你猜怎么着？人家副总认识你，说你给他们公司做的保险计划，你说这个世界小吧，哈哈。"

"富利东联金融控股是吧？我听人家冯总说了。"谭小雅瞟了他一眼，"说你们还把人家一个总监吓哭了。我为了这事专门去给他赔了不是。"

"你去赔什么不是？"

"能不去赔不是吗？"谭小雅哼道，"人家冯总十分配合你们的工作，你们可倒好。人家冯总是我们公司的大客户，前段时间那个大单子就是他们公司的，他在你那里都提到我了，你说我能不跟他解释吗？我跟他解释说我男朋友没恶意，人特别实在，就是办事一板一眼的，让他跟他同事打招呼不要介意。我这是操的什么心？自己的事都忙成那样，还要帮你左解释右解释！"

她气呼呼地抱怨着，王一川听着却暖暖的，虽然在冷战，谭小雅还是在外面帮自己说好话，他忍不住伸手去握谭小雅的手，嬉笑道："还是我老婆好。"

"滚！是谁老婆还不一定呢！"

"咱们不是真爱吗？"王一川嬉皮笑脸地说，"床头吵架床尾和，你别生我气了！"

谭小雅怒视他一眼，手象征性地挣扎两下，就任由王一川握着，只是皱着眉头说了句："小心一点，这桌子黏糊糊的，别弄到我袖子上。"

王一川借机换了位置，由面对面坐变成了并排坐。

"人家冯总是个很厉害的人，有见识，有本事，办事也讲规矩。"谭小雅说，"人家也没说你不好，反而对你印象还不错。我之前想投资，就是要在他那里投资。"

"找他投资？"王一川疑惑地说，"哦，他想拉咱们在他那里投资？"

16 裂痕中的夜迷离

"你想什么呢？"谭小雅带着看不起的神气说，"人家拉咱们投资？是咱们求着人家带咱们投资！不是说了嘛，人家那里只做大客户！你也去他们公司了，你看到他们公司的实力了吧？"

"去了，还行吧。"王一川说，"他们干投资公司的，要客户求着他们帮投资？这么牛？"

"你这个层次的人没见过的东西多了！"谭小雅说，"我说过，你不知道人家有钱人是怎么玩钱的……"

"我什么层次啊？"王一川说，"我是没有人家那样西装笔挺的，可是我也不觉得自己层次低啊。"

好好的气氛突然又冷了。谭小雅的脸一沉，她不觉得自己的话有什么不对，而是觉得王一川过分敏感。她本来有很多话想和王一川讲，因为她这几天已经借了不少钱，都转进了冯天海的账户。她觉得自己为了两个人的将来呕心沥血，殚精竭虑，王一川不帮忙也就算了，还把自己的那点可怜的自尊心看得那么重要，纠结于她哪句话有没有歧义。

谭小雅皱着眉头，把手抽了回来，不知为什么，她的鼻孔里钻进了一些不好闻的味道，可能是桌面上的油腻散发出来的。她看着王一川有些皱的领子，觉得这个男人也是这些味道的一部分，突然失去了耐心，问道："好了好了，不要说这个了！你叫我来，到底要和我说什么？"

"我这不是……还想和你谈谈吗？"王一川说，"你上次说的那个投资的事吧，我觉得……"

"你就说你卖不卖房子吧。"谭小雅直接说。

"啊？"

"卖，还是不卖？"谭小雅盯着他。

"小雅，我觉得，咱们再等等。"王一川说，"我得到消息，咱这房子可能……"

然而，没等他说完，谭小雅已经站了起来，她干脆利落地拿起挎包就往外走。王一川蒙了几秒，急忙站起来追出去，他在门口试图拉谭小雅，却被她用力甩开。

"小雅，你别这样，我的意思是……"

"王一川，我对你真的很失望。"谭小雅回头冷冷地看着他，"让你支持我一下，真的很难。"

这句话带着的冷气让王一川僵在那里，谭小雅说完这句话，大步离去，全无留恋。

王一川站在小店门口，看着她的背影，心猛地揪了一下，他知道自己和她之间出现了一道可怕的裂痕。以往两个人闹过很多次别扭，从没有像今天这样给他这种可怕的感觉。他想追上去，脚却仿佛灌了铅，无法挪动。

"小弟，你叫的菜……"服务员老阿姨从小饭店里追出来。

"帮我打包吧。"王一川艰难地说。

拎着打包袋往家里走去时，他在路边店铺的玻璃里看了看自己，那里面是一个头发凌乱的男人，手里拎着打包的饭菜，正是这个城市里最普通的小市民形象。不优雅，不帅气，不高大上，可能永远平凡，永远达不到谭小雅的期望。

我这种层次……

我到底算个什么层次呢？

王一川感到很痛苦，很委屈，在他成年以来，很少感觉这样孤独和无助。他走进小店，买了一瓶二锅头，打开狠狠地灌了一大口，接着就因为辛辣而喷出来，咳嗽得眼泪和鼻涕直流。他红着眼睛往家里走着，他迫切地想喝醉。

电话响了，王一川红着眼睛拿起电话，看到上面显示的"殷柔"，深吸一口气，接通电话，努力让自己的声音平稳。

"喂！殷总？"

话筒那边的声音此刻听起来有一丝抚慰的感觉，殷柔柔柔地说："王队长，我没打扰您工作吧？"

"没有，怎么会呢？殷总怎么想起给我打电话来了？"

"没事就不能给你打个电话吗？"殷柔在电话那头轻笑。

"能，当然能，这不没想到嘛。"王一川苦笑道，"我只不过觉得你这样的大老板应该不会没事儿找我聊天吧。"

"为什么不可以呢？"殷柔笑道，"王队长好像对自己的魅力一无所知呢。"

这句话让王一川不知如何回答，所幸殷柔开完玩笑就开始说正事："王队长上次要当初给范桂花办业务的业务员的资料，我们人事从文件里翻出来了，还翻到了上次缺少的范桂花那张70万的汇款凭证。您看您今天方便过来一下吗？我把文件给您。"

"好。"王一川说，"去您公司拿吗？"

"可能得麻烦您去另一个地方。"殷柔歉意地说，"文件不在我手里，我今天晚上和几个投资人在塞纳左岸会所谈项目，到时候人事会把资料给我送过去。您要是方便的话，晚上8点到塞纳左岸会所吧，跟大堂的人说找我就行。"

"行。"

王一川放下电话，往嘴里又灌了一口二锅头。

看来今晚是不能多喝了，一会儿还要去拿文件。

你看我活成什么层次了，连喝醉的自由都没有啦。

从王一川那里离开大约一个小时后，谭小雅和冯天海面对面坐在了一家日料店的榻榻米上。地方是冯天海选的，说好付账的却是谭小雅，之所以如此，是谭小雅想要感谢冯天海帮助投资。

几天前在法式餐厅，冯天海表示可以用自己的账户带着谭小雅投资，要谭小雅把钱转入他指定的账户。这个账户不是冯天海的名字，而是叫杨文雄。谭小雅问冯天海为什么会是这个名字，冯天海苦笑一声，说："公司规定内部人不能在本公司投资谋利，怕会和客户争利。所以要想投资，只能用别人的名字，连自己家里人的名字都不行。"

公司管理严格说明正规，冯天海会打擦边球说明头脑灵活。不知为什么，在谭小雅的心里，这两点都非常正面。谭小雅记得很清楚，当冯天海知道自己目前只能投资三四十万时，他笑得有些无奈。对他来说，这样的投资金额肯定太小了，谭小雅羞愧得恨不得钻到桌子底下去。所以她第二天转了钱，把自己的积蓄以及王一川工资卡里的积蓄40多万元全转入了这个叫杨文雄的账户。转钱后她不好意思地打电话询问投资方向，冯天海问她有什么要求，谭小雅说希望能短期内就有盈利。

富利东联金控公司现在推出的项目都是长期项目，所幸冯天海的投资方向除了富利东联金控公司的那些项目外，还有一些闲散资金在公司外投资其他项目。冯天海沉吟半响，决定把谭小雅的钱投进外汇市场。

"近期人民币对美元汇率肯定会连续走弱，我自己也在炒，可以做一下杠杆，保守点就做300倍吧。"

他给谭小雅仔细讲解如何炒外汇，"市商""买涨""买跌""杠杆""支撑""压力位""挂单"……听得谭小雅头晕目眩。他也讲到一旦买错了可能会"爆仓"，血本无归，这句话让谭小雅提心吊胆。

所幸在打款后的第二天，冯天海告诉她："昨天买跌买对了，赚了些钱，你的那些本金扣除手续费，赚了将近两万块吧。"

"一天……两万块？"谭小雅拿着电话惊呆了。

"因为做杠杆了啊。"

关于做杠杆什么的，谭小雅完全不懂，她只知道40多万一天就赚出近两万来，这样的收益实在是太高了。虽然冯天海说这样的情况不会常有，自己只是买对了一次，但是谭小雅仍然对以后充满了希望。她坚决要请冯天海吃个晚饭，并提前几天定好了日子。——要不是考虑到王一川打电话来可能是服软，有卖房子的可能，今天她根本不会去王一川定下来的那个小饭馆，她本来想再晾王一川几天的。

结果见了还不如不见。

和冯天海坐在一起，她的心情其实很复杂，充满对王一川的怨气，充满灰心和失望。不过她还是调整了情绪，对冯天海展现着笑脸，毕竟人家帮她赚到钱了。

今天她又往那个叫杨文雄的账户里打入了215万元。这些钱是她借的，借钱的对象是她的那些客户。这个聪明的主意她是跟秦观月学的，有一天她听到秦观月给自己的客户打电话，聊天过程中很"不经意"地提到自己正在做一个投资，每年收益是20%，随后为难地表示这是内部关系，不能带着对方投资，心里一番挣扎后，秦观月叹着气表示看在"朋友的份儿上"同意带着对方一起。利用这种手段，秦观月一个电话就搞到了120万。

40多万一天就赚近两万，谭小雅干脆也豁出去了，她给自己的客户打电话回访，也是"不经意"地透露自己有这样的赚钱渠道，然后各种拒绝，直到那些客户求着她一起投资。短短几天就有7个客户打来了215万元，后续还会有190多万陆续汇给她。按照她的计算，只要每年给那些客户20%的利息，其他的投资收益就都是自己的了！

现在的她只觉得自己本金太少。

"你借这么多钱，手笔太大了吧？"冯天海听说她这些钱的来源后，吃惊地问。

"既然是投资，当然就要胆子大一点！"谭小雅说，其实她心里也是惴惴不安的，说这些话更像是给自己打气。

"投资有风险，我不能保证稳赚啊！"冯天海说，"谭小姐，咱们要理性，千万不要有赌徒的心态……"

"没事，冯总，我相信你！"谭小雅用力点着头说，"钱交给你了，拜托了！"

冯天海的动作僵住了。他细长的眼睛在镜片后面直直地盯着谭小雅，表情有些呆滞。

餐厅的灯光从上面打下来，给冯天海的头发镀上一圈银色，他穿着雪白的衬衫，领带消失在贴身的银灰色马甲里。此刻的他一动不动，像塑像一般，谭小雅被他突然的呆滞注视弄得有点慌乱，避开他的目光低下头。

冯天海醒悟过来，遮掩似的咳嗽一声，拿起酒杯喝了一口。谭小雅没有抬头，因为冯天海刚才的注视，她心里怪怪的。

"谢谢。"冯天海又举起酒杯，"谢谢你信任我。"

"冯总，看你说的。"谭小雅双手举起酒杯，和冯天海碰了一下，一饮而尽，可能是喝了酒的缘故，额头微微有些冒汗，"其实我第一次看到你，就感觉你是一个特别踏实、特别可靠的人，你能帮我，应该是我谢谢你才对！"

"你客气了。"冯天海主动拿起小酒壶给谭小雅倒酒，问道，"不过我很好奇，你留给我们的打收益的账号为什么是你男朋友的？"

"我是想告诉他，我这么拼命挣钱，还不是为了我们两个……再说里面也有他的钱。"谭小雅叹着气说。

"那你取钱岂不是不方便？"

"没事，他这张卡在我手里。这是他的工资卡，他老早就交给我了。"

"哦，"冯天海笑了，"你男朋友对你真好，工资卡都上交了。我上次见到他，就觉得他是个不错的人。"

谭小雅苦笑一声，说："他？……他是个好人，对我也算好，可是，有什么用呢？"说着，又一口把杯子里的酒喝了。

"干吗这么说？"冯天海疑惑地说，"对你好不就行了吗？"

谭小雅摇摇头："他是个警察，一个月只有万把块钱，可是现在的房价都多少了？我们在一起六年了，早就该结婚了，可是，我们不知道什么时候才能买得起婚房。"

也许是酒精的作用，谭小雅似乎找到宣泄口，讲起了对王一川的不满。她讲到他卫生习惯不好，身上经常有一股汗酸味，这一点她忍了；他工作很忙，经常不能陪她，这她也不抱怨；可是他胆子小，既不肯卖掉旧房子再借些钱买个好的，也不肯把房子卖了拿来投资；他没有什么进取心，满足于现状，所有的压力似乎都压在了她的身上。

"有时候，我真不知道我们的未来在哪里。我累，我真的很累。"说这句话的时候，她低下头捂住额头。

情绪发泄出去，她心里畅快了一些，突然发现丝袜靠近脚跟的地方似乎有点脱丝了。她有点心虚地把脚往矮桌的阴影里挪动一下，心里莫名痛恨起王一川来。这种感觉很奇怪，她知道丝袜脱丝其实和王一川没什么关系，却忍不住迁怒于他：和他在一起，买丝袜都不能买好的……

"其实，你对男人过于苛责了。"冯天海说，"我一直觉得，感情才是第一位的。不是吗？"

谭小雅抬起头，直视着冯天海："冯总，我承认我在某种程度上掉进了钱眼里，可是你听说过一句话吗？贫贱夫妻百事哀。"

"我同意这句话。我不同意你对自己的评价。"

冯天海垂下头，夹起一块生鱼片，在酱油里慢慢蘸着。

"其实，谭小姐，你挺让我感动的。"他低沉地说，"你很真诚，你很坦率，你把自己想要的毫无保留地告诉你男朋友，这代表了你对他的信任……你的确在财产上对你男朋友提出了要求，但是你是为了你们的将来，这其实也是一种无私。我很羡慕你的男朋友，拥有你是他的幸运。"

谭小雅感觉自己的嗓子哽住了，从来没有一个男人如此认可她。她非常认同冯天海对自己的评价，自己确实是真诚而无私的，可是王一川对此是如何反应的呢？他只会认为自己太注重物质利益，这句话换种方式来说，不就是说自己"拜金"吗？

"这要人家也这么想才行啊。"谭小雅恨恨地说。

"人，有时候直到失去了，才知道自己真正需要的是什么。"

冯天海长长地舒了口气。

"你刚才说了句话，说你信任我。谭小姐，我很感动。"

"这有什么，"谭小雅笑道，"不信任你能找你投资吗？"

"我以前有个女朋友，在剑桥时谈的，"冯天海看起来有点喝多了，"我们是在咖啡馆认识的，那时候我在佳奇商学院攻读金融学硕士，她在伦敦大学城市学院学工商管理。你知道，剑桥郡和伦敦距离不算远……后来就开始谈恋爱。"

他微笑着："她英语水平有点问题，到英国后首先要读半年预科。因为家里不富裕，所以她过得紧巴巴的。当时我课余在酒吧里打工，每月打工的钱足够自己的生活费，不过自从认识她以后，我就开始打两份工，多赚点钱补贴她。我们计划着将来学成都想办法留在英国，只要找到工作，就能在那边申请绿卡了。"

"后来呢？"谭小雅托着下巴问。

"后来吗？自然是分了啊……"冯天海嘴角微微上翘，似乎是在笑，"我拿到硕士学位后，到处投简历，但是工作却很难找，这样下去就只能回国。这时候她跟我说，有个英国人在追求她，是个犹太人……我恳求说，我能给她幸福，希望她相信我，我能赚很多钱，我可以让她去世界各地旅游，只要她给我时间。然后她说，这样的空话对她来说没有任何意义。"

冯天海的睫毛很长，这让他的眼睑垂下来时，带有一丝让人心疼的忧伤。

"后来我回来了，最初几年活得其实很不如意，一直等到了现在这家公司，从底层一步步做到今天。"

"别多想了，失去你是她的损失，她会后悔的。"谭小雅安慰道。

"她已经后悔了。"冯天海低沉地说，"她上个月从英国回来了。她从留学生群里知道我现在的状况，来找了我。她和那个犹太人离婚两年了，英国国籍没拿到，工作也没了，只能回国。她想和我重新开始。"

"我不知道该怎么劝你……"

"我也不知道该怎么面对她。"冯天海睁开眼睛，"如果当时她能相信我，我现在的一切应该就都是她的，可是，她当初为什么就不相信我呢？男人为了一段感情真的可以拼命的。现在想想挺难受，你看，你认识我没多久，就给了我最大的信任，把一大笔资金交给我投资；可是她，和我相处了那么久，对我有过信任吗？没有信任，还谈什么在一起呢？"

冯天海端起小酒杯，闷闷地喝了。

最后一句话不知为什么触动了谭小雅，她略微有些失神。王一川信任自己吗？他不肯卖房投资，这是信任自己的表现吗？

"小雅，——我可以这么叫你吧？"冯天海略带点醉意地问。

谭小雅回过神来："啊？什么？啊，那个，当、当然可以。"

冯天海向她举起酒杯："小雅，今天晚上你说信任我时，我很感动。我再说一遍，你是个好女孩，找到你是你男朋友的福气，希望他能珍惜你。"

谭小雅很感动，在王一川那里，她从没获得过这么高的评价。她有点羞涩地双手举起小酒杯，和冯天海碰了一下，两个人都一饮而尽。

"我会努力帮你赚钱，既然你信任我，我就一定保证你的收益不低于20%，万一亏了，我会给你补足。"

"哎呀，冯总，你这太……"

"就这么定了，来，喝酒。"

虽然说好是谭小雅请客，最终付账的还是冯天海。走出日料店时已经快10点了，冯天海扶着路边的灯柱站了一会儿。他喝了不少酒，神志却还清醒，只是走路有些摇晃，谭小雅不得不在一边扶住他。

"冯总，你还好吧？要不我送你回去？"

冯天海摆摆手，皱着眉头，脸色看起来很差："我没事，我打个车回去就行。"

"不行，你喝了不少，还是我送你。"

"我住得比较远，你送我的话，回去就太晚了。"冯天海摇着头说，"照理我该送你回去，可是我这副样子，就不送你了。我打个车回去，你也快回家吧。"

"你能行吗？"

"我没问题。"

一辆出租车开过来，冯天海招手叫停，谭小雅急忙跑过去帮着拉车门。在上车前，冯天海拥抱了她一下，似乎是表示感谢。谭小雅的身体僵硬了，却没有推开。冯天海松开手臂，坐到后座上，道："你也快回家吧。到家了记得给我发条微信！"

谭小雅机械地应了一声，依旧僵在那里，看着出租车汇入了车流。

夜风习习，谭小雅沿着街边慢慢地走着。一辆辆空出租车从身边驶过，她却完全注意不到。

那个拥抱是什么意思呢？

他帮自己投资，还承诺保底，这样优惠的条件真的只是因为他人好吗？他不可能对每个人都这样的。他整个晚上一直在夸奖自己，是对自己有好感，还是自己想多了？他对自己讲他的过去，敞开心扉，是否意味着自己在他心里的地位和一般人不一样？

谭小雅轻轻抚摸自己的脸颊，感觉微微发烫。她心乱如麻，又感觉心在怦怦地跳。

她想起王一川把工资卡交给自己时的笑脸，同时想起他皱巴巴的领子；想起他在厨房里忙碌的身影，又想起他穿着短裤拖鞋去买菜的小市民样子。随后她脑海里闪过了香花派对，闪过了冯天海雪白的袖口和身上若有若无的男士香水味道，闪过了他的温和儒雅，闪过了他微笑着轻松赚钱的样子，还有他眼镜片后面那长长的睫毛。

发霉的墙壁，旧桌子上装在杯子里的蜡烛；

亮丽的餐厅，白色亚麻桌布上瓷杯里的日本酒。

遥遥无期的买房梦；

轻轻松松赚来的钱。

谭小雅的脑子涨得生疼，她从没有这样彷徨过。就在这时，她听到手机"叮"的一声，打开看时，是冯天海发来的微信。

"到家了记得说一声。

"对了，明天下午带着合同书来吧。我来安排一下，先把业务部几个中层干部的保险合同给你签掉，这样能支持你一下。"

谭小雅闭上眼睛，久久没有睁开。不知过了多久，她突然笑了。

她大步往前走，走向灯火辉煌的都市。

17 塞纳左岸会所

和殷柔约的是晚上8点，可是7点半的时候，王一川就到了那个会所附近，坐在江边望着黑色的水面发呆。

一个人的晚餐食不甘味，何况还伴随着低落的心情，他只草草地吃了几口，就把那些菜放进冰箱，一小瓶二锅头倒是喝得干干净净。到江边坐下后，酒意慢慢退去，留下的是一片茫然。

我到底是图个啥呀。

他仔细想了想自己目前的人生：工作还算努力，领导和同事也算包容，女朋友很漂亮，每月收入也够吃饭——难道不是应该很快乐才对吗？为什么现在就这么憋屈啊？

因为我的层次？

天黑了，春申江两岸的灯光逐渐亮起，在黑色的水面上投下碎片般闪动的霓影，游艇在江面上划过，传来男男女女的笑叫声。作为在沪海市土生土长的人，王一川对春申江有很深的感情，经历了十年前的案件，感情变得更加复杂。

那次江边碎尸案没有破获，周少君反而莫名其妙地牺牲了，发现他的尸体时，他泡在江水里，眼睛微睁，里面一片混浊。章启辉老爷子亲自给他做的解剖，在他身上发现了三处刀伤，都不致命。

这个小伙子是溺死的。他在生前一定遭遇了什么，可能是被人扔进河里的，也可能是受伤后落水的。那三道刀伤引燃了市局的怒火，下达了限期破案的命令。

然而凶手最终没有抓到，他的死和江边碎尸案一起，成了悬案。

柯振岳队长仿佛一夜之间苍老了，他承担了全部责任。姜局长从他肩头摘下一枚四角星花时，柯队长一声没吭，他的身子变得佝偻，就这样佝偻着离职，去偏远地方当了派出所所长。这个案子成了他心里的一根刺，他从此回避与重案队每一位老同事见面。

王一川最后见到他是在他的追悼会上。老队长躺在玻璃棺里，身上警服整齐，如同睡着了一般，那枚四角星花又补了回去——这是因为他因公牺牲而追授给他的荣誉。超强台风来临，他在狂风暴雨中奔走着疏散居民，最终失联，直到台风过境后，搜救人员才在一个涵洞里发现他的遗体。开追悼会那天重案队的人都去了，每个人都穿上警服，警容毫无瑕疵，排着队敬礼向老队长告别。柯队长的爱人把一张照片交给柯队长的继任者——傅朗，说柯队长平时把这张照片——那是重案队的一次聚会合影，周少君拿着啤酒，对着镜头咧嘴笑着——摆在桌子上。看到这张照片，王一川红了眼睛。

江边碎尸案不破，杀害周少君的凶手不抓住，柯振岳老队长他死不瞑目！

为了这两个案子，王一川这些年反复看案卷，徒步沿着江边查看河道。一旦发现可能有关的线索，他都会不顾一切地扑过去，有时甚至耽误了手中现有的案子，于是他的副队长职务就不断地被撸掉，复职，又被撸掉，又复职……那两个案子成了他的心魔。谭小雅在他上一次被处分时气愤地说让他辞职算了，但是王一川知道这不可能，十年了，当初的嫩芽已经成为经验丰富的刑警，那身不常穿的警服虽然大部分时间在衣柜里积灰，却已经融进了他的血脉。

海关大楼的钟声把王一川的思绪拉回现实，隔着春申江可以看到巨大的指针指向8点。他起身向塞纳左岸会所走去。

塞纳左岸会所在一个商务楼里，没有任何标识，王一川在大堂问了经理，被指引着找到商务楼后面一个单独的入口。这是专门为会所准备的入口，非常低调，只是在入口前面有一个小的接待台，后面站了位穿旗袍的美女，身材高挑，妆容精致。她带着优雅而不失礼貌的微笑询问王一川是不是会所的会员以及到这里的来意，王一川说出殷柔的名字以后，这位美女翻了翻台子上的记事簿，就在对讲机里说了几句话，并请王一川在电梯前稍候。

很快电梯打开，一位穿着深色制服、脖子上系着丝巾的女士从里面出来，她是从三楼专门下来接王一川的。她客气地请王一川出示身份证，还拍了照片，说要保存访客资料，这让王一川感觉不太舒服。随后她请他进入电梯。

坐专用电梯上了三楼，出来就是铺着红底花纹地毯的通道，温暖的气息扑面而来。与外面的低调相比，这里到处透着奢华，墙壁是石材的，不同形状的镜子和画框嵌在墙壁上，头顶是造型各异的顶灯。丝巾女士欠身在前面引路，走过通道两边一扇扇门，脚踏在地毯上发不出一点声音。会所里是安静的，除了来往匆匆的侍者，没看到其他人。路过一个房间时，门突然打开，里面的谈话声才传出来，说明这里的隔音效果很好。他略有些好奇地打量着周围，一个侍者端了一瓶酒经过时，王一川认出那是瓶罗曼尼—康帝。

有一次勘查命案现场，死者家的酒柜里就摆了三瓶这样的酒，章启辉老爷子说这酒便宜的几万块，贵的要几十万一瓶。现在看到侍者端着罗曼尼·康帝经过，王一川暗暗叹气，自己一个月的工资，可能还不够这里的人喝杯酒。

丝巾女士继续引着他往前走，拐了两个弯后，透过一扇半开的门，他瞥到了坐在几个人中间的殷柔，这位美丽的女士披散着波浪般的头发，优雅地坐在那里，正和几个人说着什么，面前摆着红酒、啤酒和一些杯子。在这一瞥间，他还看到黄四毛搂着一个女人坐在一边。丝巾女士没有带王一川进入这个房间，引着他继续往前走，一直来到一个空包间里，她请王一川在沙发上坐下。

"您在这里坐一坐，殷总很快就过来。"

"好。"

丝巾女士鞠了个躬就出去了，王一川以为她去叫人，没想到她很快又进来，手里端着个托盘，上面是啤酒、玻璃杯、一桶冰块、一些小食品和果盘。她跪在桌边，把托盘上的东西一样一样摆在桌上，砰砰两声就把啤酒开瓶了。她在玻璃杯里放了几块冰块，倒了一杯啤酒，双手端着放到王一川面前。

"您慢用。"

这不是强制消费吗？王一川暗暗叫苦，说："不用不用，我不喝。——多少钱？"

"这个是免费的。"

丝巾女士又退出去了，临走时带上了门。王一川看了看啤酒瓶，是福佳白啤酒，外面卖十几块钱一瓶，他觉得这里就算贵也贵不到哪里去，万一他们要自己付钱，自己还是付得起的，也就放下心来。

这间包厢不大，也就20多平方米的样子，沿墙是一圈L形沙发，门旁边的墙上有一面很大的液晶电视，角落里有点歌台和麦克风。另一个角落有个迷你吧台，谈事情也可以，娱乐也可以，门一关，什么都是私密的。面前的啤酒掺杂了冰块，喝起来肯定清凉可口。王一川很想喝，最终没伸手——要是让人看到自己在包厢里喝酒，问题就大了。

想到这里他往天花板及墙角看了看，没看到有摄像头。

谭小雅一定会喜欢这里。别的不说，这里的沙发真软，整个人似乎都陷在里面。如果结婚后在家里放这样的沙发就好了,不知道这样的沙发贵不贵?在哪里买?

想到谭小雅,他叹了口气,随后就看到门被推开,殷柔缓步走了进来。

"王队长,久等了!"

"殷总。"王一川站起来。

"快坐,快坐。"殷柔走到沙发前坐在王一川旁边,她今天穿了一条银灰色的齐膝连衣裙,配合着头发的波浪,显得很有女人味,只是看起来精神不太好,似乎很疲倦,"真不好意思要您跑一趟,文件已经送到了,我叫司机去车里拿,马上送过来。"

"我们给您添麻烦才是。"王一川客气地说,对这位配合工作、释放善意的女士,他很有好感,"其实您叫人给我送下来就行,我拿着直接走。"

"不行,那样很失礼。"殷柔摇摇头,"而且您看了文件可能会有问题要问。再说我也想跟您沟通,还有些事想请您帮忙。"

她的声音很温柔,不过王一川一听到"帮忙"二字,脑子里就又是警铃大作。殷柔接着就说:"放心,不会涉及违法乱纪,我们很注重合规的。"

她想给王一川的杯子加冰块,发现杯子是满的,把冰块又放回了冰桶里,露出嗔怪的微笑。她的手指修长,动作优雅而好看。她把杯子端给王一川,他接过来时,碰到了她的手指。

他把杯子又放回桌上。

"怎么不喝啊?"

"之前喝过酒,再喝就要醉了。"王一川推辞道。他知道这会显得生分,不过对于在这种高档会所喝酒有着本能的踌躇。

有人敲门,殷柔说了声"请进",一位扎着马尾的姑娘就推门而入,王一川认出这是上次那位跟在苏静总监身边的长发姑娘,她今天把头发扎起来了。

"殷总,您要的文件。"她把一个文件夹交给殷柔。殷柔接过文件夹,直接转递给王一川说:"您看看。"

王一川接过文件夹打开,首先看到那张70万的银行回单,汇款账号是范桂花本人的账号。下面的文件是一位叫雷倩倩的女士的劳动合同和离职材料。

在他看的时候，殷柔靠在沙发上微微闭眼。王一川没注意，只是自顾自翻着，问："这个雷倩倩是？"

殷柔睁开眼睛："雷倩倩就是当初给范桂花办理业务的人，她对范桂花的情况应该是比较了解的。不过她两年前因病离职回了老家，我们昨天和她家里联系，才知道她去年已经病故了，卵巢癌。"

"走了啊……"王一川点点头，"那您那边有没有了解到什么新的信息？比如这个范桂花的收入来源是什么？她怎么会有那么多钱的？"

"这个不知道，如果不是您来调查，我都不记得有这个客户。"

"您不认识范桂花吗？"

"不认识。"殷柔摇摇头，"这人是不是出什么事了？"

王一川扭头望着殷柔："您怎么会这么认为？"

"靠分析。"殷柔微笑道，"警察找我们调查某个人，只有两种可能，要么这个人被抓了，要么这个人被杀了。"

王一川笑了，说："您很聪明。不过我不能回答。"

"她的事不会影响到我们公司吧？"殷柔说，"不管她的收入来源是什么，我们和她签合同，所有的资金往来都是合规的。我查了一下，这个客户在我们公司的本金目前还有500万多一点，已经投入国外项目，我希望你们万一涉及追缴赃款什么的，考虑到我们的实际情况，不要立刻要求我们把资金从国外抽回来，否则我们只能从公司自己的现金流里垫补上了。"

王一川想说这个案子不会"追缴赃款"，不过考虑到如果这么讲的话，可能会隐含"范桂花没犯罪"的信息，进而导致殷柔猜到范桂花被杀，所以他只是含糊地表示："我会回去汇报的。"

"那么就多谢了，来，我敬你！"殷柔一只手拿起那瓶已经倒了一杯的啤酒，另一只手又把那杯啤酒递给王一川，和王一川碰了一下，"我今天状态不好，咱们都随意吧。"

"随意，随意。"王一川点头说。殷柔对着嘴抿了一小口就放下酒瓶，王一川却又把杯子放回去了。殷柔皱了皱眉头，说："我们没下毒。"

"我真不能喝，之前喝了白酒，如果再喝啤酒的话就要吐了。"

"喝多了的话，我可以在这里给你安排个包间休息呀。"

"一会儿还得值班。"王一川撒谎道。他不想继续说喝酒的事，立刻转移话题，看到她疲倦的样子，说："我看您也挺累的，酒也少喝点。"

殷柔苦笑道："身不由己。每天都要忙各种项目，要和投资人吃饭谈业务，很累。而且我神经衰弱，晚上也睡不好，有时候确实要喝点酒才能睡着。"

王一川忙说："那我就不打扰了。"

"说什么打扰，坐嘛，我还有事情想和你谈。"殷柔坐直身体，双腿交叠，看着王一川，"王队长还记不记得上次我跟你说，我们想和公安部门搞精神文明共建的事？"

"记得，不过你们要和分局联系。"

"其实我觉得真没有那么复杂，"殷柔说，"走正规程序的话要各种审批，各种考虑，对吧？我这里有个想法：我们之间不用签什么共建协议，只要你们每年派两位警官过来给我们讲两次普法课就行，作为回报，我们对你们的工作提供支持。我看你们的车都很旧了，你们平常办事可以开我们的车啊，汽油费我们掏，我们也是希望为咱们公安机关的工作略尽绵薄之力。"

"您还知道我们的车不好啊？"

"前天办事经过你们门外，往里面看了看。"殷柔说，"本来想找找你，后来没找。"

"可以找。"王一川说。

"这不是怕影响你工作吗？"殷柔抿着嘴笑了，"我又没什么事找你，跑去找你说闲话，你欢迎不？——刚才说的那共建的事，你觉得怎么样？"

"好意我心领了。"王一川摇头道，"说真的，我是真想答应，我们队里那两辆车都破得不行了，现在经常还要把一个同志的私车拿来当公车用。我也知道你们公司肯定都是好车，可是不行啊，我们是警察，用企业的车去办事是违规的。"

"哦……"殷柔沉吟了一下，点头道，"明白了，我们考虑得确实过于简单了。不过讲普法课的事呢？"

"做不了。再说我们平时都快忙疯了，哪有什么时间去讲课、准备课件什么的。"

殷柔笑了，说："没关系，那以后再说吧。——你们警察都这么忙？"

"是很忙。"王一川点点头。

"也是,你看,这么晚了,还被我叫来拿文件……"殷柔叹息道,"我们两个都是这样的人,选了个身不由己的职业,没有自己决定休息时间的权利。"

"您说笑了,您可是大老板。"

"你觉得我过得很开心吗?"殷柔那双美丽的大眼睛望着王一川,含笑说,"王队长不要忘了,我也只是一个女人啊。"

她把目光投向天花板,往后靠去。

"如果有的选的话,我更愿意过那种平淡的生活,钱不多,但是踏踏实实,不用提心吊胆地考虑哪一笔钱赚了还是赔了,公司里哪个部门操作不规范了……到了晚上也不能回家,还要和投资人喝酒、谈项目……说真的,我现在很困,这时候我更希望家里有人等我,帮我倒杯热水揉揉脚什么的。"

这话让王一川感觉心酸,他曾经帮谭小雅揉过她被高跟鞋虐待了一天的双脚。在他看来,殷柔这样优秀的女性不应该这样孤独,晚上回去连个倒水的人都没有。

"和他们说一声,早点回去休息,他们应该能理解的。"

"不行,今天是投资人的生日,人家特意叫了我,我不能扫人家的面子啊。其实你来这里是帮我,借着见你的机会,我能少喝好几杯酒。……所以,你就迁就我一下,多坐一会儿,我借机休息一下。"

话说到这份儿上,王一川不忍心说出拒绝的话。殷柔靠在沙发上闭上眼,似乎睡着了,又似乎在养神。她的轮廓是柔和的,疲倦的样子令人心疼,大约十分钟,她的手机震动一下,她立刻睁开眼睛接电话,声音恢复了正常。

"黄总?……我这里还需要一小会儿,很快。"

王一川看她放下电话,问道:"你说的那个过生日的投资人,不会就是黄四毛吧?"

"是黄总。"殷柔点点头,"多谢你让我休息了一会儿。再过几分钟我就过去。"

"他在你这里投资很多吗?"

"是个大客户。"殷柔说,"他不仅自己投,还帮我们拉来了很多大客户，所以他的面子我一定要给。"

"这人现在已经这么有钱了啊。"王一川沉吟道，"这才出来几年啊？你知道他以前干过什么吗？"

"不知道，也不想知道。"殷柔说，"不管是黄总还是范桂花，我们不知道也不想知道他们的过去。你看，比如我们的接待处来了一个人，我们不知道他来自哪里，我们不知道他家里有几口人，我们不知道他平时的品德如何，这些是他的隐私。对我们而言，只要到我们这里投资，他就是我们的客户。"

"不是我说别人坏话，这个人不是好人，你小心点。"王一川说，"我对他的老底太清楚了，之前——"

他的声音突然卡住，两只眼睛直直地望着殷柔："你刚才说什么？"

"哦？"殷柔愣了一下，"我、我说什么了？"

"你说，'我们不知道他来自哪里'……"

"呃，怎么了？"

王一川手里紧握着文件夹，腾地站起来："殷总，我有事要先走了！"

"哎——我、我说错什么了吗？"殷柔结结巴巴地说。

"不，你提醒我了！"王一川兴奋得很想拥抱她一下，他拉开门大步冲了出去，一边走一边拿起手机开始拨号。走廊里黄四毛端着酒杯，正哈哈大笑地向这边找过来，看到王一川从包房里出来，不由得一愣。

"王队长？你也来这里？"

王一川一把把他推开，直冲而过。电话拨通，他急促地下达指示："刘苡岚吗？马上进系统，查一下凌季雨的暂住地，查到地址后发给我！……"

"……老张吗？我是王一川！通知大家待命！——傅队那边就不要通知了，让他安心陪床。等一会儿小刘查到凌季雨的地址，大家到那里集合！"

"凌季雨？查他的地址做什么？"张云军在电话里问。

"前几天凌季雨跑到咱们重案队门口，说要咱们介绍案子，谈到碎尸案时，说了一句话，说死者家属要是来沪海市了，他也可以代理。"王一川奔出会所，一边走一边说。

"怎么了？"张云军问。

"咱们没有往外公布过死者信息吧？他怎么知道死者不是沪海市的人，

147

家属在外地？"王一川快速走着，"这只有一个可能，他知道死者是谁，他对死者比较了解！凭着我们协查公布的那点信息，他是怎么知道死者是谁的？除非——"

"死者是他杀的！"张云军说，"或者他对杀人的事知情！"

"没错！现在想想，他这几次是探听消息来了，难怪每次都提到这个案子。这两天他没出现，希望别是跑了！"

夜色中，凌季雨律师站在六楼楼顶，看着警车驶入小区，一直驶到隔壁楼的楼下——他租住的住处就在那里。随后一辆出租车在后面停下来。借着楼道灯光，他看到王一川跳下出租车，跑上前和同事会合，简单吩咐了几句，警察们就向楼里奔去。

"聪明啊，王一川，终于发现我了啊……"

凌季雨表情严肃，目光阴冷，完全没有平时那副松松垮垮、贱兮兮的样子。虽然住处在那幢楼里，他却已经在这相邻的楼顶睡了好几天。他的小心不是没有道理的，此刻他的预感成了现实。

凌季雨穿着深色外套，背着挎包，戴上口罩，把一顶深色的鸭舌帽扣在头上。于是他的脸消失了，整个人如同影子。他往四周观察了一会儿，就离开楼顶，消失在黑暗中。

远处，更多警车呼啸而来。

第三章
案件有重大进展

18 杀人动机

  重案队聚集在凌季雨住处门外，连刘苡岚都来了。考虑到里面可能是杀人碎尸的凶徒，出发前还特别配了枪，张云军、苏晓巍都拔出枪，和王一川一起贴靠在房门左右。其他队员也贴墙站着，一声不吭。赵继刚拎着工具箱，单膝跪地，在楼梯口等待。王一川看了下防盗门，低声问："开锁的人没来？"

  张云军低声道："赶过来还需要点时间。要不要说水漏到楼下去了，把门叫开？"

  "试试。"

  小顾从后面摸过来，与王一川等人彼此交换过眼神，就站在门前按门铃，还咚咚地砸了两下，用沪海市本地话叫着："502，侬在哦啦？侬卫生间漏水，漏到阿拉屋里厢了！"

  连敲两遍，房间里却悄无声息。是没人，还是发现警察后逃跑了？想到后一种可能，王一川决定："不等了，破拆！冲进去！动作要快！通知下面的人注意！"

  赵继刚拎着液压剪断器赶到门前……

  防盗门被破拆开了，持枪队员交替掩护着冲进去，同时打开每个房间的灯。王一川是第二批突击进去的，进去时各个房间都响起短促的"没有"声。后续队员也依次进入，开始进行搜索。

这是套破旧的一室一厅老式公房，包括一间卧室、一间客厅、一个阳台、一个卫生间、一个厨房。队员们四处搜索着，王一川收起枪，先探头望了望大门左边的厨房，又看了右边的卫生间，卫生间和厨房的窗子都是上下提拉式的，外面有固定式的纱窗，难以出入。往前走了两步，他看到苏晓巍和小顾在检查卧室的窗台和床底，衣柜已经被打开。

家具如同房子一样破旧，看来凌季雨的经济状况确实不好。

走进客厅，他看到有队员在阳台上查看四周，张云军站在客厅中央直直地盯着墙壁。王一川走过去，看到墙壁上的内容，他的眼睛睁大了。

墙上贴满了白纸，一张范桂花的照片被贴在正中央，上面用红笔画了"×"。在那照片的周围乱七八糟地写着文字，这些文字用线和箭头互相连着。王一川从里面找到了范桂花的住址，看到了富利东联金控这个名字，还有一个叫"东丰滨城"的地址。

"这小子在跟踪范桂花？"

"你看下这张照片，"王一川指着范桂花的照片，"很明显是偷拍的。"

墙上的其他文字杂乱无章，比如有的地方写着"铁山市，判过"，有的地方写着"仙人跳"，还有的地方写着"买了房子，比较有钱""人去哪了？"。

这些文字没有规律可循，但肯定隐藏着很多信息。王一川拿着手机拍照，张云军向后一步让开位置时，注意到了左边一个区域。

"王队，你看一下这里。"

王一川顺着张云军的手看去，那里画了一个大圈，圈里从上至下列了四个名字，并且在不同名字后面做着标记。

  李少萍——？
  范桂花
  王大勇——？
  马东——去了甘省。

圈子右边用潦草的文字写着："解散？"

"这王大勇、李少萍、马东是谁？"王一川猜测，"凌季雨把他们写在一起，是不是有什么关联？你看还写了'解散'两个字，这几个人以前是一起的吗？"

"不知道。"张云军说，"从这些东西可以看出凌季雨一直在盯着范桂花，结合他知道尸块是范桂花的，他是凶手的可能性得有九成了吧？"

"概率不小于七成。"王一川说，"马上叫技侦来出现场，另外通知一下傅队长，告诉他我们可能找对人了！"

半个小时后，更多支援力量赶到了，傅朗也匆匆而来。技侦的人开始对整个房间进行勘查，收集指纹、毛发，仔细清点物品，特别是对墙上的图文拍照留证。章启辉穿着连体衣，用戴着手套的手摸了摸茶几上的灰，判断道："看这灰，已经好几天没回来了啊……"

"是不是上次找完咱们，他回来自己发现说漏了嘴，就潜逃了呢？"王一川猜测。

"有可能。"傅朗说，"同志们辛苦一下，今晚加个班。我马上向局里汇报。一川，这次你辛苦啦！"

他和王一川握了下手，就分别给魏巍支队长、陈副局长打电话，一边打电话一边带着重案队的队员下楼，把现场完全交给技侦。王一川坐进那辆破面包车，张云军、苏晓巍、欧阳宁娟、赵继刚、小顾、刘苡岚就聚集过来，有的坐到车座上，有的围在车门口。王一川也不说废话，直奔主题："现场情况都看到了，大家说说吧。"

"我早就说这人是个坏坯子！"刘苡岚怒骂道，"你看他平时那副样子！"

"得马上布控。"张云军皱着眉头说，"火车站、码头、长途汽车站、机场，所有离开沪海市的通道都要布控！还有宾馆酒店、洗浴中心的入住信息也要监控。"

"如果他几天前就发现自己可能暴露，早就跑了。"欧阳宁娟说。

"查！现在购票都是实名制，查过去几天通过铁路、公路、机场离开沪海市的人里有没有他！"王一川眯起眼睛，开始盼咐，"这件事由刘苡岚负责！"

"是！"

"小顾去查一下凌季雨的履历，从上学的时候到现在，有什么资料都收集过来！还有他家里的情况，都要！"

"没问题！"

"他写的那几个名字不知道是什么意思，什么马东、李少萍，这几个名字和范桂花写在一起，肯定有什么原因，很有可能和死者为什么被杀有关。老张，你负责查一下，范桂花过往交际的人里有没有这几个人！"

"明白！"

"还有，他在墙上写富利东联金控的名字，可能与范桂花的生活轨迹有关。这个东丰滨城又是怎么回事？老苏明天去查一下，这个小区里有没有范桂花的房子。如果查不到，再去那里的物业走访下，问他们见没见过这个老太太！"

"是！"

"欧阳去走访一下那几个跟凌季雨有合作的小摊子，查查凌季雨有没有其他联系方式，我们要通过他的手机定位。另外问问有没有人知道凌季雨是否有别的落脚点。"

"收到。"

"布控的事今天夜里就会汇报上去，估计明早专案组要开会，一开完会，这些事大家就做起来！"

"是！"所有的人一起答道。

新的一天开始了，整个城市笼罩在晨曦中。马路上渐渐汇起车流，街道上行色匆匆的人越来越多。已经是深秋，微冷的空气让人神清气爽，可是重案队会议室里的人却都双眼布满血丝。对凌季雨家的突查是"11·7特大杀人案"侦办的重大进展，姜局长、姬政委、陈副局长天还没亮就赶到重案队听取案情汇报，查看部分已经汇总出来的资料。听到重案队已经安排下去的措施，姜局长望了重案队这边一眼，说："很好，很果断，思路对头。"

傅朗指着王一川说："这些措施都是一川安排的，突袭凌季雨家也是一川找到的线索。"

姜局长点点头，对王一川又说了句："很好。"对他来说，这算是很难得的夸奖了。

"这不很好吗？以后多花心思办案，少惹点事！"陈副局长感叹道。

布控的任务昨天夜里就交代下去了，上午的会议开了没多久，姜局长就对王一川昨夜布置的其他各项任务加以强调，要求尽快实施。不过，一些新发现的情况也使这个案子变得更加复杂。

"通过物业的监控查到，我们的同志进入小区后，有一个人走出了小区，"王一川点着遥控器，在投影上播放着视频，"大家看一下这个人的装束，和前段时间给我们塞匿名信的那个人是不是一样？你们看这件衣服，还有这个挎包！"

在重案队门口塞信封的那段视频也被调出来，放在一起供大家比对。通过对那个人身上几个特征的比对，所有人都认为这应该是一个人。视频里，这个人从小区里走出，走到门卫室的灯光下时，他抬头看了一下，灯光照到了他帽子下面的眼睛。

王一川点击暂停键，对画面加以放大，于是监控里那张戴着口罩和被鸭舌帽遮挡的脸就被放大到大半个屏幕。王一川用激光笔指着口罩上方露出来的眼睛和一半鼻梁，问大家："你们认一下这是谁？"

"这不就是凌季雨吗？"刘苡岚叫了起来。

"是他！绝对是他！"

张云军轻轻一砸桌子："也就是说，在我们突袭他家的时候，他在现场附近，就在我们眼皮底下大摇大摆地走了！"

"你们有没有觉得奇怪？"王一川说，"知道尸块身份的人最有可能是凶手，凌季雨知道死者是范桂花，而且从他家里得到的信息表明他跟踪过范桂花，一直在盯着范桂花，所以他有可能是凶手。可是如果凌季雨是凶手的话，他为什么要给我们送线索呢？如果他不是凶手的话，他又怎么知道范桂花已经死了呢？"

"补充一下，"张云军说，"送线索的人就是夜里去范桂花家撬门的人，也就是说，范桂花死后，凌季雨去范桂花家撬过门！"

会议室里嗡嗡地议论起来，这的确是件很矛盾的事。后面的一个年轻警察举起手。

"方彪，你来说一下。"姜局长指了一下。

这是个技侦部门的人，戴着眼镜，有点紧张地站起来。

"有、有没有一种可能，"方彪说，"有些凶手在实施犯罪前后会故意挑战警方，主动释放线索，以证明自己的智商高于警方，一旦形成对警方智商上的碾轧，他就会从中获得成功感。还有的凶手喜欢那种操纵的感觉，他一步步安排线索，牵引着警方的侦查步骤……"

"你学过犯罪心理学？"姜局长问。

"大学时辅修了一点点。"

"重案队这边怎么看？"姜局长问。

"不排除这种可能，不过我们目前不好这样考虑。"王一川答道，"这种思路认为凶手可能把杀人、戏弄警方当成一场游戏，这需要超高的智商和策划能力，但是在我们实际办案中，至少我是很少遇到这种情况的。我倾向于凌季雨是凶手，不过目前我还没找到杀人动机，这里面的谜团可能需要更多取证。当务之急是赶紧找到他，不能让他跑了！"

"嗯。这个案子肯定还有疑点。"姜局长总结说，"比如我看了你们的资料，还有两个人进入过范桂花的家，这两个人又是谁？不过当务之急是抓凌季雨，看从他身上能不能找到突破口！"

就在这时，小顾从外面奔进来，手里拿着文件，他向领导们敬了个礼，然后快速走到傅朗身边，把文件递给他。傅朗看了一下文件，脸色不由得一变，把文件递给王一川，王一川拿过来阅读了一下，眼睛也睁大了。

"发生了什么事？"姜局长皱着眉头问。

王一川站起来将文件双手递给姜局长。

"领导，动机可能找到了。"

姜局长诧异地看了王一川一眼，一把把文件抓过去翻起来，旁边的姬政委、陈副局长都探过头去。

姜局长把文件递给王一川，说："投影，跟大家说一下。"

文件交给刘苡岚，在她处理的时候，王一川大声说："这是辽省公安厅调出来的资料，2000年在火车上，凌季雨因为猥亵一位叫李少萍的姑娘，被铁路警察抓获，还因此被罚了款。凌季雨本人当时不承认，不过有目击者给被猥亵的姑娘作证，那个作证的目击者，就是范桂花！"

会议室里安静了几秒钟，接着哄的一声乱了。陈副局长拍着桌子说："破了，破了！"魏巍支队长说："报复杀人！这是在报复当年的证人！"

王一川道："据我们从别处得到的消息，当年凌季雨被罚款后，因为缺少生活费，又在学校里偷钱，导致名声尽毁。这些年他在沪海市主要也是靠野路子过日子，生活窘迫。他很有可能对当年的证人怀恨在心，伺机报复。这个人有可能在沪海市碰到了范桂花，进行跟踪和筹划，最终杀人碎尸。从他墙上写的那些名字来看，他的目标应该不止范桂花，还有一个叫李少萍的，就是当年被他猥亵的女人，可能还没找到；还有两个叫马东、王大勇的，不知道是谁，不排除也跟当年的事情有关！他好像已经查到那个叫马东的人的去向了，注明去了甘省。"

"这是要连环杀人啊？"赵继刚在下面说，"赶紧抓！"

姜局长一挥手，会议室里立刻安静下来，一张张因为兴奋而涨红的面孔对着他。姜局长扫视一圈，下达了命令：

"布控，照片发给所有一线的同志，见了就抓！其他同志按照之前的部署，抓紧取证！"

会议一结束，重案队的人迅速按照王一川之前的部署开始取证。王一川和欧阳宁娟简单分工了一下活动范围，分别赶往凌季雨常去的几个看守所和派出所，去找附近帮凌季雨通消息的摊贩、小卖店店主。

沪海市是远东最大的城市，下辖16个区，每个区都有自己的看守所，除此之外还有沪海市第一看守所、第二看守所、第三看守所，算起来数量惊人。派出所数量372个，仅沪东的派出所就超过60个。王一川和欧阳宁娟基于凌季雨以前向沪东分局提交过的委托书，将他的活动范围主要划定在两个较大的区域，一是几个看守所所在地，主要集中于沪东的中南部；二是经侦、重案队和区局所在区域，在沪东的北部。南部单位相对较少，包括沪东看守所、沪海市第一看守所、黄沪区看守所（借了沪东区的地方），但距离相对较远，欧阳宁娟能开刘苡岚的车，所以由她负责；北部单位较多，有六家派出所和一支经侦支队，但距离相对近一些，地铁交通也方便，由王一川负责。

分派好以后，两个人分别带着凌季雨的照片，出发前去调查了。

这一查就查到日头偏西。王一川累得口干舌燥，一天下来他只跑了四家派出所的门口，并且一无所获。大部分店主说没见过凌季雨，有几家承认认识，但不承认收过他的钱。他们提供的凌季雨的手机号码是警方已经掌握的，技侦的人试图通过这个手机号码看凌季雨还在不在沪海市，发现已经成了空号。欧阳宁娟那边的情况也差不多。

队里的消息倒是源源不断地传过来。

对近七天的铁路出行、长途汽车出行和飞机出行的旅客名单进行了检索，他们没有发现凌季雨的名字。现在伪造身份证没那么容易，这意味着凌季雨有很大的概率还在沪海市。

张云军在东丰滨城小区没查到范桂花的房子，这个小区刚换了物业，对于之前的事情一无所知。人家倒是很配合，把业主名单都拉出来了，里面确实没有范桂花。

王一川站在街道上望着近处远处的楼房街道。经济发展带来人口聚集，从而形成城市，城市又吸引更多人口涌入，从而不断扩张。如今的沪海市已经成为2500万以上人口的巨无霸，在里面找一个藏起来的人，难度如同大海捞针。他知道，凌季雨应该就躲藏在城市的某处，甚至有可能就躲在旁边这幢楼上，正通过某个窗口窥视着自己。可是只要他不走动，静静地蛰伏，警方就没法找到他。

王一川开始考虑一个可能性：凌季雨是一个有耐心的人，他能等待很多年再报仇；同时他也是一个复仇心思很重的人，因为时隔那么多年他都没放过范桂花。范桂花只是个证人，他都不放过，那么被他猥亵的李少萍呢？他会放过？

还有马东、王大勇，查清楚这几个人的身份以及下落，也许可以引出凌季雨。

还有，凌季雨在墙上写富利东联金控的名字，是不是也意味着他去过富利东联金控？如果去过，去干什么？打听范桂花的身份？如果他去打听过，那就更加能证明他确实是在跟踪范桂花了。

想到这里，王一川加快速度向地铁站走去。

来到富利东联金控公司所在商务楼下时，天色已经昏暗，太阳开始落山，大量的人正涌出商务楼。王一川知道已经过了工作时间，不过想到温柔的殷总，他觉得自己可以试一试，因为她一定会帮助自己的。

他向入口走去，边走边习惯性地不时左右瞥一眼。走上台阶，他突然站住，刚才那一瞥里，似乎有一个身影很熟悉。

王一川猛地转过身，台阶下的花坛边，有一个人坐在那里，他戴着鸭舌帽，穿着深色外套，背着一个挎包。他没戴口罩，于是王一川看见了凌季雨那张吃惊的脸。

两个人相隔20多米，一个在台阶上方，一个在台阶下面，彼此对视，中间是来往行走的上班族们。凌季雨的脸不像以前那样轻佻，而是严肃的、阴沉的。他和王一川对视了十几秒，突然转身，没命地推开挡路的人，沿街跑去。

"站住！"王一川怒吼一声，几步跳下台阶，中途还把一位穿西装的男士撞进了花坛里。他顾不上查看，在人流中向凌季雨的背影追去。凌季雨的速度很快，已经跑出去几十米，王一川来不及打电话叫支援，只能拼命追逐，唯恐让他跑了。在他身后，富利东联金控公司所在的商务楼逐渐远去。

两个人在街头追逐，引起了小范围的混乱，这样的混乱是引不起楼上的人的注意的。在14楼一间漆黑的办公室里，两个人正纠缠在一起。

明明只是来签约，可是在来之前，谭小雅犹豫了良久，鬼使神差地洗了个澡，选了一件领口比较低的裙子，还换了一条新的带花纹的连裤袜。

"其实我这样穿也很正常，"她给自己做着心理建设，"男女之间都有点小暧昧，我又不想做什么。有时候这种小暧昧有助于拉近关系，增加商业机会。"

可是，在冯天海突然锁上办公室的门，关上灯，抱住她的时候，谭小雅陷入了迷乱。她在冯天海的怀里激动着，害怕着，羞耻着，却始终没有用力推开他，他的手探进她的衣服，她只是按着不让他继续深入。她知道自己只要拒绝，就能结束这一切；只要喊一声，外面的人就能进来。可是她只是死死地咬住牙，身体僵硬着，和他纠缠着。

这样的表态无疑是"不拒绝"，冯天海的手像魔鬼一样，终于突破了她的防线。所有在王一川面前坚持的高傲、矜持，在冯天海强大的气场前消失得无影无踪，她反而隐隐有了一丝被对面这个男人征服的渴望。

楼下，王一川追逐着凌季雨远去。

楼上，谭小雅在冯天海有些粗暴的动作中摔趴在办公桌上，随后她听到自己的裙子被撕裂的声音。在放弃抵抗的那一瞬，她紧紧抓住桌角，发出一声嘤咛，吐出了一口绝望的气息。

19 抓捕和语言艺术

凌季雨不断冲撞开挡道的人,所过之处引发了一片惊叫。王一川紧追不舍,长期锻炼的优势逐渐显现,他们之间的距离逐渐拉近,相距10米左右时,他喊道:"站住!你跑不了了!"

凌季雨不但没站住,反而加快了速度,挡在前面的人被他毫无顾忌地拨到两边。经过一个志愿者摆的长桌时,他猛地把长桌拉倒在身后。纸张撒得满人行道都是。王一川避开了长桌,却踩在一沓纸上,脚下一滑,身子撞到了旁边的邮筒上,发出一声巨响。

在志愿者和路人的惊叫声中,王一川如同发怒的狮子,爬起来狂奔而去。这一摔让他和凌季雨之间又拉开了20多米,他顾不得腰部和手臂上的剧痛,紧盯着凌季雨的背影。凌季雨即将奔到路口,王一川一眼看到路口执勤的铁骑巡警和辅警,立刻嘶声喊道:"拦住他!拦住他!……"

铁骑巡警和辅警不知道发生了什么,但看到这个情形,立刻跳下摩托车迎面堵截。眼看他们向凌季雨接近了,凌季雨突然一拐,冲进了旁边的地铁口。

几秒钟后,王一川和铁骑巡警等人在地铁口会合,一句"抓捕任务"就让对方知晓了身份。几个人追进地铁口,奔下楼梯,等他们奔到地铁购票层,看着来往的人流,不约而同地站住了。

凌季雨已经失去踪影。

这个地铁站不仅具有交通功能,还是连通周边几个商厦写字楼的地下通道。王一川迅速奔向附近一位穿着粉红色制服的工作人员,问有没有看到一个人跑过去,穿着深色的衣服,戴着鸭舌帽。

地铁工作人员指着一个方向说:"有,往那边跑过去了。"

王一川和几位巡警、辅警追过去,但是那个方向至少通向三个出口,王一川估算了一下时间,觉得如果凌季雨奔向另两个出口,自己一定会看见,于是向最近的出口奔去。此时不见凌季雨的踪影,狂奔已无意义,他终于能抽出时间边快步走边打电话:"我是王一川!我在路家嘴地铁站,刚才我看见了凌季雨,他穿过地铁站跑出去了,就在周边。快派人来!"

"知道了,随时报告位置,我们马上请指挥中心通知周边警力和轨道派出所支援。"

王一川告诉巡警快去地铁服务中心，调监控找刚才那个人的去向，自己则从那个出口进入一个商场。他站在商场入口，看着巨大的空间和人流，不由得焦虑起来。

他是凭着凌季雨消失的时间做出判断，实际上并不能确定凌季雨是往这个方向跑的。任何的延误都是在给凌季雨创造机会，判断错误等于让凌季雨逃脱。然而他此时别无选择，只能一边快步走一边往两边店铺里看，眼睛搜索着每一个深色身影。突然他一抬头，看到凌季雨正在二楼的栏杆后面跑着。

"我×！"王一川爆了声粗口。要上二楼，他就必须反方向跑30多米到扶梯那里去。他狂奔向扶梯，把前面的人推开，两名保安赶来阻止，王一川大声吼道："警察！帮我抓人！"

他顾不得理会两名发呆的保安，一边在扶梯上向上奔着，一边打电话大声喊叫："他在世界金融中心二楼！我现在在追他！"

他奔上二楼，向刚才凌季雨出现的方向追去，凌季雨已经再次无影无踪。王一川在二楼的过道里快步奔走，两名保安跟在身后，突然看到远处的出口，王一川的心一下子沉到谷底。

世界金融中心二楼有一个出口，连接着景观高空步道，这条步道把世界金融中心与附近多个高楼连接起来，沿途还有电梯通往地面各个路口。王一川奔出这个出口，看着道路与人流，他知道，今天彻底失去了抓住凌季雨的机会。

从他打电话呼叫支援，到第一批支援力量赶到，中间只间隔了五分钟，可是这五分钟已经足以让凌季雨逃脱。调看监控时发现，凌季雨比王一川早半小时到了富利东联金控公司所在的商务楼，一直盯着商务楼的出口。他被王一川和铁骑巡警追进地铁站后的确窜入了最近的出口，并且第一时间奔上二楼，仅仅七八秒后王一川就追了过来。凌季雨从二楼跑上了景观高空步道，把衣服反过来变成白色的外套。在王一川奔上景观高空步道到处查看时，凌季雨就在离他不远的地方，堂而皇之地上了一辆出租车。

出租车司机当天晚上就找到了，据司机反映，凌季雨指引着他在街道上绕了两个圈，最后在一个遍布居民区的区域下车走了。那个区域小巷多，出口多，监控少，凌季雨就此再度失去踪迹。

不过这说明凌季雨还在沪海市，没有外逃，而且他的表现坐实了他有问题，否则不会见警察就逃。抓住这家伙，"11·7特大杀人案"可能就要破了。

一连两天，在姜局长的亲自指挥下，沪东分局各警种的人全部取消了休假。专案组逆推凌季雨的行动轨迹，划了几个大的范围，警力像篦子一样，在几个区域细细地扫过去，重点清查各个小区的出租屋、长久无人居住的房屋、工地、烂尾楼。除了傅朗留在指挥中心，重案队大部分人都派出去参与筛查，这里面自然包括王一川。连续两天近乎不眠不休地布控和查找，使得他头发凌乱，眼睛布满血丝，下巴长出了散乱的胡楂儿，脸色一片乌青，看上去如同工地民工一般。

大海捞针的筛查没起到效果，凌季雨如同人间蒸发，毫无踪影。第二天下午5点多，分局终于下达了停止搜查、返回驻地的命令。疲惫不堪的警员们接到命令，不约而同地松了口气，有的开着玩笑，有的抱怨着，还有的将这两日的辛苦归咎于那个姓凌的逃犯，一路骂骂咧咧。

重案队的人聚集在面包车周围，一个个蓬头垢面，满身灰尘，连刘苡岚都狼狈不堪，她这个富家小姐硬是拿着胡椒喷雾和甩棍，跟着欧阳宁娟一连扫了三个建筑工地、一个废弃还没拆完的城中村，钻水泥管子，探查涵洞，浑身上下都是尘土，脸脏了不说，腿上还有两处磕伤。

"这两天大家辛苦了！"王一川说，"现在看来，这小子隐藏得比我们想象的要深，接下来可能得长期作战。小顾和赵继刚负责开车送大家直接回家！欧阳你怎么走？"

"她坐我的车，我送她。"刘苡岚说。

"我先回单位，"欧阳宁娟说，"东西还在单位呢。"

"没事，我先开车带你回去，然后再送你回家。"那位绝世好闺蜜刘苡岚说。

"你们也去单位？"赵继刚高兴了，问，"我也搭你的车呗？"

"滚！"那位绝世好同事刘苡岚说，"你看你身上那个脏样！"

王一川悄悄地看了一眼刘苡岚自己那副脏样，说："好，你们现在就走吧，赶快回去洗澡休息一下！明天早上开会，大家不要迟到。"

"王队，你呢？"

"我到附近还有点事。"王一川说着，挥了挥手就走了。

"他不回家？"赵继刚伸着脖子看王一川的背影，"他也够脏的，能去干啥？"

"赶紧上车赶紧走！"张云军在副驾驶座上吆喝道，"你管王队干什么？人家女朋友公司就在这附近，还要向你汇报？"

话音未落，刘苡岚的奔驰越野车已经一溜烟开走了——她的玛莎拉蒂又拿去喷漆了。赵继刚羡慕地发动着面包车，嘟囔道："都一样脏，谁还嫌弃谁呀。"

刘苡岚开车速度飞快，不到半个小时就开进了重案队的院子。欧阳宁娟打了一路瞌睡，睁开眼睛有些发蒙地望望前面："到了？"

"到了，你进去拿吧，我在车上等你。"刘苡岚说，"反正我也没什么可拿的。"

欧阳宁娟下车快步走进了重案队，刘苡岚则坐在车里，有些心疼地看着欧阳宁娟坐过的坐垫，那是她比较喜欢的一套坐垫，上面有精美的蕾丝边，本来是粉白色的，现在估计要洗啦。她又看看自己身上，闻闻自己的衣袖，就嫌弃地打开遮光板上的小镜子，用纸巾擦着脸。

突然有人敲了敲车窗，刘苡岚扭头望去，看到常舒斌站在车门边。

车窗缓缓降下，刘苡岚笑着问："常科长，你怎么来了？"

"来这里办事，没想到你们都不在，"常舒斌笑着说，"本来要走，正好看见你回来了，就过来问问。"

他本来微微弯腰，不过看到刘苡岚身上和脸上脏兮兮的，常副科长不露痕迹地后退一步，拉开距离。刘苡岚发现了他这个举动，脸上虽然还在笑着，眼里却冷了下来。

"咱们这是出什么任务了？搞成这样？"常舒斌好奇地问。

"抱歉，我们有纪律，案子的情况得保密。"刘苡岚淡淡地说，"常科长找我们有什么事儿啊？"

"啊，这不是上次说请你们出公函的事嘛。"常舒斌说，"之前咱们这边说是要向上面汇报，请示一下。我寻思着已经过了些天了，过来问问。"

"常科长对这事这么上心啊。"刘苡岚故作惊讶地问。

"这不是工作吗？"常舒斌笑道，"放着这么个毒瘤，总要把他清除掉对吧？我们对这件事是非常重视的，而你们这边的公函有助于……"

"你得找我们傅队长或者王队长，而且这事也不是我们能决定的，得找区局。"刘苡岚说。如果说前几天她和常舒斌在厌恶凌季雨这件事上还有共鸣，现在的她完全没有协助常舒斌的意思。

"请示了吗？"常舒斌问，"结果什么时候能有？"

"这个就不是我能知道的了，"刘苡岚说，"你得问我们队长，不过他们今天不在，你改天来吧！"

"哦，是吗？……"常舒斌说，"那他们哪天在？明天我来可以吗？"

"不清楚。你也知道我们这个职业总是有很多突发状况。"刘苡岚冷淡地说。不过她觉得毕竟对方是其他部门的领导，也不好让人家一趟趟跑，所以她加了一句："不过要我看啊，常科长你也不用来了，这事儿已经解决了，所以那公函出不出也没什么用了。"

当然没什么用了。常舒斌要个公函，目的不过是据以要求辽省司法厅处罚凌季雨，好把凌季雨这个扰乱法律服务市场的家伙赶走。现在重案队直接要把凌季雨抓起来，按照本案存在的杀人碎尸情节，送上刑场都有可能，效果岂不是比发个公函好多了？

常舒斌却听得莫名其妙，不知道所谓"解决了"是什么意思，倒是那句"出不出也没什么用"给了他一种错觉，那就是重案队已经被凌季雨搞定了，要包庇凌季雨，他不由得心里有些着急。他能看出刘苡岚态度上的疏离，正不知如何细问，旁边有人说道："舒斌，还没好吗？"

刘苡岚回头往车门后面看去，只见一位女士站在常舒斌旁边。这位女士看起来40岁左右，容貌靓丽，妆容精致，气质温婉，看起来保养得很好。她穿了件深蓝色的针织衫，下面是灰色的长裙，韵味十足。常舒斌看到她，笑着说："文丽，你怎么进来了？"

"看你半天没出来，进来看看。"这位叫文丽的女士向刘苡岚微笑了一下，看到刘苡岚身上脏兮兮的，也皱了下眉头，"不是说就问问公函的事吗？"

"他们领导不在，也不知道公函的事怎么样了。"

刘苡岚不耐烦听他俩说话，看到欧阳宁娟拎着包从办公室出来，就发动汽车，以实际行动表达了"请你们让开"的意思。常舒斌和这位叫文丽的女士赶紧后退几步，脸色有些难看。就在这时，门口引擎声响，一辆荣威和一辆破面包车开了进来，这是小顾和赵继刚送完人后开车回来了。两个家伙直接把车停在院子中央，下车就开始抱怨。

"身上臭死了，我都钻到桥洞里面去了。都怪凌季雨这个王八蛋，早看出来这小子不是好人。"

"是呀，他还能跑到天上去？老老实实被我们抓住得了，横竖是个死刑，还蹦跶个啥？"

刘苡岚把脑袋伸出车窗，叫嚷道："不要挡在中间啊！还让不让我的车出去了？"

小顾和赵继刚赶紧跑回车上挪车，完全没注意到院子里还站着一男一女。常舒斌和那位叫文丽的女士听到他们的抱怨后脸色都是一变，开始交流眼神。欧阳宁娟上车后，刘苡岚在院子里给车辆掉头，掉好头后，她打开副驾驶的窗户，隔着欧阳宁娟向常舒斌说道："以后不用来了，公函用不到了！"说着一踩油门开出重案队。

欧阳宁娟抱着包坐在副驾驶座上，回头望了望，好奇地问："那两个人是谁？"

"上次来的那个管律师的姓常的科长，"刘苡岚说，"来问发公函的事儿。"

"人都要被我们抓起来了，还发什么公函啊。"

"是呀，所以我让他们不要来了。"

欧阳宁娟听了也没放在心上，往后一靠，又打了个哈欠。

刘苡岚开车走后，常舒斌和方文丽还站在院子里小声交谈着，简短几句话后，常舒斌就低声说："你先回车上去等我，我来打听。"

方文丽点点头，富有深意地看了小顾和赵继刚一眼，优雅地走出去了，半高跟小皮靴走在水泥地上，发出嗒嗒的声音。常舒斌向四周看了看，掏出一包烟，很随意地走过去，一边走一边把一根烟叼在嘴上。

小顾和赵继刚分别停好车，正忙着从车上把工具和装备拿下来堆在车前，好统一搬回办公室去。常舒斌晃荡过来，很熟稔地把两根烟递过去："喏！来一根？"

小顾和赵继刚开车回来时就看到常舒斌了，当然他们只看到常舒斌和一个女人笑盈盈地站在刘苡岚的车门边，与刘苡岚"相谈甚欢"，潜意识里便认为这是刘苡岚的熟人。特别是刘苡岚临走时还特意打开车窗跟人家说话，显然"关系不错"。所以常舒斌递烟过来时，两个人都没什么戒心，何况常舒斌用的还是这么随意的口气，一副"自己人"的样子。小顾

163

接过烟,在常舒斌的打火机上点燃,吸了一口,点点头。

常舒斌吐了口烟,随意地说:"凌季雨这小子,这么难抓啊?"

他是个很懂得语言艺术的人,这句话问得也是有目的的。如果他问"你们是不是去抓凌季雨了",给人家的感觉就是自己是不知情的外人,对方很有可能拒绝回答,或者给出否定性的回答;现在他问凌季雨这么难抓,对方可能会认为他知道这件事,而且注意力会集中在"是不是难抓",而不是"抓的是不是凌季雨"。除非对方说"凌季雨?我们没抓啊!",否则不管对方回答"是"或"不是",都能确定"抓凌季雨"这件事。

果然,一看他连抓凌季雨这件事都知道,肯定是知道内情的人,换言之肯定是自己人了。再加上他刚才和刘苡岚"谈笑风生",赵继刚根本就没怀疑,开口就回答:"可不是,这小子真能藏啊!"

小顾抱怨道:"这么多人,撒网似的,愣是没抓住他!"

常舒斌苦笑一声,显得颇为无奈,说:"没法子,毕竟他在暗处。"接着又自言自语道,"而且也得考虑,抓住他以后,证据是不是充分。"

这句话又是模棱两可,毕竟他并不知道凌季雨犯了什么事,只是刚才听到了"横竖是个死刑"这句话,所以借此探听凌季雨犯了什么事。不过这个用意小顾和赵继刚是听不出来的。

"还不充分啊?不是他干的他跟踪死者干啥?"小顾说。

赵继刚也道:"抓住以后审啊!就不信了,那么大个人分尸,就没有一点痕迹留下来?"

常舒斌点点头,说了句:"早点抓住这小子,太折腾人了。"说着摆摆手走了。

小顾瞥了他的背影一眼,问赵继刚:"这人是哪个队的?前几天好像见过他。"

赵继刚说:"不知道。是哪个派出所的?要不也可能是分局的。"

两个人没多想,继续低头清点着物品,开始往办公室里搬。

常舒斌沉稳地走出重案队的大门,刚一出来,他就加快脚步走到街角,那里有一个停车场。他快步走进停车场,找到自己那辆雷克萨斯越野车,车内的灯开着,方文丽正在副驾驶座位上刷手机。常舒斌拉开车门上车,方文丽立刻放下手机望过来。

常舒斌嘭的一声关上车门，双手扶在方向盘上，长长地吐了一口气。

"怎么样？"方文丽问，"问到什么了？"

"他的确犯事儿了！"常舒斌紧紧握住方向盘，"他们现在在抓他，说他是杀人凶手！"

"他？杀人？"方文丽震惊地问。

"嗯，说什么分尸。"常舒斌有些神经质地睁大眼睛，嘴角露出可怕的笑，"前几天不是在协查什么尸块吗？肯定是那个案子，这是杀人分尸啊！"

"他有那胆子……杀人分尸？"方文丽微张着嘴，感觉难以置信。

"当年看不出他有这胆子啊！这次没跑了，肯定是有证据才会抓他！"常舒斌突然大笑起来，"不管他有没有胆子，文丽，这小子完了！"

方文丽闭上眼睛，向后一靠，嘴角微微上翘，笑得非常迷人，浑身都轻松了。常舒斌笑眯眯地望着她，问："喂，他落到这个份儿上，你就没点感伤什么的？"

"滚。"方文丽懒洋洋地说。

常舒斌也往后一靠去，整个人陷入了一种亢奋状态："好了，这小子总算到头儿了……喂，咱们要不要来一次，纪念一下这个时刻？"

"在这里？"方文丽往窗外看了看，"你脑子抽啦？你看外面的人走来走去的。"

"哦，也是。"常舒斌也往外看了看，"回家！正好今天小浩去奶奶家了，办事儿方便！"

"讨厌，看你那猴急的样儿！"

方文丽嘴里嫌弃着，声音却带着妩媚，眉眼间带着妖娆。常舒斌邪恶地一笑，伸手非礼一把，就发动汽车，一溜烟地跑了。

就在同一时间，王一川拉开车门，揪住了冯天海的衣服。他红着眼睛将冯天海从车上扯下来，一拳打在冯天海的脸上。

20 成长的代价

走进BIB公司所在商务楼时，王一川脏兮兮的样子引起了保安和大堂经理的高度关注，他们不约而同地认为这是外面的民工来借厕所，上前阻拦说:"卫生间在那边。"

"不是,我要去16楼,BIB公司。"王一川解释道,"我找人。"

大堂经理打量了一下王一川,怎么也不能把他和那个高大上的BIB公司的客户联系起来。进入电梯间是要登记刷卡的,可是这位经理完全没有给王一川登记的意思,而是客气地说:"要不你打电话让人下来接一下?"

"不用,不用,我坐在下面等一会儿好了。"

王一川没什么胆量给谭小雅打电话,之前谭小雅负气而走的样子还历历在目。他是知道谭小雅的性格的,她绝不会先低头,而且习惯于抓住每一个机会对他进行"碾轧"。如果他打电话说自己在楼下,谭小雅铁定会冷冰冰地说"你来干什么",然后故意在上面加班,让他多等一会儿,时间不会少于半小时。

还是在她下来时突然出现吧,这样她就没法拒绝了。

吵架总要想办法解决,上次他想告诉谭小雅房子可能要拆迁,结果话没说完谭小雅就走了,今天他来这里就是想和谭小雅再谈一谈。这两天他也想开了,不就是一套房子吗?把选择权给谭小雅吧,告诉她房子有可能要拆迁,如果她要拆迁款最好,如果她坚持卖房……那就卖。万一亏了,就亏了。他还年轻,该有的总会有的。

他从饮水机里接了一杯水,心事重重地坐在大堂角落的沙发上,看到他的裤子和沙发接触,大堂经理的嘴巴直抽搐。临近下班时间,不断有上班族从电梯里涌出,刷着卡通过闸机向外走。王一川惴惴不安,想着一会儿见了谭小雅该怎么说话,怎么赔笑。就在这时,他看到又一个电梯的门打开,谭小雅在人流中出现了。

她穿了件雪青色的上衣,下面是飘逸的长裙,手里还拎着一个纸袋,一边走一边低头从身上背的挎包里翻电子卡。王一川连忙站起来,喝了一口水,深呼吸两下,准备过去。突然,他僵住了。

谭小雅刷卡出闸机后,往前看了一眼,露出笑容。一个穿西装的男人走过来,从她手里接过纸袋,一只手放在了她的手臂上。谭小雅笑得很开心,和他说了几句,两个人就一起向另一个方向走去,谭小雅挽住男人的手臂,显得十分亲昵。

王一川的脑子似乎一下子炸开,整个人都木了。他呆了几秒钟,快步追过去,一路上发着抖,感觉血液都涌到了脑袋里。

商务楼通往地下车库的电梯和楼层电梯是分开的,所以冯天海和谭小雅要先绕到另一边去,来到通往地下车库的电梯前,发现那里人比较多,冯天海建议:"反正就两层,我们走下去吧。"

谭小雅笑着点点头,两个人走进了旁边的楼梯间,冯天海很绅士地推开门让谭小雅过去,随后与之并排往下走着,右手揽在谭小雅腰间。两个人相互依偎着走到地下二层的停车场,穿过一列列车子,一直走到冯天海的车边。冯天海解开车锁,谭小雅拉开车门坐在副驾驶座上。

冯天海拉开后车门,把谭小雅的纸袋放到后座上,转身拉开驾驶室的门上了车。

"今天忙吗?"

"忙,你们公司那几个单子我做了一天。"谭小雅说,"中午的时候我给几个客户又打了电话,应该这两天又能借来300多万吧。我妈那60万养老钱我也要来了,明后天能凑个400万再给你。——这两天收益怎么样?"

"我带来了,"冯天海转身从后座的包里扯出几张纸递给谭小雅,"你看看吧,这几天有赚有赔,不过最终买跌买对了,做了200倍的杠杆,除了之前赚的70多万,你的收益大概又能有个60万,我过几天打给你。"

谭小雅尖叫一声,向冯天海扑过去,抱住冯天海献上了一个热烈的吻,随后在他脸颊和额头上又留下了自己的口红印。等她从激动中平缓过来,她用变调的声音说:"就这么几天,又赚了60万?"

"其实本来可以更多的,只不过……"

"只不过怎么了?"

"你的本金不多,而且我也不敢拿你的钱冒险。"冯天海说,"其实以你目前这些本金,如果我这次放开点做500倍杠杆,能赚150万左右。不过我谨慎点,给你只做了200倍杠杆。"

谭小雅愣了一下,接着就咬牙切齿地推了冯天海一把,恨道:"你为什么不做500倍?150万啊!"

"要是我自己的钱,我就投500倍了,可是你的钱……"

"你放心投啊!胆子大一点啊!"谭小雅急迫地说,"钱交给你,你就当成自己的钱,别瞻前顾后的!哎呀,150万啊!"

"行!那我后面就胆子大一点,"冯天海说,"第一是你的本金增加多一点,第二是我下次投进去胆子大一点。咱们看看近期还有哪个短线能捞一把大的！你这60万收益要提出来，还是加到本金里？"

"加到本金里，拿去钱生钱！"谭小雅毫不犹豫地说。

"之前打的那些收益，你提出来了吗？"

"已经转到我自己的卡里了。"

冯天海笑了笑，说："这几天我也赚了不少，送你礼物，你收不收？"

"你送我礼物？什么礼物？"谭小雅露出笑容。冯天海指指后面，谭小雅回头望去，看到后座上爱马仕的大盒子，她发出了一声尖叫。

"回去拆吧。"冯天海笑着说，"另外我想去北欧自驾，你要不要一起去？"

"北欧？"谭小雅问，"什么时候去？去几天？"

"还在计划。"冯天海说，"小雅，我希望你能和我一起去，而且我希望等我们回来的时候，我们的钱就不分彼此了。"

意识到冯天海话里隐含的意思，谭小雅的脸上飞起一片红霞，冯天海伸手揽住了谭小雅的肩膀，两个人来了一个长长的吻。

"晚上吃什么？"他用额头贴着谭小雅的额头问。

"你决定。"谭小雅俏皮地说。

"吃你行不行？"冯天海调笑道，手在下面开始不老实，"今天晚上我要吃得饱饱的。"

"讨厌！"谭小雅推着他。她身体突然哆嗦了一下，猛地推开冯天海，直直地看着前方，脸色瞬间苍白。

车前面站了一个人，看上去有些狼狈，他直直地看着车里，脸上充满了震惊和愤怒，正是王一川。

王一川站在车前，眼睛几乎在喷火。他跟到地下二层后不见了冯天海和谭小雅的踪迹，一直在车库里一辆辆车地寻找着。当他找到他们所在的车时，那个长吻让他的世界崩塌了。

谭小雅没有拒绝，她甚至是主动在亲吻冯天海，他们头顶着头说话的亲昵说明这一切是她自愿的。她在王一川面前永远像女神一般，对他的任何亲热都如同恩赐，然而她在别的男人面前原来也是可以浓情蜜意的。

王一川像一头失控的狮子，猛地扑上去拉开驾驶室的门，没等冯天海回过神，王一川已经一把揪住他的衣服，狠狠一拳揍到了他的脸上。谭小雅尖叫着："住手！你干什么？"她推开车门跳下车，从车前面绕过来想要拉住王一川。

　　等她绕过来时，王一川已经把冯天海拖下了车，冯天海也在挥拳打王一川，王一川的拳头狠狠揍在他头上，打得冯天海的眼镜飞出好远，人也摔得仰面朝天。谭小雅从后面拼命去拉扯王一川，尖叫着："你干什么？你疯了？"

　　王一川充耳不闻，拳头像雨点一般打在冯天海身上，打得他抱头缩成一团。谭小雅情急之下在王一川后面又抓又打，王一川就跟感受不到似的，血红色的眼睛只盯着冯天海。直到一样东西砸在他的脸上，他的脸颊一疼。

　　王一川的动作停住了，他缓缓回过头。谭小雅用挎包奋力砸他的头，刚才那一下砸到他的脸颊上，金属尖在他脸上划了一道伤口，流出了血。谭小雅看到他脸上的血，吃了一惊，不由得后退几步，她看到王一川眼睛里的震惊、痛苦和愤怒，一下子心虚起来。

　　"你……我，我不是故意的……"

　　"你为了他打我？"王一川问。

　　"谁让你打人的？"谭小雅心一横，奔过去扶起冯天海，心疼地看着他鼻青脸肿的样子，一边对王一川斥责道，"你看你把人打成什么样子了？你疯了？有病啊？"

　　"你和他什么关系？"王一川指着冯天海问。

　　"你看到了，就是这样的关系！"谭小雅羞愤交加，索性豁出去了，"我们已经在一起了，其实我这两天就要找你说的，我要和你分手！"

　　"分手？"王一川哆嗦着，"我是哪里做得不好，你要提分手？是因为他吗？"

　　"你没什么不好，是我不愿意再拖下去了！"谭小雅站起来直视着王一川，"我和你在一起的前途是什么？啊？窝在你那个小破房子里吗？你说是不是因为他，对，是因为他，他比你好，他什么都比你强！"

　　王一川感觉心如撕裂一般地疼痛。

　　"小雅，我们在一起六年了！……你才认识他几天？小雅，我赚钱确实不多，可是我是真心实意对你的！"

　　"世界上不是只有你一个真心实意对我！"谭小雅含着眼泪叫道，"我不想再这样下去了！天海他对我好，什么都愿意给我，你呢？你

169

呢？"她突然发疯似的拉开后车门，扯出那个爱马仕的盒子："你看！你看！这是他送我的，他把我当成宝啊！这些年里你送过我什么？你又给了我什么？"

"所以，是因为钱吗？"王一川咬着牙问，"……我知道，你因为我不愿卖房子，心里不开心，可是你不能因为这个跟我分手啊！房子可能要拆迁，到时候拆迁的钱够咱们付首付，我上次要跟你讲，可是你不听啊！"

谭小雅一时语塞，她看着王一川开始变得鄙夷的目光，羞愤之下狂吼了起来。

"王一川！你不要用这样的眼神看我！我欠你什么吗？我卖给你了吗？我和你在一起六年！我人生中最好的六年！女人的青春有几个六年？我得到了什么？啊？我叫你卖房子你不肯！我客户叫你帮忙，你不帮！我和你在一起会过怎样的日子？每天窝在你那破房子里，算着钱过日子吗？王一川，我是个女人，我有梦想的，我需要哄的！我想在宽敞的房子里喝喝咖啡，去旅游，去逛免税店，去买包，去买衣服，我有错吗？我有错吗？贫贱夫妻百事哀，我不想和你做贫贱夫妻！现在我就想和你分手，你明白了吗？你明白了吗？"

她开始快速翻着自己的小挎包，从里面扯出王一川的工资卡，狠狠地向王一川砸了过去。

"你的工资卡，我还给你！里面你的工资都在，从今天起你和我没有关系了！你走！你走！"

王一川缓缓弯下腰，捡起自己的工资卡，仔细擦了擦，揣进口袋。他睁着血红的眼睛看了他们一会儿，点了点头。

"行吧，话说到这个份儿上，再纠缠你，我就是贱了……祝你幸福。"

他嘴角露出一丝惨笑，深深地看了她一眼，在心里与她告别，随后向后退去。

"你不能走。"冯天海喘息着说，"我要报警，打人不能白打。"

谭小雅脸色一变，道："天海，已经和他说清楚了，就算了……"

"你和他说清楚了，可是他打我这笔账，还是要算。"冯天海狠狠地盯着王一川，"我现在就报警，你跑不了！"

"天海，别……"谭小雅慌乱地想拉他，至少在此时此刻，她对王一川是有一点愧疚的。可是冯天海对她说道："你如果心里有他，你可以回去。"

谭小雅吃了一惊，僵在那里。

"小雅，我是真心爱你。"冯天海说，"可是你也要做出选择。"

谭小雅默默缩回手，她不再看王一川，低着头回到车上，关上车门。冯天海吐了一口带血的唾沫，恶狠狠地盯着王一川，拨通了报警电话。

"打吧，随便。"王一川无所谓地笑了笑，这一刻，他心如死灰。

傅朗心急火燎地奔进了路家嘴派出所的治安接待大厅，所长董琛早就守在那里，正急得像热锅上的蚂蚁，一看到傅朗急忙迎上来。

"怎么会发生这样的事？"傅朗一脸暴怒，"现在什么情况？"

"安排在不同的调解室里，分别做工作，"董琛一边走一边说，"问题是被打的那一方坚持不和解，一定要验伤，王队这边也拒绝道歉服软。所以一直僵在那里。"

"这小子搞什么东西？"傅朗边走边骂，"这才复职几天啊？又想被撸啊！"

"好像是王队的女朋友被人家撬走了。"董琛小心翼翼地说，"你说这事儿……"

"哦？"傅朗一愣，停住了脚步，铁青的脸色缓和了一些，闪过一丝心疼和怜悯。他大步走过走廊，董琛推开一扇门，傅朗一眼就看到王一川坐在桌子后面发呆。

傅朗大步走过去，照着王一川的脑袋就是一巴掌，大骂："又搞什么？啊？前几天陈局跟你怎么说的？又惹事是吧？你还记得你是警察吗？"

王一川脑袋一闪就避开了，闷着头不回答。

"你脸上是怎么回事？是不是对方打伤的？"傅朗大喝，这句话的隐含意思是双方是不是"互殴"。

"我自己弄伤的，不关对方的事。"王一川淡淡地说。

"你！……"傅朗指着他，手指哆嗦着，愣是说不出话来。半晌，他坐在桌子对面，皱着眉头对王一川说："因为什么？"

"私事。"

"起来，跟我去找人家道歉，态度要诚恳。"

"我不去。"王一川说。

"由得你啦？"傅朗的火气一下子上来了，"你小子知不知道，董所长第一时间就通知我，我谁也没告诉就赶紧来了！能小范围解决就小范围解决，这事捅到督察那边去，你小子别说副队长了，警服能不能保住都是个问题！"

"不去。爱咋的就咋的吧。"王一川干巴巴地说，"真不要我了，我干点啥也饿不死。"

傅朗怒视他一眼，起身走出去了。

到了走廊里，他深呼吸一口气，走进冯天海和谭小雅所在的调解室时，脸上带着憨厚和蔼的笑容。调解室里有两位派出所的同志在陪同，又是端茶水又是递烟，显然在努力缓和着气氛。

"哎呀，你看这事儿闹的，"傅朗呵呵笑着，"冯总是吧，对不起对不起，这都是我们平时没教育好……"他一边笑一边看了一眼谭小雅，他们是认识的，此刻他希望谭小雅能帮着说说好话，可是谭小雅却把头低着，一声不吭。

"你是谁？"冯天海问。

"我是王一川的领导。"傅朗呵呵笑着，"你看这事儿，我们这个同志啊，平时是工作很认真的一个人，这次冲动了，我们回去肯定要狠狠处分他。冯总啊，你看这事儿是不是协商一下？"

"这位领导，"冯天海指着自己的脸，"你看看，这是冲动吗？他当时是把我往死了打啊！"

"误会，误会了。"傅朗干笑道。

"你说咱们公安机关的宗旨是什么？是不是为人民服务，打击犯罪，保护人民群众？"冯天海质问道。傅朗点头称是。冯天海显得很激动："你说我是犯罪分子吗？他王一川是警察，是保护人民的，不是来殴打人民的！他对我下这样的死手，这样的败类，一定要赶出警察队伍啊！"

傅朗尴尬地笑着，主动冲着谭小雅说："小雅啊，你看，这都是认识的，你看在……"

"你别跟她说，这是我的事。"冯天海一口打断，他对谭小雅说，"你到车上去等我。"

谭小雅如蒙大赦，立刻起身拿着挎包奔了出去，全程没有看傅朗一眼。傅朗心里叹了口气，恨不得狠狠揍王一川一顿，却只能继续赔着笑脸道：

"实在是对不起,你看,你有什么要求可以提出来嘛,我们一定尽力满足。"

"我唯一的要求就是验伤,拘留那浑蛋。"冯天海气愤地说,"你们到底处理不处理?不处理的话我找你们上级去。我已经通知公司了,我们公司的法务马上就会过来,到时候我不但要追究王一川打我的事,我还要投诉你们包庇他!"

话到这里就被聊死了,现场陷入了僵局。王一川坚决不道歉,冯天海则一门心思要追究到底。可是这事一旦捅上去,王一川肯定要被拘留,而且肯定被免职,甚至有可能被开除。这样的结果又是傅朗不愿看到的。

一位警官进来说:"外面有两个女的,说是富利东联金控公司的,要找冯先生。"

"我们公司的法务来了。"冯天海往后一靠,"我不跟你们废话了,再不处理,我让法务帮我投诉你们!"

傅朗叹了口气,他打算再和王一川谈一谈,哪怕是拿出队长的身份,逼也要逼他道歉。就在这时,两位女士走了进来。冯天海扭头一看,连忙站起来:"殷总,您怎么来了?"

殷柔向他点点头,微笑着向房间里的各位警官点头致意,随后温和地说:"辛苦各位警官了。我是富利东联金控公司的殷柔,冯先生是我们的副总。听说我们冯总和一位警官发生了冲突,我过来处理一下。"

跟在一旁的法务总监苏静介绍道:"殷总是我们公司的老板。"

"哦……"傅朗眼前一亮,这位温婉的女士给了他新的希望。他忙笑着凑过去,说:"殷总你好,我是王一川的领导。"

"您好。"殷柔温柔地说。

傅朗笑道:"这个事儿我们的同志确实做得不对,我们一定会批评他,你看能不能劝劝冯总,谈谈赔偿什么的……"

冯天海眼睛一瞪,想要说什么,殷柔却柔柔地开口了。

"您客气了。来之前我也问了下情况,不是什么大事。王警官我认识,都是朋友,这件事我看就算了。冯总一会儿会撤销投诉,医药费也不用赔偿,这事儿就过去吧。"

在场的人不约而同地一愣,简直不敢相信自己的耳朵,继而警官们个个面露喜色。冯天海的脸色却难看起来,他猛地站起,道:"算了?这怎么能——"

"我说，算了。"殷柔扭头看着他，温和地说，语气似乎在安抚，但是却透着不容拒绝的意味。她的目光与冯天海对视了一会儿，冯天海脸色一白，颓然坐下。

"苏总监，帮冯总处理一下。"殷柔对苏静说，"告诉冯总在哪儿签字。"

董琛巴不得听到这句话，马上安排人制作笔录，值班警官跑得都快飞起来了。傅朗大喜过望，立刻向殷柔表达了感谢之意。殷柔笑着和傅朗攀谈起来，说自己公司一向支持公安机关的工作，何况自己和王一川警官是朋友，希望这件事不要给王一川造成困扰。

和王一川是朋友？难怪会这样帮王一川。

跟这位殷总相比，那个谭小雅可就太不像话了，好歹和一川谈了几年恋爱，刚才连句话都不说，真让人寒心。

殷柔看着冯天海签完字，温和地说："你在外面等我，我有话跟你说。"

冯天海阴着脸出去了。殷柔转向傅朗，问道："我能见一下一川吗？"

叫得很亲近，看起来应该关系不错。这是傅朗在心里做的判断。殷柔刚刚卖了一个大人情，现在和王一川见个面也是应该的，于是傅朗点点头，亲自带着殷柔去见王一川。

已经有人跑来告诉王一川事情解决了的消息，所以门一推开，脏兮兮的王一川抬起头，看到殷柔并没有感到意外。殷柔快步走过去，看到王一川这副样子，眼圈一下子红了。她伸手去摸王一川的脸，声音发颤："天哪，怎么成了这样了？"

门口的傅朗一咧嘴：这是有事儿啊。

王一川往后缩了一下，阻止道："别，我身上脏。"

殷柔停住手，心疼地看着，脸上浮现出怒气："这伤口是怎么回事？冯天海打的？浑蛋，他太不像话了，回去我一定会收拾他。"也许是因为愤怒，这位温婉的女性居然爆粗口了。

王一川摇摇头："不是他。"

"你不用替他掩饰了，"殷柔柔声道，"不管怎么说，这次是天海他对不起你。你看这样行不行，我改天安排一下，让他请你吃饭认个错。他是我们公司的副总，我的面子他还是必须给的，你这边有什么要求就跟我说，我一定满足你。"

"不用了。"王一川站起来,"殷总,谢谢你今天来斡旋。不过这事儿结束了,我不想再和他有联系,不光是他,与他有关的任何人我都不想有联系了。"

"不会也包括我吧?"殷柔强笑道。

王一川的嘴角咧了咧,不知是哭还是笑。他微微向殷柔欠了欠身,就从她身边绕过去,问傅朗:"我可以走了吗?"

"走吧,车在外面。小顾在车上等着,送你回家。"傅朗拍了拍他的肩膀,"放宽心,啊?"

"放心。成长的代价,我经得起。"

看着王一川和傅朗等人离去的背影,殷柔咬住嘴唇,眼睛里冒出了火。她沉着脸走出这间隔离室,法务总监苏静站在走廊里等她。殷柔微笑着和各位警官告别,一路走出派出所,等出了派出所大门,殷柔脸上的笑容消失了。

冯天海站在街边,一脸怒意,谭小雅在一旁照料着他。看到殷柔过来,冯天海愤怒地上前两步,低声咆哮道:"殷柔,你今天必须给我一个交代!"

"苏总监,你和谭小姐在这里等一下,"殷柔客气地说,"我和冯总有话要说。"

苏静识趣地上前拉住谭小雅,殷柔就自顾自地往前走去,冯天海跟在后面。等他们转过花坛,来到无人的树丛下,殷柔转过脸来,脸上泛着阴冷的光。

"你是不是想死?"

随着这句冷酷的话说出口,纤手划过夜空,殷柔狠狠一耳光甩在冯天海的脸上。

"你坏了四爷的事,自己回去向四爷解释吧。"

21 蜕变

这一夜很多人注定是无眠的,其中不包括王一川。小顾把他送到家门口,王一川去旁边的便利店买了箱啤酒,又去小店打包了两个菜。回到家里，他仔仔细细洗了个澡，洗的时间很长，搓得皮肤都发红了，似乎这样就可以让过去的生活随着水流冲走。洗完澡后，他拿出手机，打开微信，把谭小雅删掉了，又将手机里关于谭小雅的照片全部删掉。他换了一套干净的衣服，坐在窗台前，很讲究地吃着。他向夜空举了举酒杯，莫名地哼了一句歌词："一杯敬明天，一杯敬过往。"然后一饮而尽。

越是难受，他越需要这种仪式感，证明自己还是正常的，永远不会自暴自弃，永远不会垮掉。

喝了五瓶啤酒后，他顶着发晕的脑袋把酒和菜放到厨房去，坚持去刷了牙，然后摇摇晃晃地爬到床上，陷入沉睡。在梦里，他梦见了外婆，梦见了柯队长，梦见了周少君，他在睡梦中哭了。

离王一川家20多公里，位于高楼的顶楼有一套450平方米的大平层，占了整整一层，以至四周的阳台连在一起环绕一圈，可以作为跑步的步道使用。站在阳台上可以看到楼下几十米远的春申江，这套大平层算是真正的江景豪宅了。

为了方便欣赏江景，靠江这一面的房间安装的都是落地玻璃，坐在宽大的客厅里，拉开窗帘，端着一杯清茶，宛如坐在城市之巅。不过今天晚上，这间足有100多平方米的江景客厅的窗帘是拉紧的，一声声惨叫在客厅里回荡。

黄思茂穿着一套宽松的睡衣坐在沙发上，面前是一张由整块树根雕成的巨大暗红色茶几，上面放着工夫茶茶具。他抽着烟，眯着眼睛，对惨叫声充耳不闻。殷柔穿着丝质睡袍坐在侧面的沙发上，手里夹着一根细长的女士香烟，带着淡淡的笑容看冯天海在客厅里打滚儿。

冯天海上身赤裸，下身只穿着一条小裤衩，两个壮汉揪着冯天海的头发，把他拖来拖去，不时用拳头狠狠地击打冯天海，后者就在拳脚下惨叫着。

"这个交代满不满意？"殷柔笑盈盈地问，声音还是那么温柔。

"四爷，"冯天海惨叫着，"我不服！我不服！"

"有问题就提出来嘛，我这个人最喜欢讲道理了。"黄四毛淡淡地说，"来，听听他说什么。"

壮汉松开手，冯天海爬行几步，爬到茶几前，用手扒着茶几，满脸涕泪："四爷！我跟了你这么多年了！我没犯过什么大错！我给咱们公司赚的钱不少！你这样对我，为什么呀？啊？条子打了我，殷柔却跑去给条子解围！再说我就睡了个娘们儿，这是为什么呀？"

黄四毛点点头："嗯，很有想法，你还有什么问题？"

"就这个，就这个！"冯天海嘶吼道，"为什么帮着这个条子？我才是自己人！不是吗？"

黄四毛端起一杯红酒，有滋有味地品了品，然后慈祥地点点头："这个问题问得好。"他转向殷柔："你来告诉他。"

殷柔笑着点点头，向前弯腰看着冯天海。冯天海扒着茶几，瞪眼看着殷柔，等着她解释。殷柔妩媚地笑了，很随意地把烟头按在冯天海的手上。冯天海一声惨叫，向后一挣，摔倒在地。

"答案就是，你算老几？"殷柔咬着细碎的牙，用嗲嗲的声音说。两名壮汉对视一眼，从旁边拿起皮带，对着冯天海狠狠抽去。

"啊！啊！不要打了！啊！……"冯天海惨叫着。

黄四毛站起来，背着手慢慢踱出茶几，来到冯天海身边低头笑道："现在还有问题吗？"

"没，没了！"

"没了是吧。"黄四毛点点头，"可是我有啊，我这计划实施了一半，被你毁了啊！你说，这是不是个问题啊？"说着他拿过身边壮汉手里的皮带，狠狠地抽下去："是不是？是不是？是不是？……"

"四爷，四爷，我错了！啊！四爷！"

黄四毛扔掉皮带，喘了口气，脸上带着狠笑："看来我这些年太宽纵，让你们都忘了规矩，敢肆意妄为了。海子，你跟我的时间也不短了，你是不是忘了我以前是干什么的了？"

"没，没有！"

"你当初被遣返回国，穷困潦倒，是谁给了你饭吃？你说你给我赚钱，可是我亏待过你吗？你在这个小区的房子，是谁给你的？"黄四毛问，"海子，你小子忘本了啊。"

"四爷，我没有！"冯天海爬起来，抱住黄四毛的腿，"你对我有恩，我没忘！我就是想不通，为什么你们对那个警察那么好！"

黄四毛把脸凑近他，一副恨铁不成钢的样子："想不通是吧？看在你今天挨了两顿打的份儿上，我跟你说道说道。你说你没忘了我以前是干什么

177

的，可是你知道当年我是怎么进去的吗？"

冯天海茫然摇摇头。

"就是这个王一川抓的。"

黄四毛没有理会冯天海惊骇的眼神，伸出手，殷柔娇笑着把红酒放到他的手上。黄四毛揽住殷柔的腰，回到沙发上坐下，眯着眼睛看着冯天海。

"当年我干的都是低级的活儿，开赌场，打打杀杀，手下也有几十号人。江湖上也有我的名号，谁见了我不得叫一声四爷？我觉得谁也治不了我。可是人家收拾你，那是分分钟的事。"黄四毛伸出两根手指，"两天！就两天！我的手下就被抓得干干净净，我也被抓了。这王一川是个狠角色，当年他还是个小条子，我都已经逃出大楼了，他从二楼直接跳下来，崴着脚还在追，硬是把我给抱住，要不是他，我早就跑了。"说到这里，黄四毛的眼角抽动了几下。

"你们记住，咱们现在看着是干正行了，可是你不要觉得自己赚钱多就是大爷，就能看不起人家！搞商业这种事，一定要多交朋友，不要树敌人！条子你还是万万不能得罪的！最好的方式是拉拢两个，变成自己人，万一以后有什么事，你能有个照应，哪怕通个风报个信也是好的！这个王一川是我打算拉拢的人，殷柔已经在想办法拉拢他，现在你小子抢他女朋友，我们之前的布置全白费了！"

冯天海张大嘴，喃喃道："四爷，也不至于在他身上花这么大力气啊！"

"你懂什么？"黄四毛冷笑道，"你以为拉个人这么容易？那些已经上去的局长什么的是靠不住的，要找就得找那种有能力、有前途，但暂时职位还比较低的，一路扶持上去，这才叫长期投资！现在他们局里最容易出成绩的就是刑侦这伙人，你看他们局长就是重案队上去的！他们重案队那个傅队长我倒是想找，那家伙缺钱，可是他太谨慎，我上次派人打着筹款平台的名义去找他，他居然不肯。接下来就是这个王一川，我找人打听了，职务上上下下，被撤职好几次还能恢复，这说明什么？说明上面还是赏识他的，这样的人，就要趁着他在低谷的时候拉过来，将来有一天他成了支队长、局长，我们在里面也就有了助力了。现在你懂了吗？"

冯天海低下头，一脸不甘心的样子。

"现在说这个也没用了，"殷柔软软地说，"他现在一定恨死天海了，恐怕不愿再搭理我们。这还算好的，要是由此记恨上我们，以后反而可能是个麻烦。"

"你说你也是，"黄四毛道，"上次在会所把他拿下，就不用费这么多事了。"

殷柔娇笑道："那就是个不解风情的木头，难怪他女朋友会跑。我都闭上眼睛在一旁倚着了，他还坐得远远的。而且一口啤酒都不肯喝，可惜了冰块里那些药了。只要他喝一口，保证被我吃掉，最差也能拿一个他嗑药的把柄。说实话，这样的男人我还真的蛮喜欢的，心里头传统得很，一旦拿下，他绝对死心塌地。不像四爷你，有了我了，金屋里还不知藏了几个娇！"

"你再试试吧。趁着这小子不开心，去抚慰抚慰他。男人嘛，这时候就需要关怀，明白吗？最起码别让他站到我们对立面去。至于你，"黄四毛转向冯天海，"以后别去招惹王一川，听到没有？滚！"

冯天海勉强点点头。他像狗一样爬了几步，扶着茶几慢慢站起来，向黄四毛鞠了个躬，摇摇晃晃走了出去。他的住处也在这个小区里，是一套180平方米的江景房。回到家里，他放了一缸热水，把伤痕累累的身体泡在里面。身体的剧痛让他面目狰狞，心里的恨意让他目露凶光。

第二天中午谭小雅赶到冯天海家。上午她打电话问候冯天海，听说冯天海身体不舒服，就心急火燎地赶了过来。一看到他，谭小雅就惊呼："怎么成了这个样子？"

"小雅，你来了？"

"快坐下！"谭小雅踢掉高跟鞋，赶紧搀扶冯天海回到客厅坐在沙发上，心疼地看着这个受伤的男人，伸手摸他脸上的伤痕，问，"疼吗？"

"嘶——"冯天海倒抽了一口凉气。他的睡衣扣子没系好，谭小雅一眼瞥见，伸手扯开，那一片青紫就展现在她眼前，触目惊心。

"谁？谁又打你了？昨天没这么厉害啊！"

"这都是拜王一川所赐啊。"在她面前，冯天海还是那副温文尔雅的样子，他只是沮丧地摇着头。

"他？他又来打你了？"谭小雅惊骇地大叫起来。

冯天海意识到谭小雅想岔了，不过他完全没有纠正的意思，反而乐见其成。他疲倦地摆摆手，说："算了，过去了，为了你，付出点代价也是值得的。"

"这怎么行呢？"谭小雅被激怒了，"没想到他竟然是这样的人！不行，我要骂他，他到底是不是疯了！"她拿起手机开始拨打王一川的电话。冯天海吃了一惊，因为他这些伤根本不是王一川打的，这通电话打过去就会露馅儿。

他刚说了一句"小雅，不用了"，就看见谭小雅皱着眉头放下电话，自言自语道："无法接通？……"她思索了一下，脸色一寒："他把我拉黑了？"

冯天海松了一口气，把电话从谭小雅手上拿走："别打了，打了又能怎么样呢？难道再去投诉他吗？算了，小雅，拉黑了也好，不管他是不是心虚，就当是个了断吧。"

"他一定是知道我会打电话质问他，所以把我拉黑了！"谭小雅自行脑补着，"做贼心虚！这是做贼心虚！"她心疼地靠过来，抚摸着冯天海身上的伤痕："天海，对不起，苦了你了。"

"没事，小雅，与得到你相比，挨顿打实在算不了什么。"

听到这话，谭小雅的脸上又飞起了红霞，她有些不好意思地问："我就这么好啊？"

"没有人告诉过你你有多好吗？"冯天海深情地看着她，"对我来说，你是无价之宝，得之我幸啊。"

"油嘴滑舌！"谭小雅嗔道，站起来打量着客厅，"这是你的房子？这么大，还是江景！"

"对，还没有贷款。要不要参观下？"冯天海微笑道。

"好啊！"谭小雅兴奋地说，满怀希冀地看着男神的江景豪宅。

参观在第一个房间就暂停了，在那个可以看到江景的浴室里，冯天海将谭小雅推倒在冲浪浴缸的边沿。谭小雅象征性地挣扎着，她在王一川面前无比高傲，对冯天海却完全是仰视的，冯天海的儒雅和多金让她沉迷，这样的豪宅更让她沦陷。

你打了老子又怎么样？你的女人在老子这儿还不是像狗一样。冯天海眼睛里闪着恶毒的光，像头野兽一样撕扯着谭小雅的裙子，丝毫不顾及身上的疼痛。

重案队的人看王一川的眼神都有点怪，因为王副队长今天似乎变了个人。早上他来到重案队时，胡子刮得干干净净，头发也梳得整整齐齐，还打了发蜡，身上的衬衫是新的，整个人显得很利索，与平时那副随意的样子判若两人。

虽然他和别人说话的样子与平时并无二致，他的眼神却明显阴郁了许多，脸上没有笑容。整个上午他都坐在那里，拿着这段时间汇总的资料一份一份地看。其他人远远地看着他，都不敢主动和他说话。

他似乎突然蜕变成一个深沉的男人了。

欧阳宁娟给王一川泡了杯茶，憋了半天，问："已经在抓凌季雨了，你还看这些干啥？"

"看看还有没有别的线索能抓住凌季雨。而且这里面还有点事儿，得找找答案。"

他分明是借着工作麻醉自己。欧阳宁娟看着王一川那副样子有点心疼，愣是憋出一句："头儿，旧的不去，新的不来。"

王一川点点头："嗯，看来你知道了。"接着就目露凶光，吼道："小顾！"

小顾连滚带爬地逃出了办公室。

知道王一川昨晚去派出所的只有傅朗和小顾，问题是小顾的保密意识让人无法恭维，一上午他跟每个人都神秘兮兮地咬耳朵，咬完耳朵都会叮嘱："我只告诉你一个人了，你可千万别跟别人说啊！"于是没到中午，整个重案队都知道了王副队长女朋友劈腿的事，部分人还知道王副队长昨天因为和情敌冲突进了派出所。中午吃饭的时候，技侦那边的张欢副科长过来溜达了一圈，她是出了名的热心肠，嘴巴一张喊得惊天动地，连隔壁的松园派出所都能听见："一川啊，啊哟，哪能啦？我跟侬讲啊，你那谭小雅早就看着不是个能过日子的人。侬也勿要难过，阿拉法医那边的小程就挺不错，侬勿要看她每天解剖尸体，但厨艺一级棒，那红烧大肠烧得味道好得咪……"

刘苡岚嗓子咕噜一声，捂着嘴跑出去了。

王副队长的这点儿事已经扩散出重案队了。

下午4点傅朗主持开了个小会，首先还是王一川发言。他看起来全无异样，谈吐清晰。

"凌季雨很显然是躲起来了，依照现在的布控，他是逃不出沪海市的，所以抓住他只是时间问题。"王一川说，"在对他进行抓捕的同时，'11·7特大杀人案'的取证也不能停。这个案子还有不少疑问没有解决，大家讨论一下，也许我们能得到新的线索和思路。"

他把文件一份份摊开摆在桌子上，大家聚拢在四周看着。

"任何一起杀人案，凶手杀人都是有动机的。"王一川说，"凌季雨的动机可能是因为当年范桂花的作证导致他被认定为猥亵，前途尽毁，所以这么多年后报复杀人。那么，就有些情况需要考虑了。

"我们结合范桂花的背景调查，简单总结了她的轨迹，发现她之前在东北各地走动，大部分时间在铁山市。结合范桂花2004年的看病记录，说明她在2004年以前就来到了沪海市。我们再看看凌季雨的轨迹，他是苏北人，离开大学后没回老家，却去了辽省铁山市，到这种小城市去执业，是不是有点怪？"

"这是去追踪范桂花了吧？"张云军说。

"我也是这么想的。你们看，范桂花来沪海市以后，凌季雨也出现在沪海市，这就不能简单解释为巧合了，只能说是寻踪而来。从凌季雨家墙壁上的文字来看，他在沪海市找到了范桂花，还进行了跟踪。那么第一个问题来了，他要报仇的话，当时就可以杀了范桂花，为什么要等到今年？"

"有什么考虑，或者有什么客观困难？"傅朗说道。

"第二，他在墙上写了另外几个人的名字，特别写了这个马东去了甘省。他还把这几个名字画到了一起，注明是否解散。所以我就想，凌季雨当年不直接杀掉范桂花，是不是因为范桂花身边还有其他人？这几个名字都是谁？彼此是不是有关联？所以我查了范桂花的档案，找到了一份1997年铁山市西陈区人民法院的刑事判决书，这里面讲的是件什么事呢？四名被告分工，以卖淫为幌子招揽嫖客，等嫖客脱了衣服，再冒充卖淫女的丈夫和家人冲进去捉奸，暴力胁迫受害人掏钱。这四名案犯，就是李少萍、范桂花、王大勇、马东。"王一川说，"所以我的观点是，凌季雨很可能是他们犯罪的受害者。他之所以没有早一点干掉范桂花，要么是因为范桂花身边有别人，不好下手；要么是想通过范桂花找到别人。"

傅朗拿过那份判决书看了起来。张云军问："不对啊，如果是团伙，现在也不在一起啊。你看那个马东说是去了甘省，另两个都不知去向。"

"所以凌季雨才猜测他们是不是解散了。"王一川说。他指着桌子中间几张人口信息表说道："根据这张判决书,我让刘苡岚今天上午调出了另外三个人的人口信息,大家看一下。"

大家拿起那几张人口信息表,互相传阅着。

"四个人都是铁山市人。范桂花就不说了。结合判决书所述的资料,李少萍,1979年出生,初中辍学,曾因为卖淫被劳教,在'仙人跳'里主要扮演勾引别人的'良家妇女';王大勇,1957年出生,小学文化,曾因为投机倒把罪、盗窃罪坐过牢,他在'仙人跳'里主要扮演李少萍的公公,范桂花扮演李少萍的婆婆;马东,1979年出生,曾因为故意伤害罪和盗窃罪坐过牢,他在'仙人跳'里扮演李少萍的老公。总而言之,一旦嫖客进了房间脱了衣服,屋子里这位'良家妇女'的老公、公公、婆婆就进来抓奸,勒索钱财。"

"分工明确。"张云军笑道。

"从凌季雨调查这四个人来看,我倾向于他想找到他们所有人,所以他才会跟踪范桂花。之所以现在开始杀人,可能是已经找到了。如果我所料不差,这几个人应该还在范桂花的社交圈子里,凌季雨干掉范桂花以后,接着就会向其他人出手的。"

王一川停顿了一下,缓缓道:"找到这几个人,我们就有可能把凌季雨找出来。"

"这是一种好的猜测,"傅朗说,"有没有其他证据可以支持?"

"我觉得这是最有可能的一种猜测,"王一川说,"否则怎么解释那两个深夜进入范桂花家的蒙面人?这两个人有范桂花家的钥匙,很熟悉范桂花家,那个女的有没有可能是李少萍?只要有一个人在沪海市,凌季雨的下一个目标很可能就是这个人。你们想想,杀人碎尸啊,这是恨到极点了,你们觉得凌季雨会放过其他人不?"

王一川的分析能自圆其说,也让案件变得更加复杂。傅朗拿着那些文件,眉头紧皱。

"你既然有想法,估计也有了办案思路喽?"

"我的想法是,之前我们拉了范桂花已知银行卡的明细,这还不够。欧阳,你去人民银行那边,调取一下范桂花自2000年至今所有的银行卡账号,看有没有注销的或者已经不用的,然后分别去银行拉一下出入账明细,看能不能从里面找到一点她的其他社会关系。同时,在全国系统里查找李少萍、王大勇的信息，看看他们后来的去向。至于马东，他在甘省，查一下他的信息。"

"我同意。"傅朗点点头。

"还有，凌季雨在墙上写下富利东联金控和东丰滨城这两个地方，这一定是有原因的。前几天我也是在富利东联金控那个办公楼外看到他，是不是他发现了某个人在那幢楼里？我建议把富利东联金控的人员名单全部调出来，看看里面有没有李少萍或者王大勇，不要光看名字，要结合照片进行比对，免得改过名字。还有，老张你把东丰滨城的业主名单给我，今晚我回去看看。"

会议结束后，王一川没有像往常一样和别人聊天，而是独自坐在那里，一张一张地收拾文件，刘苡岚想要帮忙，被他拒绝了。欧阳宁娟想起上次他安慰自己的事，过意不去，也想安慰安慰他，这位钢铁直女想了半天，最终是这样安慰的："王队，别憋着，你要是难受，今天我陪你打一场，打完就发泄出来了。"

王一川点头说："妹子，我是想找条路开解自己，不是想找顿打虐待自己。我本来就够郁闷了，要是再被你打一顿，我会更郁闷的。"

他说完就背着包走了，拒绝跟任何人交流。

晚餐是在快餐店吃的，他坐在角落里，一边吃汉堡，一边在笔记本上画着思维导图。

李少萍、王大勇、范桂花、马东——仙人跳

他在下面又写了"凌季雨——复仇"，随后把凌季雨这个名字跟李少萍连起来，注明"猥亵"，又把凌季雨跟范桂花连起来，注明"作证"。凌季雨和王大勇、马东之间的连线则标上了"？"。

凌季雨下一个目标是谁？他已经杀了作证的人，下一步是不是杀正主——李少萍？

他是不是已经找到李少萍的踪迹了？警方又要到哪里去找李少萍呢？

在他低头思索的时候，一个人坐到对面。王一川抬头望去，殷柔恬静地坐在那里，正对着他微笑。

22 新想法

"您怎么在这里?"王一川惊讶地问,"来吃饭?"

"从外面经过,看到你在这里,就进来了。"殷柔含笑说,她指指笔记本,"要不要这么拼命,吃东西的时候还要工作?"

"没什么,瞎写写。"王一川把本子收起来,揣进背包里,"吃了吗?给您点点儿什么?"

"不用了,"殷柔笑着说,"我喝点水就行了。"

"哦,也是,这种垃圾食品……"王一川把最后一小块汉堡塞进嘴里,吸了一口可乐,顺势漱了漱口,"一会儿还要应酬吗?"

"是啊,身不由己。"殷柔苦笑道,"吃不想吃的饭,喝不想喝的酒,说不想说的话,很无聊,却不得不去。不像你,可以随心所欲地坐在这里,想吃什么就吃什么。"

王一川问:"找我有什么事吗?"

他显得有些疏远,殷柔那双美丽的大眼睛闪过一丝复杂的神色,说:"我想约你喝酒。"

"抱歉,我们有'六项规定'。"王一川客气地说。

"一川,我觉得你突然对我生分了,"殷柔望着他,"我明白我们还不是非常好的朋友,可是我觉得也不至于说这种生分的话。你是不是还在生冯天海的气?"

"是因为他你才来找我的吧?"王一川问。

"这的确是原因之一。"殷柔承认。

"谈不上生气,大家都是成年人,感情这个事讲究自愿,他赢了,就这么回事。"王一川笑了笑,"不管怎么说,我的确打了他,花了多少医药费您替我问问,到时候我转给您,您替我转给他。不过,我不是圣人,做不到当作什么事都没发生。"

"这件事我确实不能说冯天海什么,我知道你恨他,我也没办法。不过别把情绪带到我们之间,好吗?"殷柔请求道,"我对你没有什么坏心思,我昨天晚上一得知消息就赶去了。"

"我知道,"王一川看向她的目光中带了一丝温暖,"所以在内心深处,我是感激你的。"

185

"他是我们公司的人,我觉得特别对不起你。"殷柔恳切地说。

王一川摇摇头,表示不想再谈这个话题了。殷柔苦笑一声,问:"最近很忙吗?我看你吃东西时还在画图。"

"一直很忙。"王一川说,他用这句话为拒绝殷柔的邀约找好了借口。殷柔是个让人想亲近的女士,但如今只要看到她,王一川就会想起冯天海和谭小雅那两张脸,内心就会如同刀绞。他给自己筑起了高高的壁垒,他不想和任何人交流,只想一个人在里面舔伤。

"说到这个,正好打听一下。"他问,"你们公司有个叫李少萍的吧?"

"李少萍?"殷柔有些茫然,"没这个人啊。"

"再想想,1979年的。"王一川提示道。

"没有吧……"殷柔思索着,"公司里的确没有叫李少萍的,有个李小平,不过是90后……"

"可不可以提供你们公司全部的员工资料?"

殷柔怔了一下,问:"我们公司牵涉什么事了吗?"

"没有,"王一川解释道,"办案需要。我们在找一个人,这个人有可能在你们公司,所以我想调一下你们公司全部的员工资料。"

"这个有点不合规矩……"殷柔有些为难,"我和法务商量一下。"

"如果能帮忙的话。"王一川说。

"我帮了你,是不是就能对我笑一笑了?"殷柔问。

王一川不好意思地笑了笑,殷柔的笑容融化了他心头的一点坚冰。他把手机点开,调出凌季雨的照片推到殷柔面前。殷柔好奇地看着。

"您见过这个人吗?"王一川问。

"这是谁?"殷柔问。

"哦,不认识啊。"王一川是不能说案情的,他暗想,其实这照片应该让他们公司的前台辨认才对,"没事儿,这是我们最近在找的一个人。"

"他怎么了?"殷柔问。

"有些事需要他协助调查。"

王一川把手机收回来,看了一眼时间,就拿起背包,说:"不早了,我得回去了,您不是也有应酬吗?那我就先走了。"

殷柔有些意外,问:"现在就回去吗?"

"还有很多案卷要看。"

"哦……那，你住在哪里？我送你吧。"

"不用了。"王一川笑着说。他突然意识到自己今晚冷冰冰的，殷柔昨天晚上毕竟帮助过自己，自己欠了她的情，现在这副拒人于千里之外的样子非常不像话。他心一软，说："我心情不好，有什么对不住的地方，你不要见怪。你昨晚帮了我，改天我请你吃饭吧。"

"或者，你将来答应我一件事？"看到他态度的变化，殷柔欣慰地笑了，带着一丝俏皮，"等我哪天有什么需要你帮忙的，你可不能不帮啊！"

"只要不违反纪律。"

王一川笑着离开了。殷柔举起小手轻轻挥着，目送他推开店门出去。随后她的脸沉了下来，坐在那里若有所思。最终她轻轻一捶桌子，低声骂道："冯天海这个蠢货！"

回到家里，王一川开始打扫卫生，专注的样子让人想起了《阿甘正传》里的阿甘。他近乎偏执地给自己立了个宏伟的目标：每天把家里的一个区域打扫干净，做到一尘不染。他告诉自己：当整个家里都一尘不染的时候，他就彻底与过去告别了。

过有规律的生活，没有谭小雅，他也可以过得更好。

今天晚上是第一天，他把钢琴上堆积的东西取下来，一样样打开检查，很多东西是长期不用却舍不得扔的，他都打包准备丢掉。用他把盖钢琴的布罩放到洗衣机里清洗，半干的绒布拭去钢琴表面的灰尘。擦完钢琴，他打开琴盖，轻轻抚摸已经有点发黄的琴键。

他用有点僵硬的手指弹了一段C小调音阶，感觉非常生疏，而且有些琴键已经走调，这说明里面的琴弦可能松了。放置了这么久的钢琴，也不知找个调音师能不能调好。

他把垃圾拎出去，赶在垃圾站关门前扔了，回来洗了个澡，坐在床上把文件一张一张摊开，不时用荧光笔圈圈点点，在笔记本上写着思路。晚上10点多，他的目光在"东丰滨城业主名单"的某处停了下来，在两个名字上画了圈。

B幢1602室业主：殷柔。

E幢1201室业主：冯天海。

巧合的是，他在这里面还看到了黄四毛的名字，他是这个小区A幢28层的业主。对这个人，王一川自然是忽略的，他的关注点放在了殷柔和冯天海身上。

——凌季雨跟踪范桂花的路线里，就有这个东丰滨城，而殷柔和冯天海正好在这个小区有房产。

——凌季雨跟踪范桂花的路线里正好有富利东联金控公司。

——范桂花在富利东联金控公司有投资。

——殷柔和冯天海是富利东联金控公司的老总和副总。

这是巧合吗？殷柔说自己完全不认识范桂花，难道范桂花认识冯天海？还是说殷柔的陈述是不实的？

王一川想起凌季雨守在富利东联金控公司所在商务楼前面的样子，若有所思。回头再看，他觉得凌季雨的举动越发难解。

杀人为什么要碎尸？无外乎两种原因，一是为了泄愤或者满足变态的心理，二是为了隐藏死者信息。凶手将尸块抛进江里，很明显是为了毁尸灭迹，那为什么又要向警方主动提供死者信息呢？如果凶手是故意挑战警方和社会，想让人知道死者身份，那他可以将尸块抛在能够让人找到的地方，又何必隐秘地抛入江里呢？

凌季雨提前撤离自己的住处，警察来后他化装从容离开，说明他是躲在附近观看的。他既然有预感警方会来找他，就应该把自己与这个案子有关的东西全部毁掉才对。可是他没有把墙上的文字和图片毁掉，反而留在那里给警方当线索。这又是什么意思？

王一川的脑子里突然冒出了一个想法：凌季雨真的是凶手吗？

警方怀疑凌季雨，是因为凌季雨对范桂花有明显的作案动机，有事实上的跟踪，并且知晓范桂花被杀的事。如果跳出现有的思维，假设凌季雨不是凶手，他的这些举动似乎就有了一丝合理性。他应该是知道什么，想向警方提示什么线索。

王一川把这个想法记在笔记本上。以往他会因为这个新的思路纠结得满屋子乱转，现在他似乎变成了另一个人，没有大悲大喜，没有情绪波动，把文件装好就去洗漱休息了。临睡前他还找出明天要穿的衬衫，用熨斗仔细地烫平。

第二天傅朗、刘苡岚看到了一个衬衫笔挺、表情严肃的王副队长。大家按照昨天商议好的步骤去调文件了。欧阳宁娟和张云军去了人民银行。苏晓巍和赵继刚去了富利东联金控公司，希望他们提供员工资料，并且请前台的人辨认凌季雨的照片。刘苡岚在系统里检索着与李少萍、王大勇、马东有关的资料，特别是马东在甘省的行踪。这个人在当地似乎混得不错，开了一家租车行，还在一家矿产公司有股份，完全是个大老板。李少萍和王大勇没有在沪海市办居住证或暂住证的记录。小顾去市档案馆调取李少萍、王大勇、马东对应的身份证在沪海市的相关记录。

中午，苏晓巍和赵继刚空手而归，富利东联金控公司的苏静法务总监明确拒绝了提供全体员工资料的请求，理由是重案队没有提供正规手续，这些资料属于公司商业机密，不能提供；关于凌季雨的照片，公司前台表示没见过这个人。

王一川对此颇为诧异，他以为殷柔昨晚答应和法务沟通，今天会很顺利。从程序上讲，苏静的要求是正当的，这样的调查确实涉及人家的隐私，而且尚不能证明这个调查和碎尸案破案有什么必要的关联。王一川也不敢贸然弄手续强硬地要求人家交出资料。他考虑是不是冯天海知道了从中作梗，就给殷柔发了条微信，客气地说可能苏总监没有接到通知，能否请殷总跟苏总监沟通一下。

微信发过去，殷柔一直没有回复。等待期间小顾从档案馆回来了，他还真查到了一些东西：李少萍2003年、2004年曾经在沪海市有看牙和治疗支气管炎的两次就医记录；王大勇2005年、2006年、2009年曾经在沪海市不同的医院看过病或住过院。还有意外之喜：记录里显示王大勇在2009年因为嫖娼被江书路派出所拘留罚款过；马东在2010年曾因赌博被治安拘留5天，罚款2000元。

王一川看了这些资料，眼睛眯起来了。

好吧，全聚集在沪海市了。

李少萍最晚2003年就来到了沪海市；王大勇最晚2005年就来到了沪海市；马东来的时间不详，走的时间不详，但是最晚2010年的时候是在沪海市的；范桂花2004年曾在第九人民医院看过牙。这四个人都来到沪海市，绝对不是巧合，是不是一起来的不清楚，但彼此之间一定是有联系的。

凌季雨肯定是追踪而来，找到其中一个人后，跟踪着想要找到其他人。事实证明他知道马东后来去了甘省，知道了范桂花的行踪。王一川越来越觉得，凌季雨在富利东联金控公司那幢楼前盯着，一定是和寻找王大勇或者李少萍有关。

"老苏、小顾、刚子，下午你们仨辛苦一下，"王一川吩咐道，"分别去江书路派出所和北码头派出所，把王大勇在2009年因嫖娼被拘留罚款的资料和马东在2010年因赌博被拘留罚款的资料调过来。时间可能比较久了，就算去库房翻也要翻出来。里面一定登记了他们的暂住地，也许能挖点线索出来。"

"好。"

殷柔一整天都没有回信。王一川想起自己昨天晚上的冷淡，不好意思打电话请她帮忙。下午他又仔细看案卷和视频，3点多的时候，他接到了一个电话。

电话是路家嘴派出所所长董琛打来的。这个人是老相识，和重案队关系非常好，之前王一川因为打冯天海进了路家嘴派出所，他就曾努力协调。他打给王一川，开口就说："一川啊，咱们是朋友，这没说的，就因为是朋友，我得跟你说一句，有些事咱不能干啊。"

"哦？"王一川被他这句没头没脑的话说得有点发蒙，不知道自己做了什么不能干的事。转念一想，恍然大悟，猜测是富利东联金控公司那边不提供资料后怕得罪重案队，可能找董琛来说和，董琛估计知道这边去调查时没带手续，又知道他和冯天海有矛盾，怕他会打击报复富利东联金控公司。

想到冯天海，王一川的眼神冷了下来，完全失去了解释的兴趣，何况案子情况也不是几句话能解释清楚的，于是他答道："老董，没事。你不用为难，有什么事我会负责。"说着就挂断了电话。

晚上他又是在外面吃饭，回家后仔仔细细地打扫了厨房，把灶台擦得整洁如新。这种模块化的生活方式让他每段时间都有事情做，不至于想起那些他不愿去想的事。没有爱情的人，可能真的适合专注地做一些事吧。

这是一种非常有效的心理催眠，打扫房间的同时，灵魂也受着冲洗。等把这套房子完全收拾完毕，整套房屋将会焕然一新，自己也将与过去彻底告别，成为崭新的人。

第二天是傅朗太太做检查的日子，这次检查会判断她是否达到了骨髓捐献条件。陈副局长亲自给傅朗批了假条，要求他去医院陪家属，还派了自己的太太董阿姨去医院陪着。重案队的其他人也想去，被傅朗严词拒绝了。

各种资料汇总到一起，整个上午王一川和大家都在看资料，他让刘苡岚把所有的资料单独复印了一套，在上面一页一页地做着标记。突然他的目光在一页银行明细上停下，在那密密麻麻的数字和文字里，他看到了一个名字：殷柔。

他的目光停留了一会儿，继续翻，继续做着标记，同时在笔记本上写着简略的文字。翻完这些文件，他到院子里一个人抽了会儿烟，脑子里飞速转着。

刘苡岚悄悄碰了碰欧阳宁娟，小声说："头儿这两天神气不对。"

欧阳宁娟点点头："看来受伤太深了，所以靠拼命工作来缓解压力。"

刘苡岚道："你说这事吧，劝也没法劝，可是老这么憋着也不是个事儿。"

欧阳宁娟又想起上次王一川开解自己的情分，觉得过意不去，于是再次走出去了。她来到王一川身后，问："哥，你没事吧？"

王一川的思路被打断，回头看到欧阳宁娟，反问："我有什么事？"

"你要是心里难受，真别憋着。"善良的欧阳宁娟说，"我陪你打一场，你试试吧，可解压了。以前我在特警队的时候，有个同志失恋了，打了一晚上拳，第二天精神就好了。"

王一川咧了一下嘴，答道："我是不会给你合法殴打领导的机会的。"

他接着就笑了起来，说："我知道你在想什么，你的好意我心领了。我不是在难受，我是在想事情。欧阳，跟他们说下午再开个会，叫刘苡岚把今天这些文件扫描到电脑里去，我觉得这个案子出现新情况了。"

"好嘞！"

看到王一川正常，欧阳宁娟高兴地答应一声，跑回办公室去了。王一川在后面喊道："叫刘苡岚给董姨打个电话，问问傅队那边的情况怎么样了！"

下午开会前，傅朗回来了。他仍然是疲惫的，但是脸上透着舒心。今天的检查结果非常好，经过这段时间的调养，他太太的各项身体指标都符合要求，可以给孩子捐骨髓了。听到这个消息，会议室里发出了捶桌子声和欢呼声。

"啥时候手术？"王一川问。

"定在12月底。"傅朗说，"也就一个月了。"

"钱够不够？"王一川问，"差多少，我们给凑凑。"

"不差多少，你们不用管。"傅朗摆着手，"行了行了，不说这个了，开会。"

等大家都坐下，他简短地说："这次会议是一川建议召开的，就由一川来说吧。"

"好。"王一川直奔主题，"'11·7特大杀人案'现在把凌季雨定为嫌疑人，并且已经开始抓捕。不过这段时间我们陆续又收集到一些新的资料，我觉得这个案子目前还有很多疑点没能厘清。这几天我对材料进行了汇总，理出了一条时间线，大家看一下吧。"

王一川用遥控器点着，在投影上投放出他制作的时间线。

"被害人范桂花，铁山市人，曾与李少萍、王大勇、马东组成犯罪团伙，按照判决书查明的事实，自1996年开始，该四人在辽省铁山市、奉天市和邻省的五平市等地以'仙人跳'的方式流窜作案，引诱男人去宾馆开房，然后抓奸，暴力胁迫抢劫钱财，最终认定的犯罪事实有3起，当然实际的作案数量可能更多。

"2000年2月，凌季雨从苏北老家坐火车返校，在火车上因为猥亵妇女被抓，他猥亵的对象是李少萍，指证他的是范桂花。因为这件事，凌季雨被罚了款，回校还偷了钱。他也由此声名尽毁。

"2000年7月，凌季雨毕业，他没有回老家，也没有去大城市求职，而是去了铁山市，找了个小所当律师，执业至今。

"至少在2003年，李少萍来到了沪海市；至少在2004年，范桂花来到了沪海市；至少在2005年，王大勇来到了沪海市；至少在2010年，马东在沪海市。也就是说，这个团伙的四个人都来到了沪海市。凌季雨什么时候来的不清楚，不过大家都知道，他也来了沪海市。——你们怎么看待他的这些行为？"

"凌季雨在追踪这四个人。"傅朗说。

"没错，肯定是在追踪，否则不会这么巧合。从凌季雨家墙上的字迹来看，他的目标就是这四个人。他知道马东去了甘省，他找到了范桂花的下落。要杀范桂花很容易，哪天走夜路的时候下手，打闷棍捅刀子，简单得很，别人只会认为是抢劫杀人，可是他没有，而是一直在追踪。你们觉得这是什么心理？"

"是想全部找到以后再动手吧？"张云军分析道，"从墙上的字迹来看，他还没找到李少萍和王大勇的踪迹，他需要通过范桂花找到那两个人。"

"没错。"王一川赞同说，"那么这件事就很奇怪了，他这么长时间都不动手，应该就是为了挖出另外两个人，可是他在火车上碰到的是范桂花和李少萍，他为什么还关注马东和王大勇呢？他现在为什么要杀人呢？自己把线索斩断？"

"是挺奇怪的。"傅朗思索着，"你是怎么考虑的？"

"关于马东和王大勇，是不是在指证他猥亵这件事上，这两个人也有参与？"

"文件里没提。"傅朗说，"关于杀人原因，你又是怎么考虑的？"

"我觉得有三个可能。"王一川说，"第一个可能是范桂花要跑，现在不杀的话，以后就没机会了。不过这个可能性不大，因为我们没发现范桂花有要外出的迹象，反而感觉范桂花在沪海市活得非常滋润。第二个可能是凌季雨已经找到李少萍和王大勇，四个人的踪迹已经全部掌握，所以开始动手杀人了。这个可能性非常大，不过目前来看又有点不像，因为凌季雨如果要杀人的话，合理的方式是迅速杀人，把四个人在短时间内干掉。否则一旦打草惊蛇，另外三个人跑了，再找到他们就难了。而且在此期间如果他被我们抓住的话，也就没法报复另外几个人了。可是你们看，在本案中，范桂花死后，长达一个月，凌季雨一直在乱窜和躲藏，没有继续报复杀人的迹象。"

"有没有可能李少萍和王大勇已经被他杀了？"张云军问。

"不排除这种可能，不过我们没发现尸体，不能确认这两个人已经死了。"王一川回答。

"你刚刚说有三个可能，说说这第三个。"有人在门外说。

23 举报与调查

大家一起望去，只见姜局长从外面走进来，后面跟着两个穿深色夹克的中年人，两个人都拎着皮包，再后面是两名警官。其中一位傅朗认得，是分局督察支队的副队长殷宏亮，在局里开会时曾多次见面。

督察号称警察中的警察，专门处理内部人的违纪违法，所以殷宏亮有个绰号叫"阴无常"，意思是比无常鬼还狠。看他制服笔挺，今天肯定又是去处理人了。

"领导，您怎么来了？"

重案队的人全站起来。姜局长摆摆手，直接到会议桌前拉开椅子坐下，两个中年人和殷宏亮等人去了后排。姜局长冲刘苡岚说了句："给我倒水去！给几位领导也各倒一杯。"然后对傅朗道："和他们到附近办事，中午在松园派出所吃了他们的食堂，这不口渴嘛，到你们这里来喝喝茶！你们在开案情分析会？"

"是。"傅朗汇报道，"一川对这个案子有新想法，大家正在分析。"

"有想法好啊。""雷神"局长说，看着投影上的时间线，"继续说吧，刚才说有三个可能，第三个是什么？"他转向一起来的人："大家也都听听。"

"是。"王一川在重案队里习惯有什么说什么，在"雷神"局长面前却有点束手束脚，毕竟他现在的思路有可能与分局现在采取的措施不符。他深吸一口气，提出："第三个可能是凌季雨根本不是凶手，凶手另有其人。"

包括姜局长和傅朗在内，所有的人都用吃惊的目光看向王一川。

"说说你的理由。"

"好。我们现有对凌季雨的怀疑，主要是基于他和范桂花有仇，他跟踪范桂花，他知道范桂花被杀。但是，综合分析下来，凶手和凌季雨的意图似乎有矛盾之处。从手法上看，凶手是希望隐瞒死者被杀信息的，所以采取抛尸江中，在尸块被发现前，凶手也没有任何动作；而凌季雨却采取了向我们主动提供信息的动作，唯恐我们不知道死者是范桂花，你们觉得这两个行为是不是相互矛盾？"

"也许是为了故意挑战警方。"张云军说。

"那他之前为什么要隐藏尸块，抛到江里去？春申江与长江相连，离长江入海口很近，扔到江里要么沉下去，要么不到一晚上就能漂得无影无踪。尸块被发现完全是靠运气。"

王一川说完，就调出凌季雨住处墙上的那些图片和文字。

"你们看，他走的时候留下了这些东西，没有毁掉，是不是在故意给我们留信息？"

"他故意给我们留信息？"重案队的人面面相觑。

"难道不是我们突袭得太快，他没来得及毁掉？"姜局长问。

"我们突袭得不是太快，而是太慢。"王一川说，"技侦分析那房子好几天没人住过了，说明凌季雨几天前就搬离了那里，我们突袭那天他在一边走掉了，说明他早就躲在附近观察着那里。这足以证明，他对我们的突袭是有预计的，并且提前撤离，所以他有足够的时间毁掉那些东西。为什么没毁掉？只有一个解释——留给我们。"

会议室里所有人的表情都凝重起来。

"现在回想起来，案发后凌季雨来过重案队几次，那时我们的尸源协查早就发出去了。他表面上是来揽案子，实际上可能是在打听我们的破案进展。他说死者家属从外地来如何如何，很有可能是故意说的，想吸引我们的注意。随后他就搬出自己的住处，把那面墙留给我们。"

姜局长的手指点着桌子："他这样做的目的是什么？"

"把我们的目标引到范桂花、王大勇、李少萍、马东这几个人身上去。我们假设凌季雨在寻找王大勇和李少萍，他跟踪范桂花去过富利东联金控公司，去过东丰滨城小区，这些地方都不让人随便进入，再加上前几天我在富利东联金控公司楼下又看到他，所以他很有可能在这些地方发现了某人的踪迹，自己调查不了，就干脆把线索推给我们，让我们去找这个人。"

"你这个怀疑很大胆啊。"

"的确大胆，但是有一定道理。现在想来，我们不少线索都来自凌季雨，比如死者身份的确定，范桂花团伙成员的组成。严格来说范桂花和凌季雨之间的矛盾，还有范桂花与富利东联金控公司的关系，这些信息的源头也是从他那里来的。"王一川说，"除此之外，这个案子里有一些事情也是有疑点的。"

"哪些事情？"姜局长问。

"第一，深夜进入范桂花家的一男一女是谁？他们为什么要去？拿走了什么东西？"王一川说，"拿走东西可能是为了隐藏什么，所以这两人很可能是认识范桂花的，那么有没有可能就是王大勇和李少萍？还有他们

195

为什么会有范桂花家的钥匙？是因为他们比较熟，范桂花给了他们钥匙，还是说——他们杀了范桂花，拿到了钥匙？"

"你怀疑范桂花是被同伙杀的？"傅朗问。

"这是我的猜测。"王一川说，"我的意思是，如果是凌季雨杀了范桂花，他应该会拿到范桂花家的钥匙才对。"

大家都想起凌季雨深夜撬门失败的场景，纷纷点头。

"第二，有一家公司的角色很奇怪。"王一川说，"这家叫作富利东联金控的公司在凌季雨跟踪的路线里出现过。范桂花在这家公司有投资，他们每隔一段时间都会给范桂花转账，说是分红。我之前问过他们的老总殷柔，殷柔很肯定地说不认识范桂花，当初负责范桂花的那个业务员也因病死亡了。可是，我今天上午查看欧阳从银行调回的新的明细，发现殷柔的陈述有问题。"

他点开银行明细，展示给大家看。

"考虑到范桂花可能会有隐藏的、注销的账号，里面可能会有她社会关系的线索，昨天我们的同志去人民银行查了范桂花所有的账户信息，并且拉了明细。这张农行的卡是2011年底注销的，大家请看明细第二页，2011年5月11日是谁给范桂花打了10万元？"

"殷柔！"小顾指着投影上的名字，"是殷柔！"

"对，是殷柔。"王一川说，"她给范桂花打过钱，我统计了一下，一共打过两次。她说她不认识范桂花，是不是在撒谎？"

"也可能是业务员借用公司老总的私户给客户打分红，"姜局长指出，"这不少见，因为可以逃税。"

"可是按照富利东联金控公司提供给我们的资料，范桂花是5年前才成为他们的投资人的。"王一川说，"大家再看一下，凌季雨跟踪范桂花的路线里有东丰滨城小区，你们看我在东丰滨城小区的业主名单里找到了谁？"

"殷柔！……冯天海！"傅朗说。

"巧合吗？是不是太巧合了？所以，我由此推论，殷柔其实是认识范桂花的。"王一川说，"我再向大家展示两份材料。"

他按着遥控器。

"这是老苏、小顾、刚子昨天下午分别在江书路派出所和北码头派出所调回来的材料，一份是王大勇2009年因为嫖娼被江书路派出所拘留罚款的资料，另一份是马东2010年因赌博被拘留罚款的资料。你们注意看一下这两张罚款的签收名字。"说着他放大了图片，"帮王大勇交罚款的人，是范桂花；帮马东交罚款的人，是李少萍。这说明什么？"

傅朗答道："四个人都在沪海市，而且彼此之间有联系！"

"所以我觉得，不排除殷柔除了认识范桂花以外，还认识其他三个人。凌季雨在富利东联金控公司那幢楼前盯着，很有可能是希望通过殷柔寻找王大勇或者李少萍。"

"你的建议是什么？"姜局长问。

"一、调查李少萍、马东、王大勇的去向，找到他们，可能就能引出凌季雨，还有助于我们更了解范桂花这个人，这样我们可能会有更多线索。二、将一部分注意力放到这个富利东联金控公司上来，调取他们全部人员的资料，看有没有李少萍和王大勇的踪迹，我始终觉得凌季雨盯着这家公司是有原因的。三、对凌季雨的调查不能放松，我建议派人去一趟凌季雨的母校，了解一下猥亵事件发生后凌季雨在学校的处境，学校又是怎么处理的，这可能有助于我们了解他为什么会这么执着。"

姜局长深邃的目光盯着他看了一会儿，点了点头，答道："我同意。你们把今天会议谈的内容写成报告，给我送过来。"

"谢谢局长！"王一川点点头。在本次会议召开之前，他对自己的观点能不能被接受持相对悲观的态度。姜局长的突然到来和对他观点的接受是意外之喜。

"好了，会开完了，你们大家散会吧。傅朗和王一川留下。"姜局长说。

大家纷纷收拾文件，敬礼出去，留下傅朗和王一川坐在桌边，等着姜局长的指示。坐在后面的两位中年人和督察支队的两位同事坐到桌子对面，打开笔记本。傅朗和王一川对视一眼，感觉气氛有些不对。

"一川，"姜局长的口吻很平静，"你对案子的分析很精彩，我可以负责任地说，在整个沪东分局，论办案能力，没几个比得上你。老傅家里的情况你是知道的，他家里有好几个人需要照顾，所以局里已经讨论过，等这个案子办完了，就要把他调到后勤去，不再让他没日没夜地办案子。说到他的接班人，重案队里我最看好的就是你，你性子直，重情义，这是

197

好事。老柯和周少君的死在你心里有个坎儿，所以你有时候热血一上头就会犯错误，尽管如此，我始终认为你是个好警察。这些年，我对你很严厉，只要犯了错，我就会撸你，这不是针对你，我是想打磨你的性子，我想让你学会站在全队的角度看问题。"

王一川诧异地点着头，不知道姜局长说这些是什么意思。

"也许我过于严厉，让你心理不太平衡；也许我们给了你太大的压力，让你看不到希望。但是，我们毕竟是警察，有些事情无论如何是不能做的。"

王一川有些茫然，感觉姜局长的口气不对，傅朗也一脸惊疑。姜局长站起来，隔着桌子拍了拍王一川的肩膀："犯了错误不要紧，改正了，就还是好同志。人生的路有很多条，但是岔路，不能走。一川，记得说实话。傅朗，你是他的领导，坐在旁边听一下。"

姜局长说完就出去了，留下王一川和傅朗面面相觑。坐在对面的两位便衣中年人和两位督察分别把录音笔放在桌上，打开胸前的记录仪，他们用复杂和惋惜的目光看着王一川，其中一位带着微笑开口道："王一川同志，我是沪东区纪委驻公安局纪检监察组的组长唐志坚，我旁边的这位是组员王旭。这两位是沪东分局督察支队的副队长殷宏亮同志和督察崔光明同志。我们接到了对你的举报，今天来这里代表组织和你谈话，希望你如实陈述，解答一下我们的问题。"

仿佛一道炸雷在天空炸响，炸得王一川目瞪口呆。傅朗在他身边睁大眼睛，看看王一川，又看看桌子对面的人，难以置信地问道："什么意思？你们调查他？是不是搞错什么了？"

"傅朗同志，之所以让你坐在这里，是因为你是王一川同志的领导，"唐志坚客气地说，"我们是代表组织谈话，希望你带着耳朵听，而不是坐在这里发言。"

督察支队查的是警察的轻微违纪行为，驻局纪检组就不一样了，只要他们出动，就一定是掌握了什么比较严重的违法乱纪行为，可能留置，甚至可能双规。今天来找王一川的既有纪检组的人，又有督察支队的人，可以说非常罕见了。

唐志坚转向王一川："王一川同志，我们开始了。"

首先是对身份信息的核实，比如个人及家庭情况，什么时候参加工作，受过什么奖励和处罚等。当这些讲完时，唐志坚郑重地对王一川说道："王一川同志，今天我们代表组织向你提出问题，请你如实回答，坦诚地向组织交代。说假话、作伪证可能承担不利的后果，你明白吗？"

"明白。"

"好的。"唐志坚看了看笔记本，开始提问，"王一川同志，你有没有接受过犯罪嫌疑人家属的请托，联系派出所的同志，要求他们放人或者减轻处罚？"

"没有！"

"确定吗？"

"确定。我从来不做这样的事。"王一川说。

"139××××××××是不是你的手机号？"

"是。"

"我这里有几张照片，这是我们从路家嘴派出所董琛所长、五里派出所蒋代高所长的手机上取得的，上面显示你的手机在这两天分别给他们发送过两条短信，一条是请董琛帮忙，把一个寻衅滋事的嫌疑人给放了；另一条是请蒋代高所长协助，压迫故意伤害案件的受害人写谅解书。这是怎么回事？"

"什么？"王一川大吃一惊，"这不可能！"

"你可以看看。"

王旭把两张照片放到桌子上，王一川抓过那两张照片看去，果然，照片里的手机界面上，两条短信的文字非常清晰，而发件人——就是王一川！

他突然想起了之前董琛打来的电话，终于反应过来了。

"这不可能！我根本没有发过！你们看一下时间，我可以拿手机来核对。"王一川掏出手机，打开短信箱，这时坐在唐志坚身边的王旭伸出了手。

"把手机交给我们，让我们来翻。"他面无表情地说。

王一川把手机推给他，两位纪检干部就低头查看他的发件箱，过了一会儿，王旭抬头问："你不会是删了吧？"

王一川的脸涨红了，他怒视着王旭，问："这话是什么意思？"

"不要着急。"唐志坚说，"小王这句话也确实是我们想问的，你确定你没有发过？"

"我申请组织到移动公司去查，"王一川气愤地说，"我那个时间段发没发短信，你们是能查出来的！"

"好。我们会的。"唐志坚在笔记本上简单地记了一下，又问，"你平时有工作外的收入吗？"

"没有。"

"那你是否曾于上个月28号，到塞纳左岸会所去消费过？"

王一川愣了一下，答道："那天我的确去过那个会所，但是没有消费。"

"也就是说你去过那个会所了？"

"是。"

"为什么去那里？"

"是因为富利东联金控公司的殷柔董事长要把新调到的资料给我，让我过去拿一下。"

"王一川同志，"唐志坚望着他，"公安部'六项规定'的第五项是什么，你还记得吗？"

"严禁出入私人会所或参与'一桌餐'。"

"那你认为你进入这个会所的行为违规吗？"

"我承认违反了规定。"王一川说，"但是我没有消费，拿了文件就走了。"

"你为什么不另约个地方？即便去那里，为什么不让他们送下来呢？"

"地点是殷董事长确定的，因为是她要给我文件，属于配合我的工作，所以在地点上我听从了她的安排。"王一川说，"在会所的时候，我觉得人家本来就帮忙了，我还要人家跑腿送下来，太不好意思，所以就上去了。"

"你和殷董事长很熟吗？"

"不熟。因为工作建立了联系。"

"可是据我们了解，你们在里面待了至少半个小时，还开了酒。拿个文件有必要用这么长时间吗？有必要喝酒吗？"

"哦……"王一川感觉自己的心沉了下去，这样的行为确实难解释，"我在里面等了殷总一会儿，当时服务员给我开了啤酒，我没敢碰，因为怕那里的啤酒太贵，碰了就得付钱。"

听到这句话，坐在一边的两个督察扑哧一声笑出来了，唐志坚也笑了。

"后来殷总来了，把文件给我，说借着我在的机会，逃一下另一个房间的酒，我就陪着坐了一会儿。"

"你就去过这一次？"

"是。"

"那么为什么我们从那家会所查到你是他们的金卡会员？"

"你胡说什么？"王一川一拍桌子站了起来。

"拍什么桌子？你给我坐下！"对面的王旭站起来喝道。

傅朗连忙站起来，半拉半劝地把王一川摁到椅子上，扭头对唐志坚道："领导，这绝对是搞错了！王一川这个同志平时抠得很，他怎么会去会所办什么金卡？"

"这个可由不得他否认。"王旭冷漠地说，把几张纸扔过来，"金卡，额度为80万元。人家这卡不是随便办的，要有你的身份证才能办，自己看一下，这身份证照片是不是你的？你不提供身份证原件给人家，人家怎么给你办卡？"

王一川抢过那几张纸，气得浑身发抖。他终于意识到这是有人精心给自己设置了圈套，一只无形的手想要把自己拉入深渊。

到底是谁要害自己？

他狠狠地把纸扔回桌子上，嚷道："这是圈套！身份证确实给过他们，因为会所的人说我不是会员，进入时要登记身份证。我没有办卡！我也没有办卡的钱！"

"王一川同志，你确定你没有工资外的收入？"

"没有！"王一川怒喝道。

"那你能不能解释一下，为什么你的工资卡里会有七八笔不同的人打给你的钱款呢？"

唐志坚把一份银行卡明细交给王一川，账号是王一川的工资卡账号，上面用荧光笔做着标记。

"十几天内，有个叫杨文雄的账号给你打过两笔，一笔5万，一笔7万；有个叫车文杰的给你打过一笔15万；还有叫潘丽红的，叫谢慧娟的，总共打给你的金额有72万。五天前，这几笔钱被统一划到了一位叫谭小雅的账户上。这个谭小雅你认识吗？"

"认识。"王一川脸色阴沉,"之前是我女朋友,现在分手了。"

"为什么会分手?"王旭插话问。

"我不想回答这个问题。"王一川感觉自己要爆掉了。

"那这些钱你知道吗?"唐志坚问。

"不知道。"王一川说。

"为什么呢?这是你的卡。"

"之前……"王一川压抑着内心的暴躁说,"我的工资卡是女朋友保管的,所以这些钱款的往来我不清楚。"

"那工资卡现在在哪里?"唐志坚问。

"在我这里。三天前分手的时候她还给我了。"

"这是你的解释。"唐志坚慢慢地说。

"是。"

"其实,我们在来之前,去找谭小雅女士了解过。"唐志坚叹了口气,"她和你说的不一样。谭小雅女士明确说,她从来没有拿过你的银行卡,对里面的钱款往来一无所知。"

"什么?"王一川一愣,"她、她这么说?"

"所以,让我们回到一开始的问题上,你是不是通过关说案情获利,所得钱财用于会所这样的高消费?"

王一川坐在那里,寒意一直渗到了内心深处。他不知道自己得罪了谁,或者威胁到了谁,让对方编织出这样一张大网,想把自己拖入万劫不复的境地。最让他感到难以接受的是,在这股把自己往下拖的黑暗力量里,谭小雅竟然也在出力。

24 举报

其实,唐志坚和王旭是上午去BIB公司找谭小雅了解情况的,毕竟从他们调查的银行明细上看,有72万元一次性打到了她的账户上。当谭小雅得知面前坐着的是纪委的人时,她的心一下子缩紧了。

按照和冯天海事先商量好的讲法,她说:"这是王一川打给我的分手费。"

唐志坚很吃惊,问:"他打给你72万块钱当分手费?他的积蓄很多吗?"

"这,这个我不知道,"谭小雅掩饰地喝了口水,"我也不知道他有多少钱,转多少钱都是他自己操作的……"

在那次办公室激情后,谭小雅就已经打定了主意和王一川分手,之所以没及时提出,一是不知道怎么开口,二是需要时间处理那些投资收益。既然分手,就要断得干净些,她把王一川的工资积蓄大约21万留在卡里,其余的72万元收益全划入了自己的账户。

在冯天海家照顾他的那几天,他们也讨论过分手后的风险管控问题。在冲浪浴缸里,她枕着冯天海的肩膀,一边心疼地看着他身上的瘀伤,一边听着他的分析。

"如果好合好散也就罢了,"冯天海说,"可是从现在看,王一川恨我恨得要死啊……所以,该防也得防着。"

"他……应该不是那种没完没了的人。"谭小雅迟疑地说。

"不怕一万,只怕万一。"冯天海宠溺地说,"小雅,你是个单纯的女孩子,把任何人都想得很好,不过小心一点儿总是没错的,万一有事情来了,我们得有个预案对不对?"

"嗯。"

"你之前跟他谈过借钱投资的事……"冯天海沉吟着,"也就是说,他有可能知道你跟客户借钱,这可是违反你们公司纪律的事啊……你的收益又是打到他的卡里,所以他可以轻而易举地证明你有收益。他有可能向你们公司举报。"他轻轻地敲着脑袋:"伤脑筋,不能让你们公司知道你跟客户借钱投资的事……"

"那些客户都是求着我帮投的,"谭小雅说,"说好了不会跟公司讲的。"

"这就好。"冯天海点点头,"那万一王一川举报了,公司就可能要求你说明这些收益的来源。这事不能让他抓住辫子。好在我打给你的收益,都是用不同账户打的,王一川一时半会儿也找不到是谁打的钱。这样,万一有人来查,你就说那卡你从来没拿过,里面进出的钱你都不知道,你根本不知道投资的事。"

"可是那钱我转到自己的卡里了。"谭小雅失声说。

203

"就说是王一川转给你的分手费。"冯天海说，"你放心，一般不会有人来问的。那毕竟是王一川的卡，所以只要他脑子清醒，应该不会为了报复你向你们公司举报。万一举报，只要你不承认拿过他的卡，麻烦的就是他。他可是警察，卡里有那么多不明资金，够他喝一壶的。"

谭小雅放心了。尽管她相信王一川不会来闹事，但是冯天海这样为她考虑，还是让她发自内心地感到幸福。更让她感到幸福的是，冯天海给了她一张卡，还有一个账户和密码。

"这张卡里有20万，是我平时零花的。"冯天海说，"每月的薪水也会打到这里面。现在给你，你拿去花吧，反正以后我所有的钱都是要交给你的。"

这句话非常甜蜜，谭小雅却面露疑惑：只有20万？

冯天海把她带到电脑前，打开一个软件，让她输入自己给她的账户和密码。谭小雅点击登录后，一个复杂的界面出现在屏幕上。

"这是我的投资账户，我80%的财产都投在里面了，我给你看一下余额。"

冯天海点了一下左下角，屏幕上出现了一个对话框，冯天海点击了上面的"查看余额"按钮，于是银灰色的界面上出现了蓝色的字体。

"个，十，百，千，万……千万——6800多万？"谭小雅惊叫起来。

"对，这些是投资的钱。还有一些房产，还有在国外的一些投资，等我慢慢拿回来，都交给你保管。"冯天海说，"以后咱家的一切都交给你保管，行吗？"

"讨厌，谁跟你咱家咱家的。"谭小雅脸红红地说。她的心激烈地跳动着，感觉一切都是那么的不真实和梦幻，她宛如进入皇宫的牧羊女，马上要接手一个国度。

谭小雅设想着自己将成为亿万富翁。

"不愿意啊，"冯天海为难地说，"那，要不我给别人？"

"你敢！"谭小雅叫了一声，这次是她主动把冯天海扑倒在地。她粗暴地扯开冯天海的睡袍，心里只有一个念头：一定要使尽浑身解数，牢牢抓住这个男人，条件这么好的男人，千万不能让他跑了！从现在起，她将对冯天海百依百顺，绝不做任何让他不开心的事，绝不违背他的任何意愿。她不仅要占有冯天海的身体，还要让他在灵魂上离不开自己。

事情果然如冯天海所料，真的有人来查问王一川卡里的投资款的事了。谭小雅惊叹于冯天海的先见之明，同时对王一川恨了起来。还会有谁知道工资卡里的那些钱呢？还会有谁有这个能力去银行拉明细呢？王一川为了报复自己，竟然真的举报了，他就不怕引火烧身？

虽然对"为什么来的人是纪委的"感到疑惑，可是谭小雅是不会给自己留下任何潜在风险的。如果承认那是自己的投资收益，必定要说明资金来源，谁能保证这事不会捅到公司那边去？她得保住自己的工作。再说，等冯天海把富利东联金控公司所有人员的保单都弄过来，那提成会是一笔巨款，这笔钱无论如何都是不能放弃的。

谭小雅是个有规划的女子，她知道，像冯天海这样的优秀男性身边绝对少不了烂桃花，所以哪怕自己成为冯太太，在彻底掌握冯天海的财产前，她仍然需要保留自己的事业作为退路。因此，她现在绝不能承认任何与借钱投资相关的事，包括收益。

当她向唐志坚说出"我也不知道他有多少钱"后，唐志坚的脸色凝重了许多。

"作为他曾经的女朋友，你对他的财务状况了解吗？"他问。

"不清楚。"谭小雅说，"我很弱势的，他有多少钱都不告诉我。"

"据你所知，他有没有其他的收入或者投资？"

"不知道。"

"他有没有提到过受谁的委托办事什么的？比如捞人啊什么的？"

"这个不记得，他电话多，里面讲的那些事我都不明白，所以真的不清楚。"

谭小雅意识到不对了，纪委的这些问题不是来调查投资的事，听起来分明是在调查王一川啊！那家伙怎么了？难道他背地里有什么贪污腐败？他那个职位，真要捞钱的话也不是不可能……

话已经说出去了，收不回来。更关键的是，对方可是纪委，自己绝对不能与这件事沾边。

唐志坚点点头，又问："他平时花销大吗？"

"还好吧。"谭小雅迟疑地说。

"他有没有带你去过这家会所？"唐志坚把一张照片推给谭小雅，上面是塞纳左岸会所的图片。

"没有，他还去会所了？"

"他是这里的会员，你知道吗？"

谭小雅睁大眼睛，心里突然涌出一股怒气。王一川平时对自己那么抠，居然还去会所？和谁去的？知人知面不知心啊，这个人是不是在外面……

如果说谭小雅在此之前还对王一川有一丝愧疚，现在完全烟消云散了。不仅如此，想到王一川在和自己谈恋爱时同别的女人在会所里饮酒作乐，她心里像被猫抓了一样，充满了被"背叛"的恨意。虽然这次是她选择分手，她却不能忍受王一川的"出轨"。

"他这个人，反正狐朋狗友多，出去吃吃喝喝我也不知道。谁要是求他办什么事，他也不可能跟我说。我就是因为在他身边没有安全感，才和他分手的，分手的时候他还打了我新男朋友，打得特别狠。"

"他还打人？"

"打得可狠了，现在还浑身是伤，上不了班。"

唐志坚和王旭对视一眼，这个叫王一川的分明是警察队伍里的败类，长期以来，沪东分局难道没有发现？昨天上午接到举报时，他们还和沪东分局的姜局长通报过，那个姜局长开口就说不可能，还要求调查了以后再下结论。可是经过他们在派出所、塞纳左岸会所、银行的调查，王一川受贿帮人减轻处罚、腐败堕落的事实简直铁证如山，现在连他前女友的证词都对他不利。

"谭小姐，感谢你的配合。"唐志坚说，"我这里有一个账户，是我们沪海市的一个财政账户，受纪检监察部门的监管。请你把那72万元汇到里面去，暂时由财政账户保管。"

"为什么？"谭小雅叫起来，"这，这是他给我的分手费，为什么要汇到那什么财政账户里去？"

"谭小姐，请您配合。"唐志坚客气地说，"我不瞒你，这些钱可能是受贿所得，虽然打给了你，但来源可能是不合法的，换言之，是赃款。所以在我们调查期间，这笔款项暂时由财政账户保管。请你放心，如果最终查明这笔钱是干净的，我们会如数返还给你；如果这笔钱确实是受贿所得，我们可能会罚没。"

"这不合理！"谭小雅眉毛竖起来，"他的事跟我有什么关系？那是我的钱!"

"如果你不配合,我们会强制划扣。"唐志坚说,"而且我们可能会追究你拒不配合的责任,你可能会被罚款或承担相应后果。"

谭小雅被吓住了,她陷入了两难,脸一阵青一阵白。如果承认那钱是自己投资的收益,可能会暴露自己借钱投资的事;如果说那钱是王一川收的钱,王一川可能构成受贿,自己拿到的钱就要被迫交出来。

这样的局面是她完全没想到的。可是,面对两位干部严肃的表情,她不敢对已经说出去的话做任何修改,修改等同于承认自己在污蔑王一川,而且她也不知道如何改口。

72万是她这段时间的收益,如今交出去,像挖了她的肉一样疼。她突然恨极了王一川:你自己贪污腐败也就算了,为什么连累我损失72万!

她当着唐志坚和王旭的面进行了转账,脸色铁青。转账的同时,她也暗自庆幸自己和王一川分手那么及时,谁能想到那家伙背着自己在外面有那么多花头?万一继续和他在一起,他被抓了,自己可怎么办?

"我想问一下,我给你们作了证,他会不会对我打击报复?"

"你不用担心。"唐志坚说,"如果一切属实,王一川可能会被我们留置,他没有办法来找你。请在我们的笔录上签字吧。"

谭小雅的陈述成了对王一川的关键一击,她否认持有过王一川的银行卡,等于说那些钱是王一川收的。结合前面的调查,唐志坚和王旭想当然地得出了"王一川通过关说案情获利,所得钱财用于高消费"这样的结论。

王一川心如死灰。虽然分手了,谭小雅在他生命里留下的痕迹是磨灭不了的,他努力回避她,不去想她。可是当他知道谭小雅在害自己时,那种绝望一直冷到了灵魂最深处。

六年的感情啊!!!

我何负于你,你竟然害我???

他木然坐在那里,似乎失去了灵魂,以至坐在对面的王旭觉得他们已经利用关键证据击溃了王一川的心理防线。一旁的殷宏亮和崔光明脸色铁青,看着一言不发的王一川,交换着眼神。

傅朗忍不住了,他身子前倾,说道:"这叫什么话?他会受贿关说案情?"

"我们在讯问王一川，傅队长请不要打断。"王旭冷冰冰地说。

"你这个同志怎么回事？"傅朗一拍桌子吼了起来，"你说他受贿，说他打招呼，这不是开玩笑吗？他在队里十年了，你打听打听，哪个派出所他去打过招呼？还有你说的那个工资卡，他把工资卡交给女朋友的事，整个重案队都知道，都拿这个笑话他！你去问问！"

"对，这事我们都知道！"

门砰的一声被推开了，张云军、欧阳宁娟、苏晓巍、刘苡岚挤了进来，一个个脸色铁青。张云军老成一些，用汇报的口气说："两位领导，我们都是重案队的同事，对这事知情。王一川的工资卡是交给女朋友的。"

"这是干什么？"王旭火了，"这是在讯问呢，你们怎么进来了？"

他心里淤积的不爽一下子爆发出来了。事实上，从谭小雅那里回来后，他已经基本确定了王一川的罪行，可是向姜局长汇报时，姜局长面对证据却一副怀疑的样子。下午他们要直接找王一川调查，姜局长却坚持要亲自过来，还指定督察支队派两个人跟着，理由是听说王一川有打架行为，这个行为是归督察支队管的。

于是就形成了一个奇怪的场景：纪检组调查的时候，督察支队有两名警员坐在一边听着，姜局长还指定重案队队长旁听。这其实不合规矩，但是考虑到姜局长一向刚正不阿，公开调查过程有助于获得他对调查结果的支持，所以唐志坚笑着答应了，王旭却感觉非常不满。

此刻，傅朗插话拍桌子，重案队的人也涌了进来，一个个怒目圆睁，王旭忍不住发火了。

唐志坚老成一些，伸手止住王旭，和气地问："这位同志，你说你知道，请问是怎么知道的？"

"队里聚餐过。"张云军说，"当时各自带了家属，王副队长也带了女朋友来了。当时我们夸王副队长是绝世好男人，说他工资全交，家务全包。谭小雅说：'他还有一张卡没给我呢，谁知道他还有多少钱。'"

"对，当时我也在。"欧阳宁娟说。

"这能说明什么？"王旭问。

"领导，你们可能不了解情况。"张云军说，"王队有两张卡，一张卡是工资卡，另一张是专门用来打报销款的，我们办案需要经费时，也要从这里取。谭小雅说的就是这张报销卡。"

"你的意思是,通过这句话可以推断出王一川的工资卡已经在谭小雅手里了?"唐志坚问。

"对。而且这事我们都知道。"张云军说。

"这个证明比较间接,你们有没有人亲眼看见过谭小雅拿着王一川的卡?"唐志坚问。

重案队的人面面相觑,都摇了摇头。

调查到这里似乎陷入了僵局。唐志坚叹了口气,对王一川说道:"王一川同志,依照工作规则,我们可以依规依纪依法采取谈话、讯问、询问、留置等措施。根据你目前的情况,我建议对你采取留置措施,进一步调查,你可以提出申诉,不过不影响我们采取的措施。"

"等等,老唐啊,你听我说句话好不好?"坐在一边的殷宏亮突然开口了。

"殷队长,你有什么意见?"唐志坚问。

"我刚才旁听了整个讯问过程,有点个人观点。"殷宏亮说,"目前王一川涉及三个问题,可是听起来他都给出了回答,我听着这回答也是合理的。就拿第二个,那个什么金卡说吧,他说不知情,那么卡是怎么办的?开卡时总得有他的签字吧?消费过没有?消费过几次?有没有签单?如果都没有他的签字,就说是他去办的卡,他在里面消费了,这个证据确实有瑕疵。还有那两条短信打招呼的事,想商量什么事情一个电话打过去就行了,留不下任何痕迹,非要发短信留痕迹,谁会这么傻啊?而且他不是提出要求你们去移动公司调查了吗?光从这两件事上看,这个案子就需要进一步调查。在调查不明朗的情况下就要留置,是不是不妥当?"

"他银行卡里的钱呢?"王旭问,"这又如何解释?"

"听起来他和他女朋友的话是相互矛盾的。"殷宏亮说,"刚才同志们也说了,很多人都知道他把卡给了谭小雅,虽说不是亲眼见到,但你们也不能不考虑谭小雅说话不属实的可能啊。我觉得这件事你们得找谭小雅再问,像老张同志和欧阳同志提到的那件事,谭小雅有没有印象?她当时说那句话是什么意思?事情搞清楚了,该留置就留置,也让人心服口服嘛。"

"对呀,这事情还没查明白,怎么能留置呢?"傅朗在一旁说。

王旭气得满脸通红,沪东分局这些人似乎故意在和他们作对。唐志坚却低头思考着，不得不说，殷宏亮不愧是个老警察，被他这一分析，目前掌握的证据确实存在疏漏。

"你说得有道理。"唐志坚说，"在王一川同志否认的情况下，这些证据确实需要进一步核实。既然如此，我们今天不对王一川同志采取留置措施。"

王旭吃了一惊，打算说什么，但是唐志坚已经说下去了："不过，我对王一川同志提出要求。第一，不允许去骚扰任何证人，比如那个塞纳左岸会所的人，特别是谭小雅。如果我们知道你去骚扰她，我们会立刻对你采取留置措施。第二，调查期间，不允许持枪，不允许离开沪海市，而且要保证随叫随到。没问题吧？"

王一川缓缓答道："没问题。"

"对组织上的调查讯问不要有抵触情绪，我们接到了举报，就必须调查。只要你身子正，就不要怕影子斜。如果你有什么线索，可以随时向我们反映。"

唐志坚说完，就扭头望着殷宏亮，笑道："老殷，姜局长特意让你来拆台的吧？"

"哪儿的话！"殷宏亮笑道，"我们的目的是一样的，都是清除害群之马，但一定要确保证据确凿。而且今天我是来处罚王一川的，哪里是来拆台的呢？"

"哦，你要处罚他？"唐志坚好奇地问，"处罚他什么？"

殷宏亮咳嗽一声，拿出一张通知，递给傅朗："三天前，王一川同志因为私人感情问题，在一个地下停车场里打了一位市民。局里知道这个情况后高度重视，认为王一川同志这个行为严重违反了纪律，影响恶劣，损害了公安机关在人民群众心目中的形象。经研究，决定对王一川同志做停职等候处理！"

傅朗接过这张通知，眼角抽搐了几下，重案队的人个个脸色阴沉。他们无话可说，因为王一川确实打过冯天海，给个停职处分并不算重。

"行了，这样的话，我们就先回去了。"唐志坚说，"今天的情况也得向上面汇报一下。"

王一川转向唐志坚，问道："领导，我能不能问一下，你们什么时候接到举报的？"

"前天。"

"只调查了两天，"王一川问，"就有了这么多证据？"

"的确很快。这一次的举报材料非常详尽，有明确的指向，"唐志坚说，"我们跟着材料提供的线索，顺利调取到了资料。"其实这次来之前他也感觉奇怪，因为这次的举报材料非常翔实，里面有事由、时间、地点、联系人，他们直接到现场核实就可以，这在以往的举报里是不多见的。

王一川点点头，不吭声了。唐志坚收拾好东西，就很客气地跟大家告别，临走还和王一川握了握手。王旭则气呼呼地跟在他身后，目不斜视。等他们离开会议室，傅朗抹了一把额头上的冷汗，对殷宏亮道："老殷，这次多亏你了。"

"别谢我，我只是客观提出意见。"殷宏亮说，"王一川，说说吧，你小子是怎么回事？"

"有人在陷害我。"王一川眯起眼睛。

"你认为谁会陷害你？"殷宏亮脸色凝重地问，"为什么要陷害你？"

"我去会所拿资料是殷柔选的地方，在那里他们要了我的身份证去登记；我的卡被谭小雅拿着，知道这张卡的人只有她，现在她是冯天海的女人，也就是说冯天海可能知道；谭小雅没理由撒谎，她那样陈述，只可能是冯天海要求她那样说的；此外，我最近调查范桂花被杀案，曾找过殷柔，想要他们公司全部人员的资料……"

王一川凝神思索半晌，说道："从造证据污蔑我的这几件事上，殷柔和冯天海最有便利。我怀疑对我的举报和富利东联金控公司有关。"

25 大失误

王一川被停职了。

他收拾好自己的东西，背着背包，由傅朗和殷宏亮陪同着出了办公室。走到院子里，他回头问："我的警证要先交回来吗？"

"停职，不是开除。"殷宏亮说，"等开除你的时候，我一定收回来。"

他看看外面，低声说："姜局长一开始就不相信你小子有问题，他怀疑你是因为办案子得罪了人。这次停职也是要看看,那些人是对着你来的,还是对着案子来的。"

他说完就板着脸,一副公事公办的样子。重案队的人站在院子里看着王一川,小顾想来接王一川手里的包,被王一川拒绝了。

"头儿,我开车送你回去吧。"

"不用,我骑共享单车。"王一川摆摆手。走过欧阳宁娟身边的时候,那位女汉子眼里全是伤感。所有的人都知道王一川被谭小雅在背后捅了刀。欧阳宁娟对此颇为心疼,面对王一川清澈的目光,她必须说点什么,于是她再次劝道:"哥,你真的不需要我跟你打一场?"

王一川笑了笑,说:"妹啊,我都这样了,你还想打我一顿?"

他低声对傅朗和张云军说:"盯住富利东联金控公司这条线。"说完就摆摆手,在大家复杂的目光中走出重案队的大门。

天已经黑了,路灯散发出柔柔的光。王一川望着四周,心里猜测会不会有几道目光在盯着自己。他低着头,以一副沮丧的形象走到街边,找了辆共享单车,落寞地骑车远去。

在家的附近,他进了一个小店,特意坐在一个靠窗的座,孤独地喝到很晚,才踉踉跄跄走回家去。

"王一川被停职了。"

谭小雅正在挂衣服的手停住了,她扭头望着冯天海,问:"什么?"

"他被停职了。"冯天海坐在换鞋凳上,扯着领带,"我有个朋友是公安局的,跟我说今天下午他们局长亲自带了纪委的人去审他,虽然没把他抓起来,但是已经把他停职了。他是一个人孤零零走的,都没人敢送他,晚上找了个小店喝得醉醺醺的。"说到这里,他眼里射出了阴狠的光。

"不会跟我说的那些有关吧?"谭小雅紧张地问。

"那些占不了多大比例。"冯天海说,"从那边传来的消息说,你这个前男友可真是个神人,他收黑钱,帮人家减刑,还在高档会所里花天酒地,一张金卡就是80万!在里面又嫖娼又赌博,相当嚣张。"

"不要把我再和他说在一起!"谭小雅恼怒道。她接着就皱起眉头:"不对啊,他不像这样的人啊……以前也没有迹象……"

"你好像还很关心他啊……"冯天海淡淡地说。

"你在胡说什么！"谭小雅嗔怒道，"你再说，我可要生气啦！快去洗澡！"

这两天她是在冯天海这里住的，江景豪宅让她乐不思蜀，爱情的甜蜜让她流连忘返，她心甘情愿地在他面前做一个小女人，为他洗衣做饭，为他打扫房间，对于他随时提出的变态要求也一概满足，并且从中发掘着刺激与快乐。冯天海是她的希望，是她的全部，她不希望自己有任何地方让他不快，她不希望自己有任何地方让他觉得自己还想着前男友。

谭小雅怎么都想不到，也就几天的时间，自己无论是环境、生活方式，还是心理，全部发生了翻天覆地的变化。起初她对放纵还感到少许羞耻，后来感到的完全是刺激，并且迅速沉溺其中不能自拔。不管是以前那个男人，还是以前那种循规蹈矩的生活方式，谭小雅都不想再回去了。豪宅，奢侈品，醉生梦死的生活，狂野乃至变态的性爱，每样都让她体验到了不一样的人生。

还有更多的财富即将到来，她以后会是名媛，喝着香槟，香肩半露地斜倚在江边住宅的阳台上，江风吹拂着她的长发，永远地与普通、破烂、阴暗潮湿的老式公房绝缘。

以前的自己简直就是个笑话。

晚餐是精心烹制的，她使出了浑身解数，心里还有些遗憾：为什么和王一川在一起的那几年，没有把他的厨艺学过来一点。好在冯天海吃得还算香甜。吃完晚餐，她收拾好厨房，端着切好的水果来到沙发边，蜷在他的怀里。

"天海，那两个人让我把72万划到他们那什么财政账户去了。"谭小雅纠结了半天，还是开了口，"那是我这段时间的收益，本来想拿出一部分给我妈，剩下的放在那里给客户们付第一期的利息，他们把钱划走，怎么办啊？"

冯天海叹了口气，揽住她的肩膀，用脸颊贴着她的头发，低声说："我也是没想到王一川会有这么多破事，还预防着他主动来告发你呢。幸亏我们之前商量过，否则如果你说他的卡在你手里，他的那些贪污受贿款就等于是你收的，你就是共犯！"

"啊？"谭小雅身子一颤，"会这么严重？"

冯天海点点头："幸好你和他分手了。这个人太害人了，他会把你拖下水的。好在你没承认拿过卡，不过那钱估计真的要不回来了。"

谭小雅暴怒起来："我就知道他做不出什么好事来！你说我跟着他得到过什么？现在还要被他连累！……"

"行啦，姑娘。"冯天海宠溺地抚摸着她的头发，就像安抚一只炸毛的猫，"钱没就没了吧。过两天我从投资账户里提点钱出来补给你。"

"这么好？"谭小雅扭头望着他。

"我所有的钱不都是你的吗？"冯天海把额头贴在她的额头上，"乖了，别为那个人生气了，不值得。你记住，这个世界上能用钱解决的都不是事。其实我今天就可以转一点钱出来，不过这几天我把咱俩的钱全投到期货里去了，内幕消息说中东可能又要打仗，石油价格肯定要涨，我把所有的钱集中起来，打算做个100倍杠杆。明白什么意思吗？只要这一笔投对了，1万块钱可以变成100万！所以你要是不急的话，等我们捞完这一笔再给你补。不过到那时候，你可能也看不上这点小钱了，因为光你那500多万，就能变成5个亿，你自己就是小富婆了！"

听到这个数字，谭小雅脑子里一片空白，期期艾艾地问："5……5个亿？"

"对，所以我现在不想抽钱出来。"冯天海说，"1比100啊！"

谭小雅对投资一窍不通，但是冯天海算的数字她听明白了。"不能！不能抽钱出来！"谭小雅激动得语无伦次，"天海，老公，亲爱的，我，我，我爱死你了！……"她突然扑上去，抱着冯天海死命亲了起来。

冯天海被她吻得喘不上气，两个人直接从沙发背上翻过去，摔到了沙发背后，幸亏地上铺着厚厚的地毯。从地上爬起来，两个人惊魂未定，互相看着，突然都笑了。

"等咱们做完这一单，就去欧洲旅游吧，"冯天海说，"等回来，咱们去把结婚证领了。"

"讨厌，谁要嫁给你。"谭小雅脸红扑扑地说，"双方家长还没见过呢。"

"小雅，第一次见到你的时候，我就沦陷了。"冯天海捧着谭小雅的脸，认真地说，"自从看到你以后，我的心里就装不下别人了。对我来说，你就是女神，我哪怕碰一下你的头发，都是对你的亵渎。我爱你，我从灵魂深处爱着你，我所有的一切都会给你，只要你陪在我身边就行。"

"亲爱的,我会一辈子陪在你身边的。"谭小雅娇羞地说。

冯天海幸福地笑了。他走到阳台上,利用寒冷的空气使自己冷静下来。谭小雅从后面抱住他,把发烫的脸颊贴在他的后背上。冯天海看着夜空,轻声说:"小雅,你知道吗?我现在是世界上最幸福的人。"

"我也是。"

"我要赚更多的钱,我要让你一辈子活得像女王一样。"冯天海的声音越来越有力,"我明天就去借钱,加大我的本金数量,七天之内,我要再调集3000万的资金,这一次,我要尽可能多赚钱!"

"我也去借!"谭小雅咬住嘴唇,想起今天被划走的72万,又痛心起来,"可惜,今天那钱……"

"别想了。"冯天海转身抱住她,"记住我说的话,如果再有人来问你,你还是要坚持说自己没有拿过那张卡,知道吗?我绝对不让你和那个人的贪污腐败有任何牵连,我要你好好的,我要你一辈子都平安,明白吗?"

谭小雅点点头,沉醉地伏在冯天海的怀里。她闻到了冯天海身上男士香水的味道,那味道和她的未来一样,迷人,充满诱惑。

第二天早上,谭小雅慵懒地睁开眼睛,冯天海已经出门了。桌上留着牛奶、煎蛋和吐司,还有一张纸条。冯天海在纸条上说了三件事:一是他已经跟秦观月打过招呼,说今天会请谭小雅过来谈进一步推进保险计划的事,所以谭小雅不需要赶着去上班,可以多睡一会儿,如果不想上班的话就不要去了;二是他今天会很忙,有个大项目要谈,可能回来得比较晚;三是书房里有一台电脑开着,让谭小雅千万不要动。

第一件事让谭小雅感到了被宠溺的美好,第二件事让谭小雅感到了小妻子等待丈夫的幸福,第三件事……勾起了谭小雅的好奇心。

连账号和密码都给自己了,还有什么是自己不能碰的?

她披着轻纱一般的睡袍,秀发蓬松,穿着可爱的兔子拖鞋,溜达着推门走进冯天海的书房。书房也是江景的,在书柜前有一张硕大的办公桌,桌上有一个屏幕很大的苹果电脑一体机。旁边还有两个多出来的屏幕。三个屏幕上不同的数据滚动着,其中有一个界面很像股票交易界面,还有一个屏幕上有曲线和不同颜色的光柱。电脑前面凌乱地堆着一些文件,上面充斥着各种术语和曲线。

谭小雅看不懂,但她知道这一定是天海辛苦计算着怎么投资的东西。这些东西真复杂,果然只有商业精英才能玩得转啊!

哼哼哼,这精英是我的了。

谭小雅离开书房回到餐厅,一手端着牛奶,一手拿着夹了煎蛋的吐司走到落地窗前。清晨的阳光透过玻璃洒在她的脸上和身上,一切都是那么美好。居高临下望去,江上往来的船只和对岸的高楼悄无声息,街道上的行人像蚂蚁一样挪动着。

不想上班了,不想上班了,就在家里待着吧!如果秦观月问的话,就说自己在富利东联金控公司谈业务,反正冯天海一定会给自己圆谎的。

吃完早饭,谭小雅旋转着倒在沙发上,打开电视,她穿着雪白的纱裙,觉得自己如同一个仙女。看了一会儿电视,又打了一会儿瞌睡,上午10点多,她换了一身居家服,开始懒洋洋地打扫房间。

"以后得雇个佣人在家里才行啊……"

冯天海昨天换下来的衣服还没洗,谭小雅将衣服一件一件扔进洗衣机。在她打算启动洗衣机时,她听到了"嘀嘀嘀"的声音。

谭小雅停下动作,凝神去听,"嘀嘀嘀"的声音就是从家里传来的。她从卫生间里走出来,循着声音一直找到了书房里。在那张硕大的办公桌上,电脑正在发出刺耳的"嘀嘀嘀"声。

出什么事了?谭小雅惊疑地绕过去看着屏幕,三个屏幕上依然是不同的数据滚动着,红绿的代码、价格、曲线和不同颜色的光柱,一切似乎都很正常,但是电脑却持续发出"嘀嘀嘀"声,没有中止的迹象。

一定是出什么问题了,有什么东西在发警报。谭小雅不敢碰电脑,毕竟冯天海专门留纸条让她不要碰,可是这"嘀嘀嘀"声实在吓人,万一是电脑坏了呢?想到冯天海的投资是数以千万计的,谭小雅不敢怠慢,急忙奔回客厅找到自己的手机,给冯天海打电话。

电话打过去,冯天海的手机是关机的。谭小雅想起冯天海的留言说今天会很忙,有个大项目要谈,猜测他现在应该是在谈项目,手机关机了。"嘀嘀嘀"的声音还在响着,在寂静的房子里显得清晰刺耳,通常这样的报警声表明有什么东西出故障了,特别是这声音还是从冯天海的电脑里传出来的。谭小雅不敢怠慢,又给富利东联金控公司的前台打电话,电话接通后,她急促地说:"给我转冯天海副总!"

前台答复:"冯副总在开一个非常重要的会议,他说过任何电话都不接。"

"很重要的事!"谭小雅焦急地说,"非常重要,请务必联系他!"

"对不起,小姐,"前台说,"他参加的会议非常重要,开会前殷董事长下过指示,所有人关闭手机,就算是家里着火了,也要向后排。您有什么话可以告诉我,我帮您留言。"

"不用了。"谭小雅挂断电话。要怎么留言呢?难道说"他的电脑在'嘀嘀'响"?她回到书房,看着制造噪声的电脑,想了想,把书房的门关上,隔绝了那声音。

然而当她回到卫生间操作洗衣机时,心里却越发地不安稳。电脑在报警,万一坏了怎么办?冯天海会不会发怒,因为自己明明在家里,却没有采取任何措施?

她心神不定地按下洗衣机启动键,终于还是去了书房,推开书房的门,"嘀嘀"声又变得清晰刺耳。谭小雅来到办公桌前,仔细观察着三个屏幕,她实在不知道发生了什么,最终迟疑着把手放到键盘上,在右下角的回车键上敲了敲。

报警声戛然而止。

谭小雅惊疑地看着屏幕,屏幕上的内容似乎没有什么变化,还是红绿的代码、价格、曲线和不同颜色的光柱。唯一不同的是,那烦人的"嘀嘀"声消失了。

原来这么简单。亏她还心急火燎地打电话给冯天海,让他知道了还不得笑死自己。谭小雅松了口气,这可是冯天海赚钱的来源,他会通过这些界面赚几千万、几亿、几十亿,让这个家被财富之海淹没。

她的注意力又转到了硕大的办公桌上,想起在冯天海办公室的那个傍晚。他是如此粗暴和急切,以至将她的裙子都撕破了。

现在自己是他的女人了,再也不用偷偷摸摸的了,在这张办公桌上会不会有不一样的体验?谭小雅转了个圈,如同跳舞一般走出去,她打算去购物,晚上给冯天海一个惊喜,好好诱惑和犒劳一下这个身上散发着香水味道的、儒雅的、会赚钱的、财力雄厚的、劳苦功高的男人。

时间过得飞快,晚上7点多,房门的钥匙孔里终于传来锁芯响动的声音。冯天海一推门进来，就看到了谭小雅的如花笑脸。

"回来了？吃饭了吗？"

"还没。开了一天会。本来晚上还有酒会，我舍不得你，就回来了。"

"就知道你乖，今晚犒劳你，快换衣服吧。"

"犒劳我？"冯天海细长的眼睛浮现出笑意，"怎么犒劳我？"

"还能怎么犒劳？"谭小雅撇了撇嘴，"给你做了三杯鸡和米饭，好吃的算不算犒劳？"

"算，可是还不够。"冯天海舔了下嘴唇。

"哼，那就看你今天晚上的表现了，表现好的话有惊喜。"

"有多惊喜？"

"非常大的惊喜。"

"我真是迫不及待啊……"冯天海把换下来的衣服扔进篮子，随后抱住谭小雅狠狠地吻了一下。谭小雅羞涩地捶打着他，推他去洗手。餐桌上已经摆了两碗米饭、一盘三杯鸡、一盘青菜，还有一碗汤，冯天海坐到桌边拿起饭碗。

"有家的感觉真好。"他感叹道，"今天没什么事儿吧？你上班了吗？"

"没有，上午在家，下午去逛街了。家里也没什么事。"谭小雅说。突然想起什么，她说："对了，今天上午你书房的电脑'嘀嘀嘀'响个不停，我给它关了。"

冯天海本来夹了一筷子米饭往嘴里送，闻言僵住，他抬起头看着谭小雅，问："信号响了？"

没等她回答，他砰地把饭碗扔到桌上，米饭撒了一桌子。随后他向书房冲去，餐椅在身后翻倒在地。谭小雅吓了一跳，看着冯天海近乎失态地冲到书房前，几乎是撞门而入。

她急忙绕过桌子把餐椅扶起来，随后急匆匆地跟过去，进入书房，她看到冯天海站在办公桌前，本来细长的眼睛瞪得圆圆的，脸上血色全无，弓着身子在键盘上飞快地敲击着。

"天海，怎么了？"

"别说话！"冯天海厉声喝道，目光继续紧盯着屏幕，手在键盘上飞速地操作。谭小雅被他这声呵斥吓住了，自两个人认识以来，冯天海从没有这样大声和她说过话。她站在办公桌边,有些惶恐地抱住手臂,心里冒出一个念头:自己是不是做错了什么?

她看着冯天海冒着冷汗在电脑前忙碌,一声也不敢吭,直到他直起身子,颤抖着声音问:"你、你是怎么关掉的?"

"按、按个这个。"谭小雅怯怯地指了指右下角的回车键。冯天海白眼一翻,向后仰面摔去,倒在了老板椅上。

"天海!天海!"谭小雅吓坏了,惊叫着用指甲去掐冯天海的人中。冯天海睁开眼睛,用失神的目光看着屏幕,喃喃地说:"你怎么能点回车键啊……"

"我、我做错什么了吗?"

"那个声音是我设置的……只要大盘有比较大的涨跌,就会自动提示,这样我不管是在睡觉还是在上厕所,都能第一时间知道……"冯天海用微弱的声音说,"为了抢时间,我在程序里设置好了,信号响的时候按回车就是把钱投进去,按Esc就是取消,你、你怎么按了回车键啊……"

"啊?"谭小雅惊呆了,"我、我不知道啊,我、我只是随便一点……"

"我不是让你不要碰吗?"冯天海揪着自己的头发。

"天海,"谭小雅惶恐地说,"你快说说,到底怎么了?是、是亏钱了吗?"

"怪我没跟你讲清楚……"冯天海虚弱地说,"我设置好的是买涨盘,一点回车就能投进去,可是今天下午欧佩克宣布小幅增产,石油价格有小下调,这是个小调整,可是不管怎么说也是价格跌了,结果……你把钱全投进去买涨了……"

"我、我听不懂……"谭小雅慌了,"咱们是亏了吗?啊?亏了吗?"

"亏了。"冯天海的声音有气无力。

"亏了多少啊?"谭小雅的声音发抖。

"爆仓了……"冯天海喃喃道,"6000多万没了……还倒欠了6000多万……"

谭小雅白眼一翻,吓昏过去了。

等她悠悠醒转,她像一枚炮弹似的蹦起来,神经质地看着四周,希望刚才经历的是一场梦。她发现自己刚才躺在客厅的沙发上,房间里一切如常,这让她有了"刚才真的是做了一场梦"的错觉,直到她看到远处的餐桌,上面撒着的米饭让她回到了现实。

刚才的一切是真的,她浑身如同坠入冰窟,她的世界轰然崩塌了,财富和美好的生活正在以肉眼不可见的速度离她远去。

惹祸了……没了6000多万啊……还欠了6000多万……

要怎么向冯天海交代啊……

她不知道该如何面对冯天海,她毁了冯天海所有的投资资产,他会怎么对她?骂她、打她、厌恶她、抛弃她,把她赶出这套豪宅吗?她往四周看着,寻找着冯天海的身影,如同溺水的人寻找那根可以救她命的稻草。

阳台的门开着,冯天海的声音从阳台上传来,声音很轻。谭小雅一步步挪过去,腿像灌了铅一样。她扶着阳台门,胆怯地探头望着。冯天海靠着落地玻璃坐在地上,身前放着一瓶洋酒、一个酒杯,旁边有个烟灰缸,里放满了烟头。他正在打电话。

似乎有什么感应,冯天海扭头看到她,四目相对,谭小雅没有看到愤怒和憎恨,他的目光还是温和的,脸色是平静的。他向谭小雅招招手,谭小雅如蒙大赦,快步走过去,依偎在他身边。他的手揽住她的肩膀,轻轻拍了拍,于是她的委屈和恐惧突破了牢笼。她泪落如雨,感激他的宽容,恨自己的无能与可恶。

冯天海一边轻轻抚摩着她的后背,一边平静地通着话,声音平稳,没有半丝慌张。

"史蒂文,借给我3000万。一个月,我增加10%的利息还给你。"

26 楼梯间

王一川被停职已经三天了。

这一次,他似乎心灰意冷,窝在家里连门都不出,吃饭靠叫外卖解决。张云军和欧阳宁娟曾经在下班后去看望他,发现他在家里卖力地擦拭着一切。浴室、厨房的每一块瓷砖和台面都被擦得一尘不染,连瓷砖缝隙里的灰都被擦没了。除了阳台还堆着一些东西没有整理,整套房子整洁得就不像是人住的。张云军随手拉开一个抽屉,惊讶地发现,连里面摆放的物品都整整齐齐。

与之相比，王一川的造型就让人不敢恭维了。他头发乱蓬蓬，脸上泛油光，下巴乌青，眼睛布满血丝，似乎几天没睡。他一定是不眠不休地在整理这套房子，也不知他为什么有这么大的执念。

从王一川那里回来，张云军把一张存折交给傅朗，解释道："王队让我给你的。他说本来想把工资卡里的21万借给你，让你给孩子看病，现在那张卡被查，里面的钱不能动了。这张存折是他外婆留给他的，里面有16万，你先用着。"

"这怎么行？"傅朗震惊了，"快给他拿回去，我这边能解决。"

"王队说了，你是打算卖房子吧？"张云军说，"他说孩子出院了得有地方住，现在这房价，你卖了可就再也买不起了，能不卖房子就别卖房子。拿着吧，你要是不拿，他可能真的以为咱们和他生分了。"

一边的欧阳宁娟把脸扭过去看着窗外，擦了擦眼角。

傅朗捏着存折坐在椅子上，喃喃说："我这个队长没用啊……家里一摊子事，平时都指着一川带队，现在他出事了，我却帮不上他，还要被他惦记着……"

虽然工作还是继续进行，王一川走之前提议的调查也在继续，但自从王一川被停职，重案队的气氛就跌到了冰点，傅朗对此也束手无策。唐志坚和王旭又来过，他们找每个队员了解情况，大部分人都翻着白眼珠子看他们，脾气火暴的赵继刚还和王旭吵了起来。

中午吃饭的时候，欧阳宁娟没有一点胃口，勉强把饭菜吃下去。吃完饭回到办公室，她去卫生间漱了口，拿出口红在嘴唇上淡淡地涂了一层。

她瞪着镜子里的自己。

从什么时候有了每天涂口红的习惯的，而且涂得这么自然？好像就是从那天晚上被王一川开解以后，自己就开始尝试着简单化妆了。在那之前，她是从来不把自己当成女人的……

"你看，这笑起来不是很好看吗？干吗一天到晚板着脸？"

"每天稍微打扮打扮自己，小脸抹一抹，小口红涂一涂，……你信不信，我们的欧阳只要稍微改变这么一点点，绝对是个万人迷！小指头勾一勾，谁还不跑过来啊！"

欧阳宁娟握紧了拳头。王队是多么好的一个人啊，自己难受的时候，是他开解自己；上次曹大平一家来闹事，也是他下令把宋晓旗抓起来扭送派出所。这个人对战友仗义，对女朋友关怀，工作认真，不摆官架子，哪怕被停职了，还在惦记着傅朗家孩子动手术的事。这么好的一个人，谭小雅怎么能诬陷他！这个世界怎么能这样对他！

欧阳宁娟收起口红，回到办公室。生活总要继续，调查总会有结果，重案队里没人相信王一川会贪污受贿，但是对于王一川能不能洗冤，都不敢说"坚信他一定能回来"，毕竟只要谭小雅咬死她没拿过那张卡，王一川就必须解释那些钱的来源。——他哪里解释得出？因为这件事，几乎每个人都恨死了谭小雅，提到她时称呼也变成了"那个娘们儿"或者更难听的话。

"没见过这种人，简直是条毒蛇！临走还要咬一口，你说那娘们儿是人吗？"

"王队这是上辈子造了什么孽，摊上这么个货啊……"

"最毒妇人心呗！"赵继刚拉着长音说。话音未落，一本书就砸到他的肩膀上，刘苡岚怒目圆睁，问："什么最毒妇人心？不要带上我们好吧？阿拉是正常女人！"

赵继刚鼓起眼珠子，本想说些什么，却发现其他人脸色古怪地看着自己，他回头一看，发现欧阳宁娟站在身后，人就从椅子上摔了下来。他爬起来缩到一边，畏缩地说："姐，我没抽烟！"

欧阳宁娟没理他，回到座位上拿起文件皱眉看着。傅朗从外面走进来，扫视了一圈，把手里的文件放在桌上。

"富利东联金控公司那边的人员名单要了两次了，他们一直没给。今天姜局长和陈副局长已经下了指示，按照一川说的那些意见办。这里是手续，下午谁去一趟，跟他们再要一下。"

一听到去富利东联金控公司，所有人都脸色阴沉。王一川是在和殷柔会面时被拍了身份证照片的，那家会所也是殷柔指定去的，任谁都会想到富利东联金控公司可能与王一川被陷害有关，何况冯天海也是富利东联金控公司的人，之前两次找他们要名单都被拒绝，重案队的人对这家公司都抱有很深的负面印象。

"老张，你和欧阳去一下。"傅朗吩咐说，"这次带着手续去，记得注意态度。"

欧阳宁娟和张云军都没吭声，拿起文件夹走了出去。

到达富利东联金控公司所在的商务楼时是下午2点半，当两位警官隔着玻璃门示意前台开门时，前台美女的脸色很差，她们已经将这些警察视为来捣乱的了。尽管如此，她们还是表面客气地请他到会议室，说苏静总监很快就会来接待两位。

他们在会议室里坐了大约三分钟，苏静总监出现了。她显得很不高兴，一进来就说：“两位警官，你们老是这样，已经干扰到了我们的正常工作。”

“这次我们是带了手续来的。”张云军打断她，把文件夹推过去，"希望您这里配合一下。”

苏静阴着脸拿过文件夹打开看了看，眉头皱了起来。当她抬起头时，她发现张云军和欧阳宁娟已经把人民警察证放在桌子上。

"按照规定，我们出示了证件，也提供了正规手续，请贵公司配合我们的取证工作。”

"我要请示一下我们董事长。”

苏静说着就出去了。张云军与欧阳宁娟对视一眼，都是一副"今天他们又会找什么理由"的眼神。几分钟后，门再度打开，那位美丽的董事长出现了，身后跟着苏静总监。

"两位警官好。"她温柔地说，"又来了啊，苏总监说你们这次带手续来了？"

"对，手续齐备。"张云军说，"您要看我们的证件吗？"

"张警官说笑了。"殷柔嗔怪地看了张云军一眼，"要手续是一回事，你们的身份我可从来没怀疑过。既然有正规手续，我们当然要配合，我刚才已经要人事部把所有员工资料的扫描件拷贝到优盘里给你们，文件有点多，需要等一等。——为什么两位警官面前没有茶？这么长时间，你们连水都没给倒？"她的脸色阴沉下来，声音变得严厉了。

"可能前台忘了……"苏静小声说。

"是吗？"殷柔富有深意地看了她一眼，"你如果确定的话，就让人事走一下对前台的处罚流程。现在让前台过来泡茶。"说完，她亲自起身从桌子中间拿了两瓶巴黎气泡水放到张云军和欧阳宁娟面前，歉意地说："抱歉了，张警官、欧阳警官，怠慢了。两位喝点水。"

223

"不用，我们不渴。"张云军客气道。

整个过程中，欧阳宁娟都垂着眼皮往下看，似乎懒得交流。殷柔看了看欧阳宁娟，又转向张云军，微笑着问："打听一下，你们调这个干什么？这其实属于我们公司的商业机密。"

"我不能跟您讲案情。"张云军礼貌地说，"警察执法在前，公民存疑在后。如果有异议的话，事后可以到局里去反映。"

"张警官你又说笑了。"殷柔笑道，"配合公安机关工作是我们的义务，反映什么啊？我们等一等吧，等他们把文件拷贝好。"

她看着前台脸色煞白地端进两杯茶来，放在两位警官面前。两位警官都没动，就那么默默坐在那里。会议室里的气氛变得很沉闷，不久，殷柔打破了安静。

"我能打听点额外的事吗？"她问，"王一川警官现在怎样了？我听说他被调查了，他现在好吗？"

张云军和欧阳宁娟都抬起头，用不友善的目光看着她。欧阳宁娟这次开口了："殷总这么关心王一川的下场啊？"

"我知道，你们一定会对我们有误解，"殷柔说，"所以我主动提起这件事。前几天有纪委还是监察的两个人，找我了解王一川警官是不是去过会所，我照实说了，是我约王警官去会所拿材料的，那天王警官在里面什么都没做。其实那天我和王警官在包厢里谈了事情，我还睡了一小会儿。不过这些我怕纪委的人听了误会，就没有说。我真的希望我们和公安机关之间不要有任何误会，有什么我们能协助的，我们一定协助。"

欧阳宁娟嘴角微微上翘，露出一丝冷笑。张云军深深地看了殷柔一眼，答道："那就先谢谢殷总了。我们是因为办案需要才来调取材料，打扰到贵公司的话，还请谅解。对于你们的协助，我们还是很感谢的。"

"王警官现在怎样了？"殷柔问。

"不清楚，他现在在家休息，我们案子比较忙，没有多了解。"

殷柔不再多问，而是就在他们对面办起了公，签了好几份文件，批准了两份报销，把一份申请驳了回去。两位警官就在对面坐着，各自低头看手机。下午4点多，人事才搬了一个纸箱子过来，里面装了大半箱文件，最上面是一个红色的优盘。

"殷总，都复制好了。"她汇报说，"电子文档的都在优盘里，有一些早期的没有电子文档，我们都复印了，装在这个纸箱里。"

殷柔点点头，含笑看着两位警官说："两位警官看一看吧。"

欧阳宁娟板着脸过去拖过纸箱，看了一下，优盘的下面是一张表格，再下面就是员工的资料，每个员工都有身份证复印件和入职照片。她点了一下，对张云军点点头。张云军站起来说："资料拿到了，我们就回去了，谢谢殷总的配合。"

"不客气，"殷柔笑着说，"这是我们应该做的。要不要拿两瓶水？你们一下午都没喝水。"

"不用了，谢谢殷总关心。"

张云军客气地和殷柔告别，欧阳宁娟却抱起纸箱走出去了。苏静送他们出了公司，她心情很差，到了公司门口就往回走。在前台美女隔着玻璃门投来的怨恨目光的注视下，张云军按了电梯，接过欧阳宁娟手里的纸箱。

进入电梯，张云军一手抱着箱子，一手按了去地下车库的按键，欧阳宁娟却按了一楼。张云军问："去一楼干什么？"

"一楼有个便利店，我买瓶水，要给你带一瓶吗？"

"也是，在他们那儿一直没喝水。"张云军点点头，"我先把东西放到车上去，你帮我带瓶冰红茶吧。把车钥匙给我。"

欧阳宁娟把车钥匙放到纸箱里，问："她说那些话是什么意思？"

"对我们软硬兼施呗。"张云军说，"看我们这几天一次次来找，怕我们针对他们，所以通过那些话告诉我们，她的陈述能影响到王一川的调查结果，顺便给我们卖个好，意思是自己还保护王一川了，而且以后会配合我们的调查工作。"

"影响结果？怎么影响结果？"

"想想那句话：和王一川在包厢里谈了事情，还睡了一会儿。"

欧阳宁娟听了有些错愕，问："难道会所那事儿真的和她没关系？是别人在害王队？"

这时电梯到了一楼，张云军抱着纸箱继续坐电梯去地下车库。欧阳宁娟带着疑惑出电梯向便利店走去。她在便利店里选了一瓶矿泉水、一瓶冰红茶，走向自动收银台，一眼瞥到收银台前正在付账的女子的背影，不由得一怔。

那个穿着白上衣和黑长裙的女子正在给一瓶酸奶付款，扫完二维码后

225

走出便利店。欧阳宁娟紧盯着她，顾不得付账，把饮料放下跟了出去。那个女子走到电梯口附近站住，似乎在等人，她不经意往两边看了看，露出了那张娇美的脸，是谭小雅！

欧阳宁娟快步走到等候区的沙发坐下，从旁边的报刊架上扯过一张报纸遮住自己，从边缘观察着。她能猜出谭小雅到这里找谁，在那个被她抛弃的男人坠入地狱的同时，她却在这里美美地享受着爱情的甜蜜——王一川坠入地狱很大程度上还是因为她在背后捅刀。

欧阳宁娟很想冲上去质问谭小雅，如果可以的话，她更想扇这个女人一巴掌。不过她知道后果：这样做不但帮不了王一川，自己也会被处分。现在需要做的是怎么让谭小雅承认自己撒谎，欧阳宁娟却无计可施。

她坐在那里盯了不久，手机嗡嗡地震动起来，她知道是张云军在催促自己，于是直接按掉。抬起头来，她发现谭小雅已经和一个男子会合，那个男人戴着眼镜，西装笔挺，正是冯天海。

两个人在一起靠得很近，冯天海伸手轻抚着谭小雅的手臂，看起来非常恩爱，这让欧阳宁娟很憋气。谭小雅说了些什么，指了指电梯，但是冯天海摇摇头。他们又说了几句，冯天海向四周张望一下，就拉着谭小雅向楼梯间走去。

商务楼的楼梯间是人最少、最安静的地方。他们一定是有什么秘密要谈，要避开人群。

欧阳宁娟把报纸往报刊架上一塞，起身跟了过去。看到冯天海和谭小雅推开防火门走进去，欧阳宁娟快步跟上，从防火门上的玻璃往里观察一下，确认他们不在门后，便无声地拉开防火门，也闪了进去。

相较于熙熙攘攘的大堂，楼梯间里显得非常安静，只有隐隐的脚步声传来，女士高跟鞋点在地面的声音细微而清晰，似乎是在上下楼梯。欧阳宁娟判断了下方向，向楼下追踪去，运动鞋的软底踩在楼梯上，悄无声息。

脚步声停止了，对话声响了起来，虽然是压低的，但在这楼梯间里隐隐可闻。欧阳宁娟向下走了一层，看到冯天海和谭小雅站在两层楼中间的楼梯拐角处，立刻缩回身子，无声地在台阶上坐下。从这个角度，她看不见那两个人，那两个人也看不见她，她只需要屏住呼吸听着。

虽然欧阳宁娟远看觉得谭小雅明艳照人，其实她今天很憔悴，全靠化妆遮掩了自己的倦容。看着靠在栏杆上一脸疲倦的冯天海，她又是内疚，又是心疼，但还是忍不住问："怎么样，借到多少了？"

"800多万。"冯天海揉了揉太阳穴，嗓子都有些哑了，"史蒂文那边资金紧张，只能调给我500万，我今天找殷总借了200万，和别人又零散借了点。你别管了，我会想办法。"

"我怎么能不管呢？"谭小雅恳切地说，"是我害你亏了那么多钱，我怎么能装作没事呢？天海，我是要嫁给你的人，以后这些事我要和你一起担着，我们一起想办法。"

"我不想你为这些事烦心。"

"你不让我参与，我更烦心，我会内疚一辈子。"谭小雅说。她接着从包里掏出一张卡，递给冯天海。

"这是什么？你的积蓄？"冯天海问，"用不着，再说你那几十万起不到大作用。"

"有一分算一分啊！再说这卡里有597万。"谭小雅急忙说。

"多少？"冯天海吃了一惊，"你哪来这么多钱？"

"我把我妈的房产证给偷出来了，还有她的身份证。"谭小雅说，"然后找了个理财公司，拿这套房子抵押了500万，他们真黑，这房子值700多万呢……还找亲戚和同事借了点钱，加上我的积蓄，全在这里了。客户那边的投资钱这两天还有200多万能进来，目前我只能借到这么多了。"

"你妈的房子？这不行！"

"天海！这都什么时候了！"谭小雅急声说，"咱们得把钱还上啊！还得多弄点本金，越多越好，你不是说什么1比100吗？现在多借点，到时候咱们赚了钱，把房子赎回来给我妈，把这些钱还给别人，咱们还能剩下一些继续赚钱过日子，不是吗？我现在一分钱都想借，借1万块钱将来就是100万啊！借10万岂不就是……"她突然顿住，烦躁地说："可惜了那72万！"

"那钱就别想了。"冯天海劝道。

"怎么能不想？那是我的钱！"谭小雅激动地说，"都怪王一川，我到底是欠了他什么！谈了六年，什么都没得到，分手了，还来害我！害我被没收这72万！72万啊，那是我投资的收益，是我的啊！投资进去的话，1比100，能赚7200万……"

她烦躁地跺着脚，突然目露凶光："我要去找他！让他把这钱补给我！"

227

冯天海吓了一跳："你疯啦？你怎么能去找他要这钱？你不怕他曝光你借客户钱投资的事？"

"现在咱们还顾得上吗？"谭小雅咬着牙说，"只要咱们翻了本，至少又能有个几千万上亿元的本金吧？大不了我不要这工作，那钱也够咱们一辈子吃喝了！我去找王一川，跟他说，只要他给我钱，我就去找那什么当官的，承认他的卡是在我这儿的，说那钱是我的钱！要抓要罚我都认了，只要咱们能过这个坎儿就行！"

"绝对不行！"冯天海厉声喝道，"你知不知道，如果你去了——"

他的话被附近传来的嗡嗡声打断了。两个人如同受惊的兔子一般，一起扭头向楼梯上方看去。坐在拐角处的欧阳宁娟站起来，现身了，她手里拿着嗡嗡响的手机，那是张云军打来的……

冯天海和谭小雅脸色大变，特别是在认出欧阳宁娟以后。意识到刚才的话被听到，谭小雅的脸变得惨白，她退到冯天海身后，惊恐地望着欧阳宁娟。欧阳宁娟咬牙切齿地站在楼梯上方，看着这个之前被她称为"嫂子"的女人，她感觉浑身的血在燃烧。

"果然是你在撒谎。"欧阳宁娟一字一句地说，"劈腿了，还要害队长。你真贱啊！"

"你干什么？"冯天海喝问道。

"跟我回去，现在就到纪检组那边说个明白，"欧阳宁娟一步一步下楼向他们走去，"卡是你拿着的，那钱也是你的，告诉纪检组的人你撒谎了！"

"你、你不要胡说！我没拿过卡！"谭小雅慌乱地叫着，"你、你不要过来！"她说着转身就沿着楼梯往下逃。

不知为什么，她脚下绊了一下，伴随着一声惊叫，谭小雅向楼梯下摔去，冯天海去拉，结果脚一崴，也摔滚下去了。

欧阳宁娟停住脚步，不由得惊呆了。她刚刚看得分明，谭小雅转身逃跑时，冯天海的脚有意无意地往前一伸，谭小雅被绊得摔了下去，而冯天海则完全是自己向前扑下去的。

这是故意的！

一切发生在极短的时间内，没等欧阳宁娟反应出这里面隐藏着什么含义，那两个人都已经倒在了楼梯下方，距离通往车库的门只有几米远。谭小雅斜躺在地上一动不动，额上磕出了血，冯天海还是清醒的，一边惨叫一边还在喊着："小雅，你怎么样？小雅！"

脚步声响，张云军从车库那边奔了进来，身后还跟了两名循声而来的车主，看到这一切，都惊呆了。

冯天海抱着昏死过去的谭小雅，颤巍巍地指着楼梯上方的欧阳宁娟，嘶声叫道："是她！是她追打我们，是她把我们推下来的！……警察打人！警察打人！……"

27 谈判

王一川得知欧阳宁娟被督察带走调查的消息是在谭小雅摔伤的第二天，消息是张云军告诉他的。张云军到王一川家时，王一川正在给钢琴调音，他从附近的琴行买了一套调音工具，调律扳手、音叉、橡皮锤子什么的一应俱全。他不断弹着琴键，认真听着弹奏出来的音符，测试哪个琴键弹出来的音符仍然是不和谐的。

房间里整洁得让人舍不得踩踏地板，洗过的窗帘拉开，阳光从窗外射进来，仿佛给王一川镀了一层金。听到门铃的声音，打开门看到是张云军，王一川愣了一下。当他听到欧阳宁娟涉嫌打伤谭小雅和冯天海的消息时，手里的橡皮锤子砰地掉到地上。

"谭小雅和冯天海在东太医院，谭小雅的一条腿轻微骨裂，身上有多处擦伤和挫伤，还有脑震荡。冯天海头部挫裂伤，身体倒没有大问题。他坚决指证说欧阳追打他们，说欧阳喊着要给你出气，一把把他们俩推下了楼梯。我和欧阳昨晚都在路家嘴派出所待了一夜，今天早上她被督察带走了。"

张云军坐在椅子上，满脸疲惫。王一川站在钢琴前，手里紧捏着锤子，脸色阴得可怕。

"欧阳怎么说？"

"欧阳说自己和他们没有任何身体接触，她说自己看到他们在一起就跟了过去，听到他们承认诬陷你的事，后来被他们发现。欧阳要求谭小雅说出真相，谭小雅逃跑的时候，被冯天海绊倒摔下去了，冯天海是自己摔的。"

"有目击者吗？"

"没有，我和别人过去时，人已经摔下来了，就看见欧阳站在上面，冯天海和谭小雅摔在下面。"

"有监控吗？"

"没有。"

王一川沉着脸，来回踱着步，问道："局里和队里怎么看？"

"当然更倾向于相信欧阳。"张云军说，"傅队对着督察发飙了，说欧阳也算是老队员了，她受过部队的教育，在特警队待过，在重案队也待了好几年，什么时候看见她对群众动过粗？再说她要是动手的话，一拳一个就能把他们打飞下去。在楼梯上轻飘飘推人家一把，这哪里是她的性格？"

"如果局里也这么认为，那就还好。"

"关键是冯天海指证欧阳，谭小雅不相信冯天海绊她，也跟着指证欧阳，说欧阳高喊着要打死她，她逃跑时感觉自己被推了。在场的没有别人，他们这么死咬着，欧阳就不能摆脱嫌疑。今天早上谭小雅她妈到咱们队里去闹了，砸了咱们的玻璃，陈副局长亲自跑来劝，被这老娘们儿指着鼻子骂。还有富利东联金控公司的那个殷柔，派他们公司法务到市局和市委政法委告状去了。"

王一川点点头，说了句："够狠，够准。"

"不光这样，网上有帖子爆料警察行凶打人，说欧阳宁娟当小三插足你和谭小雅，谭小雅愤而和你分手，结果你因为贪腐被停职，欧阳宁娟迁怒于谭小雅，特意赶到那里去行凶。现在好几个本地论坛都在传这件事。"

王一川一愣，立刻打开手机，点开几个常浏览的本地论坛，脸越看越黑，霍地站起来，举起手机又停住，强忍着才没有砸到地上。他在房间里快速来回踱着步，借此压抑怒火，走了几圈，他问张云军："傅队有没有说过对我的调查怎么样了？这几天不管是纪检组的人还是督察的人都没来找我。"

"提过，说是从移动公司那边查下来，你的手机在那个时间没有发过短信。技侦那边说发短信的号码可能是利用伪基站伪装成你的号码。还有那个什么巴黎还是塞纳的会所，你的办卡资料居然遗失了，你说的那个拍你身份证的什么女经理也下落不明。他们没查到你的消费记录，特别是没有你的签字。所以这两件事应该都解决了。局里和纪检组都觉得这次举报没那么简单，很诡异，似乎是有预谋的。现在只剩你卡里的钱这件事，听说纪检组又去找过谭小雅一次，她咬住没拿过你的卡，所以这件事就僵在那里了。"

王一川坐在钢琴前，沉默半晌，抬起头来问张云军："你开车了吗？"

"开了。"

"带我去督察支队吧。我想去见一下欧阳。"王一川说。

王一川一走进督察支队的会议室，坐在角落椅子上的欧阳宁娟就抬起了头。

从昨夜到现在她完全没合眼，端来的饭菜也没吃，显得十分憔悴，但她的眼神是倔强的。面对督察的讯问，她坚持自己没有触碰过对方，语气非常坚定。然而当她看到王一川的脸时，这样的倔强就化为泪水。欧阳宁娟委屈地哭了，她从警这么多年，这还是她第一次哭。她没站起来，只是低下头抹着眼泪。

"有话快说。"殷宏亮对王一川说完，就退出房间，关上会议室的门。

王一川坐到欧阳宁娟对面，看了一下旁边桌子上已经冷掉的饭菜，扯了张纸巾递给欧阳宁娟。欧阳宁娟接过纸巾，擦着眼泪，一声不吭。

"我只问一句，"王一川的语气如同在队里时那样，"推了没有？"

"没有！"欧阳宁娟抬起头，发红的、仍然在流泪的眼睛勇敢地盯着王一川。

王一川盯着她的眼睛，他在里面看到了愤怒、悲哀、不甘和委屈。他点点头，说："知道了。"目光转到已经凉了的盒饭上，又说了一句："吃饭！"

欧阳宁娟噙着眼泪，拿过盒饭，一边抽泣一边往嘴里扒着米粒。王一川起身到饮水机边接了一杯热水放到她身边，转身往外走。欧阳宁娟的目光跟着他。王一川在门口停住脚步，说："好好吃饭，剩下的事交给我。"

他说完就走出去了，门再度关上。欧阳宁娟端着盒饭，看了关闭的房门良久，她低下头，抓了张纸巾狠狠擦了擦眼窝，开始大口大口地往嘴里扒着饭菜。

晚上11点多，东太医院住院楼的灯光已经暗了下来。除了陪床的家属，其他人都不能在住院楼里留宿，所以住院楼里分外安静。空荡荡的走廊里，灯光是柔暗的，相对明亮的地方只有每层的护士站。夜班护士打着哈欠，按照护理要求每隔一段时间去不同的病房巡视，一旦哪个病床发生意外，她们要在第一时间呼叫医生并赶去处理。

王一川从五楼消化内科楼层的杂物间里闪出来，转进楼梯通道。下午他就进入了住院楼，像一个正常的陪床家属一样在走廊坐着。他打听到冯天海今天下午已经出院了，谭小雅还在七楼住院，于是他躲在了五楼——之所以没到七楼骨科的住院部，是因为他怕遇到谭小雅她妈，被认出来。

此刻，他披着外套，手里端着一盒方便面走在七楼走廊，像是一个肚子饿了去泡碗面当夜宵的家属，一边走过长长的走廊，一边瞥着每扇门上的患者名字。

病房里有三张床，却只有一个病人。谭小雅躺在病床上，在半明半暗中睁眼望着高高的天花板，久久难眠。

原本她妈妈是要陪床照顾她的，可是下午办陪护证时，老阿姨发现找不着身份证，迫不得已，谭小雅说出了偷她的身份证和房产证去抵押贷款的事。她妈妈一下子坐到了地上，接下来听说冯天海的投资亏了，老太太又哭又闹，寻死觅活地逼谭小雅把钱拿回来，把房产证拿回来，母女二人在病房里大吵了一场，老太太狠狠甩了她几个耳光，说不再认这个女儿，摔门而去。

冯天海出院回去休养了，她一个人孤零零地躺在病房里。她不想让冯天海知道这一切，唯恐让他为难——这个男人已经够难了，如果听说自己无人照顾，他一定会带伤跑来。所以冯天海晚上打电话时，谭小雅说自己一切都好，还叮嘱他好好养伤，不要挂念自己。

放下电话，她眼角流出一滴泪水。

一切都会过去的，一定会过去的。

她艰难地坐起来，想去卫生间，因为没人帮助，她费了很大的劲才把受伤的腿从吊架上取下。等她费力地扶着床站起来，额头上已经累出一层细细的汗。

医生要她妈妈买个拐杖，因为吵架，她妈妈没买就走了。本来床下面有一个小便器的，可是下午吵架时，小便器还在卫生间等待清洗，吵架之后她妈妈直接走了，那个小便器留在了卫生间，没人会来好心帮她洗干净。

床离卫生间只有五六米远,但这五六米对她来说走得却无比困难。

门开了,她抬起头,看到了那张熟悉的脸。

王一川微微皱了下眉,一言不发地走过来。他抬起谭小雅的左臂架在自己的脖子上,搀着她进了卫生间,一直扶到马桶前,随后退出去拉上门。

听到里面响起冲水的声音,王一川又等了几分钟,才推门进去。他扶着谭小雅回到病床上,细心地把她打着石膏的腿放入吊架,拉过被子给她盖好。谭小雅看着他走进卫生间,随后听到了哗哗的水声,十几秒后,他拿着拧得半干的毛巾回来,仔细拭去她额头的汗水,又为她擦了双手。当他把清洗干净的小便器放到床下后,谭小雅低声说:"谢谢。"

王一川在床边坐下,问:"你还好吧?"

房外的灯光和室内的夜灯交织,彼此能看到对方脸上的表情。他的脸是平静的,谭小雅虚弱地笑了笑:"你看见了,就这副样子。"停了一下,她问:"你来找我,是来求我的吧?太晚了,我已经说出去了,我不能改口了。"

"为什么要那么说呢?"王一川温和地问。

"那你为什么要去举报呢?"谭小雅问,"是因为我向你提出分手,要来报复我,告发我向客户借钱投资吗?"

王一川深深地叹息了一声,说:"小雅,我和你在一起六年,你终究还是不了解我。我没有去举报你。既然你选择了冯天海,我就不会再纠缠你,我为什么要举报?举报你用得着找纪检部门吗?纪检部门管你这种事吗?给你们公司写封匿名信就行了。你真的觉得我这么多年警察白做了,会搞这种杀敌一千自损八百的事儿?何况你又不是什么敌人。现在是我被举报了,这张卡里的钱是举报内容之一,有人在陷害我。"

谭小雅睁大眼睛看着他,一束光从门外投进来,打在王一川的脸上,照到了他脸上的无奈和悲哀。她意识到他说的也许是真的,细想下来,之前忽视的那些细节逐渐浮现,这件事似乎真的满是疑点。

她的头眩晕起来。

"说这个还有什么用呢?"她扭过脸去,"事情已经发生了,那些话我已经说了。我也不是没有损失,辛辛苦苦赚的钱都被没收了,我的损失又该由谁负责?王一川,你知道我一开始借钱投资是为了什么吗?我是为了挣钱,挣咱们买房子的钱。我跟了你六年,到最后连买房子的钱都要我自己想办法，你能体会我内心的绝望吗？很多年后，别人提起来，可能说我谭小雅贪财，嫌贫爱富，水性杨花，不是东西，可是我的痛苦，你又想过吗？"

谭小雅哭了。

"我的确没能给你未来。"王一川轻声说，"你离开我也就是了，为什么还要诬陷我呢？"

谭小雅无法回答，她在内心深处知道这次分手是自己对不起王一川，但是她一直拒绝承认这一点，给自己找着理由。如果她承认错误，她长期以来在他面前的高傲将彻底崩塌。人就是这样，在这个时候她只想继续错下去。过了半晌，她硬起心肠，说："说已经说了，做已经做了，现在也就这样了。你想怎么样都行。你骂我，我听着；你打我，我绝不还手。如果你想让我现在反口，我不知道自己能不能做到，因为到时候钱不一定能拿回来，我还要因为诬陷你承担责任。说吧，你能给我什么？"

王一川沉默了，他坐在椅子上，如同雕塑一般。

"我不会求你撤回你关于我的话，"他的声音低沉，"我不拿自己的人格做交易，你保留你的说法吧，我会坦然面对纪检组的调查结论。如果结果对我不利，我会穷尽一切申诉渠道，就算判我坐牢，我将来出来了，还是要申诉到底。"

"其实，在欧阳宁娟来之前，我还想过，你只要答应把那72万补给我，我也许会考虑的。"谭小雅望着天花板说，"可惜，她攻击了我们……"

"这也是我来找你的原因。"王一川望着她，"我今天来这里，是希望你撤回对欧阳宁娟的指控。"

"哈，你对她还真好。"谭小雅冷笑了一声，"你跑到我这里来，又是问候又是伺候的，就是为了帮她求情？我想起来了，上次你们在街头还喝一杯咖啡呢，你们早就在一起了吧？难怪她为了你的事这么拼命！"

"现在纠结这个有意义吗？咱们都分开了。"王一川说，"我今天的确是为她来的，不管怎么说，她是因为我的事才跟着你们，于情于理我都不能置身事外。我来之前去问过她，她说并没有推过你，当时她还在楼梯上面，你是往下跑时被冯天海绊下去的。"

"天海没有绊我！"谭小雅提高了声音，"不要用你的龌龊心思去揣测和污蔑天海！"

"小雅，我不做任何推论。我不猜测冯天海有没有绊你，只说你摔下去那件事。"王一川说，"我今天去了现场，如果欧阳宁娟所述属实，她当时离你至少有五米远，还隔着一个楼梯拐角，她要想从后面推你俩，就要凌空翻过楼梯栏杆，跃过去到你们身后，这是有难度的。你真的觉得我们警察都是傻子，模拟不了现场吗？还有，她推了你们的话，推的是哪里？衣服后背难道不会留下指纹？当然，我不是说欧阳宁娟一定没有推过你，只要你说的是实话，那么我也支持你坚持下去。不过我提醒你的是，这件事涉及的不仅是欧阳宁娟，还关系到沪东分局乃至沪海市局的名誉，你真的觉得分局那边不会下决心一查到底？"

谭小雅脸色变得很难看，她把脸扭到一边，目光闪烁，说："我知道，你们肯定是袒护自己人的，官官相护。"

"我们一切讲证据。"王一川说，"所以，好好想想当时发生了什么。"

"如果我们死咬着她，她也会很麻烦。"谭小雅说。

"是，我承认。"王一川说，"任何调查都有技术手段的局限性，我不能百分之百保证她没事，所以这是我来和你沟通的原因。"

"你还愿意来和我沟通？"谭小雅冷笑道，"你不会觉得我是个不可信的女人吗？"

"我和你在一起六年。"王一川说，"我可能会失望，但不会彻底否认一个人的美好。我不觉得过去六年我瞎眼到那种程度。"

谭小雅闭上眼睛，过了半晌，她幽幽地说："她的确没有推我。"

王一川点点头："谢谢你讲出真话。"

"为了你刚才那句话，你说不否认我的美好，我明天可以告诉你们的那个什么督察，欧阳宁娟没有推我，我可能是摔得意识模糊了。"谭小雅轻声说，"我这次说真话，你满意吗？"

"谢谢你。"王一川站起来，轻声说，"那么我走了，祝你快点好起来。"

他说完，就轻轻把椅子摆好，向门口走去。走到门口的时候，他听到了谭小雅的哽咽声。

"一川，一川，我帮了你，你也帮帮我吧。"

王一川停住脚步，轻轻叹了口气，他就知道事情不会这么容易，转身走回病床边看着他曾经的恋人。谭小雅泪流满面，望着王一川，努力撑起来。

"躺下说。"王一川叹息着说，随后又坐回椅子上。

"一川，借我点钱吧。"谭小雅抽泣着说，"我知道，跟你提这样的要求不合适，可是我真的遇上事了……我妈今天和我翻脸了，她要和我断绝关系。我把天海的投资搞砸了，亏了好多钱，我需要钱作本金赚回来……我把我妈的房子都偷偷抵押了，我真的需要钱……"

"你把阿姨的房子都抵押了？"王一川惊异地问。

"临时的，只是临时的。"谭小雅喃喃地说，"只要一个月，我们就能赚回来，到时候就能还上了……一川，你不是有房子吗？你把房子抵押了吧！你那房子抵押个500万没问题吧？把抵押的钱借给我，我只要一个月，一个月就能还给你！"

"要我抵押房子？"

"不抵押也没关系，只要能借给我钱就行！"

"对不起。"王一川摇了摇头，"我办不到。小雅，我所有的积蓄都借给傅队让他给孩子动手术了，这一次，我真的爱莫能助。而且世界上没有那么稳赚的生意，你还是慎重点吧。"

他说着再次站起来向门口走去。当他走到门口时，他听到了谭小雅怨恨的声音。

"王一川，你真的好狠心。"

"早点休息吧。"王一川不想和她争辩，拉开房门。

"给我500万。否则我明天会告诉督察，继续说欧阳宁娟推我下楼。我没什么大不了的，如果天海投资失败了，我就陪他一起下地狱，但是在那之前，我会拖着你那个欧阳宁娟，就算是死，也要拖着她。"

王一川收住脚步。他退回房间，把门掩上，慢慢走回病床前，低头望着她。

"看什么？想看我有多坏是吗？"谭小雅盯着他，脸上泪痕犹在，"王一川，我跟了你六年，我人生最好的六年给了你，我没跟你要一点青春补偿费用，现在我遇到事情了，只是跟你借一点钱，你都不肯帮忙吗？既然这样，我也没什么好客气的了，要我说出真相可以，给我钱！500万！"

我不白拿，赚了钱我会还给你！"

王一川感觉面前的这个女人变得好陌生。她的眼睛、鼻子、嘴唇，还有那一头秀发都是他熟悉的，他曾经视之为神圣，现在他觉得自己当初实在是太可笑了。

他走到窗前，望着街上飞驰的车辆和城市中的点点灯火，站了很久。谭小雅看着他在窗前的黑色背影，紧咬着嘴唇。

"三天。我筹钱需要时间，最多三天，我把500万给你。"王一川一字一句地说，"希望你也能摸着自己的良心，把真相说出来。你需要我给你写条子吗？"

"要。"谭小雅忙不迭地说。

王一川走到床边，借着夜灯的光芒，写了一张给谭小雅的欠条。他当然知道这张欠条在法律上是无效的，但是只要谭小雅拿着这张欠条，就可以举报他"收买证人改口"。他把欠条递给谭小雅："看一下吧。"

谭小雅睁大眼睛看着这张纸条，把它折起来放到枕头底下："我收到钱，就把借条还给你。"

"没事的话，我走了。"王一川说。这一次，他的语气里带着疏离和隐隐的厌恶。

谭小雅长长地吐了口气，拿到欠条，她的良知终于又占了上风。她感受到了王一川态度上的疏远，勉强地笑了笑，道："你现在，一定很看不起我吧。"

"可能吧。"王一川拉开房门。走出去之前，他低沉地说："我不够好，给不了你想要的生活，所以我理解你的选择。我说服自己，虽然分手了，但是我不应该恨你，因为至少和你在一起的六年里，大部分时间我是快乐的。但是，今天，谭小雅，我真的很后悔当初遇见你。我会按照约定把钱交给你，从此我们两清，桥归桥，路归路，我这辈子都不想和你再沾上一点关系。如果将来有一天在街头碰见，希望我们都把脸扭开，你不认识我，我也不认识你。"

门关上了，将两个身影彻底隔绝。王一川听不到病房内的哭声，他快步走向楼梯间，一层层走下去。等他出了住院部大楼，呼吸到寒冷而清新的空气，感觉刚才如同做了一场梦。

走出医院，找了个街边的长椅坐下来，他在夜风中发了会儿呆。医院之行似乎是他人生的分水岭，从医院走出来的那一刻，他真正与过去六年告别了。

他往口袋里摸了摸，这才想起今天出来得过于匆忙，什么都没带。在他沮丧叹气的时候，一盒口香糖伸到他面前。

"王队，抽烟有害健康，改嚼口香糖吧。"

王一川的眼睛眯起来，慢慢扭过脸。凌季雨站在长椅旁边，鸭舌帽下，他的眼睛在暗夜中闪着光。

第四章
警察协助嫌犯潜逃？

28 合作

王一川伸手接过那个口香糖盒子，打开倒了两粒。他把口香糖扔进嘴里，笑了。

"来了？"

凌季雨在他身边坐下来，把口香糖盒子拿回去，揣进口袋："来了。"

"来了，你可就走不了了。"

"那可不一定。"凌季雨笑道。

"我会抓你的。"王一川笑道，"这样的距离，你跑不了。"

"你放心，我不会跑，不过我相信你不会抓我。抓了我，有些事你就不会知道了。"凌季雨懒懒地往后靠去，"而且说实话，你应该也不会认为真的是我杀了范桂花吧？"

"不是你，你跑什么？"

"不跑等着被你们关进看守所？"凌季雨说，"等你们查清楚了，我不知要在里面关多久。万一你们查不出来，真把我当成凶手，我岂不是冤枉死了？我还有很多事要做，我不能耽误时间。"

"那你今天怎么又出来了？"

"寻求合作，找人组队。"

王一川哑然失笑："有时候我真奇怪你的脑回路是怎样的。你现在被全沪海市的警察围捕，你居然找一个警察合作，组队？"

"是和一个被停职的警察合作，组队。"凌季雨说，"你都被停职了，还管那些干什么？"

"你消息倒是蛮灵通的。"王一川说，"不过，我都被停职了，还和你组队干什么？再说，我把你抓回去，也许我的停职生涯就结束了。"

"我说了，你抓我回去，有些事你可能这辈子都不知道了。"

"比如说？"

"十年前有一个警察死在春申江里的事。"

凌季雨说完，就抱起手臂看着王一川。他看到王一川的眼里射出两道凌厉的光。这位被停职的警察阴冷地看着他，说道："老凌，你今天晚上真的走不了了。"

"我就没打算走。"凌季雨耸耸肩，"而且我有预感，你不但不会抓我回去，还会去买几罐啤酒，打包几盘子菜，和我彻夜长谈。"

"我为什么要买啤酒和菜？"

"因为我已经一天没吃东西了，就靠嚼口香糖顶着。"凌季雨说，"我刚才说不跑，其实也是没力气跑。我没钱了，微信和支付宝里的钱又不敢用，王队，去买点什么给我吃吧，我真的很饿。"

王一川盯着他看了一会儿，说："希望你告诉我的事值这顿饭钱。走吧，不要离开我的视线。"

"当然不离开，你走了，我就没饭吃了。"

两个人走过街道，一直走到附近的夜市，王一川买了熟食和啤酒，询问凌季雨要不要在这里吃。那位律师嘴里咬着一根烤肠，却警惕地往周围看着，说："不在这里，不能在这里谈，到我躲的地方吧。"

对于这种主动暴露藏身地点的行为，王一川欣然同意，当然在跟随凌季雨的时候也是万分小心。凌季雨带着他在小巷中穿行，中途还从一个小区围墙翻了过去。穿过一个废弃的建筑工地，凌季雨带着王一川走进了烂尾楼，踩着坑洼不平的地面，向上一层走去。

"这地方我们应该搜过。"王一川看着周围说。

"对，你们搜的时候，我就在旁边的下水道井盖下面蹲着呢。"凌季雨说，"当时欧阳妹妹就站在我头顶，可惜她不穿裙子，否则……"

他猥琐地笑了笑，带着王一川走到最上面一层，掀开墙角的一团编织布,露出他的背包。他从背包里扯出一条毯子铺在地上,招呼道:"王队,快把吃的拿过来!"

月亮的清辉洒在烂尾楼上,一切清晰可见。王一川把吃的放到毯子上,凌季雨迫不及待地盘腿坐下,拿起一个馒头猛吃了两口,随后砰地开了一罐啤酒痛饮着。

王一川没吃,而是开了一罐啤酒坐在一边看着。凌季雨吃饭的样子如同饿死鬼托生,显然是饿得很了。直到三个馒头、一盘牛肉、半只鸡、一盘土豆丝被他吃了个精光,他才胡乱抹了一把嘴,拿起啤酒慢慢喝着,看着还剩下的半只鸡、两个馒头,脸上露出满意的样子。

"能再给我几百块钱吗?"他满怀希望地问,"接下来这几天我也得吃饭不是。"

王一川咽了口唾沫,对于这种"让警察资助嫌疑人继续逃亡"的脑洞实在是无话可说。他向他晃晃啤酒罐:"说说吧,你刚才说的事。"

"咱们这算合作达成,组队成功吗?"

"算我给你一个自首立功的机会。"王一川说,"我可没说要和你合作。那是个命案,没有做交易的余地。"

"你们根本不知道自己应该面对谁,不知道这里面有什么内幕。"凌季雨说,"这个案子比你想象的复杂得多。我之所以找你,就是为了寻求合作,如果不合作的话,我什么也不会说,你把我抓回去好了。不过我要问你,现在的证据一定能确认范桂花是我杀的吗?你就不怕耽误了时间,放跑了真正的凶手?"

"凶手是谁?"

"我不知道。"

"那还合作个屁。"

"但是我有线索。"凌季雨说,"而且我们双方有共同的利益。你可能会通过这条线索破案,我可能会通过这条线索洗冤。为了证明这一点,我愿意先付点定金表表诚意。"

"说说看。"

"十年前,有个警察死在了春申江里,你听说过吗?好像是个年轻警察。"

王一川的拳头握起来了,连带着手中的易拉罐被捏扁,啤酒飞溅。他身

241

体前倾，脸色铁青，逼问道："你知道些什么？"

"我知道的是，"凌季雨斜睨着他，"那个警察是被人砍杀后为了逃生，自己跳进水里去的。"

"你怎么知道的？"

"如果我告诉你是范桂花和马东聊天时说的，你信吗？"凌季雨问。

王一川将手里的易拉罐向凌季雨砸了过去，怒吼道："我看你是想死了！"

十年前牺牲在春申江里的警察是周少君，他是在调查当年的碎尸案时失踪的。

发现他的尸体时，他穿着一件毛衣泡在江水里，身体肿胀。王一川和重案队的人奔到江边时，尸体已经被打捞上来，装在尸袋里。柯队长脸色黑得可怕，他蹲下去拉开拉链，就那样看着。王一川不顾别人的阻拦，在柯队长身后拼命伸头，想看看自己好友最后一面。于是他看到了那张肿胀的、青色的、微睁着眼的、湿漉漉的脸。从那以后，王一川就不时地做一个噩梦，在梦里，周少君身上湿透了，水不断从身上滴下来，他在不远的地方摇晃，发出的声音遥远而清晰："一川……我好冷啊……"

这件事成为柯队长调离的导火索，更成了王一川的梦魇。他曾经为了寻找周少君可能的落水点沿着河道长距离跋涉。柯队长殉职后，他更加执着地寻找着当年的碎尸案和周少君牺牲的真相。时间一年年过去，希望愈加渺茫，然而十年后的今天，凌季雨却明白地告诉他：当年的那个警察是被追杀时自己跳江而死的；说这件事的，居然是十年后的死者范桂花！

"范桂花怎么和十年前的事扯上关系了？你这杂种！"王一川掐住凌季雨的脖子，"你是想诬我是不是？"

凌季雨丝毫不还手，他任由王一川掐着脖子，毫不畏惧地与王一川血红色的眼睛对视。

"我不但知道他是怎么跳江的，还知道砍杀他的人是谁的手下。"

"谁？"

"当年的一个老流氓，叫黄思茂。"

王一川停住手，惊疑地看着他。凌季雨挣脱王一川的手，从地上捡起跌落的易拉罐，看着流失的啤酒，心疼地擦了擦易拉罐的口，把剩下的啤酒倒进嘴里。

"我没说一句瞎话。当年我从马东和范桂花的谈话里听到了这些,范桂花并不单纯,她的死另有文章。"凌季雨在塑料袋里摸了摸,又摸出一罐啤酒,"想要核实这些很简单,现在范桂花死了,我们就只有找马东了。"

"你的意思是,范桂花、马东和黄思茂认识?"

"绝对认识。"凌季雨说,"怎么样,这个消息有诚意吗?"

"你在打什么主意?"王一川盯着他问。

"我要找马东。"凌季雨说,"我需要离开沪海市。问题是,第一,我离不开沪海市;第二,我一个人,就算找到马东也拿他没办法。所以我只能找你一块儿去。"

"你想让老子帮你潜逃?"王一川仿佛听到了世界上最可笑的事情。

"不是潜逃,是一起去破案。"凌季雨认真地说,"我说了,找到马东,你能破案立功,我能通过马东洗冤。我这辈子算是毁了一半了,我想让自己后半辈子活得清清白白。"

"为什么找我?"王一川问。

"因为你能帮我离开沪海市;因为你被停职了,需要想办法复职;因为前几年我就听说,你在查一个同事的死,查了很多年。"凌季雨说,"还有,王警官,我掌握的案件线索不只这一件事,还有更多。只要你和我一起去抓住马东,我把什么都告诉你!"

"为什么不把这些告诉警方,让警方去抓?"

"我不相信你们警察。"凌季雨冷笑着说,"这是我的事,我亲自盯着才能安心,你觉得我会安安稳稳蹲在看守所里,等着你们给我洗冤?兄弟,你们只会忙着破那个什么警察死亡案,至于我20多年前的名誉,你们绝不会考虑,没有人会花心思帮我查明当年的真相。"

"20多年前的名誉,当年的真相,"王一川说,"不会是指你猥亵女人的事吧?"

"老子的一辈子,就毁在那一天了。"凌季雨阴郁地说,"我不管你信不信,我根本没猥亵过任何人。我一定要把这件事弄清楚,我一定要还自己一个清白。我为这事奔走了20多年,连我妈的最后一面都没见到。王队,我的人生已经成了这样,你至少要让我清清白白地过下半辈子,将来带着清白的名声去看我妈。"

"为什么马东和你的什么猥亵事件有关？"

"那天晚上，他就在范桂花旁边坐着。李少萍喊被我猥亵时，他还装成见义勇为的，上来打了我几拳。"

凌季雨摸了摸自己的脸颊。

"你回去考虑吧，王队。"他摸了摸装啤酒的塑料袋，发现里面只剩两罐了，就拿出来放到自己身后，"反正我就在这附近。你要是想找我，明天晚上到这里来，我看到你是自己来的，就会出来找你。我再向你做个妥协：出沪海市时，你可以把我铐起来，让我跑不了；等出了沪海市，我就把自己知道的一切原原本本地告诉你。到时候如果你觉得我说的那些线索没意义，或者觉得我在骗你，你可以立刻把我抓回来送进号子里。怎么样，是不是更放心了？"

王一川上下打量着凌季雨，在这家伙身上，他看不到以往的那种猥琐和轻浮，感受到的却是一股狠劲。

"你就这么相信我会遵守约定？"

"我是相信我掌握的东西对你的用处。"凌季雨说，"记住，别找你那些同事来抓我，只要有一个穿警服的出现在这附近，你就再也找不到我了。"

王一川看了他一眼，起身下楼。凌季雨在他身后补了一句："明晚来的话，再带点吃的，现金也带一点。啤酒也要啊。"

夜幕下的春申江并不平静，虽然是深夜，江上仍有驳船前行，霓虹灯光在波涛中晃动，水面距离堤岸不到两米，黑黝黝的如同深渊。

王一川扶着栏杆往下看着，幽暗的水面似乎化作另一幅画面。他看到周少君在水里挣扎的样子，小胖子的身上中了三刀，刀口在水中渗着鲜血，身上的衣服浸了水后像铅一样重。他在短时间内耗尽了力气，最终……

他们在警校是一个班的，也是同时来队里报到的。第一次看到尸块时，他们曾经一起跑出去呕吐。碎尸案是他们参与的第一个案子，那个胖乎乎的家伙相当卖力，他如同后来的王一川一样，会在休息时间沿着江边查看，琢磨着可能的抛尸地点。他认为抛尸一定会选在荒凉、没有监控的地方，王一川对此完全不认同，曾经反问："从支流里漂来的，可不可能？从游艇上扔下来的，可不可能？"

小胖子承认有可能，但是周末仍然会去江边溜达，回来在地图上沿江做标记。有一个周末他又出去，从此再也没回到宿舍。大约半个月后，在春申江与长江交汇口附近的一个小水湾里发现了他的遗体，他的尸体被水葫芦和垃圾遮盖着，河道清洁公司的人打捞水葫芦和垃圾，才发现了漂浮的遗体。

小胖子死了，柯队长被调走了，从那以后，王一川接替了周少君的工作，只要有时间他就会去江边一段一段地查看。十年了，他几乎把春申江两岸走了个遍，画出了所有的无监控区域，对于河道走向几乎烂熟于心。十年了，碎尸案仍然没破，杀害周少君的凶手也没抓到。甚至连柯队长都在偏远的岗位上走了，王一川相信，他是死不瞑目的。

凌季雨说范桂花和马东聊天时说到过周少君的死，还说砍杀他的人是黄四毛的手下。这样的说法可信吗？王一川不知道。事实上他对凌季雨的话抱有很强烈的怀疑态度，这个人一向突破底线，什么没羞没臊的事都干，谎话张口就来，相信他的话很容易被带到坑里。可是他给出的条件又似乎是真诚的：出沪海市时可以把他铐起来，万一出了沪海市，觉得他说的那些线索是假的、没意义的，可以立刻把他抓回来。王一川不相信自己这样一个经历长期警务训练的人会抓不住一个被铐起来的家伙，而且只要自己呼叫支援，几分钟内一定会有附近的警力支援。

凌季雨似乎变了个人，原有的那些印象都被打破了，他眼睛里透出来的执着让人动容，而且如他所言，这么做似乎真的是双赢：找到马东，就有可能查明周少君被害的真相，凌季雨也就有机会借此查明猥亵的真相，恢复名誉。凌季雨有一点判断是对的，如果把这件事报到队里，队里可能无法第一时间处理。警力现在都扑在了"11·7特大杀人案"上，目前又看不出马东和碎尸案有什么关系，要派人跑到遥远的甘省去找马东，难度很大；至于凌季雨，基于现有证据有可能会先把他送到看守所里去，那时候他的命运就完全不能自主了。

去的话，会涉嫌帮助凌季雨逃跑，真的可能会一撸到底，也许还会被抓起来。

不去的话，与周少君牺牲有关的线索全在凌季雨的脑子里，如果他坚决不说，很有可能会错过这次查明真相的机会。

面前黝黑的水面上似乎又浮现出周少君那张泡胀的、双目微睁的脸。

王一川后退一步，用手拂了一下头发，隐隐有了一个敬礼的动作。

风萧萧兮，春申水寒。

欧阳宁娟第二天下午回到了重案队，正在看文件的傅朗抬头看到她，不由得愣了。大家纷纷惊喜地站起来，刘苡岚欢跳着抱住自己的好闺蜜，喊道："欧阳，你——"紧接着她就松开手，往后面一跳，嫌弃地说："你身上一股发酵的味儿！"

傅朗问："他们放你回来了？督察怎么说？"

"已经没事了！"欧阳宁娟向傅朗敬了个礼，这两天对她来说如同做了一场噩梦。今天送她出来时，殷宏亮告诉她，平日里老好人一般的傅朗为了替她说话，在督察支队拍着桌子骂娘，这让她对这位平日里略显窝囊的队长充满了感激。"督察说今天上午谭小雅联系了他们，说自己之前摔得脑子发昏，记忆出现了偏差，经过她仔细回忆，我当时离她有好几米的距离，因此应该不是我推她的。冯天海不知为什么也是这么说，督察那边上午给他们做了笔录，回来就跟我说结案了。"

"谭小雅改了说法？"傅朗惊讶地问，"她能那么好心？"

"是王队，一定是王队。"欧阳宁娟肯定地说，"王队来找过我，跟我说他来解决，一定是他去找了谭小雅，让她说实话的。"

"王队去找谭小雅了？"刘苡岚摇头道，"可能性不大，他要有那本事，早就让谭小雅别诬陷他自己了。"

"他的确去找谭小雅了，昨天我开车送他去的。"张云军在一边说。

一道道目光向他望去。

"别看我，具体怎么谈的我不知道。"张云军坐在那里摇摇头，"我只是把他送到医院，他自己进去，半天没出来。后来队里找我，我就回来了。"

"这么说，一川真的去和谭小雅谈了？"傅朗问。

张云军点点头："肯定的。"

"那就一定是一川做通了谭小雅的工作啊！"傅朗感叹道，"太好了，这次真是解决了大问题！欧阳啊，以后咱可不能这么莽撞了，啊？"

"是！"欧阳宁娟点点头，"队长，我下午请个假行吗？"

"行！行！赶紧回去洗洗，休息休息！"傅朗点头说，"这孩子，这两天遭罪了。"

"不是，我想去找一下王队，当面谢谢他。"欧阳宁娟说。

"行！去吧！"傅朗说，"去问问，要真的是他的原因，你真得谢谢他。"

欧阳宁娟用力点点头，转身跑了出去。傅朗想起了什么，在后面喊："跟陈副局长他们说了没有？"

"没有！你替我说吧！"

"哎！你回去洗个澡再去找王队！"刘苡岚冲着外面喊，"要不然你会熏坏他的！"

欧阳宁娟回到家里，匆匆洗了个澡，换了身衣服，就赶往王一川家。她心里充满着快乐，想要把自己已经没事了的消息告诉他，然后当面向他表示感谢。她还计划着晚上拉王一川到饭店吃一顿，不然感觉对不住人家。

来到王一川家，欧阳宁娟按了半天门铃也不见有人开门。她打王一川的电话，电话是打通了，却无人接。

"姑娘，侬是来看房子的哦？"从旁边的门里出来一位老阿婆，"伊拉房东出去啦，侬要看房子明朝再来吧。"

"不是，吾是伊同事。"欧阳宁娟解释道，"阿婆，侬刚才讲看房子是哪能回事体？"

"格么不晓得哎，"老阿婆说，"今朝来了七八拨人了，这王家小弟怕不是要卖房子？"

"卖房子？"欧阳宁娟震惊地说，她扭头看着王一川的家门，一个不好的想法出现在脑海里。

王队要卖房子，和谭小雅放过自己有没有关系？

当欧阳宁娟在王一川家门口胡思乱想的时候，几公里外的烂尾楼的顶层，王一川坐在一个破纸箱上，手里拿着易拉罐，皱着眉头。凌季雨大大咧咧地坐在对面，正夹着菜往嘴里塞。

"三天后，我们出发去甘省。你坐不了火车和飞机，所以我们租个车自驾过去。——你会开车吗？"

"会。"凌季雨说，"就是很久没摸过了。"

"有本子就行，路上慢慢适应吧，我们换着开。"

"怎么出沪海市？"

"我有证件，他们应该不会查我的车。"

"那干吗要三天后？"凌季雨问，"我的意思是明天就出发。"

"我还有点事，这两天要解决掉。"王一川说，"这两天我就不过来了，我给你带了点钱，你自己买东西吃吧。"

他把几百块钱递给凌季雨，就站起来离开。临走时，他低沉地说："凌季雨，我这次等于豁出去了，迈出这一步，我可能就当不了警察了，希望你的线索不要让我后悔。"

29 神秘园之歌

欧阳宁娟找到王一川是两天后了，这两天她发了疯似的寻找王一川，情绪近乎失控。

她去找了谭小雅，从谭小雅那里得知了王一川要"借"给她500万的事。同时听说王一川卖房子筹钱时，谭小雅和坐在一边的冯天海也震惊了。

"他卖房子了？"谭小雅震惊地挺直身子，"不是说只要拿房子抵押就可以吗？"

冯天海凝重地点点头："他实在是个重情重义的人啊……我很佩服他。那套房子要是卖的话，能卖个六七百万吧？"

谭小雅脸色有些难看，尽管已经分手了，她还是感到心里酸溜溜的，因为当初她和王一川谈恋爱的时候，王一川怎么都不愿意卖房，现在却为了欧阳宁娟卖房筹钱。她忍不住仔细看了看欧阳宁娟，心里暗暗恨着：难道自己还不如这个一头短发，长得像个假小子似的女人？

随后冯天海的话引起了她的注意：那套房子能卖六七百万，也就是说，王一川付给自己500万后，手里还会有一两百万？如果把那钱也"借"过来……

目前她筹集的钱有700多万，不算这些，加上以前向客户借的钱，她的负债已经达到了1400多万，考虑到要给这些客户定期发利息，她现在必须尽可能多地筹集本金给冯天海，以便赚钱翻本。她已经打着高利息的名义把能借的人都借了，同学、老师、同事、客户……王一川这500万等同于她讹诈来的，现在听到王一川手里可能还有一二百万，她的心思又活动了。

所以当两天后，王一川拿着电脑过来和她交接款项时，她看着他转账完毕，却没有把欠条给他，而是楚楚可怜地看着他，说："一川，谢谢你。"

"把欠条给我吧。"

"我马上给你，不过，我……是不是可以提一个小小的请求？"

"什么？"王一川问。

"我听说你把房子卖了，是吗？"谭小雅问。

王一川沉默了，过了几秒后答道："是。"

"卖房子的钱应该不止500万吧。那房子真卖的话，700万也能卖到。"谭小雅掰着手指说，"你卖房子剩下的钱，也能借给我吗？我一定尽快还给你。"

说着，她紧紧把那张欠条攥在手里，含意很明确，如果他不借的话，欠条是不会给他的。

王一川看了她一会儿，慢慢地把笔记本电脑转过来，把界面展示给她看。

"房子的确卖掉了，我550万卖掉的。如果你不信的话，看一下我的账户明细。500万给了你，剩下的钱，你得留给我活命吧？你真的要赶尽杀绝吗？"

"550万？"谭小雅惊呼道，"那房子——只卖了550万？你怎么会卖这么便宜？你——"

"时间太紧了，你只给了我三天时间。"王一川说，"我试着找地方去抵押，可是人家看我要钱要得急，使劲压比例，我这房子最多只能抵押到450万，而且最快也要五天才能放款。我没办法，只能卖房子。我找了十几家中介，跟他们说只要超过500万，能立刻给钱，不管多少我都卖。"

"谁买了？"

"你见过，老隋，开干洗店的。他当天就把钱打过来了，挺好，还省了中介费。"

谭小雅身子一软，靠在枕头上，紧攥着的拳头松开了，那张欠条皱巴巴地滚落在被子上。王一川伸手拿过来，小心地抚平，揣进自己的口袋。他舒了口气，似乎完成了一件很重要的事，收起笔记本电脑，站起身。

"再见。"他干脆地说，一分钟都不想在这里多待。

"你为了一个男人婆可以低价卖房子,当初你却不肯为了我卖房子去买婚房。"谭小雅怨恨地说。

王一川笑了笑,说:"有些事你不会懂的。而且咱们已经是过去时了,别纠结了。"

他说完就离开病房。在门口他看到了冯天海,那位商业精英抱着手臂靠在墙上,看到王一川出来,向他笑了笑,就好像两个人是很久的朋友似的。

"王警官,我们也算是打了不少交道。"他诚恳地说,"你是个好人,在小雅这件事上,我确实对不起你,过段时间小雅好了,我们一起请你吃个饭吧,我们至少可以做朋友。"

"不必了。"王一川答道,"希望别再见面了。如果真的会把钱还给我,直接给我打到卡里就行,别联系了。"

离开住院楼,王一川觉得浑身轻松,他仔细查阅了一些西北自驾的攻略,发现动力强劲的越野车是西北自驾的刚需,于是他去了一家租车行,花了一下午时间选了一辆新的荣威RX9越野车。这是一辆中大型7座越野车,车身尺寸比丰田汉兰达还要大。之所以选这款,是因为他看中了租车公司介绍的超强动力系统,以及实惠的价格——这车也就20万上下,万一撞坏了,他剩下的钱也赔得起,何况还能买保险。

付了押金,签了租车协议,仔细检查了车况,签署了交接单,他直接把车开走了,路上他体验了一下手感,对这款车比较满意。随后他到超市购买了水、面包、自热食品、睡袋、帐篷,去药店购买了一些药物、酒精和绷带。

到家时天已经黑了,他在家附近的小店吃了晚饭,就回家把衣物收拾了一番,装进两个大的行李箱里。他洗了个澡,换了身干净的衣服,最后坐到钢琴凳上,有些留恋地抚摸着这架钢琴。

要告别啦。

妈妈死后,他最后一次弹奏了《神秘园之歌》,从此扣上琴盖。前几天他试着给钢琴调音时,手已经完全生了。这架钢琴陪了他20年,留有妈妈和外婆的回忆,还没有调音完毕,很多琴键还是跑调的……现在,他必须忍痛舍弃了。

房子已经没了,这架钢琴他连放的地方都没有。

他轻轻敲击着琴键，钢琴发出有些闷的声音。王一川正襟危坐，双手如同握橘子一样虚悬在琴键上方，试着弹了几下。

起初还有些生涩，不知是不是要与这架钢琴告别的原因，他的弹奏竟然流畅了。王一川轻弹了一段，把妈妈和外婆的照片端端正正地放在钢琴上方，后退一步，跪下向她们磕了三个头。

"妈，外婆，我把房子弄没了。"他在心里默默说，"我不是有意弄没的，我没办法。妈，我给你再弹一遍你最喜欢听的曲子，然后我就要走啦。妈，外婆，我这次出去也不知会是个什么结果，你们保佑我吧。"

在心里说完这些话，他又两次起立，两次下跪，完成了三拜九叩的大礼。最后他一脸肃穆地坐在琴凳上，抬起了双手。

门铃响了起来，按门铃的人似乎很急，不断地按着。王一川放下手，走过去打开房门，欧阳宁娟气急败坏地站在门外。

"王队！哥！"看到王一川，她似乎一下就要哭出来了，"你在啊！你——你是不是因为我……"

"进来再说。"王一川打断她。

欧阳宁娟没有了日常的利落和干脆，她一脸惶急地走了进来。看到地上收拾的背包、已经空了的衣柜，她的脸一下子白了。

"哥，你——"

"安静。找个地方坐下。"王一川严肃地说，"我要做一件很重要的事。"

欧阳宁娟不知所措，慢慢坐到一边，看着王一川回到琴凳上坐下。他向妈妈和外婆的照片双手合十，为刚才被打断而道歉，随后深吸了一口气。

灯光打在他的头发上，他的表情严肃，眼神凝重而专注。他抬起双手，那双摸惯了枪和匕首、捉拿了众多凶犯的手在灯光下显得细长、优雅。当他用降E大调，敲出第一个音符时，《神秘园之歌》的曲子流淌而出。

节奏不快，也许是因为有些生疏，王一川脸上的表情起初是严肃的，慢慢地变得柔和，眼神里透露出一丝哀伤。弹奏渐渐流畅了，但节奏并没有加快。由于这样的节奏，整首曲子显得更加悲伤。

他失去了爱情，失去了财产，事业也遭受了挫折。他能向谁倾诉呢？也许，只有天上的母亲和外婆了。

这支钢琴曲刺痛了欧阳宁娟的心。她不懂音乐,但是她能听出王一川弹的曲子里那份痛苦和悲哀。想到他为了救自己卖掉房子,欧阳宁娟的泪水夺眶而出,害怕干扰到王一川弹琴,她死死捂住嘴,肩膀剧烈地耸动着。

王一川一边弹琴,一边抬头看着照片里的妈妈和外婆。这两个世界上最爱他的人正对着他微笑,似乎永远也不会责怪他。于是王一川笑了,眼里也闪着泪花。

抬手,曲寂。

王一川站起来,再度后退两步,向母亲和外婆磕了三个头,随后把她们的照片收起来,放进背包。

欧阳宁娟终于哭出声来。她向王一川扑过去,一直扑到王一川的胸膛上,她抱着王一川大哭起来。王一川轻抚着她的头,安慰道:"哭啥?……哭了就不好看了。"

"哥!都怪我!……"欧阳宁娟痛哭着,"都怪我不小心,要不是为了我,你也不会卖房子……哥,咱们去把钱要回来!为了我不值得!"

"傻姑娘,你想多了。"王一川温声安慰道,"不关你的事。人家本来就参与举报我了,本来就不会放过我。再说,我是把钱借给她,她会还的,没事,啊?"

"哥,你别安慰我了!"欧阳宁娟哭着说,"那就是条毒蛇,钱到她手里,怎么要得回来啊?哥,我在崂山五村有套房子,要卖也是我卖,我明天就去卖房子,我把钱给你,你快把房子买回来!"

"你疯了?"王一川抓住她的肩膀,把她推离自己的身体,"你看着我!……你知道我为了解决这件事付出了成本,就不要再做多余的事!否则我做的这些就都没有意义了!你要是还管我叫哥,就趁早收了什么卖房的心思!"

"呜……"欧阳宁娟站在那里,无助地痛哭着。她可以一拳打裂一根木棍,可以单掌劈七块砖,可是这时候她才发现自己仍是一个柔弱的女人。她不知道如何帮助王一川,不知道如何报答王一川,她只会站在那里痛哭。

"好娟子,别哭了,没多大事。我还年轻,将来再买。"王一川安慰说,"正好你来了,我也有事要拜托你。明天新房东会来收房,我明天有事要办,不在场。我和他说好了,到时候他会把我家里这些零散东西打包收拾好,你帮我去租个仓库,把家里这些杂物都寄存了吧。"

"哥,没房子,你住在哪儿呢?"欧阳宁娟哭着说,"要不你到我家去住吧,我家客厅也能睡人……"

"不用了,我有安排。"王一川笑着说。

他说着就背上背包,拎起两个行李箱,向门口走去。欧阳宁娟愣了一下,一边抹泪一边冲上去抢过一个行李箱。明明可以拖着走,她却一定要提着,似乎只有这样才能让心里好受些。到了门外,她惊讶地发现王一川拉着另一个行李箱向不远处的一辆白色越野车走去。随着一声蜂鸣,车灯闪了闪,那辆越野车的后备厢盖子缓缓升起。

"哥,这是谁的车?"欧阳宁娟惊疑地问,借着车里的灯光,她看到了后备厢里的物资,不由得脸色一变,"你这是要去哪儿?"

"我有一件重要的事要去办。"王一川拍了拍她的肩膀,"这里就拜托你了。"

他从她手里把行李箱接过来,用力塞进后备厢,按下车钥匙,后备厢自动关门上锁。王一川对欧阳宁娟笑笑就上了车。车灯亮起,他从驾驶室里伸出手挥了挥,越野车向小区门口驶去。

欧阳宁娟带着泪痕,在车后面追逐了几步,一直到那辆车消失在小区门口。她的心跳得厉害,不知为什么,她觉得有东西好像要失去了。

王一川开着车,来到那个烂尾楼旁边的街道上,他把车停在外面,徒步走进去,一直走到烂尾楼顶层。站在月光能照到的地方,他低声说:"滚出来,我们现在就走。"

一个黑影从黑暗中出现,凌季雨借着月光打量了一下周围,问:"不是说明天早上才出发吗?"

"我改主意了,现在就走。"王一川说,"把你的东西收拾一下,要带的放上车去。后座上有个手铐,上车自己铐好。"

凌季雨立刻动了起来,重新隐入黑暗中,黑暗中响起窸窸窣窣的声音。十几分钟后,荣威RX9越野车离开烂尾楼,亮着车灯驶向远方。

"王一川把房子卖了?钱给了谭小雅?"傅朗手一抖,一杯水洒在了桌子上,"那他住哪儿?"

重案队的人全部惊呆了。欧阳宁娟蔫蔫地坐在座位上摇头,沉重的负罪感让她完全没有了之前的气势。

"我给他打电话！问问他现在住哪儿！"傅朗拿起手机拨打着，手机里传出"您拨打的号码暂时无法接通"。

"这是怕咱们问，故意关机了？"张云军问。

"王队是个仗义的人，他肯定是不愿麻烦大伙儿。"苏晓巍分析，"他这次卖房子帮欧阳，这情分……哎呀。"

"他、他不会睡马路了吧？"刘苡岚问。

"应该不会，他有辆车。"欧阳宁娟小声说。

"车？"傅朗立刻问，"什么车？他什么时候有车的？"

"不知道。"欧阳宁娟说，"我昨晚看见他开了辆车，那车还蛮新的。对了，他看起来像是要出远门，后备箱放了好多水和食物。"

"出远门？"傅朗忽地站起来，"他现在还在被审查期间，千万不能离开沪海市啊！那车号你记下来了吗？"

欧阳宁娟摇摇头。

"你脑子里缺弦是不是？"傅朗发火了，"你现在马上去调取他们小区的监控，查一查车牌号！现在！马上！"

欧阳宁娟站了起来，傅朗看着她那副失魂落魄的样子，指着刘苡岚说："你开你的车陪她去！这小子不要干什么傻事啊！"

车牌号在一个小时后查到了，同时也查到这辆车属于一家租车行。傅朗听到这个消息，面如土色——如果在市内办事，王一川根本不需要租车，他租车的唯一可能性就是出沪海市！

又过了半个小时，从姜桥收费站传来消息，这辆荣威RX9越野车在昨天夜里11点58分经姜桥收费站主线离开了沪海市。本来姜桥收费站出站100米设有检查站，但是王一川出示了人民警察证之后，检查站的同志认为他在执行公务，予以放行了。

随同这个消息传来的还有收费口拍下的这辆越野车的照片。照片放大后，整个重案队办公室里突然寂静了。

闪光灯照得越野车车内很亮，驾驶座上的人清晰可见。驾驶座上开车的人正是王一川，他正伸手从人工通道的自动取卡机上取卡；第二排座位上有一个人缩着，虽然有些模糊，但是面目依稀能辨认出来。就是这个人，让所有的人都如遭雷击。

"凌季雨！"

王一川在协助犯罪嫌疑人逃离沪海市？

傅朗额头上冷汗涔涔而下，他知道王一川完了。之前对他的停职调查实际上查无实据，一切只是存疑，然而现在他竟然帮助犯罪嫌疑人脱逃！

天王老子也救不了他了！

"他在搞什么啊！"傅朗失态地咆哮道，"破罐子破摔，想自绝于人民？"

"队、队、队长，怎、怎、怎、怎么办？"苏晓巍惊骇地问。

"打电话！不间断地打！拼命打！直到打通为止！"傅朗吼道，他接着对着欧阳宁娟大发雷霆，"你昨晚发现不对，就不知道早点汇报？啊？你脑子被驴踢啦？啊？"在他几十年的从警生涯中，他从没有这样对自己的同志红过脸，从没有这样破口大骂过。

欧阳宁娟失魂落魄地坐在椅子上，脑子里轰轰作响。她似乎明白王一川那些举动的含义了——他下定了和凌季雨一起逃走的决心，所以卖了房子，租了车，他可能知道自己再也回不来了，即便是回来也可能会坐牢，所以他对着母亲和外婆的照片磕头，给她们弹琴。

他是在告别。

傅朗坐在椅子上喘了半天粗气，清醒过来了。意识到自己刚才的话太难听，他看了一眼欧阳宁娟，脸上露出歉意的笑，说："欧阳，我的话重了，对不起啊。我是急了。"

"我知道，你骂得对。"欧阳宁娟小声说。

"一川这事，得向上面汇报了。"傅朗低沉地说，"你们继续打，我现在就打电话给姜局长。"

他仿佛一下子苍老了，拿着手机，如同拿着一块烫手的木炭。然而这件事终究是瞒不住的，也是不敢瞒的。他虽然没开免提，但是很快整个办公室的人都听到了手机里传出来的吼叫声。

"他是你们队的人，你们不盯着他？啊？有什么异常，就发现不了？就不知道早点汇报？啊？你脑子被驴踢啦？"

傅朗一言不发，只是听着姜局长大发雷霆。"雷神"局长吼完这段话，接着就吼出了下一句："马上到区局来！最后一个见过他的是谁？"

"是欧阳宁娟。"

"一块带过来！现在！马上！"

傅朗放下电话，灰着脸说："欧阳宁娟跟我走一趟。"说完便佝偻着背走出去了。

等他们赶到区局大会议室，立刻感到了事态的严重性，姜局长、姬军政委、陈副局长和另外两名副局长全部到了，督察支队、纪检组的人也在座。更为严重的是，所有的人都在等人，因为市局得知此事后也震怒了，分管刑侦工作的副局长正在赶来的路上。

"这一把捅破天了。"看到傅朗，陈副局长脸色很难看，"公安人员带着犯罪嫌疑人一起逃亡……唉！"

"现在看来，这个人真的是有问题的。"唐志坚说，"亏我们还认为对他的举报存疑。"

"能不能给我们一点时间？"傅朗小声问陈副局长，"我们去找到他，把他带回来。"

"市局都知道这事了，你还想大事化小？"陈副局长答道，"这次姜局长要'挥泪斩马谡'了，你不知道他平时多看重这小子，以前还说这小子是个支队长的料，现在你看看他。"

傅朗偷眼望去，只见"雷神"局长抱着手臂坐在椅子上，黑着脸低头盯着茶杯，脸上的肌肉不时抽动着。

30 凌季雨往事

砰的一声，大门被猛地推开，几名警员陪同一位穿着警服的短发女人走了进来。这位女警的肩上是两杠三星，一脸严肃，不怒自威。这就是沪海市公安局副局长、市刑侦队总队长曲景。在场的人都立正站好，敬礼道："曲局长！"

曲景毫不客气，拉开椅子坐下，第一句话就开口道："小姜，你们沪东分局做得好啊，整个沪海市公安系统里，你们开了先河了！"

"我请求处分！"姜局长毫不犹豫地说。

"处分？"曲景重复一句，冷着脸说，"要是处分那么简单就好了！

发通缉了没有？"

"还没有。"

"为什么还不发通缉？"曲景一拍桌子，火了，"他们什么时候出沪海市的？"

"昨天夜里11点58分。"

"也就是说，人家已经跑了将近20个小时了！"曲景怒道，"帮着犯罪嫌疑人逃离，你们之前就没有看出什么迹象？"

姜局长一言不发。陈轶凡敬了个礼，答道："没有，他之前处于停职被调查的状态，一直待在家里。重案队的警力都扑在'11·7特大杀人案'上，所以没有特别关注他。"

"你们扑在案件上的结果就是让嫌疑人脱逃？"曲景毫不客气地说，"这个王一川平时表现怎么样？就没有点苗头？"

"在今天这件事发生之前，他是个非常优秀的警察。"姜局长开口了，他望着曲局长，"'9·17特大灭门杀人案'就是他破获的，这个人思路清晰，胆大心细，对公安工作有一腔热血，曾经从二楼跳下去抓捕犯罪团伙头目。在他停职前，他对'11·7特大杀人案'的分析非常准确，甚至就是他通过一句话分析出凌季雨有重大作案嫌疑。"

"哦？"曲景意外地问，"评价这么高？那你如何解释他现在的行为？"

"我不能解释他为什么犯下这样的错误。""雷神"局长说，"不过我那天听他做了一段分析，他对这个案子提出了疑点，认为凌季雨有可能不是这个案子的凶手。"

"他分析凌季雨有嫌疑，他又认为凌季雨不是凶手？"曲景问。

"他的分析是有道理的。"姜局长说。

"我知道你是老刑侦，你既然认为有道理，那么他的理由一定有可取之处。"曲景说，"可是这不能改变一个事实，他帮助我们正在抓捕的嫌疑人脱逃了！"

"还是在被我们纪检组调查期间，这是潜逃。"王旭在后面说。

曲景下了决定，对身边的秘书指示："跟刘榴处长联系，请她马上联系邻近省份的兄弟部门，设卡堵截，一旦发现立即抓捕！告诉他们这个人有危险性，可以使用警械！"

"等一下！"傅朗霍地立起，高声阻止道，"曲局长！能不能给我们一点时间！我们想办法把他带回来！王一川不是个会犯罪的人，他一定是有什么理由！"

"他不会犯罪，那他银行卡里的钱是从哪儿来的？"王旭在一边冷言冷语地说，"这肯定是看被我们调查了，畏罪脱逃嘛！我们调查过，这个人确实能办案子，可是受的处分也不少啊。"

"不管什么理由，也不能帮助嫌疑人脱逃！"曲局长对秘书说，"马上去联系刘榴处长！"

秘书点着头，拿出手机准备拨号，就在这时，一直没吭声的欧阳宁娟突然举起手，用变调的声音高声喊道："报告！"

会议室里的人都被吓了一跳，一道道目光向她汇去。欧阳宁娟高高举着手机，脸上带着惊骇。那是傅朗的手机。

"王队给傅队发来微信了！"

会议室里安静了几秒钟，接着轰的一声乱了起来，姜局长大步冲过去，一把抢过傅朗的手机。在那个有裂纹的华为手机屏幕上，王一川给傅朗发来了微信："傅队，我正前往甘省，寻找马东。凌季雨在我身边，可以确定他不是凶手。范桂花之死另有蹊跷，找到马东就可能找到李少萍和王大勇。另外，范桂花和马东与当年周少君的牺牲有关。请将此情况汇报给姜局长，我可能需要甘省警方协助。务必！"

手机从姜局长手里传到曲局长手里，又依次传递过在场每个人的手，每个人的脸都是惊愕的。姜局长再次一把抢过手机，开始拨王一川的电话。他开着免提，所有人都听到了手机里传来的"嘟——嘟——"声，紧接着电话接通了。

电话里传来王一川的声音："傅队？"

"我是姜伟！"姜局长沉声说。

"局长好！"

"你现在在哪里？"

"报告局长，我现在已经开到陕省这边，大概再过一个小时就要到长安市了！"

姜局长问："凌季雨是不是在你身边？"

"在！"

接着，凌季雨的声音传了出来："是你们局长吗？局长好啊！"

姜局长充耳不闻，低沉地说道："王一川！总队长也在这里！现在我命令你，保持手机畅通，马上到最近的服务区停下，报告位置，等待进一步通知！"

"报告总队长，报告局长！"王一川的声音很平稳，丝毫没有慌张，"我会保持手机畅通，也会及时向局里报告我的位置，可是我不能停下！我找到了线索，可能对'11·7特大杀人案'的侦破有重大影响，同时，也许能查明当年周少君被害的真相！我一定要查出凶手是谁！所以我要赶到甘省省会兰河市去找马东！我随后会发一段录音过来，请你们听一下，如果认为我的思路是对的，我请求局里能派人来支援我。"

"你还记得你是在停职中吗？"姜局长阴沉沉地问，"你知道你这次可能面临什么结果吗？"

"我知道。"王一川说，"我做好准备了。局长，我这辈子一定要让柯队长闭上眼，只要能抓住杀害周少君的凶手，我值了。另外，局长，请您派人盯住黄思茂，万一他和周少君被害有关，就不能让他跑了！"

电话被挂断了，"雷神"局长的脸更黑了。他盯着电话屏幕，上面显示有音频文件正在传过来，曲总队长盯着手机看了半晌，秘书询问是不是继续给刘榴处长打电话时，她皱着眉头说："先停一下。"

她转向姜局长："正好重案队的人也在，你马上安排一下，说说这案子是怎么回事。他不是要发什么录音吗？我要听听。"

姜局长点点头，狠狠地看了傅朗和欧阳宁娟一眼，吩咐："你们队里安排一下，随时准备出发！"

"是！"傅朗敬了个礼，又问道，"出发做什么？"

"雷神"咆哮道："要么去把他带回来！要么去把他抓回来！一会儿你就知道了！"

车子离开姜桥收费站，在夜幕中驶入沪陕高速，两侧护栏上的荧光反光条飞快地后退。凌季雨在后座上斜倚着，长长地呵了一声，道："啊！自由的空气！"

王一川把手机调成飞行模式，连接在车上充电。他一边开车，一边把手机的录音功能打开，放在前座中间的平台上。

"行了，出了沪海市了，你现在就开始说吧。"

"哎，王队，你这个人怎么这么急？大晚上的，让我先好好睡一觉，这真皮椅子可比水泥地舒服多了。有啤酒吗？我喝两口助眠。"

"你小子，想让我下高速掉头是吧？"王一川问，"你说过，一出沪海市就把知道的全说出来，你要是不说，那咱们就回沪海市吧。"

"不是我不说，这事复杂，我不知从何说起。"

"从头说。"王一川说，"你是怎么认识范桂花他们的，怎么跟踪他们的，你都打听到了什么，杀警察的事是怎么回事，这次碎尸案你又做了什么，从头讲。"

"干吗还录音？"

"我这是取证。"王一川不客气地说。

"那能给我打开手铐吗？"

"不能。"

凌季雨像个受气的小娘们儿，躺在后座上生闷气。他知道王一川说得出做得到，终于坐直身子，长长出了一口气。

"那是2000年，过了正月初七，我从老家那边返校……"

2000年的初春，江南的树上已经吐出新芽，北方的树上却还是光秃秃的。黑黄色的田野、道路、房屋上还有一块块残雪，连带着远处的山都显得灰蒙蒙的。天气寒冷，走在外面的人还裹着棉袄、羽绒服或者大衣。

与外面相比，火车里的温度就高多了，光人体散发出的热量就让车里的人浑身冒汗。凌季雨上车后不久就把羽绒服脱了，塞在身后靠着。他的座位靠窗，这保证了他第一不会被过道里的人挤到，第二可以往车厢壁上靠着，第三面前有小桌板可以趴一趴。这种蓝底红白条纹直快列车的卧铺是很难买到的，有这样的靠窗座已经很不容易了。

这次返校的心情是复杂的。他已经找到工作，老家的一家律所表示愿意接收他；但是女友方文丽找工作却不太顺利，她希望留校或者去大一点的城市，为此连过年都没回老家。两个人的前景会如何？凌季雨对此颇为迷茫。

列车里挤得像沙丁鱼罐头，行李架上堆得满满的。车过冀省省会常山市的时候，天已经黑了，一个年轻的姑娘拎着包从过道费力地挤过来，坐到了凌季雨对面靠窗的座位上。一位胖乎乎的中年妇女挤过来，操着一口东北话跟凌季雨旁边的小伙子说："大兄弟，这座儿是我的，我有票。"

那个小伙子面无表情地站起来让出位置。中年妇女坐下来，看到那个年轻姑娘张望着满满当当的行李架，又看了看座位下面，就热心地招呼起来："老妹儿啊，你瞅那上面哪能搁东西呀？你放座位下面呗！"

问题是座位下面也塞着别的旅客的行李，这位热心的中年妇女看了一圈，跟凌季雨商量说："小弟，你看别的地方都塞满了，人家小妹儿这个包儿塞你座位下面行不？"

这位中年大姐穿着朴素，笑眯眯的，显得很厚道；对面这位姑娘打扮精致，穿着淡粉色的羽绒服，姣好的面容让凌季雨不禁眼前一亮。她对着凌季雨笑，脸上带着求助的表情，于是凌季雨殷勤地接过她的包，塞到自己座位底下。

那位姑娘突然想起了什么，把头上的毛线帽子和皮手套脱下来，可是这时候包已经塞到了凌季雨的座位下面。中年妇女说："嘎哈那么费劲儿啊？你给这小老弟，让小老弟给你塞进去不就得了吗？还担心人家偷你东西咋的？"

那位姑娘带着不好意思的表情，把毛线帽子和皮手套递给凌季雨，凌季雨接过来，拖出她的包，拉开拉链，塞了进去。最后他拉上拉链，把包又推回座位下面。

"谢谢。"那位姑娘抿着嘴笑了笑。

"哎呀，咱们出门在外的，可不就得互相帮吗？"中年妇女大大咧咧地说，接着转向凌季雨，问，"小弟，到哪儿下车啊？"

"我到终点。"凌季雨说。

"看这样子是大学生呗？"中年妇女说，"哎呀，一看就是上过学的，文质彬彬的。哪个学校啊？"

"吉省大学。"

"哎呀，这大学生都是学问银（人）啊。"隔壁座一个抱着包的老汉插话说，"内（那）学校老好了，出来的银（人）都四（是）当官啊、当企业家啊，贼拉有钱。"

坐在中年妇女对面、挨着那位姑娘的是一个脸上有一道疤的年轻人，他本来斜睨着周围，现在也好奇地问："是吗？那啥，你们毕业了分配工

261

作不？"

凌季雨突然间成为这个小空间的中心，周围的几个旅客似乎对他很有兴趣，对面的姑娘闪着水汪汪的大眼睛看着他，眼睛里充满了崇拜。这样的关注让凌季雨受宠若惊，兴冲冲地加入了唠嗑行列。火车上的友谊总是短暂而热烈的，不一会儿的工夫，瓜子、水果、花生等零食就分享起来了。

"大姨，听你口音也是东北的啊，"凌季雨问中年妇女，"你是在常山这边生活啊？"

"不是，我东北的！铁山市的！来探个亲！我家孩子他二姨嫁到这边……"

列车员费力地从过道挤过来，一路吆喝着："再过一会儿关灯了啊！都看好自己的东西啊！……"

那时候的蓝皮火车和绿皮火车一样，到了晚上10点前后就会关灯，仅留几盏灯光微弱的小灯照明。听到列车员的吆喝，人们纷纷停止聊天，有的去洗漱，有的去厕所。凌季雨也跑了趟厕所，回来的时候，他看到那位姑娘斜靠在车窗边，已经有了困意了。她伸了伸腿，不小心踢到凌季雨，一下子睁开眼睛。

"不好意思啊，"她细声细气地说，"我的腿窝得难受，一不小心踢到你了。"

"那能不窝着吗？这点儿地方，你的腿又那么长！"热心的中年妇女又张罗起来，"那啥，小弟你往我这边坐坐，留点空，让人家姑娘把腿伸过来搁到你里面，腿伸直了还能活活血。哎呀妈呀，现在出门真是老遭罪了！"

凌季雨低头看看，自己的身体和车厢壁之间确实能放下两只脚。不过这样的话，姑娘的双脚就要紧贴着他的腿了。姑娘的脸一下子红了，说："这不好吧……"

"这有啥啊，"中年妇女咋咋呼呼地说，"凑合一宿呗，小老弟看着也不是计较的人，是不？"

美女总是有特权的，何况被中年妇女这么一说，凌季雨根本没有不答应的余地。他把身子侧了侧，笑着说："没事，你伸过来吧。"

那位姑娘还是很害羞，不过腿实在是酸得厉害，终于用蚊子一般的声音说了句"不好意思"，从小桌下面把脚伸了过来，放到凌季雨的腿和车厢壁之间。虽然是冬天，她下身穿的却是裙子，腿上只裹了一层肉灰色的厚丝袜，也不知道她下车时如何面对零下20多摄氏度的低温。凌季雨低头看了一眼，赶紧移开视线，抬头时他的目光与那位姑娘的目光碰上了，两个人脸都是一红。

灯光熄灭了，车厢里只剩下几盏昏暗的小灯。很快所有的人都昏昏欲睡。虽然有乘警在过道里挤过去吆喝着："别睡死了啊！车上有小偷啊！"——这其实是在提醒大家：他看到有熟面孔上车了，但是大部分人还是疲惫地睡着了。凌季雨靠在椅背上眯了一会儿，浑身酸痛，终于弯腰趴在小桌板上，昏昏睡过去了。

不知睡了多久，突然被一阵喧哗吵醒，凌季雨迷迷糊糊地抬起头，感觉两只手都木了。车厢里的灯不知为什么亮了，凌季雨往窗外看了看，发现外面天还是黑的。在他对面，那位姑娘还在睡着，身边的中年妇女和她对面的疤面年轻人都伸着脖子往喧哗传来的方向看着。

"几点了？咋啦？"凌季雨迷惑地问。

"不知道啊。"中年妇女说。东北有些地区的人说话会吞字儿，把"不知道啊"说成"不道啊"。她伸着脖子说："那警察在嘎哈呢？翻人家包啊？"

过道另一边的老汉抱着包，也伸着脖子看着。

凌季雨伸长脖子，往车厢的另一头看去，只见两名乘警和三四名男列车员正在检查一个乘客的包。其中一个年纪较大的乘警吆喝着："别睡了啊！前面车厢已经有人被偷了！都醒醒都醒醒！"他一边吆喝一边打量着每一个乘客，突然问一个男人："你是在哪站上车的？"

"山河关。"

"你的包呢？这个是你的包不？拿出来！打开看看。"

"你凭啥检查我的包啊？"

"你打开不？"老乘警瞪起眼睛，"给我打开！"

那个男人不情愿地从下面拿出一个包来，老乘警扯开拉链，手伸进去掏着，接着从里面掏出了两个钱包来。他嘿嘿一笑，说："道行不够啊。把这小子带走。"

那个男人站在那里，一言不发，两名彪悍的列车员上前，一边一个扭住那个男人，把他拖出了车厢。

"你们看到没有？"老乘警高声喊着，"你们睡觉的时候，就是这些贼爪子偷东西的时候！大家别睡觉，啊！忍忍天就亮了！我们现在也要全车巡查，可能要抽查行李，同志们都配合下啊！"他接着又看了一下一个畏缩的小青年，问："包能给我看看不？"

那名小青年把包递了过去，老乘警拉开拉链往里面看了看，点点头还给他，拍拍他的肩膀，向这边挤过来。

在二十世纪九十年代及二十一世纪初，这样的车厢检查很常见。当时的乘警都是铁路警察中的精英，每天在列车上处理各种事务，什么案件处理、巡逻消防、纠纷调解……无一不精。在犯罪高发的那段时期，列车上反盗抢成了重中之重。这些老警察个个经验丰富，从一个人的表情、眼神、姿势甚至行李的尺寸、重量，就能判断出这人是否有问题，而且在大多数情况下都判断正确。刚才那个扒手其实表情没什么，引起老警察怀疑的是他的背包，本可以抱在怀里的背包却随意地放在座位下面，被那人用腿有意无意地挡着，所以老警察毫不客气地要求检查，然后抓住了一个扒手。

老乘警逐渐走近，一路扫视着，嘴里吆喝着让大家看好自己的东西，中途还检查了两个人的票，另外一名乘警和一名列车员跟在后面。走到他们旁边时，老乘警低头看了看那个抱着包的老汉，问："哪站上车的？"

"常山上来的。"

"包里装了啥？"

"没啥，一些衣服和吃的。"

"包打开，检查一下。"老乘警笑眯眯地说。

"没啥！还有给孩子的奶粉！"

"东北没奶粉啊，要从常山买？包打开，让我看看是啥好东西。"

这时候中年妇女侧了下身子，手伸到旁边摸了摸。最后她把手伸过来，突然一把抓住了凌季雨的右手，在他反应过来之前，用力把他的手按在那位姑娘的腿上。一秒钟后，一记重重的耳光扇在凌季雨的脸上。

"啪！"

这一记耳光清脆响亮，打得凌季雨眼前一黑，与此同时，他听到了中年妇女粗野的叫骂声："流氓！耍流氓！妈了个×，大家快看，这人耍流氓，摸人家姑娘的腿！"

无数目光向这边聚拢来，老乘警扭头看了一下，丢下那个老汉，向这边挪过来。

随着中年妇女的叫骂声，她用力把凌季雨的右手抓在手里，似乎抓住了罪证。凌季雨蒙了，他发现对面的姑娘杏眼圆睁地看着自己，刚才那记耳光就是她扇的。她在桌子下面踹着凌季雨，也叫骂起来："臭流氓！整整一晚上了，在我腿上摸来摸去的，想摸回去摸你妈去！"

"谁、谁摸你了？"凌季雨惊骇地说。

"就你摸的！我都看见了！"中年妇女叫骂着，"还大学生呢，妈×的就是个流氓！"

"妈×的，在火车上耍流氓！揍他！"有人在远处喊。

坐在中年妇女对面的疤面年轻人站起来，一拳就砸在凌季雨脸上，凌季雨脑袋咚的一声撞到车厢上，好几双拳头雨点般打在他的头上、身上，耳边传来骂声和助威声："打！打！""打死这流氓！""我让你摸我！我让你摸我！""小杂种！"

两名乘警费了好大力气才把人分开，凌季雨已经被打得瘫软在座位上，满脸是血。老乘警呵斥着："谁让你们动手的？啊？搞啥玩意儿？——咋的了？谁喊有流氓？"

"警察大叔！"那位姑娘站在小桌边，指着凌季雨，脸上带着泪控诉着，"这人，就是这人，趁我睡觉时一直摸我的腿，我寻思着这车上也没人能帮我，就往回躲着，他还把手伸过来摸……"说到这里，她抓起不知谁的水杯向凌季雨砸去："我让你摸！我让你摸！"

凌季雨惊惶地护着头部，说："我、我没摸……"

"你咋没摸！"中年妇女指着凌季雨，"你刚才还在摸，被我一把抓住的！"她接着转向老乘警："警察同志，我看见他摸了好几次了，那姑娘都快哭了！我寻思着别管闲事吧，出门在外别惹事呗，可是这流氓太不要脸了，太嚣张了，手都快伸到人家裙子里了！"

"我没有！"凌季雨挣扎着站起来，"我就在这睡觉，我啥时候摸你了？"

"我也看见你摸了！"疤面青年指着他说，"前面的我不知道，刚才你摸人家大姑娘的腿，被这大姨一把薅住手的！"

"我没摸！"

凌季雨急了，大声分辩着。这几个人之前还和他相谈甚欢，现在却全部横眉立目，指证他摸那位姑娘的腿，可是他真的没做过，他也不知道为什么会发生这样的事。四周的人都用恶狠狠的眼光看着他，似乎想将他乱拳打死一般，那位姑娘的目光则充满了仇恨和愤怒。

"我、我没摸！我真的没摸！……"他无助地叫着。

老乘警皱着眉头看着他："你口袋里是什么？"

凌季雨愣了一下，低头看去，他衣服左边的口袋边露出了紫色和肉色的两点。他不知所措地把手伸进去，掏出了一团卷在一起的柔软的布料。他怔怔地站在那里，手里抓着一条紫色的丝质女士内裤和一条肉色的连裤袜。姑娘惊叫着一把抢过去，接着就坐在座位上哭了起来。中年妇女赶紧过去抱着姑娘安慰着，嘴里斥骂着："变态呀！变态呀！"

那个疤面青年弯腰往凌季雨座位下面看了看，转身一把抓住老乘警的袖子："那底下是这老妹儿的包！你瞅瞅，拉链拉开了，这家伙偷女人衣服！……"

"哎呀我×！"旁边有人吆喝道，"太他妈不要脸了！"

"砸这个×养的！"一个苹果从不远处飞了过来。

"我、我没……"凌季雨百口莫辩，他已经木了，只能躲避着，哀叫着。

"你们俩跟我到餐车去。"老乘警指了指姑娘和凌季雨，又问，"有人愿意作证不？"

"我能作证！"中年妇女说。

"行，你一起来。小王、小何帮他们拿行李，你过来！"随着这句"你过来"，老乘警抓住凌季雨的手臂，把他拖出了座位，随后向车厢的另一头拖去。

车厢里充斥着斥骂声，这一路上不知挨了多少拳脚，有人甚至追上来踹他。凌季雨惊恐地抱着头，伤心地哭了，他大声哭泣着，说："叔，我真没摸！我没偷她衣服！……"

"行了，再过十几分钟就到铁山站了，你们到车站派出所去说吧。"老乘警推开一个想打凌季雨的人，"把你带到餐车也是想保护你，知道不？在那儿待着你肯定被他们打，不死也脱层皮。"

他说完，拉着凌季雨挤进了餐车，在他身后，另一位乘警和列车员拿着他们的行李，护持着楚楚可怜的美丽受害者，那位古道热肠的中年妇女跟在后面，正气凛然。

31 偷听

"后来呢？"王一川问。

"后来？"凌季雨呵呵一笑，"后来我还得感谢她们的宽宏大量呢。一到铁山站我就被带下去了，送到车站派出所，铐到暖气片子上蹲着。我跟他们说我没干，没人信，还挨了几脚。他们问我知不知道有啥后果，说是要拘留，还可能劳教。他们给我做笔录要我承认，我不承认，可是为什么我兜里有人家的内衣，我又解释不清楚。后来快天亮的时候，派出所的人跟我说，人家姑娘心地好，不追究我了，所以他们也就从轻处理，罚点钱就让我走。我一听能不拘留，不劳教，再加上心里害怕就签了。签字的时候我看到了旁边放着的笔录，知道了那个女的叫李少萍，那个老娘们儿叫范桂花，都是铁山市人。"

"所以你就开始追踪她们了？"

"我为什么不追？"凌季雨反问，"这件事害得我身败名裂，我后面遭的罪都是从这里来的，你说我能不查明白这事吗？有些人吃了亏就算了，我不行，老师同学都说我猥亵妇女，在那边派出所里还有我被处罚的记录，我得要个清白，我得要个说法。我明明没有摸她，她非说我摸了，我明明没偷她的内衣，可那东西就到我口袋里了。尤其是范桂花，明明是她抓着我的手摁到李少萍腿上去的，她说是现场抓到的，我凭什么要被这么诬陷？"

"你之前见过她们吗？"王一川问。

"没有。"

"那就奇怪了，"王一川说，"和你没见过，也就谈不上有仇，她们为什么要陷害你？老凌，坦诚点。"

"是呀，和我无冤无仇的，为什么要害我呢？"凌季雨幽幽地说，"这个问题我当时也回答不了。我大学毕业后没回老家，去了铁山市，找了个小律所，一边干点小案子活命，一边到处查找这两个人的信息。直到

267

两年后我查到了一份判决书，发现李少萍和范桂花居然是一伙的，搞'仙人跳'，我才感觉出不对来。也是从那份判决书里，我知道她们还有两个同伙，一个叫马东，一个叫王大勇。"

"我得知这个消息后，就拿着那份判决书去找办这个案子的派出所，里面的警察看了就问我：'你找大萍子嘎哈啊？'据他们介绍，其实这四个人在那一带挺有名的，李少萍绰号'大萍子'，范桂花绰号'笑姨'，马东绰号'大疤瘌'，王大勇绰号'老狗坨子'，四个人招摇撞骗，都被处理过不止一回。我就求他们给我看看照片，警察调出照片给我看，我一下子就认出来：那天在火车上，坐在范桂花对面、李少萍旁边的那个带疤的人就是马东；隔着过道坐着、抱着包的那个老头儿就是王大勇！那天晚上他们四个都在火车上！"

王一川问："你是说你被他们联手陷害？"随即有些疑惑地问："可是为什么呢？"

"这个问题，我想了20多年，"凌季雨靠在椅背上，"为啥陷害我，我不知道。不过后来我终于有了一个猜想，而且越想越觉得是合理的。"

"什么猜想？"

"诬陷我是为了引开警察的注意力。"凌季雨说，"这20多年，我每天都会回想当天的情景，想当天的每一个细节。这几个人明明是一伙的，偏偏要装作彼此不认识，三个人坐在我这边，王大勇抱着包坐在另外一边。他们既然是诈骗分子，应该不会主动招惹警察才对，可是他们却主动挑事，把事情闹大，这说明了什么？"

他没等王一川回答，自己给出了答案。

"说明一定有什么事情很重要，重要到他们要主动跳出来引起警察注意。当时乘警在干什么呢？在要求王大勇把包打开检查，就在这个时候，范桂花和李少萍同时出手说我猥亵，把警察吸引了过来，所以她们是在保护王大勇。换言之，王大勇的包里一定有什么是不能给警察看的，而我，就是她们吸引警察注意力的炮灰！

"想通这一点后，我脑子里只有一个念头，就是要找到他们，洗清我的冤屈。可是他们有四个人，我只有一个人，找到他们以后我能怎么样呢？所以我就想，我要掌握他们更多的犯罪证据，到时候就可以利用这些把他们送进去。等送进去的时候，把这件事跟警察说一下，也许就能一并查清楚我的事了。可是我到处都找不到他们，考虑到他们可能会在东北各地作案，我那几年一直在东北各地找他们，可是一直都找不到。

"一直到2007年，我终于得到消息，范桂花有个儿子叫王双磊，是当地清河区出了名的流氓。我暗中跟踪他，终于在地痞流氓聚会喝酒时听到了线索。王双磊在酒桌上吹嘘说他妈现在在沪海市发财，每过一段时间就给他寄点钱来，他说的时候，我就在隔壁桌子上听着。

"得到这个消息，我唯恐消息不确切，又在铁山市待了1年，继续跟踪王双磊，发现范桂花确实不在铁山市了。于是我做好了来沪海市的准备，走之前我继续跟踪王双磊，在王双磊犯案时报了警，把他送进了监狱，算是我这些年遭罪的一点利息。听说那家伙判了15年呢。"

"王双磊进监狱是你举报的？"王一川眉毛一抬，忍不住笑了，"你这家伙，报仇很精准啊。"

"咱是学法律的不是？"凌季雨笑道，"要在法律的框架内解决问题嘛。"

"然后你就来沪海市了？"

"是啊，来沪海市了。"凌季雨轻描淡写地说。

"怎么找到他们的？"

"来了以后，我寻思着这几个人在沪海市没准儿会重操旧业，所以就在各个派出所和看守所外面打听，找了大半年也没消息。后来我想了个笨办法。"

"什么笨办法？"

"我想着，范桂花既然有儿子，家人也在铁山市，她逢年过节总要回去吧？清明节总要回去祭拜父母吧？祭拜完了才能回来。当时咱们沪海市有两个火车站，一个是沪海火车站，一个是沪海南站。我查了一下列车时刻表，又分析范桂花应该会坐那种当天出发当天能到沪海市的，或者能在火车上睡一晚上的车次，筛选了车次以后，最终圈了几个车次，决定在沪海火车站碰运气。清明节、五一、十一、元旦节、春节这几个假期前后，我就天天蹲在沪海火车站出站口那里看着，看能不能发现他们的身影。"

"不对呀，"王一川提出异议说，"我记得那时沪海火车站有两个出站口，一个是西南出口，一个是东南出口，你怎么知道她选哪个出口？"

"凭运气，凭命。"凌季雨说，"沪海市有将近3000万人，我要找这几个人就像大海捞针。我不是警察，调不了人口信息，除了这个笨办法，我还能咋办？第一年那几个节日我就没发现。"

"你能发现才怪，俩出口呢。"王一川说，"再说你上个厕所什么的，没准儿人家就正好走掉了。再说你怎么知道他们不坐飞机呢？"

"铁山市没有机场，要去铁山市得到沈市桃园机场，再坐车去铁山市。其实我也就是在赌，觉得他们这些诈骗的人可能不怎么愿意坐飞机，因为飞机查得严，而且还不如火车能直达。你说的上厕所的问题我也想到了，所以第二年春节前和正月初七后那些日子，我就每天不上厕所，在那里蹲着。"

"你是怎么做到的？"王一川问。

"一天不吃东西，靠功能饮料顶着。然后穿上纸尿裤。"凌季雨说。

"嘶——"王一川倒吸了一口凉气，"兄弟你对自己挺狠啊。"

"但是值得。就是正月十七那天，我在沪海火车站一个出站口那儿看到了范桂花。你信不信，时隔十年啊，她的样子、打扮已经有点变了，可是她那模样简直印在了我的脑子里，我一下子就认出她来了！"

王一川对此颇感惊异。他是有着丰富蹲守经验的，有时候在菜市场里蹲守一个人，都有可能因为人流量过大而错过，火车站出口的人流量有多恐怖可想而知，要在那样的人流量里辨认出一个面孔，需要眼力和运气的双重结合，更何况十年不见，目标的面容、衣着、发型都有可能变了，凌季雨居然能一眼认出范桂花，这真的是把那张脸印到自己的脑子里了。他问："然后你就跟踪她？"

"当然跟踪啊！这么难才找到她，我不能让她跑了啊！我打了辆车跟踪，一直跟到她住的地方，那时候她住在沪西南市区那边，我看着她下车进了一个小区，进了一个居民楼。我就在那里守着，看楼上哪个房间亮了灯。兄弟，当时我简直快要哭出来了，我找了她十年啊！跨了半个中国啊！"

"既然你在2010年就已经找到她了，为什么不采取什么行动，一直等到现在，你不会跟踪她十多年了吧？"

"答对了，我还真的跟了她十多年。"凌季雨说，"除了做点案子糊口，我其他的时间都在盯着她。你得明白，我找到她是没用的，她要是不偷不抢的,难道我过去抓住她喊'你诬陷我,快道歉'?所以我就一直跟着她,想找找她有什么违法犯罪行为。再说我还要找到那个李少萍,我觉得范桂花在沪海市的话,她的同伙应该也会在吧。"

"找到了吗?"

"只找到了马东,别的就没见到。"

"马东是怎么找到的?"

"他来找范桂花。范桂花好像不太看得起马东,不喜欢他上楼进她的家门,所以每次马东来找她,她都是下楼和马东到楼后面没人的地方说话。他们总是去小区水泵房附近,那里比较偏,堆了几件旧家具,居民都不怎么去。所以有一次我看到马东来了,就提前跑到那边去藏着,过了一会儿他们果然到那里来了。我就是在那一天听说了有警察被杀的事的。"

王一川的心剧烈跳起来,他很想立刻停车仔细询问,可是在深夜的高速公路上,他不能停车。黑暗遮掩了他突然充血的眼珠子,他问道:"说说这事,一个字儿都别漏了!"

"漏不了。你放心,那天我还录音了。"凌季雨说。

"录音在哪儿?"

"我有一个背包,长期寄存在一个小仓库里了。我在里面放了个优盘,优盘里有我这些年收集的东西。等回来了我给你。"

"现在就告诉我在哪儿,我让人去取。"

"不行。"凌季雨道,"在咱们到甘省之前,我得留点底牌才行。"

"你还要什么底牌?"王一川说,"我都带你离开沪海市了!"

"可是你还铐着我哪。"凌季雨说,"这说明我们之间还没有互信不是?万一我什么都给你了,什么都告诉你了,你一个转弯下了高速开回去怎么办?"

王一川呼呼地喘着气,半晌,从口袋里掏出钥匙往后一扔:"自己打开。"

凌季雨摸了半天才打开后排的顶灯,寻找着王一川扔过来的小钥匙。当他把手铐打开,这厮长长地舒了一口气,得意起来。

"看起来现在我占主导地位了啊……"

"就算没有手铐,我也能制服你,你信吗?"王一川阴森森地问,

"除非你现在趁我开车时打我,那样的话咱俩一块儿去见阎王。"

"大哥,你还想和我同归于尽咋的?"

"我就算和你同归于尽,"王一川说,"也不会让你跑了。"

"行,你赢了。"凌季雨从后面翻了一会儿,找出一瓶啤酒,又从装食品的纸袋里找出几包蚕豆、鸡爪和辣条,就在后面舒舒服服地躺下,幸福地眯着眼,"自由啊!"

"珍惜自由。赶紧说!"

"你就不能让我享受几分钟?"凌季雨不满地喝了一口啤酒,"你知道那信息我是怎么换来的?我趴在草丛和垃圾里,被虫子咬了满脸的包。这么来之不易的信息,轻轻松松就给你了,你总得容我吃几口喝几口吧?"

王一川绷着脸开着车,他知道凌季雨在故意吊着他,两个人在通过这种方式暗中争夺这次西行的主导权。他想给凌季雨一个暗示:这次西行必须在他的主导之下。于是他冷冰冰地说:"你把手铐戴上也能吃。"

凌季雨无可奈何地翻了个白眼,意识到王一川根本不想做任何让步。他坐起来,道:"算了,败给你了,优盘现在不能给,不过内容我倒可以跟你说说。"

"你记得住?"

"怎么会记不住?"凌季雨冷笑道,"为了找线索,每段录音和视频我都听了、看了有七八十遍,一个字一个字地反复听,都快背下来了。"

"那就说吧。"

那一日一看到马东来了,凌季雨就迅速奔到小区的水泵房那里。水泵房隐藏在小区比较偏的角落,周围都是树丛,虽然有小路,却基本没什么人来。时间久了,小区里收废品的人就把一些废纸箱什么的存在这里,一些居民也把不要的旧家具往这里扔,把这里变得像个废品站。物业的人只是把道路清理出来,对于这些旧家具则任其在那里风吹雨淋。

几次看到范桂花和马东在这里谈话,凌季雨就暗中来查看过地形。这次看到马东来了,意识到他们还会去那里说事情,便抢先去了那里。水泵房的门是锁着的,无法进去,于是他找到了一片树丛钻进去,整个人趴在垃圾和枝条里,打开录音笔后一动不动。

果然，过了七八分钟，范桂花和马东一前一后地到这里来了。马东先在水泵房的门上踹了一脚，又查看门是不是锁着的，然后看周围有没有人。范桂花穿着件碎花外套，四处打量着。

"你又来找我嘎哈？"范桂花的声音是不耐烦的。

"笑姨，对我客气点，再怎么说咱们曾经也是一伙儿的，你知道我，我也知道你。"马东说，"虽说大伙儿掰了吧，过去那事儿你能当没有吗？别把我总当个累赘，你瞅你现在，大房子住着，小酒喝着，你再瞅瞅大萍子，活得跟富太太似的，我就找你们接济两个钱，咋的就这么不待见？"

"钱没分给你们啊？"范桂花用尖厉的声音说，"你们自己瞎花，没了就找我要，我那钱就是吹来的？被派出所抓了，他妈的不是老娘去捞你们的？那交的罚款你们还我没？我他妈就不明白了，大萍子有钱，你俩咋不找她去呀？咋逮着我一人儿坑啊？"

"大萍子现在可惹不起。"

"咋的，她惹不起，就来惹我呗？"

"不是啊，你以为没找她要过？你现在还能见见她，我现在连她人都见不着。"马东说，"你最近见老狗坨子没？"

"没见着。咋的，你还没找着他？"范桂花问道。

"上次让你问大萍子见没见到他，你问了没？"

"问了，大萍子说没见着。"范桂花说，"那老东西可能到哪儿躲赌债去了。一把年纪了，成天在那儿耍狗坨子赖大彪，不干点正经玩意儿！"

"耍狗坨子赖大彪"是东北某些地区的骂人话，意思是说某人成天出丑，跟神经病似的。

"笑姨，我跟你说句实在话，我觉得老狗坨子是不是被大萍子给弄了啊？"马东说，"老狗坨子上次跟我讲，他打算找大萍子说说，她现在跟了贵人了，发了财了，想再要一笔钱就回老家去。"

"哎，他说的话能信啊？这话他跟我都说了七八回了！"

"我就怕是这样！"马东说，"这老狗坨子撒谎惯了，我寻思着是不是大萍子觉得他这么没完没了的，把他给弄了？那黄四毛手下那么多人，弄个老狗坨子还不是轻轻巧巧的？"

"不能吧？"范桂花说，"别瞎××扯，那哪儿能呢？那么大个活

273

人，说弄就弄了？"

"你别寻思着不可能。"马东打断她，"你以为黄四毛那伙儿人干不出来？"他突然压低了声音："你知道不，他们前几天杀警察了。"

"啥玩意儿？"范桂花像被蛇咬了一样叫了起来，"你扯啥犊子？"

"小点声！"马东说，"我亲耳听到的，你知道不？"

"咋回事啊？"

"我这不到处找老狗坨子吗？"马东说，"之前老狗坨子说去找大萍子再要点钱，说要来了能分我点。然后就没了下文了，我肯定要找他啊。问题是大萍子现在也见不着，我就寻思着这老狗坨子能见到她吗？真要去见了，她动动嘴，黄四毛那伙儿人就能把老狗坨子打个半死。所以我就留了个心眼，寻思着先找黄四毛底下的人问问。那天我跟着黄四毛手下那个蔡六和李彪，看他们到河边，下了河堤，我就想过去打招呼问问，结果到了河堤上面听到他俩在下面说话呢，我一听他俩说话，吓得赶紧趴到地上，没敢让他俩发现。"

"为啥呀？他们说啥了？"

"你可别和别人说啊。"马东说，"当时那个蔡六说：'赶紧细细找，应该不会太远的。'那个李彪说：'挨了好几刀，跳到水里，肯定死了。'蔡六说：'死了不怕，怕让人发现！他他妈漂到河边被人看见了，可不就出大事儿了？要是漂进春申江就更麻烦了！你们这几个蠢货也是，几刀子都捅不死个人？还能让他跳到河里去？'李彪说：'那当时在船上，晃得厉害，站都站不稳，要是在岸上，我一刀就能捅死他！'蔡六又骂，说：'你们干的这点破事儿！尸块上不知道绑块石头？结果把警察引来！'李彪说：'绑了呀！肯定是被水冲掉了，就浮起来了呗。'蔡六说：'你那船上有血不知道擦干净？现在可好了，被人家发现，搞得连警察都要杀！'李彪说：'那谁知道警察真能找来呢？再说当时哪知道那胖子是警察啊？就看他在船上左看右看，我们过去看见他盯着船上的血，就想抓他，结果就打起来了。他跳河了以后，我们翻他掉下来的包，才知道他是警察！'蔡六说：'行了！你们这些人都他妈是傻×，屁大点事都弄不好！四爷说了，叫你们这几天多沿河找找，还有啊，嘴巴都严实点。船这次一定要擦干净了，听到没？'李彪说：'擦干净了，绝对擦干净了，再擦不干净，我他妈舔干净。'"

马东说完这些话，范桂花也没了声音，不知在想些什么。

马东道："这些话都是我亲耳听到的，你听出来没？黄四毛手下那伙人能杀人，连警察都杀！前头还有什么尸块啥的，吓人不？你说老狗坨子现在没影儿了，是不是去找大萍子要钱，那老狗嘴里说话一向不知高低，惹火了人家，被黄四毛给做了？"

"别瞎扯！哪能呢？就不能是要到钱不想分给你，自己跑了？"范桂花的声音微微发颤，"你刚才说的那些事没诓我？"

"我诓你嘎哈呀？笑姨，咱俩说白了都是跟她要钱的，算是她的累赘。当初那事儿吧，咱们拿着跟她要了这么些年钱了，你说她心里烦咱们不？不管老狗坨子咋样了，我心里是害怕的。我不像你，和她还认了干妈干闺女，我是碍她的眼的，哪天她让黄四毛把我给做了，我咋办？"

"那你想咋的？"

马东道："我寻思着吧，你过去帮我跟她说说，叫她给我个十万块钱，我拿了就离开沪海市，从此消失，再也不回来碍她的眼，行不？"

"啥玩意儿？十万？你穷疯了？你自己要去！"

"哎呀，我能去吗？再说我又不叫你白去，要来钱了，给你两万还不行吗？"

范桂花琢磨了一下："给我四万，我帮你去要。"

"哎呀，你这……"马东有点气急败坏，"笑姨，你这也太——行吧！四万就四万！你啥时候去要？"

"这不急，你得跟我说说，你打算去哪儿？"范桂花说，"别等着我把钱要来了，你又不走了，大萍子还不得怪我？"

"我能不走吗？"马东说，"我也不瞒你，我发小儿在甘省那边包了个矿，缺人，叫我过去帮他，能分我一成干股。你看我在沪海市这边也没啥门路，还不如过去那边找找机会。可我这么过去也不行，跟个要饭的似的，身上总得带点钱儿不是？你跟大萍子说，给我这点钱，我彻底消失！将来笑姨你啥时候到西北旅个游啥的，我不还能招待招待你吗？"

"甘省？甘省啥地方啊？"

"单位在省会，兰河市。矿在下面县里。"

范桂花似乎考虑了一会儿，说："行，这事儿我给你问问，成不成我可不敢说啊。你啥时候走？"

"就这两天，我一拿了钱就走，一天也不多待。"

"那我去给你问问。她要是给了的话，我打你电话把钱给你送过去。"

"哎呀，要不说还是得找笑姨呢，我就知道笑姨最敞亮了。"

"滚××蛋！要钱儿的时候净说好听的！"

两个人的声音逐渐远去，凌季雨趴在树丛下面，按下了录音笔的停止键，满脸惊恐。

第五章
大西北千里追踪

32 两线出击（上）

听到凌季雨的讲述，王一川的双眼完全变得血红了。

眼睛血红的不仅仅是王一川。十几个小时后，沪东分局会议室里，在王一川发来的录音播放到这一段时，姜局长、陈副局长、魏巍、傅朗等人的眼珠子都红了，曲景总队长的手紧紧攥住了一支铅笔，嘎巴一声掰折了。

截至目前，录音反映出来的信息极为丰富：

1. 王一川和凌季雨之间很显然是达成了某种交易，王一川要带着凌季雨出沪海市，换取凌季雨提供的消息。

2. 按照凌季雨的说法，当年的猥亵案是被范桂花、李少萍、马东等人联手陷害的，这是他一直在追踪这些人的原因，但是他在2010年找到范桂花和马东后并没有报复，而是一直跟踪。他想找到更多信息，把他们送进监狱去，而不是杀了他们。他的目的是洗冤，不是复仇。

3. 范桂花、李少萍、马东、王大勇都在沪海市，其中李少萍似乎过上了富裕的生活，还和黄四毛有关系，和另外三个人似乎不在一起了，而且另外三个人不时找她要钱。

4. 黄四毛的手下砍杀了一名警察！那名警察跳进了水里！

5. 马东谈到蔡六说有尸块"浮"起来了！

2010年！尸块！被砍杀的警察！

在座的曲景总队长、姜局长、陈副局长、魏巍、傅朗等人都是当年案子的亲历者，如果凌季雨的陈述属实，那么里面谈到的尸块很可能和往年的碎尸案有关，被砍杀后跳进水里的警察不就是周少君吗？

当年为了调查碎尸案，沪东分局几乎动用了全部警力，却最终没能破案。周少君的死更是激怒了整个市局。这两个案子不仅是王一川的梦魇，更是这些老警察心里的刺，特别是周少君的死——自己手下的同志被犯罪分子杀了，犯罪分子却逍遥法外，这是谁都接受不了的。

录音还在继续播放着。

王一川："你小子说的是实话吗？"

凌季雨："到现在这个时候，我骗你干什么？后来马东真的就离开了沪海市，走的那天范桂花还去送了。从他们的话里，我分析范桂花肯定和李少萍有往来，不是什么干妈干闺女吗？所以跟着范桂花就一定能找到李少萍。李少萍看起来可能攀上高枝了，还有个黄四毛罩着她，所以我得更加小心，对吧？所以后面我就没什么动作，就是盯着范桂花。哎，我说，你们警察也不想想，我要是想杀范桂花早就杀了，我还等到今天？"

王一川："行了，这个我们会考虑的。你找到李少萍了吗？"

凌季雨："没找到。跟着范桂花跑了不少地方，有时候看见她进了哪个楼啥的，可是我进不去啊！那老娘们儿好像活得挺好的，也没看她有什么工作，可是总是到处吃吃买买，再想想之前马东说的话，那不就是李少萍供着她吗？问题是，我就是找不到李少萍，跟踪也没用。后来想着他们说到黄四毛好像和李少萍关系比较密切，我就开始盯着黄四毛，结果没多久黄四毛被抓进去了。"

王一川："那是我抓的。不过那家伙后来有立功表现，提前减刑出来了。"

凌季雨："你把他抓了，线索也就断了，我继续回头盯着范桂花，觉得有点不对劲。那老娘们儿的生活好像越来越好了，身上穿的衣服都是牌子货，后来好像还买了房子。她那房子装修的时候，我还冒充别的业主溜进去看过，面积不小，里面装修很高档。所以我觉得这李少萍肯定还在沪海市，要不然范桂花的钱是从哪儿来的？"

王一川："你就继续盯着范桂花？"

凌季雨："对，继续盯着。后来我发现她时不时会去两个地方，一个地方是富利东联金控公司，另一个地方是东丰滨城小区。我就猜测，这李少萍是不是躲在这两个地方？可是我进不去，也没法确认。我曾经在这两个地方守了好几天，都没看到李少萍的影子，本打算放弃，结果有一天看见了两个人。"

王一川："谁？"

凌季雨："一个是黄四毛，另一个是……嗯，我的老同学，你不认识，司法局的一个科长，姓常。"

王一川："常舒斌？"

凌季雨："你怎么知道？你认识他？"

王一川："他到我们队里……联系过业务，嗯。怎么你看到他们在富利东联金控公司了？"

凌季雨："还一起进过东丰滨城小区，不止一次，我拍下来的就有七八次。"

王一川："你还拍了他们了？"

凌季雨："我只要看到他们就拍下来。"

王一川："他们和这事有关系吗？"

凌季雨："我不知道。不过他一个司法局的，和黄四毛这种人混在一起，出入公司和小区，肯定不正常。我真正在乎的是，范桂花去富利东联金控公司和东丰滨城，黄四毛也去这两个地方，那么李少萍是不是也在这两个地方？所以我后来就死盯着这两个地方。"

王一川："找到李少萍了？"

凌季雨："没有，到现在都没找到。"

王一川："后来呢？"

凌季雨："后来？后来范桂花就死了呗。"

王一川："你怎么知道死的人是范桂花？"

凌季雨："那段时间一直没见到范桂花出小区，我就守着看了好几天，发现她家的灯一直没开。我琢磨着她肯定是不在家，是不是搬家了？否则为什么一直往东丰滨城跑呢？有一天就忍不住深夜跑去在她门前听了听，想试着撬门，可惜我不会撬锁。后来有一天看到派出所发尸源协查，我一看上面的文身就知道，坏了，她被杀。那文身是范桂花的，我盯了她那么久，一眼就认出来了。"

王一川："所以你后来就偷偷给我们提供线索？"

凌季雨："是啊。我怕你们查不明白尸源，只能送过去啊。我寻思着你们肯定会查死者的社会关系，到时候就能查出她以前犯的案，能查出李少萍、马东、王大勇这些人和她的关系，甚至找出李少萍来。问题是我要是直接送过去，就必须解释我为什么知道是范桂花，所以想来想去，只能化装去送了。"

王一川："然后就一次次来打听？"

凌季雨："没法子，你们办案又不对外公布进展，我只能去旁敲侧击，想办法打听。可惜过于急切，一句话说错了。"

王一川："就是那句什么'家属从外地赶过来'吧？"

凌季雨："对。其实当时我就知道自己说错话了，有可能会把你们的怀疑引到自己身上来。所以我回去后就赶紧搬出去了。"

王一川："搬哪儿去了？"

凌季雨："那几天一直在隔壁楼的楼顶露天睡觉。"

王一川："……你够狠啊。"

凌季雨："当时也不确定你们会不会注意我那句话，所以保险起见，提前撤了。可是又想知道你们是不是发现了，所以就在隔壁楼上盯着。后来我寻思着，万一你们发现了，怀疑到我头上，我总得告诉你们不是我，我总不能主动打个电话说'我没杀范桂花'吧？那不成了此地无银三百两吗？所以我就趁着你们没来，回去在墙上写了那些字。我本来想写得更详尽一点，可是总是担心你们会随时冲进来，就把主要的写了写。"

王一川："你那天去富利东联金控公司楼下干吗？"

凌季雨："我得继续找人啊。万一自己被抓起来，我可就更没机会找人了，所以只能抓紧时间，能蹲守就蹲守。范桂花已经死了，除了盯着富利东联金控公司，我也没有别的办法。结果那天碰上你，从那以后我就不敢去了。"

王一川："你真的觉得找到马东能破范桂花被杀的案子？"

凌季雨："我不知道，可是王队啊，你现在还有别的路子不？我给你分析一下，范桂花是没工作的人，她和那几个家伙之前是跟李少萍要钱的，突然就有钱了，买房了，你说她的钱是从哪儿来的？"

王一川："投资的。"

凌季雨："那个富利东联金控公司是吧？可是这玩意儿得有本金吧？本金是从哪儿来的？多少钱才能够她买房子？这可是沪海市，你想想房价。所以一定是有人给她钱，问题是谁能给她钱呢？有钱人也不会包养这种老太婆吧？最大的可能性是不是还是李少萍？"

王一川："有这个可能。"

凌季雨："所以，找到李少萍，就能了解范桂花更多的社会关系，破案的线索很可能就在这关系里！可是要怎么才能找到李少萍呢？那就要找到马东，马东在沪海市是见过李少萍的，他知道李少萍在沪海市的一部分社会关系，了解到这些，你说对破案有没有帮助？"

王一川："是对你当年那猥亵案子有帮助吧？"

凌季雨："咱们这是双赢，而且你还更占便宜呢。那个杀警察的案件，你是不是有线索了？还有什么尸块，没准儿又是一个你们没发现的隐藏大案！兄弟，破了这几个大案子，你升官发财啊！"

王一川："你刚才说每段录音和视频，意思是还有别的？"

凌季雨："当然有，比如黄四毛和姓常的那些视频和照片啊……"

王一川："回去交给警方！"

凌季雨："行行行，只要这次找到马东，不管结果怎么样，我都给你们！"

录音到此就结束了，会议室里鸦雀无声，一双双发红的眼睛彼此对视着。曲景总队长突然猛地一拍桌子，厉声道："马上对这个叫什么黄四毛的布控！盯住他！"

"是。"姜局长简短地说。

曲景又问："还有这个什么富利东联金控公司，调查了没有？"

傅朗回答道："报告总队长，已经调取了他们公司所有的人员资料，从殷柔到最下面的员工，我们一张张比对过照片，还用电脑进行了比对，没看到与王大勇、李少萍长相相似的人。"

"那个东丰滨城小区呢？"

"调取了所有的业主资料，没有发现李少萍，但是有黄四毛——那个，黄思茂。"

曲景脸色铁青。陈副局长沉吟半晌，用汇报的口气说道："曲局长，王一川这次的行为是错误的，性质也是恶劣的。可是这个同志多年以来一直战斗在刑侦一线，兢兢业业，要说他协助嫌疑人脱逃，我是不信的。从刚才的录音来看，凌季雨是凶手的可能性真的不大，王一川带他离开沪海市的目的是去找马东，找马东的目的还是破案！这段录音不可能是两个人对台词录制的，我听下来觉得真实的可能性很大，所以，对王一川是不是先不要通缉？"

"你的意思呢？"曲景瞥了他一眼。

"我建议，派人去甘省。"陈铁凡斟酌着说，"既然找马东有助于发现我们这个案子的更多线索，那么我们就应该派人过去，不能让王一川和凌季雨两个人这么孤零零的。我觉得至少要派两组人，再说我们还得把王一川和凌季雨带回来，人少了不行！算算时间，这时候他们应该到长安市了，快的话明天上午就能到甘省兰河市。我们要派人飞过去拦住他们，调查必须在我们的统一部署下进行！"

"飞过去的话，办案车辆怎么解决？"曲景问。

"一组人坐飞机过去，抢时间拦住他们。另一组人开车过去！"姜局长忽然开口道，"每组两人，今天晚上就出发！"

"是！我亲自带队！"傅朗站起来敬了个礼，大声说。

"你不能去。"姜局长毫无商量余地地说，"沪海市这边的侦查工作得有人管着。这次去西北，可以让张云军带队去，其他的人你们选。既然说是矿区，可能就不在市区里，那边地广人稀，办事要开车，要熟悉车辆性能的！"

"是！"

"告诉王一川，别忘了自己还是个警察！办完事了老老实实回来，接受处分！"

傅朗听了，快速看了一眼曲景总队长，因为姜局长这话实际上变相地默认了王一川是去甘省"办事"的。曲景总队长似乎没听到，只是站起来说："辛苦同志们了，我要马上回市局汇报这件事。有什么进展及时向我汇报，找不到我的话就找刘榴处长，她会转告我的。"

她说完这些话就大步离开了会议室。姜局长等人站起来送她离开。等会议室的门关上，"雷神"局长立刻问："今晚还有没有去兰河市的飞机？"

"还有一班，东方航空MU6809，9点35分出发，红桥机场2号航站楼，到兰河市中川机场。"

"给你们15分钟商量今晚出发的人选，立刻订票！"姜局长说，"另外选两名开车去西北的同志，今晚就出发！"

"报告！我请求今晚就飞兰河市！"欧阳宁娟站起来高声道。

"你们自己商量！商量好了把名单报给我！"

"要通知王一川吗？"

"你们自己看着办！"

姜局长说着就离开了，其他人也纷纷离去，把会议室留给了傅朗和欧阳宁娟。傅朗拨打队里的电话，当电话打通，简单介绍情况后，里面立刻陷入了争吵。

"我去！"小顾叫嚷着。

"开车是个稳重活儿，老张心细，就开车过去。"傅朗说，"今晚要派两个人坐飞机过去堵截王一川他们，欧阳肯定是要去的，现在坐飞机的还缺一个人，开车的也缺一个人，你们报个名吧。——小顾你不行，到那边是去办案的，你太毛躁。"

"我哪里毛躁？"小顾叫起来。

"你给我滚蛋！"张云军大骂，"节约时间！"

"傅队，开车的那一路让我去吧，我开我的越野车！"刘苡岚说，"我经常自驾，说句夸口的话，咱们队里要说驾车技术，可能没人比我强，不管是长途开车还是山地开车，我都没问题！"

"拉倒吧，"赵继刚说，"你把车给我们开就行，你一个女的跑什么西北。"

"我的车你会开吗？里面那些功能你会用吗？"刘苡岚尖着嗓子说，"你在高原开过车吗？你会设置离线导航吗？你开过山路吗？开过无人区吗？这些我都会，你会吗？你们谁会？"

赵继刚被问住了，傅朗问："小刘，你没问题？"

"傅队，我曾经自己开车去过新疆！"

"好，你和老张一路，开车过去，今晚就出发！"傅朗决定，"我再指派一个跟着欧阳今晚坐飞机去兰河市，赵继刚，你行不行？"

"报告！我没问题！"

"傅队，不如让我去吧！"苏晓巍说。

"老苏，沪海市这边得留两个有经验的，你和我留守！大家现在马上准备，赵继刚把身份证拍张照片过来，赶紧收拾一下就往红桥机场2号航站楼赶吧！今晚9点多的飞机。我现在马上回队里，刘苡岚和老张赶紧买点物资，越快出发越好！路上抢时间，加油什么的如果来不及开发票就不开了，回来报个数，我给你们报销！"

"是！"

傅朗挂断电话，和欧阳宁娟匆匆出了会议室，与姜局长交接了欧阳宁娟和赵继刚的身份证号，就赶往重案队。欧阳宁娟则赶回家去收拾衣物。

傅朗在夜色中赶回重案队时，正好看到刘苡岚开着奔驰越野车冲出重案队的院子，汇入了车流，张云军坐在副驾驶位置上。傅朗在街边挥挥手想嘱咐两句，可是他们都没看到。突然感觉手机震动，傅朗拿起手机，看到了队员们发来的微信。

张云军："我们已经出发了。"

赵继刚："现在出发去机场，机票订好了吗？我没收到信息。"

欧阳宁娟："我在地铁上，已经换2号线了。"

傅朗抬起头来，喃喃自语道："兄弟姐妹们，拜托了！"

"队里派人来支援我了。"王一川挂断电话，"有两组，一组坐飞机到兰河市，比咱们早到。傅队要求我们和他们会合。另一组开车从沪海市那边过来，大概比咱们晚一天到。傅队要求咱们等全部人员会合后再采取行动。"

"我怎么听着像是前面堵截，后面追击，想把咱们来个瓮中捉鳖呢？"凌季雨轻佻地说。

在高速公路上一路狂奔，车过长安以后，两侧的山就多了起来，太阳开始逐渐西沉，在这个时候，沪海市应该已经天黑了，可是这里西边的天际还有一条红白相间的亮色，让前方不明不暗。行驶在高速公路上，他们如同追逐太阳一般。

广阔的大地和山脉隐藏在阴影中，与之相比，这世间的一切实在是渺小。

王一川靠在副驾驶位上，就着矿泉水嚼着面包。他和凌季雨换着开车，两个人轮流睡觉，一天下来虽然都腰酸腿痛，但还撑得住。

昨晚那番交谈后，王一川没有再给凌季雨戴上手铐，天亮后两人在一个服务区吃了早饭。他把车辆交给凌季雨驾驶，就把副驾驶座的椅子放倒睡过去了。再醒来已经到了中午，凌季雨看着他揉眼睛，问了一句："你就不怕我在你睡觉的时候杀了你？"

"你小子要是真的想洗冤，就绝不会在这时候节外生枝。"王一川说，"而且你找马东还需要我出面呢。"

说完这番话后，两个人的关系就变得微妙，似乎彼此提防，又似乎彼此信任。下午王一川开车时，凌季雨在副驾驶座位上呼呼大睡。等王一川挂掉和姜局长的通话，凌季雨躺在椅子上睁着眼看前方，问："你现在就跟他们说，还报告咱们的位置，你不怕他们来抓咱们？"

"我相信他们会做出判断的。"

"兄弟，"凌季雨说，"这年头永远不要把自己的命运交到别人手上，懂吗？除了爹妈，谁都不能信，连自己女朋友都不能信，你居然相信你们那些当官的？"

"我相信的是我们局长，他是我们重案队出身的老队长。我相信的是我们重案队的人。你知道什么叫战友不？战友，能托付后背的人，我们重案队的人都是。"

"你好像被停职了。"

王一川不吭声了，半晌，他低声说："是啊，我可能以后当不了警察了。"

接下来就是沉闷，一直到傍晚王一川接到傅朗的通知，知道重案队其他队员前来支援的消息，他突然有了活力，嘴角露出了微笑。

"他们来这里一定是姜局长的意思，"王一川笑道，"很明显，姜局长听了我发过去的录音，应该也认为你是凶手的可能性变小了，而且认为找到马东对破案有帮助，所以派支援力量来了。我原本还担心光凭我们两个去调查，有点势单力孤，现在好了。"

"嗯，我是不是该谢主隆恩？"凌季雨翻着白眼，"我本来就不是凶手。"

"行了，注意开车。"王一川在手机上查着导航，"我们现在刚过了宝鸟西服务区，到兰河市中川机场还要6.5小时，差不多要凌晨1点才能到。他们的飞机是0点40分到，时间差不多，所以咱们直接开往中川机场，去接一下我们队的人！"

他们一路紧赶慢赶，居然赶在欧阳宁娟和赵继刚乘坐的航班落地前几分钟到达了中川机场。机场外停车场里的车已经寥寥无几，两个人靠着车，在夜风中看着灯火通明的机场，暗夜中的眼睛里，透露着希望和对光明的渴望。

王一川看着手机里欧阳宁娟发来的微信，说："飞机落地了，还在滑行。应该过个十几分钟就出来了。"

"他们见了我不会上手就抓吧？"凌季雨问。

"我用人格担保，绝对不会。"王一川说。

问题是，王副队长的人格似乎不怎么值钱。欧阳宁娟和赵继刚来到停车场，一看到他们就拎着包小跑过来。凌季雨脸上赔着笑，主动上前想从女同志的手里接过行李。一秒钟后，他感觉整个世界都旋转起来，像个背包一样被欧阳宁娟摔倒在地，伴随着一句骂声，这位火气十足的前特警咔嚓一下把他铐上了。

"叫你小子拐带我们队长！"

33 两线出击（下）

第二天早上，傅朗向姜局长汇报：欧阳宁娟、赵继刚已经和王一川、凌季雨会合，他们在兰河市市区找了个宾馆住下，等待张云军和刘苡岚到来。张云军和刘苡岚已经开过了徽省丰埠地区，正在向豫省方向一路狂奔。他们要横穿豫省、陕省进入甘省，沿青兰高速开往兰河市，顺利的话，会在明天凌晨赶到。

至此，西北调查正式到了沪东分局的掌控下。

"人员到齐了再启动调查。"姜局长指示，"不要疲劳作战。"

"是。"

"总队长对这件事很关心，"姜局长皱着眉头说，"她今早打电话给我，说会让刘榴处长这几天到你们重案队去盯着。西北那边有什么需要，她会立刻和当地的兄弟单位协调。你们安排一下。"

"是。"

两个人很有默契地没提王一川带凌季雨离开沪海市这茬儿。傅朗一出姜局长的办公室就给重案队打电话，电话是小顾接的，傅朗问："苏晓巍呢?"

"去技侦那边了,一会儿就回来。现在就我在。"

"我中午之前回去。"傅朗说,"今天市局可能会来人,是一位刘处长,专门来指导咱们工作。你把王一川的位置收拾出来给她坐,照顾好了,听到没?"

"市局领导吗?"小顾说,"是!保证完成任务!"

"仔细点,别冒冒失失的!记得把这情况跟苏晓巍说一声。"傅朗说着挂断电话,向陈副局长的办公室走去。不管西北调查结果如何,王一川回来还要继续接受审查,他想打听一下纪检组那边现在对王一川的态度是怎样的,最好能请陈副局长去沟通一下。

小顾和傅朗通完电话,把整理的案件分析放在桌上,开始打扫卫生。按照他惯常的思维,市局领导到这里来检查工作,内务一定要搞好,他不仅拖了地,把所有的茶杯都洗了,还拿了块抹布把王一川的桌子和椅子擦得干干净净。

在他端着盆子去接水的时候,常舒斌夹着包走进了重案队的办公室。

常舒斌是来打听案情的。上次得知凌季雨被通缉的消息,他高兴坏了。但是凌季雨后来是否被抓到,是否能够定罪,他就无从知晓了。等了一段时间都没消息,他终于忍不住再来打听。借口是现成的:继续询问重案队能不能就凌季雨律师的不当行为提供一些资料。

奇怪的是,今天的重案队里非常安静,没看到有人来往,也没看到有人在院子里谈话,是都出去办案了吗?他试探着走进办公室,发现所有办公位都空着。

常舒斌走到办公位中间,叫了一声:"有人吗?"

没人回答。常舒斌狐疑地看着四周,目光落到桌上放的一摞文件上,最上面一张写着"案件基本分析"。他一眼扫下去,看到上面潦草地写着:

凌季雨不是凶手?

李少萍是否还在沪海市?

黄四毛,马东。马东在甘省。

十年前尸块。杀害周少君。

凌季雨掌握证据——马东;司法局姓常的。优盘,照片,视频,录音。

抓马东。

常舒斌看到那句"司法局姓常的",打了个哆嗦。

"凌季雨掌握证据——马东;司法局姓常的。优盘,照片,视频,录音"——什么意思?凌季雨掌握了什么证据?和自己有关?

还有这句"凌季雨不是凶手?"是什么意思?他们不抓凌季雨了?

这些文字让他心惊肉跳,特别是有可能关联到他的部分。他追切地想知道发生了什么。左右看看没人,他拿出手机拍了张照片。就在他打算往下翻时,小顾端着一盆水从外面进来,看到常舒斌,眼睛一下子瞪圆了:"你……"

被抓了现行,常舒斌的动作僵住了,他有些惊恐地盯着小顾,脑子里飞快地转着,想着如何解释自己在这里看他们的材料。两个人大眼瞪小眼地看了十几秒钟,小顾先开口了:"你怎么在这里?"

"哦,我来找人,看见办公室空着……"

"同志你看着有点眼熟啊。"小顾放下水盆,皱起眉头,"我是不是见过你?"

"哎,见、见过吗?"常舒斌惊惶地说。

"哎呀,想起来了,上次你在我们院子里,咱们抽过烟!"小顾说,"您——不会就是市局来的刘处长吧?"

"啊?啊,我,这个……"常舒斌一愣。可是小顾已经跳起来了,伸着手过来:"领导好!没想到你这么快就到了,哎呀!"他发现自己手上湿淋淋的,赶紧把手缩了回去,在身上擦了擦,热情地招呼着:"坐!快坐!我给您倒水!"

"啊,不用……"

"别客气!傅队吩咐过了,反正这几天领导您在这儿就像在自己家一样,缺啥了跟我说!"小顾殷勤地倒着水,"哎呀,上次也不知道您是市局领导,我还以为是分局哪个队的同志呢,你看这事儿闹的……领导您喝水。"

"啊,谢谢。"常舒斌干笑着坐下。他意识到这个小年轻一定是认错人了,不过这为他解了围,免得他解释自己刚才看文件的行为。他左右看看,没发现别人,就试探着问:"你们队其他人呢?"

288

"报告领导：队长和老苏出去办事，其他同志都去甘省与王队和凌季雨会合去了。"

"哦，——啊？"常舒斌吃了一惊，"凌凌凌——凌季雨？去甘省和他会合？他不是凶手吗？"

"领导可能还没了解案情。"小顾说，"他现在嫌疑变小了。"

"哦，我来得匆忙，情况还不完全了解。"常舒斌说。听说别人都不在，他心里安稳了些。"现在案子都是什么情况？"他拿起那摞文件翻了翻，"你写的这些是怎么回事？"

"报告领导，这是我整理的几条信息。"小顾在他对面坐下，介绍道，"凌季雨手里有一些证据，他当初录到了死者范桂花和一个同伙马东的对话，里面涉及我们一个同志当年牺牲的事，还可能涉及当年一起碎尸案；我们现在猜测范桂花的死和她当年的同伙有关，所以才要去甘省找这个马东。"

"这个马东和案子有关吗？"常舒斌问。

"他认识范桂花，找到他可能会挖出其他同伙和线索。"小顾汇报道。

"嗯。啊，这个，嗯，这个司法局姓常的是怎么回事？"常舒斌紧张地问。

"不知道，好像凌季雨手里掌握了一些这个人和黄四毛勾结的视频、照片啥的，说回来会给我们，也不知道这个人和我们这案子有啥关系。"

常舒斌额头上沁出了冷汗，他遮掩般地喝了口水，说道："是，是吗？勾结的证据啊？哦，哦……知道都有什么内容吗？"

"现在还不知道。东西被凌季雨藏起来了。"

常舒斌拿着水杯，手微微发抖，脑子里乱成一团。过了一会儿他又问："这个黄四毛又是怎么回事？"

"报告领导，这人是个地痞流氓头子。凌季雨说，马东讲我们当年那个同事就是被他的手下杀的，而且他好像和那个司法局姓常的有勾结。要是真的杀过咱们的同志，咱们绝不会放过他们！——领导您很热啊？出这么多汗？"

"汗？什么汗？啊——是，是，是有点热。"常舒斌哆嗦了一下，"这两天火气有点大……"他站起来，伸手摸了摸兜："这附近有卖烟的地方吗？我、我去买包烟……"

"您抽啥牌子，我去给您买！"

"不用，不用！"常舒斌推辞道，"我顺便到周围看看，嗯。"他说着往外走。

"好嘞！"小顾热情地说，"出大门往左50多米有个超市，里面可以买烟！"

"好好好。"常舒斌一边擦汗一边走到门口，想起什么，回头问道，"凌季雨他们什么时候到甘省的？什么时候回来？"

"王队和凌季雨昨天就到了，今天应该已经和我们支援的同志会合了吧。放心，马东那小子跑不了的！"

"跑不了就好！"常舒斌握紧拳头，"一定要抓住他！好，我去买烟了！我、我去买烟，嗯，买烟。"

他说着就快步走出去了，努力让自己的步伐显得正常，但是在院子里下台阶的时候仍然一脚踩空，趔趄了一下。他抹着额头上的虚汗走出重案队，一出大门就迈开脚步向附近的停车场狂奔，奔跑时攥紧手机，快要把手机捏爆了。

他蹿上自己的车，完全不知道自己的表情是何等可怕。发了一会儿抖，他眼里闪过一丝狠色，拨通了手机。

电话里传出了一个柔柔的女声："常科长？"

"叫黄总接电话，"常舒斌说，"快点！"

"哦？发生什么事了吗？"柔柔的女声问。几秒钟后，黄四毛的声音传了出来："常科长，怎么，又想聚一聚了？"

"老黄，出事了！"常舒斌面目狰狞地说，"警察带着凌季雨去甘省抓一个叫马东的人，说是有什么线索，说什么杀过警察！还有什么碎尸的案子！"

"什么？"黄四毛的声音高了起来，接下来就是一阵沉默，半晌，他低沉地问，"你怎么知道的？"

"我从警察那里看到了资料！"

电话里又是一阵沉默。

常舒斌急促地说："老黄，那个凌季雨手里好像有什么证据，还涉及我和你了！你得想想办法！"

"常科长，你到我这儿来吧。"黄四毛说，"把情况细说一下，咱们一起合计合计。"

"好，我马上出发。"常舒斌挂断电话，急忙发动汽车。

十几公里外，东丰滨城小区A幢28层宽大客厅的沙发上，黄四毛一把把一个女人从身上推下去，吼道："滚！"那个女人惊慌地拿起衣服遮掩身体，赤着脚逃出客厅。

殷柔穿着睡袍在一边坐着，柔声问："怎么了？发这么大火？看把娇娇吓成那个样子。你不是最疼她吗？"

黄四毛坐起来，把手机扔到一边，脸色阴沉。

"常舒斌说警察去甘省抓马东去了，有什么线索会牵连到我们。"他盯着茶几，"他一会儿会来，到时候一起听听发生了什么事。"

殷柔吃惊地望着他："有什么线索会牵连到我们？"

黄四毛沉吟着，阴冷的目光穿过玻璃，望着江景。

"提前准备好，万一这地方不能待了，就赶紧撤。"

"撤？"殷柔吃惊地说，"咱们做下这么大的盘子，真的现在就扔？"

"老娘们儿懂个屁！这是后路，懂吗？"黄四毛骂道，"我又没说现在就撤！要是能补救，我肯定现在想办法！不知道马东那里有什么，他妈的，这马东一天不死，一天就是个祸害啊！……"

他突然眯起眼睛："嗯，死……如果马东死了呢？……"

黄四毛拿起电话，拨通了一个号码："秦武，你在哪里？……找几个人，要胆子大一点的，晚上到我这里来。可能要安排你们出个门。"

"这两天托王队的福了，净吃好吃的。"赵继刚摸着鼓鼓的肚皮，躺在床上直喘粗气，"这羊肉啊，真是好东西。"他说着就从口袋里摸出打火机。

"你要是想挨揍就说一声。"欧阳宁娟说。

赵继刚赶紧把掏了一半的烟又塞回去。

刘苡岚在一边道："不过吃多了也腻。王队，咱们今晚找个能吃米饭的店吧，阿拉沪海人总归是要吃米饭的，阿拉想吃大米了，再炒点小青菜，清淡一点的好哦啦。"

"我同意，"凌季雨连忙附和说，"小刘妹妹要吃米饭，咱们就吃米饭呗。"

"谁要你同意？"刘苡岚厌恶地斥骂道。

重案队在兰河市会合已经两天了，他们没有贸然采取行动，而是暗中进行调查。从之前调查到的情况看，马东在西北混得风生水起，有一家租车行，还在一家矿产公司里有股份。然而这两天调查到的情况让大家脸色都凝重了。

床上摊着材料，有从全国企业信用信息公示系统里拉下来的公司信息档案，也有凌季雨利用律师证和介绍信从市场监督管理局调来的公司内档。——为了谨慎起见，他们目前还没有亮出警察身份，唯恐有人会给马东通风报信。

"马东在这家阿格塞矿业有限公司里原来有30%的股份，可是半个月前他把股份转给了另一个股东。从凌季雨调来的股权转让合同来看，这股份作价450万。"王一川皱着眉头说，"他还和一个老外一起开了个租车公司，总部在兰河市，在祁连、敦煌、武威以及青省西凝市、大柴旦、德令哈、茫崖都有分店，看他设的点，这个租车公司是沿着青甘环线设置的。也是半个月前，他和那个老外一起把兰河市这个总部给关掉了，据说在谈转让。"

"这时间有点巧啊，"张云军在一边说，"范桂花死了没多久他就开始变卖产业？要说一个经营不善，退出来还可以理解，两个都经营不善吗？"

"不能吧，现在青甘环线自驾游多热啊！"刘苡岚说，"租车行怎么也赔不了吧？"

"他这出卖产业和范桂花的死有没有关系？"张云军问。

"我们来分析一下。"王一川说，"假设凌季雨说的是实话……"

"这叫什么话，我说的就是实话。"凌季雨不满地说。

"你给我闭嘴！"刘苡岚呵斥道。

"假设凌季雨说的是实话，"王一川说，"马东当年来西北有不信任李少萍和黄四毛的因素。他既然临走时还通过范桂花要钱，那么有可能他来西北后，与范桂花还有联系，或者至少在沪海市那边还是有联系渠道的。范桂花的死会不会已经被他知道了？会不会引起他的警觉？他可是知道黄四毛的手下与杀害警察有关的，范桂花死后，马东会不会也有危险？"

"照这样推论，他这是要套现后走人啊！"张云军说。

"他和一个老外一起开店，那老外是什么人？"王一川问。

欧阳宁娟从文件中找出登记资料："是个乌克兰国籍的人，叫安德烈·普罗特尼科夫耶维奇·帕夫卡琴科。我联系了小顾，让他从系统里调了这个人的证件照片。"

"这普什么维奇长得满脸横肉的。"刘苡岚看着照片评价道。

"这个我知道，"赵继刚在一旁兴冲冲地说，"这家伙实际上不是老板，是马东雇的保镖，以前是在乌克兰那边地下拳击场打黑拳的。之所以让他挂名当个股东，是为了把公司弄成中外合资，享受点优惠政策。"

他胸有成竹地讲完，却没有获得预想中的惊叹声，房间里的人都睁大眼睛，直勾勾地盯着他。

"咋、咋了？"他磕磕巴巴地问。

"你怎么知道的？"张云军问。

"我？我昨天上门去打听了……"赵继刚说，"我昨天看到他们在换招牌，就假装租车过去打听了一番……"

"你是怎么去的？"凌季雨突兀地问。

"开王队的车去的……"

"车停在什么地方？"凌季雨追问。

"路、路边。"

"那家店里的人是原来的人还是新换了人，你知道吗？"

"我问了，"赵继刚说，"老板把这个店连同员工整体转让，只是换了招牌……"

王一川往后一靠，叹息一声，说："露了行踪了。"

欧阳宁娟照着赵继刚的后脑勺就是一巴掌，赵继刚捂着脑袋叫道："怎么了啊？有啥问题吗？"

刘苡岚不明所以，也看着王一川。凌季雨摇头说："一个外地人，开着个沪海市牌照的车，跑到人家店里去租车，去了还要打听人家老板的情况，打听马东的情况，你当人家傻还是瞎啊？这不是明摆着是在调查马东吗？你从哪儿来的，有啥目的，已经全露出去了，只要店里有马东认识的人，肯定会通知马东的。"

刘苡岚恍然大悟，赵继刚的表情则呆滞了，嘴巴张得大大的，说不出话来。

"不是不让擅自行动吗？"张云军呵斥道，"谁让你去问的？"

"我、我就是看到他们换招牌，怕、怕失去线索……"

找马东是西北之行的唯一目的，如果找到马东拿到线索，王一川带领凌季雨逃出沪海市的事还有转圜余地；如果让马东跑掉，王一川就难以解释了。欧阳宁娟望着王一川，焦虑地问："怎么办？"

王一川眯着眼思索着，他的目光和凌季雨对上，互相注视了一会儿，王一川道："应该还没完全暴露。"

凌季雨点点头："时间比较紧了，有风险，他可能也会有敌意。"

刘苡岚听得莫名其妙，问："你们俩在说什么？"

凌季雨解释道："赵警官没有暴露警察身份，所以马东即便知道了，也只会以为有外地人开沪牌车在打听他，不知道是警察。我们不妨将错就错，冒充他的朋友，在他察觉之前追上去。不过有个风险，他有可能会怀疑我们是黄四毛的人，对我们有敌意。"

"是这样？"刘苡岚点着头，接着就撇了撇嘴，"话说明白点不行吗？瞧把你们神秘的。"

"赵继刚，你下午再去问一下，"王一川吩咐，"问问马东去哪儿了。如果他们问你是哪来的，索性直说是沪海市来的，有事找马东。要是问谁让你来的，你就说……"

"大萍子。"凌季雨提示道，"马东不信任黄四毛，说大萍子更好一些。"

"嗯……那就说大萍子让你来的。欧阳宁娟一起去，有个女人显得不那么有威胁性。"

"是！"赵继刚和欧阳宁娟站了起来。

"其他人收拾一下。"王一川吩咐，"咱们可能马上要采取行动了。刘苡岚给欧阳宁娟化化妆，把她打扮得柔美一点，降低威胁感。"

两个小时后，赵继刚和欧阳宁娟去而复返，一进房间，赵继刚就急不可耐地嚷道："王队！王队！马东昨晚离开兰河市了！"

房间里的人都站起来，被这个消息弄得脸色严峻。王一川问："走了？知道去哪儿了吗？"

欧阳宁娟答道："说是往青省方向去了，伙计说马老板可能要一家分店一家分店地处理，把那些分店和里面的车在当地转让掉。"

"是吗？不是逃走？"张云军怀疑地问。

王一川迅速俯身在地图上看着画出来的路线，说道："青甘环线是个圈，如果他真的往那边走，两个方向都能去青省，他会走哪条线呢？"

"王队，跟你说件事。"赵继刚说，"我们从他们店里拿了个GPS接收器，马东开的车上面也安了租车行的GPS信号器，拿着接收器就能知道他的位置。"

欧阳宁娟把一个带屏幕的盒子放在床上。

"通过这个能给马东定位？"王一川问。

"他们为什么这么配合？还给你这个？"凌季雨问。

"我们说是马东的朋友，是大萍子派我们来找马东的。"赵继刚介绍，"人家也没怀疑，就给了我们马东的车牌号、手机号，还给了我们这个。这里的人真淳朴。"

王一川、凌季雨、张云军彼此对视，都觉得人家给GPS接收器给得太容易了，简直是送货上门，不合常理，令人生疑。王一川打开接收器，屏幕闪了一下，出现了电子地图，上面显示一个亮点在西北方。当把地图放大了看，他们发现那个地点位于敦煌。

"到敦煌去了？可信吗？"张云军狐疑道。

"不知道，可是咱们没有别的办法，只能追上去。"王一川思索一下，做了决定，"我们分两路。我、欧阳、赵继刚拿着这个GPS接收器，追踪这个光点。老张、刘苡岚带着凌季雨走另一个方向，沿着他的那些分店一家家查过去。两边保持通信畅通，路上注意来往的车辆牌照号，一旦发现有情况，马上通知另一组，并且呼叫本地的派出所支援！"

"我们干吗要带着这个人渣？"刘苡岚不满地说。

"小刘妹妹，这话太伤人了。"凌季雨用受伤的口气说。

"凌季雨脑子活，观察东西细，你们在路上记得参考他的意见。"王一川下令，"马上去补充水和食物，然后出发！"

34 奔袭

谭小雅抱住冯天海的头，闭上眼睛，幸福地、热烈地亲吻着。

五分钟前，她通过电脑将370多万元又转到了那个叫"杨文雄"的账户，这是她能够借到的极限了。综合下来，加上从王一川那里"借"到的500万，她已经总计借了2000多万，把一些客户的钱都借光了，光每个月要还的利息就有100多万。

但这一切都是值得的，能够减轻她心里的负罪感。只要冯天海这两天投资翻身，这些钱将翻100倍，届时不但能还掉所有的本息，她和冯天海也将过上奢靡幸福的生活。她甚至想过，到时候加100万还给王一川，加200万还给自己的母亲算是补偿。毕竟自己从此以后将和他们处于不同的阶层了。

当然她的心里也是忐忑的，类似于开奖前夜的那种激动和纠结。2000万，加上冯天海借来的钱，怎么也有3000万了吧，3000万翻100倍，那是30亿啊！

这样的好事真的会落在自己头上吗？

然而除了相信，她已经别无选择，她不断告诉自己这是真的，是必然会发生的，天海是不会骗自己的。当冯天海捧着玫瑰花来看望她，再度向她确认一切尽在掌握时，谭小雅躺在病床上激动地伸出手臂，紧紧抱住冯天海的头。她的腿已经不需要吊起来，但还是打着石膏，所以冯天海迁就地弯下腰，承受了谭小雅狂风暴雨般的热烈的吻。

她所有的希望都寄托在他身上，对他的崇拜和讨好近乎病态，她一边亲吻，一边把一只手伸向冯天海的腰下，隔着裤子蹭着，暗示自己以后会好好伺候他，希望他集中精力抓住这次赚钱的机会，给两人一个幸福的未来。如果不是因为她的腿不便，加上病房是个公共空间，两个人大概率会擦枪走火。

冯天海走后，谭小雅偷偷笑了。冯天海对于这次投资信心十足，而且他对她的身体还是相当迷恋的，这两点都让她心情愉悦。再过两天她就可以出院了，可以回到那个豪宅里继续休养，躺在阳台上，吃着水果，看着江景，身上洒满阳光。到那个时候，他的投资应该也会有个结果了吧。

冯天海回到住处，首先在电脑上操作转账，看着电脑界面上显示的余额，他笑了。账户里现在总金额已经有3亿4210余万元，这笔巨款能让任何人过上天堂般的生活。他拔下U盾，将电脑硬盘格式化，硬盘的每个盘都被他删光，变得空空如也。

他拉开抽屉掏出一个文件袋，里面是一些文件和护照。他把这个文件袋放进一个行李箱，行李箱不大，是那种22寸的商务小拉杆箱，里面除了这个文件袋，只有一台笔记本电脑、充电器和几件换洗衣服，如同他平时出差时的配备。

他来到衣帽间，套上一件米色卫衣，穿了条宽大的牛仔裤、高帮运动鞋，头上戴着一顶平舌帽。那个商务人士冯天海不见了，一个有点嘻哈风的人站在镜子前，戴着墨镜。

冯天海做了一个很嘻哈的动作，嘴里发出"哟，哟，切克闹"的声音，随后他对着镜子咧嘴一笑，拖着拉杆箱出了门。

电梯是直达地下车库的，冯天海出电梯后没有走向自己的车，反而走向停车场的一个角落，那里有一个在柱子和墙壁之间的隐蔽车位，停了一辆不显山不露水的宝马MINI轿车，这是他几天前租来的。他向四周看了看，迅速把拉杆箱放进后备箱，坐进驾驶座，摘掉墨镜，低头发动汽车。

车灯亮起，车子缓缓启动，就在他即将开出车位时，伴随着刺耳的刹车声，一辆黑色的奔驰保姆车凶猛地停在前面，把他堵在车位里。奔驰车车门和侧门打开，几名彪悍的男子从车上跳下来，紧贴在MINI车两侧，堵住了他下车逃跑的通道。

两条裹着黑色丝袜、修长诱人的腿从奔驰车里伸出来，殷柔穿着黑色的风衣从车上下来了，看着两米外的MINI车，嘴角露出迷人的微笑。她向副驾驶座走去，高跟鞋在地面上发出"嗒、嗒"的回响。来到副驾驶门外，她优雅地弯下腰，轻轻敲了敲车窗，就像和情人打招呼那样亲昵和自然。

冯天海和她隔着车窗对视，殷柔抿嘴笑着，用手指指了指车门。僵持了一会儿，冯天海看看驾驶室外那人手里的锤子，有些不情愿地开了锁。殷柔拉开车门坐到副驾驶座上，宝马MINI车内立刻如同沐过了一阵香风。

"海子，你这是要去哪儿啊？"殷柔温柔地问。

"我去办点事。"冯天海说。

"要打扮成这样啊？"殷柔笑着说，"是去参加演出吗？"

"我有时候也想打扮得休闲点。"冯天海答道。

一名男子拎着冯天海的拉杆箱从后面走过来，放在车前盖上打开，在里面翻找着。冯天海盯着他的动作，汗水顺着脸颊流下。殷柔笑吟吟地看着他，那名手下抖开文件夹，发现了护照，就拿着护照走到副驾驶座边递给殷柔。

"想不到你变成巴西人了啊，"殷柔翻着护照，惊叹道，"Santos Honda，咦，这Honda不是本田的意思吗？怎么，你还是个日本裔？"

"你想干什么？"冯天海咬着牙问。

"四爷找你。"殷柔笑盈盈地把护照递回给手下，"四爷想问问，有几个咱们用来收款的账户里的钱都不见了，被转走了，这是怎么回事？转到哪里去了？"

"这我怎么知道？"冯天海说。

"我的傻弟弟，"殷柔轻叹道，"你以为没有转到你个人的账户，转到空壳公司账户里，就查不到你头上吗？用谁的U盾转的款，这个一查就能查出来。你太贪了，明白吗？以前往几个空壳公司里转个十万二十万，四爷也就忍了，这把你玩得太大了，那是几个亿啊，你跑得了吗？"

"柔姐，"冯天海说，"你放我一马，我分你一半。"

"好弟弟，你知道吗？我最爱你的就是你对女人大方，技巧也好。"殷柔用手指钩住冯天海的下巴，凑过去在他的嘴巴上吻了一下，"可是四爷要见你，这么多弟兄看着，我不能说没见到你呀，对不对？你对姐姐太狠心了，你把这多钱卷走，让姐姐怎么收拾这个烂摊子？所以，你得去向四爷说清楚。"

她说着就下了车，脸色变得冷若冰霜，吩咐："动手。"说着向保姆车后面走去，那里停了另一辆黑色的奔驰轿车，一名手下帮她拉开车门，她坐进后座。

冯天海在驾驶室里，眼看着几名大汉从奔驰保姆车里拿下一个大号的行李箱，他肝胆俱裂。宝马MINI车边响起凄厉的呼救声，只响了不到半秒就断掉了，听起来是被硬生生捂断的。

殷柔在后座冷漠地看着前面，她的视线被柱子挡着，只能隐隐看到有影子晃动，柱子后面露出来的半个车头在剧烈摇晃。十几分钟后，几名手下抬着大行李箱上了奔驰保姆车，她的嘴角露出一丝人畜无害的浅笑，一笑倾城，足以让任何不了解她的人对她心生爱意。

"去老地方，四爷等着呢。"

离开兰河市不久，两组人就在京藏高速上分开了，王一川、欧阳宁娟、赵继刚开着荣威RX9越野车向北行驶，计划走京藏高速转连霍高速，经武威、张掖、嘉峪关至敦煌，一路追踪过去。

刘苡岚、凌季雨、张云军则驾驶奔驰越野车沿着京藏高速向西南，随后转向西北，计划穿越祁连山脉进入青省，赶往西凝市，先调查马东在西凝市的分店。如果马东不在西凝市，则继续向西出发，经青海湖、德令哈等地向西北行进。按照预计，他们应该会和王一川等人在水上雅丹或者阿克塞等地区碰头，两组人的轨迹正好覆盖青甘环线，也能在最短的时间内覆盖马东的几个分店所在地：敦煌、阿克塞、德令哈、西凝。

这样的计划无疑是冒险的，六个人、两辆车在两个省几千里的范围内搜寻一个人，线索只有一个来源存疑的GPS信号接收器和一些分店地址。沿途遍布景点，很容易与目标错过。可是他们别无选择。谁也不能保证马东是不是去处理分店了，谁也不能确认马东处理完分店后会不会回到兰河市，他们只能循着现有的信息先追过去再说。

车辆在夜色中穿越祁连山时，凌季雨说自己可以替换着驾驶，对此刘苡岚一口回绝。她倒不是质疑凌季雨的驾驶技术，而是对凌季雨不放心兼怀恨在心。虽然目前来看凌季雨的"猥亵案"可能另有隐情，但是他两次用烟头烫坏了她的车漆，特别是想起凌季雨在重案队门前满地打滚儿的样子，刘苡岚简直想把凌季雨踹下车去，她连他呼吸过的空气都嫌脏。

通常拒绝别人总会找个不伤面子的理由，刘苡岚实在是太厌恶凌季雨了，她直接回复道："滚！用不着你！"

张云军叹了口气闭上眼，一副眼不见心不烦的模样。凌季雨张嘴呆了两秒，眼珠子骨碌碌转几下，勉强笑着说："我这不是关心女士，怕你累吗？"

"用你关心！"

"别这样拒人于千里之外嘛。"凌季雨讨好地说，"我们是战友呀。"

"哈！"刘苡岚说，"谁和你是战友？你现在嫌疑人的帽子还没摘哪！"

"别这么说，现在不是在携手办案吗？"凌季雨深沉地说，"妹子，我知道，你对我有误解，不过没关系，谁让我年纪比你大，必须得包容你呢？你放心，虽然你不当我是战友，遇到危险我还是会保护你的！所以你完全可以信任我，呵呵呵……"

"老娘真遇上危险了也不用你救。"刘苡岚爆起粗口来,"你先把老娘的喷漆费给赔了!"

"那不行啊!"凌季雨怪叫道,"王队只给了我一万块钱,那是咱们路上加油吃饭用的,要是给了你,咱们吃啥?你看老张这两天吃羊肉吃得嘴里都起泡了,我还等着带你们在西凝市吃点好的呢。早知道我就跟他多要个几万了……"

"王队给你钱了?"张云军问。

"嗯哪,他有好几十万呢,可有钱了。"凌季雨叹道。

"凌季雨,你长点心吧。"张云军幽幽地说,"他那是被逼得把房子卖了,大头被他以前的女朋友坑走,这几十万是他最后的钱,花完就没了。我们有经费,能报销点,咱们能不用他的钱就别用!剩下的钱还给他!等回沪海市,他连住的地方都没了。他不为以后打算,我们不能没良心!"

"他前女友坑他?"凌季雨扭头望着张云军,"啥意思?"

刘苡岚和张云军都没理他。半晌,刘苡岚嘟囔道:"老天爷真是瞎了眼了。王队这么好的人,却落得跟你这样的人渣在一起。"

"可能是因为我们同病相怜呗。"凌季雨说。

"你?"刘苡岚"呸"了一声,"假设你当初没猥亵妇女,你偷钱总是事实吧?你这种人,坑蒙拐骗的,你女朋友迟早和你分了。我们王队和你可不一样,他是真的被坏女人坑了,就你也配和他比?"

张云军觉得刘苡岚的话有些过分,不过想到凌季雨一门心思要花王一川的钱,对他也有看法,于是把目光投向窗外。凌季雨感受到两位同伴对他的敌意,干笑一声向后靠去。车里陷入了寂静。过了一会儿,凌季雨突然说了一句:"我没偷过钱。不管你们信不信。"

张云军回头望去,凌季雨拉低帽子,整张脸都被遮住。他抱着手臂向后仰着,似乎在睡觉。

张云军收回目光,道:"可是我听说你当年偷钱的事尽人皆知。"

"是常舒斌说的吧。"凌季雨说,"我看见他去过你们重案队。"

"你和他是什么关系?"

"同学,也是死对头。"凌季雨说,"他现在的老婆就是我当年的女朋友。"

这回答富有八卦性，刘苡岚忘了刚才对他的恶劣态度，问道："不会吧？还有这关系？"

"老凌，他和你做对头，不会是因为你俩抢女人吧？"张云军问。

"有这因素，不过也不止。"凌季雨淡淡地说，"我和他在入学时就彼此不对付。常舒斌那家伙家里是当官的，有点能力，他一入学就想当学生干部，可是却总是被我压一头。你们要是去学校查过我的资料，就应该知道我前三年拿的都是一等奖学金，还是学生会的干部，出那事儿之前，我在院里比他更有号召力。当干部吧，我是院学生会的；说学习吧，我是班上学习最好的；说女朋友吧，我女朋友也算是个院花级别的；讲长相吧，我当年也算是帅呆了，他比我差远了。"

"呸！"刘苡岚呸了一口。

"我是没把他当回事，可是不知怎么的他就很敌视我，暗戳戳找了我几次麻烦，我和他关系就恶化了，到后来简直成了死对头。"凌季雨说，"当年我出那事儿后，数他跳得欢，希望院里能开除我。幸好我们院领导听了我的陈述后，觉得我不是那样的人，就把这事儿压下来了。姓常的挺失望，后来没过几天他就带人冲进我寝室，说我偷钱。当时我钱包里还真的多出2000块钱，百口莫辩，从此我就多了个当贼的名声。"

"你的意思是你偷钱这事与他有关？"张云军问。

"肯定啊。"凌季雨笑道，"那么多同学，他就能精准地找到我，精准地找到我的钱包，从里面翻出多出来的钱，你说这不太巧了吗？兄弟，我的命苦啊，莫名其妙地被诬陷了两次，名声尽毁，女朋友没了，前途没了，到现在还被你们当成杀人凶手，还被小刘妹妹这种人看不起……"

刘苡岚怒道："我哪种人？你把自己描述得真好！这不也是你的一面之词吗？人家那么做有啥好处？"

"别的不说，至少我女朋友现在成了他老婆。"凌季雨道，"还有啊，我得纠正你的一个观点。你觉得有些人害人一定要有好处吗？一定要有什么因果吗？你错了，妹子，你不懂人心。有些人害人没有理由，他可能看你不顺眼，可能因为你比他强。要是人人都能讲点理，都能想想自己这么做有什么好处，这世界就不会有这么多案子了。"

刘苡岚无言以对。张云军道："你说的话不知道真假，不过常舒斌看起来挺恨你的。"

"他当然恨我了。"凌季雨笑道,"他对我做了亏心事,看到我在他面前出现,肯定想继续置我于死地。幸亏我的执业证不在沪海市,否则他一定想法给我吊销了。这几年他到处鼓动当事人投诉我,还给辽省司法厅打电话投诉我,只不过这沪海市的司法系统不是他说了算,否则他绝对给辽省司法厅发公函。让我猜猜,他肯定找过你们,希望你们出公函投诉我吧?"

"你怎么知道?"刘苡岚惊异地问。

"他的那些招数,我猜得出来。"凌季雨冷笑道。

"别把自己说得这么无辜。"张云军说,"你也不是省油的灯,难道你就没有针对他?"

"笑话,我又不是圣人,我为什么不针对他?"凌季雨哼道,"我调查范桂花这伙人,涉及了黄四毛,然后我发现常舒斌和黄四毛搞在一起,你说他一个当干部的,和地痞流氓长期碰头,出入会所,你觉得我能放过这样的机会?当然是咔嚓咔嚓拍下来啊!"

"咋的,你还真拍到东西了?"张云军问。

"我有个优盘,"凌季雨嘿嘿一笑,"里面东西多着呢。除了马东和范桂花的录音,里面有一个文件夹专门是关于常舒斌的,其中有一段最劲爆了,他和黄四毛身边那个女老总,好像叫什么殷柔,在停车场车里亲热,全被我拍下来了。"

"你够无耻的。"刘苡岚鄙夷地说。

"第一,我不是圣人。我被害成这样,盯着仇人不算过分吧,怎么能叫无耻呢?"凌季雨冷冷地说,"第二,我讲这件事的重点不在这里。重点在于,在我拍摄的时候,我前面有另一个人在暗戳戳地偷拍他们,也偷拍了全过程。常舒斌完事了开车走后,那个人就拿着摄录机跑去给那个殷柔看。你明白这意味着什么吗?"

张云军道:"殷柔在设计常舒斌?"

"没错。这小子恐怕早就被糖衣炮弹腐蚀,被拉下水了。"凌季雨说,"人家录下来,肯定拿着当把柄,所以这小子一定有很多违法乱纪的事儿!"

"你为什么不举报?"刘苡岚问。

"犹豫。"凌季雨坦率地说,"我当然可以利用这些搞倒他,可是我这么做的话,方文丽——哦,也就是我以前的女朋友——也就跟着一块儿毁了,所以我下不了这个狠心。而且我的首要目的是为我被诬陷猥亵的事翻案,现阶段搞常舒斌对我的目的没啥帮助,那是第二步的事。这次顺带着拿出来是没办法,我都被定为杀人凶手了,这时候有什么都得说出来啊!"

刘苡岚诧异地从后视镜看了一眼凌季雨,想不到这个贱兮兮的男人还有这样情深义重的心地。

车里重新陷入沉默。不久下了一阵短暂的雨,随后车窗开始起雾,刘苡岚不得不打开空调除雾,尽管如此,两侧的车窗上还是结了一层霜。开到海东地区时,他们找了一个休息站,在寒风中买了几个热鸡蛋,吃了三碗泡面,回到车上时被冻得直打哆嗦。

"太、太冷了!这里怎么会这么冷?"刘苡岚的牙齿打着战,"应该带羽绒服来!"

"海拔高,当然冷。"张云军也冷得受不了,"你不是说自驾去过新疆吗?怎么不知道这边温度低?"

"我、我去过才怪。"刘苡岚发着抖说,"我不那么说,你们能让我来吗?这地方我哪来过……等到了西凝,我去买几件衣服……"

她一边说一边用冻僵的手开空调。

"你……"张云军气得不知道说什么好。

"还好,我带了两件毛衣,"凌季雨从背包里扯出两件羊毛衫,选了一件,一边穿一边说,"老张你衣服够不够?不够的话我分你一件。"

"我没事。"张云军说,"就是不知道王队那边怎么样,只怕他们也没想到会这么冷吧。一会儿我发微信问问。"

"那你们开车吧,我睡一会儿。"凌季雨说。

"你睡个屁啊!"刘苡岚莫名发起怒来,"你开车!"

"不是用不着我吗?"凌季雨无辜地问。

"你开不开?"刘苡岚嚷道。

"开、开。"

两个人推开车门,冷风立刻卷进来。等他们换了位置,刘苡岚坐在后座上,看起来气色不太好,她找了一圈,最后开了瓶冰凉的矿泉水喝了一口。

"张哥,我可能有点感冒,头晕,想睡一会儿。"

"哦,那快躺在后面睡一下,"张云军赶紧说,"凌季雨那件毛衣你套上,别着凉。"

凌季雨以为刘苡岚会表现出嫌弃的样子，然而那位姑娘粗暴地把他的毛衣套在身上，再裹上外套，连个谢字都没说，就靠在后座上不说话了。

奔驰越野车继续在夜色中穿行，两侧的高山像黑色的巨人一般压迫而来，他们都在黑暗中坐着，天地间似乎只剩下车前车后的几盏车灯。

"速度开不快，大约要到天亮才能到西凝市。"凌季雨听着后座上刘苡岚沉重的呼吸声，低声对张云军说，"到了西凝后，除了买衣服，还得买保温杯、药和氧气瓶。带她去医院看看吧，她这是有高原反应了。"

35 向西

"刘苡岚有高原反应了，他们打算在西凝市停一下，买点药，买点衣服，"王一川看着手机说，"咱们到了敦煌也去买点衣服吧，我看这些东西咱们也需要。"

欧阳宁娟在开车。他们快要到嘉峪关了，按照现在的速度，凌晨三四点会到敦煌。

"王队，马东的车移动了，离开敦煌往西南方向去了！"赵继刚在后面突然说。

王一川回头把GPS信号接收器拿过来，果然，屏幕上的亮点缓缓移动着，向西南方向而去。

"大晚上的就出发，看方向是要去阿克塞。"

马东的这辆车从敦煌出发往西南方向走的话，正是穿过祁连山脉西北段到阿克塞的方向。他在阿克塞有一家分店，难道他真的是在处理各个分店的转让事宜？

王一川沉思半晌，做了决定："继续到敦煌。只要那辆车还在青甘环线上，我们就按原计划来。我把信息发给老张。等咱们到了敦煌，先补充物资，另外买点感冒药和红景天什么的。"

到达敦煌后他们没住酒店，而是在车上凑合着睡到天亮，在一个饭店吃完早饭，开车赶到了马东的租车行分店。进去调查的仍然是欧阳宁娟和赵继刚，里面的人没有表现出任何警惕性，告诉他们说老板和那个外国人夜里刚走，去阿克塞处理下一家分店了。这家分店的店面已经转给本地一家公司了。

赵继刚询问老板为什么要处理掉店面，店里的人回答说："老板打算卖掉所有产业，到南方去发展。"

回到车上，三个人面面相觑，都感觉得到这些信息实在太过容易，简直就像故意告诉他们一般，再加上兰河市那边提供GPS信号接收器的事，整件事透着一丝诡异。

"马东不会是调虎离山吧？"欧阳宁娟提出疑问，"故意告诉咱们这些，牵着咱们的鼻子绕大圈，他自己躲起来了，或者实际上已经跑了？"

"不知道。"王一川皱着眉头说，"还是那句话，咱们现在找不到他，除了跟这条线，没有别的办法。跟家里联系，请他们查一下马东的手机号码，申请手机信号定位，看看这人是不是真的去了阿克塞。"

"哥，这个要市局批才行，怕没那么快。"欧阳宁娟说。

"不是说市局有个领导派到咱们那里去了吗？"王一川说，"有困难，找领导啊！"

不远处的租车行正在摘下原来的招牌，有人在往这边看。王一川发动汽车，说："走，买衣服去，再找个药店。"

当天晚上，小顾反馈来消息，确认马东的手机信号在阿克塞地区附近。这个消息与GPS信号接收器上显示的信息是一致的。尽管心里还有疑惑，王一川仍然按照原计划从敦煌出发，向祁连山脉开去。

通过微信联系，他们知道张云军、凌季雨、刘苡岚也离开了西凝市，正在向西北方向出发，路线是经过青海湖、倒淌河、茶卡，争取第二天上午到德令哈。

白天他们给刘苡岚找了个医院输了葡萄糖，还买了氧气瓶备在车上。在此期间张云军和凌季雨到马东位于西凝市的分店去查看，发现这家店还没有转让，不过所有员工都知道即将转让的消息，因此业务暂停。张云军打听转让价格是多少，每年能有多少收益，看起来就像是一个想在当地投资的外地商人。员工表示不便透露，说过几天老板就会来，这些事只能和老板谈。

于是张大老板一脸不高兴地离开，一回到停在街边的车上他就跟凌季雨说："说是马东过几天会来，别的都问不出来。"

"你觉得他们会跟马东报告说，有人开沪海市车牌的车来打听过吗？"

凌季雨盯着店面里探出来往这边看的脑袋说。

"有可能。"

"王队长那边有什么消息？"

"说马东往阿克塞方向去了。"张云军说。

凌季雨看着地图，手指依次从阿克塞、水上雅丹、大柴旦、德令哈、茶卡一线扫过，说："看来真的是走这条线，如果是这样的话，我们赶往德令哈，也许能在那里截住他。今天晚上就出发吧，就是不知道小刘妹妹的身体能不能撑得住。"

"要不把她留在这里，这里是省会，有回沪海市的航班或者火车。"张云军沉吟道。

半个小时后，这个提议遭到刘苡岚的强烈反对，她坚持说自己已经克服了高原反应。她身边放着小氧气罐、红景天口服液，脸色虽然苍白，但是已经不像昨晚那样萎靡不振。在他们去调查的间隙里，她买了好几件暖和的冲锋衣、几盒自热米饭，她把其中一件冲锋衣递给凌季雨时，那个人渣居然没反应过来。

"还、还有我的一件？"他问。

"算是报答你的毛衣。"刘苡岚没好气地说，"总不能看着你挨冻吧，毕竟暂时还是同伴。"

"哎，总算承认是同伴了。"那厮贱兮兮地笑了起来。

刘苡岚发怒了："你哪儿那么多废话？到底要不要？"

"要！怎么能不要呢？"凌季雨赶紧接过来，把这件加棉加厚的冲锋衣穿在身上，讨好地说，"哎呀，穿上就暖和了，谢谢啊！"

"先加个油，然后就出发。"张云军说，"我和凌季雨轮流开车，刘苡岚在后座休息。从这里到德令哈预计要8个多小时，咱们走夜路开得会慢一点，所以估计明天凌晨才能到德令哈。没问题吧？"

"没问题。"

因为急着出发，晚餐是在一家牛肉面馆子匆匆吃的，张云军吃得分外痛苦，他嘴里的溃疡面积扩大，喷西瓜霜都没用，吃东西时疼痛难忍。吃完上车的时候，凌季雨消失了一会儿，回来时把一个不锈钢热水瓶递给刘苡岚。

"给你，难受的话就喝口热乎的。小心烫。"

刘苡岚望了他一眼，没有像昨天那样表现出嫌弃，接过来放在一边。凌季雨坐上驾驶座的时候，似乎听到她在后面低声说："谢谢。"

于是两组人都继续奔袭在西北的公路上，一组穿越祁连山脉向西南赶往阿克塞，看是否能够追上马东；另一组在1000多公里外向西北方行进，赶往德令哈，希望能迎面堵截。两边走的路线会合到一起，在地图上正好画出一个圆。

天明时分，两组人先后赶到各自的目的地。遗憾的是，在王一川这一组到达阿克塞前的三个小时，马东的定位信号慢悠悠地向着南方移去了。

王一川借着车内的灯光看地图，阿克塞正南方偏东是到水上雅丹营地，再往东南方向是大柴旦，继续走就是德令哈，也就是马东下一个分店所在的地方。张云军、凌季雨和刘苡岚应该会提前在德令哈等着。只要马东走这条线，利用GPS信号接收器应该能堵到他。

想到这里，他让替换开车的赵继刚在确保安全的情况下尽可能快一点，他要到阿克塞迅速看一下马东的分店，然后循着马东的路线继续追。

天明时分王一川组赶到了阿克塞，这是酒泉市下面的一个小县城，全县居民一万多人，哈萨克族人占了三分之一以上，阿克塞这个地名就来自哈萨克语"纯洁"。小县城在荒漠的包围之中，清晨时空气寒冷。一夜的轮换开车，三个人都已疲惫至极，裹着厚厚的衣服从车上下来，蹒跚着找了家早餐店吃小米粥和烤饼。几天没洗澡和洗头，三个人的头发都油乎乎的，脸上明显变粗糙了。

"还能坚持吗？"王一川问欧阳宁娟。

"哥，我没问题。"欧阳宁娟说。

赵继刚却有些撑不住了。随着海拔的增高，他也开始头晕和喘不上气，虽然不严重，却导致他反胃，吃不下东西。他硬着头皮喝了半碗粥，就吃不下去了。尽管如此，他还强撑着说："我没事，能行。"

"你是累着了，今天白天别开车了，一会儿上车去吸吸氧，适应一下。"王一川吩咐，"阿克塞这里海拔还算低，正常来说不应该有这样的反应，后面可能要上3200米，到时候你反应就大了。记住，不舒服了赶紧吸氧，明白吗？"

"放心。我能适应。"赵继刚皱着眉头说。他掏出烟来想抽一根，欧阳宁娟指了指一边，说："没看到我和王队还在这里吃饭，你是不是又欠揍了？"

赵继刚慢腾腾地站起来，走到车后面去了。他怕抽烟后身上有烟味，在车里会惹怒欧阳宁娟，只好找小卖部买了一盒口香糖。

吃完早饭，在车上睡了一小会儿，赵继刚感觉好了点。他苍白着脸，和欧阳宁娟又去了马东在这里的分店——说是分店，实际上是街边的一个停车场，里面停了几辆车。

那家分店的招牌已经取下来了，扔在旁边的地上。一个人走出办公室，把他们的车细细打量一番，又回去了。

欧阳宁娟和赵继刚回到车上，跟办公室门口的人挥手告别。等车子开出停车场，不等欧阳宁娟开口，王一川抢先说道："让我猜猜，马老板和那个外国人昨天来过，不过已经走了，去德令哈了，还有这个店面已经转让了。"

"全对。"欧阳宁娟说。

"他们也没盘问你们的身份，你一问他们就告诉你们了，是吗？"

"王队，这次你猜错了。"赵继刚道，"人家问了，问我们是干啥的。我们说是马老板的朋友叫我们来找他有点急事。他们问是哪个朋友，我说是大萍子，然后他们就告诉我们了。"

前面有个加油站，王一川减速开过去加油。整个加油过程中，他都沉思着。等他们重新开上街道往南边行驶，他拨通了张云军的电话。

"老张，你那边怎么样？"

张云军回道："我们到德令哈了，刚从马东的分店出来。招牌还没摘，还没转让，不过停业了。我说我想盘这个店面，员工说马老板这两天会来。现在怎么办？在德令哈等着？"

王一川道："就在德令哈等着。马东的信号已经离开阿克塞，往南走了，应该是去德令哈。你们守在他那家分店附近，看到人就盯上，随时向我们报告。"

张云军："好！"

"刘苡岚怎么样？"

"缓过来一点了，不过还有点喘不上气，现在在吸氧。"

"凌季雨呢？"

"他在旁边。你等一下，他正好有话要说。"

凌季雨的声音从张云军的手机里传出来："王队长，这两天你和老张的沟通我都听到了，我觉得情况有点诡异啊。"

"你也发现了？"王一川问。

"看来你也发现了。我本来就觉得，我们找马东的事一定会传到马东的耳朵里，现在马东像是在牵着我们的鼻子走。我现在担心的是，我们已经去过西凝和德令哈的两家店问过了，马东肯定会知道，他会不会猜到我们是一伙的？如果他猜到的话，就会知道有人在德令哈等着他呢。"

"对，这也正是我担心的。"王一川说，"另外，我们说自己是大萍子派来的，现在看来未必稳妥。不过现在没有别的办法，你们那边做好准备，咱们保持联系吧。"

放下手机，王一川问："马东的信号到哪儿了？"

赵继刚拿起GPS信号接收器，发现信号上的亮点不在阿克塞的东南方，失声道："王队，马东没有去德令哈，他转向西边了！"

"什么？"王一川和欧阳宁娟同时脸色大变。

谭小雅出院时，天空下起了小雨。她淋着雨站在街边，心里慌得厉害。

前天冯天海走后，仿佛突然间人就消失了。她打了他很多次电话，发了无数的微信，可是一直联系不上他。起初电话是无人接听状态，再后来电话关机了。

他一定是在忙，这两天应该是投资关键时期，他不想被打扰。

谭小雅安慰着自己，努力抑制自己的不安。她心里是有怨气的，这种怨气在她拄着拐杖上下楼缴费结算、收拾物品时尤其明显。她连走路都困难，怎么拿这么多物品出院呢？母亲那边是指望不上的，她们现在已经成了仇人，谭小雅只能找冯天海帮她。

然而冯天海又联系不上。谭小雅站在住院楼大厅里，拿着手机一阵茫然。难道他忘了自己今天出院吗？就算自己不能来，安排个人来接也行啊……

她想起自己有一次肺炎住院，出院时王一川也是有任务不能来接，但他请队里的同事来帮忙了。那好像是一个姓赵的小伙子，虎背熊腰，把她的行李扛在背上，放进了出租车的后备箱。

如果她的男朋友还是王一川，她会把东西摔在地上，打电话吼着让他滚过来。可是现在她只能艰难地一手拄拐，一手拎着物品向外挪着。好心的保安看她行动不便，上前帮她拎东西，送她出了医院。谭小雅在蒙蒙细雨中站了十几分钟才打到一辆出租车，身上湿透了。上车后她松了一口气，对出租车司机说："师傅，去东丰滨城。"

等一会儿见到冯天海，她绝不会责怪他冷落自己，而是要更加体贴、更加温柔，关心他，爱护他。现在她全部的希望都在冯天海身上，她必须收敛自己的脾气。

半个小时后，出租车停在东丰滨城E幢楼下，谭小雅一手拄拐，一手拎着东西，费力地往大堂挪。大堂里的物业管家看到她狼狈的样子，慌忙奔到门前为她开门，然后接过她手上的东西。

"能帮我拎到1201室去吗？"谭小雅给了这位管家一个业主般的微笑。

"没问题，你小心点走。"管家一手拎着东西，一手搀扶，这样的伺候让谭小雅的心安定下来。不管怎么说，她还是冯天海这幢豪宅的女主人，回到这里，一切将恢复正常。

电梯门打开了，她被管家搀扶着来到1201室门前，厚重的大门给了她莫名的安全感。她按着密码，听着门锁打开的声音，整个人陷入归家的愉悦之中。

她踩着门口松软的地毯，费力地坐在换鞋凳上。管家把她的行李放在门内，询问她还有没有别的需要，谭小雅以上位者的姿态向他表达了谢意，说不需要。那位管家谦卑地离开了。

谭小雅扶着墙站起来，想起拐杖曾经在医院房间里用过，在医院厕所里用过，在医院大厅里用过，心里一阵嫌弃，唯恐它污染地毯，于是把它靠在门边，决定稍晚用酒精消消毒再用。然而她没有掌握好平衡，拐杖咣当一声撞在墙上，然后倒在地毯上。

伴随着这个响声，房间里有人踢踢踏踏地奔跑过来。谭小雅的心里闪过一丝激动，她期待着冯天海的出现，她盼望着扑到他的怀里，告诉他自己是多么想他。

"天海，你终于回来啦！"伴随着惊喜的叫声，一位女子从房间里奔出来。四目相对，两个人都惊呆了。

"秦、秦姐？"

出现在客厅里的是秦观月。

这位40多岁的美丽女士穿着一件丝绸睡袍，谭小雅认出那是自己之前穿过的。她似乎精心打扮过，头发披散，烈焰红唇，睡袍敞开着，露出了里面黑色蕾丝的情趣内衣和长筒袜，一看就是早就准备好了，要给回来的人一个惊喜。

看到门口的人不是冯天海，秦观月愣了一下，竖起眉毛问："小雅，你怎么会在这里？你……你怎么会有天海家的门锁密码？"

看到秦观月出现在冯天海的家里，看到她身上的服装，谭小雅仿佛被鞭子狠狠地抽打了几下，整个脸都木了。她瞪着秦观月，说："这是我的家，——你为什么会在这里？……你、你是怎么进来的？"

"你的家？你胡说什么？"秦观月睁大眼睛说，"这是天海和我的家，我当然在这里。你怎么会在这里？"

"天海和你的家？"谭小雅尖叫道，"这是天海和我的房子！你穿成这个样子干什么？你和天海是什么关系？"

"你的房子？我和天海很快要结婚的，你又和他是什么关系？"

"你要和他结婚？"谭小雅惊叫道，"他是要和我结婚的！你——"

两个人的声音都停顿了，彼此对视，随后谭小雅颤声问："你会和他结婚？这房子的密码是他给你的？"

"是。"秦观月的声音也发颤了，"你说你也住在这里？他会和你结婚？"

两个女人瞠目对视，然后不约而同地拿出手机，开始拨打冯天海的号码。随后，两个人的手机里都传出了"您拨打的电话暂时无法接通"的声音。

"浑蛋！接电话啊！"谭小雅歇斯底里地喊了起来。

难怪这两天不接电话，原来是和别的女人在这里风流快活，还说要和她结婚！秦观月已经40多了，比他大10岁啊！

谭小雅无力地坐倒在地毯上，哭了起来。秦观月震惊地望着她，弯腰把她扶起。两个女人彼此搀扶着走到客厅，坐到沙发上。秦观月赶着去拿了条浴巾，给谭小雅擦拭着湿漉漉的头发。当这一切做完后，两个女人对视，脸上都带着惊慌和疑惑。

"你们是什么时候开始交往的？"谭小雅问。

"有一段时间了，就是上次香花派对的第二天，我去了他办公室……

你是什么时候和他交往的?"

"香花派对后七八天……"谭小雅发着抖问,"是……是他追你还是你追他?"

"他追我。"秦观月说,"你呢?"

"我也是……"谭小雅问,"然后你们就一直在交往?"

"是啊,他说他不在乎我离过两次婚,不在乎我的年龄比他大……小雅,你知道秦姐的,我离过两次婚,这些年一个女人撑着一个团队,我实在是累了。我也是个女人,也需要人疼,他说要把我当成女王一样伺候,我、我能拒绝吗?"

谭小雅感觉眼前一片漆黑。她无法想象,冯天海在侵犯她之前的几天,已经在追求秦观月了,在接下来的日子里,他和自己如胶似漆的同时,也在和秦观月你侬我侬。那个温和、儒雅的男人竟然是脚踏两只船的渣男!

与冯天海在一起的一幕幕场景在脑海里掠过,她突然发现,那些画面的感觉不同了。冯天海的那些深情话语如今想起来似乎很讽刺,他在自己身上用的那些狂野技巧,是不是也在秦观月身上练习过?她突然想起了什么,问秦观月:"你不是也找他帮你投资吗?你是把钱给了那家公司,还是给了他?"

"给他了,他之前帮我赚了不少钱,最近说做什么杠杆……"秦观月说。

谭小雅的身体一下子直起来,她瞪大眼睛问:"100倍?"

"是呀,"秦观月惊疑地说,"你怎么知道?"

"你给了他多少钱?"谭小雅的脸白了。

"3000多万。"秦观月说。

"怎么会这么多?"

"借的,因为、因为出了点事,我……惹了点麻烦,所以必须多筹点钱。"

"是不是你碰了他的电脑,害他损失了几千万,所以要多借点钱来翻本?"谭小雅近乎喊起来了。

"你、你怎么知道?"秦观月的脸也白了。

谭小雅几乎要昏厥过去了,她虚弱地把手伸向秦观月,说:"秦姐……

扶我一下，咱们、咱们，去看看……那台电脑……"

秦观月托着她的手臂将她扶起来，一起向书房走去，两个人的脸上都带着惊恐和焦虑。突然她们听到大门的密码锁响了，有人在开门。于是谭小雅和秦观月站在客厅一起望着玄关。冯天海只要一开门，就能看到两位愤怒的女士。

门开了，出现在门口的是一位30多岁的矮个子女士。她手里拿着雨伞，开口喊着："亲爱的，你在吗？"

随后她的目光与谭小雅和秦观月的目光交织在一起，三个人呆呆地对视。这位女士竖起眉毛，指着她们质问道："你们是谁？为什么在天海家里？你们是怎么进来的？"

谭小雅的身子摇晃一下，巨大的精神打击让她再也承受不住了。她软软地瘫倒在地，昏过去了。

36 埋伏

"把方位告诉张云军他们！通知他们到指定地点会合！"

下完这个指示，王一川组就以最快的速度冲出阿克塞，向南追去。此时距离马东等人离开阿克塞已经过去六个多小时，双方之间的距离至少有400公里，如果马东离开青甘环线向西逃窜的话，很可能就追不上了！

"是不是察觉我们的身份了？"赵继刚猜测道。

"我们没说自己是警察，之前也没有风声说警察要来这里，他应该不会往这方面想。"王一川说，"不知哪里出问题了，这是可能要跑！实在不行，请这边的兄弟单位协助堵截！"

"拿什么理由堵截他？他又没犯罪。再说这要家里人联系才行。"

"等家里联系，就太晚了！查一查他路线前方的派出所，就说他可能涉及一起诬告陷害案，也有杀害警察案件的重大线索！"

这个理由是很要命的，可以想象，一旦当地警方听说这人可能与杀害警察案件有关，即便被杀的警察不是本地的，也一定会全力扑过来。

车开出阿克塞时，张云军、凌季雨等人也从德令哈出发了，沿西莎线转入德小高速，向着西方一路狂奔。

为今之计只能拼命追,不能让马东跑了!

公路两侧开始出现了荒原,低矮的灌木稀稀拉拉地点缀着两侧的戈壁,远处的山也是黄色的。戈壁的某些区域又近似沙漠,在走一条"之"字形路线时,黄沙已经涌到路面上。欧阳宁娟开得飞快,然而她开着开着,突然说:"王队,导航好像出问题了。"

王一川低头看去,发现车载导航上只能看到本车的三角形光标,应有的道路环境什么的全部不见了。

"没事,用手机导航。"

随后他发现手机也没有信号了。看着两边的荒滩,他明白已经进入无信号区。车在戈壁高处的道路上行驶,看着路边的裂谷,王一川意识到,他们可能会和张云军等人失去联系。

"反正就一条路,继续往前开!"王一川说道,"GPS信号接收器有用吗?"

赵继刚回答:"还有用!能知道马东的方向!"

"好。"王一川说,"加快速度,加油站、休息站,这路上肯定有!一定能遇到有信号的地方!找到有信号的地方就停车,赶紧和老张那边联系,顺便给导航下载离线地图包!"

没有信号让他们心里不安,一个多小时后,他们在戈壁中找到了一个加油站,旁边还有几间破房子,手机有了信号。欧阳宁娟长长地出了口气,把车子停在路边,抓紧下载地图包。王一川赶紧打通了张云军的手机。

"王队,总算联系上你们了!"

"我刚才走的这段路没信号。"王一川说,"你们现在在什么位置?"

"还在德小高速上。"张云军说,"我这里信号也是时好时坏。"

"听着,老张,我不知道前面有没有信号,"王一川说,"我先把马东的大致坐标位置告诉你,你往那个方向走吧!咱们估计还得跑几个小时,只要有信号就尝试联系,更新彼此的位置和马东的位置。还有,你们趁着有信号赶紧给导航下载离线地图包,我这里导航都失灵了。"

"明白!"

"马东现在的坐标是多少?"王一川问赵继刚。

赵继刚大声回答:"报告!马东现在的坐标数值是北纬38.118 471度、东经92.918 117度!"

"老张，你那里能记录吗？"王一川问。

"等一下，我拿手机记一下。"

张云军记录好坐标，王一川便挂断电话，欧阳宁娟发动车子继续狂奔。设置了离线导航后，不用担心偏离路线，欧阳宁娟的心情莫名愉悦起来，居然有兴致哼起了歌："高高的山上有个姑娘，哎呀妈呀哎呀妈呀真漂亮，漂亮的姑娘拿出电话，哎呀妈呀没有信号。漂亮的姑娘来到山下，哎呀妈呀哎呀妈呀有了信号，从此这位姑娘打个电话，只能山上山下来回跑……"

赵继刚在后面听得拍腿哈哈大笑，说："可以呀，姐，你还会唱这种歌儿哪！"

"这是王队上次唱给我听的，"欧阳宁娟说，"我听着好玩就记住了。"

"等会儿！"赵继刚立刻伸长脖子，"王队给你唱歌？"他眼睛瞪得滚圆，似乎发现了什么了不得的事："王队，你单独给欧阳唱歌？你干吗给欧阳唱歌啊？"

"滚！拿瓶水给我！"

白天的戈壁光照很强，阳光耀眼，虽然身体不缺乏水分，看到这满目戈壁荒原的黄色还是会感到口渴。

"王队，这里的天可真蓝啊。"赵继刚望着窗外说。

"少看天，多看看马东的位置！"王一川说。

"没啥可看的，他现在不动了，还停留在刚才的位置呢。"

"不动了？"王一川接过GPS信号接收器，看着那个静止不动的光点，脸色阴沉了，"这玩意儿不会也坏了吧？"

"不会吧？我伺候它可是很小心的！我没乱按！"赵继刚慌了。

王一川阴着脸，他用手机离线地图包放大了看那个坐标所在位置，发现那是西莎线越过西台吉乃尔湖后的一个区域，诡异的是，这个位置不在公路上，而是在公路北边的十几公里处。

那里不是景点，没有村镇，看起来像是荒原，车辆怎么会停在那里？难道这设备真的失灵了？

王一川心情沉重，他想和张云军那边联系，可是手机又没了信号。现在连马东的位置是否正确都不能确认了，还怎么联系本地警方？

中午1点多,他们开过冷湖石油基地遗址,半个小时后开过了黑戈壁,按照那个位置与两组的距离,王一川估计他们应该会比张云军组早到半小时至一小时。在短暂的有信号的空隙里,王一川与张云军终于联系上了,告知了马东信号静止的情况。两组最终形成一致意见:"别管那么多,先过去看看吧!"

下午4点多,车辆驶入一条土石路,道路两边是高低起伏的沙石丘,到处都是雅丹地貌形成的具有陡壁的小山包。路面极其坚硬,崎岖不平,仿佛在搓衣板上开车,三个人都被颠得前仰后合,苦不堪言。

为了追上马东,欧阳宁娟开到了60迈以上,足足开了40多分钟,路况都不见好转,车子发出吱嘎吱嘎的声音。赵继刚的脑袋不断撞在车顶上,他叫骂起来:"这他妈是啥地方?怎么是这样的破路啊!"

王一川看着手机里的离线地图包,说:"这附近有个景点,叫火星营地,说是地球上最像火星的地方;还有个区域叫俄博梁,说是地球上最不像地球的地方。咱们现在应该是在俄博梁外围。"

"马东他们到这里来干吗啊?他妈的旅游?"赵继刚骂着。突然他注意到GPS信号接收器上的光点,愣了一下,急促地说:"王队,接近了,我们正在接近这上面马东的位置!"

"减速!"王一川喝道。

荣威车发出刺耳的刹车声,在搓衣板路上滑出了十几米,王一川的脑袋咚的一声撞到玻璃上。他顾不得这些,回头抢过GPS信号接收器,三个人的脑袋凑在一起,看到屏幕上他们的车距离马东的位置居然不足一公里了。

问题是马东的车从位置上看并不在这条路上,而是在道路右边。王一川往车外观察,发现前面不远处,道路右边有一个山坡可以开上去,山坡上面有两个黄色的山包,像山门似的,车可以穿过"山门"开到后面去。

"开到山坡下面,步行上去。我在前面,你们跟在我后面。"

车子缓缓开到山坡下,三个人都下了车,人手一根伸缩警棍——这还是刘苡岚开车从沪海市带来的。此次西北之行,原来的设想是找到马东了解情况,必要时寻求当地派出所协助,所以没有带枪,哪想到西北找人变成了千里追踪,几位警官唯一的倚仗竟然是警棍。

王一川首先弯腰向山坡上奔去,欧阳宁娟和赵继刚保持距离跟在后面。奔上山坡后,王一川靠在山包壁上,左手做了个向下压的动作:蹲下。

欧阳宁娟和赵继刚在稍低的地方蹲下，警惕地看着四周。王一川小心地探头向山坡后面望去，山坡那一边是一个向下的斜坡，斜坡下面是高低起伏的山地，竖着一个个高耸的、形状各异的山包，一眼望去，轮廓分明，高低错落。山坡的尽头似乎是山谷，因为远处的地势变得很低，一片如同城池一样的"建筑"延绵远去，那是万年风化岩石形成的魔鬼城……

靠近山坡边缘停了两辆越野车，不见人影。王一川向四周观察了一阵，把手指并拢水平放在额头上，随后左手抬到肩膀高度，做了个"0"的动作，又把俩拳头做成握方向盘的姿势，左右圆弧形摇晃，最后伸出两个手指。

欧阳宁娟和赵继刚一愣，他们明白王一川动作的含意：看到0人，但是却有两辆车！

有车，怎么会没人呢？

王一川想了想，伸手做了个阻止动作，命令他们原地等待。他贴着山包翻过山坡，向下压低身子小步奔跑，一直奔跑到两辆车后面，整个过程中没有看到一个人影。

车子里面空空如也，这两辆车似乎被遗弃了。这种感觉非常奇怪，似乎在这怪石山包林立的山坡上，天地之间只剩下了他和这两辆车一般。

王一川向附近的一个陡峭的山包跑去，想到高处观察四周，攀到一半，他听到了身后传来的喊声。

王一川回头望去，看到欧阳宁娟和赵继刚离开藏身处，正在拼命向这边奔来，边跑边喊着。与此同时，从附近的山包后面冲出了五个人，手里拿着棍棒和刀具，正在向他包抄而来。欧阳宁娟和赵继刚一定是发现了这些人，冲出来支援自己了。

"哈，哈，哈！"一个声音笑了起来，"你是在找我吗？"

王一川向上望去，他首先看到两双穿着登山靴的脚，再往上看到了两个男人。一个穿着皮衣的男人脸上有疤，正是马东，另一个是白种人，体形巨大得像头熊，正在望着他狞笑。

王一川立刻想侧身向下滑，就在这时那个白人的靴子重重踢在他的头上，王一川翻滚着从山包上摔了下来。

欧阳宁娟和赵继刚惊叫着加快了步伐，五个打手看到王一川已经构不成威胁，便一起向欧阳宁娟和赵继刚包围过来。

"刚子，掩护我后面！"欧阳宁娟怒吼一声，大步冲上去，在五个打手形成包围圈之前,主动迎到左前方一个人面前一棍劈下,趁着那个打手躲避,她向前猛进一步,右手握住警棍的中段,左手抵住棍根,猛力捅击敌方的腹部。这个打手一边惨叫一边捂着肚子向后退去,欧阳宁娟怒喝一声,一棍劈在他的头上,将他打得倒在地上,昏死过去了。

就在这几秒内,另外四个打手接近了,赵继刚蹿到欧阳宁娟背后猛挥警棍,逼开右侧的两名打手,却没能防住左边扑来的人,一支钢管呼啸着砸在欧阳宁娟的背上。欧阳宁娟顺着棍子的力道向前一个翻滚,迅速起身回头防守。她看到赵继刚正被三个人围攻,顾不得后背的疼痛,冲上去逼开他们,和赵继刚背靠背站在一起。

"姐,对不起,人太多,我没防住!"赵继刚喘息着说,他的脑袋上挨了一棍,手臂上被划了一刀,正在流血。

"你护住自己!"欧阳宁娟大声说。

"行啊,小娘们儿,挺他妈狠啊。"一个满脸胡子的打手看着地上昏死过去的同伴,用西北特有的口音说着,"几棍子就把这哈怂打昏了,可是再怎么打,你也是个女娃,女人家不在家做饭,到这里来找死,可怨不得别人。"

欧阳宁娟和赵继刚也不说话,几个打手拎着刀棍围在四周,突然一声暴喝,四个人先后扑上来。在这绝对的力量优势下,欧阳宁娟和赵继刚被打散了。

王一川从地上慢慢爬起,浑身疼痛,骨头似乎还是完好的。他看着马东和那个外国人从山包上跳下,向他逼过来。

"行啊,兄弟,"马东从地上捡起伸缩警棍看了看,笑着说,"这么大老远来杀我,就带这么个玩意儿?黄四毛现在混到这份儿上,连把火药枪都没了?"

王一川愣了一下,说:"我们不是黄四毛的人。马东,我们来找你是有事儿打听,不要误会……"

"误会?"马东阴笑道,"不是大萍子派来的人吗?找我能有啥事?灭口呗!"

"你误会了!"王一川决定亮明身份,"我们是沪海市警察!我们找你没有恶意,让你的人住手!"

"警察?"马东脸色一变,当他看到王一川举着的警证时,吃了一惊，大吼道，"都住手！"

几名打手已经把赵继刚打倒在地，欧阳宁娟也在苦苦支撑，听到马东的吼声，打手们停止攻击，疑惑地向马东望去。欧阳宁娟挣扎着赶到赵继刚身边，把他搀扶起来。赵继刚后背上又被砍了一刀，身上不知挨了多少棍，已经快站不起来了。

欧阳宁娟架着赵继刚来到王一川旁边，几名打手隐隐呈包围状跟在后面。王一川看了一下赵继刚的伤，这个年轻人手里拎着棍子，咬着牙站着。

"一会儿听我喊，"王一川低声说，"就冲到旁边这个山包上防守。"

他说完就转向马东："马东，我们不是来抓你的，我们找你是想了解一些事，希望你能配合。"

"条子找我，为什么说是大萍子派来的？"马东问。

"我说警察找你，你会和我们见面吗？"王一川指指他的手下，"这些年你肯定不安分，我说是警察，估计你早就跑了。"

"他妈的，"马东呸了一口，"我说这么锲而不舍呢，一路追我，我还寻思大萍子这次是铁了心想要杀我咋的。你们是沪海市的？来找我嘎哈？"

"有些事想请你回去协助调查。"王一川说，"你知道范桂花死了吗？"

"知道。"

"我就知道你在沪海市肯定有眼线。"王一川说，"听说你和范桂花以前是一起的，里头还有大萍子、王大勇。你知道他们现在在哪儿吗？"

马东先是一怔，接着哈哈大笑："搞了半天，你根本就不认识大萍子啊！我为啥要告诉你啊？"

"马东，有些事不用说得太透，你做的那些事，我们掌握的比你想的多。"王一川决定诈一下马东，让他心生忌惮，逼他配合。于是他问："20多年前，你们四个在火车上诬陷过一个男孩子，你还记得不？为啥要诬陷他，你心里头没数？十年前，你跟范桂花说过啥？你跟我们一个同志被杀的事有没有关系？你为什么要离开沪海市？"

他看着脸上微微变色的马东，心里更加笃定，继续沉着脸道："有些事，你自己说清楚，总比我们盯着你要好。我们来找你只是了解情况，你要是不配合，我们就不得不考虑你在这里面可能扮演的角色了。"

马东嘿嘿一笑，道："嘁，吓唬我？说吧，你想问点啥？"

"十年前，有个警察被杀了，这事你知道吗？"王一川问。

"知道。"

"知道是谁干的不？"

"知道，可是我为啥要说？"马东笑道，"你还有啥别的问题，一块儿问呗，没准儿我挑挑拣拣，看看哪个能回答，就给回答了。"

"好。当年还有个碎尸案，你知道是什么情况吗？"

"你继续问。"马东说。

"你和李少萍、王大勇、范桂花这些年有联系吗？范桂花死了，你觉得有可能杀她的是谁？"

"还有没？"

"先问这几个问题。"王一川说。

"啊……"马东说，"看来你们真不是来找我麻烦的啊，问的都是别人的事儿。"

"对，"王一川说，"所以，你防范我们是没有必要的，希望你配合我们的工作。"

"问题是我不想回答啊。"马东说，"我凭啥帮你们啊？"

"你这是逼着我们把目光放在你身上？"王一川问。

"说的就好像我配合你们，你们就会放过我似的。"马东龇着牙说，"大兄弟，你这话糊弄别人行，糊弄我哪儿那么容易？别的不说，我手下把你的人都给砍了，你回去还能放过我啊？你这不扯犊子吗？行了，别在这里叨叨逼叨叨逼的，我原来寻思着你们是大萍子派来杀我的，专门把你们引到这儿来。现在也是一回事儿，把你们做了往这儿一埋，你们就万年不朽了。"

他说着就一挥手："上去弄死他们。安德烈，你也上去。"

那个叫安德烈的乌克兰黑拳手吼叫道："那个女人是我的！"

"上山包！"王一川怒吼一声，低头捡起一块石头，向安德烈砸去，欧阳宁娟和赵继刚不顾疼痛，飞快地冲上附近山包，王一川随后跟上。几名打手挥舞着棍棒、砍刀追上来，赵继刚捡起石块往下砸着，边砸边退，三个人一边砸一边慢慢退到了高处。

这个山包看起来就像一个梯形的厚墙，只能沿着狭窄的小路冲到"墙"上面去。几名打手和安德烈围在陡峭的山包下，两个试图冲上去的打手被欧阳宁娟和王一川用警棍居高临下乱打,都从"墙"上摔了下来,只是伤得并不严重。现场一时僵住了。

　　与此同时,大约五公里外,奔驰越野车翻倒在深沟里。张云军狼狈地从坑底爬上来,刘苡岚则斜靠在地上,脸色煞白地抱住右脚。

　　她的心里是极其后悔的。路上她看到有旅游车辆离开公路冲进戈壁,这让她有了"戈壁可以随意开车"的错觉。开到附近时,她查看离线地图,发现走现在的路线到马东的坐标,需要先向前开20多公里,然后掉头向右后方再开个30多公里,耗费时间在一个小时之上。

　　队长可能已经和马东他们遭遇了,急需支援。于是三个人简单地商量以后,越野车直接冲下公路,在戈壁中向马东的坐标直线插去。

　　戈壁中的路况很差,要不时地要上下坡和绕过山包、石墙,很快越野车的方位就出了偏差。有时候他们居然驶上了石梁,不得不小心翼翼地退回来。历尽千辛万苦,赶到距离马东坐标直线距离五公里的时候,越野车已经磕得翼子板都变形了。

　　"左右两边都有坑,路窄!退回去!"凌季雨看着前面,说,"退回刚才那处低地,绕过去!"

　　"退回去要好久,这里也掉不了头。"刘苡岚大声说,"我开慢一点,从中间开过去!你们帮我看一下两边的距离!"

　　越野车缓缓开上了窄路,两边都是数米深的大坑,这条窄路也就刚好有车那么宽,从车上探头,可以看到车门外的陡坡,刘苡岚冒着冷汗,往前慢慢开着,她的技术的确不是吹的,车近乎以走钢丝的精准前行。

　　然而她高估了雅丹地貌岩石的坚硬程度,开出20多米后,左前轮压到的一块石头突然裂开,越野车猛地一歪,向左边滑了一下,慢慢开始侧翻,在车内人惊恐的叫声中,翻滚着跌入深坑,最后以车底朝天的方式斜躺在坑底。

37　勇士与黄雀

　　过了七八分钟,车里响起猛烈的撞击声,随后右后车窗里钻出一个人,一出来就倒在地上喘息着,正是凌季雨。

幸好在刘苡岚开车时，三个人的车窗都开着，以方便探头看两边的距离，所以喘了几秒，凌季雨奔到车边将张云军拖出了车。张云军斜靠在一边，头部流血，牙也摔掉了一颗，喘了一会儿气，也爬起来帮忙。

刘苡岚头朝下脚朝上地窝在驾驶座上，已经昏过去了。

凌季雨钻进车里解开安全带，帮助张云军把她拖出来，唯恐车会漏油起火，还特意把她拖远点，凌季雨使劲掐刘苡岚的人中，刘苡岚一巴掌扇了过去："你他妈的想疼死我？"

张云军一屁股坐在地上，看着翻倒的车，感觉做了一场梦，在梦里走了一趟鬼门关。刘苡岚看着自己的车近乎报废，欲哭无泪，她迁怒于凌季雨，指责道："你怎么看距离的？"

"我？"凌季雨蒙了。

张云军不想掺和，喘了口气说："我上去看看周围情况。"说着向上爬去。

刘苡岚摸了摸身上，发现手机还在车里，便爬起来向车那边走去，凌季雨在后面跟着，也想到车里去拿点物资。刚走两步，刘苡岚突然尖叫一声摔倒在地，抱住了右脚。

凌季雨脸色大变，他看到一条黄褐花色的蛇正在爬开，迅速钻进了石缝。

这里他妈的怎么会有蛇？

凌季雨头发都竖了起来，他奔过去时，刘苡岚已经坐在地上紧抱着右脚，脸色煞白。凌季雨想起蛇的花色，不由得浑身起了鸡皮疙瘩，他扑到一边问："咬的时候，是疼还是麻？"

"又疼又麻！"刘苡岚惊惧地说。

凌季雨粗暴地抓过她的右脚，刘苡岚穿的是一双黑色低帮运动鞋，蛇正好咬在了脚踝处。他把鞋从她的脚上扯下来，被熏得打了个喷嚏——几天没洗澡，即便是美女，鞋里的味道也是难以描述的。此时已无暇顾及，凌季雨扯下她的袜子，看到脚踝处两个黑色的眼正往外渗着紫黑色的血，一看到血的颜色，凌季雨的心就沉了下去。

可以确定是毒蛇了，只是毒性猛烈程度无法判断。那花纹让凌季雨有一个直觉：这蛇的毒性不小。所以他立刻扯下自己的腰带，在刘苡岚的小腿上用力打着结。

"怎么了？"张云军在坑上面喊道。

"她被蛇咬了！"

张云军大惊，从上面滑了下来，此时刘苡岚的腿开始肿起，她恐惧地哭了。这里远离医院，如果不采取应急措施，后果不堪设想。

"把毒吸出来！"凌季雨和张云军对视一眼，同时做出决定。张云军低头打算吸毒，凌季雨一把将他推开，喝道："你嘴里有溃疡！"

"这还顾得上吗？"张云军吼道。

凌季雨没说什么，他俯下身去，在刘苡岚的伤口处用力吮吸着，吸一口，吐到一边，再吸一口……他吐出来的血是深色的，一连十几口，他对张云军说："水！"声音发颤。

张云军连忙把水递给他，凌季雨漱了漱口，又用水在刘苡岚的伤口上冲洗一下，继续俯身吮吸着。

刘苡岚哭泣着，一方面是因为恐惧，另一方面是由于感激，她没想到在这里冒着生命危险救自己的竟会是自己之前最厌恶的人渣。凌季雨连续吸了二十几次，中间漱了两次口，吐出来的血似乎鲜亮了些。他的身子开始摇晃，头晕了起来。

刘苡岚的脸色好了一点，但还是蜡黄的。

"怎么样？"

"还四（是）得去医玉（院）！"凌季雨口齿不清地说，"老脏（张），去公绿（路）求鱼（援），快……"

张云军捏开凌季雨的嘴，只见他的舌头已经肿起来了，显然毒液渗进了口腔黏膜。张云军心如火烧，知道这时候必须立刻求援，高喊了一声"坚持住"，就奋力爬上深坑，向公路的方向奔去。

凌季雨仰面躺在一边，头昏的感觉愈发厉害，他知道自己也中毒了，躺在这里肯定是凶多吉少。他支撑着站起，弯腰把刘苡岚扛在背上，向坑上面爬去。

"呜……"刘苡岚抽泣着，她知道这个男人在努力救自己，这让她更加感觉对不起他。

凌季雨背着刘苡岚在旷野上一步一步走着，步伐缓慢，摇摇晃晃，这个男人脸上没了那副贱相，只是咬牙苦撑着。

"放我下来……你自己走吧……"

323

"闭追（嘴）……"

刘苡岚沉默了，过了半晌，她低声说："你是好人……我以前误会你了……你走吧……别都死在这儿……"

"少苏（说）发（话）……"

凌季雨带着一股狠劲，执着地走着，不知走了多远，一直走到支持不住，摔倒在地。

"你怎么样？"刘苡岚从地上爬起来，向凌季雨扑去，她抱住凌季雨的头，发现他已经意识模糊，不由得痛哭起来。

"五（我）……雨（冤）雾（枉）……"凌季雨喃喃说了一句，就此坠入了黑暗。

安德烈仗着自己巨大的身躯和抗击打能力，硬是在挨了几石头和几棍子后冲上了山包。他将赵继刚撞得差点摔下去，后面的打手想借机冲上去，被王一川乱棍打了回去。

"你们守住小路，我对付他！"王一川喊道。

可是欧阳宁娟却抢先扑过去，和乌克兰人扭打在一起。王一川不得不继续和赵继刚一起防守着小路，因为赵继刚一个人根本防不住。

乌克兰人人高马大，站在那里宛如人熊，与他相比，欧阳宁娟就像一棵纤细的小树。这头人熊一巴掌就把欧阳宁娟打倒了，他准备上前踩去，欧阳宁娟一个打滚儿躲开，站起来一连两拳击打在人熊的胸口。

欧阳宁娟的格斗术无疑是强悍的，她在特警队时专门跟过八极拳师傅，虽然是女警，走的却是刚猛路子。一记"顶心肘"猛击在安德烈前胸，她随后打了个"阎王三点手"，中间踢出了一脚，踢得安德烈连连后退。然而人熊太强壮了，摇晃几下就站稳了，仿佛什么事都没发生。他一拳打过来，欧阳丽娟双臂交叉格挡一下便飞了出去，几乎摔下山包。

人熊吼叫一声，上前两步抓住欧阳宁娟的衣服，一使劲，竟将她举了起来，他一声狞笑，就要把欧阳宁娟头下脚上地从山包上砸下去。他们所在的位置离地面十几米高，一旦砸下去，欧阳宁娟可以说死定了。

正在阻止其他人冲上来的王一川怒吼一声，从后面飞身跃起，勒住安德烈的脖子，拼力向后扳。人熊吼叫了一声，松开手去抠王一川的手臂，欧阳宁娟重重地摔到了一边。

仅仅一秒钟，王一川的手就被掰开，人熊抓住了他的手臂。王一川想把手扯回来，可是无论他如何用力都扯不动，他知道不好，奋力击打着。安德烈却纹丝不动，仿佛王一川的拳头是在给他挠痒痒。他开始旋转手腕，眼看就要扭断王一川的手臂。

欧阳宁娟从地上爬起来，厉喝一声，用尽全力冲向安德烈，一记"铁山靠"重重地撞在他身上。这一击用上了她全身的力气，人熊吼叫一声，松开王一川，向后一仰，从山包上摔了下去。

此时赵继刚已经被冲上来的人打倒，两名打手冲上了山包，王一川无暇和欧阳宁娟说话，捡起警棍冲上去一通猛打，将打手们逼了下去。

山包上下又陷入了僵持状态。

马东把嘴里的烟卷扔掉，看着摔得半死不活的安德烈，骂道："废物！"

"马东，你别一错再错！"王一川在山包上喝道，"我们的同志很快就会赶来，你现在收手还来得及！"

话音未落，从刚才他们来的山坡上真的转出几个人，气势汹汹地向这边冲来。

王一川和马东同时色变，一起望去。王一川的脸色首先沉了下来，因为他发现自己不认识这些人，当那些人吼出"保护马爷，杀了这些条子"时，王一川的心凉了。

马东的脸色也变了，他也不认识这些人。这些人手里拿着长刀，走在最前面的人，手里拿着的东西让搏斗双方都睁大了眼睛。

一把锯短了枪管的五连发霰弹猎枪！

这些刚来的人一冲过来，就挥起刀向马东的打手们猛砍，嘴里却喊着"保护马爷"！马东的打手猝不及防，立刻被砍倒两个，其他的挥棍与刚来的这些人搏斗起来。

马东想跑，可是一个人已经冲到他身边，把刀架在他的脖子上，为首的人拎着五连发霰弹猎枪大步走过来，冷笑道："马老板，这么没用，这么多人打三个都拿不下来？人家还有一个是女的。"

"秦武，你怎么来了？"马东惊惧地问。

"四爷让我们来看看你，"秦武笑道，"他老人家想你了。马爷，瞧你这些手下，看来这些年你活得不给力呀。你说你一个二混子，干吗舞刀弄枪呢？"

　　他走到躺在地上呻吟的安德烈旁边，低头看了看，呸了一口道："他妈的废物。"说着，拿起五连发霰弹猎枪对着安德烈的头部开了一枪。

　　枪声镇住了山包上下所有的人，马东的手下慌了，开始逃走，一个人跑了两步，就被人从背后砍杀了，剩下一个人跟跟跄跄地向远处跑去，秦武举枪对着那个身影开了一枪，那人就摔倒在地，不动弹了。

　　"去看看，补两刀。"秦武吩咐道，随后他用枪指着山包上，喊道，"几位警官，下来吧，还让我用枪请吗？"

　　王一川、欧阳宁娟、赵继刚面面相觑，王一川低声说："下去吧，希望老张他们警觉点，能呼叫支援。"

　　话虽如此，三个人对此都不抱希望，因为到达这里之前，谁都没有想到这是一个陷阱，甚至连马东是不是在这里都不能确定，更别说会面临这样的严峻环境。虽然手机在没有信号的情况下也可以拨打110这样的紧急电话，可是在这地广人稀的西北戈壁，根本没法指望报警后5分钟得到支援。当地警方赶过来的作用大概率是给他们收尸。

　　现在王一川更希望张云军、凌季雨和刘苡岚千万不要出现，因为他们三个手里也只有警棍，来这里只会送死。

　　三个人从山包上下来，立刻被驱赶着和马东站在一起，秦武拎着枪嘲笑道："王队长，想不到在这里碰头了呀。"

　　"你是黄四毛的手下。"王一川说。

　　"唉，要不说王队长记性就是好呢，"秦武嘲笑道，"几年前，你抓过我。"

　　"你怎么会来这里？"

　　"还不是为了您哪。"秦武笑道，"您来找马东了，我们能不来吗？总不能让你们和马东勾到一块儿，把事情了解得清清楚楚吧。"

　　"这么心虚，"王一川说，"看来黄四毛想掩盖的事儿不小啊。和当年杀警察有关不？和碎尸案有关不？"

　　秦武眯眼看着王一川："你知道得不少啊……今天真不能放你走了。"

　　"你们怎么知道我们来找马东？"王一川问道。

　　"您都快死了，知道那么多干吗？"秦武冷笑道，"您也知道，有句话怎么说来着，叫作'反派死于话多'……哎，把自己说成反派了。别啰唆了，上路吧。"

"你们今天敢杀警察，知道后果吗？"

"您错了，我们今天没杀警察。"秦武笑道，"今天在这儿把你们这些警察杀了的人是马东，他和你们互殴而死，我们嘛，从来就没来过。行了，赶紧的。"

眼见秦武举枪先对准自己，马东脸上的肌肉抽搐着，说道："秦武，让我走，多少钱都行。"

"马爷，不行啊。"秦武说，"这么多弟兄看着，我放不了水，作不了假。冤有头债有主，四爷让你死，到下面告状别告到兄弟头上。您走好。"

他对着马东就要扣动扳机。王一川和欧阳宁娟对视一眼，都准备强行扑过去。就在这时，赵继刚突然没有预兆地大喝一声，扑向秦武。

秦武转过枪口，对着扑到面前的赵继刚扣动了扳机，轰的一声巨响，赵继刚被打倒了。王一川和欧阳宁娟同时扑到了秦武身上，王一川目眦欲裂，手握住枪管扯到一边，他的脑子里充斥着狂怒和急切，他不知道赵继刚是否还活着，一手抓着枪管，一手掐着秦武的脖子。欧阳宁娟用拳头猛击秦武的头，秦武却死抓着枪不撒手。

秦武的手下一拥而上，举刀就砍，欧阳宁娟放开秦武，扑到王一川身上挡了一刀，她顾不得查看自己身上的伤势，起身撞开一个人。当她看到另一个人正举刀向马东砍去时，她一脚踹开了马东。

"先宰了这娘们儿！"有人大吼。

砰的一声枪响，一个在欧阳宁娟身后举刀的歹徒头部中弹，向后倒去，紧接着又是一声枪响，子弹擦着一个歹徒的头皮飞过去了。

山坡上的山口涌出了十几名荷枪实弹的警察，举着枪冲下来，嘴里高声喊着："放下武器！举起手来！"

现场的打斗停了，歹徒们高举着双手，刀具纷纷落在地上。王一川却兀自双目血红地掐着秦武，直到他翻着白眼，松开五连发霰弹猎枪。一名警察冲上来，将枪踢开，用枪口指着秦武的头，王一川这才瘫倒在一边。随后他爬起来，向赵继刚的方向爬去。

"刚子！刚子！"

欧阳宁娟顾不得想警察为什么会出现在这里，她也向赵继刚扑去。那个可怜的小伙子蜷缩在沙地上,血水浸透了衣服,胸口被打得如同筛子。王一川扑过来见他受了重伤,转头对带队警官大喊:"有同志受伤了,快送医院!"

带队警官奔过来,脸色一变,大叫:"照日格图、王顺,快去拿担架!"

赵继刚躺在欧阳宁娟的怀里,双目微睁,身体抽搐。欧阳宁娟满脸泪水,喊着:"刚子,刚子,你能听见不?别闭眼,别睡觉!"

赵继刚微微张开嘴,里面全是血水,发出了含混不清的带着哭腔的声音:"姐,我痛……"

"刚子,已经去叫医生了,很快就来!"欧阳宁娟急声说,"你坚持着,别睡,千万别睡!进了医院就能给你治好了,啊?忍一忍,你的伤不重,能治!你撑住啊!"

"姐……我,我想抽根烟,"赵继刚无力地说,"你,你别打我……行吗……"

"不打!姐以后都不打你了!"欧阳宁娟含泪连声说,"姐马上给你点烟!刚子,以后你想抽就抽,在办公室里抽也行,在会议室里抽也行!姐再也不打你了!"

王一川连滚带爬地向警察们跑去,向他们要烟和打火机,随后奔回赵继刚和欧阳宁娟的身边。他把一根烟塞到赵继刚的嘴里,用打火机点燃。随后他们眼看着这根烟从赵继刚的嘴角滑落,滚到地上。

赵继刚微微睁着眼睛,已经停止了呼吸。他满身鲜血地躺在欧阳宁娟怀里,就这样牺牲在了西北这片荒凉的戈壁上。

王一川发出了一声撕心裂肺的哀号。

"刚子!刚子!"欧阳宁娟痛哭起来,内心深处充满了痛苦和悔恨。在办公室的时候,她不止一次因为赵继刚抽烟揍过他,还把他从办公室里扔了出去。此刻这个小伙子牺牲在这里,临死前最后的愿望就是想抽口烟,可是连这个小小的愿望都没有实现!

她猛地转过脸,血红的眼睛盯着刚刚被警察们架起来的秦武,轻轻放下赵继刚的身体,像个母豹子一样向秦武扑了过去。

一名警察从后面抱住了她,紧接着又一名警察扑到她的身上,足足三个人才把欧阳宁娟阻拦住。秦武像条死狗一样,被两名警察架着向山坡上拖去。那边正有两位警察抬着担架拼命向这边跑来，可是现在已经没有任何意义了。

王一川跪在赵继刚身边，为他合上微微睁开的眼睛。他恍惚觉得这个朝夕相处的兄弟还会再睁开眼。明明半小时之前还在并肩作战，如今他却像个血人一样躺在那里，已经永远地离去了……

他似乎看到了周少君，似乎看到了柯队长，如今，赵继刚也要和前辈们聚在一起了……

带队警官站在他旁边，向赵继刚的遗体敬了个礼，随后把手放在王一川的肩膀上。

"王队长是吧。我是这里辖区派出所的所长哈丹巴特尔。"这位蒙古族汉子说，"我们的同志把担架抬来了，咱们带这位同志走吧。"

那两位叫照日格图和王顺的民警把担架放在赵继刚遗体的旁边，敬了个礼，随后弯腰小心翼翼地把遗体抬到担架上，用一块布盖住赵继刚的面孔。他们抬起担架，向山坡上缓缓走去。王一川被哈丹巴特尔所长搀扶着，跟在后面。欧阳宁娟看到这一幕，从狂怒中清醒了，她推开几个阻拦她的警员，向担架这边跑过去。

秦武带来的歹徒们纷纷被戴上手铐，马东也被铐着蹲在一边。当赵继刚的担架经过他们附近时，马东突然站起来，奔向担架，扑通一声跪下。两名民警过去抓住他的肩膀，马东却坚持着向担架磕了个头。

"小兄弟，你是为了救我才死的呀！"马东哆嗦着，"我对不住你啊！……"他挣扎着又转向欧阳宁娟，磕下头去："还有这位妹子，要不是刚才踹我那一脚，我就被砍死了！……我把你们引到这儿来是想害你们，你们还救我……我不是人，我对不住你们！……"

欧阳宁娟看着他的眼睛是血红的，毕竟这一切的发生都是因为马东设置的圈套。王一川恨不得一石头砸死他，然而他抑制住自己的狂怒，咬着牙道："姓马的，你知道就好。你要是还有半点良心，把该说的就都给我们说出来！"

"我说！我一定说！"马东涕泪横流地说，"你问我啥我都说！"

王一川和欧阳宁娟都没再说什么，跟着赵继刚的担架走上山坡。他想起了什么，对哈丹巴特尔所长说："我们还有三名同志，正在向这边赶过来……"

"是两男一女吗？"哈丹巴特尔所长问，"他们的车翻了，人倒是没受多大伤，可是有两个人中了蛇毒。我们的人在过来的路上看到其中一个人在公路上求救，跟着过去发现了另外两个人，三个人都已经往医院送了。"

"蛇毒？他们被毒蛇咬了吗？"王一川吃惊地问。

"好像是女的被高原蝮蛇咬了。"哈丹巴特尔所长说，"另一个男的用嘴给她吸毒，所以也有了中毒症状。不过毒液大部分都被吸出来了，应该没有生命危险。"

王一川点点头，突然想起一件事儿，问："所长，你们怎么会赶到这里？"

"因为你们队伍里一个叫凌季雨的人。"哈丹巴特尔所长说，"几个小时之前，这个人打110电话，说这个坐标发生了杀警察的事件，有几十名犯罪分子在这里要杀害6名警察。德令哈市局调集了好几个派出所的警力往这里赶呢，我们是最先赶到的。"

王一川先是发蒙，继而恍然大悟。按照这段时间他对凌季雨的了解，这家伙肯定是觉得马东不太好抓，所以打电话报假警，把马东说成"几十名犯罪分子"，明明是他们找马东了解情况，被他说成了几十名犯罪分子杀警察这样的惊悚事件，目的无外乎是引当地警察参与抓马东。

没想到，马东布置的陷阱以及秦武的出现，让他报的这个假警歪打正着变成了现实，还间接地救了大家。

王一川回头望望刚才血战的现场，又望了望天空。他带着哭腔高声喊道："兄弟，跟我们回家啊！跟紧了！"

第六章
惊心动魄的追捕

38 生米与熟饭

凌季雨、刘苡岚躺在海西州人民医院的病房里，身上插着输液管子。在他们隔壁病房，王一川身上缠着厚厚的绷带，他的肋骨、手臂和腿都受了伤。再隔一个房间是欧阳宁娟，她的伤势比王一川还要重。唯一伤势轻微的张云军头上裹着厚厚的纱布，还能帮同志们打水拿药。

他们至少还活着。

德令哈市局派来了几名同志，照顾这几位沪海市的同行。

沪海市沪东分局派到西北调查的队伍被犯罪分子持枪袭击，一死四伤，消息震动了沪海市市局和青省公安厅，连公安部都打来电话了解情况。据说曲景总队长听到这个消息，直接把茶杯砸了。听说是黄四毛那边派人去杀警察，企图嫁祸给马东时，姜局长的吼声几乎震碎了玻璃："给我盯紧这个王八蛋！马上派人去固定口供！但凡发现他有离开的迹象，立刻抓人！"

当天晚上，由曲景总队长、沪东分局陈副局长带队的沪海市工作组飞抵西凝市，再从西凝市连夜赶往德令哈，工作组里有四名审讯骨干，要迅速提审马东、秦武以及其他打手。至于西行小组的人，经海西州人民医院医生诊断，认为他们的身体状况可以适应长途飞行，决定再观察两天，全队都可以回到沪海市继续治疗。一同回去的还有凌季雨——他的身份有些尴尬，名义上他还是嫌疑人，可是他涉嫌杀人的可能性目前来看近乎可以忽略不计。他为受伤的警察吸吮毒液，背着她在旷野里走了两公里。他的报警甚至还间接救下了王一川等人，所以一直没有给他戴上手铐，沪海市市局的人居然隐隐地把他当成自己人看待。

王一川请求参与审讯的要求被驳回了，陈副局长在病房里告诉了他一个好消息和一个坏消息。好消息是他那张银行卡的事情查清楚了，里面的钱确实是谭小雅的，所以纪检组最终的结论是"举报不实"，王一川之前的停职即时解除。坏消息是他毕竟帮着凌季雨逃出了沪海市，经分局党委研究，他的副队长职务又被撸了……

经历了戈壁上的那场血战，再次经历了战友的牺牲，免不免职在王一川的心里已经泛不起波澜。听到免职的决定，他反而松了口气，说："还行，陈局，没开除我。要是把我开除了，我连租房子的钱都没了，只能上街要饭啦。"

"和凌季雨待了几天，怎么也开始嬉皮笑脸了？"陈轶凡皱着眉头说，"你小子这些年真不让我安生，你自己说说，这是第几次被撸了？"

王一川苦着脸说："咱们不是一直是'刀刃向内'嘛。"

"不要说亏心话！哪一次处理你不是有凭有据的？冤枉你了吗？"陈副局长骂道，"就拿这次纪检组调查来说吧，局里帮你没有？是不是还了你的清白？刀刃向内砍的是害群之马，你心里没鬼，怕什么被砍？"

王一川讪笑一声，问："我那张工资卡的事真查清楚了？怎么确定里面的钱确实是谭小雅的？"

"谭小雅自己找到纪检组说的。"

"她？"王一川愣了，"她那么好心？会跑去为我洗刷冤屈？"

"一川，我只能说，你当初找这个女人确实是瞎了眼的。"陈轶凡说，"她找纪检组不是为了帮你洗清冤屈，她是想把被纪检组扣押的那72万要回去，而且特别急。唐志坚觉得她的供述前后不一，要求她解释清楚，谭小雅最后说了实话，说你的工资卡一直是控制在她手里的，那钱是她投资的收益，当初是因为受了冯天海的欺骗，怕公司知道她借客户的钱投资，才把这钱安在你头上的。"

"那她现在怎么又说实话了？"王一川问。

"因为冯天海失踪了。"陈轶凡说，"谭小雅总共打给他2000多万，这钱都是她到处借来的。现在一大堆人找她要钱，公司也把她开除了。她找纪检组就是想把那72万要回去，杯水车薪，总比没有强。"

这个消息让王一川深感意外，但也仅仅心里不是滋味而已。分手的时间不长，但是这段时间她对他的背叛、陷害、敲诈，以及他这段时间经历的惊涛骇浪乃至生离死别，已经改变了王一川的心态，特别是看待之前这段感情的角度。他会同情谭小雅，但是不会再像以前那样为她心痛了，他觉得自己之前对她的深情简直是个笑话。

对他而言，她已经成为路人。

"冯天海失踪了？"

"失踪了。"陈副局长说，"你不在沪海市，不知道这两天有多热闹。目前已经有七个女人报案说自己被冯天海骗了，少的被骗了1000多万，最多的一个被骗了7000多万。手法差不多，都是和这些女人谈恋爱，然后帮她们投资，一开始都赚到钱了。这些女人看到冯天海又是豪车，又是豪宅，对他很放心，就拼命筹钱给他，然后冯天海就消失了。"

"他在东丰滨城不是有套房子吗？"

"那房子早就被他抵押了，套了3000多万。"陈轶凡说，"分局现在指示经侦支队那边接手这个案子，估计受害者不止这七个。这些受害者一点金融知识都没有，冯天海跟她们说一大堆名词，说什么炒外汇、做杠杆，100万变成一亿，咱们经侦的同志听了都笑，可是她们居然真信。"

王一川下了结论："'杀猪盘'，典型的'杀猪盘'。这姓冯的是个高手。"

陈副局长也点点头。

所谓"杀猪盘"，说白了就是诈骗分子利用交友婚恋实施诈骗的一种手法。对于诈骗分子来说，社交平台就是"猪圈"，他在里面找受害者，这个受害者就是他要诈骗的"猪"，他拿交友、情感、婚姻作为引诱"猪"的"饲料"，建立恋爱关系来"养猪"，最后找借口把受害者的钱骗走，这就叫"杀猪"。"杀猪盘"由此得名。这种手法时间相对长，投入比一般的诈骗高，但产出相对也是惊人的。

早期诈骗分子不过是利用网络交友诱导受害人投资赌博、购买劣质茶叶、充话费，后来骗术升级，开始在现实中诈骗异性。他／她准备好人设、交友套路等"猪饲料"，把自己伪装成什么成功人士、真诚小伙、温柔富婆，让"猪"们陷入爱河；而且与"猪"建立恋爱关系后不会立刻诈骗钱财，反而会先在"猪"身上花钱，就算是借钱也会立刻还，相当有信誉，有的"猪"主动给钱时，诈骗分子还不要，义正词严地表示不想让金钱污染他们"真挚的爱情"。

这样一通"养猪"骚操作，90%以上的"猪"都会失去最后的警惕性。这时候诈骗分子开始"杀猪"，找个理由，比如投资理财、资金周转，诱使"猪"掏出巨额身家，把钱骗取到手后，诈骗分子抽身而去，"杀猪"完成。

王一川曾经处理过一起故意杀人未遂案。一对苏北中年夫妻在沪海市卖五金，十几年下来攒了120多万。有一天妻子唐女士认识了一个比她小20岁的老乡，阳光帅气有活力，对她还特别温柔，唐女士就此和"小鲜肉"坠入爱河。此人的人设非常要强，理想是凭自己的努力在沪海市开一家美容美发店。唐女士日常给他买东西都被他拒绝，他说自己不能花女人的钱，他要用自己的努力给唐女士（年龄可以当他妈）这个爱人一个幸福的未来。唐女士被这个又有颜值又上进的情人深深地感动，拿出家里全部积蓄要帮他实现梦想，小伙子不要都不行。推辞再三，小伙子接受了唐女士的好意，拿了钱失踪，完成了"杀猪"的最后一步。

这场畸恋的后果是：唐女士被自己的老公砍了十几刀，容颜尽毁，上大学的女儿被迫辍学。

那个案子让王一川对"杀猪盘"有了非常深刻的印象，找猪，养猪，杀猪，步步连环。所谓美好和幸福不过是谎言和欲望，所谓情人其实是磨刀霍霍的屠夫，所谓完美爱情不过是一场"杀猪"的盛宴。

一般的"杀猪盘"里，诈骗分子面对的是一个受害对象，厉害一点的能同时诈骗两三人，冯天海能同时在现实里让至少七个女人上当，绝对是操弄"杀猪盘"的高手了。

"他不是那个富利东联金控的副总经理吗？"王一川问，"他们公司难道不知道他去哪儿了？"

"联系过，那个殷柔董事长说冯天海已经好几天没去公司了，我来之前，他们公司的法务总监也跑到经侦报案去了，说冯天海从公司账上划走了16亿5000万，要求我们快点把他找出来。"

"多少？"王一川问道。

"16亿5000万。"

"胆子太大了吧？"王一川吃惊地说，"有没有查查他从那些女人那儿骗的钱进没进公司的账？"

"查了，确实没进。"陈轶凡说，"冯天海控制了五六个假冒别人身份证开的账户，专门用来收这些钱，然后把钱打散转进好几个公司账户，十几家公司来回倒腾。我们怕富利东联金控公司报假案，查了他们的流水，发现公司账户确实往那些账户里前后转了十几个亿，都是冯天海经手的。经侦支队下手还算快，从那几个假账户里冻结了3000多万，其他那些钱的下落可就不好说了。"

王一川点点头，虽然不是经侦支队的人，但是他知道，经济犯罪中追缴赃款一向是难点中的难点。犯罪分子利用多账户、真真假假的合同洗钱，其复杂程度连专业的会计师见了都头疼。警方几天甚至几十天不眠不休才能辛辛苦苦地理顺一团乱麻的数据，人家几分钟就把钱转走甚至挥霍掉。所以经侦支队能冻结3000多万已经很不容易了。

"马东那边的情况怎么样？"

"知道你肯定会问。"陈轶凡笑道，"昨天审了一天，不光是马东，秦武和他的手下也审了，咱们沪海市的审讯组和青省省厅派出的审讯组一起审，问出了不少东西。我复印了笔录，你看看吧。"

他说着从包里掏出厚厚一沓复印件交给王一川，介绍道："这一次你们来西北找马东是值得的，不但找到了'11·7特大杀人案'的线索，也找到了当年江边碎尸案的线索、周少君被害案的线索。这几个案子可能要一并破掉了。"

王一川精神一振，强撑着想坐起来，陈轶凡到床尾拉出摇杆，把床头摇起来，让王一川变成靠坐着的姿势。考虑到王一川的手臂和手腕上缠着纱布不方便，陈副局长把文件帮他摆好，说："据秦武交代，范桂花是黄四毛下令杀的，尸块扔到了江里。黄四毛不是有个什么环卫公司吗？他的一部分业务是清理河道，所以他们有小船，可以把尸块运到河道中间抛到水里去。他们有一个比较隐蔽的仓库，平时就在那里打人杀人，分尸也在那里。今天上午姜局长在布置，估计现在可能已经在突袭了，突袭的同时立刻对黄四毛进行抓捕。"

"现在吗？"

"具体由姜局长亲自指挥，"陈轶凡说，"我也在等消息。"

"黄四毛为什么要杀范桂花？"

"秦武说好像范桂花不知怎么得罪了黄四毛，黄四毛就叫人把她打死了，碎尸后丢进了春申江，可能要抓住黄四毛后才能查明最终原因。"陈轶凡说，"秦武的口供涉及了十年前的碎尸案和周少君牺牲的事，秦武说是蔡六那几个人做的，你猜猜他们说被碎尸的人是谁？"

"谁？"

"王大勇。跟马东、李少萍和范桂花一个团伙的那个老家伙，绰号'老狗坨子'。"

"是他？"

"秦武说是他。我们现在已经委托辽省公安厅去找王大勇的家属提取DNA进行比对。如果比对成功的话，就能确认当年那起碎尸案的死者身份了。"

"周少君是怎么死的？"王一川紧盯着陈轶凡问。

"这个可能要抓住蔡六后才能了解得更清楚。"陈轶凡说，"秦武不是当年的当事人，他听说有个小胖子沿着河左看右看，后来上了他们停在江边的小船，在上面发现了血迹，结果黄四毛的手下做贼心虚，过去砍他，小胖子被砍了几刀后跳进河里，然后就沉下去了。秦武的这个说法跟马东的说法能对起来。"

王一川心潮澎湃。他仿佛看到穿着便衣的周少君沿着江边走着，查看着，琢磨着可能的抛尸地点。虽然王一川认为他的坚持可能是做无用功，他却仍然查看着，在地图上做着标记……在与春申江连通的河道里，他估算着从这里漂到春申江的可能性……他看到水边停了几艘小船，上去查看，却在一艘船上发现有血迹……在他附近，几个凶徒围了过来……

周少君在水里挣扎，身边的河水被血染红了，他沉了下去……

王一川咬住牙。周少君牺牲后，他也几乎把春申江两岸走了个遍，查看了每一条与春申江连通的河道。他也看到过停在河岸边的小船，可是他却从来没想着上去看看……现在想来，也许自己当初在杀害周少君的地点经过，甚至就在那些人面前走过，可是自己却一无所知！

"一川，周少君的牺牲和当年的碎尸案一直是你的心结，十年了，你一直在盯着这两个案子，为这事你闯了不少祸，被撸了好几次。这次西北之行挖出了线索，两个案子可能真的要破了。你的心结，也该解开了吧。"

"陈局，怎么解开啊？"王一川用发颤的声音说，"小赵又牺牲了，是在我的指挥下牺牲的，我都不知道怎么面对他的父母……"

"你擅自西行这件事，局里已经处分你了。"陈副局长说，"从前期来讲，你的确是擅自做了决定，但是听到你发来的录音之后，我们都认为这次西北之行是必要的。我们往甘省派人不是因为你们，而是因为我们认为这里的线索有价值，这是局里的决定，你不要揽在自己的身上。至于小赵的牺牲，是我们大家都不愿意看到的。我们讨论过，在当时的情况下，你做出的决定没有问题。至于消息泄露，秦武他们出现，是谁也意想不到的。"

"消息是怎么泄露出去的？"提到消息泄露的事，王一川目露凶光。秦武携枪而来，而且设计了"马东和警察同归于尽"的剧本，一定是有人向黄四毛透露了重案队来西北找马东的事。

"秦武不知道。他只是接受了黄四毛的指令。不过我们调查下来，有一个人很可疑。"

"谁？"

"常舒斌。"

"他？"

"你们出发以后，市局派刘榴处长到重案队值守。"陈铁凡说，"那天小顾一个人在重案队，打扫卫生时发现有个男的进了办公室，他误以为是刘处长，还跟他汇报了一番。下午刘处长真的到了，小顾才知道上午那个人不是刘处长。我们调阅了监控，发现那男的就是常舒斌。我们初步怀疑常舒斌是不是在你们办公室里看到了材料，知道你们来西北找马东，向黄四毛通风报信了。"

王一川牙齿咬得紧紧的。这个推断非常合理，凌季雨说过，他有常舒斌和黄四毛勾搭的证据，那么常舒斌就有可能知道马东的事，他向黄四毛通风报信也是非常有可能的。

动机？也许是因为他和黄四毛勾结太深，害怕黄四毛出事，牵连出自己。

"还有件事，马东在口供中提到李少萍曾经出国整过容，整容后他就不怎么能见到这个女人了。"陈副局长说，"昨天我们联系出入境部门连夜调查了李少萍2010年的出境记录，发现她去韩国待过三个月，还调到了她当年回国的照片和韩国医院的整容证明，你看看这张照片是谁。"

陈轶凡从文件里翻出几张纸递给王一川，王一川一看纸上的彩色照片，就睁大了眼睛："殷柔——？"

"对，殷柔。"陈轶凡说，"殷柔就是当年的李少萍。"

"这不可能啊，我们查过资料，殷柔是桂省人，李少萍是辽省人，而且殷柔的资料是完整的，不可能是李少萍改名的。"

"我们已经联系桂省那边，请当地的兄弟单位去联系殷柔的家属，调取殷柔之前的照片和资料进行比对。"陈副局长说，"今天中午那边初步反馈说，真正的殷柔实际上在2008年就已经溺水身亡了。因为是山区，村里人也没什么法律意识，一直没有去报死亡和注销户口。"

"也就是说，李少萍可能是购买了别人的身份信息，冒名顶替？"

"目前来看，这种可能性最大。"陈轶凡说，"目前我们调查到的资料就是这些。等有新的进展，我会让人来告诉你的。"

陈轶凡还要和沪海市办案人员开会，所以介绍完情况以后，就匆匆离开了。他一离开，欧阳宁娟就走了进来，这姑娘头上手上都缠着绷带，病号服的领子里露出了纱布。

"你怎么来了？"王一川看到她，连忙招呼道，"你伤得不轻，不该乱跑，快坐下。"

欧阳宁娟费力地坐到床边，她看着王一川身上的纱布，问："哥，你现在怎么样？"

"没啥大问题。"王一川笑着说，"肋骨有两根裂了，这只手现在也疼，养养就好了，残废不了。你怎么样？"

"可能得休养一段时间了。"欧阳宁娟沮丧地说，"肋骨、小臂都骨折了，那家伙力气太大……后背上挨了一刀，医生说可能要留疤了。"

"没事，衣服里面，看不到。"王一川安慰道。

"我知道。"欧阳宁娟低下头，"我没啥抱怨的，跟刚子比，我至少还活着。"

病房里陷入了沉默，两个人的心里都不好受。过了一会儿，欧阳宁娟抬起头，直视着王一川。

"哥，我想给你看个东西。"

她把一张照片递给王一川，王一川接过来看，那是一张中学女生的照片，上面是一个面目清秀的女孩子，长长的头发，穿着连衣裙，笑盈盈地望着镜头。

"这是……你？"

"嗯。"欧阳宁娟点点头。

"很漂亮啊，欧阳！"王一川赞叹道，"我说什么来着？你底子真好，美人坯子啊！稍加打扮，绝对是个大美女。"

"拍这张照片时我17岁，还在上高中。"欧阳宁娟低声说，"本来我是想考大学的……曹大平当时为了揽业务，总是到学校来骚扰我，逼我去陪他的客户喝酒；还有宋晓旗，他和地痞流氓混在一起，想把我献给他的一个老大。后来陈爸出面，他们才不敢来找我。"

"这一家子人渣！"王一川低声骂道。

"我妈命不好，我又总是被欺负，所以，我就不想做一个任人欺负的女人，不想像我妈一样，被曹大平这种人冲到办公室来连饭盒都给砸了。所以我没考大学，报名参了军，去了海军陆战队，退役后又进了特警队，再后来调到了咱们重案队。哥，这些年，我从来不想把自己当成女人，我不希望你们任何一个人把我当成女人。我害怕，如果大家都把我当成女人，那些人就又会来欺负我。"

王一川怜悯地看着她，想不到假小子一样的欧阳宁娟竟会有这样的心路。他之前一直不理解欧阳宁娟那强悍的身手和性格是怎么养成的，现在终于明白，这种强悍不过是一个女孩子面对世间满满的恶意采取的防范措施，筑起的围墙。

"不过，今天……我想让你把我看作一个女人了。"

王一川一愣，欧阳宁娟正在看着他。

"这次来西北之前，我想了很多。"欧阳宁娟有些局促地说，"你是个好人，曹大平来队里闹事的时候，你出头保护我，当时我就觉得，在你身边真有安全感。后来我被曹大平骗去相亲，难过的时候也是你开解我……你还唱歌给我听，你不知道，我当时心里真的很暖……那时候我就开始羡慕谭小雅了，她有你这么好的男朋友，多幸福啊……"

王一川"哦"了一声，他有些蒙。

"你有女朋友，可是，我忍不住，吃饭的时候，办事的时候，我都忍不住偷偷看你，每天看不到你，心里就不安稳。你交给我的事，我都努力做好，外出调查我也尽量争取和你一组。可是我不能做什么，因为我觉得，你应该是看不上我的，能看着你和谭小雅幸福生活，我也就知足了。

"后来，我被谭小雅他们诬陷，你卖掉房子来保住我，当时我真的很难受……我不但没能帮上你，还因为我的冲动害得你倾家荡产。你不怪我，还在那里安慰我。当你弹完琴，拎着行李走的时候，我真想杀了自己……后来局里派人来这边调查，我就赶来了，我想再见到你！"

欧阳宁娟的眼睛里有晶莹的泪光在闪动。

"你上次跟我说，让我努力积极主动一点，今天我就要主动了。"欧阳宁娟鼓足勇气说，"王一川，我喜欢你，我……可以做你的女朋友吗？"

"啊？"

"我是说，我想，做你的女朋友，行吗？"

王一川咽了一口唾沫，用怪异的声音问："你是认真的？"

"我是认真的。"欧阳宁娟坚定地说，"这次死里逃生，我突然觉得，我不应该再瞻前顾后了，喜欢你，我就要说出来，不然真有一天遇到什么事，一辈子都没机会说了。王一川，我比较无趣，我不会打扮自己，小脸不会抹，小口红不会涂，可是我现在想了，我想去逛逛街，我想换换穿衣风格，我想挎着你的胳膊，和你在街边喝一杯咖啡。我们每天上班工作，回家做饭，就像别人那样。——王一川，我做你的女朋友，行吗？"

王一川的嘴巴嚅动几下，说："我现在连房子都没有，我是穷鬼啊。"

"你没地方住，我有。"欧阳宁娟说，"你不用管我，我好养活，鲍鱼海参我能吃，粗茶淡饭我也能吃，就算和你一起吃粥，我也愿意。我们两个人赚工资，饿不着。我只求一点：你穷，我跟着你；你富了，不要嫌弃我。"

王一川费力地向她伸出手，两人的手彼此握住。他的嗓子有些哽住了。

"你为我挡刀的时候，我就意识到，我生命中最珍贵的人原来一直在我身边。"他低声说，"不会有第二个女人肯用命来换我的命了。欧阳，如果你愿意，请做我的女朋友吧。"

欧阳宁娟用另一只裹着纱布的手捂住脸，哭了。她抹着眼泪，抽泣着说："这时候，我是不是该扑到你怀里去哭一哭？"

"来吧。"

"来不了。"欧阳宁娟伤心地哭起来,"我后背很痛,我没法弯腰……我本来想着,你之前说我看中谁就一拳把他打晕,抢回家去,所以我可以过来趁着你不能动弹,直接和你生米煮成熟饭……可是我背上的伤太痛了,手也使不上力气,没法对你来硬的……"

王一川含着泪花哈哈大笑起来,欧阳宁娟低下头,自己也忍不住笑了。两个人这副样子,拥抱接吻都困难,只能拉着手,最后王一川给出了解决方案。

"没事,在脑子里想象一下,就当咱们已经生米煮成熟饭了。小娟,现在我是你的男朋友了。"

"嗯。"欧阳宁娟脸红红的。

病房外,张云军擦去眼角的泪水,笑着走开了。

39 了断

回到沪海市后只有张云军没有住院,带伤回队里坚持工作,因为这段时间正缺人手。王一川、欧阳宁娟、刘苡岚、凌季雨被安排进长征医院继续治疗,足足住院一个星期。王一川恢复得较快,逐渐可以做一些简单的动作。欧阳宁娟伤势较重,走路需要拄拐。王一川每天都会到她的病房去,午餐一起吃,散步的时候相互搀扶。有一天张云军来探望,在医院下面的小花园里看到王一川和欧阳宁娟的嘴唇有些笨拙地碰在一起。

"嗯,生米算是真的煮成熟饭了。"他心里想着,不想打扰他们,就到王一川的病房里去等着他们了。他每天都会来探望他们,顺便将案件进展告知他们,以便王一川掌握案情,提出建议。

对黄四毛控制的仓库的突袭是成功的,警方抓获了包括蔡六在内的黄四毛团伙成员11人,缴获砍刀6把、仿制五四式手枪1把、火药枪1把、钢管十几根、各式管制刀具7把、摇头丸1包、现金14万余元、走私香烟530多箱、洋酒170多箱、车6辆。在仓库里发现了大量血迹,从中提取到了范桂花的DNA,确认这里是范桂花被分尸的现场。

还有意外的成果。仓库后面有一个臭烘烘的小屋,警方在铁笼子里找到了奄奄一息的冯天海。他赤身裸体,头发蓬乱,满身污秽恶臭,身上的伤口都长了蛆；由于长期未进食，已经意识模糊。据被抓获的黄四毛团伙成员供述，殷柔吩咐不给冯天海食物和水，逼他把钱交出来，否则就让他活活饿死。

冯天海被送入指定医院抢救，总算保住了一条命。

突袭仓库行动形成了多点突破：1. 证实了十年前碎尸案是黄四毛团伙所为，被害人是王大勇；2. 确认了周少君的牺牲也是黄四毛团伙所为，凶手是团伙中的蔡六、李彪、童福贵；3. 找到了分尸现场，确认范桂花系被黄四毛团伙杀害，并在此分尸；4. 找到了冯天海这个诈骗案件的嫌疑人，进而从他身上撬开了富利东联金控公司的口子。据冯天海交代，富利东联金控公司实际上是黄四毛和殷柔控制的公司，采取隐蔽的"庞氏骗局"手段圈钱。

突袭仓库的同时，警方突袭了黄四毛的住处，在他的住处发现了不少尚未烧毁的文件，遗憾的是黄四毛本人不知所终。

富利东联金控公司是黄四毛控制的公司，涉嫌"非法吸收公众存款"，所以经侦支队在刑侦支队突袭仓库的当天下午就进驻了富利东联金控公司，控制了所有的高管和员工，封存资料，封存设备，冻结账户。然而经过核实，富利东联金控公司7个银行账户上只剩下了20多万元，庞大的资金都已经被转移走了。至于殷柔，下落不明。

"辽省那边的DNA比对出来了，当年那个碎尸案的死者就是王大勇。"张云军告诉王一川。他们都坐在王一川的病房里，欧阳宁娟像个小女人一样躺在床上，享受着王一川削的苹果，王一川一边削苹果一边听张云军说着案件进展。

"王大勇和范桂花的案子算是破了，周少君牺牲的案子也算破了，现在正在继续审讯，连部里都派人来了。"张云军说，"就是黄四毛和殷柔还没抓着。"

"殷柔的身份是怎么回事，确定了吗？"

"确定了，买的假身份资料。"张云军说，"黄四毛没烧毁的文件里有一个办假身份的人的电话号码，我们顺着电话号码摸过去，把这个人控制住了。据他供述，他到处收集那些已死但是家属没办注销手续的身份证，包括相应的个人信息，这样的情况一般在偏远山区比较多，殷柔这个身份证和资料就是他当年卖给李少萍的。"

"哦……"

"还有件事,那个常舒斌现在被纪委调查呢。"张云军说,"局里怀疑他就是向黄四毛通风报信的人,已经传唤他来讯问,纪委也介入了。"

"查得怎样?"

"那孙子不承认,说自己和黄四毛不熟。至于在富利东联金控公司的投资,是他老婆方文丽的个人行为,他在家里不管钱。"张云军说,"听傅队说,局里昨天去凌季雨藏东西的地方,把凌季雨的优盘找到了,现在正在分析呢。"

"如果凌季雨说的是真的,优盘里的东西就能证明常舒斌所谓'和黄四毛不熟'的说法是撒谎。"王一川说,"走,咱们找凌季雨去,再向他确认下。"

他们走出病房,王一川贴心地搀扶着欧阳宁娟。来到凌季雨的病房外,却见病房的门掩着,刘苡岚像个门神一样穿着病号服站在门口,脸色非常难看。

"凌季雨呢?"

刘苡岚指了指病房的门。

"你怎么在这里站着?"

"来了个女的找他,他把我撵出来了。"

从西北回来以后,刘苡岚和凌季雨之间就有点说不清道不明的意思。说他们谈恋爱吧,两个人见了面就互相撑,像有仇似的;说他们没关系吧,两个人每天还在一块。

王一川不想掺和他们之间的事,就问:"是谁?我们能进去吗?"

刘苡岚脸色阴沉得可怕:"那女的我见过,是常舒斌的老婆。切,不就是这人渣的前女友吗?"

话里带着一股浓浓的酸味,不过三人无暇顾及,一听到常舒斌的名字,表情都严肃了起来。常舒斌已经被调查了,他老婆来找凌季雨干什么?再续前缘?

病房内,凌季雨抱着手臂,站在窗户边望着方文丽。她今天应该是精心打扮过,头发梳得一丝不苟,脸上化着淡妆。也许她想向他展示自己美好的一面,但是眼袋和眼睛里布满的血丝说明她的状态很不好。

"说起来这是我来沪海市这么多年,你第二次来找我。"凌季雨说,

"上一次你见我是警告我不要纠缠你,要我离开沪海市,这次是为什么?"

"季雨……"

"还是叫我全名吧,"凌季雨打断她,"咱们现在的关系不亲近,正式点比较好。"

方文丽勉强笑着,说:"这么见外啊。"

"不见外不行。"凌季雨说,"你可是警告过我,说我和你已经没有丝毫关系了,最好做路人,我现在怎么敢不见外?说吧,你来找我到底是为什么事?"

方文丽绞着手指,说:"那我就直说了。季雨……"

"叫我全名。"

"凌季雨,"方文丽说,"能放过舒斌吗?"

"放过他?"凌季雨皱起眉头,"这话你不该问我啊,又不是我在调查他。"

"可是你手里有跟他相关的材料,不是吗?"方文丽说,"舒斌被调查前跟我说过,他说你手里有他的把柄,你拍了一些照片和视频,可能会对他很不利……"

"他怎么知道的?"凌季雨问。

"这……"

"所以,他真的去重案队偷看了资料,对吗?"

方文丽不知怎么回答,她停了半晌,继续道:"季……凌季雨,我知道,你一直恨我们,你恨我当初离开你和他在一起,可是当初的事已经过去那么多年了,何必还揪着不放呢?这些年,我们不是一直相安无事吗?"

"没有吧,他可一直想要整死我呢。"凌季雨冷冷地说了一句。

"没有,根本没有。"方文丽否认道,"舒斌不是那样的人。他就算看在我的面子上也不会这样做……季雨,我们当年都年轻,都有选择的权利,难道我不可以选择吗?"

"看在你的面子上?"凌季雨问,"你的意思是你对我没有恶感?"

"没有,从来没有。"方文丽说,"我一直觉得,分手了,我们也不应该是敌人,舒斌他也是这样想的。他这个人有时候外表很硬,可是一直把同学情谊放在心里的。"

"他不止一次向辽省司法厅打电话投诉我。"

"那也是因为——因为我,你毕竟是我的前男友,他不想你太接近我……可是私下里,他真的对你没有恶意的。季雨,以前的事都过去了,你也是个男子汉大丈夫,你难道就为了当初那点私怨,要置舒斌于死地吗?舒斌出事了,我也就毁了,这是你想要的吗?"

凌季雨好奇地看着她,说:"听起来,你觉得我如果交出证据,就是在恶意报复你们?"

"难道不是吗?"方文丽大声说,"凌季雨,我为什么不选择你,你心里有数,你自己犯了错,不能迁怒在我们头上。舒斌在这个位子上确实有些事容易让人抓把柄,可是不管怎么说你也和我谈过那么多年的恋爱,你要是害我们,你良心会过得去吗?"

凌季雨像看一个陌生人似的看着她,向后靠在窗台上。

"你说他把同学情谊放在心里,可是你还记得那一天吗?他直接跟我说,这个班里没有我。"

"那、那是当年。"方文丽分辩道,"当时的情况你是知道的,对你有看法的不止他一个人。后来他的想法也是慢慢改变了的。这么多年,有多少心结也该解开了,你不能因为我离开你,就这样不依不饶吧?"

"常太太,"凌季雨开口道,"有件事我可能要向你澄清一下。你说我是因为你离开我而恨你们,这一点你错了。实际上,从毕业的那一天起,我对你就彻底死心了。你知道那天常舒斌是怎么侮辱我的吗?他说谢谢我,我和你谈了三年半恋爱,你居然还是个处女。"

方文丽脸色一白。

"那句话代表了什么,大家心里都明白,从那一天起,我对你也就死心了。"凌季雨说。

"那你现在是为什么?"方文丽问。

"为了要个公道。"凌季雨一字一句地说。

"公道?"方文丽质问道,"你要公道,跟我们有什么关系?"

"真的没关系吗?"凌季雨笑着问,"当年我声名尽毁,是因为两件事,一件事是我在火车上猥亵妇女,这案子现在马上要有一个说法了;另一件事是我在学校被抓住偷钱,这件事还没有说法吧?"

"你……当时那么多人都看到了!"

凌季雨望着她,一直望得她挪开视线。他自嘲地笑了笑,说:"感情

345

这种事，跳出来也就看开了。当年我不能给你一个好的前途、好的保障，常舒斌家里条件好，你找他也正常。我不会因为这个恨你，你知道我的性格，基本上也就是这辈子不见面罢了。中国这么大，本来见面也不容易，也许十年二十年大家想开了，街上碰巧见面了还能哈哈一笑。我真正不明白的是，为什么你会帮着他诬陷我？"

方文丽后退一步，望着凌季雨："我？我……没有帮他诬陷你！"

"没有吗？我钱包里的钱是谁塞进去的？"

方文丽脸色僵硬，说："我怎么知道？"

"当年我钱包里只剩下500块，那天你来的时候我跟你借钱，你没借给我。"凌季雨说，"可是没一会儿常舒斌领着人冲进来时，我的钱包里多了2000块钱，那钱是从哪儿来的？"

"这不是该问你自己吗？"

"文丽，你这副睁着眼说瞎话的样子和当年真像。"凌季雨淡淡地看着她，"不，当年你要更投入一些，至少当着大家的面装出一副震惊的表情，还打了我一耳光，哭着跑掉，搞得连我都相信你不知情了。可是凡事就怕琢磨，那一天的事我琢磨了20多年，我想了又想，回忆每个细节，那钱到底是怎么到我钱包里去的呢？突然有一天，我想起来，在我向你借钱的时候，你拿过我的钱包，而且中途你让我给你倒水喝，那时候我是背对着你的。一下子，我就豁然开朗了！——方文丽，钱是你塞的，是不是？"

"你……你……你胡说！"方文丽的脸上完全失去了血色，她又向后退了两步，身子摇晃，手紧紧抓住病床的栏杆。

"是不是胡说，你心里清楚。"凌季雨说，"我不知道你到底图什么，你和我谈了好几年朋友，就算分手了，也没必要做得这么绝啊。名声啊，我的名声啊！而且如果坐实了，我可能会被拘留啊！你这样会毁了我一辈子，你难道不知道？你为了向常舒斌表忠心，居然会帮着他害我！现在你知道我为什么说对你已经没想法了吧？方文丽，你这样的人，我不但不敢有想法，而且见了都要躲得远远的啊！"

"那你为什么还要在这里啊？"方文丽失控地吼叫起来，"你走啊！你滚回苏北去啊！滚到东北也可以，为什么一定要在沪海市啊？"

"因为我要找回自己的清白，懂吗？"凌季雨冷漠地说，"我没做过的事，我就一定要分说清楚！再说我来这里不是为了你们，我是在找别的人，结果常舒斌撞进来了，我难道为了他把我自己的事放弃了？他算老几啊？"

"既然你不是针对他，那就不要把证据交给警察！交给我！"方文丽向他伸出手去。

凌季雨皱着眉头看着她："这么关心他？到了这种截留证据的地步？"

"他是我老公，我们彼此相爱！"方文丽咬着牙说，"我们还有个孩子……他要是出事，我们这个家就毁了！"

"我很高兴，至少你对他的感情还是真实的。"凌季雨怜悯地说，"可惜你来晚了，昨天警察已经把优盘拿走了。"

方文丽的身体摇晃了一下，脸狰狞了起来。

"你撒谎！你根本就是不想给我！"她恶狠狠地盯着凌季雨，"你要怎样才肯给我？你想从我这里得到什么？说吧，你要多少钱？"

"方文丽。"

"是不是当年我没让你碰，却给了常舒斌，你心里不爽？"方文丽的眼睛可怕地睁着，"这样吧，你想要的话，我现在就可以给你！就在这里好不好？我让你现在就给他戴个绿帽子！你心里会不会舒服？是不是就会把东西给我？"

她一边说一边开始脱外套。凌季雨怜悯地看着她，说了一句："方文丽，别让我彻底看不起你。"

方文丽的动作僵住了，她看着凌季雨，随后蹲在地上，哭了起来。

"季雨，季雨……我该怎么办啊……我知道当初是我对不起你，可是你知道我家里条件不好……舒斌家能把我的工作、户口全解决掉，还给了我爸妈一大笔钱，你说我能怎么办呢？……这些年我知道他在外面有别的女人，可是，可是我没有退路啊……如果没有他，这个家毁了，我可怎么办啊……"

凌季雨神色漠然。他本来还想告诉她常舒斌和殷柔的事，现在倒没必要讲了。他在窗边站了一会儿，低声说："我刚才说的是真的，东西已经被警察拿走了。文丽，你走吧，咱们俩今天算是做了了断，从今以后不要见面了。看在当年的情分上，我劝你一句，他干的那些事如果你知道，或者他的那些钱财你经手过的话，你就主动去自首吧。现在不是你救他，是你要想想怎么救自己。"

347

他说完就从她身边绕过去，打开病房的门，看到门外站着的人，愣了一下。随后他穿过王一川等人往走廊的另一头走去。刘苡岚阴着脸追过去，抓住他的袖子问："你去哪里？"

"去小花园坐坐。"

"哟，这么舍得？我还以为你会怜香惜玉呢。瞧你这副样子，是不是很得意？"

"你都听见了？"

"谁有工夫听你瞎叨叨？"

她抓着他的袖子，吵吵嚷嚷地跟他走了。其他人看到病房里方文丽还在蹲着哭泣，彼此交换了一下眼神，同时离开了。

刚回到王一川的病房，张云军的手机就响了，电话是傅朗打来的。张云军接通手机后脸色一变，说道："收到！马上赶过来！"

"怎么了？"王一川问。

"可能发现黄四毛的行踪了。"张云军说，"和你分析的一样，他有可能出海逃亡！傅队通知马上到吴松码头集合，港航公安会配合咱们行动！你们好好休息，我先走了！"

"等我一下！我也去。"王一川说着，就到病房的衣橱里找外套。

"别开玩笑了！"张云军说，"你的伤还没好呢！再说医生也不会同意你出院的！"

"我和欧阳成了这样子都是拜他所赐，小赵也是被他派的人害死的，我怎么能错过这个抓他的机会！"王一川的手上还缠着纱布，穿脱衣服不方便，他索性披上外套就往外走。张云军还想阻拦，欧阳宁娟却追出来嘱咐道："小心点！"

这句"女朋友的嘱咐"把张云军的话憋了回去。他知道王一川心里有火，便跟在王一川的后面。护士台的护士看到王一川要出去，想要阻拦，王一川却装作听不见，一溜烟地跑进了楼梯间。

荣威警车开出医院的地下车库，向北驶去。王一川坐在副驾驶座上，望着车窗外的车流、建筑和行人，眯起了眼睛。

上次突袭黄四毛的住所，扑空后，王一川一直在猜测黄四毛会藏在哪里。夜里躺在病床上，他睁着眼睛，设想着如果自己是黄四毛会怎么办。

杀人的事件曝出来后，沪海市肯定是不能待了——不光沪海市，恐怕国内都不能待了。

富利东联金控公司之前曾经报案，说有16亿5000万被冯天海转走了，可是冯天海被抓后矢口否认。王一川凭直觉认为冯天海说的可能是真的，因为一个公司被一个高管偷偷转走几千万还有可能，转走16亿那么多，公司高层居然一无所知，这是不合理的，难道公司的财务部门都是摆设吗？难道不需要公司董事长审核签字吗？如果冯天海没有贪墨这些钱，那就只有一个可能：这些钱被黄四毛和殷柔转走了，栽赃到了冯天海头上。

钱已经转走了，这里也不能待了，下一步就只能是——逃到国外去。逃到国外有几条途径：一是坐火车往蒙古国和俄罗斯跑；二是坐飞机；三是坐邮轮；四是跑到南方去走陆路偷渡；五是坐船从海上偷渡。

在这几条可能的路径里，坐火车、飞机、邮轮的概率小得可以忽略不计，因为警方必然在各口岸大力排查，况且现在已经有人脸识别技术，想利用假护照化装逃走的难度极大，黄四毛犯有命案，抓住必死，他应该不会冒险主动往执法人员面前凑。

估摸黄四毛的心理，结合黄四毛的客观情况，王一川觉得黄四毛走陆路和水路逃亡的概率最大。这里说的陆路，不是说黄四毛坐小客车逃亡，这意味着他要穿越沪海市各个出入口，经历不止一轮的盘查，危险也很大。王一川担心的是货车和集装箱卡车，沪海市拥有国内最大的集装箱港口，货物吞吐量世界第一，物流极其发达，整个长三角的货物源源不断地向沪海市汇聚，再加上各种民生物资，每天有数以万计的货车和集卡进出沪海市。黄四毛如果藏在其中一辆车上，很容易就能逃离。

然而王一川认为，如果自己是黄四毛，会采取最安全的方式：坐船。

假设黄四毛能通过陆路潜逃出沪海市，他还是要去海边坐船出逃，这就意味着他要在邻省陆地上跑一段较长的路程，提前在当地安排好船。这两个环节都需要花费时间，并且会增加风险。而沪海市春申江的河道连通长江，再通过长江出海口，一个小时不到即可进入海上。长三角地区遍布港口，海运繁忙，海上船只密布，只要坐船出了海，立刻就会消失得无影无踪。

安全，快速，风险最低，如果他是黄四毛，一定会采取这种方式。

黄四毛的公司有河道清理业务，自己就有动力船舶（已经被查扣），所以他一定认识一些跑船的。王一川认为黄四毛这段时间应该会躲在暗处，伺机找船出海。在回到沪海市的当天，他托张云军向队里汇报了自己的分析，建议迅速排查黄四毛、殷柔、环卫公司的账目往来，从中寻找有没有和船舶公司或者水上运输公司的交易，如果有的话，对这些船舶公司和水上运输公司名下登记的船舶进行监控。

同时，考虑到黄四毛有走私业务，有可能会与个人船东合作，王一川建议对有多次账目往来的个人也进行筛选，看是不是有与之相识的从事水上运输行业的人，并对这些人所有的船舶也进行监控。

"江船是没法往海里跑的，所以要盯着他们中间的海船，特别是能够进入春申江航道的海船！我们要和海事部门对接好，一旦这样的船靠泊春申江码头，或者进入春申江航道，要马上监控。"

这是一种冒险，而且有很多变数，可是在黄四毛隐藏起来的情况下，这样的冒险总比什么都不做好。经历了将近一周的漫长等待，王一川的建议和举措竟然真的有效果了！

40 潮起潮落关明月，一样清风两样途

警方通过信息渠道得到的线报是有人准备在这两天偷渡出海，但是提供线索的人不知道具体的时间和上船地点，是不是黄四毛也不能确定。恰在此时，一艘名"海云天罡216"的货轮进入了长江航道，报备说要停靠军工路码头。船到圆圆沙警戒区时，这艘船与军工路码头的调度再度进行了确认。

无数双眼睛立刻死死盯住了这艘船。

之所以会盯上这艘船，是因为这艘船挂靠在一家叫作进巨的水上运输公司名下，而这家进巨公司与环卫公司之间曾经有过十几次交易。船长叶新强，环卫公司曾经向他个人账户转账20多次，名目包括劳务费、燃油费等。因为这些交易和转账，无论是进巨公司还是叶新强都在警方的目录清单里，他们名下的这艘"海云天罡216"轮又是可以跑长江航道的小吨位沿海船，自然也被重点关注。

海事部门那边早已沟通好，只要有清单里的船进入长江航道，就会通知港航公安局，港航公安局就会第一时间通知沪东分局。所以当收到"清

单里有一艘船要进来"的消息后,沪东分局的人立刻赶到港口调度室,连同港航公安局的人、海事局的人碰头研究。

通过这艘船的MMSI码查询航行轨迹,发现这艘船本来是沿海南下向闽省方向行驶,在即将穿越宝岛海峡时突然掉头改为北上,没有停靠任何港口,直奔沪海市而来。即便沪东分局的人不懂得海运,也看出这个轨迹不合理了。船舶运输即便有绕航,但总的方向是不变的,这种突然掉头的情况非常罕见。只有一种可能:它有什么事必须尽快赶过来,以至它可以不顾燃油损失、船期损失,甚至运输违约导致的损失。那么是什么事呢?

所有的人都想到了一个很大的可能——接黄四毛。

所以,在"海云天罡216"轮下午停靠在军工路码头前,沪东分局和港航公安局的便衣就已经像沙子一样渗进港区码头。苏晓巍攀上了附近集装箱顶,用望远镜紧盯着上下船的人。有几个集装箱吊装上船,船上的人从长板上下来看着。

"目前没有看到有可疑人上船。"耳机里传来苏晓巍的声音。

"不会大白天上船这么嚣张的,"傅朗对着耳机说,"这艘船预计晚上离港,有可能晚上摸黑上船。"

王一川站在傅朗身后,在港口调度办公室里盯着监控视频,他身上裹了一件羽绒服,这是港航公安局的人看到他穿着病号服裤子,知道他是病号后给他找来的。

"从医院跑来的?你们重案队这么拼?"

"不拼不行啊。这王八蛋手上有咱们同志的人命!"

一直到天黑下来,船上的舷梯已经收回去,都没有看到有新的人上船。"海云天罡216"轮汇报说在备车(启动发动机)了,监控器前的人面面相觑:难道这次估计错误?

"傅队、王队,拦不拦?"

"一川,你怎么看?"傅朗皱着眉头,"目前来看,没人上船,这是不是真的正常航行?咱们的设想是错误的?"

"也有可能是在试探咱们,放烟幕弹。"王一川紧张地思索着,他看着春申江的航道图,沿江一线还有外高桥、吴泾、立新、三航、海保、铁泊、东真等码头,这一时刻一定也有清单外的其他海船停泊,谁说黄四毛就一定会上清单里的船?

王一川感到极为头疼。

"拦的话，可能会拦错，也有可能打草惊蛇；"傅朗沉吟道，"不拦的话，万一黄四毛在这艘船上，他就跑了。"

调度室里陷入了沉默。如果拦的话，就有可能造成船期和燃油损失，金额巨大，在不能确定黄四毛上船的情况下，难以下决心这样做。屏幕里"海云天罡216"轮在解缆，岸机已经跑开，推船的灯光从"海云天罡216"轮的后边冒出来，开始协助它离泊。

"引水员准备下船了。"调度说。

"船不是离岸了吗？怎么下船？"王一川问。

"从引水梯上下来，有小船接。"调度回答。

"引水梯？"王一川问，"什么样的？"

"就是软梯。"

"哦……"王一川点点头，皱着眉头看着船缓缓离开泊位，掉头，就在它即将驶入航道时，王一川一个激灵跳起来，吼道："拦！拦住它！"

"怎么？"傅朗问。

"万一那家伙躲在集装箱里呢？"王一川吼道，"他也有可能坐小船从船的另一侧通过软梯上船！咱们这个角度看不见！"

"真要拦？"傅朗问。

"队长！就算拦错了，至少我们还把黄四毛憋在沪海市。"王一川指着监控视频说，"万一他在船上，咱们可能这辈子都抓不住他了！"

这句话说服了傅朗，他对港航公安局的同志说："按照第二套预案，拦截吧！"

"好，我们马上通知执法船开始堵截！"

一行人迅速从调度室奔出来，向码头奔去，傅朗本想让王一川留下，王一川却大步跑在前头。码头另一边停了两艘50米级钢铝复合公安巡逻艇，一行人奔上船后，两艘巡逻艇就迅速启航，闪着红蓝灯向远处的"海云天罡216"轮追去。

海船进入江河航道，船速一般在10节左右，巡逻艇的航速则能达到20节，当"海云天罡216"轮行驶到春申江与长江的交汇口时，巡逻艇追到了它附近。

"海云天罡216！海云天罡216！减速！我们要登船检查！重复，减速！我们要登船检查！"

然而，对于警方通过通信系统的呼叫，"海云天罡216"轮就像没听到一样，反而保持原速向着长江出海口方向转去。

"有猫儿腻！这里面有事！"王一川在驾驶室里判定。

巡逻艇的船长说："要是冲出出海口，海船没关系，我们这是内河巡逻艇，到时候就没法追了！"

"想法拦住它！"

"放心，前面还有巡逻艇等着它呢！"

江面上出现了另外三艘巡逻艇，港航公安局把临近港口的执法力量全部调来了，前方的巡逻艇呼叫前方一艘更大吨位的集装箱船减速占据前面的航道，除非"海云天罡216"轮冒着撞船的危险强行超船，否则它只能减速了。

果然，"海云天罡216"轮被迫减速，在船只往来频繁的长江航道，超船是不可能的。趁着它的速度降下来，五艘巡逻艇围住"海云天罡216"轮，几名穿着救生衣的警员挎着微型冲锋枪站在巡逻艇左舷，已经开始拿着喇叭喝令"海云天罡216"轮上的船员放下软梯了。

"马上放下软梯！配合工作！否则追究你们的法律责任！"

"海云天罡216"轮上的船员在船舷探头往下张望，似乎被这么大的阵仗吓住了。巡逻艇上喇叭的声音很大："我们是港航公安局！现在要登船检查！马上放下软梯，配合工作！否则我们将采取措施，追究你们的法律责任！"

港航的警察信心十足，在长期的执法经历里，还没遇到过被执法艇包围的船舶敢于和警船鱼死网破。想想也是，内河里有执法船，海上有海警，你还想上天不成？

"海云天罡216"轮上放下了软梯，王一川所在的巡逻艇紧贴上去，船舷边的警员们把枪挂在身后，在颠簸的甲板上站得稳稳的。港航公安局带队的大队长郭亚飞抓住软梯首先攀了上去，一名警员紧跟在后。

"我们也上去！"傅朗向驾驶室外奔去。

"傅队长！王队长！"船长在后面喊道，"登船危险，你们不要去了！王队长手上还有伤，不能上！"

"我们认识黄四毛！"傅朗说着已经奔出去了。王一川奔到软梯下的

353

时候，傅朗已经攀上了软梯。一名警员在下面喊着："手抓稳！一只手抓紧了，另一只手才能松开抓下一节！慢一点，一定要稳！"他喊完，回头看到王一川手上的纱布，又看到王一川的病号服裤子，说："你不能上去！"

可是王一川已经强行攀上了软梯。警员无奈，跟在王一川身后，用自己的身体在下方保护着王一川。

江风吹得绳梯摇晃，警员们像蚂蚁一样攀上了"海云天罡216"轮，越来越多。等王一川翻过栏杆，甲板上已经有了六七名警员。大队长郭亚飞正对着船长模样的人说着："这个没什么商量不商量的，好哦？马上到前面崇明码头靠岸，接受检查，晓得哦？……不是叫侬拿船员名单吗？怎么还不拿来？……阿拉跟侬讲，船上有什么不该有的人啊东西啊，主动交出来！晓得哦？"

随着越来越多的警员攀上甲板，港航公安局的警察开始在甲板上列队。一队警员去搜索机舱，还有一队警员开始一个舱室一个舱室地搜索，有警员查看救生艇上有没有藏人。张云军、苏晓巍和小顾跟着不同任务的警员分散出去了。在他们后面，郭亚飞高声喊着："天黑，浪大，走路时扶好栏杆！保证安全！"

船上所有的灯都打开了，郭亚飞、傅朗、王一川和另外两名警员在船长的陪同下到了驾驶室，郭亚飞一进驾驶室就问："和崇明码头的调度联系了吗？"

"联系了，可以靠泊。"一名提前来控制驾驶台的警员回答。

"好。"郭亚飞转过身来，似笑非笑地看着船长，说道，"叶船长，主动点，被阿拉搜出来就不好看了。"

"哎，郭队长，这是从何说起啊？"

"藏人了没有？在军工路码头，啥人上来了？"

"没、没人上来啊！我们名册上的船员都在，没有别人！"

"侬嘴巴勿要刁，要是搜出来，什么责任自己心里有数！"郭亚飞不客气地说，"侬在军工路码头上来的箱子呢？把单证拿来给阿拉看看，再带阿拉去看看铅封！"

"这，郭队，这大晚上的……"

"老叶，配合配合，没那么难。"郭亚飞说，"侬看阿拉今朝……"

驾驶室里突然静了下来，因为所有的人都听到了一声隐隐的"砰"

声,紧接着驾驶室外面就有人喊叫了起来。

"枪声!"王一川首先冲了出去,傅朗拔出手枪跟在后面。郭亚飞指着叶新强吼道:"把伊铐起来!"随后拎着枪也蹿了出去。来到甲板上时,正看到两名警员架着小顾过来,小顾的肩膀流着血,脸色发白。

"怎么了?你怎么样?"

"人躲在下面机舱里!"小顾抽着冷气,死死捂着肩膀,"他有枪!"

"他妈的!"王一川大骂一声,用没缠纱布的左手从小顾身上摸了摸,把他的九二式手枪拿过来,拎着向后面跑去。

大量警员聚集在机舱门外,有的匍匐在地,有的紧贴舱门等待突击命令。小顾刚才进入时突然中弹,幸好旁边的警员反应快,一边还击一边奋力把他拖了出来。现在开枪的人已经被堵在机舱里,问题是警员们也无法冲进去,机舱里一片黑暗,灯全被里面的人打灭了,难以确定对方的位置,只要一探头,就会有子弹砰的一声打过来。警员只能向里面盲射两枪还击。

王一川单膝跪在舱门边,向前想探头观察一下里面,傅朗在他身后一把拉住他,子弹从门里飞了出来。

"听声音像是六四式手枪,"王一川回头对傅朗和郭亚飞说,"这枪威力不小。"

"机舱里没别人吧?"郭亚飞问。

"报告!没有。"

"还他一梭子。"

一名警员把警用冲锋枪的枪管探进舱门,对着黑暗"突突突"地扫射了一个弹夹,打完后机舱里分外安静,也不知道打中了对方没有。王一川靠到舱门边,对着里面喊道:"黄四毛!这一梭子过瘾吧?不过瘾说一声,我们可以再给你几梭子!"

"哎哟,这是谁的声音啊?"黄四毛的声音从黑暗中传出来,"这不是王队长吗?王队长最近身体好吗?"

果然是黄四毛!傅朗立刻感觉浑身燥热,连江风都感觉没那么冷了。王一川和傅朗交换着眼神,喊道:"托你的福,受了不少伤。要不要来欣赏下?"

"还是不啦,"黄四毛说,"活着的王队长没啥可看的。"

355

"黄四毛，"王一川喊道，"你是聪明人，应该知道自己跑不了了。把枪扔出来，你也出来吧。"

"王一川，当年要不是你小子，我也坐不了牢。"黄四毛说，"今天又是你，你小子真是灾星。被你们抓住了，我还活得了啊？"

"你不出来，你就活得了？"王一川问。

"王队长，我就不明白了！你一个月赚几张钞票？哪能这么拼命啊？你抓过我，可是我不但不记恨你，还想过跟你拉拉关系，可你呢？你他妈这么拼命对付我做啥？我们井水不犯河水不行吗？你这么对付我，是能给你发房子啊，还是给你发女人？"

"听这意思，殷柔在那个会所拉我喝酒，是你安排的？"

"现在嘛，承认了也无所谓。"黄四毛说，"我当时真心结交你，可是殷柔那个女人不会办事，连杯酒都没让你喝。现在哪能啦，王队长？好放一条路不啦？1000万，你和弟兄们分一分，放一条路走。我现在就可以结清。"

"黄四毛，你杀了人，还杀了我的同事。"王一川说，"再说了，我是警察。"

"那就是不给路走了？"

"你唯一的路就是放下枪出来！"王一川说，"你能在里面待多久？你的子弹总有用完的时候。别顽抗了，敢做就要敢当，是条汉子就出来吧。"

"是不是汉子，不是侬说了算！"黄四毛吼道，"王一川，老子子弹确实不多，但也足够再带几个人！侬有胆量就进来，我杀一个够本，杀两个赚一个！"

王一川和傅朗、郭亚飞凑到一起，低声说："我看要向上面请示一下。这家伙是铁了心了，不给点压力不肯投降，闹不好得强攻。"

"来之前姜局长下过指示，"傅朗说，"绝对不能让他跑了，如果顽抗的话，可以临机处置。我们不是有催泪弹吗？扔几个进去，把他逼出来。"

郭亚飞点点头，对旁边的人说："守好口子。扔两个催泪弹进去。"

两名警员分别掏出一枚38mm警用发烟型催泪弹，拉开保险向机舱内投掷进去。

催泪弹闪着光,在铁梯上弹跳着向下滚去,发出清脆的碰撞声,咝咝地喷着烟雾。里面又向外面开了一枪,大约半分钟后,他们听到了机舱里剧烈的咳嗽声,间杂着打喷嚏、吸鼻涕、干呕的声音,随后就是像野兽一般喘息着的号叫。

"啊……我×你们××!……啊!"

黄四毛的眼睛剧烈疼痛,泪流不止,使劲搓揉都缓解不了,几乎失去了视觉。他的嗓子如同火烧,胸口疼痛,脸和手上的皮肤似乎也被灼烧一般,痛苦到了极点,快要连枪都拿不住了。一开始他还能骂几句,后来他只能咳嗽和干呕,连话都说不出来了。

"把枪丢掉,跑出来!立刻用水给你冲洗!"王一川喊道。

一分钟过去了,两分钟过去了,只听到黄四毛在机舱里咳嗽和打喷嚏的声音,却迟迟不见他出来。这人的意志力竟然能坚强到这个份儿上,王一川倒也有些佩服。机舱虽然总体上密闭,毕竟还是有出口的,烟雾迟早会慢慢散掉,所以趁着黄四毛最痛苦的时候,实施强攻应该是最佳的机会。

王一川戴上防毒面具,握着枪的手微微发抖。抓住黄四毛,王大勇碎尸案才算破了;抓住黄四毛,范桂花碎尸案才算破了;抓住黄四毛,杀害周少君的元凶才算抓到了;抓住黄四毛,柯队长的在天之灵才能安息!十年,足足十年,为了破案,王一川几乎把春申江河岸和各个支流走了个遍,为了破案,他几乎赌上了自己的前途和生命。

今天,就要做个了结了!

王一川弓起身子,准备冲进去。就在这时,机舱里又传来一声枪响。所有人立刻停止动作,王一川与傅朗、郭亚飞等人惊疑地对视:难道这时候他还有能力对着外面开枪?

这人的意志力和忍耐力这么强悍?

傅朗突然说:"里面怎么没声了?"

果然,机舱里的咳嗽和喷嚏声消失了,一片死寂。王一川说了声"不好",举枪摸黑冲了下去。傅朗等人举着手电筒跟在后面。奔下铁梯,借着七八道手电筒的光亮,他们在烟雾中寻找着,最终在大辅机旁边找到了黄四毛。他以一个奇怪的姿势躺在地上,手枪掉在一边,脸在手电筒的照射下分外狰狞,他大张着嘴,整个头部下面都是黑色的血。

黄四毛自杀了。他把手枪塞进嘴里开了一枪,这一枪击穿了他的脑袋,他当场毙命。

王一川蹲跪在黄四毛身边，把手指贴在黄四毛的脖子上，确认黄四毛已经死亡后，他站起来狠狠地在旁边的大辅机上踹了一脚。

他的思路最终被证明是有效的，他们最终没让黄四毛逃掉，但是面对黄四毛的毙命，不知道是催泪弹的原因还是心情的原因，他感觉心里堵得厉害，有些意难平。这个凶徒的手上沾染了至少三个人的鲜血，他本应该站在被告席上，由法律将他的罪行盖棺论定，以法律的名义对他明正典刑。然而他自知必死，选择了自杀，在王一川看来，这是便宜了他。

他沿着铁梯走上去，走出机舱，摘下防毒面具，一直走到船舷边，江风撕扯着他的头发，吹得他遍体生寒，也让他的脑子变得莫名清醒。前方就是崇明码头了，再远处就是长江入海口，甲板随着江潮晃动着，四周的黑暗中闪着岸上、船上的点点灯火。那些灯火下的人经历着如同平常一样充实、空虚、快乐、悲伤、温馨、寒冷、繁忙、轻松的生活时，他们不会意识到，这艘在江面缓缓前行的轮船上刚刚经历了一场枪战。

罪恶和黑暗无处不在，他们之所以感觉不到这些罪恶和黑暗，是因为有人将他们与罪恶和黑暗隔绝。这些人包括柯队长，包括周少君，包括赵继刚，包括躺在病床上的欧阳宁娟和刘苡岚，包括穿着旧衣服为家人医疗费忧心的傅朗，包括张云军，包括苏晓巍，包括坐在甲板上脸色苍白的小顾，包括在机舱里忙碌着的警员们。

长江入海口外就是东海，一轮明月高悬海上，让人想起"海上生明月，天涯共此时"。无论潮起潮落，明月都在那里，于它而言，人世间的悲喜实在是微不足道。人或走正路，或走歧途，最终都不免沦为这片大地上的过客。所谓千年一瞬，便是如此。真正能长久与这明月相伴的，唯有这滚滚的江水和猎猎的清风。

41 前女友

王一川回到医院是在第二天早上8点多，其实他本想留在队里参与下一步工作，但是刘榴处长和陈副局长把他赶出了办公室，喝令张云军开车把他送回医院。

吹了大半夜的风，又在重案队里帮着写报告，王一川又冷又饿，在医院门口的小店里狼吞虎咽地吃了两碗粥、四个包子。他想打电话问欧阳宁娟吃早饭了没有，摸出手机发现又没电了，于是对老板说："打包两根油条、一碗甜豆花！"然后对张云军说："我手机没电了，要不这顿你请？"

　　"那就我请吧，你就拿两根油条，够欧阳吃吗？"

　　"够了。"王一川接过老板递过来的袋子，跟张云军告了别，就溜达着进了医院。他本想溜回自己的病房，却被眼尖的楼层护士看见了。

　　于是王警官接受了护士长的一通责骂，因为早上医生查房时没看到王一川，把几位护士一通骂，现在护士长就把火撒到了王一川的头上。骂完以后，护士长指着旁边抹眼泪的护士说："王警官，都像你这样乱来，阿拉哪能办？你看小田多好的女孩子，因为你都被医生骂哭了！这样，你们加一下微信，什么时候约着出去吃个饭，也算赔礼道歉。"

　　护士长存了私心，她注意到这位王警官住院以来，不少公安部门的人跑来看望，有些人一看就是领导，所以这个年轻人在警队中一定很有地位，而且似乎还没结婚。小田护士是她娘家侄女，快30了，男朋友谈过四个，一个都没成。护士长觉得这位警察看起来前途远大，借着这个机会将娘家侄女推给他，没准儿可以接盘。

　　问题是王一川没接她的话茬儿，用沪海市的话讲就是"不接翎子"，他向小田护士深深地鞠了个躬，诚恳地表示道歉，然后拎着豆花、油条奔着欧阳宁娟的病房就去了。

　　欧阳宁娟正扶着床栏杆和椅子在房间里慢慢踱步，看到王一川推门进来，她笑了，问："没事吧？抓到了？"

　　"我没事。"王一川摇摇头，"被我们堵在船上，开枪自杀了。"

　　一句"没事吧"和"我没事"，语言简短，却包含了真正的关心。

　　"黄四毛有枪？死了？"欧阳宁娟敏锐地抓住了两个关键点，"你不会又冲在前面了吧？"

　　"没有，我躲在后面，你看我这不是好好的吗？"王一川撒谎道，"当时把他堵在机舱里，没进去，往里面扔了两个催泪弹，他就自杀了。"

　　欧阳宁娟怀疑地看着他，因为按照王一川以前的路数，他"躲在后面"的可能性极小。王一川把豆花和油条放在桌子上，说："刚买的，趁热吃。"想起刚才付钱的情形，联想到手机没电了，他试探道："昨晚没给我

359

打电话吧？我手机没电了，刚才吃饭还是老张付的钱。"

"你办案子，我怎么会打电话？你吃了吗？"

王一川拍拍脑袋，自己的女朋友也是警察，自然知道办案时不能电话干扰。他之所以看到手机没电就有大难临头的感觉，完全是谭小雅带给他的阴影。谭小雅给他打电话是不管时间的，一旦不接电话，或者手机关机，谭小雅必定会借机发怒，对她而言，生活里的每一件事都是对王一川的调教机会。

原来在恋爱中也可以有这样自由和舒适的感觉，女朋友不会因为自己手机没电而不高兴，她只会关心自己有没有受伤，有没有吃早饭。

王一川的心情是愉悦的，他看着欧阳宁娟吃早饭，给她讲了昨天夜里的经历，当她把最后一勺甜豆花放进嘴里，王一川打了个哈欠。

"快回去睡一会儿吧，眼睛都布满血丝了。"欧阳宁娟催促道。

"行，我回去睡一觉。中午吃饭时你过来叫我。"王一川说，"你想吃什么，我出去给你买。"

王一川捉住欧阳宁娟的手，扯过来亲了一下，欧阳宁娟的脸上浮现出一片红晕。他做完这样调情的小伎俩，就打着哈欠回了自己的病房，脱去外套躺到床上，立刻睡着了。

他舒舒服服地躺在温暖的被窝里，不知睡了多久，感觉似乎有人进了房间，耳边传来了遥远的声音。

"一……川……一……川……"

王一川睁开眼睛，因为房间内的光线太强而眯起了眼睛。

床边坐着一个人，当他看清楚那个人是谁，登时睡意全无。谭小雅坐在病床边的椅子上，怀里抱着一个帆布手拎袋，正在轻声呼唤着他："一川，你醒了吗？"

王一川坐起来，疑惑地看着她："小雅，……你怎么来了？"

"我是特意来看看你……"

走廊里，欧阳宁娟扶着墙壁上的扶手慢慢走过来，已经来到王一川的病房门口，她刚要敲门，听到里面谭小雅的声音，手僵在了空中。

不过半个多月不见，谭小雅完全变了个样。她的头发不像以前那样柔滑顺直，而是有些凌乱，脸色灰黄，没有化妆。她穿了件黑色的呢子大衣，大衣上有明显的皱痕，她以前可是每天都把衣服熨得平整的，现在这副样子透露着落魄的气息，完全不是印象里那个精致、高傲的女子了。

自从那天谭小雅和秦观月在冯天海家相遇，又遇到了第三位女性，短短两天内，与冯天海有关系的女性竟然出现了五位，所有的人都意识到受骗了。她们在冯天海的豪宅里等待着，最终被一伙人从里面赶了出来，这些人告诉她们，这套豪宅在他们那里抵押了3000万，现在他们要收房子，警告她们不许再来。

她们去报了案，接下来事情就失控了。公司知道了她和秦观月向客户借钱的事，两人都被开除了，随后不同的客户和债主开始向她索要本金和利息。这段时间她东躲西藏，连电话都不敢开机，她曾经去找母亲，希望能在她那里借住，却被母亲打了出来，她才知道贷款公司的人已经上门要求她的母亲腾房了。现在有20多人在到处找她，而她连工作都没了，已经到了连生活都成问题的地步。

"你最近还好吧？"王一川问。

"你看我这副样子，觉得我会好吗？"谭小雅苦涩地说，"看你的样子也吃了不少苦，你的伤怎么样？"

"差不多快好了，谢谢。"

"你啊，办案子总是那么拼命……"谭小雅有些责怪地说。

两个人都陷入了沉默。对于谭小雅的到来，王一川完全没有心理准备。沉默了一会儿，谭小雅想伸手去摸王一川缠着纱布的手，王一川向后面躲了一下。

谭小雅缩回手，苦笑道："你现在一定很恨我吧，对我这样防备……"

"谈不上。"王一川说，"你来找我有什么事吗？"

"没事就不能来找你吗？"

"哦，如果没事的话……"王一川本想说"你最好别来找我了"，看看谭小雅的样子，又觉得不忍心，于是委婉地说，"我觉得已经分开了，就彼此保持距离比较好。"

谭小雅垂下头，虽然王一川已经尽可能地委婉，但这样的表态还是让她感到难堪。在他们过去六年的相处里，她一直是居高临下的，王一川在她面前更像一只舔狗，只要她稍微不开心，这个男人都会想尽办法来讨好她，如今他却是疏远的，似乎在刻意地保持距离。

"那天你从我的病房里出去，我哭了好久……这段时间我其实一直很煎熬，我知道我对你的伤害特别大，一直想找个机会跟你说对不起……我知道你现在对我什么态度都是应该的，我也没有资格向你提出要求，可是我还是来了……无论如何，我都想当面跟你说一声：对不起。"

她可怜巴巴地望着王一川："一川，你能原谅我吗？"

王一川叹了口气，她毕竟和他相爱六年，给他留下过美好的回忆，看到她现在这副样子，他心里也莫名地难受。人总是要向前看的，王一川不会活在仇恨里，所以他点点头："好，我原谅你了。我接受你的道歉。"

谭小雅如释重负，用手捂住脸哭了。王一川扯了张纸巾给她，她接过来抹着眼泪，脸上露出一丝勉强的笑："不好意思啊，失态了……谢谢你还能原谅我。我知道，在我来之前我就知道，你对我总是心很软的。"

王一川没回答。

"一川，我后悔了。"

"哦？"

"我现在才知道，我丢掉了什么……经历了这么多，我终于知道，我把那个当初最爱我的男人弄丢了……一川，其实我今天找你，是想和你说——我们重新开始，好吗？"

门外的欧阳宁娟身子一抖，靠在了墙上。

王一川惊愕地看着谭小雅，脱口而出："开玩笑吧？"

"没开玩笑！一川，我后悔了，我们复合好吗？我想和你重新在一起！"

谭小雅想握住他的手，但是王一川把手臂缩回去，谭小雅抓住了被子。

"一川，我们复合好不好？你看，其实咱俩以前挺好的……其实，当时你要是早点把你的房子卖了，我们去买婚房，我们现在可能已经结婚了，我们会有孩子，我们、我们——现在也不至于这样。我错了，我真的错了，都是我的错，是我的问题，我后悔了，你给我个机会，咱们重新开始，好不好？"

王一川心底涌起深深的悲哀。他曾经视之为理想和生命的女人如今在他面前摆出哀求的姿态，让他感觉非常难过。但是他不可能答应谭小雅，她在他心头留下的那些伤疤是无法消除的，他可以把它们遮盖起来，却无法假装它们不存在。

"小雅，我觉得，你真不用这样，咱们之间已经过去了。"

"不！没有过去！没有！"谭小雅激动地说，"如果心里没我，你会原谅我吗？如果心里没我，你会把那些钱给我吗？……一川，我知道我伤害了你，可是你对我还是会心软的，因为你爱我！你爱我！我知道自己错得有多离谱，我脾气大，我不理解你，我不体谅你，我不该被冯天海迷惑，我不该跟你分手，我更不应该在纪委的人面前说假话害你，可是……可是我现在能做的，就是弥补你！一川，我用我的下半辈子弥补你，怎样都行！一川，我、我真的不是之前的谭小雅了，过去的不愉快，就让它过去，我现在、我现在就是一个真心希望能做出补偿的女人，我只是希望……做一个小妻子，我想每天做好饭等你回来，一川，一川！"

王一川意识到自己不能再给她虚无缥缈的希望了。他已经有了欧阳宁娟，他不能再与谭小雅有任何情感上的纠葛，他必须立刻明确地拒绝。

"小雅，不是每个人都能站在原地等你的。"他认真地说，"你要知道，当你明知道可能会害了我，还向纪检组虚假陈述的时候，我们之间就彻底结束了。"

谭小雅脸色煞白，她含着眼泪恳求道："可是我真的改过了！一川，你真的这么狠心吗？"

"我们回不到过去了。"王一川尽量温和地说，"我说原谅你是真的，可是不代表那些事我可以当作没有发生过。不管以后怎样，咱们真的不可能了。我现在已经有了女朋友。"

谭小雅僵住了："谁？"

"欧阳宁娟。"

"那个男人婆？"谭小雅猛地站起来。

"注意你的言辞。"王一川的脸一沉，"她是我女朋友，你不可以这么说她。"

"欧阳宁娟！"谭小雅怨恨地说，"是啊，我早该想到的，你为了她把房子都卖了，王一川，你的口味真是越来越独特了啊……你们在一起多久了？是不是和我在一起的时候就已经与她勾搭上了？我想起来了，你们当初在大街上喝一杯咖啡……你们早就在一起了！难怪她会为你出头！王一川，我们这段感情是你先背叛的！"

王一川叹了口气，答道："咱们谈了这么多年恋爱，你居然会这样想，你连我这个人的人品都不相信，还谈什么重新开始？你要是觉得这样会让你舒服一点,你大可以这么认为。不过我还是要向你澄清,这是为了欧阳的名声,别让人家莫名其妙成了第三者。"

"那你看上她哪里了?"

"她心思单纯,她信任我。"王一川说,"在办案的时候,她还扑到我的身上为我挡刀。"

"你是爱上她了,还是为了报恩?"谭小雅质问。

门外的欧阳宁娟竖起了耳朵。

"爱。"王一川认真地说,"我和她在一起时,我心里很安稳,握着她的手时,我心里很充实。我没有那种提心吊胆、唯恐触怒她的感觉,内心只有欢喜。我爱上她了,我想和她一起走下去。"

欧阳宁娟捂住嘴,无声地流出了眼泪。

谭小雅颓然坐在椅子上,怨恨地望着王一川,过了一会儿,她说:"那你至少能帮我一个忙。"

"什么忙,你说吧。"王一川说,"只要不违反规定。"

"我听说,冯天海的那些钱,你们查封了几千万。"

"那不是我们封的,是经侦支队查封的。"

"不是都认识吗?"谭小雅说,"经侦支队的那个支队长不也是你的朋友吗?"

"认识是认识,你有什么想法?"

"那些钱不是赃款吗?最终是要发还的吧?"

"对,"王一川说,"等案子办理完毕,会返还给受害人。"

"一川,我是受害人,我被骗了2000多万!"谭小雅身体前倾,"你跟他们说说,让他们把钱先返还给我,行吗?"

"这怎么行?"王一川摆手道,"那要等案件办理完毕后,等比例返还给所有受害者的。"

"那么多受害者,到我手里还能有几个钱啊?"谭小雅激动地说,"而且要等他们案件办理完毕,没有个半年一年的,能办完吗?一川,我现在被一大堆人找,还有人已经告我,我的账户都被冻结了!我那些钱都是借来的,还要给人家利息,加起来都快要到2500万了,每拖一天,我的债务都在增加!……这里面也有你的钱啊!有你的500万啊!把钱拿回来,我也能还给你……"

"小雅，我做不到。"王一川解释道，"就算是经侦支队的支队长也没这个权力现在放款，还把款子全部打给你一个人。"

"你一定有办法的！你一定有！"

"如果我有办法，我一定帮你，可是这个真的做不到。"

谭小雅向后跌坐下去，脸色灰暗："你还是不原谅我……你根本就不想帮我。"

王一川无言以对，他明明说的是实话，可是他知道谭小雅肯定不信。毕竟有过之前的风波，她只要达不到目的，就一定会认为他是故意不帮忙，在借机报复。在他的警察生涯中，这样的误解不是第一次，也绝对不会是最后一次。

"一川，这些钱我一辈子都还不上，我工作没了，我妈也不认我了，所有的人都躲着我……我只有这一个机会，把那些钱退给我，让我把钱还掉，我只有这一个机会！我现在走投无路，只能来求你！我不知道以后该怎么办，我求求你了，我求求你，我、我向你保证，只要你帮我，我、我做什么都行！你说，你说什么我都可以去做！我知道自己没什么能给你的，我、我给你做情人都可以！我不要名分！只要你能帮帮我！"

王一川震惊了，他万万没想到谭小雅能说出这样的话，金钱将这个女人逼得走投无路，让她放弃尊严，放弃底线。巨大的债务已经快要将她吞没，以致她丢掉了廉耻。

"我做不到。"王一川斩钉截铁地说，"就算我能做到，我也不能那么做，小雅，那是徇私枉法，那是犯罪！"

谭小雅失魂落魄地坐在椅子上。王一川是她最后的希望，可是这最后的希望也破灭了……

报应啊。

她没有跟王一川告别，站起来灰着脸往外走去。看到曾经的挚爱落到如此地步，王一川心里并不好受，但是他知道自己叫住她也是枉然，因为自己既不可能和她复合，也不可能因她徇私。就在这矛盾和犹豫间，谭小雅变成了背影，这个背影出了房间，消失在他的世界里。

这一次消失，可能就是一辈子。

欧阳宁娟扶着墙壁走进来，刚刚谭小雅从她面前走过，就跟没看到她一般。她看到谭小雅双目无神，仿佛行尸走肉，不由得心生怜悯，走进来问:"就这么让她走了?真不帮她?"

"帮不了。"王一川摇摇头,"真的是无能为力。"

欧阳宁娟也无言,她坐到王一川身边,看出王一川的心情很差,又不知如何宽解他,心疼的同时又感到了一丝甜蜜。王一川刚才斩钉截铁地拒绝了谭小雅复合的要求,明确说自己才是他的女朋友。这样的男人谁会不喜欢呢?

感谢谭小雅,要不是她作死,这个男人最终也不会属于自己。

"你要是心里难受,可以到我怀里哭一会儿。"她安慰道。

王一川眉毛挑了一下:"我又不是个娘们儿。"

"那怎么办呢?"她嘟囔道,"咱俩现在都有伤,要不然我可以陪你打一场,一出汗,什么难过都没了。"

王一川意识到自己的未来可能会面临潜在的风险,赶紧表明态度道:"娟子,我郁闷的时候你可以抱抱我,可以安慰我,千万别和我动手,你打了我,我就更郁闷了。我觉得以后咱们要定个规矩,万一咱们俩闹矛盾了,一定要通过交流解决,千万不能动武!我打不过你,咱们可千万不能有家庭暴力啊!"

"哦……"欧阳宁娟失望地点点头,随后她捕捉到了王一川嘴里的"家庭暴力"这几个字,心头一跳,脸上泛起了红色。

哎呀,他这是暗示我,会和我组成家庭吗?

"哥,咱们快出院了,出去以后你打算住在哪儿?"

"我让老张帮我去租房了,看看先找个小房子安顿下。"

"要、要不要到我那里住?"欧阳宁娟鼓起勇气问。

"我打算在单位附近租个小房子,这样去办公室方便点,到时候钥匙给你一把,你加班时也可以去住。"王一川说,"以后我可能会搬到你的房子里住,可是现在不行,否则我会觉得自己像个吃软饭的。"

欧阳宁娟点点头,说:"等你找好了,我把你的钢琴运过去。"

"你没扔?"

"没有。我还找人把钢琴调好了。哥,你以后弹钢琴给我听吧,你上次弹的那什么曲子就挺好的……"

"那支曲子?太悲了,以后不弹了。"王一川说,"到时候我弹支别的给你,你别嫌弃就行。"

欧阳宁娟幸福地点着头。然而就在这时，门被猛地撞开了，三个人冲了进来，是曹大平、卓芳妃、宋晓旗这一家人渣。欧阳宁娟看到他们，脸色一变。

"好啊，这不是已经能下地走路了吗？"曹大平恶狠狠地看着欧阳宁娟，"想躺在医院里躲着，你能躲到哪里去？起来！跟我们走！"

"去干什么？"欧阳宁娟问。

"去房产交易中心！把房子过户给你弟弟！"卓芳妃尖刻地说，"要不是你拖着，你弟弟能连个对象都没有？一点亲情都不讲，你爸爸怎么生了你你这么个没良心的女儿？"

欧阳宁娟怒道："那是外婆留给我的房子，和你们没关系，你们不要做梦了！"

"你再说一遍？"曹大平呼喝道。欧阳宁娟毕竟是个女人，现在有伤病，正是最柔弱、最好欺压之时，围攻漫骂加上"适当的"拳头威胁，一定可以逼迫她把房子过户给宋晓旗。

"妈×的！"宋晓旗指着欧阳宁娟咋呼道，"你再说一遍！信不信我把你的腿打断了？你个狗崽子，想吃苦头是吧？"他一点也没意识到自己其实把曹大平也给骂了。

这要是搁平时，宋晓旗是不敢单独对欧阳宁娟动武的，因为欧阳宁娟身手相当厉害，所以每次他都要在曹大平、卓芳妃在场的情况下才敢嚣张。今天情况不一样，欧阳宁娟走路都还不利索呢，宋晓旗知道这是动武威胁的好机会，不由得目露凶光，挥拳就要打。

王一川在他们叫骂的时候已经下了床，这时候一脚就把宋晓旗踹得仰面朝天。

"哎呀！"曹大平和卓芳妃惊叫一声，回去搀扶宋晓旗。卓芳妃开始尖叫："打人啦！打人啦！"曹大平盯着王一川看，终于认出这个穿着病号服的人是上次在重案队院子里下令抓宋晓旗的那个，不由得退了一步，冲着王一川吼道："侬做啥？做啥打人？"

"你们敢动她一下试试。"王一川阴着脸说。

听到声音的护士从外面探头进来，见了慌忙跑去叫保安。曹大平指着王一川吼道："关侬啥事体？阿拉家务事，侬做啥多管闲事？"

"她是我对象。"王一川向他逼近一步，"你们敢对我女朋友动手？"

367

曹大平、卓芳妃、宋晓旗蒙了，这个可怕的家伙竟然是欧阳宁娟的男朋友？这不可能啊，他怎么会看上欧阳宁娟这样的——

"你们把病房的门锁踢坏了，"王一川皱着眉头说，"还企图殴打受伤的警察，看来上次拘留没得到教训啊……"

人渣一家不是傻子，立刻意识到王一川给他们扣帽子的用意，曹大平、卓芳妃扶起宋晓旗，叫嚷着："今天看你有病，不跟你计较！""侬等着，格事体没这么容易了掉！"

他们一边叫嚷，一边往病房外退去。在病房门口，曹大平叫了一声："侬要是不把房子过给侬阿弟，阿拉天天到侬屋里厢搞项目！"这话用普通话讲，就是"你要是不把房子给你弟弟，我们就天天到你家闹事！"

"忘了跟你们说了！"王一川在后面高声说，"过两天我就搬进去住了，你们要是敢来闹事就试试看！"

"你等着！……"曹大平色厉内荏地说，回头却发现他那位贤德美眷带着他那个没有血缘关系的儿子已经向楼梯间逃去了，把他撇在了后面——万一保安来了，王一川有了帮手，真的有可能把宋晓旗再次扭送到派出所去，所以这时候还是先跑为妙。曹大平慌忙去追自己那位老婆，一边追一边心里怪膈应的：我为了你儿子到这里来抢房子，你们娘俩跑路都不叫我一声？

王一川抱住欧阳宁娟，安慰道："没事了。以后他们再来你就告诉我，我给你出头。"

欧阳宁娟把脸贴在他的肩上，被保护的感觉让她感到幸福。她紧紧抱住王一川，下定决心：这辈子都不会让他离开自己了。

42 茶与鞋

送别赵继刚的那天，重案队的人都穿上了警常服，戴着警帽。他们绕着赵继刚的遗体走过时，所有人都泪流满面。赵继刚身穿警服，盖着国旗躺在鲜花中，接受着同志们的列队告别。

刑侦的警员并不像电视上那样总是穿着常服，穿那套衣服去办案，一不利于行动，二容易打草惊蛇。很多老刑侦一辈子就没穿过几次警服，穿警服通常是在以下情形：一、接受表彰或参加重要活动；二、参加战友的葬礼；三、自己的葬礼。

总队长、分局领导全来了，现场来了100多名警员，列队向自己的战友告别。凌季雨也来了，他穿了一身黑色的衣服，肃穆地向赵继刚鞠躬，向这个在西北短暂并肩战斗过的警察兄弟告别。赵继刚的父母和妹妹哭得站都站不稳，要由几名男女警员搀扶才能勉强站立。赵继刚是他们家唯一的儿子，曾是他们的骄傲，如今白发人送黑发人，任谁都接受不了。

追悼仪式结束后，遗体火化，那个勇敢、略有些莽撞的年轻警察永远定格在骨灰盒上的照片里。他的骨灰要带回老家去安葬，警察们集体敬礼，目送家人们上了面包车。车是沪东分局安排的，由分局办公室的人员陪同，要把赵继刚的家人们一直送回老家去。

面包车消失在远处，警员们开始离去。重案队的人聚在一起，脸色无一例外是阴沉的。王一川望着小顾问："盯紧了？"

"盯紧了！"小顾的手臂用绷带吊在胸前，脸色严肃，"其他队的同志昨晚已经过去了，说人还在那里。"

王一川点点头："走吧，该做个了结了。"

"先回队里换一下衣服吧。"刘苡岚建议。

"不，就穿这身。"王一川说，"我们直接出发。"

"好，那么大家路上注意安全！"傅朗点头道，"很抱歉，我这次要缺席了。"

"哥，照顾好嫂子和孩子！"王一川紧紧握住他的手，"手术一定会成功的！"

"借你吉言！"

两只手紧紧握了握。除了手臂有伤的小顾留下外，王一川、张云军、苏晓巍、欧阳宁娟、刘苡岚分别上了两辆车，向远处疾驶而去。

新安市地处三省交界，是国内著名的旅游胜地，行政区域内有国内著名的山峰景观，有"归来不看岳"之美誉。新安市下辖三区四县，其中的齐门县盛产茶叶，乃茶中极品，香名远播，人称"群芳最"，与新安画派、徽式建筑一样享誉国内。

在齐门县下属的齐山镇，靠近326省道的路边有一间普通的茶叶批发店,一进门就能看到一桶桶的茶叶盖着透明玻璃板摆在架子边。一侧的架子上陈列着各式各样的茶具,另一侧的架子上陈列着各式茶叶,有的是真空包装好的,有的则是用铁罐封装的。不同茶叶前摆着各自的标签,上面标着价格。这些茶叶并不全是齐门本地的茶叶,也有安溪铁观音、安吉白茶、武夷山大红袍、岩茶、西湖龙井、崂山绿茶、太平猴魁等其他地区的茶叶。

茶店中间有一张硕大无比的木雕茶桌——这是茶叶店的标配,上面有烧水壶、煮杯器、茶夹、茶匙等一整套茶具,还有假山等饰物,只要用开水浇上去,假山就会冒烟,如同仙境。坐在茶桌后面表演这一套茶道动作的是一位30多岁的女子,她穿着唐装,绾着发髻,手腕上戴了好几串珠子,行云流水地向外地游客展示着茶艺。当她把一杯杯晶莹的红茶递到客人面前时,游客们好奇地品味着,随后就开始询问价格。

这样的忙乱持续了一个多小时,下午4点多,店里总算空下来了。唐装女子收拾着茶具,用雪白的抹布擦着茶桌上的水。就在这时,一个人从外面走了进来。

唐装女子看到进来的人身上穿着警服,也没多想,笑着问:"大哥,买茶叶?"

王一川打量着茶叶店的环境,摆了摆手,欧阳宁娟、张云军跟了进来,守住店门。王一川对唐装女子问道:"雷老板在吗?"

"老板不在。"唐装女子说,"要找老板的话,明天再来吧。"

可是王一川已经绕过她,往后面走去了。茶桌后面的展示柜旁有一扇门,上面挂着碎花蓝布门帘,唐装女子赶紧阻拦,说:"不好意思,后面是我们的仓库,不能乱进!"

"没事,我看看。"王一川推开她。欧阳宁娟上前把唐装女子拉过来,唐装女子尖叫道:"你们干什么?"

伴随着她的叫声,苏晓巍、刘苡岚也跟进了茶叶店,帮助欧阳宁娟控制住这个女子。王一川掀开门帘走进去,门后面并不是仓库,而是一个楼梯,通向二楼。楼梯下面有个小房间,苏晓巍进去看了看,出来摇摇头。

王一川走上楼梯,皮鞋踩在水磨石地面上,嗒嗒的声音在楼梯间回荡。走到二楼,面前是一扇门,他推开这扇雕花木门,走进了一间很大的客厅。

这间客厅是中式风格,摆着红木的椅子和茶几,柜子里陈列着瓷器和唐三彩，显得古色古香。房间中央也有一张硕大的茶桌，一个穿着灰布外套、扎着马尾辫的女人背对着房门坐在茶桌前。听到门开的声音，她没有回头。

"进门不脱鞋可不礼貌，王警官。"

"失礼了，不过你应该会原谅我的。"

"不原谅还能怎么样呢？"女人回过头来嫣然一笑，露出了殷柔那张姣好的脸。

王一川走到茶桌对面坐下，看到正在续水的烧水壶，猜测道："刚刚想从二楼出口离开，没有成功，对吗？"

"对啊，"殷柔嗔怪道，"连鞋都来不及换，可是你居然在二楼出口也安排了人堵截。王队长，你就这么舍不得我啊？这是盯了我多久了？"

"没几天。"王一川笑着说，"现在我该怎么称呼您呢？李少萍？殷柔？还是雷依依？"

"你喜欢哪个？"殷柔温柔地说，"你想让我是谁，我就是谁。——最近好吗？"

"挺好的。你呢？"

"你看到了。"殷柔指了指四周，"在这里每天泡泡茶，看看远处的风景，做一些自己喜欢吃的东西，挺平静的。"

"晚上睡得好吗？"王一川问。

"不太好。"殷柔说，"我有点失眠。"

烧水壶发出呼呼的响声，煮杯子的小锅咕嘟咕嘟地冒着热气。殷柔用夹子从小锅里夹了两个羊脂白玉色的杯子出来，拿起一盒茶叶，取过茶匙。她的动作优雅、轻柔，看起来赏心悦目，沸水冲淋过茶叶，她把第一泡的水倒掉，开始冲淋第二遍。

"你们是怎么找到我的？"她把一小杯红色的茶放到王一川面前，另一杯给自己。

"确实不容易。"王一川用手指敲了敲桌子表示感谢，"大家都觉得你会和黄四毛一样，想方设法逃到境外去。但是我想起了一件事。"

"什么事？"

"当年你是怎样洗白自己的。"王一川说，"你去韩国做了手术，回来以后换了个身份，由李少萍变成了殷柔，从此与李少萍再无瓜葛。事实证明你这种做法成功了。所以我想，在逃亡困难很大的情况下，你有没有可能会再用这一招呢？"

"然后呢？"殷柔笑着问。

"这次抓的人里，有一个卖假身份的浑蛋，"王一川说，"那浑蛋专门收集偏远地区已经死亡，但是没注销户口的人的身份证和其他资料，然后卖给别人。买的人冒名顶替他人活着。由于警方没有接到这个人已经死亡的资料，在系统里他还活着，所以这个冒名的人只要不在死者所在的村庄生活，换一个城市，谁也不会察觉。以前技术不发达的时候，这么做是完全可行的。殷柔这个身份证和资料就是你从他那里买的，那么我就想，你有没有可能又购买了其他身份呢？"

"大胆的设想。"

"是啊。所以我就把那家伙近20年卖的所有假身份汇总了一下，幸好搞这样的假身份不容易，他迄今为止也就卖了50多个。排除掉男性，排除掉年纪超过45的，剩下11个人。"王一川解释着，"你是2009年向这家伙购买了殷柔这个身份，然后2010年去韩国做的整容手术，所以我将2008年之前的也排除，这样下来就只剩下了4个，除去殷柔这个身份，还剩下3个。将这3个身份现在的照片调出来，我们就看到了你。"

"精彩。"殷柔赞叹道。

"是不容易，其实我更佩服你。"王一川说，"你2009年买了殷柔这个身份后，就通过别人又买了雷依依这个身份备用，还养着这个身份，利用这个身份到徽省开茶店，每年来露面几次，让人以为雷依依真的存在。这样的未雨绸缪竟然做了十几年，你早就预备了万一有事如何洗白自己的后手。"

"这不还是没有瞒过你吗？"殷柔含笑说。

"差一点就成功了，你知道我们是花了多少精力到处找你啊。"王一川说，他拿起茶杯轻抿了一口，"好香，这杯茶总算能补偿一下我们这段时间的努力了。"

"喜欢就多喝一杯，"殷柔笑着给他续水，"我的茶艺其实真的很好。你今天总算是不见外了，上次让你喝一杯啤酒，你碰都不碰。"

"如果我喝了会有什么后果吗？"王一川问。

"我们之间就会发生点什么。"殷柔的嘴角微微抿起，"现在说了也没关系，冰块里放了点东西，如果你喝了，你就是我的男人了。真的很可惜，让我心甘情愿想要发生点关系的男人可是不多的，王警官，我就这么没有吸引力吗？"

王一川挠挠头，回避了她的问题，问："我刚才说的那些对吗？"

"全对。"殷柔笑着说，"不过我好奇的是，关于其他的事，你到底知道多少呢？"

"恐怕我知道一些，"王一川说，"有的是从口供中得到的，有的是调查来的，有的是我分析的。"

"我不信，"殷柔给了他一个妩媚的笑，"骗女人的男人可不是好男人哦。"

"没事，我不介意在这里捋一捋。"王一川笑着说。

"嗯，讲讲吧，顺便品品茶。"殷柔说，"以后想喝我泡的茶都喝不到了。"

"这事可能要从2000年讲起，"王一川说，"那时候铁山市有一个团伙，专门做'仙人跳'，其中一个叫大萍子的负责勾引嫖客，'大疤瘌'马东扮演丈夫，和'老狗坨子'王大勇、'笑姨'范桂花一起负责抓奸，然后逼迫嫖客出钱消灾。起初是在铁山市本地干，后来在整个东北地区流窜作案，再后来连冀省都去了。

"2000年春节期间，这四个人在冀省省会常山市又做了一票，骗了个人来嫖娼，然后马东、王大勇、范桂花进去抓奸，殴打嫖客逼他拿钱。马东从那人的包里翻出了十几捆现金，那人就急眼了，和这四个人拼命。打斗中，这四个人失手把这个嫖客勒死了。出了命案，四个人慌了神，赶紧收拾东西逃走。在收拾这人的包的时候，又在夹层里发现了两大包毒品。当时马东和范桂花要求扔掉，大萍子和王大勇舍不得，觉得也能卖钱，所以就带着毒品和那些钱上了火车。

"在回铁山市的火车上，是王大勇抱着那些毒品，马东抱着那些现金，大萍子和范桂花坐在一边观察。前面倒是平安无事，快到铁山市时，有乘警要检查王大勇的包。为了转移乘警的注意力，掩护老狗坨子，大萍子和范桂花就闹了一出戏，说大萍子被猥亵了，把旁边一个大学生给弄进了派出所。乘警忙着处理这事儿，就没检查王大勇的包。"

"嗯，现在想想，那大学生确实挺可怜的。"殷柔感叹道。

"是啊,一辈子都被毁掉了。"王一川点点头,"四个人回到铁山市分了钱,消停了一段时间。后来觉得在北边越来越难做,商量着到南边来找找路子,所以这四个人后来先后到了沪海市。在沪海市,大萍子认识了一个大哥,这个大哥可以帮着她把压在手里的毒品给处理掉,换一笔钱,他就是黄四毛。从此大萍子和黄四毛就混在了一起。"

"我不太喜欢你说的'混'这个字,"殷柔说,"当时也是没办法,在沪海市生活也是要钱的,一个女人在这里举目无亲,不找个靠山能行吗?"

"大萍子和黄四毛在一起后,四个人之间的关系慢慢也就变了。"王一川说,"黄四毛把毒品处理了以后,给了大萍子一笔钱,大萍子给另外三个人分了一些。王大勇对此非常不满,觉得当初在火车上他冒很大风险,应该多分,再说他觉得大萍子钱给得太少,怀疑大萍子私吞了一部分,所以经常找大萍子闹事,说大不了闹到警察那里,大家一起死。起初他每次闹,大萍子就给他一点钱,没想到被马东知道后,发现这样能搞来钱,也来闹,大萍子就开始回避他们。依照我的分析,大萍子这个时候就开始谋划怎么摆脱李少萍这个身份了,想办法弄假身份,筹划去韩国整容的事。"

殷柔不说话,慢慢转着茶杯。

"去韩国整容后,大萍子对王大勇和马东的讹诈采取不理睬的态度,王大勇对此非常不满,威胁说如果不给他一笔钱,他立刻就去自首。大萍子意识到,尽管自己整了容,以后可以改身份,但只要王大勇这样的人存在,她还是会受到威胁,甚至可能被讹诈一辈子。同样,王大勇如果去举报,也会威胁到黄四毛。在咱们国家,贩毒可是会判死刑的!所以两个人一拍即合,黄四毛派人干掉了王大勇,碎尸后沉进了河里。

"王大勇失踪后,马东就感觉非常害怕,后来他偷听到黄四毛的手下连警察都敢杀,害怕自己在沪海市也会不明不白地失踪,就离开沪海市去了西北。当初的四人组,在沪海市就只剩下了大萍子和范桂花。当然,她现在已经不叫大萍子了,应该叫殷柔。"

"其实名字只是个代号而已。"殷柔笑着说,"比较起来,我确实更喜欢殷柔这个名字,柔柔的,多适合我啊。"

王一川也笑了,他把茶杯里的茶喝干,看着殷柔给他倒茶,说:"后来黄四毛被我们抓住判了刑,不过杀人的事没有暴露,坐了几年牢就出来了。出来以后你们就开始搞这种金融公司，利用高额回报吸引客户，你们的盘子越做越大，客户也就越来越多。"

"你实在是个厉害的男人，难怪老黄会高看你。你当初抓过他，可是他出来后想的却是如何笼络你。要不是冯天海那个蠢货背着我们搞'杀猪盘'，搞到了你的头上，老黄还想着加把劲拉你下水。"

"拉我下水？不像吧？"王一川说，"伪造那个会所的证据提供给纪检组，这根本就是想置我于死地。"

"那也是没办法的事。"殷柔叹了口气说，"冯天海得罪了你，你肯定对我们开始有敌意了。你到我们公司要所有员工的资料，在我们看来就是开始要针对我们了。你在快餐店那本子上写写画画，我一看上面有我的名字和范桂花的名字，能不害怕吗？既然拉拢不了你，你又有针对我们的迹象，只能想办法把你搞下去啊。"

"有道理。"王一川点头，话锋一转问，"我另外有几件事不确定，能给我解答下吗？"

"我对帅哥的请求通常是没有抵抗力的。"

"多谢。第一个问题是，为什么从今年开始，你们搞的那个香花派对要开始缩减规模，不再继续纳新？听说你们只做VIP客户了。"

"傻弟弟，我们从来就没停止纳新，"殷柔笑道，"人的思维就是这样，你要他投资，他会瞻前顾后；你要是告诉他以后我们不收了，他就会着急忙慌地想挤进来。我们说香花派对不再纳新，是为了刺激以前的老客户继续投资，也刺激那些新客户抓紧机会往里投钱。你可以把这当作饥饿营销。"

"受教了。"王一川点点头。谭小雅又何尝不是因为这样的心理，才会最终上了冯天海的当？

"那么万一老客户发现还有新客户进来，他们岂不是会认为受骗了？"

"这样的质疑只是理论上的，"殷柔说，"大部分客户彼此是不认识的，他们只关心自己的投资能不能拿到钱，不会在乎别人是什么时候投资的。何况我们其实也做好了准备，这段时间捞一票，公司就要倒闭了。"

"为什么？"王一川问，"我看你们公司人员那么多，经营好像很正常。"

"因为我们应付的钱已经远远超过我们的资产了。"殷柔解释道，

"我们的投资收益根本不足以支付承诺给客户的回报,一直是收新客户的钱,付老客户的账,窟窿越来越大。后来我们就想出了让客户把应得收益转为本金,继续投资的方式,这样就不用把收益实际付过去,暂时把钱留在手里,也能够应付少部分客户的提款要求。"

"那也不至于捞一票就倒闭吧?"

"这样做的一个不好之处在于,客户账面上的本金和收益不断累加,会达到惊人的数字。众多客户的账面资金加起来就是非常恐怖的数字。这么多年下来,我们账面上的钱连30%都不够付,不捞一票走人,难道等着爆雷后被抓?"

王一川看着她,若有所思:"我现在知道你为什么要养雷依依这个身份了,爆雷后你就可以换个身份脱身。"

"当初买这个身份时只是为了保险,搞富利东联金控公司时,突然意识到有这个用处。"

王一川点点头。殷柔的话和冯天海的口供是能够相互对应的。冯天海作为副总,早就察觉到富利东联金控公司应付的钱已经远远超过公司资产,大厦将倾。他意识到万一公司爆雷,黄四毛因为从未出现在前台,必定安然无恙,殷柔是黄四毛的姘头,有可能被黄四毛安排了后路,自己可怎么办呢?必定被推到前台直面风暴。正是基于这样的考虑,冯天海才会背着公司大肆骗钱,想着捞一笔后提前跑路。没想到黄四毛和殷柔早有察觉,把他抓到仓库后用酷刑折磨,逼他把钱交出来。只要交出钱,他们一定会杀人灭口,所以冯天海就是不说,终于撑到被警方解救。

"为什么杀范桂花?"王一川突然问。

"因为她太贪了,走上了王大勇的老路。"殷柔说,"我们开始搞富利东联金控公司后,她就来找我,说想投资,跟我借钱,我也是考虑到当年的事,为了封口,就借给她几百万,还帮她买了套房子,每年定期给她打点钱,让她活得安稳一些。问题是她的胃口越来越大,特别是到东丰滨城看到我的房子后,她就要求我们也给她买一套。我们当然不可能满足她,她就话里话外地拿当年在常山杀人说事,拿毒品说事,拿王大勇的失踪说事。后来有一天,她直接威胁说,她听马东讲过,王大勇是黄四毛的手下杀的,黄四毛的手下还杀了个警察,要么给她在东丰滨城买房,要么给她3000万。这事让黄四毛知道了,就动了杀心。"说到这里,她叹了口气:"当年杀王大勇,有尸块浮起来;这次杀范桂花,又有尸块浮起来,只能说是天意了。"

"这就能解释你们为什么会派人去杀马东了,"王一川说,"范桂花说马东知晓你们杀王大勇和警察的事,所以得知我们去找马东,你们担心当年在常山杀人、卖毒品、杀王大勇、杀警察的事情暴露出来,就派人去干掉马东。话说,你们怎么知道我们去西北的?"

"你猜。"殷柔托着下巴说。

"常舒斌告诉你们的吧。"

殷柔叹了口气:"是。"

"他从你们这里拿过多少钱?能给你们什么好处?"

"告诉我们你们去了西北,不就是好处之一吗?"

王一川也不多问,因为常舒斌犯罪的证据已经确凿,具有讽刺意味的是,指证他的居然是他的老婆方文丽。方文丽因为与富利东联金控公司有巨额资金往来,不能说出合理理由,被纪委双规,这位深爱丈夫的贤妻向纪委人员诠释了什么叫作"夫妻本是同林鸟,大难临头各自飞"。为了保住自己,她说那些钱都是常舒斌用她的名义"投资"的所谓收益,她对此一无所知;为了证明自己是一个不知情的受害者,方文丽还诉苦说,常舒斌和富利东联金控公司的女老总有不道德的男女关系,她作为妻子有多么痛苦和委屈。她为了立功,还贴心地向纪委人员检举了自己的公公婆婆、常舒斌的二舅、小姨,说:"他们也帮着常舒斌收钱!"

当常舒斌得知自己老婆亲自检举,让自己一大家子团灭的消息后,他完全崩溃了。他向纪委承认,他之前向黄四毛通报警察去西北找马东,特别提出希望把凌季雨干掉,因为从重案队骗到的信息表明凌季雨有对他不利的证据。

"最后一个问题,范桂花死后,有人深夜去她家里拿走了一些东西,这事你知情吗?"

"知道,去的人是我和蔡六。"殷柔说。

"去拿了什么?"

"一些可能和我、王大勇、马东、黄四毛有关的东西。"殷柔说,"万一你们查出她的身份,肯定会来搜查她的家,我总得把里面所有可能引向我的东西都检查一遍拿走吧。"

377

王一川把杯子里的茶喝掉，殷柔再给他续茶时，王一川把手盖在杯子上，轻轻摇了摇头。

"要走了吗？"殷柔遗憾地问，"这壶茶还没喝完呢。"

"再好的东西，品一品即可，我不贪心。"王一川说，"天色不早了，走吧。"

欧阳宁娟和刘苡岚走过来，为殷柔戴上手铐。殷柔低头看着手铐，嘴角浮起一丝苦笑。"又戴上了……"她叹息道，"这一次，我可能没机会出来喝茶了。"

她被带着站起来，向门口走去，走了两步她站住了，回头望着王一川。

"你还记得在那个快餐店里，答应过为我做一件事吗？你说只要不违反纪律就可以。"

"你说吧。"王一川说。

"你能帮我打开那个柜子，把里面那双鞋拿来给我吗？我想换上那双鞋。"

还好，只是拿双鞋而已，这样的要求还是可以满足的。王一川走过去打开那个柜子，从里面找到了一个精美的大盒子，一看就非常贵重，似乎平常舍不得打开的样子。也许殷柔知道自己可能会面临死刑，想再穿穿这双比较贵的鞋。

盒子打开，出乎所有人的意料，里面是一双破旧的黑色系带布鞋。

王一川低头看看盒子里的鞋，抬头看看殷柔，面露诧异之色，问："你要穿这双？"

"对。"

"这鞋这么破，还能穿吗？"王一川问，"还用这样的盒子装着，有什么含意？"

殷柔点点头："很不好的回忆。"

王一川狐疑地翻着这双鞋，看里面是不是夹带了铁丝、刀片什么的。检查结论是，这的确是一双普通的鞋，鞋底快磨平了，鞋帮也裂开了。

"我小时候家里条件不好，家里有什么好的都先供着我弟弟，打记事时起，我穿的鞋都是我妈穿过的。这双鞋是上初中后姥姥给我买的，是第一双属于我自己的鞋。"殷柔盯着这双鞋说，"有一年学校开运动会，要学生都穿小白鞋，我妈给我弟弟买了一双，不给我买，我找她要，她就打

378

我，骂我败家。"

她抬头望向天花板。

"可是不穿小白鞋，老师又会骂，所以我就用粉笔一点一点把这双鞋涂成了白色，一边涂一边哭……到了学校，别人看到我用粉笔涂的鞋，都在那里笑话我，我哭着跑了，因为早退，又挨了我妈一顿打。从此我就不愿再去学校，不愿再回家，再后来，初中没毕业我就离家出走，开始混社会。我走的时候，穿的就是这双鞋。"

殷柔坐到一个凳子上看着王一川："这些年我做了很多事，有了很多钱，我有两面墙的鞋柜专门放鞋，可是这双鞋我一直留着，时不时拿出来看看，提醒自己当初有多可怜。王警官，我的路到头了，我想重新穿上这双鞋，走完我最后的路。至少这双鞋还能证明，我也曾经是个弱小、可怜的小女孩，我也曾经纯真过。"

她泪流满面："如果有的选的话，我宁愿过那种平淡的生活，钱不多，但是踏踏实实，不用提心吊胆……如果可以，不要有下辈子了，真的有下辈子的话，让我做个好人吧！"

王一川没说话，他弯腰蹲在殷柔面前，把那双破旧的鞋给她换上，仔细地系好带子。欧阳宁娟和刘苡岚一左一右地架起殷柔，向楼梯走去。

茶叶店外停了四五辆沪海市车牌的警车，警员们拉着警戒线，附近的居民在警戒线外看着热闹。突然几名警察从门内奔出，紧接着欧阳宁娟和刘苡岚一左一右带着殷柔出来了。围观的居民们发出惊异的低呼声，谁也没想到这个偶尔出现的漂亮女老板居然是警方要抓捕的犯人。

殷柔被带到一辆面包车前，即将上车时，附近有人喊道："喂！大萍子！"

殷柔停住脚步，扭头望去，只见警戒线外停了一辆玛莎拉蒂越野车，一个男人靠在车上向她挥着手。

"还记得我吗？"凌季雨高声说，"当年在火车上，我坐在你对面！你还打了我一耳刮子呢！"

殷柔怔了一下，然后就反应过来，她皱起眉头竭力辨认着，在凌季雨的脸上找着当年的印记。突然她"啊"了一下，说："是你！"

"你看，我被摧残成这样了。"凌季雨指着自己的脸说，"你把我害成这样，就不给我点交代？"

379

殷柔向他深深鞠了一个躬，没说什么，扭头上了面包车，车上有别的女警接手，所以刘苡岚气势汹汹地走过来，斥责道："行了！人都抓了，你那点破事也该翻篇了！赶紧回去！"

"害了我20多年，就鞠个躬啊……"凌季雨嘀咕道。

"那你还想怎么样？"

"就没点物质补偿什么的，她又不缺钱。"凌季雨嘟囔道，"要不你在车上跟她说说，反正她死定了，不如把辩护律师这活儿给我得了，律师费给个百八十万的，也算是补偿不是……"

"滚！"刘苡岚照着凌季雨的腿上踢了一脚，用拳头捶了他一下，"我们马上要回沪海市了，你也赶紧回去！"走到面包车前，她又回头叫嚷道："要是我明天在车上发现烟灰，闻到烟味，有你的好果子吃！"

凌季雨看着刘苡岚上了面包车，看看旁边的居民和警察的嘲笑眼神，强行挽尊道："净瞎叫唤。我不和她一般见识。"说着打开玛莎拉蒂的车门，开始拼命往外扫烟灰。

尾声

时光荏苒，又是一年，不觉到了离春节还有半个月的时候，城市里节日气氛渐浓。老家在外地的人纷纷返乡，沪海市的街道空旷了许多。

因此，那辆停在街边的起亚车就特别显眼。铁骑交警过来驱赶过两次，看到车还没走，第三次经过时忍无可忍，下车拍照后在车窗上啪的一声贴了张罚单。

车内三个人看着开车远去的铁骑交警，咬牙切齿，但还是隐忍着，目光紧盯着街对面小区的门口。又等了半个多小时，带头的突然说："大牛，快看！是不是这女人？"

三个人一齐望去，只见一个女子挎着小包从小区里走出来，站在街边叫车。这女子相貌清秀，长发披肩，身上穿了件修身的米色羊绒大衣，下面是呢子长裙，脚上是半高跟小皮靴。

"老大！就是她！"

这三个家伙奉命而来，重任在肩。事情背景很简单：对岸某社团头目的大公子在沪海市开公司，与人发生冲突；那位爱子如命的岛内社团老爹就派了"超强战力"潜入沪海市，打算帮儿子出气；问题是这些人一到沪海市就被警方盯上了，自古兵贼不两立，沪东分局在这些人行凶的时候突然出现，击毙一个，抓获暴力犯罪分子七人；这中间出了个小意外，那位大公子一看警察来了就丢下同伴逃命，从三楼跳了下去，虽然经过紧急治疗保住了命，却落得个高位截瘫。

听闻儿子瘫痪，社团头目一家那叫一个痛不欲生，那叫一个伤心断魂，特别是他们还见不到这位被警察严密监管的心肝宝贝，这家人对沪海市警方简直痛恨到了极点。于是专门派人再度潜入沪海市，任务是找几个参与抓捕的警察，将警察的家属——不论老人小孩——砸成瘫痪作为报复，以示警告。三个"社团精英"就此踏上了沪海市的土地，打听了几天，终于搞到了其中一位警官在现场的新闻照片。

就是他了。

三人中为首的叫陈安祖，人称阿祖；另外两个人叫大牛和阿礼，真名不详。三个人都是社团里的骨干，手上都沾过鲜血，身上都背过人命，对付老人和小孩实属杀鸡用牛刀。尽管如此，对老大交代的任务毕竟不敢怠慢，他们跟踪了几天，发现这个警察好像没有什么家人，只有一个女朋友。他们看到这个警察和女朋友牵着手在大街上走路，并且一路跟踪，知道了警察女朋友居住的小区。

今天就是他们选择动手的日子。临近节日，人们都会放松警惕，而且街道现在很畅通，方便作案后逃走。

长发姑娘好几分钟都没有叫到车，看了看时间，就快步沿街走起来。车上的三个家伙互相使着眼色，两个人下车跟上去，阿祖则开车慢慢在不远处跟着。

长发姑娘一边走一边不断回头，看街边有没有出租车经过。几次回头后，她发现了跟随的两名男子，脸上露出紧张的神色，于是她快步沿街逃起来。

大牛和阿礼骂了一句，一起追过去。三个人一前两后地在大街上追逐，极为显眼，车上的阿祖气得大骂"蹦洗（笨死了）"。突然，长发姑娘惊慌失措地拐进一条小巷，大牛和阿礼也追了进去。

阿祖松了口气，这条小巷子他之前进去过，是个死胡同，进去就好办了。希望大牛和阿礼下手快点，出来后赶紧跑路。

他把车停在路边等待着。五分钟过去了，十分钟过去了，迟迟不见大牛和阿礼出来。阿祖疑窦丛生：两个男人收拾一个女人，怎么会这么慢？这两个浑蛋不会是起了色心，在那里……

笨蛋！不知道这时候要打完了赶紧跑吗？

阿祖在心里大骂着，下车赶进小巷。小巷里十分安静，他往里面跑了十几米，一拐弯，差点被地上的东西绊倒。定睛一看，大牛和阿礼东倒西歪地躺在地上，已经昏过去了，手上的凶器散落在地。

"干！"阿祖骂起来，伸手到身后去摸刀。就在这时他听到了衣衫滑动的声音，急忙扭头，只见一道黑影从旁边横扫而来。一记鞭腿重重地踢在他的耳根处，他的脑袋嗡的一声，就什么也不知道了。

两分钟后，七八名警员从小巷外冲了进来，看到地上躺着的三个人和站在一边的长发姑娘，都有些发蒙。

"谁报的警？"

"是我。"长发姑娘说，"这三个人跟踪我好几天了，今天尾随我，还拿着凶器袭击我，所以我只好自卫。"

"这三个人都是你一个人打倒的？"一名年轻的警察怀疑地问。

突然有一个人认出了这位长发姑娘："请问，你是不是分局法制办的欧阳宁娟？"

"是我。"

"是你就没问题了！"这位警察恍然大悟，向旁边的人介绍道，"这是咱们分局法制办的欧阳，她以前当过特警，还在重案队待过好几年，听说重案队没人打得过她！"

"啊……难怪难怪……"

警员们登时惊为天人，谁也想不到面前这位姑娘竟是那位传说中一记"铁山靠"把两米高的外国拳手打下山的女警，看她一个人放倒三名歹徒，只怕传言非虚。他们把歹徒铐起来带走，带队警官对欧阳宁娟道："欧阳，得麻烦你到队里来做个笔录。"

"下午晚点行吗？"欧阳宁娟问，"我中午有件很重要的事。"

"没问题，你先忙，记得下午来就行。"

最终欧阳宁娟还是打到了车，尽管如此，她赶到目的地还是迟到了20

多分钟。等她气喘吁吁地在王一川对面坐下，她把那三个歹徒忘到了九霄云外，而是看着周边环境，吃惊地道："怎么约在这么贵的地方？"

"庆祝啊。"王一川说，"局里正式通知了，我这个代理队长的'代理'拿掉，以后就是重案队正式的队长了。"

"真的？"欧阳宁娟惊喜地说，"那确实值得庆祝，难怪你连领带都打上了——"她看到菜单上的价格，脸色又垮了下来："可是这也太贵了，咱们——"

"就在这儿，我已经点好了，你就安心吃吧。"王一川说，"忙活一年了，吃顿贵的怎么了？喏，送给你。"说着递过一束红色的玫瑰花。

欧阳宁娟接过花，嘴上说着"你又乱花钱"，却陶醉地把花放到鼻子下面。哪个女人不喜欢花呢？她毫不怀疑王一川对她的真诚，两个人确立关系后，王一川把工资卡交给她，自己每月只留一点零花钱，连烟都戒了。吃这顿饭估计把他攒一年的零花钱花个精光。

侍者把菜肴一盘盘送上来，弯腰对王一川低声说："我们经理同意了，先生你现在可以使用了。"

欧阳宁娟在对面听见，问："同意什么？使用什么？"

"你还记得我在医院时答应你，会弹一支别的曲子给你吗？"王一川问，"一年了，一直没弹给你，今天我得履行承诺了。"

"哦？"

餐厅大厅里有一架白色的珠江牌三角钢琴，钢琴的外面是一圈鲜花，再外面则环绕着过道和餐桌。在侍者的引导下，王一川走到钢琴前，坐在琴凳上。他深吸一口气，踩下了延音踏板，双手放在琴键上。

妈妈，外婆，如果你们能听见，就一起听听吧。这是弹给我女朋友的，希望你们喜欢她。

悠扬的琴声响起来了，那是《夜的钢琴曲五》的旋律，欢乐的、忧伤的、难过的、幸福的，如同他们的过去，最终静谧舒缓，饱含深情。欧阳宁娟托着下巴，痴痴地看着这个为自己弹琴的男人，当他们的目光对视时，两个人都露出了笑容。

两心归一，便是天长地久。

警察,是和平年代流血最多、牺牲最大的职业群体。
谨以本书,向每一位人民警察致敬!

激发个人成长

多年以来，千千万万有经验的读者，都会定期查看熊猫君家的最新书目，挑选满足自己成长需求的新书。

读客图书以"激发个人成长"为使命，在以下三个方面为您精选优质图书：

1. 精神成长

熊猫君家精彩绝伦的小说文库和人文类图书，帮助你成为永远充满梦想、勇气和爱的人！

2. 知识结构成长

熊猫君家的历史类、社科类图书，帮助你了解从宇宙诞生、文明演变直至今日世界之形成的方方面面。

3. 工作技能成长

熊猫君家的经管类、家教类图书，指引你更好地工作、更有效率地生活，减少人生中的烦恼。

每一本读客图书都轻松好读，精彩绝伦，充满无穷阅读乐趣！

认准读客熊猫

读客所有图书,在书脊、腰封、封底和前后勒口都有"**读客熊猫**"标志。

两步帮你快速找到读客图书

1. 找读客熊猫

2. 找黑白格子

马上扫二维码,关注**"熊猫君"**

和千万读者一起成长吧!